CATHERINE

GASKIN

Alles andere ist Torheit

Ins Deutsche übertragen
von Hans Trausil und Leonore Donant

Im Schatten ihrer Männer

Ins Deutsche übertragen
von Iris und Rolf Hellmut Foerster

BASTEI
LÜBBE

BASTEI-LÜBBE-TASCHENBUCH
Band 12986

Alles andere ist Torheit
Originaltitel: All Else is Folly

Lizenzausgabe mit freundlicher Genehmigung der
S. Fischer Verlag GmbH, Frankfurt am Main

Im Schatten ihrer Männer
Originaltitel: Corporation Wife

Deutsche Ausgabe: Goverts Krüger Stahlberg Verlag GmbH, Stuttgart
Lizenzausgabe mit freundlicher Genehmigung der
S. Fischer Verlag GmbH, Frankfurt am Main
Herausgeber des Sammelbandes:
Bastei-Verlag Gustav H. Lübbe GmbH & Co.,
Bergisch Gladbach
Printed in Germany, August 1999
Umschlaggestaltung: CCG, Köln
Titelbild: Mauritius
Satz: KCS GmbH, Buchholz/Hamburg
Druck und Verarbeitung: Elsnerdruck, Berlin
ISBN 3-404-12986-5

CATHERINE GASKIN

Alles andere ist Torheit

BASTEI LÜBBE

Freitag

1. KAPITEL

Schon als das Flugzeug zur Landung ansetzte, war sich Susan bewußt, daß sie Angst hatte. Die Schwäche in ihren Knien, die Trockenheit in ihrem Mund und dann, während beim Zoll das Gepäck untersucht wurde, das kurze, gespannte Schweigen zwischen Paul und ihr, das alles deutete darauf hin. Natürlich, sie war nervös, aber das allein war keine Erklärung für ihre geradezu panische Erregung. Sie hatte das Gefühl, als kämen die Ereignisse in einem solchen Tempo auf sie zu, daß sie von ihnen überrannt wurde. Noch nie in ihrem Leben hatte sie eine derartige Angst gekannt.

Und da Paul sie liebte, spürte er ihre Erregung. Während das Gepäck im Wagen verstaut wurde, schob er beruhigend seinen Arm unter den ihren. Ehe sie sich zum Einsteigen umwandte, drückte sie ihm leise die Hand. Obwohl sie sich dabei nicht angeschaut hatten, war jetzt der Kontakt zwischen ihnen wieder hergestellt, der unterbrochen gewesen war, während das Flugzeug über London kreiste und Susan beim Hinabschauen auf diese Stadt bewußt wurde, weswegen sie hierhergekommen war.

Der Wagen fuhr an. »Eine Zigarette?« fragte er.

»Danke.« Während sie sich die Zigarette an seinem Feuerzeug anzündete, sah sie die Polizeiposten in ihren dunklen Uniformen wie verwischte Phantome vorbeihuschen.

Da sie wußte, sie müsse aufrichtig zu ihm sein, faßte sie ihr Gefühl plötzlich in Worte. »Ich habe Angst, Paul.«

Er ließ sich nicht aus der Ruhe bringen. »Du hast nichts zu

befürchten. Du brauchst ihn nicht einmal zu sehen, wenn du nicht willst.«

Eine Röte überzog ihr Gesicht, und es war ihr gleichgültig, ob er es merkte. »Louis würde finden, daß ich kneife.«

In ruhigem Ton antwortete er: »Macht es dir etwas aus, was Louis findet?«

Törichterweise blieb sie auch jetzt aufrichtig. »Es gab eine Zeit, da machte es mir sehr viel aus.«

Ungeduldig schnippte er die Asche von seiner Zigarette und bestreute seine Jacke damit. Er schien es nicht zu bemerken, sondern starrte geradeaus auf die breite ebene Straße und die schmucken, puppenhaft zierlichen Vorstadthäuschen zu beiden Seiten. Später tauchten große Fabrikgebäude auf, überaus modern und korrekt hinter ihren grünen Rasenflächen. Das alles war ihr vertraut, selbst nach jahrelanger Abwesenheit. Plötzlich unterbrach er das Schweigen.

»Sechs Jahre sind jetzt vergangen. Er wird sich bestimmt verändert haben.«

Sie hatte jetzt ihre Sicherheit wiedergewonnen. »In seinem Wesen kann Louis sich gar nicht ändern. Er wird immer geistreich sein, charmant, sehr arrogant und doch so menschlich, daß ich ihn lieben mußte.« Rasch fügte sie hinzu: »Ich habe Angst vor ihm.«

Er wollte ihr das ausreden. »Du hast gar nicht vor dem wirklichen Louis Angst, Susan, sondern vor dem Louis, wie er in deiner Vorstellung lebt.«

Ohne sich zu besinnen, erwiderte sie: »Ich habe Louis nie anders gesehen, als wie er wirklich ist. Er gibt sich immer so, wie er ist, ohne sich jemals zu erklären oder zu entschuldigen.«

»Und dich sieht er wahrscheinlich genauso. Wahrscheinlich hat er auch vor dir Angst.«

»Ganz bestimmt nicht.« Sie schüttelte verneinend den Kopf. »Louis hat noch nie in seinem Leben vor etwas Angst gehabt. Weder vor Gott noch vor dem Teufel – er glaubt weder an den einen noch an den andern. Er hatte weder vor dem Leben Angst noch vor dem Tod und vor beiden keine Ehrfurcht. Der Mensch muß sich vor etwas fürchten im Leben, aber Louis kannte keine

Furcht.« Ihre Zigarette war fast zu Ende, aber sie vergaß, die Asche abzustreifen. Gedankenverloren fügte sie hinzu: »Anfangs haben wir uns deswegen gestritten – er dachte vermutlich, ich sei feige. Und später konnte keiner von uns den Standpunkt des andern verstehen. Wir waren einander fremd geworden, wir verstanden uns nicht mehr ... ja, wir versuchten nicht einmal mehr, einander zu verstehen. Es war wie ein ermüdender, pausenloser Kampf, bei dem jeder fürchtete, einen Punkt zu verlieren. Das war keine Ehe, sondern ein Tollhaus. Es endete damit, daß wir beide völlig erschöpft waren.«

Sie fügte abschließend hinzu: »Das Gefühl, versagt zu haben, ist sehr demütigend. Wir haben unsere Ehe verpfuscht – völlig verpfuscht.«

Sie schwiegen, während sich der Wagen durch den Verkehr zwängte, der immer dichter wurde. Paul hätte gern noch mehr erfahren. Es ärgerte ihn jetzt, daß er sie all die Jahre nie ausgefragt hatte. Aber er wußte nicht recht, wie er beginnen sollte. Sehr demütigend, hatte sie gesagt. Was hatte sie damit gemeint? Susan übertrieb nie, aber schließlich hatte doch sie den Sieg davongetragen. Die letzte Phase des Kampfes hatte sie dadurch gewonnen, daß sie Louis verlassen hatte und nach Amerika zurückgekehrt war. Allerdings hatte sie auch ihr Kind verlassen. Vielleicht war es das, was sie als Demütigung bezeichnete. Es wurde ihm klar – unglaublich, daß er erst jetzt darauf kam –, daß der Gedanke, versagt zu haben, sie gepeinigt hatte, und während der letzten Stunde war dieser Gedanke zu einer bitteren Frucht gereift. Er sah sie an – sie sah so gelassen und kühl aus, als habe sie nicht im geringsten Angst. Und gerade das warnte ihn, auf der Hut zu sein.

Er wandte sich zu ihr, um ihr voll ins Gesicht zu schauen. Sie hatten jetzt den Hammersmith Broadway erreicht, und ihr Kopf und ihre Schultern hoben sich von den hohen dunklen Gebäuden ab. Er liebte es, sie anzusehen, ohne daß sie es wußte. Nicht ohne eine gewisse Besorgnis war er sich bewußt, daß er diese Angewohnheit nicht so leicht aufgeben könnte. Es befriedigte ihn, wenn seine Augen auf ihr ruhten, wenn er jede Einzelheit ihrer Kleidung, ihrer ganzen gepflegten Erscheinung wahrnahm. Sie trug ihr Haar glatt zurückgekämmt, wodurch ihre breiten

Backenknochen betont wurden, und es machte ihr nichts aus, daß ihr Mund groß und breit war. Aber gerade darin bestand ihre Schönheit. Auch ihr Körper war schön, durchtrainiert und vollkommen proportioniert. Und ihr Körper – ob bewußt oder unbewußt, hatte er niemals feststellen können – hatte etwas aufreizend Sinnliches.

Noch sehr deutlich erinnerte er sich des Tages vor mehr als vier Jahren, als sie bei ihm wegen einer Stellung vorsprach. Einer seiner Redakteure hatte sie vorgestellt, und sehr selbstsicher hatte sie sich um eine Position an seiner bedeutendsten Frauenzeitschrift beworben. Er hatte ihr Selbstvertrauen bewundert und ihr die Stellung gegeben. Nach einem halben Jahr fand er seine Erwartung in ihre Fähigkeiten bestätigt und machte sie zur Mode-Redakteurin. Darauf befürchtete er, die Folgen seiner Unbesonnenheit könnten sich für ihn als Blamage erweisen, doch sie bestand die Probe, wie er gehofft hatte. Er gab ihr eine beträchtliche Gehaltserhöhung. Susan hatte ihm nicht dafür gedankt. Stets kannte sie ihren Wert, und der – sie wußte es – ließ sich nicht mit Geld bezahlen.

Schließlich wandte er seine Aufmerksamkeit wieder der Straße zu. Die Wahrung ihrer privaten Sphäre war ihnen beiden ein ungeschriebenes Gesetz, und er war sich klar, daß er gegen diese Regel verstieß, wenn er sie so anstarrte. Sie liebten einander, doch ihre Liebe war eine Liebe freiwilligen Gewährens. Er legte seine freie Hand auf die ihre, die still in ihrem Schoß lag. Dann wandte er sich ihr wieder zu, diesmal um die Strahlen der bleichen Herbstsonne zu beobachten, die bei jeder federnden Bewegung des Wagens über ihr Gesicht huschten.

Nun umfaßte sie seine Hand und drückte sie zärtlich. Eine Geste wie diese überraschte ihn. Sie kam für ihn immer unerwartet.

Sie fuhren jetzt durch die breite, sonnenerfüllte Schlucht der Kensington High Street. Da sagte sie plötzlich: »Alles kommt mir nun viel schwieriger vor, als ich mir vorgestellt hatte.« Als brauche sie seine Hilfe, fuhr sie fort: »Ich weiß nicht, warum ich plötzlich solche Angst habe, es könne schlecht ausgehen.«

»Es kann gar nicht schlecht ausgehen«, sagte er. »Die Scheidung kommt in zwei Monaten zur Verhandlung, und dann brauchen wir nur abzuwarten, bis sie rechtskräftig wird. Wenn du nicht den Eindruck erweckst, daß es sich um ein abgekartetes Spiel handelt, kann es nicht schiefgehen. Ganz bestimmt nicht.«

»Es handelt sich um Midge«, erwiderte sie. »Wenn er sie mir nun nicht überläßt? Ich glaube zwar nicht, daß er gehässig sein kann ... aber woher soll ich das wissen? Er kann sich doch verändert haben in all diesen Jahren. Ich glaube, davor habe ich Angst – vor dem Unerwarteten in ihm.«

»In Paris«, sagte er nachdenklich, »kam es dir gar nicht in den Sinn, daß du Angst haben könntest vor Louis. Wenn du eine Gefahr befürchtet hättest, wären wir gar nicht gekommen.«

»Gerade weil wir in Paris waren, mußten wir unbedingt hierherkommen.«

Seine Miene verfinsterte sich. »Du bist nach Paris gefahren, um dir die neue Mode anzuschauen. Es war eine Geschäftsreise.«

»Meine Geschäfte hier sind viel dringender«, erwiderte sie mit fester Stimme. »Ich glaube, wenn ich will, daß Midge mir zugesprochen wird, muß ich mich mit Louis persönlich auseinandersetzen ... ich muß ihn dazu überreden, sie mir zu lassen.«

Seine Stimme wurde lauter, was den Chauffeur veranlaßte, sich nach ihnen umzuschauen. »Glaubst du denn, man überläßt dir irgendwelche Entscheidungen? Wenn Louis das Kind haben will, dann behält er es, und du kannst nichts dagegen unternehmen. Midge bekommst du nur, wenn er sie dir freiwillig überläßt.« Seine Stimme klang noch immer gereizt.

Da eine Pause in ihrem Gespräch eintrat, nahm sie den Gedankengang wieder auf, der durch die Berührung seiner Hand unterbrochen worden war. Paul hatte bisher große Geduld bewiesen, und nur er konnte wissen, wieviel ihr daran gelegen war, ihren Aufenthalt in Paris abzubrechen und nach London zu fahren. Dieser Entschluß war ihr nicht leichtgefallen. Paris war um diese Jahreszeit, in der die ersten Blätter fielen, unendlich reizvoll gewesen. Susan, die noch nie zuvor in Paris gewesen war, hatte sich in diese wunderbare Stadt verliebt. Jeden Augenblick, den sie nicht in den Modesalons verbringen mußte, hatte sie dazu benutzt, die Schönheiten der »Ville Lumière« zu entdecken. Paul zeigte ihr Paris, wie er es vor dem Krieg als Korrespondent für eine der Zeitungen seines Vaters gekannt hatte. Und das war nicht das Paris der Touristen. Susan erinnerte sich an diese Stadt wie an ein Traumgebilde aus spitzen Türmen und Dächern, durch das wie ein Band aus zartem Grau überall die Sonne schimmerte. Sie liebte Paris, wie es wohl nur Amerikaner lieben können. Sie überließ sich seinem Pulsschlag mit fast grenzenloser Hingabe, sie genoß seine Musik, seine Farben und Düfte und erlag allen Irrtümern, denen unzählige Amerikaner vor ihr erlegen waren, ohne daß es ihre Begeisterung dämpfen konnte.

Die Stadt, der sie sich jetzt näherten, war kein Traumgebilde, es war eine festgefügte graue Stadt unter einem farblosen Herbsthimmel, deren hochragende Häuser sich dem spärlichen Sonnenlicht entgegenreckten. Sie kamen in diese Stadt, um die letzten Einzelheiten der Scheidung festzulegen, und sahen allerlei Streitigkeiten vor sich wegen des Kindes, das Midge genannt wurde, obgleich es eigentlich, seltsam altmodisch, Alexandra Charlotte getauft war.

Das war ihre etwas vage Vorstellung gewesen, als sie noch in Paris war. Dort hatte sie sich das alles sehr einfach vorgestellt, aber nun verdunkelten leise Schatten das Bild. Louis war nicht mehr die schemenhafte Gestalt, um die sie sich während der letzten sechs Jahre in New York keine Skrupel gemacht hatte – auf bestürzende Weise kam er plötzlich zum Leben als der Mensch, der die Macht besaß, ihre Unbekümmertheit und Selbstsicherheit zu erschüttern. Vielleicht würde er sie wieder auf seine eigentümliche Art anblicken, bei der sie immer das Gefühl gehabt hatte, sie sei im Vergleich zu seiner großen Erfahrung unwissend und naiv. Sie hätte gern gewußt, ob es ein bewußter Trick von ihm war, andere Menschen mit seinem unbekümmerten Lächeln anzustarren, bis sie sich ihrer eigenen Unzulänglichkeit bewußt wurden.

Sie konnte sich Louis in diesen so veränderten friedlichen Zeiten nicht recht vorstellen. Er hatte allzu gut in das Chaos des Krieges gepaßt. Sogar die Art, wie sie sich kennenlernten, hatte den gesellschaftlichen Formen jener Kriegsjahre entsprochen. Sein Bruder Racey hatte sie in einem Nachtlokal miteinander bekannt gemacht, und sie hatten bis zur Erschöpfung zusammen getanzt, weil der Luftangriff die ganze Nacht über gedauert hatte. In dem mit Menschen und Rauch überfüllten Raum hatten sie geplaudert und gelacht, und es war märchenhaft gewesen, beim ersten Morgengrauen, während wilder Feuerschein den Himmel überflammte, im Gefühl beginnender Liebe nach Hause zu wandern. Sie hatten alle drei in Susans kleiner Wohnung gefrühstückt, und dann waren die beiden fortgegangen, sie mit dem Frühstücksgeschirr zurücklassend, da sie einen Zug zu ihrer Einheit der Royal Air Force erreichen mußten. Sie waren sehr ausgelassen gewesen, die beiden Brüder hatten sich so sorglos und unbeschwert benommen wie zwei Buben, die einen schulfreien Tag vor sich haben. Sie hatte jedoch ihren Gesprächen entnommen, daß sie am Abend zu einem Feindflug eingesetzt werden würden. Für die beiden schien das etwas ganz Alltägliches zu sein.

In ihrer Erinnerung glich dieser erste Abend vielen anderen. Mit der Zeit wurde es zur Gewohnheit, daß der eine oder der andere, oft auch beide, wenn sie von der Botschaft kam, schon in ihrer Wohnung auf sie wartete, um sie auszuführen oder, wenn die Zeit dazu nicht ausreichte, bei ihr etwas zu essen und ihre Schallplatten anzuhören. Angesichts der großen Ähnlichkeit der beiden Brüder, die es schwermachte, einen Unterschied zwischen ihnen zu entdecken, war es sonderbar, daß sie sich in Louis verliebt hatte, während sie Racey mit amüsierter Gleichgültigkeit begegnete. Er war immer unterhaltend und charmant, flirtete lustig mit ihr, und als Louis sie bat, ihn zu heiraten, hatte er nichts dagegen einzuwenden.

Schon ein paar Monate später wurden sie in dem Dorf Hythebourne, wo Louis beheimatet war, in einer halbzerstörten Kirche getraut. Erst an ihrem Hochzeitstag lernte sie seine Eltern kennen und spürte sofort, obgleich Racey das Gegenteil beteuerte, daß sie enttäuscht und beunruhigt waren. Sie nahmen die unbekannte Amerikanerin zwar mit echt englischer Gelassenheit, aber ohne Herzenswärme in ihre Familie auf. Und das hatte sich nie geändert.

Ihr Zusammenleben mit Louis vollzog sich in der hektischen Spannung, die der Krieg mit sich brachte. Sie erwarteten viel voneinander, erhofften vielleicht, daß einer dem andern die Entspannung und Ruhe schenken werde, die sie beide ersehnten. Aber da sie sich zu wenig kannten und sich allzu leidenschaftlich liebten, war ihre Ehe ein Fehlschlag geworden.

Während der Wagen an altvertrauten Plätzen vorüberglitt, bemühte sich Susan, diese Zeit ihrer Ehe heraufzubeschwören. Es schien ihr plötzlich wichtig, falls sie Louis gegenübertreten sollte, die wahre Ursache für den Fehlschlag ihrer Ehe der schützenden Erinnerung und der Dunkelheit der vergangenen Jahre zu entreißen. In Hythebourne, wo sie sich während der Monate vor der Geburt ihres Töchterchens Midge aufgehalten hatte, war ihr erschreckend bewußt geworden, daß sie sich nicht mehr verstanden und absolut nicht dieselben Interessen hatten. Louis besuchte sie, wenn er Urlaub hatte, mit einer Regelmäßigkeit, als erfülle er eine kirchliche Pflicht, und dann machten sie Tage zermürbender Nervenanspannung durch. Ganz unwichtige und zuweilen unnötig geäußerte Worte bekamen einen verletzenden Sinn, über völlig belanglose Zwischenfälle brütete sie noch nach, wenn er schon lange zu seiner Einheit zurückgekehrt war. Selbst jetzt noch erinnerte sie sich deutlich, wie verzweifelt sie monatelang gewesen war, als sie entdeckte, es genüge nicht, Louis zu lieben. Man mußte aus den kurzen Stunden, in denen sie beisammen waren, ein Verstehen und eine gegenseitige Sympathie mitnehmen können, die über all die ungeduldigen Worte, das verstockte Schweigen, die kleinlichen Streitigkeiten den Mantel der Liebe breiteten. Aber der Krieg mit seinen kurzen Urlaubsperioden ließ ihnen keine Zeit für einen derartigen Ausgleich. Es brachte ihnen auch keine Erleichterung, darüber zu sprechen, weil der Bruch zu tief war, um mit Worten daran zu rühren. Und schließlich hatten sie gar nicht mehr das Verlangen, sich zu verstehen.

Nach der Geburt ihres Töchterchens widmete sich Susan der Pflege des Kindes und ersehnte den Tag, an dem sie es nach London mitnehmen könnte. Denn nur wenn sie in ihre Wohnung in Carlton Mews zurückkehrte, schien es ihr möglich, ihre Ehe zu retten. Dieser Gedanke erweckte neue Hoffnung in ihr, und sie sah mit Ungeduld diesem Tag entgegen.

Als sie Louis ihren Plan mitteilte, widersetzte er sich mit endgültiger Entschiedenheit. Er ließ sich nicht überzeugen, daß die Gefahren, denen sie und das Kind in London ausgesetzt waren, dem allmählichen Absterben ihrer Liebe hier in Hythebourne vorzuziehen seien. Der Ärger über seine Unfähigkeit, das zu verstehen, ließ sie verstummen; sie fand nicht die Worte, um ihm die Not ihrer einsamen Nächte zu schildern und der Tage, angefüllt mit häuslicher Tätigkeit, die von seinen beiden alten Eltern niemals richtig anerkannt wurde. Wenn sie sein sorgloses, schönes Gesicht betrachtete und seine Augen, die sie zuweilen in verständnislosem Erstaunen ansahen, dann war es ihr unmöglich, ihm zu erklären, wie unglücklich sie sich in diesem Haus fühlte.

Ihr war, als drückten alle die Menschen, die in diesem Haus ihr Leben verbracht hatten, wie eine schwere Last auf sie. Sie fühlte sich gefangen, ihrer Persönlichkeit beraubt. Sie war nur noch die Person, die zufällig Louis' Frau genannt wurde. In diesem Hause zu verweilen schien ihr der eigenen Selbstvernichtung gleichzukommen.

Während der folgenden Wochen hatte sie versucht, Louis die Gründe für ihre Weigerung, in Hythebourne zu bleiben, darzulegen. Doch sie sprach wie zu einem Tauben, so sehr war er erfüllt von seiner angebeteten Fliegerei, wie betäubt von der ständigen Anspannung der Luftkämpfe. Er hatte weder Zeit noch Neigung, Susans Gründe zu begreifen. Ihr Gebet, daß der wie mit Blindheit Geschlagene doch eines Tages sehend werde, war vergeblich. Von dem Augenblick an, als sie alle Hoffnung aufgab, bereitete sie die Flucht vor. Sie nahm die fast unüberwindlichen Schwierigkeiten, eine Passage nach New York zu bekommen, mit großer Geduld auf sich, die durch ihre Verbitterung gestärkt wurde. Ihre Flucht von Louis und Hythebourne machte ihrer inneren Zerrissenheit ein Ende, und deshalb empfand sie niemals Schuld oder Gewissensbisse, denn ihre Tat schien ihr gerechtfertigt.

Sechs Jahre lang hatte sie keinerlei Lebenszeichen von Louis erhalten, und dabei wäre es wohl geblieben, wenn sie sich nicht entschlossen hätte, Paul zu heiraten. Sie hatte an Louis geschrieben und ihm dann durch ihre Anwälte eine formelle Aufforderung geschickt, er solle auf Grund ihres böswilligen Verlassens die Scheidungsklage einreichen. Auch jetzt bekam sie keine persönliche Antwort von ihm. Susan hatte das Gefühl, als behandle er die Angelegenheit wie die Belästigung seitens einer fremden Person, wie etwas, das man seinen Anwälten zu möglichst schneller Erledigung übergibt. Die Geringschätzung, die in seinem Verhalten zum Ausdruck kam, verletzte sie, sooft sie darüber nachdachte. Louis hatte schon immer eine tiefe Verachtung für alles gehabt, was er seiner für nicht würdig hielt. Er wollte sie strafen mit seinem Schweigen, und er wußte genau, wie sehr er sie damit verwundete. Er hatte sie nicht vergessen, noch hatte er vergessen, wie sehr sie alles Unpersönliche in ihrem Verhältnis zueinander gehaßt und gefürchtet hatte. Er wußte, was sie von der Ehe erwartete, und er wußte nur zu gut, was er ihr angetan hatte. Er brachte nicht einmal die Höflichkeit auf, ihr mit ein paar Zeilen die Nachricht zu bestätigen, daß sie nach London kommen werde, um mit ihm zu sprechen. Nie hätte sie gedacht, daß eine Ehe so trostlos, so erbärmlich enden könnte.

Als sie sich vor langer Zeit zu diesem Schritt entschloß, hatte sie es für unmöglich gehalten, daß eine menschliche und dazu sehr intime Beziehung sich in nichts auflösen könnte, als sei sie nie gewesen, selbst dann, wenn sie mit Spannungen so belastet war wie das Verhältnis zwischen ihr und Louis. Unmöglich, Louis zu vergessen, genauso unmöglich wie jene kurze Zeitspanne in London, die Monate voller Gefahren, durchlebt wie in einem Fieberrausch. Die Begleitmusik zu ihrer kurzwährenden Liebe war das Krachen von Bomben gewesen, und wenn sie zuweilen in die Flammen der Brandbomben blickte, die gegen den nächtlichen Himmel wie brennende Zigaretten im Dunkel aufleuchteten, dann schien es ihr fraglich, ob eine solche Liebe das Getümmel und den Lärm überdauern werde, wenn für Louis alle aufreibende Gefahr vorüber sein würde. Sie hatten ja nur von Stunde zu Stunde gelebt und sich verzweifelt geliebt, er infolge der Nervenüberspannung, mit der er sich in tollkühner Leidenschaft allen Gefahren hingab, sie infolge der Angst, die sie vor ihm zu verbergen versuchte. Ihre Liebe endete in einer Katastrophe ebenso schnell, wie sie begonnen hatte.

Nun bog der Wagen in den Park ein, und sie entdeckte, daß das Laub schon eine herbstliche Färbung annahm. Noch waren die

Bäume sommerlich grün, und doch war es, als warteten sie auf den Frost und die Stürme, die bald ihre Blätter unbarmherzig über den Rasen fegen würden. Wie sehr hatte sich London verändert in den vier Jahren seit dem Krieg. Gepflegte Rasenplätze und Blumenbeete, Frauen in modischen Kleidern, die ihre Hunde spazierenführten, und sogar die scharlachroten Uniformen der Königlichen Garde waren oben bei den Knightsbridge-Kasernen aufgeblitzt.

Sie näherten sich jetzt dem Hotel, und als sie nun den Park hinter sich ließen, freute Susan sich auf das Bad, das sie in aller Ruhe genießen würde, und später auf einen Cocktail mit Paul. Vielleicht blieb sogar noch Zeit, mit Louis' Anwälten telefonisch eine Verabredung für morgen vormittag zu treffen. Es wäre Zeitverlust, damit bis Montag zu warten, denn sie wollten höchstens eine Woche in London bleiben. Sie spürte jetzt, als die wohlbekannten Plätze ihre Liebe zu dieser Stadt wieder erweckten, daß schon das eine gefährlich lange Zeit war. Vielleicht hätten sie, wie Paul eben sagte, gar nicht herkommen sollen. Es war schwer zu sagen, was letzten Endes das sicherste, das klügste war.

2. KAPITEL

Als Susan vom Empfangsschalter zurücktrat, fiel ihr Blick auf Louis.

Er saß in der Halle, ein Glas vor sich auf dem Tisch, das Gesicht halb abgewandt, und noch nach sechs Jahren erinnerte sie sich, wie er seine Zigarette zu halten pflegte und mit halbgeschlossenen Augen – wie eine Katze – sich dem Genuß des Rauchens hingab.

Er hatte Susan nicht gesehen. Instinktiv klammerte sie sich an Pauls Arm. In ihrem Schock hatte sie nur den einen Wunsch, möglichst rasch zu fliehen. Sie war noch nicht bereit, ihm Auge in Auge gegenüberzutreten; sie brauchte das Bad und den Cocktail, sie bedurfte des Beistands so vieler lächerlicher Dinge, ehe sie in Ruhe mit ihm sprechen konnte. Sie wußte, die verräterische Schwäche in ihren Knien war ein Zeichen der Angst, die sie nicht überwinden konnte.

Paul sah sie fragend an. Der Liftboy lächelte ihnen aufmunternd zu, einzusteigen.

Sie feuchtete ihre Lippen an, wie stets, wenn sie etwas beunruhigte.

»Dort sitzt Louis«, sagte sie dumpf.

Pauls Blick schweifte über sie hinweg. »Welcher ist es?«

»Der beim Eingang. Er sitzt allein.«

Er nickte bedächtig. »Was willst du tun?«

Verzweifelt erwiderte sie: »Ich kann jetzt unmöglich mit ihm sprechen. Ich bin nicht darauf vorbereitet.«

Er nahm sie beim Arm und zog sie ans Ende des Tisches, so daß der Empfangschef und der Liftboy ihnen nicht zuhören konnten. »Du mußt ja wissen, Sue, wie du dich verhalten mußt, denn du kennst diesen Burschen. Aber an deiner Stelle würde ich jetzt mit ihm reden, dann hast du's hinter dir. Offenbar erwartet er dich. In ein paar Minuten ruft er dich sicher in deinem Zimmer an.«

»Du hast recht.« Als wolle sie Zeit gewinnen, fuhr sie langsam fort. »Willst du dabeisein?«

»Nein, Sue.«

Fragend sah sie ihn an.

»Das ist deine Angelegenheit«, sagte er.

Sie schwieg, aber er sah, wie ihre Zungenspitze über ihre Lippen fuhr, wie sie mit der Hand über ihr Haar strich und mit einer leichten Bewegung ihre Jacke zurechtzog. Es wirkte auf ihn, als wolle sie sich wappnen, und da er ihre Verlassenheit und Angst spürte, drückte er ihr rasch die Hand.

»Ich warte oben auf dich.«

Die Halle war voller Menschen. Nur ein paar Plätze waren noch frei, darunter der an Louis' Tisch. Er sah sie nicht kommen, und sie stand schon ein paar Sekunden vor ihm, bis er endlich aufschaute. Dann starrte er sie verblüfft an. Nach einer kleinen Ewigkeit hob er fragend die Augenbrauen. Verzweifelt suchte sie sich zu erinnern, was sie ihm hatte sagen wollen. Es fiel ihr nicht ein. Schließlich fragte sie schüchtern:

»Darf ich mich setzen?«

Er sprang auf, als habe ihre Stimme ihn erschreckt, und schob ihr einen Sessel zurecht. »Ich bitte um Verzeihung. Natürlich!«

Sie nahm Platz, sah ihn an und bemerkte, daß er sie unverwandt anblickte. Lieber Gott, warum sagte er nichts? Noch eine solche Minute, und sie würde aufstehen und fortgehen.

Da sagte Louis in einem fast unpersönlichen Ton: »Möchten Sie eine Zigarette?«

»Ja, gern.« Susan war ihm schrecklich dankbar für die Frist, die ihr das Anbieten und Anzünden einer Zigarette gewährte. Er beugte sich zu ihr herüber und gab ihr so bedächtig Feuer, als wolle auch er Zeit gewinnen, um die richtigen Worte zu finden. Sie betrachtete ihn aufmerksam, während er das Feuerzeug an seine eigene Zigarette hielt. Er hatte sich kaum verändert; sein Gesicht war wie immer, sein Haar noch dunkel und glatt zurückgekämmt. Nichts an ihm war anders geworden, nur seine Augen sahen gütig und etwas verwundert drein. Seine Hände waren entspannt und lange nicht so nervös wie früher. Trotzdem war etwas Fremdes an ihm. Nur konnte sie nicht sagen, worin es bestand. Er rückte ihr den Aschenbecher hin. »Finden Sie englische Zigaretten nicht ungenießbar? Die meisten Amerikaner mögen sie nicht.«

»Nach einer Reise ist jede Zigarette gut. Beinahe so gut wie ein Bad.«

»Müde?«

»Ziemlich müde.«

Er lächelte fast unmerklich. »Vielleicht hätten Sie lieber ... warten Sie, ich will Ihnen etwas zu trinken bestellen.«

Ein Kellner eilte herbei, nahm sein leeres Glas fort und beugte sich diensteifrig zu Susan. »Gin mit Kognak«, bestellte sie leise.

»Für mich wieder dasselbe.«

»Whisky pur, nicht wahr, mein Herr?«

»Ganz richtig.«

Louis sah Susan wieder lächelnd an und sagte: »Ich warte auf meine Frau.«

Fast hätte sie aufgeschrien, aber sie schwieg, wie vom Donner gerührt. Sie stieß die Asche von ihrer Zigarette und hätte sie in ihrer Erregung beinahe ausgedrückt. In Gedanken wiederholte sie seine Worte, als wolle sie ergründen, was er damit meinte. Aber schließlich dämmerte ihr die Wahrheit. Louis hatte sie begrüßt, als sei er ein Fremder – ein liebenswürdig lächelnder Fremder. Seine gleichgültigen Bemerkungen bekamen nun eine entsetzliche Bedeutung. Er kannte sie genausowenig wie die vielen anderen Menschen, die in der Hotelhalle ein und aus gingen. Für ihn war sie lediglich eine Frau, die gekommen war und sich an seinen Tisch gesetzt hatte – eine Frau wie jede beliebige andere.

Nur sein unpersönliches Lächeln hielt sie davon ab, ihn aufzuklären. Und auf einmal wünschte sie gar nicht, daß das Lächeln von seinem Gesicht schwand. Sie wollte sich weiter mit ihm unterhalten, noch für eine Weile seine ungewohnte Liebenswürdigkeit genießen. Es mußte zu einer Erklärung kommen – doch das würde sich später finden, wenn sie sich eine Weile unterhalten hatten. Ohne ihn anzusehen, sagte sie: »Soll ich nicht lieber gehen?«

Er lachte amüsiert: »Das ist gar nicht möglich. Sie finden sonst keinen freien Stuhl. Und außerdem haben Sie Ihren Drink noch nicht bekommen.«

»Ich finde, Sie sind nicht fair. Wenn Sie auf Ihre Frau warten, hätten Sie mich nicht zu einem Drink einladen dürfen.«

Er lächelte spöttisch. »Bleiben Sie, bitte. Der amerikanische Akzent hat für mich immer etwas Faszinierendes.«

»Ich sitze nicht hier, damit Sie sich über meinen Akzent amüsieren.«

Er beugte sich plötzlich vor, seine ausgestreckte Hand berührte fast die ihre. »Schauen Sie, gerade jetzt brauche ich jemanden wie Sie ganz dringend. Ich würde Ihnen gern erzählen, warum, doch ich fürchte, Sie werden mich auslachen.«

Es fiel ihr schwer, ihre Neugierde zu verbergen. »Ich habe mehr Sinn für Humor, als Sie mir anscheinend zutrauen.«

»Verzeihung. So hatte ich es natürlich nicht gemeint.« Ein sonderbares Zucken ging über sein Gesicht, und Susan bemerkte zum erstenmal, daß er müde und gequält aussah: Sein Lächeln war verschwunden, als er fortfuhr: »Ich habe das Bedürfnis, mit jemandem darüber zu sprechen, aber ich weiß nicht recht, wie ich beginnen soll.«

Mit erstickter Stimme sagte sie: »Warum wollen Sie damit beginnen? Man bereut es zuweilen, wenn man sein Herz einem Fremden ausschüttet.« Sie hätte nicht erklären können, warum sie das sagte.

Es war wie eine Warnung für ihn, fast ein Anruf, sich nicht bloßzustellen. Sie wollte so gern, daß er so unbekümmert wäre wie früher. Dann würde alles leichter sein.

Jetzt kamen die Drinks, und als sich der Kellner wieder entfernt hatte, erhob Louis mit galanter Geste sein Glas. »Nun ... ich trinke auf alle die Menschen, die gerade im rechten Augenblick kommen.«

»Nehmen wir an, es ist der rechte Augenblick.« Wenn er doch nur verstünde, was sie damit sagen wollte! Wie töricht von ihr, hier zu sitzen und ihn reden zu lassen – ihm zuzuhören.

»Sind Sie immer so ...?« fragte er.

Sie nippte an ihrem Glas. Es war nicht viel Gin darin. »Immer so ... wie?«

»Schwer zu sagen. Ein wenig reserviert ... kühl. Nein, das ist nicht ganz das, was ich sagen wollte. Eher weise – Ihre Weisheit wie einen köstlichen Wein tropfenweise ausschenkend.« Er lachte und blickte sie forschend an, ob sie mitlachte. »Ich rede natürlich Unsinn. Sie denken sicher, ich sei ein Narr.«

»Nein, keineswegs. Vielleicht sind Sie ein Träumer. Sie warten doch auf Ihre Frau – haben Sie das vergessen?«

»Nein ... das ist es ja.« Wieder huschte der müde, gequälte Ausdruck über sein Gesicht, seine Lippen zuckten nervös. »Sie müssen wissen, ich habe sie seit sechs Jahren nicht mehr gesehen, und wenn sie kommt, weiß ich nicht einmal sicher, ob ich sie wiedererkennen werde.«

Susan betrachtete ihre Hände, sie fühlte sich ganz müde und krank. Ihre Hände waren schön und gepflegt, sie hatte sie immer mit Befriedigung betrachtet. Doch jetzt waren sie verräterisch, sie würden zittern, wenn sie das Glas nicht mit aller Gewalt umklammerte.

Verzweifelt wünschte sie, sie könnte die Zeit um zehn Minuten zurückstellen – nur zehn Minuten. Dann stände sie wieder am Empfangsschalter, weit weg von Louis, die Hotelhalle wäre ein trennender Abgrund zwischen ihr und ihm. Dann würde sie diesen Abgrund anders überqueren. Noch vor zehn Minuten war Louis für sie ein Fremder gewesen – und das war er jetzt nicht mehr. Sie hatte sein Gesicht voller Müdigkeit und Qual gesehen – Louis, sonst immer selbstbewußt, furchtlos und beherrscht, hatte Hilfe bei einer fremden Frau gesucht. Zehn Minuten hatten genügt, ihr diese unglaubliche Wandlung zu enthüllen. Lieber Gott, dachte sie voller Verzweiflung, hilf mir aus dieser entsetzlichen Lage, beschütze mich davor, mich noch mehr zu verstricken! In ihrer Herzensnot formten sich die Worte zu dem Gebet »... Erlöse uns von dem Übel«.

»So sehr verändert sich kein Mensch in sechs Jahren«, sagte sie schließlich.

»Ach ... darum handelt es sich gar nicht. Nicht sie hat sich verändert, sondern ich. Seit ich meine Frau zum letztenmal sah, hat eine Kugel meinen Schädel durchbohrt, und seither kann ich mich an ganze Strecken meines Lebens überhaupt nicht erinnern. Zum Beispiel an meine Ehe ...«

Sie vermochte kein Wort zu erwidern. »Vergib uns unsere Schuld ...« Hatte sie an Louis gesündigt? Sollte von nun an alles, was sie getan hatte, als niedrig und gemein gestempelt sein? Was bedeutete es für ihn, sich von einer Frau scheiden zu lassen, die er überhaupt nicht kannte? Sie wußte es natürlich. Hatte sie nicht die Angst, die Qual, die Spannung in seinem Gesicht gesehen? Er empfand genau, wie sie es tun würde unter diesen Umständen. Jetzt endlich waren sie sich nahegekommen. Rasch fügte er hinzu: »Verzeihen Sie bitte. Ich wollte Sie nicht mit meinen Problemen belästigen.«

Sie sah ihn an. »Das weiß ich.«

»Ich denke nicht mehr soviel darüber nach. Deshalb vergesse ich, daß es für andere peinlich sein muß. Ich selber bin daran gewöhnt. Es quält mich nicht mehr – höchstens in einem Augenblick wie heute. Deswegen wünsche ich mir, daß Sie hier sitzen und mit mir sprechen. Das macht das Warten leichter, das verstehen Sie sicher.«

»Es freut mich, wenn ich Ihnen helfen kann.« Sie verabscheute diese nichtssagende Phrase, sie war schlimmer als eine Lüge. Paul liebte sie, weil sie wahrhaftig war; jetzt wollte sie auch Louis gegenüber wahrhaftig sein.

»Sie helfen mir, das wissen Sie genau; aber wie alle netten Menschen, wollen Sie sich nicht aufdrängen. Schön, denken Sie nicht über mich nach, genießen Sie lieber Ihren Drink.«

»Wollen wir nicht aufrichtig sein? Dies hier ist kein üblicher Drink und auch keine übliche Unterhaltung.« Das alles machte sie ganz krank, trotzdem fuhr sie fort: »Sie werden wohl nicht erwarten, daß ich vom Wetter rede, während Sie auf ein Rendezvous mit einer unbekannten Frau warten.«

»Es handelt sich nicht um ein Rendezvous. Sie erwartet mich gar nicht. Ich sitze nur hier, weil vielleicht jemand durch diese Tür tritt, an den ich mich erinnern kann – wenn auch nur vage –, und dann würde ein ganzes Stück meines Lebens mir wieder bewußt werden. Das ist alles. Eine ziemlich lange Rückblendung, aber vielleicht gelingt sie.«

»Und wenn sie nicht gelingt?«

Er zuckte die Achseln. »Bin ich dann schlimmer daran?« Fast im gleichen Augenblick fragte er: »Noch einen Drink?«

»Nein, danke.« Sie wünschte, sie hätte die Kraft, ihn zu verlassen. Noch nie zuvor hatte er es fertiggebracht, daß sie sich niederträchtig vorkam. Jetzt brachte er es, ohne es zu wollen, dahin.

»Warum nicht? Habe ich Sie verstimmt? Das war nicht meine Absicht.« Er wollte, daß sie dablieb. Und er gewann, wie schon oftmals zuvor. – Aber es war doch anders als sonst. Es war eine Bitte, kein Befehl.

Weil sie nicht wußte, was sie tun sollte, ließ sie es zu, daß er noch einen Drink bestellte. Was für ein Wahnsinn! Warum machte sie dem nicht ein Ende? Was wurde aus ihren so vernünftigen Plänen, wie diese Unterredung stattfinden sollte? Das Rätsel lag bei Louis. Er war Herr der Situation und gab ihr jede von ihm gewünschte Richtung. Sie hatte hilflos nachgegeben, weil sie sich nicht zu helfen wußte. »Sie sind ein sonderbarer Mann«, sagte sie schließlich unvermittelt.

Er war offensichtlich überrascht. Sie fand es sympathisch, wie er fragend die Brauen hochzog. »Finden Sie?« sagte er amüsiert.

»Gewiß. Sie haben mir soeben etwas anvertraut, was die meisten Menschen nicht einmal ihrem besten Freund erzählen würden. Und ich bin ihnen völlig fremd.«

Jetzt lachte er laut auf. Erstaunt bemerkte sie plötzlich, daß ihr Gespräch ihm geradezu Genuß bereitete. »Sie sind wohl noch nie einem Menschen begegnet, bei dem Sie instinktiv das Empfinden haben, er müßte eigentlich Ihr bester Freund sein?« Sie vergaß einen Augenblick die schlimme Verwicklung der Umstände, vergaß sogar, daß ihr Gesprächspartner Louis war, und lachte auch. »Das ist eine unmögliche Vorstellung.«

Sie hörte erst auf zu lachen, als ihr einfiel, daß sie das alles Paul werde erzählen müssen. Dieser Gedanke ernüchterte sie. War ihr Verhalten nicht unerklärlich? Warum in Gottes Namen sagte sie Louis nicht die Wahrheit? Das Servieren der Drinks gab ihr eine kleine Frist zum Überlegen. Sie wußte, wenn sie hinaufkam, mußte sie Paul gestehen: »Ich klärte Louis nicht auf, weil er mir so, wie er jetzt ist, so gut gefiel, daß ich nicht mit ansehen wollte, wie er sich in den Menschen verwandelt, den ich früher gekannt habe.« So und nicht anders mußte sie es Paul sagen. Es beruhigte sie, daß sie das in Gedanken klargestellt hatte.

In diesem Augenblick fragte sie Louis: »Und was dachten Sie noch?«

»Darf ich es Ihnen erzählen?« Er war offenbar darauf erpicht, weiterzusprechen. »Als Sie vor mir standen, kam mir einen Moment der verrückte Gedanke, Sie könnten meine Frau sein. Doch dann wußte ich, daß ich mich täuschte, und ich kam mir ziemlich idiotisch vor. Ich glaube, ich habe mir wie ein Kind eingebildet, der Weihnachtsmann bringe mir allein soviel wie meinen Brüdern und Schwestern zusammen.« Er besann sich einen Augenblick. »Nie hat sich jemand die Mühe gemacht, mir zu erzählen, wie meine Frau aussah. Ich besitze nicht einmal eine Fotografie von ihr. Kann man mir also einen Vorwurf machen?«

Sie wurde rot und hoffte, er würde es nicht bemerken.

»Nein, gewiß nicht.«

»Danke.« Er lächelte ironisch. »Mir scheint, ich spiele ihnen ein Schauerdrama vor, nur um Sie zu unterhalten. Warum eigentlich?«

»Offensichtlich wollen Sie den Touristenverkehr fördern. Wahrscheinlich sind Sie ein Mitglied des Verkehrsvereins.«

Diesmal lachte er nicht. »Ebenso offensichtlich sind Sie keine Touristin.«

»Was bin ich dann?«

»Das weiß ich nicht. Ich möchte Sie auch nicht mit Vermutungen langweilen. Wohnen Sie in New York?«

»Das ganze Jahr über, nur im Sommer nicht.«

»Und was tun Sie im Sommer?«

»Da fahre ich nach Maine. Dort besitze ich eine Art Farm.« Das konnte sie ihm ruhig erzählen. Louis hatte davon nie etwas gewußt, noch sich dafür interessiert. Oder hatte sie niemals die Zeit gefunden, es ihm zu sagen? Sie hatten eigentlich nie für etwas anderes Zeit gehabt als für ihre Liebesstunden und Streitereien.

»Wie meinen Sie das: eine Art Farm?« Er schob sein Glas beiseite.

»Na … zwei Kühe, ein paar Hühner und einen Bach, um zu fischen. Und Agatha.«

»Wer ist Agatha?«

»Sie hat mich schon betreut, als ich noch ein kleines Mädchen war, und sie kocht wie ein Engel. Nur Agatha und ich hausen dort zusammen.« Das stimmte nicht ganz. Denn Paul hatte mit ihr die beiden letzten Sommer auf der Farm verbracht, und Agatha hatte ihn vergöttert. Von früh bis spät kochte sie für ihn. Es fiel Susan jetzt schwer, sich die Farm ohne Paul vorzustellen.

»Nur Agatha und Sie hausen dort.« Langsam wiederholte er ihre Worte. Sie klangen wie ein Klagelied, wehmütig wie das leise Rauschen des ersten Herbstregens nach einem schönen Sommer. Sie hätte ihm so gern von der Farm erzählt, wie sie, sonst immer gehetzt, das Wochenende dort verbrachte, und wie sie an Weihnachten zur Kirche ging mit den Menschen, die, solange sie zurückdenken konnte, in den gleichen Kirchenstühlen saßen. Von alldem hatte Louis nie etwas erfahren, auch nicht von ihrer flinken, scharfzüngigen Großmutter Katie, die noch am Leben war, als sie ihn heiratete. Katie hatte ihr nie verziehen, daß sie nicht einen Amerikaner geheiratet hatte, und sie triumphierte schadenfroh, als Susan ohne Louis in ihre Heimat zurückkehrte. Katie wollte auch Susans Kind, weil es eine halbe Engländerin war, nicht in ihrem Hause haben. Aber Susan hatte die boshafte kleine Katie von ganzem Herzen liebgehabt.

Nur widerwillig brachte sie ihre Gedanken wieder zur Gegenwart zurück. Sie tippte mit dem Fingernagel an ihr Glas. »Wenn ich ausgetrunken habe, muß ich gehen.«

»Ja«, sagte er. »Ich weiß.« Sie fragte sich, warum seine Antwort sie so enttäuschte. Paul würde ihr diese Ungereimtheiten vorwerfen. Er würde besser als sie selbst wissen, warum sie sich so verhalten hatte. All die kleinen Unehrlichkeiten in diesem Gespräch würden enthüllt werden; alles, was sie nicht offen auszusprechen wagte, würde Paul aussprechen.

Ihre Worte erweckten den Eindruck, als halte sie das Gespräch für beendet, und einen Augenblick lang senkte sich beklommenes

Schweigen über sie. Louis, der nicht mehr an die Frau dachte, auf die er wartete, wünschte, sie möge noch bleiben. Trotzdem kam es ihm nicht in den Sinn, daß er sie zurückhalten könnte, sie bitten, ihn noch nicht zu verlassen. Es war etwas Unwirkliches in ihrer Begegnung. Er hatte das seltsame Gefühl, als wären sie während dieser halben Stunde keinen Schritt weitergekommen. Sehr bald würde sie aufbrechen, als eine Unbekannte und Namenlose aus seinem Leben verschwinden. Er tat nichts, um das zu verhindern.

Schließlich stand sie auf. Auch er erhob sich langsam. »Ich bedaure es, daß Sie gehen müssen«, sagte er. »Es war mir eine Freude, mich mit Ihnen zu unterhalten.«

»Es freut mich, daß Sie jemanden fanden, mit dem Sie reden konnten«, erwiderte sie nicht ganz der Wahrheit entsprechend.

Beiden schien es, sie hätten einander mehr zu sagen gehabt, doch eine sonderbare Verwirrung hinderte sie, die richtigen Worte zu finden. Endlich sagte sie: »Hoffentlich kommt Ihre Frau noch«, aber sogleich bereute sie, es gesagt zu haben.

»Danke sehr ... für alles.«

Sie gaben sich nicht die Hand, aber er lächelte ihr zu. Ein Lächeln, das Susan noch nie bei Louis gesehen hatte. Es erwärmte sie eigenartig, und angesichts dieses Lächelns war es ein Unrecht, daß sie ihn getäuscht hatte.

»Grüßen Sie New York von mir«, sagte er. »Vielleicht komme ich einmal dorthin.«

»Hoffentlich«, antwortete sie konventionell.

Er blickte ihr nach und beobachtete, wie sich in der Hotelhalle viele Männer nach ihr umwandten. Er sandte ihr einen leisen Abschiedsgruß nach, ein kaum hörbar gemurmeltes Adieu. Dann setzte er sich wieder und bestellte noch einen Drink. Eigentlich hatte er kein Verlangen danach, aber irgend etwas mußte er tun, damit seine Gedanken nicht allzusehr an dem leeren Stuhl und dem leeren Glas ihm gegenüber haftenblieben. Als er ausgetrunken hatte, stand er auf und ging zum Empfangsschalter. Der Portier blickte ihn mit einem ausdruckslosen, fragenden Lächeln an. Louis starrte ihn durchbohrend an: »Ist Mrs. Taite schon angekommen?«

Mechanisch fuhr der Portier mit seinem Bleistift über die Liste der Gäste: »Jawohl, Sir, sie ist da. Soll ich Sie mit ihr verbinden lassen?«

»Nein, danke.« Louis kehrte ihm den Rücken und wandte sich zum Ausgang. Draußen dunkelte es bereits, und der Verkehr rauschte lärmend vorüber. Er achtete nicht darauf. An der Ecke von Piccadilly kaufte er eine Abendzeitung und ging durch den Green Park zur Carlton Mews.

3. KAPITEL

Paul wartete in Susans Zimmer. Als sie eintrat, bot er ihr einen Stuhl an, aber sie nahm nur eine Zigarette aus dem Etui, das er ihr entgegenhielt, und blieb stehen. Er gab ihr Feuer, dann ließ er sich in einen Sessel fallen. »Nun, wie ist es gegangen?«

»Ganz leidlich.«

Das war eine Lüge, aber sie wußte nicht, wie sie anfangen sollte, ihm zu erzählen, was sich zugetragen hatte. Sie legte die Zigarette in einen Aschenbecher und griff nach ihrem Reisenecessaire, ohne sich klar zu sein, warum sie den Augenblick hinausschob, damit zu beginnen. Der scharfe Ton beim Aufschnappen des Etuis machte die Stille im Zimmer noch spürbarer. Sie stellte ihre Flakons einen neben den anderen unter den Spiegel. Ein Hotelzimmer war für sie erst dann wohnlich, wenn ihre Parfümflaschen und Cremedosen fein säuberlich aufgereiht auf dem Toilettentisch standen.

Ihr Blick fiel auf einen kleinen Flakon, den Paul ihr in Paris kurz vor der Abreise geschenkt hatte. Sie öffnete das Fläschchen, roch daran und richtete ihren Blick im Spiegel auf Paul. Als sie sah, daß er gespannt wartete, sagte sie: »Louis hat mich nicht erkannt.«

Er richtete sich auf. »Wie meinst du das?«

»Genau, wie ich es sage. Für Louis war ich irgendeine beliebige Frau. Er glaubte, ich hätte mich an seinen Tisch gesetzt, weil kein anderer Platz frei war.«

»Zum Teufel!« fuhr er auf. Und sagte dann ungläubig: »Bist du ganz sicher, Susan?«

»Ganz sicher. Er war höchst liebenswürdig und charmant und bestellte für mich einen Drink. Aber er hielt mich die ganze Zeit für eine Fremde.«

Er stand auf und kam zu ihr an den Toilettentisch. Sie senkte den Blick und korkte die Parfümflasche zu, dann nahm sie wahllos einen anderen Flakon und schraubte ihn auf. Paul stand dicht neben ihr, doch sie vermied seinen Blick im Spiegel. »Susan, was hast du dann gemacht? Hast du ihm nicht gesagt, wer du bist?«

Sie erwiderte brüsk: »Nein.«

»Lieber Himmel, warum nicht?«

Wider Erwarten nahm sie ihm seine Fragen nicht übel; sie hätte es verdient, daß er ihr Vorwürfe machte. Aber sie konnte ihm nicht sogleich antworten.

Leise wiederholte er seine Frage: »Warum nicht, Susan?«

Sie wandte sich um und schaute ihn an: »Weil … o Paul … weil er mir sagte, er warte auf seine Frau. Er habe sie seit sechs Jahren nicht gesehen und könne sich nicht erinnern, wie sie aussieht. Wie konnte ich ihm da sagen, wer ich bin?«

Paul trat einen Schritt zurück, und dann, als habe er es sich überlegt, kam er wieder zu Susan und legte ihr leicht die Hände auf die Schultern. Sein Mund berührte ihr glatt zurückgekämmtes Haar.

»War es sehr schlimm, Sue?«

»Es war die reine Hölle, Paul.«

»Ich hätte bei dir bleiben sollen. Es hätte zur Klärung der Situation beigetragen.«

»Nein, es hätte nichts ausgemacht. Ich will ihn nicht wiedersehen. Er soll ruhig weiterhin denken, ich sei eine Fremde gewesen, die er zu einem Drink einlud.«

Seine Hände griffen fester zu. »Warum willst du ihn nicht wiedersehen?«

»Wie könnte ich … nach dieser Begegnung?«

»Wie willst du es vermeiden? Er ist doch sicher hierhergekommen mit der Absicht, dich zu sehen? Wahrscheinlich wird er jeden Augenblick anrufen. Wie stellst du dir das denn vor, Sue? So leicht kannst du dich nicht aus der Affäre ziehen.«

Sie fühlte sich schrecklich müde. Da war noch so vieles, was sie Paul erklären mußte. »Er war doch nicht meinetwegen gekommen ... ich glaube nicht, daß es ihm etwas ausmacht, wenn er seine Frau nie wiedersieht. Er hatte sich in die Hotelhalle gesetzt, weil ... nun, weil er hoffte, er würde sie in irgendeiner Frau, die hereinkam, wiedererkennen, und dieses Wiedererkennen würde ihm helfen, die Dinge wieder in Erinnerung zu bringen.«

»Welche Dinge?«

Geduldig erklärte sie ihm: »Er erlitt eine schwere Verwundung am Kopf, nachdem ich nach Amerika zurückgekehrt war. Er kann sich nicht an mich erinnern.«

Er fühlte, wie ihre Schultern müde herabsanken unter seinen Händen, aber es war ihm jetzt nicht möglich, sie zu bemitleiden. Susan war während der kurzen Zeit, in der er sie allein ließ, in eine andere Welt zurückgekehrt. Sie hatte ein Erlebnis gehabt, an dem er nicht teilhatte, und das erfüllte ihn mit Furcht. Er fühlte sich ausgeschlossen, zwar sehr höflich, aber doch unmißverständlich. Irgendwie mußte er Susan wieder zurückgewinnen. Er sagte: »Du hast dich sehr lange mit ihm unterhalten.«

»Ich sagte dir doch, daß er mir einen Drink bestellt hat.« Sie wünschte, sie hätte das alles hinter sich. Sie würde ein Bad nehmen, ihre Gedanken ordnen, während der heiße Dampf sie einhüllte. Oder vielleicht würde sie überhaupt nicht mehr darüber nachdenken, sondern sich nur in der wohligen Wärme des Bades entspannen.

»Beantworte mir eine Frage, Susan«, sagte er jetzt etwas sanfter.

»Welche Frage?«

»Als du unten mit ihm in der Halle saßt, waren da in deinem Bewußtsein du und die Frau, auf die er wartete, zwei verschiedene Personen? War es so, Sue?«

Sie hatte ja gewußt, daß Paul es merken würde. Sie erwiderte: »Ich glaube, so war es.«

Er ließ ihre Schultern los und setzte sich wieder in seinen Sessel. Sie beobachtete, wie er sich eine Zigarette anzündete mit dem nachdenklichen Ausdruck, den sie schon hundertmal an ihm erlebt hatte. Das war immer seine Art, wenn er Zeit zum Überlegen brauchte. »Das bedeutet, Sue, daß du noch immer großen Wert darauf legst, was Louis von dir hält.«

»Nein …«

Er unterbrach sie: »Doch! Der springende Punkt ist, daß ihm die Frau, die er in der Halle kennenlernte, gefiel und daß er – bewußt oder unbewußt – sich aus seiner eigenen Frau nichts macht. Deshalb hast du beschlossen, Louis nicht wiederzusehen, weil du nicht mit der Frau identifiziert werden willst, die er nicht mag. Es ist alles ganz einfach.«

»Nichts ist so einfach, Paul.«

»In diesem Fall ist es so. Du fandest Louis so sympathisch, daß du wünschtest, er möge eine gute Meinung von dir haben. Wenn du wirklich den Wunsch hättest, von ihm frei zu sein, hättest du dich den Teufel darum geschert.«

»Ist das alles denn so wichtig?«

»Das ist jedenfalls meine Ansicht, Sue. Denke selbst darüber nach. Du willst doch dein Kind haben, nicht wahr?«

»Ja, natürlich.«

»Dann mußt du mit Louis sprechen, und zwar als seine Frau.«

»Das kann ich nicht, Paul. Ich kann das doch mit seinen Anwälten regeln. Außerdem hat er gar nicht die Absicht, mit mir persönlich zu sprechen. Es liegt gar nicht in meinem Belieben.« Sie hatte dem Spiegel den Rücken gekehrt, um Paul ins Gesicht zu blicken. Im Spiegel betrachtete er ihre Frisur. ›Selbst mit dem müden Gesichtsausdruck ist sie äußerst anziehend‹, dachte er. Auch Louis, das wußte er, hatte das gedacht.

»Wie du willst, Sue. Schließlich ist es deine Angelegenheit.«

Susan, die sich gerade von ihm abwenden wollte, hielt inne. Sie hatte Angst, Paul sei im Begriff, sich innerlich von ihr zu lösen.

»Warum sagst du das in diesem Ton?«

Er zog gemächlich an seiner Zigarette. »Weil es so sein muß, Sue. Wenn du glaubst, richtig zu handeln … nun, so mußt du es tun. Es handelt sich um den Teil deines Lebens, von dem ich nichts weiß, und ich habe nicht das Recht, dir Ratschläge zu erteilen.«

»Paul! Es ist unmöglich, daß du so darüber denkst.« Rasch trat sie an seinen Stuhl. Er machte ihr Platz, und sie setzte sich auf den äußersten Rand und legte ihre Hand auf seinen Arm. »Ist es nicht am besten so? Es ist so viel leichter, wenn ich abreise, ohne ihn wiederzusehen.«

Er legte den Arm um sie, zog sie an sich und fühlte, wie sich ihr Körper weich an den seinen schmiegte: »Anfangs mag es leichter sein, Sue. Dann aber beginnst du über die Veränderungen in ihm nachzudenken und grübelst, ob er sich tatsächlich verändert hat oder ob es nur dein erster Eindruck war.«

Ihr Körper wurde steifer. »Ich habe nicht gesagt, daß er sich verändert hat.«

»Das zu erraten, braucht man nicht sehr klug zu sein. Er war jedenfalls nicht der Mensch, wie du ihn mir beschrieben hast. Aber schließlich habe ich ihn ja nicht gekannt. Was du mir erzählt hast, daran hast du selbst geglaubt. Und es stellte sich heraus, daß er ganz anders ist, nicht wahr?«

Ihre Hand umklammerte fest seinen Arm. »Aber das alles ist doch gleichgültig. Es hat mit dir und mir gar nichts zu tun.«

Mit einer raschen Bewegung umfaßte er ihr Gesicht und zwang sie, ihn anzublicken. »Zum Teufel! Das ist mir durchaus nicht gleichgültig. Zwei Jahre hat es gedauert, bis ich dich dahin brachte, daß du dich von ihm scheiden läßt. Und wenn du geschieden bist, muß es auch mit Louis endgültig Schluß sein. Ich habe keine Lust, neben einem andern Mann die zweite Geige zu spielen. Das weißt du doch, Sue.«

Sie zitterte leise. »Aber ich sehe nicht ein, was es nützen soll, wenn ich ihn wiedersehe.«

»Wenn du ihn wiedergesehen hast, dann weißt du, ob du die Scheidung durchführen willst oder nicht.« Er gab sie plötzlich frei, doch sie blickte ihn noch immer an.

»Ist das ein Ultimatum?«

»Vielleicht. Aber ich hatte nicht die Absicht, daß es so klingt.« Er riß sie an sich und küßte sie. Zuerst widersetzte sie sich, dann gab sie nach. Er bedeckte sie mit Küssen, bis jeder Gedanke an Louis verflogen war.

Sie aßen in einem kleinen Restaurant zu Abend, das Paul während der ersten Kriegswochen besonders gern aufgesucht hatte. Susan brachte das Gespräch wieder auf Louis.

»Ich weiß noch immer nicht, was ich tun soll. Wenn ich mehr über ihn erfahren könnte – über seine Verwundung –, würde es leichter sein. Er sprach kaum darüber.«

Paul beobachtete ein paar Leute an einem anderen Tisch. »Dort sitzt Jock Peterson – ein alter Bekannter aus Paris«, murmelte er. »Was sagtest du eben, Sue?«

»Ich sprach von Louis. Ich wüßte gern, was ihm zugestoßen ist. An was er sich noch erinnern kann.«

»Hat er nicht einen Bruder?«

»Ja.«

»Setze dich doch mit ihm in Verbindung. Er kann es dir sicherlich sagen.«

»Nein. Ich möchte Racey nicht sehen.«

»Warum nicht? Hast du dich etwa mit ihm auch gestritten?«

Susan lachte hell auf. »Niemand hat sich mit Racey gestritten. Er und ich hatten manchmal gewaltig Krach miteinander, und dann gingen wir aus, tranken zusammen, und alles war wieder gut. Durch ihn lernte ich Louis kennen.«

»Und Racey – was ist das für ein Bursche?«

Sie zuckte die Achseln, während sie in den Suppenteller starrte. Sie mußte sich erst wieder an die englische Küche gewöhnen. »Er war genau wie Louis. Sie waren beide begeisterte Flieger.«

Er zog die Brauen hoch. »Sonst nichts?«

Sie nickte. »So ungefähr. Mir schien es, als sei Fliegen ihr einziger Lebensinhalt. Als Louis und ich heirateten, war Racey Nachtflieger, und er kam zwischen zwei Kampfflügen nach London, um den Brautführer zu spielen.« Sie lachte plötzlich, doch Paul entging nicht der leise Ton von Bitterkeit. »Ich habe seither oft gedacht, Louis habe ihn heimlich darum beneidet, daß er an dem Abend an die Front zurückmußte.«

Ärgerlich sagte er: »Nicht so hitzig, Sue. Das alles macht dich ungerecht.«

»Durchaus nicht«, fuhr sie auf. »Es ist die Wahrheit. Louis ließ mich die ganze Zeit fühlen, daß es ihm leid tat um die Stunden, die er im Urlaub verbringen mußte, leid um jede Minute, die er nicht in der Luft sein konnte.«

»Lieber Himmel, warum habt ihr dann geheiratet?«

Zornig legte sie den Löffel hin. »Glaubst du etwa, das habe ich mich nicht selbst schon hundertmal gefragt? Und ich finde keine Antwort. Der Krieg war wohl daran schuld – und ich glaubte, daß ich Louis liebe. Und er? Nun, er konnte jeden Tag abstürzen, und er wollte eine Frau haben, an die er denken konnte. Dazu war ich gerade gut!«

»Zum Teufel, Susan. Aber das hast du damals doch nicht gedacht?«

»Nicht gleich. Aber es hat nicht lange gedauert, da mußte ich so denken. Versteh, ich war so eine Art Zeitvertreib für beide – für Louis und für Racey. Auch nachdem ich geheiratet hatte, blieb ich Fahrerin für die amerikanische Botschaft, und wenn ich abends heimkam, wußte ich nie, wer von beiden dasein würde, wer mich zum Tanzen oder zum Abendessen ausführen und so tun würde, als höre er die Sirenen nicht. Es war, als wäre ich mit beiden verheiratet«, fügte sie nachdenklich hinzu, »nur mit dem Unterschied, daß ich mit Racey nicht ins Bett ging.«

Paul beobachtete sie, wie sie auf das Tischtuch starrte, während der Kellner die Suppe abservierte; er sah auch, wie sie in dem Omelette herumstocherte, das sie bestellt hatte. Er wünschte plötzlich, er hätte die beiden Männer vor sich, damit sie nicht länger nur Schemen wären. Louis hatte er gesehen, und soweit er sich erinnerte, hatte dieser Mann ein sonnengebräuntes, schönes Gesicht mit einer Spur jener englischen Kühle, der zu mißtrauen die Amerikaner gelernt hatten. Es war ein Gesicht, dem er in diesem Augenblick am liebsten einen Schlag versetzt hätte, um zu sehen, wie seine Selbstsicherheit ins Wanken geriet.

Paul hatte diesen Typ oft gesehen, als er während der Luftangriffe in London wohnte. Dem Tod sahen sie mutig ins Angesicht – Mangel an Phantasie hatte es Paul in seinen Berichten genannt –, und im übrigen waren sie kühle, selbstgefällige Engländer, unglaublich eingebildet auf sich und alles, was sie taten. Am liebsten würde er der ganzen Sache aus dem Wege gehen, Susan nach Amerika mitnehmen, sie heiraten und dafür sorgen, daß ihr keine Zeit bliebe, an die beiden zu denken – weder an Louis noch an Racey. Aber zunächst mußte er ihr aus dieser Klemme helfen.

»Es wäre gut, wenn du mit Racey sprechen würdest, Sue.«

Sie wollte widersprechen, hielt es aber für klüger, keinen Widerstand zu zeigen. »Wie du meinst«, sagte sie.

Sie hatte Angst, Racey wiederzusehen. Diese Begegnung würde sie an ihr Elend während der ersten Zeit ihrer Ehe erinnern, als sie noch nicht wußte, was sie von den beiden Brüdern zu erwarten hatte. Sie waren sich sehr ähnlich gewesen, nur war Racey nicht ganz so gleichgültig Gefahr und Tod gegenübergestanden wie Louis. Racey hatte sie in seine Arme geschlossen, wenn die Bomben fielen, und ihr, wenn der Tanzboden unter ihnen bebte, tröstend Mut zugesprochen. Ganz anders Louis. Für ihn war die Todesgefahr etwas so Alltägliches, als setze er sich mit einem Fremden zu einem Glas Wein an den Tisch.

Bei der Erinnerung überlief sie ein Frösteln. In diese Geheimnisse seiner Seele war sie nie eingedrungen, und da er ihr nie mehr gab als seinen Körper, hatte das Ende ihrer Ehe für ihn eine Befreiung bedeutet und für sie eine schlimme Enttäuschung.

Nie zuvor hatte sie mit Paul eine so schweigsame Mahlzeit verbracht. Sie kannte ihn gut genug, um zu wissen, daß er nicht aus Ärger so wortkarg war, sondern weil er um ihre Unschlüssigkeit wußte und ihr Zeit lassen wollte, ihre Gedanken zu ordnen. Gegen alle Vernunft hatte sie plötzlich den Wunsch, Pauls Rat, mit Racey zu sprechen, zu befolgen. Sie schob die Kaffeetasse beiseite und beugte sich vor: »Hast du eine Zigarette, Paul?«

»Gewiß.« Er betrachtete sie, während sie den Rauch einsog, und beobachtete, wie die Fältchen um ihren Mund sich glätteten und verschwanden. Er schob ihr das kleine Glas mit farblosem Likör zu.

»Trink es aus, Sue!«

Sie nippte daran. »Das erinnert mich immer an wilde Orangen – dabei habe ich in meinem ganzen Leben noch nie wilde Orangen gekostet.«

»Sie würden dir nicht schmecken. Zäh und bitter.«

»Du bist ein Materialist, Paul.«

»Jawohl. Und das ist gut so.« Er winkte dem Kellner. »Sue, du mußt in dieser Sache meinen Rat annehmen.«

Sie nickte. »Ja, natürlich.« Das war das einzige, worüber sie sich klar war. Ohne Pauls Beistand hätte sie London noch heute abend verlassen.

»Du mußt mit Racey sprechen, und dann … nun, du mußt selbst entscheiden, wie du dich Louis gegenüber verhalten willst.«

Sie nickte wieder und kämpfte gegen das widerstrebende Gefühl an, das in ihr aufstieg. »Ich muß ja an Midge denken.«

Paul zahlte und sagte, ohne sie anzusehen. »Racey wird über sie Bescheid wissen. Du mußt ihn ausfragen.«

»Gewiß«, sagte sie und erhob sich langsam. Während er ihr in den Mantel half, dachte sie, daß er um ihre Angst wisse, nur wollte er es nicht zugeben. Sie hielt einen Augenblick seinen Arm fest und spürte, wie zuverlässig er war. Paul hatte es von jeher verstanden, Widerwärtigkeiten zu seinen Gunsten zu schlichten. Sie brauchte ihn nur gewähren zu lassen, dann würde innerhalb einer Woche das Problem mit Louis aus der Welt geschafft sein. Sie betrachtete sein gutgeschnittenes, freundliches Gesicht und fragte sich, wieso sie, während sie Paul ansah, an Louis denken mußte.

Er unterbrach ihren Gedankengang. »Sue, ich muß Jock begrüßen. Habe ihn seit Jahren nicht gesehen. Du mußt nicht mitkommen, wenn dir nichts daran liegt. Du hast sicher Schlaf nötig. Ich beeil' mich, so sehr ich kann.«

Sie wollte schon gehen, entschloß sich aber anders. »Ich würde ihn gern kennenlernen, Paul.«

Zögernd erwiderte er: »Er wird uns wahrscheinlich lange aufhalten. Es ist nicht so leicht, sich von Jock loszueisen.«

Susan schaute zu der Gruppe hinüber. Es waren drei Männer, die sich laut bei ihrem Kaffee unterhielten. Alle drei waren sie, wie Paul, unverkennbar Journalisten. Woran es lag, hatte sie nie richtig definieren können.

Es war ein gewisser gespannter Ausdruck, eine geistige Lebhaftigkeit, die Fähigkeit, recht grob zu werden, wenn es nötig war. Diese Eigenschaften besaßen sie alle drei, das war zu sehen. Sie empfand plötzlich den Wunsch, zusammen mit Paul, wenn auch nur für eine Weile, in diese Gemeinschaft aufgenommen zu werden. Sie sagte. »Gehen wir hinüber. Ich möchte mich gern mit ihnen unterhalten.«

Ohne eine Antwort nahm Paul ihren Arm und führte sie zu dem Tisch. Ein gedrungener blonder Mann erhob sich, als er sie kommen sah. Er begrüßte sie, ohne eine Miene zu verziehen.

»Hello, Paul. Habe dich seit Jahren nicht gesehen.«

»Hello, Jock. Noch immer in Europa?«

»Natürlich«, brummte der andere. »Kann diesen verfluchten Erdteil nicht abschütteln. Jeder Auftrag, den ich kriege, muß hier erledigt werden.«

Paul erwiderte spöttisch: »Jammere nicht, Jock. Jeder weiß, daß du diese Aufträge bekommst, weil du dich darum reißt.«

»Mag sein«, antwortete der Blonde verdrießlich. »Beweist nur, was für ein Idiot ich bin.« Er starrte Susan an.

»Das ist Susan Taite – Jock Peterson.«

»Freue mich, Sie kennenzulernen«, sagte er schwerfällig. »Nehmen Sie doch Platz. Das sind alles gute Freunde von mir«, fuhr er fort und brummte ihre Namen vor sich hin, die Susan sogleich wieder vergaß. Mit einer Kopfbewegung wies er auf Paul: »Das ist Paul Berkman, den ich gekannt habe, bevor er eine Masse Zeitungen erbte. Seitdem spreche ich nicht mehr mit ihm.«

»Halt den Mund, Jock«, sagte Paul. »Du bist mies gelaunt.«

Der Blonde deutete mit seinem fleischigen Finger auf ihn. »Was bleibt einem anderes übrig auf dieser verfluchten Welt.« Gierig kippte er seinen Schnaps hinunter. »Besser sich zu Tode saufen und glücklich sein, als sich von einer verirrten Atombombe ins Jenseits befördern lassen.«

Paul lachte, Jock starrte ihn an. Unvermittelt wandte er sich an Susan: »Ist Ihr Name nicht Taite?«

»Gewiß.«

»Ich kenne einen Burschen namens Taite – Louis Taite.«

Mit leiser Stimme sagte sie: »Ja. Das ist mein Mann.«

Das Lachen des Halbbetrunkenen schallte ihr entgegen. Seine übernächtigten blauen Außen versanken in Fettpolstern. »Da haben wir's. Jemand hat mir erzählt, er habe eine Amerikanerin geheiratet.« Gedankenlos fügte er hinzu: »Sie leben nicht mit ihm, was?«

»Nein!«

Er nickte. »Wurde mir auch erzählt.« Dann hörte er auf zu lachen. Die blauen Augen tauchten aus den Speckfalten auf. »Netter Bursche, der Taite. Er arbeitet bei dem Verlag, der ein Buch von mir herausbringt. In der Redaktion.«

Alle sahen Susan an in der Erwartung, daß sie etwas sagen würde. »Kennen Sie ihn schon lange?«

»Ungefähr seit einem halben Jahr. Wirklich ein netter Kerl. Kennt sich aus.« Er blickte in die Runde. »Wie wär's, wenn wir alle noch einen Brandy tränken?«

Paul stimmte als einziger zu. Susan entging nicht, wie zufrieden Jock auf sein Glas blickte, als es vor ihn gestellt wurde. »Bestimmt, Ihr Mann ist ein netter Kerl«, fuhr er fort. »Immer versucht er mich zu besänftigen, wenn ich ihn aufsuche. Nicht immer mit Erfolg, aber er versucht's. Netter Kerl.«

Susan sah, daß Jock betrunken war, daß er nur zu diesem Zweck hier saß und sich nicht vom Fleck rühren würde, bis er sternhagelvoll war. Sie drehte sich zu Paul um. Der erhob sich sogleich und schob ihren Stuhl zurück. Jock setzte sein Glas hin. »Du gehst schon? Bleib doch und trink noch einen mit mir.«

»Nein, danke, Jock. Wir müssen aufbrechen.«

»Na dann ...« Schwerfällig erhob er sich. »War nett, dich mal wiederzusehen«, sagte er zu Paul. Und zu Susan gewandt: »Freue mich, daß ich Sie kennengelernt habe. Ich habe Ihren Mann immer gern gemocht. Netter Kerl. Wenn Sie ihn sehen, sagen Sie ihm, daß ich das gesagt habe.«

Beim Hinausgehen hatte Susan das Gefühl, sie schleppe diese Worte wie einen Zwirnsfaden hinter sich her. Noch immer wiederholte er: »... netter Kerl.«

4. KAPITEL

Als Louis nach Hause kam, war die Wohnung leerer als sonst. Sie war immer leer, trostlos leer, heute abend aber war es eine persönliche Leere, die ihn aus allen Ecken mißbilligend anzustarren schien. Er schaltete im Wohnzimmer alle Lampen ein und zündete im Kamin das Feuer an. Es flammte nicht gleich auf. Er brauchte noch etliche Streichhölzer und brummte vor sich hin, während er vor dem Kamin kniete. Eine Weile starrte er in die langsam aufzüngelnde Flamme. Als das Feuer hell aufloderte, kam die schwarze Katze aus der Küche geschlichen und umschmeichelte ihn mit leisem Schnurren. Die Katze hatte keinen bestimmten Namen. Louis rief sie, wie es ihm gerade einfiel, und der Katze schien es gleichgültig zu sein. Sie gehörte ihm nicht. Eines Abends war sie in den Mews aufgetaucht, und obwohl sie in den folgenden Tagen in seine Wohnung gelaufen kam, sooft die Tür offenstand, würde sie doch niemals ihm gehören. Er spürte, daß sie nur zum Zeitvertreib bei ihm blieb und ihn eines Tages wieder verlassen würde.

Die Katze blieb vor dem Kamin sitzen, während Louis im Korridor die Post holte, und sie blickte ihn unverwandt an, als er sich einen Drink mixte. Louis wußte, daß er zuviel getrunken hatte, und wünschte, die Katze würde ihn nicht so anstarren, aber sie wartete nur, bis er sich mit den Briefen und dem Glas vor dem Kamin niederließ, dann kam sie und setzte sich neben ihn. Er wußte genau, daß die Katze keine Liebe für ihn empfand, sie suchte nur die Gesellschaft und die Wärme eines Menschen. Zerstreut streichelte er sie, bevor er seine Briefe öffnete.

Sie enthielten nichts Besonderes. Eine Rechnung, zwei Quittungen, eine Einladung zu einem Klubessen und einen Brief von seinem Vater. Er las ihn langsam und bemerkte, wie zittrig die Hand seines Vaters war und daß er dann und wann einen Satz nicht beendet hatte. ›Racey ist wieder dagewesen‹, schrieb er. ›Wir sehen ihn ziemlich oft.‹ Nachdenklich wendete Louis die Seite um. Racey ... der Lieblingssohn ... wie der alte Mann ihn anbetete. Land und Geld, das Hythebourne sehr gut anderweitig hätte brauchen können, hatten den Bau der Startbahn und den Flugzeugschuppen für Raceys Proctormaschine ermöglicht, und jetzt lebte der Alte nur für das Wochenende, wenn Racey heimkam, um zu fliegen. Racey ... der über alles Geliebte ... schon immer war es so gewesen.

Die zittrigen Zeilen lauteten weiterhin: ›Charlotte muß bald ein Pony bekommen.‹ Der alte Mann verwöhnte Midge genauso wie Racey, beides launenhafte Geschöpfe, deren Gunst nicht leicht zu gewinnen war. ›Das Kind muß reiten lernen, und Goldi ist jetzt für sie zu langsam.‹ Auch ein leiser Tadel fehlte nicht. ›Du solltest Dein Kind öfter besuchen, Louis. Midge vermißt Dich.‹ Das stimmte nicht ganz. Midge, ein eigenartiges Kind, vermißte niemanden. Sie war scheu, verschlossen, seltsam frühreif, allen Menschen gegenüber gehemmt, nur nicht in Gegenwart ihres Großvaters. Außer dem Alten liebte sie nur noch Racey. Midge war jetzt sieben Jahre alt, und seit dem Tod ihrer Großmutter vor vier Jahren lebte sie allein mit dem alten Herrn und einem Diener in Hythebourne. Von einer Reihe immer neuer Köchinnen und Dienstmädchen tyrannisiert und angefahren, hatte sie für diese Frauen in ihrer etwas herablassenden Art nur Verachtung. Sie benahm sich oft unhöflich und rebellisch, war aber ganz glücklich und zufrieden, wenn man sie mit den vielen Büchern in der Bibliothek oder mit Goldi, dem alten Pferd, allein ließ. Das Kind brauchte eine Gouvernante nötiger als ein Pony, aber keine Gouvernante hielt es lange in diesem Hause aus. Der Großvater unterstützte Midge in ihrer Widerspenstigkeit, ja, er trieb sie dazu an. Zwischen den beiden bestand eine seltsam leidenschaftliche Zuneigung.

Louis rückte unruhig in seinem Stuhl hin und her. Das arme

kleine Ding; eines Tages würde sie zur Schule gehen müssen, und es würde schwer sein, sie dazu zu bewegen. Sein Vater würde sicher seine Hilfe versagen und einwenden, daß Midge ebensogut lesen könne wie Kinder, die doppelt so alt waren wie sie, und daß sie vorerst noch keine Schule brauche. All das wußte Louis, doch was ihm Sorge bereitete war nicht, wie viele Bücher Midge las, sondern vielmehr, was für Bücher ihr in die Hände fielen. Er hatte eine undeutliche Vorstellung davon, daß Midge anders war als andere kleine Mädchen, doch er wußte nicht recht, was dagegen zu tun war oder worin eigentlich der Unterschied lag. Es war falsch, ein Kind zu verwöhnen und zugleich zu vernachlässigen, das die gleiche Obhut ersehnte, wie die Kinder seiner Bekanntschaft sie genossen, und diese doch voller Verachtung ablehnte. Midge hatte sich zu einem stolzen und ziemlich leidenschaftlichen kleinen Geschöpf entwickelt, mit langen, dunkelbraunen Zöpfen und den strahlendblauen Augen ihres Großvaters. Rasch legte Louis den Brief aus der Hand. Es mußte bald etwas unternommen werden wegen Midge, trotz oder vielleicht gerade in Anbetracht seines Vaters.

Die Katze sprang vom Sessel herunter und blickte ihn zornig an, als er aufstand. Hätte sie es gewagt, hätte sie ihn angefaucht. Louis sagte zu ihr: »Ich gehe jetzt an die Arbeit, Katze. Wenn du willst, kannst du jetzt den Sessel für dich allein haben.« Doch die Katze drehte ihm den Rücken zu, hockte sich vor das Kaminfeuer und schloß die Augen.

Widerstrebend setzte sich Louis an seinen Schreibtisch und nahm das Kapitel vor, an dem er zuletzt gearbeitet hatte. Er las die letzte Seite und fand sie ganz leidlich. Doch es waren einige Tage vergangen, seit er sie geschrieben hatte, und es würde nicht leicht sein, den Faden wiederaufzunehmen. Er spannte einen frischen Bogen in die Maschine und tippte rasch den ersten Satz eines neuen Abschnittes. Das Geklapper der Tasten klang in dem stillen Raum ungeheuer laut. Er las den Satz noch einmal durch und strich ihn eilends wieder aus. Er versuchte es noch einmal, doch es wurde nicht besser als zuvor. Jetzt wurde er ärgerlich über sich selbst, weil er, seit er dieses Buch begonnen hatte, seinen Gedanken nie erlaubt hatte, sich zwischen ihn und die Sätze zu drängen, die sich in seinem Kopfe formten. Die Vorstellung, daß diese Selbstdisziplin ihn verlassen hatte, ließ ihn wie besessen weitertippen, wobei er jeden Schreibfehler und jedes Besinnen verwünschte, weil es ihn aufhielt. Als die vollgeschriebene Seite schließlich aus der Maschine glitt, nahm er sie auf und las sie durch. Am liebsten hätte er sie zerrissen. Es taugte überhaupt nichts. Er sank in seinen Stuhl zurück und war froh, daß er nicht mehr daran zu denken brauchte.

Er hätte es wissen müssen, daß es nutzlos war, heute abend zu arbeiten. Noch jetzt wurde er zornig bei dem Gedanken, wie der Mann am Hotelschalter ihm mit kühler Herablassung sagte, daß seine Frau schon eingetroffen sei. Es war schändlich, zu denken, daß er über zwei Jahre mit einer Frau zusammengelebt und sie nicht wiedererkannt hatte, als sie vor seinen Augen durch die Hotelhalle gegangen war.

Lieber Gott, würde diese Hölle, daß er sich an nichts erinnern konnte, jemals enden? Würden sich die Stücke jemals aneinanderfügen? Es war widerwärtig, ständig vorgeben zu müssen, daß er sich so gut wie jeder andere an die damaligen Ereignisse erinnere. Wie viele Zeitungen hatte er seitdem gelesen, um die Lücken in seinem Gedächtnis auszufüllen. Aber von seinem privaten Leben war nichts übriggeblieben, nicht einmal eine Fotografie. In seinem Kind spürte er zuweilen eine flüchtige Ähnlichkeit ... mit wem? ... einem Phantom am Rande seines Bewußtseins. Die Frau, die dieses Phantom verkörperte, war durch dieses Telefon zu erreichen. Und doch ging er nicht hin und ließ sich mit ihr verbinden.

Zornig schob er den Stuhl beiseite und stand auf. Es blieb ihm nichts anderes übrig, als diese Scheidung durchzufechten und zu hoffen, daß die Fremde, die seine Frau war, seine Gedanken nicht mehr beunruhigen und für sein Leben so wenig bedeuten würde wie während der vergangenen sechs Jahre. Racey hatte gelegentlich versucht, ihm zu erzählen, wie sie aussah, was für ein Mensch sie war, doch nach Raceys Beschreibung glich sie eher einem Mädchen auf der Titelseite einer Illustrierten, schön und unpersönlich – ein Allerweltsliebchen. Und solch ein Mädchen konnte seine Frau nicht gewesen sein. Selbst wenn er damals ein anderer Mensch war, eine solche Frau hätte er nicht heiraten können.

Obwohl er wußte, daß er es nicht tun sollte, schenkte er sich noch ein Glas ein. Verflucht, was für ein Mensch war sie gewesen ... seine Frau? Schön, erzählten sie, eine selbstbewußte Amerikanerin. Vielleicht hatte sie der Frau geglichen, die er heute abend zu einem Drink eingeladen hatte. Doch diese Frau war nicht schön gewesen, nicht im üblichen Sinn. Nur wenn sie sprach, entdeckte man noch etwas Besseres als Schönheit in ihrem Gesicht. Den ein wenig zu großen Mund, der Großmut und Wärme verriet ... die anmutige Bewegung ihres Körpers, als sie von ihm fortging. Darin lag ihre Schönheit, wie auch in dem leichten Stirnrunzeln, wenn sie ärgerlich wurde. Sie hatte müde ausgesehen und sonderbar erregt, und es war ihm nicht entgangen, daß ihre Finger das Glas krampfhaft umklammerten, als wollte sie verhindern, daß sie zitterten ...

Es mußte geraume Zeit vergangen sein – Louis hatte sein Glas mehrmals nachgefüllt –, da ertönte das Summzeichen des Telefons. Er nahm sein Glas mit, als er aufstand, um den Hörer abzunehmen. Es dauerte eine Zeitlang, bis er sagen konnte: »Hello.«

»Hello, Louis« Es war Elisabeths ruhige Stimme. Sie war die Frau, die erwartete, daß er sie heirate, wenn seine Scheidung ausgesprochen war. Elisabeth hatte er auch in seinem Roman gezeichnet und sie als eine klassische Schönheit mit silberblondem Haar beschrieben. Zuweilen sah sie so wunderschön aus, daß er kein Wort mit ihr sprach, sondern sie nur anschaute. Und das irritierte Elisabeth. »Bist du allein, Louis?«

»Ich hoffe es. Es sitzt jemand vor dem Kaminfeuer, aber ich denke, es ist nur die Katze.«

Er glaubte zu hören, wie sie tief Atem holte. Leise sagte sie: »Du bist betrunken.«

»Ja, ganz und gar.«

Er spürte, daß sie ihm Vorwürfe machen wollte, und spürte auch, daß sie sich davor scheute. Im allgemeinen scheute Elisabeth sich nicht, zu sagen, was sie dachte. »Du kannst mich anrufen, wenn du wieder nüchtern bist«, sagte sie schließlich. »Dann können wir vielleicht ein vernünftiges Gespräch führen.« Das Klicken der Leitung, als sie den Hörer auflegte, klang sanft, aber entschieden.

Ein wenig betroffen starrte er auf den Apparat. Er hatte nicht beabsichtigt, zu Elisabeth unhöflich zu sein, aber es tat ihm nicht leid. Sie hatte recht gehabt – er war betrunken, und während er das dachte, nahm er das Glas und trank es leer. Das Zeug schmeckte jetzt bitter, trotzdem hatte er keine Lust, mit dem Trinken aufzuhören. Seine Gedanken verwirrten sich, alles war angenehm verschwommen, und als er nach dem Telefonbuch griff, war er sich nicht ganz klar, was er tat. Die Nummer zu finden war nicht ganz einfach, doch schließlich hatte er sie gefunden und wählte. Eine Stimme antwortete, klar und sachlich wie die des Portiers. Mit belegter Stimme sagte Louis zögernd: »Ich möchte Mrs. Taite sprechen.«

5. KAPITEL

Durch den Dunst von Zigarettenrauch blickte Paul mit halbgeschlossenen Augen auf die Tür des Badezimmers. Dampfwolken drangen durch die Tür und beschlugen den Spiegel, vor dem Susans Flakons wie Kinderspielzeug aufgereiht waren. Bürste und Kamm lagen noch so da, wie Susan sie liegenließ, nachdem sie ihr Haar so flüchtig hochgesteckt hatte, daß es mit jeder Bewegung des Kopfes zu beiden Seiten herabzufallen drohte. Paul blickte im Zimmer umher, konnte aber sonst keinerlei Unordnung entdecken. Nur der Dampf aus dem Badezimmer verriet Susans Gegenwart.

Er stand auf und trat an den Toilettentisch. Dabei stieg leise die Frage in ihm auf, was ihn eigentlich so sehr an dieser Frau anzog. Er betrachtete ihre Sachen – und plötzlich erschien ihm Susan wie preisgegeben, als sei ihre Persönlichkeit aus diesen alltäglichen Gegenständen zu beurteilen. Sein Blick schweifte darüber hin: Parfümflaschen in den verschiedenartigsten Formen, Nagellack, Gesichtswasser und Hautcremes, und am Ende der Reihe, alles überragend, eine hohe, gebrauchte Flasche französisches Eau de Cologne. Er nahm die Bürste, entfernte daraus ein kleines Büschel Haare und warf es in den Papierkorb. Dann ging er zu ihr ins Badezimmer. Susan saß auf einem Hocker, den Bademantel lose übergeworfen, und trocknete sich die Füße. Der Raum duftete nach kostbarem Badesalz und Puder und erinnerte an die Reihe der Flakons auf dem Toilettentisch. Sie blickte auf, als er eintrat. Ihr Haar hatte sich auf einer Seite gelöst und fiel ihr über den Nacken, die feuchten Löckchen klebten auf ihrer Haut. Ihr weißer, zarter Körper war sehr schön, und er hatte große Lust, die Höhlung zwischen ihren Brüsten zu küssen.

Sie lächelte ihm zu, ihre Füße suchten nach den Pantoffeln. Er schob sie ihr hin und beobachtete fasziniert die Bewegung ihrer Schenkel, als sie mit den Füßen in die Sandalen schlüpfte. Sie erhob sich und hüllte sich in den Bademantel.

»Es dauert nicht mehr lang«, sagte sie.

Er lächelte ihr im Spiegel zu. » Nimm dir nur Zeit. Ich schau dir gern zu.«.

Sie lachte fröhlich, und er spürte, daß ihre Nervosität sich gelöst hatte. Auch der müde Zug um ihren Mund war verschwunden. Sie sah glücklich aus. Er trat nahe an sie heran und küßte die noch feuchte Haut hinter ihrem Ohr. Da wandte sie sich plötzlich um und schlang die Arme um seinen Hals. Er küßte sie auf den Mund, liebkoste mit den Lippen ihre Augenlider und fühlte, wie sie sich an ihn schmiegte und alle Verzweiflung und Mühsal der letzten Stunden sich von ihr lösten.

Zum erstenmal, seit das Flugzeug am Nachmittag gelandet war, gab sie sich wie die Susan, die er kannte. Mit einem Gefühl der Dankbarkeit hielt er sie fest in seinen Armen. Das Läuten des Telefons riß sie roh aus ihrer Umarmung. Er wollte sie nicht loslassen, doch ihr Körper erstarrte in seinen Armen. Da gab er sie verstimmt frei.

An der Tür zögerte sie einen Augenblick, und er erriet, was sie dachte, welche Furcht sie zurückhielt. »Soll ich hingehen, Sue?«

»Nein ... nein, ich will selbst gehen.« Sie lief durch das Zimmer, den Bademantel hinter sich herschleifend. Rasch nahm sie den Hörer ab, und wieder zögerte sie. Es dauerte lange, bis sie sagte: »Hello?«

Paul beobachtete sie, aber ihr Ausdruck verriet nur, daß sie lauschte. Etwa eine Minute verstrich, dann legte sie den Hörer langsam wieder auf. Sie ließ sich auf das Bett fallen und saß vornübergebeugt da, die gefalteten Hände in ihrem Schoß.

»Es war Louis«, sagte sie. »Er wartete, bis er meine Stimme hörte, dann hängte er ein.«

Paul trat zu ihr. Er mußte an sich halten, um seinen Zorn nicht zu zeigen. »Bist du ganz sicher?«

»Ja«, sagte sie, »ganz sicher.« Sie vergrub ihren Kopf in den Händen.

Er hörte, wie sie aufseufzte, tief und verzweifelt.

Samstag

1. KAPITEL

Das sanfte Rauschen des Regens gegen die Fensterscheibe war wie eine monotone Begleitmelodie zu Susans Gedanken. Sie lehnte sich ans Fenster und sah zu, wie der Regen in dichten Schwaden über die Bäume des Parkes trieb und auf der Straße graue Pfützen bildete. Der Verkehr strömte unaufhaltsam dahin, mit jedem vorüberfahrenden Auto teilten sich die Wasserlachen und flossen aufs neue ineinander. Während sie das beobachtete und dem Polizisten zuschaute, wie er diesen Strom abwechselnd zum Stillstand brachte oder ihn zur Eile antrieb, so daß er plötzlich einem Gewühl schwarzer Ameisen glich, der sich zu einer einzigen Reihe ordnete, da gelang es ihr, die nagende Unruhe zurückzudrängen. Doch wie sich das Hauptthema eines Musikstücks immer wiederholt, so kehrte auch ihre Unruhe zurück – lauter und eindringlicher. Vergeblich wehrte sie sich gegen die steigende Flutwelle, kämpfte dagegen an, doch unaufhaltsam schwoll die Flut und steigerte sich zu einer Gewalt, der sie weichen mußte.

Als Paul eintrat, legte sich der Aufruhr ihrer Gedanken. Er kam sogleich auf sie zu und küßte sie wortlos. Schweigend standen sie beieinander und horchten auf das Rauschen des Regens und den gedämpften Widerhall des fernen Straßenlärms. Plötzlich fühlte Susan, wie sein Körper sich straffte, und wußte, daß die kurze Frist verstrichen war. Er wandte sich von ihr ab, nahm sein Zigarettenetui heraus und hielt es ihr wortlos hin. Sie schüttelte ablehnend den Kopf.

»Soll ich mich mit Louis' Anwälten in Verbindung setzen?« fragte er.

Sie nickte und wies auf das Telefon. »Ja, tu das. Du findest sie im Telefonbuch. Lawley und Patterson.«

Während er die Nummer suchte, ging sie zum Toilettentisch. Im Spiegel beobachtete sie, wie das weiße Rauchwölkchen seiner Zigarette über seinen Kopf hinschwebte. Als er schließlich den Hörer abnahm und die Nummer verlangte, ließ sie sich schwer auf den Hocker sinken, die Hände im Schoß verschränkt. Sie sah, wie die Asche seiner Zigarette, während er auf Antwort wartete, immer länger wurde. Der sich stetig wiederholende Summton im Telefon klang durch das Zimmer bis zu ihr. Er schaute zu ihr hinüber.

»Diese Leute arbeiten anscheinend nur dreißig Stunden in der Woche. Vor Montag ist nichts zu machen.«

»Montag? Lieber Gott!« Voller Ungeduld sprang sie auf, so daß die Flakons auf dem Toilettentisch klirrend gegeneinanderstießen. Während sie zum Schrank ging, kämpfte sie die panische Angst nieder, die sie seit dem Anruf in der vergangenen Nacht nicht mehr verlassen hatte. Sie nahm einen Mantel heraus, und Paul, der sie beobachtete, sah, daß zwei rote Flecken auf ihren Wangen glühten.

»Ich kann keinen weiteren Tag nutzlos verstreichen lassen«, sagte sie. »Ich werde mich mit Racey in Verbindung setzen.«

Er zog an seiner Zigarette und sagte sanft: »Komm zu mir, Sue. Ich möchte mit dir sprechen.«

Sie rührte sich nicht. »Worüber?«

Er erhob sich. »Über Louis.«

»Und?«

»Bist du ganz sicher, Sue, daß du diese Sache durchfechten willst?«

Diese Worte hinterließen ein frostiges Schweigen. Schließlich erwiderte Susan: »Natürlich bin ich sicher. Warum fragst du das?«

Sein Gesicht hatte den bittenden Ausdruck verloren. Sorgfältig drückte er die Zigarette aus. »Vielleicht … vielleicht war ich ein bißchen voreilig mit dieser Frage. Ich warte wohl besser, bis du mit Racey gesprochen hast.«

Sie trat rasch zu ihm. » Paul, du bist nicht ehrlich. Wenn du etwas zu sagen hast, dann habe ich ein Recht darauf, es zu hören.«

Sanft nahm er ihren Arm. »Schau, Sue, es hat keinen Sinn, wenn wir das alles noch einmal bereden. Wir werden damit nicht weiter kommen als gestern abend. Wir müssen beide – abwarten.« Er nahm ihr den Mantel ab und warf ihn über das Bett. Sie ließ es teilnahmslos geschehen. Seine Stimme war ganz ruhig gewesen. Pauls Stimme klang niemals erregt, man konnte nie wissen, was in ihm vorging. Es war unmöglich, etwas für ihn zu tun mit der Gewißheit, daß es auch das Richtige war. Konnte man einen Menschen wirklich nie ganz verstehen und ihn doch lieben? Diese Frage, auf die sie keine Antwort wußte, beschäftigte sie unaufhörlich.

Nachdenklich sagte sie: »Ich will mit Racey sprechen. Das wird alles klären. Dann wissen wir, was wir tun sollen.« Schon während sie diese Worte aussprach, klangen sie unwahr. Sie hatte schon seit langem, seit gestern abend, als sie mit Louis gesprochen hatte, gewußt, daß die Geschehnisse ihren eigenen Verlauf nahmen. Sie fühlte die Gewalt des Unabwendbaren: sie wurde davon mitgerissen, während Paul sich dagegen stemmte. All das empfanden sie beide, über all das hätten sie sprechen müssen und taten es doch nicht. Statt dessen wiederholte sie nur ihre letzten Worte: »Dann wissen wir, was wir tun sollen.«

Er antwortete nicht sogleich, und sie spürte, daß er ihre Gedanken erraten hatte. Selbst als er sie küßte, stand dieses unausgesprochene Wissen zwischen ihnen, und seine Umarmung war ein stummes Flehen, ein verzweifelter Anruf, nicht zuzulassen, was, wie er fühlte, geschehen würde – was schon jetzt geschah.

Er ließ sie plötzlich frei. »Ich muß mich beeilen, Sue. Eine Menge Leute wollen mich heute vormittag sprechen. Können wir uns zum Lunch treffen?«

Im Gedanken an Racey antwortete sie: »Nein, ich glaube kaum.«

Er küßte sie zum Abschied flüchtig auf die Stirn, ohne sie weiter mit Fragen zu bedrängen. »Dann sehen wir uns hier wieder, rechtzeitig zu einem Cocktail vor dem Abendessen? Einverstanden?« Sie nickte lächelnd und sah, daß er, als er hinausging, schon wieder eine Zigarette angezündet hatte.

Als er fort war, blickte sie sich im Zimmer um, und es kam ihr zum Bewußtsein, daß sie keine Ahnung hatte, wie er den Tag zubringen würde. Er war schon unterwegs, seine eigenen Interessen hatten ihn aufgeschluckt. Doch was schlimmer war – er hatte sie allein gelassen. Er hatte sie nicht aufgefordert, mitzukommen, nichts unternommen, sie davor zu bewahren, sich in diesem Labyrinth von Ungewißheiten zu verirren. Er war sich der Gefahr genauso bewußt wie sie, aber das einzige, was er zu ihrem Schutz vorgeschlagen hatte, war eine flüchtig geäußerte Einladung zu einem gemeinsamen Lunch. Sein leidenschaftliches Beharren auf ihrer vollen Unabhängigkeit hinderte ihn, mehr zu tun. Sie eilte zum Fenster und preßte ihr Gesicht an die Scheibe. Tief unten auf der Straße sah sie vereinzelt Menschen aus dem Hotelportal treten. Endlich kam er, in Hut und Mantel, den Kopf leicht gegen den Regen gesenkt. Mit der Sicherheit eines Mannes, der sich in London auskennt, schlug er die Richtung zum Piccadilly ein. Sie preßte ihr Gesicht noch enger ans Fenster, um ihn so lange wie möglich zu sehen.

Es war gewagt und töricht von ihm, sie in dieser Verfassung allein zu lassen. Da verschwand er für einen ganzen langen Tag in den weitverzweigten, nebelverhangenen Straßen Londons, so fern von ihr, als sei er in Paris geblieben. Und vor ihr lag der Tag wie eine graue, endlose Wüste. In ihrer inneren Unsicherheit wußte sie weder aus noch ein. Alles mögliche konnte geschehen. Und all das wußte Paul, und trotzdem war er fortgegangen und hatte sie allein gelassen …

Sie ging zum Apparat und blätterte im Telefonbuch. Taite, A … Taite, D … Taite, G … Taite, Horace – und Raceys Nummer. Ihr Finger glitt weiter bis zu Louis' Nummer. Louis wohnte noch immer in Carlton Mews. Ob sich dort wohl etwas verändert hatte? Alles, was sie besaß, hatte sich in dieser Wohnung befunden, Dinge, die sie mit einem großen Aufwand an Zeit und Geld ausgesucht und zusammengetragen hatte. Ihre und Louis' Bücher hatten Seite an Seite in den Regalen gestanden; sie hatte die schmückenden Gegenstände ausgesucht und ihnen ihren bestimmten Platz zugewiesen, und Louis hatte ihr nie das Recht bestritten, das zu tun. Plötzlich verspürte sie große Sehnsucht, das alles wiederzusehen, mit eigenen Augen festzustellen, ob Louis nach ihrer Flucht in diese Wohnung zurückgekehrt war und jeden einzelnen Gegenstand, der ihr gehörte, entfernt hatte, ob er in seinem Zorn über sie ihr Eigentum verbannt hatte. Der Wunsch, das zu erfahren, wurde immer mächtiger, doch sie drängte ihn unwillig zurück, nahm den Hörer ab und verlangte Raceys Nummer.

Nach langem Warten antwortete eine verschlafene Stimme. Es war eine Männerstimme, aber nicht Raceys Stimme.

Sie fragte: »Ist Mr. Taite zu sprechen, bitte?«

»Einen Augenblick«, sagte die Stimme. Sie klang angenehm, gütig. »Wer ist am Apparat?«

Sie zögerte, die passenden Worte suchend. »Sagen Sie ihm, es sei Susan – Susan Taite.«

Gleich darauf hörte sie Raceys Stimme. Sie klang erregt. »Susan?«

»Hello, Racey!«

»Hexe, ich wußte gar nicht, daß du in London bist. Wann bist du angekommen?«

»Gestern abend. Hat Louis dir nicht gesagt, daß ich komme?«

Er lachte leise – es war Raceys altvertrautes Lachen. »Natürlich hat er nichts gesagt. Er weiß schon, warum.« Er zögerte und fragte dann ernst: »Sue, hast du ihn schon gesehen?«

»Nun – ja und nein.« Sie ging unvermittelt zum Angriff über. »Racey, warum hast du mir nicht mitgeteilt ... daß er sein Gedächtnis verloren hat?«

Seine Verteidigung kam zu schnell. »Was hätte das genützt? Du warst in New York, da war es ja einerlei. Er wollte auf keinen Fall, daß du es erfährst. Und zum Teufel, Sue – du kannst mir keinen Vorwurf machen, weil ich nicht wußte, daß du nach England kommst. Man kann nicht von mir erwarten, daß ich so was errate.«

»Nein, natürlich nicht.« Sie bereute ihre unüberlegten Worte. Durch Hast verriet man seine Gefühle, und Racey hatte es immer verstanden, einen zu durchschauen. »Ich muß mit dir darüber sprechen. Ich weiß so wenig über ihn ... über das, was geschehen ist. Wann kann ich dich sehen?«

»Wann immer du willst, Hexe. Wie wär's zum Lunch?«

Darauf war sie nicht vorbereitet. Das kam zu rasch. »Nein, nicht zum Lunch, Racey. Etwas später. Zum Tee?«

»Susan, sei nicht albern. Ich bin kein Freund von Teestunden.«

Sie blieb dabei. »Es geht nicht anders, nur zum Tee, Racey. Ich werde zu dir kommen. Du weißt, wir haben allerlei zu besprechen.«

Seine Stimme klang verdrießlich. »Na gut, aber …«

Sie ließ ihn nicht ausreden. »Die Adresse im Telefonbuch stimmt doch? Ich komme gegen vier. Bis nachher.«

»Susan, noch einen Augenblick …«

Sie hängte ein, als hätte sie ihn nicht gehört.

2. KAPITEL

Es regnete den ganzen Morgen – ein gleichmäßiges Rieseln, das auf den Straßen trübselige kleine Pfützen bildete. Susan aß allein zu Mittag, dankbar für die Ruhe, den Tisch in der Ecke, das Unbeobachtetsein, das man in einem überfüllten Restaurant genießt. Sie fühlte sich sonderbar müde – müde vom Umherirren in Straßen, in denen sie sich fremd fühlte von der ziellosen Untätigkeit inmitten geschäftiger Menschen. London, in graue Regenwolken gehüllt, hatte sie nicht gastfreundlich empfangen. Sie hatte altvertraute Gegenden durchstreift, aber auch sie hatten sie nicht wie eine alte Bekannte begrüßt. So vieles hatte sich verändert. Die Häuser waren hell gestrichen mit roten und blauen Türen – die Plätze hatten gepflegte Anlagen – auf dem Rasen lagen die ersten herbstlichen Blätter. Aus zerbombten Grundstücken waren Parkplätze geworden. Und hier in dem Restaurant, wo sie früher immer gesessen hatte, sah sie kein altbekanntes Gesicht unter den Kellnern.

Langsam nahm sie ihre Mahlzeit ein. Wo mochte Paul jetzt wohl sein? Immer wieder fiel ihr Racey ein, aber entschlossen schob sie den Gedanken an ihn beiseite. Es war zwecklos, sich auszudenken, was sie ihm sagen wollte. Mit Racey konnte man offen sprechen. Im rechten Augenblick würde sie schon die passenden Worte finden. Natürlich würde er sie auslachen. Racey hatte immer gelacht, wenn sie etwas Ernstes mit ihm besprechen wollte. Aber sie würde ihn schon dahin bringen, ihr die Wahrheit zu sagen. Auf seine Aufrichtigkeit konnte man sich fast immer verlassen. Nur wenn die Wahrheit gar zu unangenehm war, umging er sie mit außerordentlicher Geschicklichkeit.

Als sie wieder auf die Straße trat, hatte es aufgehört zu regnen. Die Menschen, die am Vormittag ihre Einkäufe machten, waren verschwunden. Dafür stauten sich Schlangen vor den Kinos – lange Menschenschlangen standen geduldig in den Regenpfützen. Jermyn Street und St. James Street waren menschenleer. Ab und zu fuhr ein Taxi zur Mall hinunter. Die Uhr am Buckingham Palace zeigte zwanzig Minuten nach drei. Unter tropfenden Bäumen ging Susan am Green Park entlang. Niemand saß auf den nassen Bänken, die Liegestühle waren aufeinandergestapelt. Die Stille erschien ihr trügerisch, es war ihr, als warte die Stadt ungeduldig auf die Dämmerung, wenn das geschäftige Treiben wieder einsetzen würde. Die Stadt wartete, daß die Stenotypistinnen und Ladenmädchen, die um ein Uhr Schluß hatten, zurückhasten würden, um sich vor den Kinos und den Corner-Houses anzustellen. Sie wartete auf alle die, denen der Samstagabend der Höhepunkt der ganzen Woche bedeutete. Auch ein verregneter Samstag änderte daran nichts.

Am Hyde Park Corner nahm sie den Bus zum Marble Arch. Dann schlenderte sie absichtlich langsam – es war erst zehn vor vier – in Richtung Seymour Street. Der große Häuserblock, in dem Racey wohnte, war nicht besonders vornehm. Susan erinnerte sich, daß ein Mitglied der amerikanischen Botschaft zur Zeit der Luftangriffe hier gewohnt hatte. Man konnte sich gut vorstellen, daß Racey in dieser modernen, unpersönlichen Umgebung lebte, wahrscheinlich fremder Leute Möbel und Teeservice benützte und nichts anderes verlangte als heißes Wasser, wann immer er baden wollte, und eine bedienstete Seele, die ihm sein Bett machte.

Sie benutzte den Lift und fand seine Wohnung ohne Schwierigkeit. Als sie klingelte, hörte sie drinnen Wasser laufen. Es wurde sofort abgestellt, gleich darauf öffnete Racey die Tür. Zu ihrem Erstaunen hatte er sich überhaupt nicht verändert, trotz der neuen Umgebung. Auch ohne Uniform sah er genau aus wie früher, er entsprach mehr dem Bild ihrer Erinnerung an Louis als Louis selbst. Er nahm sie in die Arme und küßte sie unbekümmert auf den Mund.

»Du bist noch schöner geworden, Hexe! Laß dich genau anschauen.« Er hielt sie ein wenig von sich ab.

Susan hätte ihn gern wie einen überzärtlichen Hund abgewehrt, statt dessen lächelte sie ihn an. »Du hast dich nicht verändert – Racey – nicht im geringsten.«

Er lachte und half ihr aus dem Mantel. »Nein, ich ändere mich nicht, höchstens im schlechten Sinn.« Wieder lachte er, offenbar meinte er es nicht ernst. Er war sichtlich guter Laune. Es war leicht, Racey zufriedenzustellen, aber es war auch nicht schwer, ihn zu verstimmen. Er führte sie ins Wohnzimmer, wo ein niederer Tisch schon für den Tee gedeckt war. Susan setzte sich auf die Couch, Racey nahm ihr gegenüber in einem Sessel Platz.

»So, nun erzähle, Hexe.« Er bot ihr eine Zigarette an. Sie ließ sich Feuer geben, bevor sie antwortete.

»Wo soll ich anfangen?« Es schien ihr auf einmal unendlich schwer, Racey alles, was sich ereignet hatte, zu berichten.

»Von Anfang an natürlich. Bist du direkt von New York gekommen?«

»Ich erzähle besser der Reihe nach. Ich war vorher in Paris – geschäftlich. Mit meinem Chef, Paul Berkman.«

Er lachte boshaft. »Was bist du denn? Eine Art Super-Privatsekretärin?« Wieder lachte er, als er ihre Verstimmung bemerkte. Sie war noch anziehender, wenn sie ärgerlich wurde.

Ruhig erwiderte sie: »Rede keinen Unsinn, Racey. Zum Scherzen habe ich keine Zeit. Paul Berkman ist der Besitzer eines Zeitungskonzerns. Ich bin seine Mitarbeiterin an einer seiner Zeitschriften und habe über die neuen Herbstmodelle der Pariser Modehäuser berichtet.«

Eine Blutwelle schoß ihm ins Gesicht. Prüfend betrachtete er Susans Kleid und Hut. »Und was hat Mr. Berkman inzwischen gemacht? Für dich die Modellkleider gekauft?«

Gelassen griff sie zum Aschenbecher. »Paul und ich werden heiraten.«

Zunächst sagte er kein Wort. Er stand auf und lehnte sich an den Kamin. Susan war erleichtert, daß er schwieg; Racey brauchte immer eine Weile, seine Gedanken zu ordnen – oder ihrer Herr zu werden. Alles war leichter zu ertragen als seine spöttischen Bemerkungen.

Schließlich sagte er: »Deshalb bist du also in London. Wegen der Scheidung.«

»Gewiß, es muß alles geregelt werden. Auch was Midge betrifft.«

Nachdenklich meinte er: »Ich bin froh, daß du auch an Midge denkst.«

Susan sprang auf und trat dicht an ihn heran. »Man braucht mich nicht erst an Midge zu erinnern.«

»Nur ruhig Blut, Hexe«, sagte er gleichmütig. »Ich mache dir keinen Vorwurf, daß du davongelaufen bist. Obwohl es ein bißchen überstürzt war. Midge ist ein nettes kleines Ding – aber eigenartig, sehr eigenartig.«

Ihr Unwillen legte sich ein wenig. »Das ist wohl nicht meine Schuld. Auch wenn ich geblieben wäre, hätte ich daran nicht viel ändern können. Ich hatte so wenig Möglichkeit, sie zu erziehen – so wie die Dinge damals lagen.«

»Ja, Sue, ich weiß das alles, und doch ... Na, du wirst Midge ja wohl selber sehen. Meine Mutter ist gestorben, wie du weißt. Die letzten vier Jahre hatte Midge mit Vater und dem alten Sydney in Hythebourne zugebracht.« Er lachte leise vor sich hin. »Lieber Himmel, sie ist ein wunderliches kleines Geschöpf.«

Susan setzte sich wieder. Ihre Nägel krallten sich in ihre Handflächen. Das alles war solch ein heilloses Durcheinander. Sie wünschte, sie wäre mutiger und besser gerüstet für diesen Kampf. Sechs Jahre ließen sich unmöglich in einem einzigen Tag nachholen. Louis und Midge ... der alte Mann, der jetzt allein in Hythebourne lebte ... und der geschmeidige, gutaussehende Racey, der da an den Kamin gelehnt stand und über sie und ihre Nöte lächelte. Sie zog an ihrer Zigarette. Mit einer gewissen Genugtuung stellte sie fest, daß ihre Hand nicht zitterte.

Bedächtig sagte sie: »Racey, du mußt mir genau erzählen, was Louis zugestoßen ist. Jede Einzelheit.«

Sein Lächeln schwand. » Es stieß ihm etwas zu, womit man im Krieg immer rechnen muß. Es konnte jeden treffen – auch mich.«

Sie blickte ihm fest in die Augen. »Nein, Racey, dich nicht. Niemals ist dir so etwas zugestoßen, oder?« Noch während sie diese Worte sprach, fragte sie sich, warum sie diesen Vergleich anstellte. Vor sechs Jahren hatten sich die beiden Brüder kaum voneinander unterschieden. Aber das gestrige Gespräch mit Louis hatte eine deutliche Verschiedenheit aufgezeigt. Man konnte an die beiden Brüder nicht mehr so denken, als wären sie nur eine Person. Die Aussprache mit Racey mußte ihr den Schlüssel zu Louis' Persönlichkeit bringen, mußte ihr Einblick verschaffen in etwas, das ihr rätselhaft war, dem sie beinahe erlegen wäre.

»Sprich weiter«, sagte sie. »Ich wollte dich nicht unterbrechen.«

»Es ist die alte Geschichte, die du schon oft gehört hast, Sue. Es geschah bald, nachdem du nach New York zurückgekehrt warst. Louis flog mit einem Bombengeschwader als Begleitschutz und wurde über Frankreich abgeschossen. Man teilte uns mit, er sei vermißt, und dann, viel später, er sei wahrscheinlich gefallen.«

Sie lauschte, ohne sich zu rühren, ob seine Worte nicht etwas verbargen.

»Schließlich kam er zurück, und da erfuhren wir die Einzelheiten. Er hatte eine Kopfverletzung erlitten. Angehörige der Untergrundbewegung hatten ihn gefunden und gepflegt. Einen Arzt zu holen konnten sie nicht riskieren, und so wäre er beinahe gestorben. Auf einem Bauernhof hielten sie ihn versteckt, bis er wieder gehen konnte. Sie haben ihn wohl zu lange behalten, denn es begann für sie alle gefährlich zu werden. Schließlich versorgten sie ihn mit Papieren, und der Sohn des Bauern, ein vierzehnjähriger Bursche, brachte ihn an die spanische Grenze. Er war immer noch sehr krank, Sue, und der Junge hat ihn wie ein Engel betreut.«

»Und dann?«

»Louis zog weiter, der Junge kehrte zurück. Es wäre weiß Gott besser für ihn gewesen, er wäre mit Louis nach England gegangen, aber das wollte er nicht. Hat nicht erklärt, warum. Hat sich verabschiedet und kehrte um.«

Sie dachte lange darüber nach. Selbst Raceys nüchterner Bericht ließ sie Louis' Einsamkeit empfinden, die Gefahr, in der er geschwebt hatte, den starken Glauben, der seine Lebenskraft in diesen langen Tagen aufrecht erhalten hatte, die mühselige

Wanderung zurück in die Heimat, durch Frankreich und Spanien – und dazu war er krank gewesen.

»Warum hast du mir nichts davon geschrieben? Man hatte ihn für tot erklärt, sagst du?«

»Wir waren nicht sicher, Sue. Wir glaubten nicht recht daran. Und dann … da war Mutter.«

Mit einem Ruck warf sie den Kopf zurück. »Soll das heißen, sie hat niemand erlaubt, es mir zu schreiben? Mein Gott! Welches Recht hatte sie – wie konnte sie wagen …?«

»Sie war alt, Sue, und krank. Das mußt du ihr zugute halten.«

»Warum nur? Dachte sie, es sei mir gleichgültig?«

Ruhig erwiderte er: »Wir konnten das nur nach deiner Handlungsweise beurteilen. Schließlich hattest du ihn ja …«

Heftig unterbrach sie ihn: »Ja, ich weiß. Ich hatte ihn verlassen.« Sie lehnte sich nachdenklich zurück.

So hatte der Zorn der alten Frau selbst über ihren Tod hinaus die Macht, sie noch jetzt, nach sechs Jahren, zu verwunden. Ihr Wort war oberstes Gesetz gewesen in Hythebourne. Die Gewohnheit, alle zu tyrannisieren, ließ sich nicht so leicht brechen; Louis' Mutter hatte sie nicht aufgegeben, auch nicht im Tode.

Susans Blick kehrte zu Racey zurück. »In was für einem Zustand war er, als er heimkam?«

Er schüttelte den Kopf und setzte sich neben sie auf den Diwan. »Es war ziemlich schlimm, Sue. Wir brachten ihn gleich ins Krankenhaus, und dort blieb er lange Zeit. Gott weiß, wie er es überhaupt geschafft hat, heimzukommen. Es war schrecklich. Er hat mich nicht erkannt, als er mich wiedersah.«

Er hielt inne, aber ihre Ungeduld ließ keine Pause zu. »Erzähle weiter. Mußtest du ihm alles ins Gedächtnis zurückrufen?«

»Ich sagte ihm so viel, wie er meiner Ansicht nach verstehen konnte. Die Eltern hielt ich von ihm fern, bis ich ihn ein wenig auf das laufende gebracht hatte. Dann wußte er genug, um sich vernünftig mit ihnen zu unterhalten.«

»Und über mich?« Heftig packte sie seinen Arm. »Was hast du ihm über mich gesagt?«

Seine Augenbrauen formten sich zu zwei Fragezeichen. »Alles, was mir nur einfiel.«

»Ja, natürlich.« Sie ließ seinen Arm los und sank zurück. »Und wie ging es weiter?«

Etwas sanfter fuhr Racey fort: »Allmählich erinnerte er sich an dieses und jenes. An einzelne Bruchstücke – die Schule, das College, das Fliegen und so weiter. Als er das Krankenhaus verließ, wußte er immerhin so viel, daß er die Leute in der Umgebung von Hythebourne darüber täuschen konnte, was tatsächlich vorgefallen war. Seitdem hat sich wohl alles so ziemlich wieder eingerenkt.«

»An was alles kann er sich deiner Meinung nach jetzt erinnern?«

»Fast an alles, glaube ich. Schon seit langem hat er mich nicht mehr gefragt, aber ich weiß, er erlebt hin und wieder schlimme Minuten, wenn ein wildfremder Mensch auf ihn zustürzt und behauptet, er sei ein alter Schulfreund oder ein Kamerad aus seiner Staffel.«

»Spricht er jetzt noch darüber?«

»Nein, nie. In diesem Punkt ist er empfindlich. Man soll glauben, es sei nie geschehen.«

Ein paar Minuten lang saß sie unbeweglich und dachte nach, Raceys Gegenwart völlig vergessend. Gestern abend hatte Louis ihr so selbstverständlich von seiner Verwundung erzählt, als handle es sich um eine Brandwunde an der Hand. Doch Racey behauptete, Louis spräche niemals darüber. Nicht einmal jetzt konnte sie glauben, Louis habe nur so getan, als erkenne er sie nicht. Was für einen Sinn hätte das gehabt, und welchen Sinn hatte sein nächtlicher Telefonanruf? Falls wirklich böse Absicht dahintersteckte, so war diese böse Absicht so spitzfindig, daß er wenig Aussicht hatte, etwas damit zu erreichen.

Nachdenklich sagte sie: »Gib mir eine Zigarette, bitte.« Als er ihr Feuer gegeben hatte, lehnte sie sich in die Kissen zurück. »Racey«, begann sie langsam, »glaubst du, daß sich Louis erinnern kann, wie ich aussehe?«

Er zuckte die Achseln. »Das weiß ich nicht. Er hat mich anfangs oft über dich ausgefragt – wie du aussiehst. Er besaß kein Foto von dir, verstehst du. Aber seit langem hat er nichts mehr gefragt. Ich weiß nicht, ob es ihn nicht mehr interessiert oder ob er sich jetzt selbst an dich erinnert.«

»Wie hat er mein Fortgehen aufgenommen? Hat er mich deshalb gehaßt?«

»Wie kann man etwas hassen, von dem man nichts weiß?«

Das war das Schlimmste daran, sie wußte es. Louis konnte nichts für sie empfinden – weder Liebe noch Haß. Es löschte ihre Persönlichkeit aus, machte sie zum Schatten, zum Phantom. Wieder beugte sie sich vor und ergriff Raceys Arm. »Ich habe ihn gesehen, Racey. Gestern abend.«

Er nickte bedächtig. »Das habe ich erwartet.«

Mit ein paar Worten berichtete sie. Es war anders als gestern, als sie es Paul erzählt hatte. Er blickte sie ruhig an und ließ sie zu Ende erzählen, ohne sie zu unterbrechen. Sie verband ein Wissen um Louis, das Paul nicht besitzen konnte. Durch die einfache Wiedergabe der Szene erschien sie auf einmal klar und nicht mehr lächerlich und phantastisch wie gestern abend. Als sie ihren kurzen Bericht beendet hatte, blieb nur noch eine Frage offen, und Racey sprach sie sofort aus.

»Und du möchtest jetzt wissen, ob er nur so getan hat, als erkenne er dich nicht wieder?« Er schüttelte den Kopf, seine Stimme klang nicht so gleichgültig wie sonst. »Das ist etwas, was ich nicht entscheiden kann.«

Leise fragte sie: »Was soll ich tun? Racey, sag mir doch, was soll ich nur tun?«

Er betrachtete sie aufmerksam, erwartete, daß sie in Schluchzen ausbrechen würde. Doch sie blieb ruhig, weder ihre Hand, die die Zigarette hielt, zitterte, noch die andere, die in ihrem Schoß lag. Er betrachtete ihr stilles Gesicht und dachte, wie sehr sie sich in diesen sechs Jahren verändert hatte. Diese Susan hier war eine beherrschte, gereifte, sehr schöne Frau; die andere Susan, die er einst gekannt hatte, war von seiner Art gewesen, ruhelos, lebenslustig, ihre Energie und Liebe mit vollen Händen verschwendend. Auch damals war sie schön gewesen, doch auf ganz andere Art. Damals hatte sie zu beiden Brüdern gepaßt – nur war es Louis, der sie geheiratet hatte. Was für einen Eindruck hatte Louis wohl gestern abend von ihr gehabt? Hatte er erkannt, daß jedes einzelne dieser sechs Jahre sie geprägt hatte, daß man, um sie zu kennen, demütig von vorn beginnen mußte?

Er zog seinen Stuhl näher heran. »Sue?«

»Ja?« Sie schaute nicht auf.

»Mach dir nicht allzu große Sorgen. Es braucht eben seine Zeit.«

Überrascht blickte sie ihn an. »Zeit? Aber ich habe keine Zeit. Nur eine Woche – das sind nur Tage, Stunden und Minuten.«

Sie spürte den Druck seines Armes wie einen Schmerz, als er sie näher zog. »Überlaß alles der Zeit. Solche Sachen erledigen sich ganz von selbst.«

Leidenschaftlich wehrte sie ab: »Das ist alles Unsinn. Ich kann nicht die Hände in den Schoß legen und abwarten, wenn eine Entscheidung getroffen werden muß. Soll ich mit Louis sprechen oder nicht?«

Er faßte sie an den Schultern und blickte sie forschend an.

»Wovor hast du Angst, Sue? Wen fürchtest du mehr – Louis oder Paul?«

»Warum sollte ich den einen oder den anderen fürchten?«

»Und doch hast du Angst. Du bist ja zu mir gekommen, weil du Angst hast.«

»Nein ...« Sie fand nur dieses eine Wort, dann verstummte sie, weil es sinnlos war, die Wahrheit seiner Behauptung abzuleugnen. Sie verkrampfte die Hände und ließ den Kopf sinken. »Ja, ich habe Angst. Angst vor Louis, weil ich nicht weiß, was er mir antun wird, und Angst vor Paul ... weil ich ihn vielleicht verlieren werde.«

Er schüttelte sie leicht. »Die Jahre haben dir den Verstand geraubt, Hexe. Weißt du denn nicht, daß Furcht den Verstand lähmt? Halt den Kopf hoch, um Himmels willen, sonst ist alles verloren.«

Sie entwand sich seinem Griff.

Er schaute sie scharf an. Und als sie nicht antwortete, lächelte er und stand auf.

»Bleib noch ein Weilchen. Gleich gibt's Tee.« Einen Schlager pfeifend, verließ er das Zimmer.

Susan sah zu, wie die Asche ihrer Zigarette zu Boden fiel. Sie nahm noch zwei Züge, dann drückte sie die Zigarette aus und wischte etwas Asche von ihrem Rock, als sie aufstand. Sie lehnte am Kamin, als er mit dem Tee und der Kanne mit heißem Wasser zurückkam. Noch immer pfiff er den gleichen Schlager, machte nur ab und zu eine Pause, wenn ihn das Hantieren mit Teekanne und Tassen zu sehr in Anspruch nahm. Es war eine bezaubernde kleine Melodie, deren sehnsüchtiger Klang ihr eigenartig ans Herz griff.

»Racey, was ist das für eine Melodie?«

Noch über den Teetisch gebeugt, schaute er sie rätselhaft an. »Kann mich nicht genau erinnern. Ich habe mal eine Tänzerin gekannt – Abend für Abend sah ich sie zu diesem Lied tanzen. Aber wie diese Melodie heißt, habe ich wahrscheinlich nie gewußt.«

»Und das Mädchen – was ist aus ihr geworden?«

Gleichgültig zuckte er die Achseln. »Ich weiß nicht. Ich habe sie schon lange aus den Augen verloren.« Wieder zuckte er die Achseln, diesmal lachte er. »Was wird aus ihnen, Sue, aus all den hübschen Mädchen, die man einmal gekannt hat? Süße, verführerische Geschöpfe! Warum bleiben sie das nicht immer?«

Trocken sagte sie, während sie am Teetisch Platz nahm: »Nur wenige können es sich leisten, darauf zu warten, ob du sie nicht schließlich sitzenläßt.«

»Sei nicht so anzüglich, Hexe!« Er lachte sorglos. So langsam wurde sie seines ständigen Lachens überdrüssig.

Stumm tranken sie Tee, keiner von ihnen rührte das Gebäck an. Susan betrachtete Raceys Profil, neu betroffen über die seltsame Ähnlichkeit der beiden Brüder – eine Ähnlichkeit, die einst vollkommen gewesen war, aber jetzt Lücken zeigte. Sie stellte Vergleiche an, die früher unmöglich gewesen wären. Das Gefühl, einer Entdeckung auf der Spur zu sein, kehrte wieder, und in das Schweigen hinein fragte sie plötzlich: »Was treibst du denn jetzt, Racey? Fliegst du noch?«

Schnell setzte er die Tasse nieder. »Gerade dachte ich auch darüber nach«, sagte er. »Über etwas, das dir helfen könnte.« Auch Susan stellte ihre Tasse hin. Sie wartete darauf, daß er fortfuhr.

»Es handelt sich um folgendes, Sue. Ich bin Verbindungsoffizier zwischen einer Flugzeugfabrik und den verschiedenen privaten Transport-Fluglinien. Ich fliege regelmäßig zum Kontinent und noch weiter – manchmal sogar nach Südamerika. Doch das nur nebenbei. Wenn es in Frankreich Arbeit für mich gibt, fliege ich mit meiner eigenen Maschine. Das Flugzeug stelle ich immer in Hythebourne ab, denn von dort kann ich bequem starten.«

Als er innehielt, fragte sie ungeduldig: »Und was hat das mit mir zu tun?« Sogleich bereute sie ihren scharfen Ton, denn sein Gesicht verfinsterte sich.

»Das wirst du gleich erfahren. Morgen abend starte ich wieder. Das bedeutet, daß ich erst nach Hythebourne fahren muß. Willst du mitkommen?«

Die Frage, so brüsk gestellt, war nicht zu beantworten. Sie stellte sich wie eine sichtbare Mauer zwischen sie und Racey, eine Mauer, die sie auseinanderriß und jeden in seine eigene Welt zurückstieß, in der es galt, blitzschnell Entscheidungen zu treffen. Er wartete kühl auf seiner Seite, was sie antworten würde.

Susan erhob sich und lehnte sich wieder an den Kamin, Racey den Rücken zuwendend, um seinen kühlen Blick zu vermeiden. Geistesabwesend nahm sie die verschiedenen Gegenstände in die Hand, die als Schmuck auf dem Kaminsims standen, und betrachtete lange etwas, das ihr bekannt vorkam. Aus der Vergangenheit stieg eine Erinnerung auf. Das Wohnzimmer in Hythebourne – dort hatte diese Tasse aus Meißener Porzellan ihren Platz gehabt. Racey hatte sie mit hierhergenommen, nur er wußte, warum, denn in dieser nüchternen, modernen Wohnung wirkte sie grotesk und völlig fehl am Platz. Schnell stellte sie die Tasse zurück. Sie gehörte nach Hythebourne, es war nicht ihre Sache, sie zu berühren oder sich Gedanken darüber zu machen. Hythebourne und die Familie hatten sich stets vor ihr verschlossen, halb aus Mißtrauen, halb aus Furcht. Selbst in den langen, beschwerlichen Monaten vor und nach Midges Geburt war sie dort eine Fremde gewesen, deren Sprache und Lebensstil man nicht verstand. Dorthin zurückzukehren, auch nur für einen einzigen Tag, war unvorstellbar. Doch was sollte mit Midge geschehen, die in Hythebourne, nur von einem alten Manne betreut, aufwuchs? Wenn sie unangemeldet nach Hythebourne käme, wie Racey vorschlug, könnte sie sich ein Bild von den Verhältnissen dort machen. Dieser Vorschlag, den er so leichthin geäußert hatte, als nähme er von vornherein an, es fehle ihr der Mut, ihn anzunehmen, war sehr weise. Das Kind in seiner gewohnten Umgebung zu sehen, um es wirklich kennenzulernen, war ein wesentlicher Grund gewesen, diese Reise nach England zu machen.

Susan wandte sich zu ihm um und sagte entschlossen: »Ja, ich will mitkommen. Wann fährst du?«

Entgegen ihrer Erwartung zeigte er sich weder überrascht noch erfreut. »Ich möchte gegen elf Uhr morgen vormittag starten. Vielleicht können wir irgendwo unterwegs in einem Gasthaus zu Mittag essen.«

Sie nickte. Wieder überkam sie das Gefühl, daß sie der Entwicklung der Ereignisse machtlos gegenüberstand. Sie trieben ohne ihr Zutun einer Entscheidung entgegen.

3. KAPITEL

Schnellen Schrittes ging Louis von Carlton Mews durch die regennassen Straßen. Er hatte lange mit diesem Entschluß gerungen – stundenlang hatte er wach gelegen und den Geräuschen der nächtlichen Stadt gelauscht, die erst im Morgengrauen verstummt waren; stundenlang war er dann unschlüssig durch die Zimmer gewandert.

Mit einemmal waren Zweifel und Unentschlossenheit verflogen, und er verwünschte die vergeudeten Stunden. Er beschleunigte seine Schritte, die in den nassen, menschenleeren Straßen widerhallten. Am St. James' Square stand ein einsamer Parkwächter. Im Green Park schlug er den gleichen Weg ein, den Susan eine Weile vorher gegangen war, überquerte dann Shepherds Market und erreichte schließlich Park Lane. Obwohl er wenig Hoffnung hatte, Susan um diese Zeit im Hotel anzutreffen, behielt er sein rasches Tempo bei.

Ein warmer Luftstrom schlug ihm entgegen, als er die Hotelhalle betrat. Er erkundigte sich beim Empfangschef, wandte sich dann langsam ab, ließ sich in einen Sessel nieder und wartete geduldig auf Susan.

Susan ging zu Fuß zum Hotel zurück. Es hatte wieder zu regnen begonnen, dichter und nachhaltiger als zuvor. Neue Pfützen bildeten sich; verstimmt bemerkte sie die Schlammspritzer auf ihren Strümpfen. Hastig eilten die Menschen, unter ihre Schirme geduckt, vorüber. Vor dem Kino am Marble Arch bildeten die Menschen am Rande des Trottoirs lange Schlangen. Fliegende Händler priesen mit leiernder Stimme ihre Waren an. Susan streifte sie mit einem gleichgültigen Blick, und plötzlich überwältigten sie die Erschöpfung und Furcht, gegen die sie den ganzen Tag angekämpft hatte. Mitten im Gedränge blieb sie stehen, die Passanten rannten gegen sie an. Schließlich bahnte sie sich einen Weg zum Straßenrand und winkte einem Taxi, das sie zum Hotel brachte. Als sie bezahlte, merkte sie, daß ihre Hände zitterten, die wenigen Schritte bis zum Eingang fielen ihr unendlich schwer. Drinnen umfing sie die schützende Wärme der Hotelhalle, leicht schwankend ging sie zum Empfangsschalter.

Louis hatte durch die Glastür beobachtet, wie sie das Taxi bezahlte. Als sie näher kam, hatte er sich bereits erhoben.

Bei seinem Anblick blieb sie wie angewurzelt stehen. Einen Augenblick lang fürchtete er, sie werde zu Boden sinken. Eine Welle der Erregung überflog ihr Gesicht – doch ehe er sie zu deuten vermochte, hatte sie sich gefaßt. Er trat auf sie zu. Mit betonter Gelassenheit begrüßte er sie. »Hello, Susan.«

»Hello, Louis.«

Im Augenblick gab es nichts weiter zu sagen. In seinen Augen war zu lesen, daß er sie wiedererkannte, und alles in ihr verlangte danach, ihn wie einen vom Tode Auferstandenen willkommen zu heißen. Aber sie konnte keine Worte finden. Auch sein Gesicht war ernst, doch leuchtete darin einen Augenblick etwas wie ein Willkommensgruß an sie auf, eine Art Geste wiedergefundener Freundschaft, die mehr bedeutete als seine Begrüßung. Während sie einander anstarrten, erwachte in ihnen die ferne, halb versunkene Vergangenheit, als habe ein starker Lichtstrahl sie plötzlich erhellt. Ihr Schweigen war beredter, als Worte es hätten sein können – ihre Angst, ihr Staunen, ihre Reue fanden darin Ausdruck. All das sagte ihr Blick, aber es blieb noch mehr zu sagen.

Leise berührte Louis ihren Arm. Sie versuchte verzweifelt, sich von seinem forschenden Blick zu lösen. »Wir wollen in die Bar gehen«, schlug er vor, »dort sind wir ungestört.«

Als sie sich langsam umwandte, gab seine Hand sie so betont behutsam frei, daß sie sich fragte, ob er vielleicht fürchte, allzu vertraulich gewesen zu sein. In der Bar fanden sie einen kleinen Tisch, und er setzte sich ihr gegenüber. Ohne Hast bestellte er die Drinks. Während sie darauf warteten, bot er ihr stumm eine Zigarette an und gab ihr Feuer.

Plötzlich lächelte er, während er ihr das Feuerzeug hinhielt. Es war, als beginne etwas völlig Neues – eine neue Stunde, ein neuer Tag. Die nervöse Spannung fiel von ihnen ab. Sie heftete ihre Augen auf den Tisch, trotzdem wußte sie, daß er noch immer lächelte.

Auch als die Drinks kamen und Louis bezahlte, hielt sie den Blick gesenkt. Sie umkrampfte die Handtasche in ihrem Schoß, ihre Fußspitze klopfte nervös auf den Teppich. Das waren die Sekunden, ehe der Vorhang hochging. Augenblicke ungewisser Erwartung.

Mit leiser Stimme sagte er: »Nun, Sue … auf unser Wohl!«

»Alles andere geht uns nichts an.« Das war ihr alter Trinkspruch, unbewußt war er ihren Lippen entschlüpft.

Sie nippte an ihrem Glas. Es war ihr kalt geworden vor Schreck, weil sie sich so verplappert hatte. Hinter jedem Wort lauerte Gefahr; sie mußte auf der Hut sein, wenn Louis ihr zulächelte, jede aufsteigende Erinnerung bedrohte ihre Sicherheit.

Sie wünschte den Augenblick herbei, der sie von seiner Gegenwart erlöste.

Er verlängerte das Schweigen zwischen ihnen nur einen kurzen Augenblick. Leise klirrte sein Glas gegen die Tischplatte, als er sich vorbeugte. Ihre ruhig abwartende Miene verriet nichts von ihren Gedanken. Ihre Finger umschlossen regungslos das Glas. Wie am Abend zuvor fiel ihm die kraftvolle Schönheit ihrer Hände auf. Vorsichtig stellte er die erste Frage: »Warum hast du mir gestern abend nichts gesagt, Susan?«

Sie befeuchtete die Lippen, um ein paar kostbare Sekunden zu gewinnen. »Wie konnte ich?« sagte sie endlich. »Ich dachte … anfangs dachte ich, du hättest mich erkannt. Dann war es zu spät.«

»Aber warum, Susan? Warum nur?«

Mit aller Macht überfielen sie die Zweifel der vergangenen

vierundzwanzig Stunden. Leidenschaftlich, fast zornig verteidigte sie sich: »Wie sollte ich anders handeln? Es war eine unerträgliche Situation. Ich habe das Beste daraus gemacht.«

Ihr erregtes Gesicht verriet ihre Verstörung. Ohne Zaudern nahm er seinen Vorteil wahr. »Das Beste? Das glaube ich nicht. Du hättest es mir sagen sollen.«

»Wie konnte ich?« wiederholte sie. »Du gabst mir keine Gelegenheit dazu.«

»Dazu gab es reichlich Gelegenheit. Hattest du nicht den Mut dazu? Schließlich bin ich an solche Überraschungen gewöhnt – Fremde, die ich noch nie gesehen habe, behaupten, mich zu kennen, und rufen ganze Abschnitte in meinem Leben wach, die mir entfallen sind. Vergiß das nicht, Susan. Hättest du das bedacht, wäre es leicht gewesen zu sagen: ›Ich bin deine Frau.‹«

Jetzt blickte sie auf und sagte ruhig: »Bist du deshalb zornig?«

»Zornig? Nein, durchaus nicht. Ich möchte nur wissen, warum du mich belogen hast.«

»Ich habe dich nicht belogen. Du hast mich nicht gefragt, wer ich bin, nicht, wie ich heiße – kein Wort.«

»Lieber Gott, Susan, das sind nur Ausflüchte. Du weißt genau, du hättest es mir sagen können.« Seine Stirn war gefurcht, scharfe Linien kerbten sich um seinen Mund. Er wirkte weniger verärgert als vielmehr zutiefst empört über die Ursachen, die sie in die jetzige Lage versetzt hatten.

Sie gebot ihm Schweigen. »Hör jetzt einmal mich an.« Zum erstenmal fühlte sie sich wieder sicher, frei von demütigender Angst. »Warum hat man mir nichts geschrieben? Warum ließest du mich nach London kommen, ohne mir vorher mitzuteilen, was mit dir geschehen war? Wer von uns beiden hat Mut nötiger? Was hast du von mir befürchtet?«

»Nein – nein, so war es nicht.« Es klang enttäuscht. »Als ich von deiner Existenz erfuhr, war es nicht wichtig, ob du davon erfährst oder nicht. Du hast mir nichts bedeutet. Was kann ein Mann für seine Frau empfinden, an die er sich nicht erinnert? Später, im Lauf der Zeit, schien es in anderer Hinsicht nicht mehr wichtig. Es war mir gleichgültig; ich nahm nicht an, daß ich dich jemals wiedersehen würde.«

Stumm wartete sie, daß er fortfahre. An ihren Händen, an ihrem Gesichtsausdruck sah er, daß sie keinen Entschluß fassen wollte, bevor er geendet hatte.

»Dann schriebst du, daß du kämest. Das war für mich die einzige Chance, alle Bruchstücke zusammenzufügen. Kannst du dir das nicht vorstellen, Susan?« Er schwieg, ohne etwas hinzuzufügen. Müde strich er mit der Hand über die Augen.

Plötzlich sah sie alles so klar vor sich, wie er es gewünscht hatte. Es war ein Bild voller Tragik, als sie sich an Louis' Lächeln gestern abend erinnerte, das einer Unbekannten gegolten hatte. Er hatte nicht beabsichtigt, ihr Mitleid zu erwecken, als er ihr seine Geschichte erzählte. Seine Lage hatte zwar ihre Anteilnahme erweckt, ihre eigene Rolle hatte sie bestürzt, aber Mitleid hatte sie nicht empfunden. Doch jetzt stieg Mitleid in ihr auf, und sie schmiegte sich tiefer in ihren Sessel in dem instinktiven Gefühl der Abwehr.

Sein Blick ruhte auf ihr. »Ich dachte bestimmt, daß ich dich wiedererkennen würde. Ich hatte fest damit gerechnet.«

Er ließ sie nicht aus den Augen. Was ging in ihr vor? Was bedeuteten die hochgezogenen Brauen, der fest geschlossene Mund? Er dachte daran, wie sie gestern plötzlich vor ihm stand, zurückhaltend, konventionell, wie ein fremder Mensch. Sie war freundlich gewesen – wie es ihre Art war. Das ihm jetzt zugewandte Antlitz hatte alles Konventionelle abgestreift. Es offenbarte Gefühle, über die er sich nicht klarwerden konnte.

Schließlich sagte sie ruhig: »Wir sind beide nicht frei von Schuld. Alle Menschen machen Fehler, wenn sie sich über die tatsächliche Lage nicht klar sind.«

Er begriff, daß es das Äußerste war, was sie ihm zugestehen konnte. Gelassen hatte sie ihren eigenen Teil an Verantwortung auf sich genommen und den seinen ihm zugeschoben. Leise sagte er: »Ich hatte mich allzu fest darauf verlassen. Das war ein Irrtum. Wäre ich nicht so sicher gewesen, hätten wir uns das vielleicht ersparen können.«

Sie beugte sich impulsiv vor im Verlangen, ihn zu verstehen. Ihr Gesicht drückte warme Anteilnahme aus. »Vielleicht wäre es schlimmer gewesen, wenn wir mit vollem Wissen einander begegnet wären.« Röte überzog ihre Wangen. Sie verstummte, und Louis wußte, daß sie niemals aussprechen würde, was sie hatte sagen wollen. Er bedauerte es, aber er konnte nichts daran ändern.

Dann fuhr sie fort, als sei ihr plötzliches Verstummen nur zufällig gewesen: »Ich habe vorhin Racey besucht.«

Er nickte. »Ich dachte mir, daß du ihn aufsuchen würdest. Hat er dir alles über mich erzählt?«

»Racey und ich konnten uns nicht darüber einigen, ob du mich erkannt hast oder nicht.« Sie wählte ihre Worte sehr bedachtsam. »Ich jedenfalls konnte nicht glauben, du habest dich nur verstellt.«

Er schüttelte den Kopf. »Einer solchen Hinterlist bin ich nicht fähig. Warum hättest du oder Racey das von mir annehmen sollen?«

In ihrer Verwirrung senkte sie die Augen. »Ich weiß nicht. Warum verstellt man sich überhaupt?«

Nachdenklich, fast als spräche er zu sich selbst, sagte er: »Fast jede Verstellung entspringt der Angst. Hattest du Angst vor mir?«

»Nein, nicht Angst, aber ein Gefühl der Unsicherheit. Du hast dich verändert, Louis.«

»Du auch. Sehr sogar.«

Sie schaute ihn forschend an, ihre Finger lösten sich vom Stiel ihres Glases. Sie wollte etwas hinzufügen, brachte aber kein Wort hervor. Endlich sagte sie: »An was kannst du dich noch erinnern?«

»Ich glaube, ich erinnere mich an alles.«

Sie nahm ihr Glas wieder auf und nippte daran. Er fuhr fort: »Racey hat mir oft von dir erzählt – er stellte es so hin, als seien er und ich dein Kriegseinsatz gewesen. Ich hatte keine Ahnung, was er damit meinte. Du kannst dir nicht vorstellen, wie schrecklich es war, Susan. Sooft ich Midge betrachtete, fragte ich mich, wer du warst – wie du sprachst, was du dachtest, was du tatest … Schließlich gab ich es auf. Ich begnügte mich damit, daß es dich gab. ›Die unwandelbare Susan‹ nannte ich dich immer. Du existiertest nur in der Vorstellung, nicht in Wirklichkeit.«

Er leerte sein Glas und setzte es behutsam nieder. Die Tischplatte war mit feuchten Ringen bedeckt; ohne zu Susan aufzuschauen, zog er sie mit dem Finger nach.

»Als ich gestern abend heimkam, mußte ich immerzu über dich nachdenken – es ließ mir keine Ruhe. Ich fing an zu trinken. Trank viel zuviel, bis ich dich und meine Frau nicht mehr genau auseinanderhalten konnte. Ich hörte deine Stimme, aber du sprachst die Worte, die ich von ihr erwartete. Schließlich konnte ich es nicht länger ertragen. Ich rief im Hotel an und verlangte meine Frau zu sprechen. Unbewußt war ich wohl darauf vorbereitet, denn es überraschte mich gar nicht, als ich deine Stimme hörte.« Er hielt inne und blickte zu ihr auf.

Leise fragte Susan: »Warum hast du dann kein Wort gesprochen?«

Er zuckte die Achseln. »Wozu? Ich war nicht in der Verfassung, überhaupt mit jemandem zu sprechen. Ich war betrunken. Als du ›Hello‹ sagtest, wußte ich, daß meine Ahnung nicht getrogen hatte. Das hat mir genügt.«

»Hast du nicht bedacht, wie dieser Anruf auf mich wirken würde? Es war ein richtiger Schock für mich.«

Über sein Gesicht huschte ein sarkastisches Lächeln, als er antwortete: »Gerade in diesem Augenblick beseelte mich keinerlei Mitgefühl für dich. Ehrlich gestanden war es mir einerlei, was du fühltest. Ich hatte nicht den Wunsch, dich wiederzusehen und mit dir zu reden.«

»Warum bist du dann heute gekommen?«

Er legte die Hände flach auf den Tisch. » Ich sagte dir ja schon, daß ich gestern abend betrunken war. Heute morgen dachte ich anders darüber. Schließlich bist du ja mit einer bestimmten Absicht nach London gekommen. Je schneller wir das zu Ende bringen, desto besser für uns beide.«

Sie lehnte sich zurück. Ihre Blicke schweiften zu den Leuten auf den Barhockern und zu den langen Reihen von Flaschen, die vom Spiegel reflektiert wurden. Auch ihr eigenes Bild sah sie im Spiegel, und es überraschte sie, daß sie nach diesem Gespräch mit Louis nicht verändert aussah. Auch er hatte sich nicht verändert. Es war der gleiche Louis, der sich betrank, wenn ihm etwas nicht paßte, der kühl und unbeteiligt über ihren Kopf weg Entschlüsse faßte, der sich jetzt zwar an ihre Ehe erinnerte, aber als etwas, mit dem so schnell wie möglich Schluß gemacht werden mußte …

Louis, der ihre eigenen Gefühle niemals berücksichtigte, Louis, der niemals einer Entscheidung auswich, niemals zögerte. Er war etwas ruhiger, etwas nachdenklicher geworden – aber im Grunde war er der Mensch geblieben, den sie gekannt hatte. Leises Stimmengewirr erfüllte den Raum und flutete über sie hin; der Mixer hantierte mit spiegelblanken Gläsern, und Louis wartete noch immer auf ihre Antwort. Sie wandte sich ihm wieder zu.

»Ja«, sagte sie benommen, »wir müssen das zu Ende bringen. Es gibt noch viel zu tun, denn Ende der Woche reise ich ab.«

Er zuckte die Achseln. Sie haßte die Art, wie er das tat. »Viel gibt es gar nicht zu tun. Wir müssen nur klären, was mit Midge geschehen soll.«

»Midge ist unser Kind – kein Gepäckstück, das man zur Aufbewahrung gibt.« Ihr Körper krampfte sich zusammen vor Zorn.

»Dieser Ton steht dir schlecht an, Susan. Du bist es gewesen, die Midge verlassen hat. Hast du das vergessen?«

Jetzt war sie nicht nur auf seine kühle Überlegenheit und seine gleichgültige Miene zornig, sondern auch auf sich selbst, weil sie nicht kühl bleiben konnte. Einen Augenblick lang schwieg sie, dann sagte sie beherrscht: »Ich möchte eine Zeitlang mit Midge zusammensein. Racey wird mich morgen nach Hythebourne bringen.«

Er gab keine Antwort. Sie deutete sein Schweigen als einen Sieg für sich. Er wollte nicht, daß sie nach Hythebourne fuhr. Nach Hythebourne zurückkehren hieß, an den Beginn ihrer Ehe zurückzukehren. Nach langem Schweigen sagte er: »Du brauchst nicht nach Hythebourne zu fahren. Racey kann Midge nach London bringen.«

»Nein«, entgegnete Susan, »ich will sie in Hythebourne besuchen. Racey macht nur einen kurzen Flug, und ich werde über Nacht bei ihr bleiben.«

Zögernd sagte er: »Du wirst Midge sehr scheu finden. Sie ist nicht daran gewöhnt, eine Mutter zu haben. Ich glaube, in ihrer Vorstellung gehören Mütter nur zu anderen Kindern, sie selbst hatte eine Mutter nie besonders nötig.«

Susans Zorn steigerte sich zu einem wilden Schmerz. Sie sprang auf, ihren Sessel achtlos zurückstoßend. Sie tat es so schnell, daß

Louis keine Zeit fand, sich gleichfalls zu erheben. Hoch aufgerichtet stand sie vor ihm, den Triumph dieser überlegenen Position genießend. »Sag mir nur das eine klipp und klar, Louis. Wirst du es zulassen, daß ich Midge mit mir nach Amerika nehme?«

Langsam erhob er sich. Er war größer als sie und schaute nun auf sie herab. »Das mußt du entscheiden, Susan. Fahre nach Hythebourne und lerne sie kennen. Wenn du zu der Überzeugung kommst, daß sie mit dir in New York glücklicher ist, dann kannst du sie mitnehmen.«

Er bückte sich, hob den Handschuh auf, der zu Boden gefallen war, als sie aufsprang, und überreichte ihn ihr. Stumm nahm sie ihn entgegen. Er trat einen Schritt zurück, um sie vorüberzulassen, machte aber keine Miene, ihr zu folgen. Sie wandte sich nach ihm um. »Kommst du nicht mit?«

»Nein, ich bleibe noch. Ich setze mich mit dir in Verbindung, wenn du von Hythebourne zurück bist.«

»Ja, tu das.« Sie wandte sich zum Gehen, dann zögerte sie. Ein unbestimmbares Verlangen, sich mit Louis zu verständigen, hielt sie zurück. Ihre Blicke begegneten einander, sie fühlte, daß auch er diesen Wunsch empfand. Jeder wartete, daß der andere spreche, aber das Schweigen vertiefte sich. Verzweifelt blickte Susan umher. Die Bar war jetzt belebter, das Stimmengewirr lauter. All das drängte sich wie ein trennender Keil zwischen sie. Die Ungewißheit dieses Augenblicks erforderte ungestörte Stille. Sie wußte, wenn diese Spannung noch einen Augenblick länger anhielt, würde sie sich abwenden und fortgehen.

Da sagte er: »Es tut mir leid, Susan, daß alles so gekommen ist. Ich hatte nicht die Absicht, dir Vorwürfe zu machen, aber … Leider habe ich alles ein wenig verpfuscht.«

Sie nickte. »Ich weiß … auch mir tut es leid. Leb wohl, Louis.«

Er hielt sie zurück. »Susan, du rufst mich an, wenn du mich brauchst, nicht wahr? Ich wohne noch immer in Carlton Mews.« Wieder nickte sie. »Ich fahre morgen ziemlich früh nach Hythebourne. Vielleicht kann ich dich von dort anrufen. Midge würde sich sicher über einen Gruß von dir freuen.«

»Ja … Gewöhnlich bin ich beim Frühgottesdienst um neun Uhr in der Westminster-Abtei. Also jederzeit nach neun.«

»In der Westminster-Abtei? Ich wußte gar nicht, daß du ...«

»Ich verbringe ja nicht meine ganze Zeit damit, mich zu betrinken. Auf Wiedersehen, Susan.«

Sie wußte, daß er seine Worte bereute und daß ihm daran lag, sie möge sie vergessen. Und doch lagen sie ihr im Sinn, als sie ihn verließ.

Louis sah ihr nach, und wie am Abend zuvor bemerkte er, daß die Blicke der Männer ihr folgten, als sie durch den Raum ging.

Oben wartete Paul auf Susan. Es war wie eine glückliche Heimkehr, als sie seine Arme um sich fühlte. Sie schmiegte sich zärtlich an ihn, bis er sich aus der Umklammerung löste, um sie forschend anzublicken.

»Sue, was ist geschehen?«

»Ich habe ihn wiedergesehen. Louis.«

»Berichte mir genau«, forderte er.

Er führte sie zu einem Sessel und goß ihr etwas zu trinken ein. Er selbst nippte stehend an seinem Glas, während sie berichtete. Erleichtert lehnte sie sich in den Sessel zurück, als sie fertig war, und schloß die Augen. Das Gespräch mit Louis erschien ihr nicht mehr wichtig. Jetzt war nur Paul wichtig, er war bei ihr, und sie sehnte sich danach, seine Arme um sich zu fühlen. Ohne die Augen zu öffnen, spürte sie, daß er sich ihr näherte, schon berührten seine Lippen ihre Wange. So war es leicht, Louis zu vergessen.

Sonntag

1. KAPITEL

Susan erwachte sehr zeitig. Sie brauchte nicht auf die Uhr zu sehen; eine eigenartige Stille verriet ihr, daß es noch früh am Morgen war. Sie blieb ruhig liegen und blickte im Zimmer umher. Zaghaft stahl sich das Tageslicht durch die halbgeschlossenen Vorhänge. Das Zimmer war von sanften grauen Schatten erfüllt, nur am Fenster zeichnete sich ein heller Lichtstreifen ab. Susan schloß die Augen, konnte aber keine Ruhe mehr finden. Sie hatte das Bedürfnis, mit Paul zu sprechen – oder mit irgendeinem beliebigen Menschen. Schnell schlug sie die Decke zurück, aber es war noch zu früh, um ihn zu wecken. Sie trat also ans Fenster und blickte hinaus.

Die Straße tief unten war naß von Tau. Die Ritzen zwischen den Pflastersteinen schimmerten feucht. Der Morgennebel wob graue Schleier um die Bäume im Park, so daß sie alten, in Kopftüchern gehüllten Frauen glichen. Irgendwo in der sonntäglicherwartungsvollen Stadt schlug eine Turmuhr. Susan zählte die Schläge. Sieben Uhr. Vor dem Frühstück gab es nichts zu tun. Sie dachte daran, daß Louis jetzt aufstehen und sich bald auf den Weg zur Westminster-Abtei machen würde. Wieder blickte sie hinunter auf das nasse Pflaster, auf die stille, menschenleere Straße – und wieder sah sie auf die Uhr. Die Zeiger standen jetzt schon auf fünf Minuten nach sieben. Sie würde es kaum schaffen, noch rechtzeitig zum Gottesdienst in die Abtei zu kommen. Entschlossen warf sie das Fenster zu, hastete zum Badezimmer und streifte schon im Gehen den Morgenrock ab.

Die Uhrzeiger drehten sich schnell. Als Susan endlich ihre

Handtasche und den Schal an sich nahm und das Zimmer verließ, war es später, als sie gewollt hatte. Auf ihr Klingelzeichen erschien ein schläfriger Liftboy und fuhr sie hinunter. In der Hotelhalle hatte die Tagesarbeit schon begonnen. Ein paar Putzfrauen schauten ihr nach, als sie durchs Vestibül eilte. Die Staubsauger vollführten einen ohrenbetäubenden Lärm. Ein Page – noch ohne Mütze und Handschuhe – sah sie gerade noch rechtzeitig, um ihr die Tür zu öffnen.

Draußen schlug ihr die feuchte Nebelluft entgegen. Sie zog ihren Mantel enger um sich und hielt vergeblich nach einem Bus oder Taxi Ausschau. Auch als sie zum Piccadilly kam, lag die Straße verlassen vor ihr. Sie wußte nicht genau, wie sie am schnellsten zur Abtei käme, und verlor kostbare Zeit, bevor sie sich entschloß durch den Green Park zum Buckingham Palace zu gehen. Auch vor dem Palast war außer der üblichen Wache und einem Polizisten niemand zu sehen. Die beiden starrten Susan nach, als sie in die lange, menschenleere Mall einbog. Während sie weiterging, blieb der Turm von Westminster zu ihrer Rechten sichtbar. Der Weg erschien ihr länger, als sie ihn in Erinnerung hatte, und im Vorwärtseilen dachte sie, daß keine andere Stadt an einem frösteligen Sonntagmorgen so schlaftrunken dalag wie London. Nichts rührte sich weit und breit. Auch als sie Admiralty Arch hinter sich hatte und zum Trafalgar Square kam, ließ sich kein Taxi blicken. Während sie in die Whitehall einbog, brach zögernd die Sonne durch den Dunst und tauchte die Gebäude in blasses Licht, die Mauern des Zenotaph schimmerten weiß. Das Zifferblatt von Big Ben funkelte im Sonnenschein, der bis jetzt nur das Dach der Abtei berührte – das Innere der Kathedrale war noch von Dämmerung erfüllt und von der Kühle der Mauern.

Etwa zwanzig Menschen knieten, vom Eingang abgewandt, vor dem ersten Altar. Nur zu Häupten des jungen Priesters, der die Messe las, brannte eine Lampe. Susan hatte nicht gewußt, daß es schwierig sei, aus einer knienden Menge einen bestimmten Menschen herauszufinden. Vorsichtig, fast auf Zehenspitzen, bewegte sie sich vorwärts, bis ihr Fuß gegen etwas anstieß, das auf dem Boden lag. Sie schaute hinab und merkte, daß sie in dem ungewissen Licht versehentlich an den Kranz von rotem Mohn gestoßen war, der sich um die wohlbekannte schwarze Marmorplatte wand. Noch nie war sie daran vorbeigegangen, ohne seiner Symbolik zu gedenken, des Unbekannten Soldaten, der hier ruhte; doch heute, an diesem stillen Herbstmorgen, trauerte sie um ihn wie um einen Freund, einen Bruder. Sie bückte sich und legte den Kranz behutsam wieder zurecht. Dann setzte sie sich in die letzte Reihe. Nach einer Weile entdeckte sie Louis. Er kniete seitlich von ihr, nur wenige Schritte entfernt. Die Hand über seiner Stirn warf einen Schatten über sein Gesicht. Ihr Blick ruhte lange auf seinen gebeugten Schultern, seinem gesenkten Haupt. Erst gegen Ende der Messe schaute er zur Seite und sah sie. Er begrüßte sie nur mit einem leisen Lächeln und wandte sich dann wieder dem Altar zu, aber Susan wußte, daß er sie erkannt hatte. Das Tageslicht nahm zu, und als der Gottesdienst beendet war, verlöschte die Lampe über dem Altar. Die Kathedrale war nun in ein friedliches gleichmäßiges Grau getaucht. Louis rührte sich nicht, auch als die leisen Schritte der Menschen, die jetzt aus der Kirche strömten, verklungen waren, blieb er an seinem Platz.

Susan blieb ruhig sitzen. Ihre Blicke schweiften über die Grabmäler, die Wände, den Altar und schließlich hinauf zur Decke. Sie empfand, wie sehr die Deckengewölbe alter Kirchen der Musik Johann Sebastian Bachs glichen. Ihre strenge Symmetrie, ihre aufwärts schwingenden Linien, die sich im Scheitelpunkt trafen, das alles erinnerte an den polyphonen Aufbau einer Fuge.

Rasch senkte sie den Blick, denn Louis hatte sich bewegt und stand jetzt auf. Er kam sofort auf sie zu. Stumm nahm er ihren Arm und führte sie behutsam durch das dämmrige Kirchenschiff. Vor dem Ausgang blieben sie einen Augenblick auf den Stufen stehen.

»Ich bin überrascht, dich hier anzutreffen«, sagte er.

»Ich bin selbst überrascht, daß ich hier bin. Ich bin nicht oft an einem solchen Ort zu finden.« Nach kurzem Schweigen entschloß sie sich hinzuzufügen: »Ich fand es sehr schön, Louis.«

Wieder nahm er ihren Arm. Sie gingen weiter. »Du mußt einmal an einem Wochentag mit mir hierherkommen«, sagte er. »Da ist es noch schöner. Die Messe wird dann in einer kleinen Seitenkapelle gelesen. Ich glaube, das würde dir auch gefallen.« Schweigend überquerten sie den Parliament Square zur Whitehall, und während sie so Seite an Seite dahingingen, warf sie einen verstohlenen Blick auf sein Gesicht: sein entspannter Mund, seine leuchtenden Augen vermittelten ihr das Bild einer unbekannten Persönlichkeit. Wo hatte Louis in all den vom Tod umlauerten Tagen und Nächten, in dem Jagen nach Vergnügungen den Teil seines Wesens verborgen, der so demütig vor einem Altar knien konnte, der sich nach Stille und Frieden sehnte? Für Louis und Racey hatte es nur einen Gott der Macht und der Schnelligkeit gegeben, keine Furcht und keine Finsternis, wohl den Tod, aber keine Unsterblichkeit. Der Mann ihr zur Seite war ein Fremder, aber er legte seine Hand auf ihren Arm, als sei er ihr Freund. Sie blieben den ganzen Weg die Whitehall hinauf und über den Trafalgar Square stumm. Auch als sie zur Carlton Mews kamen, machte Louis nicht halt, er führte Susan ins Haus, als wären sie diesen gemeinsamen Weg seit langem gewohnt. Sie zerrte an seinem Arm und zwang ihn, stehenzubleiben. »Louis, ich kann hier nicht mitkommen.«

Verwundert sah er sie an. »Warum nicht? Ich möchte, daß du es dir ansiehst. Es ist alles so geblieben, wie es war.«

Erregt entgegnete sie: »Wieso nimmst du an, daß ich es sehen will? Ich habe mit all dem abgeschlossen, Louis. Es gehört nicht mehr zu meinem Leben.«

»Wenn es so steht«, sagte er kühl, »dann kann es dir ja nichts ausmachen, ob du mitkommst oder nicht.«

Sie starrten sich an. Der Zorn, den sie gestern empfunden hatte, stieg wieder in ihr hoch, ein Zorn, den er anscheinend mühelos zu seiner eigenen Genugtuung entfesseln konnte. Noch immer hielt er ihren Arm, doch jetzt war sein Griff so zwingend, daß sie sich nicht entwinden konnte. Sie überlegte, was sie tun sollte, und dann merkte sie plötzlich, daß ihr Zorn kindisch gewesen war, denn sein Lächeln zeigte ihr, daß er ihren Zorn gar nicht beachtet hatte.

»Du mußt mein Drängen entschuldigen, Susan. Sonntag ist nämlich der einzige Tag, an dem ich mir Speck und Eier zum Frühstück leiste, und ich würde mich sehr freuen, wenn du an diesem Frühstück teilnähmest.«

Sein Griff lockerte sich; er führte sie sanft weiter. Sie ließ es geschehen, weil es sinnlos war, sich länger zu widersetzen, aber eine wilde Angst stieg in ihr auf. So viele schmerzliche Erinnerungen warteten hier auf sie. Hatte Louis ihre erbitterten Kämpfe, ihre heißen Liebesstunden vergessen? Konnte er sich nicht die Nächte vorstellen, in denen sie hier allein gelegen hatte, während die feindlichen Flugzeuge die Stadt überflogen? Wie sie geweint hatte aus Angst um ihn und aus Liebe zu ihm? Wußte er nicht mehr, wie es gewesen war, wenn er auf Urlaub kam, abgespannt von der Gefahr und Ungewißheit seines Daseins, nach ihrer Liebe verlangte und sie wegen ihrer Ängste auslachte, bis sie sich ihrer Angst schämte? Wenn er sich an all das erinnerte, so verbarg er es jetzt; seine Züge verrieten nichts, als er die Tür öffnete und sie eintreten ließ.

Susan folgte ihm in die Küche. Sie hatten früher immer in der Küche gefrühstückt, und sie deckte den Tisch mit einer Dienstbereitschaft, über die sie sich ärgerte, als sie sich ihrer bewußt wurde. Es hatte sich natürlich manches verändert – neue Regale, neues Geschirr, die Wände waren neu gestrichen –, aber die Handgriffe waren die gleichen wie damals. Sie machte Toast und Kaffee, wie sie es immer getan hatte, während Louis den Speck in der Pfanne briet.

Beim Frühstück sprachen sie nur von nebensächlichen Dingen. Susan fragte sich, warum sie beide vermieden, Midge zu erwähnen, warum sie nicht von ihrer persönlichen Zukunft sprachen. Immer wieder war sie versucht, ihre Scheidung zu diskutieren, doch jedesmal schob sie den Gedanken daran beiseite. Worauf warteten sie? Warum waren sie so feige? Warum verstellten sie sich? Gestern hatte er gesagt: »Fast jede Verstellung entspringt der Angst.« Wovor war ihnen angst?

Während Louis das Geschirr wegräumte, ging Susan ins Wohnzimmer. Hier hatte sich nichts verändert. Es hätte auch heute ihr Zimmer sein können, so gut wie damals. Langsam ließ sie sich in einen Sessel sinken und schaute sich um. Ein seltsames Angstgefühl erfaßte sie – als sei die Zeit stillgestanden, als habe sie das alles schon einmal erlebt. Alle Gegenstände standen noch an dem Platz, den sie ihnen gegeben hatte, auch ihre Bücher standen unverändert auf den Regalen. Sie empfand die Stille des Raumes – eine erwartungsvolle Stille. Was verbarg sie? Susan fühlte sich ihr ausgeliefert; in dieser Umgebung stiegen ihr wieder Zweifel auf, stärker als je zuvor. Entmutigt erhob sie sich und wandte sich zum Gehen, doch Louis stand in der Tür.

»Es ist alles so wie immer, nicht wahr?«

Ohne ihm zu antworten, sank sie wieder in den Sessel. Er ging an ihr vorbei zu den Bücherregalen. »Ich habe oft über dich nachgedacht«, fuhr er fort. »Deine Bücher verrieten mir nichts – sie sind so durcheinandergewürfelt. Du interessiertest dich für das Ballett, das war alles, was ich mit Sicherheit feststellen konnte.« Er strich mit der Hand über die Rücken der Bücher, sah aber nicht zu ihr hin.

Unvermittelt kam er zur Sache. »Erst lange Zeit nach meiner Verwundung kam ich hierher zurück. Vielleicht hatte ich Angst davor. Ich wußte nichts von dir – Racey hatte mir von dir erzählt, aber dein wahres Ich, die Persönlichkeit, die du jetzt bist, wurde durch seine Beschreibung nicht lebendig. Ich hatte Angst, was ich über meine Frau herausfinden würde. Ich schob es so lange wie möglich hinaus, aber schließlich mußte ich doch herkommen. Ich durchforschte alles, von dem ich annahm, es sei dein Eigentum. Deine Bücher, deine Bilder, sogar einige Kleider, die du zurückgelassen hattest. Ich wußte, welche Gegenstände mir gehörten, denn ich erinnerte mich, sie in Hythebourne gesehen zu haben. Alles übrige gehörte also dir, und ich bemühte mich, daraus das Bildnis einer Frau zu formen.«

Sie brauchte ihre ganze Willenskraft, um aufzustehen, weil sie ihn zwingen wollte, sich nach ihr umzudrehen und sie anzuschauen. »Und wie war diese Frau beschaffen? ... Was hast du dir aus den paar Habseligkeiten zusammengereimt?« Langsam drehte er sich um, wie sie es gewollt hatte, und sagte ernst: »Die Frau, die ich mir vorstellte, gefiel mir. Ich wünschte mir, sie käme zurück, damit ich sie mit eigenen Augen sehen könnte.«

Sie sah, wie sein Gesicht plötzlich einen gequälten Ausdruck annahm. »Daraufhin stiegen eine Menge Fragen vor mir auf. Ich versuchte verzweifelt, mich zu erinnern, was zwischen dieser Frau und mir nicht in Ordnung gewesen war. War ich daran schuld – oder sie?«

Er hielt inne und fragte dann geradezu: »Susan, warum bist du fortgegangen?«

Da überkam sie ein plötzliches Gefühl von Schuldbewußtsein – sie konnte keine klare Antwort geben auf diese Frage. Niedergeschlagen wandte sie sich ab und verließ das Zimmer.

In der Diele nahm sie ihren Mantel und ihre Handtasche an sich. Louis hatte sich nicht von der Stelle gerührt. Sie trat hinaus auf die Mews, und das Zuschnappen der Tür hatte etwas Endgültiges.

»Ich kann dir nicht erklären, warum ich ihn wiedersehen mußte. Ich weiß es nicht«, sagte Susan zu Paul.

Sie saßen sich in seinem Schlafzimmer vor einem unberührten Frühstückstisch gegenüber, der Aschenbecher war voller halbgerauchter Zigaretten. Auch jetzt rauchte er, seine Stirn war zerfurcht. So hatte er in New York immer ausgesehen, wenn in der Redaktion etwas schiefgegangen war. Mein Gott, dachte sie, warum tue ich ihm das an? Was treibt mich dazu?

»Paul«, sagte sie, »du mußt verstehen, daß es nur ein Impuls war. Schließlich ist das ja keine alltägliche Situation. Louis kann sich nur undeutlich an mich erinnern. Wir haben gestern abend so vieles ungeklärt gelassen.«

Er zog an seiner Zigarette, und Susan fand, daß er krank und müde aussah. Endlich erwiderte er: »Schau, Sue, das ist deine Angelegenheit, wie ich ja schon sagte. Du mußt sie auf deine Weise in Ordnung bringen. Aber verdammt … du kannst nicht von mir erwarten, daß ich tatenlos zusehe, wie du dich wegen dieses Menschen grämst. Zugegeben … er hat einen Unfall erlitten, und wir haben alle Mitgefühl mit ihm, aber er hat es all die Jahre ganz gut ohne dich ausgehalten. Ich gehe jede Wette ein, daß er schon jemanden hat, der nur darauf wartet, deinen Platz einzunehmen.«

Unglücklich schaute sie vor sich hin. Wie sie das alles satt hatte! Sie wünschte, sie könnte schon heute mit Paul nach New York zurückfliegen, statt mit Racey nach Hythebourne zu fahren. Mit Louis kam sie keinen Schritt weiter. Sein Problem mußte eben ungelöst bleiben. Nach ihrer Trennung heute morgen in Carlton Mews war ihr das ziemlich gleichgültig. Es war besser, ihn nicht wiederzusehen, viel besser. Auch Paul war bestimmt dieser Meinung.

Sie erhob sich und ging langsam im Zimmer auf und ab. »Paul, ich habe mich dazu entschlossen, ihn nicht wiederzusehen.«

»Louis?« Freudig überrascht stand er auf, drückte die Zigarette aus und kam zu ihr. »Das freut mich. Ich hatte die Absicht, dich darum zu bitten.«

»Wieso? Am Freitag abend hast du darauf bestanden, daß ich mit ihm sprechen muß.«

Er umfaßte ihre Schultern. »Seit Freitag ist vieles geschehen, Sue. Vieles, mit dem ich nicht gerechnet hatte, ehe wir hierherkamen. Louis und Racey und das Kind … sie alle sind für dich wichtig, nicht wahr? Und die ganze Zeit mußte ich wie ein Idiot herumsitzen und zusehen, wie du immer tiefer verstrickt wirst.«

Sie rief verzweifelt: »Ich wünschte, du kämst mit mir nach Hythebourne.«

Er schüttelte den Kopf. »Schau, Liebling, du brauchst mich nicht als Schutz gegen dein eigenes Kind.«

Seine Hände glitten an ihren Armen entlang, und sie standen einen Augenblick eng aneinandergeschmiegt. Dann lehnte er sein Gesicht an das ihre, und sie spürte, wie besorgt und unsicher er sich fühlte. Ohne daß er es aussprach, wußte sie, daß er sie jetzt mehr brauchte als je zuvor. Sie blieb regungslos stehen, fühlte nur seinen Atem an ihrer Schläfe. Dann machte er plötzlich eine Bewegung, und sie wußte, daß es für sie Zeit war, zu gehen.

2. KAPITEL

»Wie schön du heute morgen bist, Hexe!« begrüßte sie Racey.

»Du weißt genau, daß ich nicht schön bin. Aber wenn es dir Spaß macht, mir Komplimente zu machen, dann will ich sie hingehen lassen.«

Er grinste. »Es macht mir immer Vergnügen, einer Frau zu sagen, sie sei schön. Gott hätte keine häßlichen Frauen erschaffen dürfen!« Leise fuhr er fort: »Der alte – na, wie heißt er doch gleich? – hat mal gesagt, der Mann ist für den Krieg erschaffen und das Weib zur Erholung des Kriegers.«

Susan rückte näher zu ihm. »Wie war das? Ich bin nicht mitgekommen.«

»Macht nichts, Hexe.« Er grinste wieder und gab Gas. Der Wagen schoß dahin, und Susan lehnte sich wieder in ihren Sitz zurück. London lag längst hinter ihnen, und sie verspürte allmählich Hunger. Ihre Unterhaltung mit Racey war amüsant gewesen, er war geistreich und witzig und schonungslos kritisch, wenn er etwas mißbilligte. Seine tadelnden Bemerkungen hatte er vor allem über die Autofahrer ausgegossen, die nicht so gewandt und sicher fuhren wie er. Susan hatte Mitleid mit ihnen; in ihrer zögernden Vorsicht schienen sie einer anderen Welt anzugehören als Racey. Es verärgerte ihn, daß er gezwungen war, ihre Existenz zu berücksichtigen.

In einem kleinen Gasthaus aßen sie zu Mittag. Die Käsebrote auf ihren Tellern strömten einen starken, appetitlichen Geruch aus. Über sein Bierglas hinweg sagte Racey plötzlich: »Weißt du,

Sue, in Hythebourne wird manches für dich nicht sehr erfreulich sein.«

Sie nickte. »Das habe ich auch nicht erwartet.«

»Ich habe den alten Herrn angerufen, aber es war nicht so einfach, ihm die Sachlage zu erklären. Er hat die ganze Zeit nicht gewußt, daß ihr euch, scheiden lassen wollt.«

»Was hast du ihm gesagt?«

»Nur, daß du ein paar Tage in London seist – und Midge gern wiedersehen möchtest. Es hat keinen Sinn, den alten Knaben vorzeitig aufzuregen.«

»Was meinst du damit – ihn aufzuregen?«

»Na … wenn du beschließt, Midge mitzunehmen …«

Sie unterbrach ihn: »Du meinst, wenn Louis sich entschließt, sie mir zu lassen.«

Er wurde rot. »Schon gut, schon gut – es geht mich ja nichts an. Ich bitte dich nur: Erwähne ihm gegenüber diese Möglichkeit gar nicht. Er würde außer sich sein bei dem Gedanken, man könnte Midge von Hythebourne fortnehmen. Das Kind ist sein Augapfel.«

Sie dachte stumm darüber nach. Als das letzte Sandwich verschwunden war, fragte sie: »Racey, was haben sie Midge über mich erzählt? … Welche Märchen muß ich ihr zerstören?«

»Einem Kind wie Midge kann man nichts vormachen. Sie ist ein verdammt gescheites Ding. Wir haben ihr nur gesagt, daß ihre Mutter nicht gern in England lebte und wieder nach Amerika gefahren sei. Soweit ich es beurteilen kann, ist Midge mit der Idee aufgewachsen, Mütter seien eine ziemlich überflüssige Einrichtung. Sie ist ganz zufrieden, daß sie in Hythebourne die Alleinherrscherin ist.«

Susan wollte widersprechen, die aufsteigenden Selbstanklagen abwehren. In dem Impuls, dem allen zu entfliehen, ergriff sie ihre Tasche und stand auf. »Komm, Racey«, sagte sie, »wir müssen aufbrechen.«

Er leerte sein Glas, dann sah er auf seine Armbanduhr. »Mein Gott, du hast recht. Der Bursche, mit dem ich verabredet bin, reist heute abend gegen neun Uhr von Paris ab. Es wäre zu dumm, wenn ich nicht rechtzeitig dort wäre.«

Er fuhr jetzt schneller, ohne zu reden. Susan wünschte, er würde sie wieder unterhalten. Durch sein Reden und Lachen würde sie von den Bildern abgelenkt, die immer wieder vor ihr aufstiegen: Louis, Hythebourne und das Kind, das sie nicht kannte. Sie ließen eine Ortschaft nach der anderen hinter sich. Susan erinnerte sich ihrer Namen und sprach sie leise vor sich hin, wie sie es vor vielen Jahren auf diesen Fahrten immer getan hatte.

Alte Gewohnheiten forderten unerbittlich ihr Recht, und was noch schlimmer war, sie konnte sich nicht dagegen wehren. Als sie sich Hythebourne näherten und ihr die Gegend vertraut wurde, überfiel sie wieder die Angst. Racey fuhr jetzt so schnell, daß sie nichts mehr unterscheiden konnte. Noch eine Kurve, dann mußte das Haus vor ihnen liegen.

Doch vor der letzten Kurve hielt Racey an. Dieses plötzliche Anhalten riß Susan aus ihren Gedanken. Widerwillig hörte sie ihm zu, als er mit dem Kopf rechts auf eine Wiese deutete und erklärte: »Wir haben die Scheune abgerissen und dafür einen Flugzeugschuppen gebaut.«

Es war die größte Wiese von Hythebourne, die jetzt als Weideplatz für ein paar Kühe diente. Raceys Flugzeugschuppen stand ganz am Ende dicht neben dem Wohnhaus. Die Scheune, die früher hier gestanden hatte, war baufällig geworden, das Dach war nicht mehr dicht und von braungrünem Moos bedeckt – braungrün wie die Landschaft ringsum. In den Monaten, ehe Midge geboren wurde, war Susan oft hierher geflüchtet, um der bedrückenden Atmosphäre im Haus zu entgehen; sie hatte stundenlang in dem würzig duftenden Heu gelegen, hatte an das Kind gedacht, das sie erwartete, an Louis – und auch an Racey. All das gehörte der Vergangenheit an, es war weggefegt, um Platz zu schaffen für dieses sachliche, wetterfeste Gebäude. Sie fühlte ein schmerzliches Bedauern, deshalb nickte sie nur, ohne zu antworten. Nach ein paar Sekunden fuhr Racey weiter.

Sie fuhren an der äußeren Gartenmauer vorüber, dann am Taubenschlag, einem ungewöhnlich großen Steinbau, der jetzt zur Überwinterung der Äpfel diente. In kühnem Schwung bog Racey zur kiesbedeckten, von Unkraut überwachsenen Auffahrt ein und hielt vor dem Haus. Susan schaute sich um. Hier wenigstens war alles wie früher – die warme Farbe der Hauswand, die zweiteiligen, tief in die Mauer eingelassenen Fenster waren unverändert. Von hier aus gesehen wirkte Hythebourne wie ein schönes, behagliches Herrenhaus, erst bei näherem Hinschauen entdeckte man die Spuren schleichenden Verfalls.

Tiefe Sonntagsruhe lag über dem Haus. Der Haupteingang stand offen, aber kein Laut war zu vernehmen. Racey stieg aus und nahm ihre Koffer mit. Langsam folgte Susan. An der Tür wartete er auf sie.

»Läute bitte, Susan. Ich habe keine Hand frei.«

Als sie in das Haus eintrat, schlug ihr Eiseskälte entgegen. Hastig schloß sie die Tür und schaute sich um. Alles war vernachlässigt und bedurfte dringend der Renovierung. Seit vier Jahren war Hythebourne ohne Herrin gewesen, diese Tatsache offenbarte sich überall. Es fröstelte sie, als sie an die aristokratisch kühle, weißhaarige Dame dachte, die sie hier bei ihrem ersten Besuch empfangen hatte.

Auf dem Gang erklangen Schritte, und gleich darauf erschien Sydney, der alte, gebeugte Diener, in der Tür zum Dienstboteneingang.

Ohne mit der Wimper zu zucken, begrüßte er sie: »Guten Tag, Mrs. Taite.«

»Guten Tag, Sydney. Ich freue mich, Sie wiederzusehen.«

Er nickte ernst, ohne zu antworten. Sie fragte sich, was er, was sie alle hier wohl von ihrem Besuch hielten. Sein Gesicht gab hierüber keinerlei Aufschluß. Er wandte sich zu Racey: »Guten Tag, Mister Horace. Der gnädige Herr erwartet Sie in der Bibliothek.«

»Auch Mrs. Taite?« Racey zog fragend die Augenbrauen in die Höhe.

»Würde Mrs. Taite die Güte haben, im Wohnzimmer zu warten? Der Tee wird gleich serviert.«

Racey nickte. »Schon recht. Aber beeile dich, Syd. Ich will möglichst bald starten.«

»Sehr wohl, Sir.«

Racey ließ sie mit dem wortkargen, schwarzgekleideten Butler allein. Unbeweglich blieb Sydney stehen, um sie vorüberzulassen. Einen Augenblick lang blickten sie sich an. Susan hätte gern mit ihm gesprochen, fand aber keine Worte. Der alte Diener wußte ziemlich genau, was hier vorging – daß das Haus verkam, der alte gnädige Herr nicht zur Begrüßung seiner Schwiegertochter erschienen war, daß das Kind fast ohne Aufsicht aufwuchs. Susan seufzte tief, weil sie ihn über all das nicht ausfragen konnte. Der Widerhall ihrer Schritte klang hohl, als sie die Halle durchquerte.

Das Wohnzimmer war früher einmal in Weiß und Gold erstrahlt. Ein belebendes Element mußte vor Zeiten in diesen nüchternen Landhaushalt hereingeweht sein, vielleicht eine verwöhnte Dame aus den modischen Salons von London. An den Wänden hingen Regency-Leuchter und Spiegel mit vergoldeten Rahmen. Der Kamin war aus weißem Marmor. Dann hatten weniger verschwenderische Generationen dem Haus ihren Stempel aufgedrückt. Ihre Mitgift war ein großer Perserteppich, die schwerfälligen Möbel. Die viktorianische Ära hatte glücklicherweise nur geringe Spuren hinterlassen, trotzdem fand Susan, es sei ein trübseliges Zimmer. Sie hatte das Gefühl, daß es niemals benutzt wurde; die Luft war stickig, es roch nach Staub. Es hatte etwas Totes an sich. Die Fenster lagen nach Südwesten, im Licht der Nachmittagssonne wirkte der Raum trostlos und verlassen wie eine leere Kirche.

Susan schloß leise die Tür und trat an den Kamin, in dem schon ein Feuer brannte. Die Stille zwang sie, leise aufzutreten wie an einer geweihten Stätte. Sie lehnte sich an den Marmorsims des Kamins. Die Uhr hinter ihr tickte unbekümmert um ihre Gegenwart. Seltsam losgelöst, fast als beobachte sie eine Fremde, fühlte sie, wie ihre Hände sich verkrampften; die Angst, die sie im Wagen überfallen hatte, war nicht von ihr gewichen, sondern hatte sich zu einer Panik gesteigert.

Aber sie war kühl und gefaßt, als sich endlich die Tür öffnete und Racey mit seinem Vater eintrat. Der alte Mann hatte sich sehr verändert; das fiel ihr sogleich auf, als er mit schwerfälligen Schritten auf sie zukam.

Er begrüßte sie gleichmütig. »Guten Tag, Susan. Du bist lange nicht mehr hiergewesen.«

Er ist alt geworden, dachte sie, als sie seine dargebotene Hand nahm, die sich schlaff und trocken anfühlte. Er war stärker geworden in den letzten Jahren, sein Gesicht glühte purpurrot wie eine überreife Frucht. Er sah müde aus; es machte ihm offenbar Mühe, seinen Kopf, wie gewohnt, aufrecht zu halten.

Zwischen Susan und Lionel Taite bestand eine seltsame Verwandtschaft. Freunde waren sie nie gewesen, denn der alte Mann und seine Frau hatten sich aufs heftigste Louis' Heirat mit ihr widersetzt. Doch im Lauf der Zeit erwuchs eine gegenseitige, harterkämpfte Hochachtung.

»Wie geht es dir, Vater?« sagte sie.

»Ganz gut«, erwiderte er mürrisch. »Ich komme schon zurecht.«

Einen Augenblick starrten sie sich an, und Susan fühlte, daß er ihr die erste Niederlage bereitet hatte. Ihr Verteidigungswall zerbröckelte vor den Anzeichen seines Greisentums. Seine kräftige Gesichtsfarbe täuschte nicht darüber hinweg, daß seine Haut welk war und daß seine Hand, die er auf den Kaminsims stützte, zitterte. Sie empfand Mitleid mit ihm und wußte doch, daß ihm an ihrem Mitleid nichts lag. Aus Angst, er könnte all dies in ihrem Gesicht lesen und sich seiner Hinfälligkeit schämen, wandte sie sich von ihm ab.

Mit formeller Höflichkeit bot er ihr einen Stuhl an. »Bitte, nimm Platz, Susan. Der Tee wird gleich kommen.« Er selbst blieb stehen und sagte zu Racey: »Horace, ich hoffe, du hast Sydney beauftragt, Charlotte hereinzubringen. Ihre Mutter wünscht sicher, sie zu sehen.«

Daran gewöhnt, daß seine Befehle widerspruchslos befolgt wurden, wandte er sich wieder zu Susan: »Ich nehme an, daß du mit Louis gesprochen hast, als du in London warst.«

»Ja«, erwiderte sie. Und dann fuhr sie angriffslustig fort: »Es war ein Schock für mich, als ich von seiner Verwundung erfuhr.«

Er machte keinen Versuch, sich zu rechtfertigen. »Wir hielten es nicht für notwendig … nicht ratsam … dich davon in Kenntnis zu setzen. Als die Gefahr vorüber war, schien es noch weniger notwendig.«

So war es also, dachte Susan. Diese Worte verwiesen sie auf den ihr gebührenden Platz – an das unterste Tischende, wo niemand auf sie Rücksicht zu nehmen brauchte. In den Augen des Alten war sie in Louis' Leben nur eine bedauerliche Episode.

Wahrscheinlich hoffte er auf eine Scheidung, damit sein Sohn, seine Familie von ihrer lästigen Gegenwart befreit würden. Das Kind hatte er von jeher als sein alleiniges Eigentum betrachtet. Susan hatte nie zur Familie gehört. Dieser Besuch würde den Schlußstrich bedeuten. Seine Haltung sprach dies so deutlich aus, daß es keiner Worte bedurfte.

Sie betrachteten einander in mißtrauischem Schweigen, und was der alte Mann da in den Augen dieser gefürchteten rothaarigen Frau las, ließ die ersten Bedenken in ihm aufsteigen. Racey, der noch immer stand, trat verlegen von einem Fuß auf den andern, eine Haltung, die man an ihm sonst nicht kannte.

Das Öffnen der Tür ersparte es Susan, eine passende Antwort zu finden. Alle drei wandten sich um. Das Kind blieb zögernd stehen, als es sich im Mittelpunkt der Aufmerksamkeit sah, und klammerte sich an den abgenützten silbernen Griff der hohen weißen Tür.

Jeder Zug des schmalen Gesichtchens verriet Stolz und Scheu. Das Kind begegnete gleichmütig den Blicken der Erwachsenen, aber auf seinen Wangen glühten zwei verräterische rote Flecken. Midge war groß für ihr Alter, ihre Hände und Füße waren sehr schmal. Mit einem Gefühl des Triumphes stellte Susan fest, daß Midges Haar, das ihr nachlässig in Zöpfe geflochten über die Schultern hing, fast ebenso rot war wie das ihre.

Der alte Mann rührte sich in seinem Sessel. Susan blickte verstohlen zu ihm hin und bemerkte, daß Starrheit und Strenge von ihm gewichen waren. Er lächelte dem Kind zu und streckte ihm die Hand entgegen.

»Komm doch, Charlotte.« Seine Stimme klang bittend und besitzergreifend zugleich.

Behutsam schloß das Kind die Tür und kam näher. Susan packte das Verlangen, aufzuschreien, ihren Anspruch geltend zu machen, ehe ihr Kind in den Bannkreis des alten Mannes geriet. Verzweifelt versuchte sie, das Zittern ihrer Knie, die verräterische Kraftlosigkeit ihrer Hände zu überwinden. Sie wollte das Kind zurückhalten, wollte es an sich ziehen, es betrachten, sein zartes Gericht berühren. Aus den Zöpfen hatten sich ein paar Strähnen gelöst, sie hätte das Haar gern neu geflochten. Aber vor allem mußten die Augen des Kindes wieder Vertrauen gewinnen.

Doch der alte Mann war sich seines Besitzrechtes bewußt. Mit sanfter Stimme sagte er: »Charlotte, komm her und gib deiner Mutter die Hand.«

Dies zu sagen, war eine bewußte Grausamkeit, die er scheinbar in aller Harmlosigkeit beging. Mit unpersönlicher Höflichkeit reichte Midge ihrer Mutter die Hand. »Guten Tag«, sagte sie kühl.

Susan wußte nicht, was sie tun sollte. Hilflos mußte sie zusehen, wie Midge jetzt erfreut auf Racey zueilte.

»Na, Spinne«, sagte er, faßte sie um die Hüften und hob sie hoch. »Bist ja schon wieder einen Meter gewachsen.«

Midge lachte laut auf vor Freude. Ihr Lachen paßte nicht in die gespannte Stimmung. Ausgelassen stieß sie mit den Beinen um sich, als Racey sie mit einem Schwung wieder zu Boden setzte. Mit geröteten Wangen wandte sie sich wieder zum Großvater.

Zärtlich schaute er auf sie nieder. »Was hast du denn den ganzen Nachmittag getrieben?«

»Gelesen«, antwortete sie ohne Zögern.

Er versuchte, sein Wohlgefallen nicht allzu deutlich zu zeigen, und schüttelte mit gespielter Strenge den Kopf. »Du liest zuviel, Charlotte. Du solltest mehr im Freien sein. Wo hast du denn deinen kleinen Hund gelassen? Du hättest doch im Stall mit ihm spielen können.«

Gleichmütig erwiderte sie: »Wir haben uns übereinander geärgert. Er wollte lieber schlafen.«

Der alte Mann knurrte mißbilligend. Aber er blickte Susan an und sagte: »Charlotte kann sehr gut lesen.« Es klang fast wie eine Herausforderung, die Susan annehmen konnte, wenn sie wollte.

»Was für Bücher liest du denn, Midge?« fragte sie vorsichtig.

»Meistens die von Großvater«, war die Antwort. »Manche Worte sind schwer zu verstehen, aber die überspringe ich.« Susan fühlte plötzlich ein Unbehagen. Voller Mitgefühl betrachtete sie das Kind, das erst sieben Jahre alt war und so wenig Kindliches an sich hatte. Es war ein rührendes kleines Geschöpf, anziehend und bedauernswert in seiner steifen Würde. Es sprach jetzt leise mit seinem Großvater, voller Zutrauen, daß seine Aufmerksamkeit nur ihm gelte. Dabei war es sich der beiden anderen Zuhörer wohl bewußt, denn immer wieder warf es ihnen einen schnellen Blick zu. Das Kind hatte seine Scheu noch nicht überwunden, aber es bemühte sich nach Kräften, sein Unbehagen zu verbergen.

Als der alte Sydney mit dem Teetablett hereinkam, schwieg Midge plötzlich. Es war, als ob das Klirren der Tassen zu ihrem Schutz genüge und sie sich nicht länger mutiger stellen müsse, als sie wirklich war. Während Sydney den kleinen Tisch vor Susan deckte, schlüpfte Midge zu Racey. Er legte den Arm um sie und hob sie auf seinen Schoß.

»Was ist denn, Spinne?«

»Fliegst du heute wieder, Onkel Racey?«

Er nickte. »Gleich nach dem Tee.«

»Wann nimmst du mich mal mit?«

Er drückte den kindlich schmalen Körper an sich und lachte. »Wenn du ein bißchen dicker geworden bist. Jetzt rutschst du mir ja noch aus dem Sicherheitsgurt.«

Susan reichte die erste Tasse dem alten Mann, der jetzt neben ihr saß. Die Teekanne noch in der Hand, blickte sie zu Midge hinüber. »Hast du denn keine Angst vor dem Fliegen?«

Eine eigenartige Wandlung vollzog sich auf Midges Gesicht. Die roten Flecken auf ihren Wangen färbten sich noch tiefer, Scharlachröte überzog ihren Hals. Ihre Augen wurden plötzlich noch größer und glänzender, als hielte sie mit Gewalt die Tränen zurück. Es klang wie ein Aufschrei verletzten Stolzes, als sie sagte: »Ich habe vor nichts Angst.«

Vorsichtig stellte Susan die Teekanne nieder. »Für ein kleines Mädchen ist das sehr brav gesprochen, Midge.«

»Es ist aber wahr, nicht wahr, Großvater?« Erregt wandte sich das Kind an den alten Mann.

»Gewiß, mein Liebling, gewiß.« Er blickte Susan streng an. »Ich halte nichts von den neumodischen Erziehungsmethoden, die den Kindern gestatten, sich vor jeder Kleinigkeit zu fürchten. Meine eigenen Söhne haben sich niemals vor etwas gefürchtet, und bei Charlotte ist es genauso.«

Wie Verbündete starrten der alte Mann und das Kind Susan

zornig an, als wollten sie die Beleidigung durch ihre gemeinsame Mißbilligung tilgen. Hatte Lionel siegesgewiß auf Susans Widerspruch gewartet, so sah er sich enttäuscht, denn völlig ruhig fragte sie Racey: »Nimmst du Milch zum Tee?«

Der alte Mann brummte leise vor sich hin und gab sich zufrieden – sie war eben eine Närrin. Midge schlüpfte aus Raceys Armen und zog einen Schemel vor einen niedrigen Stuhl, auf den sie sich Tasse und Teller hinstellte und gierig zu essen begann, ohne zu sprechen. Während Susan hin und wieder ein paar Worte mit Racey wechselte, beobachtete sie Midge unverwandt. Sie fühlte sich unbeobachtet und wirkte kindlicher als zuvor. Sie war ja noch so klein, so schutzlos, und doch bemühte sich der alte Mann mit aller Kraft, sie nach seinem Vorbild zu einem anmaßenden, selbstsicheren Menschen zu erziehen. Als Susan sich umwandte, nachdem sie Raceys Tasse nachgefüllt hatte, fing sie einen Blick auf, den Großvater und Enkelin miteinander tauschten: ein Blick, der die Umwelt ausschloß, ein Blick der innigsten Zuneigung, fast der Anbetung. Susan wandte die Augen ab, sie konnte dieses eigenartige innige Verhältnis, das sich ihr für einen Augenblick enthüllt hatte, nicht ertragen.

Bei leise geführtem Gespräch ging die Teestunde allmählich zu Ende. Racey, der vor Ungeduld in den letzten zehn Minuten nicht mehr an der Unterhaltung teilgenommen hatte, stand wie befreit auf. »Ich muß jetzt aufbrechen. Wer begleitet mich hinaus?«

Der alte Mann und das Kind erhoben sich gleichzeitig. »Selbstverständlich begleiten wir dich, mein lieber Junge«, sagte Lionel Taite.

Racey nickte. »Gut. Ich gehe nur schnell nach oben und hole mein Zeug. Spinne, schaust du nach, ob man die Kühe von der Wiese getrieben hat?« Er nickte Susan nur flüchtig zu und lief hinaus. Midge und der Alte folgten ihm; das Kind zog den Großvater mit sich und redete laut und aufgeregt auf ihn ein. Vom Gang her waren ihre Stimmen noch zu vernehmen.

Susan folgte ihnen langsam. Vielleicht war es doch ein Fehler gewesen, hierherzukommen. Sie hatte so wenig Zeit zur Verfügung. Morgen vormittag schon kam Racey zurück, bis dahin mußte sie versuchen, den Panzer zu durchbrechen, den der alte Mann in seiner Eifersucht schützend um ihr eigenes Kind legte. Was dachte Midge eigentlich von ihr, was für Gedanken verbarg sie hinter ihrer geringschätzigen Gleichgültigkeit? Hatte Lionel ihr schon seine eigene Abneigung eingeimpft? Verzweiflung überkam sie bei dem Gedanken an den ungleichen Kampf, der ihr bevorstand. Lionel hatte so viele Vorteile – er besaß die Zuneigung und das Vertrauen der Kleinen, selbst ihre Temperamentsausbrüche konnte er zu seinem Vorteil zügeln. Ihre eigenen Bemühungen mußten, wie die Dinge lagen, hilflos und armselig ausfallen. Als sie sich auf den Weg zum Rollfeld machte, war sie sich klar, daß für sie kaum Hoffnung bestand, ihr Ziel zu erreichen.

Lionel und Midge waren schon außer Sehweite. Susan überquerte den kiesbedeckten Vorplatz, wo Raceys Wagen stand, und stieß das hohe Gartentor auf. Von den vorderen Schlafzimmern sah man auf diesen Teil des Gartens hinunter, und als Louis' Mutter noch lebte, hatten dort fast das ganze Jahr hindurch Blumen geblüht, wenn auch der größte Teil mit Gemüsebeeten bepflanzt war. Jetzt bot sich Susan ein trauriger Anblick. Der große Platz war völlig überwuchert, im hohen störrischen Gras war nur ein Pfad niedergetreten, der zum Taubenschlag führte. Ein paar Insekten schwärmten noch durch Unkraut und Brennesseln, ihr Summen erinnerte Susan an das Summen der Bienen, denen sie während des Sommers, den sie hier verbrachte, gelauscht hatte. Damals war dies ein schöner, gepflegter Garten gewesen – hohe Lupinen und Malven hatten hier geblüht, und die Luft war erfüllt vom schwülen Duft der Rosen. Wenn sie die Augen schloß, konnte sie Louis' Mutter wieder vor sich sehen, wie sie gemächlich zwischen den Blumenbeeten hin- und herging, einen alten, verblichenen Strohhut auf dem Kopf, Blumen schnitt und Unkraut jätete, aber auch angestrengt arbeitete, wenn im Frühjahr gepflanzt werden mußte. Sie war eine hochgewachsene, stattliche alte Frau gewesen, die sie unter ihrem Sonnenhut aus blaßblauen Augen ansah – dem Hut, den sie vor Jahren zum Rennen in Ascot getragen hatte, wie sie Susan einmal in einer liebenswürdigen Anwandlung erzählte. Damals war der Hut mit Blumen und einem Schleier geschmückt gewesen.

Zorn erfaßte Susan angesichts der Vernachlässigung, der gedankenlosen Zerstörung von soviel Schönheit. Wie konnten sie nur so gleichgültig sein, als sei es verlorene Mühe, den Garten im Angedenken an die alte Frau zu pflegen. Schnell ging sie weiter, damit sie dieses traurige Bild nicht länger vor Augen haben mußte.

Racey rief ihr schon von weitem zu, als sie zur Wiese kam, auf der sein Flugzeugschuppen stand. Die Apfelernte war schon eingebracht, das Laub der Obstbäume hatte sich braun gefärbt. Racey kam ihr entgegen, Sturzhelm und Schutzbrille in der Hand schwingend. In seinen Augen blitzte die gleiche unterdrückte Erregung, die Susan in Midge und Lionels Blicken hatte aufleuchten sehen. Sie sind alle gleich, dachte sie, einer wie der andere wird verrückt, sobald es sich um Flugzeuge und das Fliegen handelt. Sie werden sich niemals ändern.

»Nun, Hexe«, begrüßte er sie, »was sagst du zu deinem Sprößling?«

»Oh, Racey, was zum Teufel haben sie nur mit ihr angestellt? Sie ist ja so ganz und gar unkindlich.«

Er zuckte die Achseln, aber es war ihm sicherlich nicht gleichgültig.

»Ich weiß schon, Sue. Aber was sollten wir machen? Ein so aufgewecktes Kind wie Midge kann nicht vier Jahre lang zwei alte Männer als einzigen Umgang haben, ohne ein bißchen seltsam zu werden.«

Etwas zaghaft meinte sie: »Wie wäre es mit einer Erzieherin?«

Er lachte so laut auf, daß es vom Obstgarten widerhallte. »Als ob wir das nicht versucht hätten, Susan! Das Kommen und Gehen der verschiedenen Gouvernanten war ein gutes Geschäft für unsere Kleinbahn. Keine wollte bleiben. Ich kann es ihnen wirklich nicht verdenken.« Mißmutig blickte er zu dem verwilderten Garten hinüber. »Gar so schlimm steht es gar nicht mit Midge. Sie geht jeden Tag zu den Blakes und nimmt dort am Unterricht teil.«

Susan gab keine Antwort, sie starrte geistesabwesend den Pfad zwischen den Apfelbäumen hinunter. Ein süßlich-feuchter Geruch von Holz stieg aus dem Obstgarten auf, tief atmete sie diesen Duft ein. Leise fragte sie: » Racey, warum kümmerst du dich nicht mehr um Hythebourne? Warum hast du es ... so weit ... kommen lassen?«

Fast grimmig sah er sie an. »Weil es zu Ende ist damit, Susan. Vollkommen zu Ende. Das Geld reicht kaum zum Allernötigsten, und ich will nicht, daß der alte Herr noch mehr für die Instandsetzung ausgibt. Solange er noch lebt, wird es schon zusammenhalten – und dann wollen wir es so rasch wie möglich loswerden.«

»Und Louis? Ist er auch dieser Meinung?«

»Louis?« Er lachte geringschätzig. »Louis ist es vollkommen gleichgültig, was aus Hythebourne wird.«

Darauf war nichts zu erwidern. Sie hatte etwas Derartiges erwartet, aber nun, da Racey es aussprach, traf es sie doch schmerzhaft. Sie fragte sich, warum sie sich überhaupt Gedanken machte, was aus Hythebourne wurde. Es war der Schauplatz ihrer zunehmenden Verzweiflung gewesen, vor ihm war sie genauso geflohen wie vor Louis. Wieder warf sie einen Blick über den verwilderten Garten. So vieles war anders geworden; sie war noch nicht lange genug hier, um sich mit den Veränderungen abzufinden. Da sie fühlte, daß Racey sie beobachtete, sagte sie in verabschiedendem Ton: »Ich glaube, ich komme nicht weiter mit, Racey.«

Er lächelte. »Wie du willst, Hexe. Bis morgen.«

»Grüß mir Paris«, bat sie leise, sich mit schmerzlicher Sehnsucht erinnernd, wie glücklich sie in dieser herrlichen Stadt noch vor zwei Tagen gewesen war.

Racey beugte sich über sie und küßte sie zärtlich auf den Mund, ohne sich darum zu kümmern, daß sein Vater und Midge ihn beobachten konnten. Er schloß sie in die Arme und preßte sie fest an sich. Schon früher hatte er sie auf diese Art geküßt, aber es verdroß sie, daß sie sich dieser Küsse so deutlich erinnerte. Er hatte kein Recht, sie derart zu küssen. Aber Racey hatte stets getan, was er wollte. Sie wurde ärgerlich, aber selbst ihr Ärger konnte nichts gegen ihn ausrichten.

Als er sie endlich freigab, lachte er leise. »Hast du mich etwa vergessen, Sue?« fragte er. »Es ist schon lange her.«

Er verließ sie, und sie sah ihm gedankenvoll nach. Er war anmaßend und über Gebühr selbstsicher, genau wie sein Vater. Er würde sich zum Ebenbild des alten Taite entwickeln, und wenn er so alt war wie er, würde er sicher auch nicht vernünftiger sein. Es war schwer, sich Racey als alten Mann oder seiner selbst nicht sicher vorzustellen.

Einst hatte er den Tod derart dreist herausgefordert, daß man fast den Eindruck gewinnen mußte, für ihn gebe es nur die eine Angst, die vor dem Altwerden. Sie hatte nicht geglaubt, daß er – so wenig wie Louis – diese schreckliche Zeit überleben würde. Aber beide Brüder waren am Leben geblieben, mit einer Zukunft vor Augen, die keinem von ihnen erstrebenswert schien. Hythebourne spielte darin nicht die geringste Rolle. Warum machte sie sich nur so viele Gedanken um diese Menschen? Es war, abgesehen von Midge, kaum anzunehmen, daß sie ihren Schicksalsweg noch einmal kreuzen würden. Motorenlärm riß Susan aus ihren Gedanken. Racey hatte das Flugzeug aus dem Schuppen gerollt, und sein Motor brummte leise; vom Hügel, der sich hinter Hythebourne erhob, hallte das Echo wider. Midge hatte die Kühe von der Wiese getrieben und rannte jetzt auf das Flugzeug zu. Verwundert blieb Susan stehen, denn Racey sprang in der Kanzel auf, schrie dem Kind etwas zu und winkte ihm aufgeregt, zurückzutreten. Mit Entsetzen sah Susan, daß das Kind um ein Haar in den kreisenden Propeller hineingerannt wäre; dessen rasende Umdrehung dem Laien nicht wahrnehmbar war. Der alte Mann verstand Raceys Gestikulieren; mit einer Schnelligkeit, die man ihm nicht zugetraut hätte, stürzte er herbei und riß das Kind im letzten Augenblick von der Maschine weg. Racey beachtete sie nicht weiter. Er fuhr das Flugzeug zum Ende des Rollfeldes und drehte es gegen den Wind. Auf der weiten grünen Fläche wirkte die Maschine wie ein zerbrechliches Spielzeug. Der Motor brüllte auf; mit sich ständig steigernder Geschwindigkeit rollte das Flugzeug nun schwankend über den holprigen Erdboden auf sie zu. Susan wartete mit verkrampften Händen auf die lähmende Sekunde, ehe es vom Boden freikam. Dieser Augenblick, sooft sie ihn auch schon miterlebt hatte, war für sie immer gleich erregend. Und dann war es soweit: das Fahrgestell löste sich vom Boden. Sie beobachtete, wie die Maschine höher stieg, wie Racey den drei Gestalten unter sich winkte, wie das Flugzeug eine Schleife zog und dabei ständig an Höhe gewann. Da ertönte ein Ruf vom Obstgarten her. Der alte Sydney lief herbei, er schrie etwas und deutete zum Flugzeug hinauf. Er tauchte aus den Bäumen neben Susan auf, gerade als Racey seine Schleife vollendet hatte. Racey winkte ihnen noch einmal zu und nahm dann Kurs auf den Kanal.

Verzweifelt wandte sich Sydney an Susan. Das schnelle Laufen hatte ihn völlig erschöpft, er rang nach Atem. »Was soll ich nur tun, Mrs. Taite?« keuchte er. »Ein Herr hat angerufen. Ich sollte Mister Horace ans Telefon holen und verhindern, daß er startet.« Unglücklich blickte er dem Flugzeug nach, einem winzigen Punkt am Himmel, dessen Motorengeräusch rasch verklang.

»War es etwas Dringendes, Sydney?«

»Der Herr sagte, es sei sehr dringend, gnädige Frau. Er sagte, ich müsse den jungen Herrn unter allen Umständen vom Start zurückhalten und zum Telefon holen.« Traurig blickte er zum Schuppen hinüber, wo Midge sich abmühte, mit Hilfe des Großvaters die Tore zu schließen. »Es ist nicht zu ändern … ich muß es dem gnädigen Herrn sagen.«

Susan ging durch den Obstgarten zum Hause. In den Augen des alten Dieners hatte Angst geflackert; er war übermäßig erregt, irgend etwas ängstigte ihn, eine Gefahr, die Racey zu bedrohen schien. Seiner Haltung, als er zum Schuppen ging, war anzumerken gewesen, daß auch er sich des Alters und der Hilflosigkeit seines Herrn bewußt war.

3. KAPITEL

In dem gleichen Zimmer, das sie früher bewohnt hatte, packte Susan ihren Koffer aus. Im Nebenzimmer hatte damals Louis geschlafen, aber jetzt war die Verbindungstür verschlossen, es steckte kein Schlüssel. Sie stellte ihre Toilettensachen auf die Kommode und fühlte sich bei dem Gedanken getröstet, daß diese Flakons so wenig in dieses Haus paßten wie sie. Sie summte einen alten Schlager vor sich hin, schüttelte ihr Kleid glatt und hängte es in den geräumigen Schrank. Da hing es einsam und verlassen, als habe es plötzlich keinen Besitzer mehr, der sich etwas aus ihm machte. Sie starrte es an und hörte auf zu summen, denn auf einmal klang ihr Lied traurig. Die Tür zum Gang stand offen, im Haus rührte sich nichts. Sie stellte ihre Schuhe ins Fach.

Dann beschäftigte sie sich wieder mit ihrem Koffer und begann wieder den Schlager zu summen. An die Worte konnte sie sich nicht erinnern, es war ein langsamer Rhythmus; vor Jahren hatte sie in London zu dieser Melodie mit Louis getanzt – oder war es Racey gewesen? Der Klang des Liedes schien anzuschwellen, das Zimmer zu erfüllen und bis zur Halle zu dringen. Ihre Zuversicht nahm zu, und als sie das Nachthemd aus dem Koffer nahm, tanzte sie ein paar langsame Walzerschritte.

Als sie sich im Tanzen zur Tür drehte, blieb sie wie angewurzelt stehen. Das Hemd entglitt ihrem Arm, und sie bemühte sich, es festzuhalten. Midge stand in der offenen Tür und beobachtete sie mit ernster Aufmerksamkeit. Die dünne Seide entglitt Susans plötzlich kraftlos gewordenen Fingern.

»Komm herein, Midge«, sagte sie leise. Sie bückte sich nach dem Hemd. Wie lange hatte das Kind wohl schon dagestanden und sie beobachtet?

Midge trat ein und lehnte sich gegen die Tür. Sie schlug krachend zu, so daß die Parfümflaschen klirrten. Noch immer an die Tür gelehnt, sagte sie: »Ich hörte dich singen und wollte wissen, wer hier ist.«

Überrascht sah Susan sie an. »Hast du denn nicht gewußt, daß ich in diesem Zimmer übernachte?«

Midge gab keine Antwort, kam aber näher, um die Sachen auf der Kommode zu betrachten. Sie konnte gerade über ihren Rand sehen. Sie stellte sich auf die Zehenspitzen und griff nach einem Flakon. Ohne Susan anzusehen, erwiderte sie: » Ich wußte nicht, daß du hierbleibst.«

Susan warf das Nachthemd auf das Bett. Eine lähmende Verzweiflung überfiel sie. Es war so unmöglich, diesem Kind mit seinem verschlossenen Gesicht und seinen seltsam gleichgültigen Reden nahezukommen. Sie sah zu, wie Midge die Bürsten befühlte und langsam mit dem Finger das Muster auf ihrer Rückseite nachzeichnete. Plötzlich sagte das Kind, ohne Susan anzuschauen: »Ich habe auch solche Bürsten. Meine sind aus Silber – sie haben meiner Großmutter gehört.«

Susan erinnerte sich an diese Bürsten, die stets in einer Reihe auf dem Tisch der alten Dame gelegen hatten – silberne Bürsten, vom vielen Gebrauch abgenutzt. Eine kleine silberne Vase hatte dazu gehört, den ganzen Sommer über hatte eine weiße Rose in ihr geblüht. Louis' Mutter hatte Rosen über alles geliebt. Zögernd erwiderte sie: »Ich erinnere mich an sie. Ich habe sie oft auf dem Tisch deiner Großmutter gesehen.«

Midge legte die Bürste schnell zurück und fuhr überrascht herum. Schon wollte sie etwas sagen, doch anscheinend war ihr etwas anderes in den Sinn gekommen, denn ihr Gesicht verschloß sich wieder. Mürrisch wandte sie sich von der Kommode ab und ging zum Fenster.

Auf halbem Weg blieb sie zögernd stehen. Sie hatte das Kleid im offenen Schrank entdeckt. Sie konnte nicht widerstehen: sie mußte das Kleid aus der Nähe sehen. Sie befühlte die graue Seide, reckte sich empor, um die kühlen, silbergrauen Perlen am Ausschnitt zu betasten. Sie strich über den plissierten Rock und bückte sich schließlich, um über die grauen Wildlederschuhe zu streicheln.

Endlich sagte sie, und ihre Stimme klang hohl im leeren Schrank: »Ein so schönes Kleid hat meine Großmutter nie gehabt. Hast du das in Amerika gekauft?«

»Nein, in Paris.«

»Es ist sehr schön«, sagte das Kind aufseufzend. Es schmiegte seine Wange in die weichen Falten und vermochte sich nur schwer zu trennen. Als sei sie allein im Zimmer, ging sie dann zum Bett, auf dem der halb ausgepackte Koffer lag. Ihr Gesicht glühte. Sie legte beide Hände auf das Nachthemd und befühlte es prüfend. Sie betastete die Strümpfe und Unterwäsche, den Morgenrock – bei jedem Stück schien ihre Neugier zu wachsen. Dann warf sie alles in den Koffer zurück, lief wieder zur Kommode und begann die Cremebüchsen und Parfümflaschen eine nach der anderen aufzuschrauben, roch neugierig daran und griff nach der nächsten. Dann stellte sie alles ordentlich an seinen Platz zurück und fragte:

»Ist es schwer, solche Sachen zu bekommen?« Sie zeigte auf das Durcheinander auf dem Bett.

»Es kommt darauf an, wie sehr man sie sich wünscht.«

Unverblümt fragte Midge: »Wie hast du sie denn bekommen? Du hast wohl viel Geld?«

»Nein, ich mußte arbeiten, um mir das Geld dafür zu verdienen. Verstehst du, alle Leute müssen arbeiten, damit sie kaufen können, was sie haben möchten.«

Nachdenklich ließ Midge ihren Blick auf diesen Schätzen ruhen. Man mußte also sehr viel arbeiten, um sich diese Dinge zu beschaffen. »Konntest du diese Sachen nicht in England kaufen? Bist du deshalb nach Amerika gegangen?«

»Nein. So etwas kann man in jeder großen Stadt kaufen; das war nicht der Grund, warum ich nach Amerika gegangen bin. Amerika ist meine Heimat. Ich konnte mich in England nicht recht eingewöhnen, deshalb ging ich zurück.«

»Hat es dir in England nicht gefallen?« Midge machte mit beiden Händen eine Gebärde, die Zimmer, Haus und Felder einbezog.

Müde lehnte sich Susan an das Bett. »Das ist schwer zu erklären, Midge. Ich habe lange hier gelebt – in diesem Haus –, und es gefiel mir gut hier. Aber ein Land besteht nicht nur aus Bäumen und Feldern und Häusern. Auf die Menschen kommt es an.«

Ein verächtlicher Zug überflog Midges Gesicht. »Das ist doch Unsinn. Ich mag die Blakes auch nicht besonders gern, und doch gehe ich zu ihnen.«

»Aber Midge, die Blakes sind ja nur Bekannte, sie gehören nicht zur Familie. Würdest du in Hythebourne bleiben wollen, wenn du dich mit deinem Großvater nicht verstündest oder mit deinem Vater?«

»Hast du sie nicht leiden können? Hast du dich nicht mit ihnen vertragen?«

Susan wurde blaß vor Anspannung. Diese gefährliche Unterhaltung konnte eine Lawine von bitteren Erinnerungen auslösen. Und welche Bitterkeit mochte sich in dem Kind angesammelt haben? Es war qualvoll zu sehen, wie es erregt nach Auskunft verlangte, und doch zu wissen, daß die Wahrheit es verletzen und erschüttern und gar nichts dazu beitragen würde, seine Verwirrung zu lindern.

Vorsichtig begann sie: »Es war nicht leicht, Midge. Das Leben in Amerika ist ganz anders als hier in England – die Menschen haben hier eine andere Lebensweise. Ich konnte mich nicht daran gewöhnen. Dein Vater und ich verstanden uns nicht sehr gut. In vielem stimmten wir nicht überein. Ich dachte, es wäre für uns alle besser, wenn ich nach Amerika zurückginge.«

Das Kind wurde feuerrot. Es schrie mit schriller Stimme: »Das ist nicht wahr! Du bist fortgegangen, weil du uns nicht leiden konntest. Du hast mich nicht liebgehabt! Das hat mir mein Großvater gesagt – und das ist die Wahrheit!« Es drehte sich um und stürzte schluchzend aus dem Zimmer. Die schwere Tür schlug zu. Wieder klirrten die Fläschchen gegeneinander. In trüben Gedanken räumte Susan erst nach langer Zeit ihre Unterwäsche in den Schrank.

Als Susan vor dem Abendessen in das Wohnzimmer kam, wartete Lionel Taite dort bereits auf sie. Bei ihrem Eintritt erhob er sich schwerfällig und machte sich mit den Gläsern zu schaffen, die Sydney bereitgestellt hatte.

»Ein Glas Sherry, Susan?« fragte er, ohne sie anzusehen.

Sie hatte kein Verlangen nach Sherry, aber da nichts anderes da war, stimmte sie zu.

Er reichte ihr das Glas, und ihre Finger preßten sich so fest um den Stiel, daß sie den scharfen Schliff des Glases spürte. Mit ernstem Gesicht trank er ihr zu: »Auf dein Wohl.«

Sie suchte zu ergründen, warum er, der sich doch nichts aus ihr machte, ihr stets Höflichkeit erwies. Sie hatten sich nicht viel zu sagen, und nach ein paar vergeblichen Versuchen, eine Unterhaltung in Gang zu bringen, gaben sie es auf. Man hätte die Stille im Raum fälschlicherweise für das Schweigen friedlichen Einverständnisses halten können.

Während sie so dasaß, dachte Susan, es hätte sich vielleicht gelohnt, den alten Mann auch von einer anderen Seite kennenzulernen – nicht nur als Gegner. Er war alles andere als ein alter Narr, das bewies seine umfangreiche, vielseitige Bibliothek. Es war ein Jammer, daß in all den Monaten, die sie in Hythebourne gelebt hatte, sie es nicht fertiggebracht hatten, auch nur für eine halbe Stunde ihre Gegnerschaft zu vergessen. Weil sie Amerikanerin war – eine Fremde –, hatte der alte Mann seine ablehnende Haltung niemals aufgegeben. Doch Susan war immer überzeugt gewesen, daß sie mühelos und schnell hätten Freunde werden können, wäre die Schranke, die sie trennte, nur ein einziges Mal gefallen. Merkwürdigerweise hielt sie auch jetzt noch an dieser Vorstellung fest, obwohl sie sich nicht recht denken konnte, wie das an dem einzigen Abend, den sie zur Verfügung hatten, zu verwirklichen wäre. Immer wieder warf ihr der alte Herr einen Blick zu, während sie ins Kaminfeuer starrte, und dachte, was für eine ungewöhnlich anziehende Frau sie doch war mit dem straff aus dem blassen Gesicht gekämmten roten Haar, dessen flammende Farbe vom Grau ihres Kleides noch gesteigert wurde. Susan hatte sich stets mit Geschmack gekleidet, wenn auch die alte Mrs. Taite zuweilen mißbilligend gedacht hatte, wieviel das wohl alles kosten mochte. Wie bedauerlich, daß Susan sich niemals eingefügt hatte und so gar nicht die Frau war, die sie sich für Louis gewünscht hatten. Sie besaß zuviel Widerspruchsgeist, zuviel Bedürfnis nach Unabhängigkeit. Innerhalb dieser konservativen englischen Familie hatte sie sich stets betont als Amerikanerin gegeben, und das konnte ja nicht gut ausgehen. Und der Gipfel ihrer Aufsässigkeit war es gewesen, Louis und das Kind einfach zu verlassen. Besser, damit ein für allemal Schluß zu machen, wenn es auch für das Kind hart war. Charlotte hätte viel von dieser hochgewachsenen, anmutigen Frau lernen können. Auf ihre Weise war Susan eine gute Mutter gewesen. Amerikanerinnen waren auf allen Gebieten sehr tüchtig. Aber wenn diese an und für sich lobenswerte Eigenschaft in Charlotte die gleichen fremden Neigungen und Ideen erweckt hätte, dann war es schon besser, daß Susan nach Amerika zurückgegangen war. Viel besser. Wieder betrachtete er Susan. Sie war wirklich viel zu hübsch für das friedliche Leben in Hythebourne. Frauen wie sie schufen, ohne es zu wollen, auf Schritt und Tritt Unheil und Verwirrung.

Als der Gong ertönte, stand Susan sogleich auf, als sei sie froh, daß sie von ihren Gedanken abgelenkt wurde. Lionel ging voraus und öffnete ihr die Tür zum Eßzimmer. Hinter einem Wandschirm machte sich Sydney stumm mit den Tellern zu schaffen. Als Susan eintrat, eilte er herbei, um ihr einen Stuhl an der Längsseite des langen Tisches zurechtzurücken. Es war für drei Personen gedeckt, und der alte Mann schaute sich schon stirnrunzelnd um.

»Lassen Sie Miß Charlotte zum Essen rufen, Sydney. Kinder sollten lernen, pünktlich zu sein. Sie muß doch wissen, daß sie am Sonntag abend hier im Speisezimmer ißt.«

»Miß Charlotte läßt Ihnen ausrichten, Sir, sie komme heute nicht herunter. Sie fühlt sich nicht wohl und ist zu Bett gegangen.«

»Fühlt sich nicht wohl? Vor ein paar Stunden war sie noch quietschvergnügt. Ist sie krank?«

»Ein wenig übermüdet, glaube ich, Sir. Die Aufregung ...«

Der alte Mann brummelte etwas und ließ sich schwerfällig nieder. »Heutzutage können die Kinder nichts mehr vertragen. Als Louis und Horace so alt waren wie Charlotte, hätten sie schon sterbenskrank sein müssen, ehe sie sich die Gelegenheit entgehen ließen, mit den Erwachsenen zu Abend zu essen. – Wasser, Susan?« Sie schob ihm ihr Glas hin. »Soll ich hinaufgehen und nach ihr schauen?«

»Nein ... nein. Man muß Charlotte in Ruhe lassen. Wenn sie ernstlich krank wäre, würde sie es mich wissen lassen, da kannst du sicher sein. Es wäre nicht das erste Mal, daß ich ihr die Hand hielte und ihr Geschichten erzählte, bis sie einschläft. Sie wird sich schon wieder erholen.« Er begann seine Suppe zu löffeln.

Da Susan sich erinnerte, wie purpurrot Midge gewesen war vor Erregung, wußte sie genau, daß das Kind sich jede Einmischung verbitten würde. Midge hatte sich zurückgezogen und brütete über das Gespräch, das so unglückselig geendet hatte. Wahrscheinlich war dies ihre Taktik, Trotz zu bieten, die einzige kindliche Methode, die ihr zur Verfügung stand und die von den Erwachsenen auch registriert wurde. Susan war sich bewußt, daß sie den Kampf um ihr Kind sehr leicht verlieren konnte. Sie dachte, ob die Zeit bis zu ihrer Abreise jemals ein Ende nähme und ob sie, nach London zurückgekehrt, dann nicht von dem Gedanken gepeinigt würde, ihr Besuch in Hythebourne habe mehr geschadet als genützt.

Sydney beugte sich gerade über seinen Herrn, um die Teller zu wechseln, da hörten sie draußen auf dem Kiesweg das Knirschen eines Wagens. Der Diener stellte den Teller wieder hin, seine Schultern strafften sich, ein Ausdruck von Sorge überzog sein Gesicht. Er wurde so bleich, daß Susan ihm schon zu Hilfe eilen wollte. Sie blickte schnell zu Lionel hin. Der alte Herr saß ganz aufrecht, in der Haltung eines Lauschenden, doch sein Gesicht drückte keinerlei Furcht aus. Die Türglocke klang schrill durch das Haus, und Sydney eilte, zu öffnen. Keiner sprach ein Wort, während sie angestrengt nach den Stimmen in der Halle lauschten. Plötzlich beugte sich Lionel zu Susan. »Was ist los? Kannst du etwas hören?«

Was gesprochen wurde, konnte sie nicht verstehen, aber sie erkannte sogleich die Stimme, die Sydneys Gruß erwiderte. Sie sagte leise: »Ich glaube, es ist Louis.«

Überrascht blickte Lionel zur Tür. »Was zum Teufel will er hier um diese Zeit?« Er wandte sich zu Susan, als entsinne er sich plötzlich der Verbindung zwischen ihr und Louis. »Kannst du dir denken, warum er gekommen ist?«

Sie konnte nicht antworten, denn die Tür wurde aufgestoßen, und Louis trat ein, hinter ihm Sydney. Lionel erhob sich, halb freudig, halb verwirrt starrte er seinen Sohn an.

»Guten Abend, Susan«, sagte Louis. »Guten Abend, Vater. Tut mir leid, euch so zu überfallen. Ich wollte eigentlich schon vor dem Abendessen hiersein.« Mit einem Blick über seine Schulter hinweg fragte er den Diener: »Sydney, hast du noch einen Teller Suppe für mich? Ich sterbe vor Hunger.«

»Sehr wohl, Sir.«

Als sich Sydney durch die Tür zur Anrichte entfernt hatte, wandte sich Louis den beiden am Tisch zu. Ernst blickte er von einem zum anderen. »Es hat Ungelegenheiten gegeben wegen Racey. Als ich es erfuhr, eilte ich hierher.«

Sein Vater ließ sich in seinen Stuhl sinken. Zitternd griff er nach der Serviette; sein Gesicht war weiß und voller Angst. »Hat es etwas mit dem Telefonanruf zu tun, den Sydney abnahm? Jemand versuchte Racey zu erreichen ... sagte, er solle nicht starten.«

Louis nickte. »Das eben fürchte ich. Ich werde euch alles erklären ...« Er brach ab, weil Sydney mit einem Teller in der Hand eintrat. Louis setzte sich an den Platz, der für Midge gedeckt war. Schweigend begann er, seine Suppe zu essen.

Der alte Mann ließ Louis nicht aus den Augen, als suche er aus dem über den Teller gebeugten Kopf, aus der ruhigen Bewegung der Hand den Grund seines Kommens zu erforschen. Susan schien es, als sei er in diesen wenigen Minuten unheimlich gealtert. Eine dunkle Ahnung, daß Racey von einer Gefahr bedroht sei, hatte ihn ergriffen. Er war verwirrt und befürchtete Unheil.

Susan vermied es, Louis anzusehen. Sie war froh, daß ihre Hände nicht zitterten und ihre Nervosität nicht verrieten. Diese unvorhergesehene Begegnung mit Louis war ein beängstigendes Ereignis, denn sie drängte sie wieder in die Situation, vor der sie heute morgen geflüchtet war. Wahrscheinlich würde Louis nie wieder die Frage an sie richten, die zu beantworten sie sich geweigert hatte, aber seine bloße Gegenwart bedeutete eine unausgesprochene Kritik. Als sie heute morgen in Carlton Mews seiner Frage ausgewichen war, hatte sie ihn zum Herrn der Lage gemacht. Mit jeder Faser ihres Wesens war sie sich bewußt, daß er noch immer die Situation beherrschte. Selbstvertrauen und ein bei ihm ungewohntes Kraftbewußtsein sprachen aus seiner ruhigen, aufmerksamen Haltung.

Rasch beendeten sie das Abendessen, und selbst Sydney, der spürte, daß sie etwas Wichtiges zu besprechen hatten, beeilte sich mit geradezu jugendlichem Eifer, fertig zu werden. Am Ende lehnte Lionel, der seine Ungeduld und Besorgnis nicht mehr ertragen konnte, den Nachtisch für alle drei ab, und noch ehe Louis sich erheben konnte, schlurfte er schnell um den Tisch zu Susan, um ihr beim Aufstehen behilflich zu sein.

Im Wohnzimmer war das Feuer niedergebrannt, doch keiner von ihnen bemerkte, daß es wieder angefacht werden müßte. Susan überfiel beim Eintreten eine fröstelnde Kälte, doch schien die Atmosphäre des Zimmers daran schuld zu sein, so daß es ihr gar nicht in den Sinn kam, nach dem Kamin zu schauen. Sydney hatte bereits den Kaffee hingestellt, doch keiner von den dreien beachtete es. Louis schloß die Tür, und daß er sofort zur Sache kommen wollte, drückte sich in der Schnelligkeit seiner Schritte aus. Seine ganze Energie war darauf gerichtet, sie möglichst rasch über alles zu informieren, ohne daß sie ihn erst ausfragen mußten. Susan und Lionel setzten sich rechts und links vom Kamin, voller Erwartung, daß er beginnen sollte.

Er sah seinen Vater an, der ruhig und aufrecht dasaß, als sei er entschlossen, ihn schweigend anzuhören. »Es tut mir leid, Vater, daß du Unangenehmes über Racey erfahren mußt, doch das ist nicht zu ändern.«

Mit beherrschter Stimme fragte Lionel: »Sage mir, Sohn, worum handelt es sich?« Susan empfand Mitleid und Bewunderung für den alten Mann.

»Ich wurde heute nachmittag ans Telefon gerufen«, begann Louis langsam. »Jemand rief an – ein Mann –, er sagte, er sei ein Freund von Racey. Erst verstand ich ihn nicht, denn er erzählte mir, man habe ihn informiert, daß morgen, wenn Racey landet,

Beamte von der Zollfahndung hier zur Stelle sein würden, um sein Flugzeug zu durchsuchen.«

Lionel wurde beängstigend rot. »Warum denn das?«

Die Hände in den Taschen, trat Louis näher an das Feuer heran und starrte hinein. Ohne sie anzusehen, sagte er: »Weil Racey von seinen kurzen Flügen jedesmal Schmuggelware mitbringt. Das hat er allzuoft getan; jetzt ist die Zollbehörde hinter ihm her.«

»O Gott!« stöhnte der alte Mann. »O mein Gott!«

»Der Mann, der mich anrief«, fuhr Louis fort, »ist offenbar derselbe, der die von Racey geschmuggelten Sachen an den Mann bringt. Er will nun versuchen, ihn heute abend in Paris telefonisch zu erreichen. Das ist seine einzige Chance. Erreicht er ihn nicht, dann landet Racey morgen mit dem geschmuggelten Zeug. Gott weiß, was dann geschieht.«

Plötzlich brach Lionel zusammen, voller Verzweiflung ließ er den Kopf sinken. »Was können wir bloß tun?« flüsterte er.

Louis erwiderte nichts, er trat an das Büfett und entnahm ihm eine Flasche Kognak und ein Glas. Er schenkte es halb voll und drängte seinen Vater, es auszutrinken. Besorgt sah er zu, wie der alte Mann den ersten Schluck nahm. Nach ein paar Minuten tat er noch einen Schluck und blickte dann ernst zu Louis auf. »Was können wir bloß tun?« wiederholte er.

Louis richtete sich straff auf: »Ich weiß es nicht«, sagte er.

Susan fröstelte. War es die Kälte im Zimmer oder der hoffnungslose Klang von Louis' Stimme? Für den alten Mann stand viel mehr auf dem Spiel als die Bestrafung seines Sohnes. Seine Liebe, sein Stolz, seine furchtbare Angst um Raceys Schicksal. Er war bereits hochbetagt, und er grämte sich nicht nur um Racey, sondern auch um sich selbst und um alles, was er verlieren würde.

»Die geschmuggelte Ware könnten wir ja verstecken, wenn man uns dazu Zeit läßt. Spitzen und Parfüm ... um solche Dinge handelt es sich. Aber wenn die Polizisten – und die Zollbeamten da sind, wenn er landet, können wir nichts mehr unternehmen.«

Lionel richtete sich auf. »Er muß also gewarnt werden. Es kommt nur darauf an, wer zuerst das Flugzeug erreicht. Wenn Racey wieder aufsteigen könnte ...«

»Daran habe ich auch schon gedacht«, sagte Louis nachdenklich. »Es könnte vielleicht gelingen. Wenn er gleich wieder startet, bekommt er Schwierigkeiten, weil er sich der Polizei widersetzt hat, aber er könnte wenigstens die Waren irgendwo abwerfen.« Mit einem letzten Schluck leerte Lionel sein Glas. Er war nicht mehr ganz so niedergeschlagen. »Das müssen wir versuchen. Unbedingt.«

Die Gefahr, der man ins Angesicht schauen konnte, war lange nicht so schrecklich wie die unbestimmte Bedrohung, auf die Louis angespielt hatte. Einstweilen richtete ihn die Hoffnung wieder auf, daß alles doch noch gut ausgehen könnte. Sein Blick schweifte von einem zum andern – von seinem Sohn mit dem düsteren, anziehenden Gesicht, das jetzt sehr ernst war, zu der Frau seines Sohnes mit dem blassen Teint und dem roten Haar, das im Feuerschein des Kamins seltsam aufleuchtete. Es enttäuschte und verwirrte ihn, daß ihre Gesichter nichts von seinem eigenen Optimismus widerspiegelten. Die beiden hatten offenbar keine Hoffnung. Sie glaubten nicht daran, daß man Racey noch helfen könnte.

»Warum«, fragte er, »hat mir Horace nie etwas davon gesagt, daß er Waren schmuggelt? Wie lange tut er das schon?«

Nur zweifelnd schenkte Louis seinen Worten Glauben. »Das tut er schon seit mehr als zwei Jahren.«

»So lange schon? Die ganze Zeit hat er mich hintergangen?« Seine Stimme bebte. »Ich hätte ihn davon abgehalten – das weiß er genau. Deshalb hat er es mir verschwiegen ... ich hätte das nicht geduldet.«

In Louis stieg Zorn gegen seinen Bruder auf. »Das da hat er dir mitgebracht.« Er deutete auf die Kognakflasche. »Kam dir nie der Gedanke ...«

»Das war doch nichts Besonderes. Ganz und gar nicht!« Lionel machte eine abwehrende Bewegung, als schiebe er einen derartigen Gedanken beiseite. »Ein paar Flaschen Kognak, wenn er zurückkommt ... das war doch nichts Besonderes. Das bringt jeder von Frankreich mit. Wie hätte ich wissen sollen, daß das nicht das einzige war? Was sagtest du – Parfüm, Spitzen? Mein Gott, was hat sich Racey nur gedacht?« Eine seltsame Wut packte ihn, Furcht um seinen Sohn, aber auch Schmerz und Enttäuschung, daß er betrogen worden war. Er schaute Louis forschend an. »Hast du davon gewußt?«

»Ja, er hat es mir vor langer Zeit erzählt.«

»Und du hast es mir verheimlicht?« Beschwörend fuhr Lionel fort: »Du hättest es mir unbedingt sagen müssen.«

»Ich hoffte immer, daß es nie aufkommen würde. Dann hättest du es nie zu erfahren brauchen.«

»Nur Narren bilden sich ein, daß man nie hinter ihre Schliche kommt«, erwiderte Lionel grimmig. »Ich weiß genau, was du dir gedacht hast. Du hofftest, ich sei schon tot, bevor dieses Unglück über uns hereinbrechen würde.«

Louis erwiderte nichts. In tiefem Schweigen starrten sie alle drei vor sich hin. Sie dachten darüber nach, was am besten zu tun wäre und was der nächste Morgen unvermeidlich bringen würde. Susan jedoch sah die Lage von vornherein anders. Für sie war Lionel der am meisten Betroffene. Sie spürte seine Enttäuschung, seine Angst und bewunderte ihn wegen seiner Haltung. Denn letzten Endes würde er mehr darunter leiden als Racey. Und daß der alte Mann sich dessen bewußt war, das stand in seinem Gesicht geschrieben.

Lionel rührte sich endlich. Er zog seine Uhr aus der Tasche. Die gewohnte Zeit zum Schlafengehen hielt er ein, auch wenn ihm eine sorgenvolle, schlaflose Nacht bevorstand. Wie schwer es ihm ums Herz war, ließ er sich nicht anmerken, das konnte er später mit sich allein ausmachen. Langsam erhob er sich.

»Louis, das Feuer ist am Erlöschen. Wenn du und Susan noch aufbleiben wollt, müßt ihr euch darum kümmern.« Er hielt sich am Kaminsims fest, als wolle er sich etwas ausruhen. »Gute Nacht, Susan. Gute Nacht, Louis. Ehe du hinaufgehst, solltest du Sydney noch sagen, daß wir morgen etwas zeitiger frühstücken wollen. Wir müssen bereit sein, falls Horace früh ankommt.«

Sie sah ihm nach, während er langsam durchs Zimmer ging. Sein schlurfender Gang war der eines alten Mannes, trotzdem war er voller Würde und Beherrschtheit, die ihn nie verlassen würden. Leise schloß sich hinter ihm die Tür.

Susan hatte angenommen, daß sie das Gespräch fortsetzen würden, sobald Lionel sie allein gelassen hatte. Doch das war nicht der Fall. Louis legte ein Scheit auf die Glut und schürte sie vorsichtig mit dem Feuerhaken. Dann ließ er sich in dem Sessel nieder, in dem sein Vater gesessen hatte. Das Schweigen zwischen ihnen war schwer zu deuten, es war weder feindlich noch friedlich. Susan betrachtete ihn nachdenklich. Draußen erhob sich ein Herbstwind. Sie stellte sich vor, wie verödet hinter den dichtgeschlossenen Vorhängen der verwilderte Rasenplatz dalag und wie der Wind seufzend durch das hohe Gras strich: ein unglückseliger Laut, wie das Geflüster von Gespenstern.

»Was für ein verdammter Narr er ist!« Louis' überaus menschliche Stimme traf sie wie ein Schlag.

»Racey?«

»Natürlich. Er muß verrückt sein, wenn er sich nicht klar war, daß sie früher oder später dahinterkommen würden. Und ausgerechnet jetzt muß das passieren, wo du hier bist.«

»Stört dich das, Louis?«

»Stört? Selbstverständlich stört es mich.« Er blickte sie ruhig an.

»Warum?« Sie wünschte sogleich, sie hätte das nicht gefragt. Das brachte die Stimmung von heute morgen wieder, und dazu hatte sie jetzt nicht die Kraft.

»Weil ich dich in aller Ruhe sehen und sprechen muß und nicht gestört sein will durch solche Unannehmlichkeiten. Siehst du das ein, Susan?«

In einem Gefühl von Angst verschloß sie sich seinem werbenden Ton. Rasch stand sie auf. Auch er erhob sich, als wolle er sie zurückhalten, doch zögernd ließ er seine Hand wieder fallen. »Warum entziehst du dich mir, Susan? Warum bist du heute morgen gegangen?«

Sie stand an den Kamin gelehnt und starrte ins Feuer auf das Holzscheit, das Louis aufgelegt hatte. Es brannte hell auf, Flammen loderten an beiden Enden und züngelten gegen die Mitte. »Louis«, begann sie zögernd, »du und ich, wir hatten vor Jahren unsere Auseinandersetzungen. Viel zu viele, sie haben unsere Ehe zerstört. Jetzt bleibt uns nichts mehr zu sagen. Wir sind miteinander fertig.«

»Das kann ich nicht glauben.«

Sie wandte sich um und blickte ihm ins Gesicht. Noch nie hatte sie diesen Ausdruck von Ernst und Verwirrung bei ihm gesehen. Und doch war er fest überzeugt, daß sie nachgeben würde. »Du mußt es glauben, Louis«, fuhr sie fort. »Es ist alles zu Ende. Es war schon lange zu Ende, bevor wir an Scheidung dachten. Diese Erkenntnis ist schmerzlich für uns – wir empfinden es beide als Demütigung, daß wir nicht fähig waren, eine glückliche Ehe zu führen. Aber wenn wir ehrlich sind, müssen wir zugeben, daß wir beide erlöst aufatmen werden, wenn ich am Donnerstag mein Flugzeug besteige. Die Hürde, die wir noch nehmen müssen, ist unangenehm, aber wir werden sie bald hinter uns gebracht haben.«

»Susan, du gibst uns beiden also keinerlei Chance?«

»Wir hatten vor langer Zeit unsere Chance, Louis, wir haben sie verspielt. Ich möchte, daß du die Scheidung beantragst, weil ich mich entschlossen habe, wieder zu heiraten. Ich kenne Paul schon über vier Jahre. Ich habe mit ihm gearbeitet, und ich kenne diesen Mann durch und durch. Ich kann mich mehr auf ihn verlassen als auf meine rechte Hand. Ich kenne seine guten und seine schlechten Seiten, er kann mich mit nichts mehr überraschen. Verstehst du das nicht, Louis? Diesmal bin ich meiner Sache sicher – absolut sicher. Diese Ehe gehe ich mit offenen Augen ein. Diesmal wird es keinen Fehlschlag geben.«

Louis gab keine Antwort. Er preßte seine Lippen zusammen, aber sie spürte, daß es nicht aus Ungeduld oder aus Zorn geschah. Er dachte über das nach, was sie gesagt hatte, und er hatte die Antwort noch nicht bereit, oder er glaubte, es lohne sich nicht, darauf zu antworten. »Er sieht jetzt genau wie sein Vater aus«, dachte sie. Voller Selbstbeherrschung, während seine blauen Augen sie anfunkelten. Auch Racey hatte solche Augen, ebenso Midge. Auffallend strahlende Augen. Sie konnten aber auch eiskalt sein, so kalt, wie sie es bisher noch bei keinem Menschen erlebt hatte. Unvermittelt wandte sie sich ab, um seine Augen zu vermeiden.

»Du siehst also, Louis, daß es nichts mehr gibt, was wir uns zu sagen hätten. Du mußt nur wegen Midge deine Entscheidung treffen, weil ich sie sobald wie möglich wissen möchte. Alles andere wäre nur Zeitverschwendung. Wir müssen beide unser persönliches Leben weiterführen, sobald das alles vorüber ist. Je früher wir damit beginnen, desto besser.«

Sie ließ ihn am Kamin zurück und ging entschlossen zur Tür. Da rief er: »Susan!«

»Ja?«

»Gute Nacht. Schlaf wohl.«

»Gute Nacht, Louis.«

Er sah, wie ihr Rock um ihre Hüften schwang, als sie sich umwandte und die Tür öffnete. Lange starrte er auf die Stelle, auf der sich eben noch ihr Kopf von der weißen Türfüllung abgehoben hatte. Dann nahm er ein neues Glas aus dem Büfett und schenkte sich Kognak ein. Er setzte sich wieder in den Sessel seines Vaters vor dem Feuer und schlürfte langsam das Glas leer. Seine Gedanken kreisten nicht um das, was Susan gesagt, sondern wie sie ausgesehen hatte, während sie sprach. Eine sanfte Röte hatte ihr blasses Antlitz belebt; wo ihr Kleid den Hals frei ließ, hatte eine kleine Ader pulsiert. Das Flackern der Kaminflammen hatte ihr rotes Haar aufleuchten lassen. Aber über all das hinweg vernahm er wieder ihre Stimme: »Jetzt bleibt uns nichts mehr zu sagen.« Diese Worte, die sie so ruhig gesprochen hatte, schienen im Raum widerzuhallen, wisperten aus allen Ecken. Er atmete den Duft des Kognaks ein und versuchte, das Echo ihrer Worte zu überhören.

Viel später, als Susan schlaflos in dem großen Himmelbett lag, vernahm sie, wie Louis sich leise im Zimmer nebenan bewegte. Sie setzte sich auf, fröstelnd vor Kälte, und sah unter der Tür einen schwachen Lichtstreifen. Dann hörte sie ihn auf der Treppe, dann wieder in seinem Zimmer. Lange, nachdem die Geräusche verstummt waren, fiel der Lichtstreifen noch über den Teppich. Sie lag wach, bis das Licht endlich erlosch. Als die tiefe Dunkelheit sie umgab, lauschte sie noch lange dem Rauschen des Windes im Garten.

Montag

1. KAPITEL

Als Susan die Augen öffnete, schien die Sonne. Sie blinzelte und schloß sie wieder, bis die Geräusche im Haus sie zu vollem Bewußtsein brachten. Jetzt, von Sonnenlicht durchflutet, wirkte das Zimmer viel freundlicher. Die Fenstervorhänge bewegten sich leicht in der Morgenbrise; vom Hof herauf klangen die schrillen Schreie eines spielenden Kindes und das laute Bellen eines jungen Hundes. Sie hörte lange zu, bis ihr einfiel, daß Racey heute morgen von Frankreich zurückerwartet wurde.

Dieser Gedanke wirkte ernüchternd auf sie, und sie kroch langsam aus dem Bett, als weigere sich ihr Körper, das tägliche Einerlei zu beginnen. Sie spürte, daß sich alles in ihr gegen die Geschehnisse, die ihr bevorstanden, wehrte. Ihre Gedanken schweiften zu Lionel, und sie empfand, mit welcher Furcht er diesen Tag beginnen mußte. Sein alter Körper erschien so gebrechlich, als könne er diese Stunden der Trübsal und des Zweifels kaum überstehen. Während sie ihre Toilettensachen zusammensuchte, wünschte sie, daß der Tag und alles, was er bringen würde, schon vorüber wäre. Sie wurde von einer unerklärlichen Angst erfaßt. Als sie das Zimmer verließ, war sie sich plötzlich bewußt, daß sie sich sehr beeilen mußte.

Das Badezimmer in Hythebourne war ein höchst eigenartiger Raum. Für alle Fremden im Haus bedeutete er eine ständige Gefahr; denn unmittelbar hinter der sich nach innen öffnenden Tür führte eine steile Treppe hinunter, an deren Kopf sich eine erhöhte Plattform befand. Darauf stand die Badewanne, und direkt gegenüber führte eine Tür ins Ankleidezimmer des großen

Schlafzimmers. Susan konnte nie dahinterkommen, warum das Bad ausgerechnet an dieser Stelle errichtet worden war, denn es glich eher einem großen, höchst unpraktischen Wandschrank. Es war hier immer eisig kalt, und das einzige Fenster war in gleicher Höhe mit der Plattform, so daß man, wenn man in der Badewanne saß, über den Hof und die Felder blicken konnte. Susan verriegelte beide Türen und ließ etwas Wasser laufen – es war jedoch nur lauwarm. Sie beeilte sich, sosehr sie konnte, aber die Glocke läutete schon zum Frühstück, als sie die gefährliche Treppe zur oberen Tür hinaufstieg.

Sie fand ihre Schuhe vor der Tür, als sie in ihr Zimmer zurückkehrte, und jemand – wahrscheinlich Sydney – hatte frische Blumen auf die Kommode gestellt. Während sie sich ankleidete, hörte sie im Hause schwache Geräusche und unten im Speisezimmer dann und wann das Klappern von Geschirr. Niemand war zu sehen, als sie hinunterging, doch sie vernahm deutlich Midges hohe Stimme. Als Susan eintrat, blickte das Kind abwehrend auf, als wolle es ihre Gegenwart negieren. Louis und sein Vater erhoben sich sogleich, aber die gemurmelte Begrüßung des alten Mannes war kaum zu verstehen. Susan wechselte rasch ein paar Worte mit Louis und Midge und ging zum Büfett, wo Sydney Fisch auf der Heizplatte bereitgestellt hatte. Niemand sprach, als sie am Tisch Platz nahm. Susan hatte nur Midges Stimme gehört, als sie herunterkam, jetzt schwieg selbst das Kind, bedrückt von der Atmosphäre, die es wohl spürte, sich aber nicht zu erklären wußte.

Louis hörte als erster das Auto. Susan blickte zu ihm hinüber, als er Messer und Gabel hinlegte. Er saß unbeweglich da, doch sie hatte den Eindruck, daß sich sein Körper straffte. Sein Vater sah ihn scharf an. »Was ist? Hörst du etwas?« Er blickte beide erwartungsvoll an. »Ist Horace schon zurück?«

Auch Susan hatte das Geräusch gehört. Sie schüttelte verneinend den Kopf. »Nein, es ist nur ein Auto.«

Lauschend saßen sie da, bis der Wagen beim Taubenschlag einbog, dann humpelte der Alte zum Fenster, um ihn zu sehen, bevor er zur Front des Hauses einbog. »Es sitzt nur ein einziger Mann drin«, sagte er. »Ich dachte, sie würden eine ganze Meute von Polizisten schicken.«

Mißmutig setzte er sich wieder an den Tisch, rührte aber keinen Bissen mehr an. Midge rutschte von ihrem Stuhl herunter. »Wer ist es, Großvater?«

»Ich weiß es nicht, Liebling. Wir werden es ja gleich sehen.«

Louis blickte schnell auf seine Uhr. »Midge«, sagte er freundlich, »wäre es nicht an der Zeit, daß du dich zu Blakes auf den Weg machst?«

»Aber ich bleibe doch immer zu Hause an den Tagen, wenn Racey da ist. Großvater schickt mich nie weg.«

Lionel machte eine entschuldigende Geste. »Das stimmt, Louis. Sie geht nie fort, wenn Racey hier ist.« Dann fügte er leise hinzu: »Das Kind hat nicht viel Freude, wie du weißt. Das gibt ihr ein wenig Abwechslung.«

Midge beobachtete ihren Vater aufmerksam; sie hoffte, daß er zustimmen würde, aber sie war sich dessen nicht ganz sicher. Susan wußte, sie werde ihm ohne Widerspruch gehorchen, wie er sich auch entschied.

Louis, dem nur daran lag, daß das Kind nicht zugegen sein solle, nickte. »Na schön, Midge. Aber geh ein bißchen ins Freie. Wir wollen etwas besprechen.«

Midge atmete auf und lief zur Tür. Dort blieb sie stehen, weil sie von außen geöffnet wurde. Sydney kam herein. Hinter ihm tauchte ein Mann auf, der einen weiten Mantel trug. Überrascht von seinem plötzlichen Erscheinen, machte sie ihm Platz, dann rannte sie davon. Sie konnten ihre Schritte noch auf der Treppe hören.

Sydney sagte gemessen: »Ein Herr Cutler von der Zollbehörde wünscht Sie zu sprechen, Sir.«

Der Mann trat ins Zimmer und sah sie freundlich an. Wie sie so dasaßen, dachte Susan, mußten sie ihm wie eine verschworene Widerstandsfront vorkommen. Er hatte seinen Hut in der Hand – einen weichen, zerdrückten, teuren braunen Hut –, als habe er es abgelehnt, ihn Sydney zu übergeben.

Nach einer Pause sagte Lionel: »Danke Sydney. Wir brauchen jetzt nichts.«

Die Tür schloß sich hinter dem Diener, alle wandten ihre Aufmerksamkeit wieder dem Fremden zu. Er lächelte. Dieses plötzliche, unerwartete Lächeln hatte etwas Beängstigendes. Er stand mit einer Selbstverständlichkeit da, als sei er ihr Nachbar, und gerade deshalb wirkte er gefährlich. Er mochte so um die Vierzig sein, aber er sah jünger aus, und seine Haut war straff und gerötet, als verbringe er viel Zeit im Freien. Er hatte dichtes hellblondes Haar.

»Ich bedaure, daß ich Sie beim Frühstück störe«, sagte er. »Aber es blieb mir nichts anderes übrig.« Er sah den alten Mann an und schwieg.

Unter seinem Blick rückte Lionel nervös hin und her. »Wollen Sie nicht … Platz nehmen?«

Cutler nickte bedächtig, legte seinen Hut auf einen kleinen Tisch und zog den Mantel aus. Susan bemerkte, daß sein bequemer Anzug aus weichem Tweed gut geschnitten war. Mit seiner eigenartigen Höflichkeit, die etwas Bezwingendes hatte, sagte er: »Darf ich mir etwas Kaffee einschenken? Im Gasthof unten an der Straße, wo ich übernachtet habe, gab es nur Tee.« Er nahm ihr Stillschweigen als Zustimmung und ging zum Büfett.

Sie beobachtete ihn mit wachsender Furcht, während er sich Kaffee eingoß und sich dann auf Midges leeren Stuhl setzte. Hier, im familiären Kreis des Frühstückstisches, wirkte seine selbstverständliche Art noch bedrohlicher.

Während er seinen Kaffee umrührte, blickte er den alten Mann an. »Ich kam wegen Ihres Sohnes Horace, Mr. Taite.«

An Stelle seines Vaters fragte Louis: »Ist was nicht in Ordnung?«

Mit einem Ausdruck der Überraschung sah Cutler ihn an. »Ja, etwas ist nicht in Ordnung. Ich dachte, das wüßten Sie.«

Niemand antwortete bei dieser Anschuldigung. Er schlürfte seinen Kaffee, während sie warteten, was er weiter sagen würde. Die lähmende Stille nahm merklich zu. Susan fühlte, wie sich alle Nerven in ihr spannten, und als sie zu Louis hinblickte, sah sie, daß seine Hände zitterten.

Auch Lionel saß mit einem Ausdruck furchtsamer Erwartung da. Sein altes, abgemagertes Gesicht war dunkelrot geworden.

Cutler betrachtete seine Tasse, während er fortfuhr: »Ich bin hierhergekommen, Mr. Taite, um das Flugzeug Ihres Sohnes zu durchsuchen, wenn er heute morgen landet.«

Rasch fragte Louis: »Weshalb?« Ohne nachzudenken, hatte er die Frage zu schnell gestellt.

Noch immer mit dem Ausdruck der Überraschung sah Cutler ihn an. »Und weshalb nicht? Ihr Bruder hat in seinem eigenen Flugzeug immer wieder das Festland besucht. Er hatte somit reichlich Gelegenheit, Waren illegal nach England zu bringen. Warum sollte ich also sein Flugzeug nicht durchsuchen?«

Sein höflicher Ton jagte ihnen noch mehr Angst ein. Als Susan Cutler so ruhig dasitzen sah, scheinbar nur mit seinem Kaffee beschäftigt, sagte sie sich, daß sein Hiersein eine Bedrohung bedeute. Sein entschlossenes, scharfgeschnittenes Gesicht zeugte von seinem unbestechlichen Charakter. Unwillkürlich betrachtete sie seine Hände; sie waren schmal und gepflegt wie seine ganze Erscheinung.

Der alte Mann fragte stockend: »Was erwarten Sie zu finden, Mr. Cutler?«

Der andere zuckte vielsagend die Achseln. »Ich hoffe, daß ich gar nichts finde.«

Keiner sagte etwas. Susan war froh, daß weder Lionel noch Louis sich die Mühe gemacht hatten, Raceys Schuld zu leugnen. Jeder saß, mit seinen eigenen Gedanken beschäftigt, und keiner gab sich der Illusion hin, es sei ein Schweigen des Behagens. Es war die Stille wachsamen Mißtrauens. Unruhig blickte Susan zu Louis hinüber, dann zu seinem Vater. Keiner von beiden beachtete sie. Sie wußte, daß beide während dieser langen, bangen Minuten nur an Racey dachten. Aber ihre Gedanken gingen in verschiedener Richtung. Jedem mochte ein rettender Gedanke einfallen, doch jeder Plan würde infolge eines Gegenplanes durchkreuzt werden. Es bestand keinerlei Verbindung zwischen ihnen; ihre Gedanken tappten im dunkeln, und fast schien es, als könne der Mann, der so ruhig auf Midges Stuhl saß, sie nach Belieben lesen.

Schließlich blieb nichts mehr zu tun übrig. Sie hatten den ganzen Kaffee ausgetrunken, den Toast aufgegessen; sie konnten auch keine Marmelade mehr herumreichen, um Zeit zu gewinnen, daher stand Susan auf. Auch Cutler erhob sich und zog ihren

Stuhl zurück. Von nahem wirkte er jünger. Ein schwacher Duft von Rasierseife ging von ihm aus.

Cutler ging zu dem Tisch, auf den er seinen Hut und Mantel gelegt hatte. Dann trudelten alle in der ziellosen Weise von Menschen, die nicht wissen, was sie anfangen sollen, aus dem Zimmer. Es gab vorerst für sie nur eines: zu warten. Durch das Portal, das offenstand, strömte das Sonnenlicht in die gekachelte Halle. Draußen stand dicht neben Raceys Auto der offene Sportwagen, in dem Cutler gekommen war. So bescheiden er auch aussah, wie er da im Schatten der Mauer stand, ging doch auch von ihm eine verhaltene Drohung aus.

Während die andern weitergingen, zog Louis Susan plötzlich beiseite. Überrascht wurde sie sich plötzlich seiner physischen Macht über sie bewußt. Sie war darüber so erschrocken, daß sie ohne Widerspruch seine Anweisungen anhörte. »Sieh zu, daß du Cutler ins Frühstückszimmer kriegst. Ich will mit dem Alten sprechen, daß er besser im Haus bleibt, wenn wir es so einrichten können.«

Aber Cutler stand bereits an der Tür und hielt nach ihnen Ausschau, als hätte er Louis' Worte erraten. »Wenn ich durch den Garten und die Obstwiese gehe, komme ich dann zu dem Feld, wo ich den Hangar gesehen habe?« In seiner Stimme war wieder die gleiche höfliche Beharrlichkeit.

Susan erwiderte rasch: »Mr. Cutler ...« Doch sie sprach nicht weiter. Es war sinnlos und töricht, wenn sie doch alle wußten, daß nichts ihn davon abhalten konnte, dorthin zu gehen, wohin er gehen wollte. »Ich zeige Ihnen den Weg«, sagte sie resigniert.

Er lächelte ... das sanfte, verbindliche Lächeln, mit dem er sie begrüßt hatte. Er ließ sie seine Überlegenheit nicht fühlen, sondern nahm es als selbstverständlich hin, daß sie sich fügte. »Danke«, sagte er höflich.

Sie ging ihm voraus und führte ihn in den Garten. Er öffnete ihr das Gartentor, doch als sie weitergehen wollte, hielt er sie sanft, aber zwingend am Arm fest und sagte: »Sind Sie Louis Taites Frau?«

Sie fühlte, wie ihr das Blut heiß in den Hals und in die Wangen schoß. Zunächst empfand sie seine Frage als eine Belästigung, und wollte sich schon von ihm losmachen und weitergehen.

»Bitte, warten Sie einen Moment«, sagte er schnell. Er ließ Susans Arm los. »Ich frage Sie ja nicht aus Neugierde.«

»Warum fragen Sie dann?« erwiderte sie schroff. »Sicherlich müssen Sie das nicht in Ihren offiziellen Bericht aufnehmen.« Sie ging rasch weiter auf dem Pfad durch das hohe Gras.

Er eilte ihr nach, aber der Pfad war zu schmal, um neben ihr zu gehen. Ohne sich nach ihm umzuschauen, sagte sie über die Schulter: »Ich liebe keine dienstlichen Fragen, Mr. Cutler.«

Als sie den Obstgarten betraten, holte er sie ein. »Das ist keine dienstliche Frage.«

Sie ging schneller. »Ich wünsche nicht, darüber zu sprechen.«

Er blieb stehen und rief ihr nach: »Sie sollten es doch tun. Wenn Sie mir keine Auskunft geben, werde ich Louis fragen, und das wäre für alle Beteiligten peinlich. Ich meine wirklich peinlich. Verstehen Sie, wir kannten uns 1940. Er hat mich natürlich vergessen.«

Sie blieb stehen und wandte sich langsam um.

»Schauen Sie«, sagte er, »wir beginnen wohl am besten ganz von vorn. Ich heiße David Cutler und war Kommandant in Reading, als Racey dort stationiert war. Drücke ich mich deutlich genug aus?«

»Ja, und was weiter?«

»Ich kannte Racey so gut, wie man einander als Soldat nur kennen kann. Louis besuchte uns manchmal. Ich mochte auch ihn, denn damals gab es keinen Unterschied zwischen den beiden. Nach einiger Zeit wurde Racey versetzt, und ich hörte nichts mehr von ihnen. Als die V 2 eingesetzt wurde, suchte Racey um Versetzung zu seiner alten Einheit nach. Damals erfuhr ich, was mit Louis passierte. Ich war deshalb heute morgen nicht überrascht, daß er mich anschaute, als habe er mich noch nie gesehen.«

»Jetzt verstehe ich«, sagte Susan nachdenklich. Sie ging sehr langsam den Pfad zwischen den Bäumen entlang. Nach einer Weile blieb sie stehen und wandte sich wieder zu ihm um. »Ich begreife noch nicht alles. Ich nehme an, Sie kommen wirklich vom Zollamt?«

Er nickte. »Ja, das stimmt allerdings. Es ist zwar sonst nicht meine Aufgabe, über Land zu fahren, um nach Männern wie Racey zu fahnden. Ich hoffe in seinem Interesse, daß das, was er herüberschmuggelt – falls er überhaupt etwas geschmuggelt hat –, relativ unbedeutend ist. Ich hörte zufällig von dem Fall und entsann mich seines Namens und der Tatsache, daß er hier wohnt. Ich dachte, wenn er in Ungelegenheiten kommt, dann ist es besser, wenn ich sie ihm bereite.«

»Was werden Sie tun, wenn er etwas mitgebracht hat?«

»Ich muß ihn natürlich anzeigen, aber ich kann ihm viele Schereien ersparen. Es war nicht notwendig, daß ein ganzer Schwarm von Polizisten das Haus überfällt.«

»Und Sie glauben, daß Racey Ihnen dafür dankbar ist?«

»Warum sollte er nicht?« Er lachte – ein tiefes, behagliches Lachen. »Glauben Sie mir, ich kenne Racey so gut, daß ich dessen gewiß bin. Er ist nicht der Mensch, dessen Stolz es ihm verbietet, die Hilfe eines Freundes anzunehmen, wenn er sie braucht. Die Tatsache, daß ich ihn vielleicht anzeigen muß, wird ihn nicht im geringsten stören.«

Schweigend gingen sie weiter und blieben schließlich am Gatter zur Wiese stehen. David Cutler blickte über die Hecke zum Hangar hinüber. Nach einiger Zeit schaute er fragend Susan an, aber sie bemerkte es nicht, weil sie in den Obstgarten starrte. In der hellen Morgensonne leuchtete ihr sonst tizianrotes Haar golden auf. Sie war blaß, und ihre Augen hatten einen nachdenklichen, fast geistesabwesenden Ausdruck. Instinktiv fühlte er, daß sie sich nicht nur um Raceys Schicksal sorgte; ihre Gedanken kreisten um ein noch viel größeres Problem. Leise fragte er: »Haben Sie nun die Güte, mir meine erste Frage zu beantworten?«

»Ihre Frage, die mich betrifft?« Sie sah ihn an. »Ja, Sie haben recht. In gewisser Weise bin ich noch Louis' Frau.«

Er lächelte. Einen Augenblick lang entdeckte sie etwas wie Trauer in seinem Lächeln. »Ich erinnere mich, daß ich Racey damals vierundzwanzig Stunden Urlaub gab, damit er an Ihrer Hochzeit teilnehmen konnte.«

»Daran erinnern Sie sich … nach all diesen Jahren?«

»Man vergißt Racey nicht so leicht oder das, was er anstellte.

Manchmal erzählte er von Ihnen, und ich fragte mich zuweilen, welchen von den Brüdern Sie wohl heiraten würden. Ich freute mich, daß Sie sich für Louis entschieden.«

Sie zuckte die Achseln. »Es war ziemlich gleichgültig, nicht wahr? Sobald die Scheidung ausgesprochen wird, bin ich frei von allen beiden.«

Er nickte. »Racey erzählte mir, daß Ihre Ehe nicht glücklich sei. Sie kehrten nach Amerika zurück?«

»Ja, das stimmt.« Ungehalten fügte sie hinzu: »Interessiert Sie das alles?«

»Liebe gnädige Frau, es interessierte mich nicht im geringsten, bis ich heute morgen ins Haus trat und sie alle da sitzen sah, ein Bild häuslicher Eintracht, und nicht wußte, ob Sie seine verflossene Frau oder vielleicht seine neue Frau wären. Es kam mir sogar in den Sinn, daß Sie Raceys Frau sein könnten. Ich habe nur deshalb die Frage gestellt, damit ich später niemandem auf die Hühneraugen treten muß.«

»Sie sind anscheinend höchst rücksichtsvoll?« fragte sie mit einem boshaften Unterton.

»Wenigstens bilde ich mir das ein«, erwiderte er freundlich.

Da spürte sie plötzlich, daß sie verstimmt war, ohne es sich einzugestehen. Und nun wollte sie ihn loswerden, seine unpersönliche Höflichkeit war ihr zuwider. Sie blickte ihn kühl an und ärgerte sich sofort darüber, weil ihm das wahrscheinlich völlig gleichgültig war.

»Ich muß gehen«, sagte sie brüsk. »Sie finden ja wohl den Weg allein zurück.«

Er sagte etwas, als sie sich umwandte, aber sie blieb nicht stehen, um ihn anzuhören. Das Laub raschelte unter ihren Füßen, und durch die Blätter, die noch an den Bäumen hingen, schien hell die Sonne. Die kühle Schönheit des Gartens dämpfte Susans Zorn; sie verlangsamte ihre Schritte. Neben seiner ruhigen Gelassenheit wirkte ihre Unbeherrschtheit töricht; er wußte bestimmt so genau wie sie selbst, daß nur ein Gefühl von Schuldbewußtsein sie von ihm fortgetrieben hatte. Warum tauchte jedesmal der Gedanke in ihr auf, sie müsse selbst versagt haben, sobald ihre Ehe erwähnt wurde? Als sie für David Cutler außer Sicht war, blieb sie stehen. Diese Stelle und der Garten dahinter waren immer ihre Lieblingsplätze in Hythebourne gewesen. Im Sommer hatte sie während der langen Dämmerungen hier oft auf dem weichen Rasen gelegen und den Grillen gelauscht und der Stimme von Louis' Mutter, während sie mit einem der Gärtner von Blumenbeet zu Blumenbeet ging. Manchmal war auch Louis, wenn er Urlaub hatte, mit ihr hierhergekommen. Hin und wieder hatte verlegenes Schweigen zwischen ihnen geherrscht, wenn die Dämmerung in tiefe Dunkelheit übergegangen war und die alte Dame schon längst den Garten verlassen hatte. Früher hatte in ihrem Schweigen eine kameradschaftliche Übereinstimmung gelegen, jetzt aber schwiegen sie, weil es plötzlich nichts zu sagen gab. Er war gütig und zärtlich zu ihr gewesen während der Monate, ehe Midge zur Welt kam, doch es war die Güte eines wohlmeinenden Fremden. Sie waren nicht mehr fähig, sich dem andern mitzuteilen, so daß sie auch nicht über ihre zunehmende Entfremdung sprechen konnten.

Über diese Dinge hatte sie an jenen fernen duftgeschwängerten Sommerabenden nachgedacht und sich gefragt, wie er, ausgestreckt neben ihr im Gras, wohl darüber dachte. Oft kamen die feindlichen Bomber, während sie da lagen, und die Scheinwerfer der Abwehr machten die kleinen dunklen Punkte am nächtlichen Himmel aus. Dann schien Louis immer erleichtert zu sein, daß sie ins Haus gehen konnten und von ihrer unbehaglichen Zweisamkeit erlöst waren.

Susan fühlte ein seltsames Prickeln im Hals und hinter den Augenlidern und wunderte sich, daß sie nach all den Jahren Tränen vergoß, weil Louis sie nicht so geliebt hatte, wie sie es sich wünschte. Damals hatte sie nicht geweint, doch damals war der Bruch zwischen ihnen zu tief, die Ursache ihrer Entfremdung zu undurchsichtig, als daß sie sich den Luxus von Tränen erlaubt hätte.

Sie fuhr sich mit der Hand über die Augen und betrachtete unwillig die Tränenspuren. Rasch ging sie weiter zum Blumengarten am Haus.

2. KAPITEL

Das erste Geräusch des Flugzeuges klang wie das leise, ferne Surren eines Insekts. Das Geräusch klang lauter oder leiser, je nachdem, wie der Wind stand. In qualvcller Spannung lauschte die ganze Familie, aber als das Flugzeug über Hythebourne eine Schleife zog, war jeder Zweifel ausgeschlossen: es war Racey.

Als Susan in die Halle eilte, kam Louis gerade die Treppe herunter, Midge raste vor ihm her, ihr Gesicht leuchtete vor freudiger Erwartung, und sie stürzte, ohne auf Louis und Susan zu warten, hinaus ins Sonnenlicht. Sie schlüpfte schnell durchs Gartentor und rannte auf dem Pfad zwischen dem hohen Gras weiter. Louis blieb an der Haustür stehen und wartete auf Susan.

»Weißt du, wo Vater ist?« fragte er, ohne sie anzusehen, da er Raceys Proctor oben am Himmel suchte.

»Ich glaubte, er sei bei dir.«

Er schaute sie erstaunt an. »Nein. Ich dachte, du und Cutler seid mit dem Alten drüben auf dem Rollfeld.«

Sie blieb eine Sekunde lang bei ihm stehen. Am Himmel blitzten die Flügel der Maschine im Sonnenlicht auf.

»Zuletzt habe ich ihn mit dir gesehen«, sagte sie.

Auf ein Geräusch hinter ihnen drehten sie sich um. Die Dienstbotentür stand offen, und Sydney erschien in Hemdsärmeln und Schürze, das feuchte Geschirrtuch noch in den Händen. Er schaute Louis fragend an: »Er ist es, Sir, nicht wahr?« Seine alten Finger zerrten nervös an dem Tuch.

»Jawohl, Sydney. Willst du mit rübergehen?«

Der Diener schüttelte traurig den Kopf. »Ich kann ja doch nichts helfen, Sir. Ich will lieber nicht dabeisein.« Noch immer den Kopf schüttelnd, murmelte er etwas, was sie nicht verstehen konnten, und verschwand hinter der Tür. »Armer Alter«, sagte Louis leise. »Das ist bitter für ihn. Er verehrte natürlich Racey.«

»Weiß er Bescheid?«

»Ich nehme an, daß er länger Bescheid weiß als ich. Aber in seinen Augen ist Racey ohne Fehl und Tadel.« Dann packte er Susan am Arm. »Rasch, Susan. Er wird gleich zur Landung ansetzen.«

Der Proctor war über sie hinweggeflogen und schwebte jetzt über der Baumgruppe hinter den Feldern. Jetzt näherte er sich in einer weiten Schleife dem Haus. Louis rannte in den Garten, Susan hinter ihm her. Sie konnte kaum mit ihm Schritt halten, doch am Tor zum Obstgarten blieb er unerwartet stehen und wartete auf sie. Als sie ihn eingeholt hatte, nahm er wortlos ihren Arm, und sie liefen zusammen weiter. Vor ihnen lag die weite Fläche der Wiese saftig leuchtend im Sonnenlicht. Drüben auf der anderen Seite waren die Tore des Flugzeugschuppens weit geöffnet, und in ihrem Schatten stand David Cutler. Er stand lässig an die Mauer gelehnt, der Rauch seiner Zigarette stieg langsam in die sonnenwarme Luft. Die Szene hatte etwas Unwirkliches, wie er gleichmütig dastand, während der Proctor immer näher kam, um zur Landung anzusetzen. Als sich Susan und Louis ihm näherten, wandte er sich ihnen sogleich höflich zu, warf die Zigarette weg und trat sie aus. Er blickte sie unverwandt an, leicht vorgebeugt wippte er auf den Zehen. Wiederum fiel Susan die Kraft und Selbstsicherheit dieses Mannes auf.

Hinter dem Hangar hervor kam Midge ihnen entgegengelaufen, ihr Gesicht glühte vor Erregung, sie lachte und hüpfte vor Freude. Sie rief laut, um den Lärm des Flugzeuges zu übertönen. »Ich kann es nicht leiden, wenn er auf dem Rollfeld daherhumpelt. Dann sieht es so aus, als würde er sich gleich überschlagen.« Zu Cutler gewandt fügte sie hinzu: »Aber er überschlägt sich nie. Er ist ja so ein guter Pilot!«

Cutler trat zu ihnen. Er war, fand Susan, felsenfest überzeugt, daß sie Angst hatten. Er fragte Louis: »Wo ist Ihr Vater?«

»Wie soll ich das wissen?« erwiderte Louis unhöflich.

Cutler warf einen besorgten Blick über das Feld. »Mein Gott, wenn er ...« Er brach ab und starrte zu dem Flugzeug hinauf. Es setzte jetzt zum Landen an, das Fahrgestell war schon fast auf der Erde. Midge schrie mit schriller Stimme: »Oh, schaut nur, schaut! Er ist schon unten ... nein, er steigt wieder auf. Er ist gelandet, er ist gelandet!« Freudig hüpfte sie dem Flugzeug entgegen.

Die Maschine bewegte sich mit abnehmender Geschwindigkeit über das Rollfeld, beschrieb langsam eine Wendung und rollte zum Hangar. Susan wurde von einer erstickenden Angst gepackt, und sie sah, daß Louis' Hände sich nervös öffneten und schlossen. David Cutlers Augen folgten ihrem Blick. »Vorsicht, Taite«, sagte er leise. »Es ist sinnlos, ihm ein Warnungszeichen zu geben. Sie kommen dadurch nur selbst in Schwierigkeiten.« Bei diesen Worten schwand Susans letzte schwache Hoffnung. Eine unbestimmte Entfernung lag noch zwischen ihr und dem Flugzeug, das Racey jetzt ahnungslos auf sie zusteuerte. Der Augenblick, wenn die Maschine zum Stillstand kam, der Augenblick, wenn Racey ausstieg und David Cutler wie einen Freund begrüßte, würde der Anfang vom Ende all dessen sein, was Raceys Leben bisher vorgestellt hatte. Er hatte eine Dummheit und ein Unrecht begangen, aber trotzdem empfand sie Mitleid mit ihm. Am anderen Ende des Rollfeldes wurde der Motor gedrosselt, die kleine Maschine wendete langsam. Wie ein Messerstich durchfuhr sie David Cutlers Schrei.

»Zurück! O mein Gott ... zurück! Aus der Bahn!«

Aus dem Versteck der Hecke war Lionel Taite aufgetaucht und lief mit verzweifelter Anstrengung zum Flugzeug hin. Er rannte blind drauflos, sein ganzes bißchen Kraft aufbietend, um seinen Sohn zu erreichen. Nur dieses eine Ziel vor Augen, stolperte er über den Rasen, alle Gedanken nur auf das Flugzeug gerichtet, das in seiner unmittelbaren Nähe zum Stillstand gekommen schien. Er kümmerte sich nicht darum, ob sein Sohn ihn auch sah, er eilte mit fieberhafter Entschlossenheit vorwärts. Das langsame Wenden der Maschine kam ihm unerwartet. Er hörte zwar undeutlich Rufe, aber damit hatte er gerechnet und achtete nicht darauf. Der Aufschrei einer Frau gellte auf, als die kleine Gruppe am Ende des Feldes sah, wie der alte Mann in den infolge seiner rasenden Umdrehung unsichtbaren Propeller hineinrannte. Raceys vor Entsetzen verzerrtes Gesicht hielt ihn in seiner letzten Anstrengung, das Flugzeug zu erreichen, nicht auf. Der Propellerflügel packte ihn im selben Augenblick, als Racey den Motor abstellte.

Kein Laut war von dem alten Mann zu hören, als Louis und Cutler zu ihm hinliefen. Regungslos lag er neben dem Flugzeug auf der Erde, und über ihm wurde der Propeller sichtbar, da seine Umdrehung sich verlangsamt hatte. Racey sprang aus dem Führersitz und war bei seinem Vater, noch ehe die anderen ihn erreichten.

Er beugte sich über den regungslosen Körper, sein Atem kam keuchend, es klang wie ein unterdrückter Schrei. »O Gott«, stieß er hervor, »o mein Gott.«

Louis kniete sich hin und fühlte den Puls des alten Mannes. »Er lebt noch«, sagte er. Zärtlich streichelte er den stillen Körper.

David Cutler sah über seine Schulter hinweg das helle Blut ins Gras sickern. Blut war auch an Raceys zitternden Händen, Blutflecken an Louis' Hosen. Die Sonne schien warm auf sie herab, und in diesem Augenblick – ehe er überlegen konnte, was zu tun sei, und während Susans Schritte näher kamen und die des Kindes hinterher –, in diesem Augenblick durchblitzte ihn der Gedanke, daß er nie erwartet hatte, der alte Mann könne so viel Blut in seinem Körper haben. Er hatte schon Blut fließen sehen – hatte sogar erlebt, wie ein junger Flieger von einem Propeller in Stücke gerissen wurde, aber niemand konnte erwarten, einen alten Mann so verbluten zu sehen. Er würde bald tot sein – tot, bevor sie noch das Haus erreichten. Cutler wäre ihnen gern behilflich gewesen, aber er wußte nicht, was er hätte tun können.

Wütend über seine Hilflosigkeit, fuhr er Susan an: »Um Gottes willen, nehmen Sie doch das Kind fort! Haben Sie nicht mal so viel Verstand, daß Sie es ihm ersparen, das mit anzusehen?«

Midge begann jetzt laut zu schreien. Sie hatte das blutdurchnäßte Gras gesehen. Sie schrie wie ein verwundetes Tier. Undeutliche, kaum menschliche Laute ausstoßend, starrte sie mit tränenlosen Augen auf die Unglücksstelle. Sie wandte sich nicht ab von dem grauenhaften Bild, sondern stand mit geballten Händen und gelähmten Beinen wie gebannt da.

Susan hob sie schnell auf. Der leichte Körper lag wie erstarrt in ihren Armen. Ihre Schreie wurden noch durchdringender. Susan preßte sie an sich und rannte mit ihr fort.

Cutler kniete sich neben Louis. Er riß das Hemd des alten Mannes auf. Das Leben floh unaufhaltsam aus dem regungslosen Körper. Sie gewahrten, daß Racey aufgestanden war und sich von ihnen entfernt hatte. Als Cutler aufblickte, sah er, wie Racey sich am Flugzeugflügel festhielt und sich erbrach.

Louis stand auf. Er blickte von seinem Bruder zu Cutler, ohne daß sein Gesicht seine Gedanken verriet. »Wir müssen ihn ins Haus tragen«, sagte er.

Racey stand mit der Stirn an den Propeller gelehnt. Sein Gesicht war totenbleich, aber der Brechreiz hatte aufgehört. »Ich kann nicht«, keuchte er heiser, »ich kann ihn nicht anrühren.«

Cutler rief ihnen zu: »Ich glaube, wir brauchen uns nicht zu beeilen.« Seine Finger ruhten auf dem schlaffen Handgelenk. »Wir können nichts mehr für ihn tun. Er ist schon tot.«

Racey blickte zum ersten Male Cutler an. In seinen Augen leuchtete etwas wie ein Wiedererkennen auf. »Oh, Sie sind es ...«, sagte er mit tonloser Stimme. »Warum sind Sie hier?«

Ungeduldig winkte Cutler ab. »Gehen Sie lieber ins Haus und holen Sie ein paar Decken«, sagte er kurz. »Wir können ihn nicht so tragen.«

Seltsam unbeteiligt starrte Racey auf seinen Vater hinunter. »Sind Sie sicher, daß er tot ist?«

»Nein ... Ich bin nicht sicher«, fuhr ihn Cutler an.

»Ich bin schuld an seinem Tode, nicht wahr?« fragte Racey.

Louis schrie ihn an: »Sei still! Geh und hol ein paar Decken!«

Racey stand noch immer an den Propeller gelehnt. Er sah aus, als könne er kaum den Kopf aufrecht halten. »Aber es war nicht meine Schuld. Er rannte mir entgegen. Der Propeller rotierte, und er hat es nicht gesehen. Er lief direkt hinein.« Hilfesuchend blickte er von einem zum andern. »So war es doch, nicht wahr?« Noch lauter wiederholte er in fieberhafter Erregung: »So war es doch! Warum sagt ihr nichts?«

»Nimm dich zusammen, um Himmels willen!« brüllte Louis ihn an. »Geh und hol die Decken!«

Racey starrte die beiden an. Dann wandte er sich wortlos um und rannte zu dem Gartentor, durch das Susan verschwunden war. Das Kinnband seines Sturzhelmes stand steif von seinem Hals ab, während er rannte.

Cutler sah ihm nach, sein Mund straffte sich. Er blickte Louis an, als wolle er etwas sagen, aber er schwieg. Dann beugte er sich wieder über den alten Mann. Louis kniete sich neben ihm nieder.

›Im Tod sollte mehr Würde sein‹, dachte Louis, während er auf die Leiche seines Vaters hinunterstarrte. Ein Tod wie dieser kam zu überraschend, um Mitleid hervorzurufen. Es war ein häßlicher, grausamer Tod, dem alles das fehlte, was der alte Mann vom Ende seines Lebens hätte erwarten dürfen. Wenn die Jugend eines gewaltsamen Todes starb, dann vergoldete ihn die Schönheit der Jugend, aber wenn das Alter seiner Würde beraubt wurde, wirkte der Tod grotesk. Er dachte an die Zeit, als seine Mutter im Sterben lag, an das verdunkelte Zimmer, das Flüstern um ihr Bett. Dumpfer Groll stieg in ihm auf, als er seines Vaters Antlitz ansah, dessen Lippen blau und schmerzverzerrt waren. Er war dankbar, daß sich die Augen in der Bewußtlosigkeit geschlossen hatten und er den starren Blick des Toten nicht ertragen mußte. Dann blickte er – genau wie David Cutler – auf die Blutlache und die zerfetzte Hüfte. Der Todeskampf mußte während der zwei oder drei Minuten, die er noch lebte, entsetzlich gewesen sein. Ein Luftzug wehte plötzlich das schüttere Haar des alten Mannes in die Höhe, und Louis empfand diese Bewegung als Respektlosigkeit. Die Toten sollte man in Ruhe lassen. Er wünschte, das Antlitz seines Vaters hätte nicht den Ausdruck der Überraschung und des Schrecks, denn gerade dieser Ausdruck ließ im Herzen kein mitleidiges Gefühl aufkommen, und wenn man wie Racey geartet war, verursachte er einem Übelkeit.

Er sah mit leisem Erstaunen, wie Cutler ein Taschentuch über das Gesicht des Toten breitete. Es würde schwierig sein, sich an den Gedanken zu gewöhnen, daß sein Vater tot war.

Den vom Todeskampf verkrampften Leichnam streckten sie

unendlich behutsam aus. Nun ruhte der alte Mann in der stillen Würde, die ihm zukam.

Midges Gewicht schien in Susans Armen von Sekunde zu Sekunde schwerer zu werden. Doch noch schwerer lasteten die Gedanken, die ihr durch den Kopf gingen, während sie durch den Garten lief. Sie waren in dem Augenblick über sie hereingebrochen, als Cutlers strenger Befehl sie zwang, ihre Aufmerksamkeit dem erschrockenen Kinde zuzuwenden. Sie wurde sich auf einmal ihrer Verantwortung bewußt, erkannte mit tödlicher Sicherheit, daß der Fehlschlag ihrer Ehe das Kind in einen inneren Zwiespalt gebracht hatte. Die Verantwortung für ihr Versagen lastete schwer auf ihr, weil Midge sich jetzt in einer seelischen Krise befand, in der sie der Hilfe ihrer Mutter bedurfte. Aber Susan empfand, als sie das widerstrebende Kind zum erstenmal seit sechs Jahren in den Armen hielt, wie wenig sie dieser Aufgabe gewachsen war. Wie konnte sie auch erwarten, daß Midge sie als etwas anderes als eine Fremde empfand, die auf ein paar Stunden aufgetaucht war und sicherlich ebenso plötzlich wieder verschwinden würde? Welche Rolle spielte sie im Leben dieses Kindes – oder was noch wichtiger war –, welches Recht hatte sie, im Leben dieses Kindes eine Rolle zu spielen? Und nun, da sie nicht einmal die Fähigkeit besaß, ihre Tochter zu beruhigen, verlangte sie dieses Kind von Louis zurück, um eine Erziehungsgewalt auszuüben, an deren Befähigung ihr zum erstenmal Zweifel aufstiegen.

›Wie gefährlich nahe‹, dachte Susan, ›wandern wir doch am Abgrund unserer Selbstzerstörung, ohne es zu ahnen.‹ Ihr Schuldgefühl, das sie all diese Jahre mit Entschiedenheit verdrängt hatte, war im Augenblick des ersten Aufschreies des Kindes hervorgebrochen. Es riß jetzt erbarmungslos an ihrem Herzen mit einer Schmerzhaftigkeit, wie sie sie noch nie im Leben empfunden hatte. Sie fühlte eine sonderbare Erleichterung, als sie Raceys schnelle Schritte hinter sich hörte. Sie wandte sich nach ihm um.

Als er sie eingeholt hatte, blieb er einen Augenblick stehen. »Halte sie von allem fern. Du mußt sie irgendwie beruhigen.« Schnell rannte er weiter.

Als sie ihm nachrief, blickte er sich um. »Was ist los?«

»Wie geht es ihm? ... deinem Vater?«

»Er ist tot«, schrie er. Dann lief er weiter.

Susan drückte das Kind eng an sich. Midge schrie noch immer. Sie schrie, als könne sie mit ihrem Schreien ungeschehen machen, was sie gesehen hatte. Sie schmiegte sich nicht an Susan, sondern lag steif mit tränenlosen Augen in ihren Armen, die Hände zu Fäusten geballt.

Susan beugte sich über sie. »Midge! Midge!« sagte sie zärtlich.

Das Kind schien sie nicht zu hören. Der benommene, erschreckte Ausdruck lag wie eine Maske über seinem Gesicht. Als Susan das totenbleiche Gesicht ihrer Tochter sah, wurde sie wieder von Verzweiflung gepackt. Sie preßte die Kleine noch enger an ihre Brust und begann zu laufen. Die erstickten Schreie des Kindes hallten durch den Garten und erweckten in Susan eine Flut von Erinnerungen. Aus allen Ecken und Enden klangen ihr die Stimmen von Menschen entgegen, die sie gekannt hatte: Louis' Mutter mit ihrem sanften Stimmfall, tadelnd und mahnend; Louis' Stimme, keuchend vor Leidenschaft und Ungeduld in jener Sommernacht, als sie zum ersten Male nach Hythebourne gekommen war; Midges Schreie als Baby in ihrem Körbchen zwischen den Beeten duftender Herbstblumen. Warum mußte sie sich gerade jetzt daran erinnern? Dazu war keine Zeit. Nur an den Schrecken im Antlitz ihres Kindes war jetzt zu denken und an die Verwirrung und Angst in Raceys Zügen.

Am Gartentor rief sie nach Sydney. Ihr Rufen und das Schreien des Kindes vermischten sich seltsam. Sie taumelte nur noch über den kiesbestreuten Hof, denn sie empfand die Last immer mehr. Zitternd stand sie in der Halle, ihre Rufe schallten durch das ganze Haus wider.

Sydney erschien auf der Treppe, hinter ihm Racey. In den Armen trug der Diener mehrere Decken, doch als er Susan und das Kind sah, gab er sie schnell Racey und rannte die Stufen hinunter. »Sie ist doch nicht auch verletzt, Mrs. Taite? Unsere kleine Miß Charlotte?« stammelte er.

»Nein, Sydney. Sie ist nur sehr erschrocken. Wir müssen sie ins Bett bringen.«

Der alte Diener blickte verwirrt Racey an. »Was soll ich tun, Sir? Sie werden Hilfe brauchen.« Er deutete auf die Decken.

Racey zögerte einen Augenblick und schüttelte dann den Kopf. »Wir sind zu dritt. Wir brauchen deine Hilfe nicht, Sydney.«

Sorgenvoll blickte der alte Diener Racey nach, als er ins Sonnenlicht hinaustrat. Als das Gartentor hinter ihm zuschlug, wandte er sich dem verstörten Kinde zu.

»Still jetzt, Miß Charlotte, Sydney ist hier. Er paßt auf, daß dir nichts geschieht.« Sanft nahm er sie aus Susans Armen und wiegte sie geschickt hin und her, als habe er darin Erfahrung. »Still jetzt ... sei schön still.« Er bedeutete Susan mit einer Kopfbewegung, sie solle die Treppe hinauf vorangehen.

Sie gehorchte ihm; sie hatte seinem Willen nichts entgegenzusetzen. Wie sie ihn mit dem Kind in den Armen sah, mußte sie wieder daran denken, welch schemenhafte Rolle sie in Midges Leben spielte. Daß Sydney instinktiv gehandelt hatte, ohne jeden Hintergedanken, verbesserte die Sache in keiner Weise. Er hatte Midge ihr aus den Armen genommen aus dem einfachen Grund, weil sein jahrelanger Dienst bei dem Kind ihm die Berechtigung dazu gab. Sie lehnte sich schwer gegen das Geländer, denn die Stufen waren ihr plötzlich zu steil. Die Wände schienen drohend zu wanken, ihr Atem ging keuchend. Oben am Treppenabsatz warf sie einen kurzen Blick auf den Garten und die Obstwiese, sah noch einmal den blendenden Widerschein der Sonne auf dem glänzenden Metall des Flugzeugs. Sie war dankbar, daß die Bäume den Anblick der drei Männer verbargen, die noch mit der bewegungslosen Gestalt beschäftigt waren, doch das Gräßliche, dessen sie Zeuge gewesen war, war deshalb nicht weniger wirklich. Das leuchtendgrüne Gras, getränkt von dem hellen Blut – das würde sie nicht so rasch vergessen. Die warme Schönheit dieses herbstlichen Tages war zerstört, sie war trügerisch, ein Mißklang. Fröstelnd ging sie rasch den Korridor entlang zu Midges Schlafzimmer.

Mit der zärtlichen Sorgfalt einer Mutter legte Sydney das Kind aufs Bett. Mitfühlend streichelte er den kleinen, verkrampften Körper und flüsterte ihm beschwichtigende Worte zu. Immer weiter flüsternd, deckte er es sanft zu. Midge hatte das Gesicht tief ins

Kissen vergraben, ihre Schreie klangen erstickt, waren aber noch immer zu hören. Erst allmählich, während Sydney weiter tröstend auf sie einsprach, wurde das Händchen schlaff, das Susan hielt. Aus dem Schreien wurde ein Wimmern und schließlich ein Schluchzen. Sanft wandte Susan den Kopf ihres Töchterchens um und sah, daß ihre Wangen von Tränen benetzt waren. Sie beugte sich zu Sydney und flüsterte: »Holen Sie schnell eine Wärmflasche und bringen Sie das dunkelblaue Fläschchen mit den Tabletten, das auf dem Tisch in meinem Zimmer steht. Beeilen Sie sich!«

Während Sydney das Verlangte holte, hielt Susan Midges Hand und streichelte dann und wann das dünne Kinderärmchen. Die Tränen rollten dem Kind unaufhörlich über die Wangen, aber die erschreckende Starrheit war aus seinem Körper gewichen. Es schluchzte leise vor sich hin, sein Kopf lag abgewandt auf dem Kissen.

Als Sydney zurückkam, half er Susan, dem Kind eine halbe Tablette einzuflößen. Dann hüllten sie zusammen Midge noch wärmer ein.

»Ich bleibe bei ihr«, sagte Susan leise. »Sie werden Sie jetzt unten brauchen.«

Er nickte. »Was soll ich tun, Mrs. Taite? Der junge Herr Horace sagte ...«

»Warten Sie unten in der Halle, Sydney. Sie müssen gleich kommen. Sie sagen Ihnen dann schon, was zu tun ist.«

Als der alte Mann sich zum Gehen wandte, rief sie ihn noch einmal zurück. »Sydney!«

»Jawohl, gnädige Frau?«

»Ich habe ganz vergessen ... Gott, wie töricht von mir. Sie müssen sofort den Arzt anrufen. Ich hätte es gleich tun sollen, als ich ins Haus kam.«

Plötzlich verfiel das Gesicht des Dieners. Die unpersönliche Maske eines wohlerzogenen Dieners fiel von ihm ab; auch die Zärtlichkeit für Midge war daraus gewichen. Um die Augen und den Mund traten dunkle Linien hervor. Seine Züge verhärteten sich zu einem Ausdruck von Trauer und Leid. »Kann der Arzt noch etwas helfen, Mrs. Taite?« fragte er dumpf, als klebe ihm die Zunge trocken am Gaumen.

Susan schüttelte den Kopf. »Nein, Sydney. Er kann nur die ersten ein bis zwei Minuten noch gelebt haben. Trotzdem müssen wir sofort den Arzt rufen.« Sie hielt inne, doch die Verwirrung und Verzweiflung in Sydneys Gesicht zwang sie, ein paar Worte des Trostes für ihn zu finden. »Er war alt. Er hätte auch so nicht sehr viel länger gelebt.« Leise fügte sie hinzu. »Es war so heroisch – diese letzte Anstrengung, Racey zu retten. Er war ein sehr tapferer alter Mann.«

Sorgenvoll schüttelte Sydney den Kopf. »Ich bin ein Jahr älter als mein Herr.«

Das Mitleid, das sie für den alten Mann empfand, erstickte die Worte, die sie gern gesagt hätte. Sie stand schnell auf und trat zu ihm. »Sydney, Sie dürfen sich seinen Tod nicht so sehr zu Herzen nehmen. Wir wissen zwar nicht, was seine Gedanken waren, als er starb, aber ich könnte schwören, daß er glücklich war, Racey einen Dienst zu erweisen. Beide, Louis und Racey, brauchen jetzt Ihre ganze Kraft.« Impulsiv ergriff sie seine Hand und hielt sie fest in der ihren. »Wenn Sie ihnen weiterhin so treu dienen wie bisher, dann tragen Sie viel dazu bei, daß sie alles leichter überwinden.«

Langsam entzog er ihr seine Hand. »Ja, das wäre auch sein Wunsch gewesen. Daran will ich stets denken, Mrs. Taite.« Sein Gesicht nahm wieder etwas von der alten Würde an. Er betrachtete sie forschend, und in diesem Blick erkannte Susan zum ersten Male die Spuren einer Hochachtung, die er ihr früher nie erwiesen hatte. Es war, als hätten sie schweigend einen Pakt geschlossen, über dieses Haus zu wachen und dafür zu sorgen, daß nichts an seinen Gewohnheiten geändert wurde, damit die furchtbaren Ereignisse dieses Morgens in einem geordneten Leben den ihnen gebührenden Platz erhielten. Sydneys kummervoller Ausdruck war nicht gewichen, aber als er in seiner leisen Art das Zimmer verließ, spürte sie, daß er ein wenig Trost gefunden hatte.

Sie trat wieder an das Bett, setzte sich und nahm die Hand des Kindes in die ihre. Midge öffnete einen Moment die Augen, drehte sich aber schläfrig wieder auf die Seite und vergrub sich tiefer in die Kissen. Susan betrachtete lange ihr Gesichtchen, ließ sich dann auf die Knie nieder, so daß ihr Kopf neben dem ihres Kindes lag. Am liebsten hätte sie Midge fest in ihre Arme genommen, doch dieser Wunsch schien im Augenblick unerfüllbar. Für diese Art zärtlicher Liebesbezeigung war es zu spät.

»Midge«, sagte sie mit leiser Stimme. »Midge!«

Während sie beobachtete, wie sich das Gesicht des Kindes im Schlaf entspannte, mußte sie denken, daß es oft nur eines einzigen Geschehnisses bedarf, um wieder zu sich selbst zu kommen, so daß jede Handlung auf einmal eine ganz andere Bedeutung gewinnt. Und gerade das war in dem Augenblick geschehen, als Cutler sie an Midges Gegenwart erinnerte und sie sich umgewandt und ihre eigene Tochter hilflos angestarrt hatte. In einem solchen Augenblick, erkannte sie jetzt, ist es um die eigene Selbstzufriedenheit geschehen, die Pläne für das eigene Leben sind sinnlos geworden.

Man sieht plötzlich ein, daß das Leben, wie man es bisher führte – ob mit oder ohne Midge – nichts taugt. Man fordert mehr von diesem Leben – das Vertrauen und die Liebe dieses Kindes. Bisher hatten ihre eigenen Handlungen dies verhindert. Sie mußte wieder ganz von vorn anfangen, den qualvollen Weg zurückgehen bis zu jener ersten Entscheidung. Und das war nicht leicht. Ihre ganze sorgfältig geplante Zukunft hatte Ereignisse, wie den Tod des alten Lionel Taite oder daß dieses Kind ihrer Leitung und Tröstung bedurfte, nicht einkalkuliert. Sie hatte sich nicht bewährt und würde sich auch weiterhin nicht bewähren, nur war sie sich darüber nicht im klaren gewesen. Sie war mit Blindheit geschlagen und selbstsüchtig gewesen, und jetzt, wo sie sehend geworden war, sah sie keinen Ausweg.

Sie wurde zwischen Furcht und Verzweiflung hin und her gerissen und klammerte sich an Midges Hand, als erflehe sie von ihr Hilfe und Vergebung. Jetzt, da sie ihre Verteidigungsstellung aufgegeben hatte, sah sie sich hilflos einer Flut von Selbstvorwürfen preisgegeben und fühlte sich um so hilfloser, als sie noch keinen Weg sah, ihre Selbstachtung und Unangreifbarkeit wiederzugewinnen. In ihrer tiefen Niedergeschlagenheit befürchtete sie, daß sie diesen Weg niemals finden würde.

3. KAPITEL

Zu dritt trugen sie die Leiche Lionel Taites ins Haus. Ihr Schritt war ungleichmäßig, da sie sich gegenseitig behinderten. Racey brach der Schweiß aus, als er sah, wie ungeschickt und stolpernd Louis und Cutler vor ihm hergingen. Am liebsten hätte er ihnen zugerufen, sie sollten stehenbleiben, damit er die Leiche seines Vaters in seine Arme nehmen und ins Haus tragen konnte. Es hätte jedoch eines übermenschlichen Mutes bedurft, die leblose Last an seine Brust zu pressen. Als Louis dasselbe hatte tun wollen, hatte Racey sich entschieden geweigert, dem Bruder seinen Anteil an der Bürde zu überlassen, und aus Angst, seinen Widerwillen zu verraten, hatte er seinen Bruder heftig angefahren. Dabei war ihm David Cutlers Blick nicht entgangen, und es wurde ihm übel, als er sich der Bedeutung dieses Blickes bewußt wurde. Am liebsten hätte er sich haltsuchend an einen Baum geklammert und dem Schluchzen, das in ihm aufstieg, ungehemmten Lauf gelassen. Sein ganzer Körper war schweißgebadet.

Ein Alpdruck lag auf ihm seit dem Augenblick, als er gesehen hatte, wie sein Vater mit verzerrtem Gesicht auf das Flugzeug zugerannt war. Er hatte nur einen schwachen Versuch unternommen, sich dieses Grauens zu erwehren, da er genau wußte, daß er – genau wie früher – dieser Hölle nur entrinnen konnte, wenn er sie in Alkohol ertränkte oder sich sonst Ablenkung verschaffte.

Die Strahlen der Sonne drangen durch das Laub der Bäume und warfen ein unruhig huschendes Gewirr von Licht und Schatten auf die graue Militärdecke, in die sie die Leiche gehüllt hatten. Racey dachte an die Kameraden seiner Schwadron, die im Luftkampf gefallen waren; auch sie hatte man unter grauen Decken auf Tragbahren gelegt. Dieses Bild war ihm zum Inbegriff und Sinnbild des Todes geworden. Und nun hatte dieses Symbol des Todes auch von Hythebourne Besitz ergriffen. Er selbst hatte ihm Einlaß verschafft, er hatte den stillen Frieden zerstört, hatte den sonnig-heiteren Tag mit seiner Häßlichkeit verdüstert.

Könnte er nur all dem entgehen, und wäre es nur für ein paar Augenblicke. Wenn doch die beiden, die so erbarmungslos dem Haus zuschritten, ihm diese kurze Atempause gewähren würden, die er brauchte, um das Grauen niederzukämpfen. Doch ein Entrinnen war undenkbar – er war einem Gesetz unterstellt, das Schwäche und Feigheit nicht zuließ. Ein verzweifelter Seufzer entrang sich seiner Brust, und Louis, der ihn hörte, drehte sich nach ihm um. Aber Racey, beschämt, weil er sich verraten hatte, mied den Blick seines Bruders. Schweigend setzten sie ihren mühseligen Weg zum Haus fort.

Am Eingang erwartete sie Sydney. Das Mauerwerk des Portals warf einen düsteren Schatten über sein regloses, beherrschtes Gesicht. Er hielt sich aufrecht, doch beim Herannahen der langsam schreitenden Gruppe klammerte er sich an den Türrahmen, als suchten seine zitternden Hände eine Stütze, damit er nicht umfiel. Er brachte kein Wort hervor, und selbst Racey, so betäubt er auch selber war, empfand tiefes Mitgefühl für ihn, als er die Qual im Gesicht des alten Dieners sah. Voller Entsetzen starrte Sydney stumm auf die verhüllte Gestalt. Doch er hielt sich mit aller Willensanspannung aufrecht und sah Louis fragend an, in Erwartung seiner Anordnungen.

»Wir tragen ihn in sein Arbeitszimmer, Sydney.«

Wortlos ging der Diener ihnen voran durch den Gang zu einem kleinen, düsteren Raum, in dem Lionels mit Papieren vollgestopfter Schreibtisch, ein paar gradlehnige Stühle und an der Wand das Sofa standen, auf dem Lionel seinen Nachmittagsschlaf zu halten pflegte. Auf dieses Sofa betteten sie ihn.

Eine lange, qualvolle Pause entstand. Endlich trat Sydney vor und hob die Decke vom Antlitz seines Herrn. Sein Gesicht war abgewandt, die drei Männer konnten nicht sehen, welche Empfindungen sich auf seinen Zügen malten. Ein heiseres Stammeln drang aus seiner Kehle – Gebet oder Verwünschung –, es war der Ausdruck all seines Fühlens. Aus der Art, wie er sich über seinen toten Herrn beugte, sprachen Ergebenheit und Liebe; lange verharrte er so, als wolle er sich ganz in das Antlitz des Toten vertiefen und in sich aufnehmen, was er darin an Schrecken und Todesqual las. Endlich breitete er sanft die Decke wieder über den Toten. Dann wandte er sich um und sagte zu Louis: »Ich habe Dr. Edwards telefonisch benachrichtigt, Sir. Ich sagte ihm, so gut ich konnte, was geschehen ist. Er versprach, sofort zu kommen.«

Louis nickte. »Es ist gut, Sydney.« Ergriffen sah er die Trauer des Dieners und legte ihm tröstend die Hand auf den Arm: »Er war höchstens einige Sekunden bei Bewußtsein. Er kann nicht viel gespürt haben.«

Der Diener machte sich los, sein Gesicht blieb hart und verschlossen. Vorwurfsvoll sah er die drei Männer an. »Ich weiß, was ich mit eigenen Augen gesehen habe«, sagte er leise. »Wer sein Gesicht gesehen hat, weiß, was er durchgemacht hat.« Er seufzte und fuhr in ruhigerem Ton fort: »Mein Leben lang habe ich ihm gedient – mit mehr Hingabe gedient, als wenn er mein Bruder gewesen wäre.« Als habe er erst jetzt voll erkannt, was die reglose auf das Sofa gebettete Gestalt bedeute, starrte er sie wie betäubt an. Er schluchzte auf und wandte sich zum Gehen. Die drei Männer traten beiseite, als er schwankenden Schrittes das Zimmer verließ.

Die Zurückbleibenden starrten ihm wortlos nach. Schließlich brach Racey, der es vermied, zum Sofa hinzublicken, das qualvolle Schweigen. »Dr. Edwards muß jeden Augenblick hiersein. Mehr als eine Viertelstunde braucht er nicht vom Dorf hierher.«

Cutlers Finger bewegten sich nervös, als verlange es ihn nach einer Zigarette; er fuhr mit der Zunge über die Lippen, als sehne er sich nach dem Geschmack des Tabaks. »Ich brauche unbedingt eine Zigarette«, sagte er unvermittelt.

Erleichtert blickten ihn die beiden Brüder an. Seine Worte brachen den Bann. Dankbar für die Möglichkeit, das Zimmer verlassen zu können, sagte Racey: »Kommen Sie mit. Hier können wir nicht rauchen.« Er riß die Tür auf, und die beiden andern folgten ihm hinaus auf den Gang. Er führte sie ins Speisezimmer. Louis und Cutler blieben unschlüssig stehen, während Racey hastig drei Gläser aus dem Büfett nahm und Whisky einschenkte. Er schüttete ein wenig daneben, und als er den andern die Gläser zuschob, hinterließen sie auf dem Tisch feuchte Ringe.

Racey stürzte sein Glas in zwei Schlucken hinunter und schenkte sich noch einmal ein. Mit dem gefüllten Glas in der Hand trat er zu Cutler. Er erschien jetzt ruhiger, fand Louis, zum mindesten war ihm sein Bemühen, Haltung zu bewahren, weniger deutlich anzumerken. In mürrischem Ton sagte Racey: »Wir haben uns lange nicht gesehen – nicht mehr, seit ich versetzt wurde.«

Genießerisch zog Cutler an seiner Zigarette, entschlossen, sich keinesfalls diesen Genuß verderben zu lassen. Er ließ sich Zeit mit der Antwort – war fast ärgerlich, daß er sie nicht umgehen konnte.

»Nein, das war nicht das letzte Mal. Wir trafen uns zufällig einmal in einer Bar. Können Sie sich nicht erinnern? ... Es war ... wann war es nur? Sie erzählten mir, Sie hätten gerade einen Posten bei den Apsom-Flugzeugwerken angetreten, und Sie fragten mich, was ich treibe. Erinnern Sie sich wirklich nicht?«

»Ja, richtig«, sagte Racey gleichgültig. Stirnrunzelnd sah er auf die Uhr. »Dieser Doktor müßte doch längst hiersein ... Wo sind Sie doch damals eingestiegen? Ich habe es vergessen.«

Bedächtig nahm Cutler einen Schluck, ehe er antwortete: »Bei der Zollbehörde.«

Louis beugte sich vor, aufmerksam beobachtete er das Gesicht seines Bruders, dessen benebeltem Gehirn nur allmählich die Bedeutung von Cutlers Worten aufging. Er sah, wie seine Züge sich verfinsterten, aber der Alkohol und der Schock hatten seine Reaktionsfähigkeit gelähmt, denn er blieb völlig ruhig. Louis war überzeugt, daß Racey sich nicht verstellte, nicht einmal seine Hand, die das Glas hielt, zitterte. Mit heiserer Stimme fragte Racey: »Und was führt Sie hierher?«

Cutler war am Ende seiner Geduld. »Können Sie sich das nicht denken, Sie verdammter Idiot? Was glauben Sie denn, warum Ihr Vater dem Flugzeug entgegenlief? Warum er jetzt dort im Zimmer liegt mit zerfetztem Körper? Warum das alles? Weil er den Versuch machte, Sie zu retten. Er wußte – alle hier im Hause wußten es –, daß ich Ihr Flugzeug durchsuchen wollte.«

Racey rührte sich nicht, nur das Glas in seiner Hand schwankte gefährlich. »Was wollen Sie von mir?«

»Was wir von Ihnen wollen, hängt davon ab, was Sie in Ihrem Flugzeug mitgebracht haben«, erwiderte Cutler vorsichtig. Racey schoß das Blut in die Wangen. »Wer hat Sie geschickt? Wieso glauben Sie, daß Sie bei mir etwas finden?«

Ein wenig verärgert erwiderte Cutler unbeherrscht: »Wir bekommen alles heraus. Für uns ist keiner gerissen genug.«

»Schnüffler und Wichtigtuer!« höhnte Racey. »Ein Jammer, daß Sie nicht einem lohnenderen Objekt nachjagen. Und Sie ... ausgerechnet Sie kommen hierher!«

Cutler schüttelte ein wenig verächtlich den Kopf. »Sie glauben doch nicht im Ernst, ich vergeude meine Zeit damit, im ganzen Land nach Leuten zu fahnden, die irgendwelche Waren über die Grenze schmuggeln? Sie haben unverschämtes Glück, daß ich gekommen bin. Hätte ich den Beamten geschickt, der für solche Dinge zuständig ist, dann würde es jetzt hier von Polizisten wimmeln.«

»Du lieber Himmel!« schrie Racey und griff wieder nach der Flasche. »Wofür soll ich denn dankbar sein?«

»Sei doch kein solcher Idiot!« rief Louis.

Verärgert runzelte Cutler die Stirn. »Sie sollten lieber den Mund halten – alle beide. Wenn die Kleine Sie hört, fängt sie wieder an zu schreien. Weiß Gott, die Sache ist schon so dramatisch genug.«

Ärgerlich zog er an seiner Zigarette, doch die beiden Brüder schienen ihn nicht mehr zu beachten. Racey stand, an das Büfett gelehnt, die Ellbogen aufgestützt, in der linken Hand das Glas. Hundertmal hatte Cutler ihn so gesehen: voll lässiger Eleganz, hinter der sich ein teuflischer Zynismus verbarg, der gelegentlich, wie auch heute morgen, ungehemmt ausbrach. Louis war zum Fenster getreten und schaute, die Hände in den Taschen, nachdenklich hinaus. Er sah aus, als nütze er die plötzlich eingetretene Stille, um neue Kraft zu sammeln.

So standen sie schweigend im Zimmer, nur Raceys Glas unterbrach zuweilen mit seinem Klirren die Stille. Als endlich von der Anfahrt her das Motorengeräusch eines Autos zu vernehmen war, richteten sich die drei gespannt auf.

»Das ist sicher der Arzt«, sagte Cutler. »Wir wollen ihm entgegengehen.«

Louis nickte, und sie verließen das Zimmer; Racey folgte ihnen widerstrebend. In der Halle warteten sie, während der junge Arzt seinen Wagen parkte, dann trat Louis vor die Tür. Racey wollte sich ihm anschließen, aber Cutler packte ihn am Arm, um ihn zurückzuhalten.

Wütend drehte sich Racey um. »Zum Teufel, was erlauben Sie sich?«

Mit einer herrischen Bewegung wies Cutler auf Louis, der neben dem Auto stand und mit dem Arzt sprach. »Jemand muß ihm doch erklären, was geschehen ist.«

Racey erwiderte nichts, schüttelte nur zornig Cutlers Hand ab.

Aus dem Dienstbotentrakt war Sydney aufgetaucht, und nun beobachteten sie alle drei, wie Louis mit dem Arzt auf das Haus zukam. Als sie in die Halle traten, wollte Racey etwas sagen, schwieg dann aber und trat einen Schritt hinter Cutler. Auf einen Wink von Louis ging Sydney voran und führte sie, wie er es heute schon einmal getan hatte, zu Lionels Arbeitszimmer.

Durch die geöffnete Tür beobachteten sie, wie der Arzt den Toten untersuchte. Racey ging ruhelos im Gang auf und ab und kam nur rasch an die Tür, wenn der Arzt an Louis Fragen stellte.

Als Dr. Edwards die Untersuchung beendet hatte, breitete er die Decke wieder über den Toten. Dann gruppierte sich wieder der seltsame Zug und ging zum Speisezimmer. Mit einem verständnisvollen Blick betrachtete der Arzt die Karaffe und die Gläser, dann machte er sich mit Papieren in seiner Aktenmappe zu schaffen. Er war ein aufgeweckter junger Mann, und Cutler war überzeugt, daß er schon längst gemerkt hatte, daß hier etwas nicht in Ordnung war und nun nach einem passenden Wort suchte, mit dem er das Gespräch beginnen könnte.

Endlich sah er von seiner Aktenmappe auf und sagte, zu Louis gewandt: »Selbstverständlich muß eine gerichtliche Untersuchung stattfinden.«

Racey, der bisher am Büfett gelehnt stand, trat erschrocken einen Schritt näher. »Was wollen Sie damit sagen?« Unruhig streifte sein Blick die andern drei.

Der Arzt zuckte die Achseln. »Ihr Vater ist keines natürlichen Todes gestorben, deshalb muß eine gerichtliche Untersuchung stattfinden. Das ist so üblich.«

Racey wandte sich enttäuscht ab.

»Ich bedauere es natürlich«, fuhr der Arzt fort. »Ich weiß, daß es peinlich ist für die Hinterbliebenen, aber ich kann es nicht ändern. Es nimmt nicht viel Zeit in Anspruch – etwa eine halbe Stunde. Der Untersuchungsrichter ist ein gemütlicher alter Herr. Er wird keine große Sache daraus machen.« Louis zog einen Stuhl heran und setzte sich. »Wir kennen den Untersuchungsrichter seit langem, Dr. Edwards«, sagte er leise. Plötzlich blickte er auf. »Sie sind noch nicht lange genug in unserem Bezirk, um zu wissen, wie eng mein Vater und er miteinander befreundet waren. Es wird für ihn eine unangenehme Pflicht sein.«

Der Arzt rückte verstört auf seinem Stuhl hin und her. »Es braucht eben seine Zeit, bis man in einem Landbezirk alle Leute kennt.« Er sprach abweisend, als müsse er sich gegen einen Vorwurf verteidigen. »Es tut mir leid, daß gerade ein Freund Ihres Vaters ... Ich könnte mit ihm darüber sprechen. Vielleicht möchte er lieber, daß jemand anderer diesen Fall übernimmt.«

Jetzt mischte sich Racey ein. »Es ist doch gleich, wer das macht! Der alte John Hayes ist immer noch besser als ein völlig Fremder.«

Der Arzt blickte fragend Louis an. »Soll ich es dem Untersuchungsrichter überlassen, den Tag festzusetzen? Irgendeinen Tag in der nächsten Woche?«

»Nein«, sagte Louis. »Das ist zu spät. Meine Frau wird als Zeugin aussagen müssen, und sie fliegt schon am Donnerstag nach New York zurück.«

Ungehalten warf Racey ein: »Susan würde bestimmt so lange hierbleiben.«

»Ich werde sie nicht darum bitten«, sagte Louis und wandte sich wieder an den Arzt. »Ich werde Oberst Hayes anrufen. Wenn irgend möglich, wollen wir die Sache schon morgen hinter uns bringen.«

»Dann …« Der Arzt zögerte. »Wahrscheinlich läßt es sich so einrichten. Bis heute nachmittag könnte ich einen zweiten Arzt zuziehen, dann haben wir das Protokoll wohl bis zum Abend fertiggestellt.« Hilfesuchend blickte er von einem zum andern, als erwarte er von ihnen, daß sie einen anderen Ausweg fänden.

Aber sie kamen ihm nicht zu Hilfe. Alle schwiegen beharrlich. Verärgert beugte er sich über seinen Schreibblock und machte sich eine Notiz. Mit einem widerlichen Geräusch rieb sich ein Knopf seines Mantels am Tisch. Als er mit dem Schreiben fertig war, richtete er sich ärgerlich auf, weil er eine unpersönliche Feindschaft zwischen sich und den anderen spürte. Weil er ein Fremder war, ließen sie ihn merken, daß sie ihn für linkisch und unbedeutend hielten. Er hätte ihnen gern irgendwie seine Autorität bewiesen, wenn er nur gewußt hätte, wie. Da erregte ein Geräusch am andern Ende des Tisches seine Aufmerksamkeit. Cutler trommelte leise mit den Fingerspitzen auf die polierte Tischplatte. Das Trommeln ging dem Arzt auf die Nerven. Er wollte etwas sagen, aber Cutler kam ihm zuvor. »Ich fürchte, es gibt für mich noch einiges zu tun, bevor wir Termine festsetzen.« Alle blickten ihn an. Racey trat besorgt näher, und Louis hatte sich auf seinem Stuhl umgedreht, um Cutler besser zu sehen.

Er trommelte noch immer auf die Tischplatte. Das Geräusch reizte ihre Nerven aufs äußerste. Vielleicht wußte er es, denn plötzlich hielt er inne, worauf die Stille nur bedrückender wurde. »Es handelt sich um das Flugzeug«, begann er. »Ich muß es sofort durchsuchen. Wenn ich etwas finde, muß der Termin für die Untersuchung verlegt werden.« Er machte eine Pause, zum ersten Male war ihm eine gewisse Unsicherheit anzumerken. »Sie verstehen doch, was ich meine? Es könnten sich Schwierigkeiten ergeben …«

»Soll das heißen, daß Sie einen bewaffneten Posten zu meiner Bewachung brauchen?« fragte Racey finster. »Was erwarten Sie denn zu finden, etwa eine Kiste Opium?« Eine Spur von Verärgerung überflog Cutlers Gesicht. Er ging zur Tür und öffnete sie. »Es steht Ihnen frei, mich zu begleiten – wenn Sie dazu Lust haben, natürlich.«

Louis und Racey folgten ihm sogleich. Der Arzt zögerte noch, weil er nicht wußte, ob Cutlers Aufforderung ihn einbezogen hatte. Dann stand er schnell auf und ging in die Halle. Doch die drei Männer hatten bereits das Gartentor erreicht, ihre Stimmen drangen nur noch undeutlich an sein Ohr. Rasch entschlossen eilte er ihnen nach.

4. KAPITEL

Als Louis hinter sich die Schritte des Arztes vernahm, fluchte er im stillen. Wortlos ließen sie es zu, daß er sich der kleinen Gruppe, die im Gänsemarsch durch das hohe Gras stapfte, anschloß. Louis starrte mißmutig auf Raceys Nacken und entdeckte plötzlich, daß er von Schweißperlen bedeckt war. Im gleichen Augenblick zog Racey sein Taschentuch heraus und wischte sie ab. Diese Gebärde enthielt etwas Hoffnungsloses und Herausforderndes, sie verriet Louis, daß Racey Schlimmes erwartete, wenn Cutler das Flugzeug durchsuchte.

Ein heißer Zorn ergriff ihn gegen seinen Bruder. Idiot – verdammter Idiot! In der ganzen Angelegenheit hatte er sich wie ein übermütiges Kind benommen. Würde Racey denn niemals lernen, daß der Krieg zu Ende war und damit auch das waghalsige Spielen? Sein Leben lang hatte er nur Possen getrieben und es stets anderen überlassen, die Sache wieder in Ordnung zu bringen oder gar dafür zu büßen ... und auch jetzt hatte er sich darauf verlassen. Aber diesmal konnte keiner für ihn die Kastanien aus dem Feuer holen, dazu war keine Zeit gewesen. Zum erstenmal in seinem Leben befand sich Racey in einer üblen Situation. Louis war so zornig, daß er kein Mitleid aufbringen konnte. Als der alte Mann tot auf dem Rollfeld lag, war es Racey übel geworden vor Angst um sein eigenes Schicksal. Als er nun schwitzend und stolpernd zum Flugzeug ging, mußte Louis denken, daß er jetzt zum erstenmal in seinem Leben spürte, wie es ist, wenn man eine Niederlage erleidet. Sie folgten Cutler über das Rollfeld.

Der junge Arzt ging jetzt an Louis' Seite und versuchte schüchtern, ihn auszufragen. Doch Louis wehrte ihn unmutig ab, was ihm gleich darauf leid tat. Schließlich war es dem Arzt nicht zu verdenken, wenn er darüber unterrichtet werden wollte, was vorgegangen war, um nicht länger die Rolle des Narren zu spielen, die sie ihm aufgezwungen hatten.

Die Blutlache im Gras dicht beim Flugzeug war schon fast getrocknet, aber die Stelle, wo der alte Mann gelegen hatte, war noch feucht. Louis vermied es, den Propeller anzublicken, aber er wußte, daß der Arzt ihn betrachtete. Aus dem Gebüsch drang der schrille Ruf eines Vogels. Louis erinnerte sich, daß der Vogel auch gesungen hatte, während sie darauf warteten, daß Racey mit den Decken zurückkäme. Ihre Schritte erschreckten den Vogel, er flog davon. Jetzt war nur noch das Flüstern des Windes in den Bäumen zu hören.

Mit angehaltenem Atem sah Louis, wie Cutler in den Führersitz kletterte. Stumm beobachteten ihn die drei Männer vom Boden aus. Endlich wandte sich Cutler um und winkte Louis heran. »Wollen Sie das bitte an sich nehmen?«

Er bückte sich in den Führersitz und holte eine kleine Holzkiste heraus. Aus der Strohverpackung ragten sechs Flaschenhälse hervor. Louis stellte die Kiste auf die Erde und richtete sich sofort wieder auf, als erwarte er noch mehr. Doch Cutler stand schon neben ihm. »Sonst nichts«, sagte er kurz.

Niemand wagte es, Racey anzuschauen, bis Cutler sich brüsk zu ihm umwandte und fragte: »War das alles?«

Racey zuckte gleichmütig die Achseln, als habe er jetzt keine Angst mehr. »Wenn das alles ist, was Sie finden können, dann habe ich offenbar nichts anderes mitgebracht.«

Cutler erwiderte scharf: »Für ein paar lumpige Flaschen Kognak nimmt niemand das Risiko auf sich, wegen Schmuggels angeklagt zu werden.«

Mit hämischer Liebenswürdigkeit bemerkte Racey: »Wahrscheinlich haben Ihre Spitzel verschiedene Anzeigen durcheinandergebracht.«

»Das ist ausgeschlossen, Taite«, sagte Cutler. »Vielleicht haben Sie diesmal Glück gehabt. Hat die Sache nicht geklappt? Konnten sie in Paris das Zeug für Sie nicht rechtzeitig beschaffen?«

Racey suchte in der Tasche seiner Jacke nach einer Zigarette. Er nahm sich viel Zeit zum Anzünden. Dann sagte er: »Wie viele Monate Gefängnis stehen auf ein halbes Dutzend Kognakflaschen?«

»Ich frage mich wirklich, wie lange Sie dazu brauchen, um zu verstehen, daß ich hierhergekommen bin – völlig außerhalb meiner eigentlichen Aufgabe –, Ihnen, wenn irgend möglich, eine Freiheitsstrafe zu ersparen. Ich glaube, Sie haben keine Ahnung, wie anders das auslaufen könnte. Hätte ich Sie mit der Ladung erwischt, die meiner Ansicht nach bei Ihnen üblich ist, dann kämen Sie nicht so leichten Kaufs davon!« Er wollte sich schon abwenden, fuhr dann aber fort: »Jedenfalls will ich mich noch ein wenig umschauen, falls Ihr Diener es auf sich genommen hat, die geschmuggelte Ladung beiseite zu schaffen.« Er hielt inne und ließ seinen Blick über die drei Männer streifen. »Sie können froh sein, daß ausgerechnet ich hierherkam. Der zuständige Beamte hätte jetzt schon die Ortspolizei beauftragt, das ganze Anwesen genau zu durchsuchen. Wäre ich nicht überzeugt, daß Ihr Vater es niemals gestattet hätte, sein Haus als Schmuggelversteck zu benutzen, so hätte ich große Lust, dasselbe zu tun.«

Mit diesen Worten ließ er sie stehen. Er schlenderte langsam an den Hecken entlang, blieb hin und wieder stehen und bog die Zweige auseinander. Er brauchte lange, bis er das ganze Rollfeld und den Hangar abgesucht hatte. Die Gegenwart des Arztes hinderte Louis und Racey, sich zu unterhalten. Während sie stumm warteten, bot Racey zweimal aus einer zerdrückten Packung Zigaretten an. Louis bediente sich zerstreut, erst als er den ersten Zug tat, merkte er, wie sehr ihn danach verlangt hatte. Er stand, an den Rumpf der Maschine gelehnt, sein Blick ruhte nachdenklich auf seinem Bruder. Racey hatte bei Cutlers Fragen nur geringe Erregung gezeigt, doch wer ihn genau kannte, dem blieb es nicht verborgen, daß ihn noch immer geheime Furcht bedrückte. Louis hätte viel darum gegeben, um zu erfahren, ob Sydney die geschmuggelte Ladung beiseite schaffte, und wenn es so war, wo er sie verborgen hatte. Raceys Gesichtsausdruck hatte sich verändert. Er hatte seine gewohnte Gemütsverfassung zurückgewonnen: das Glück war ihm treu geblieben. Louis hatte – so unglaublich es sein mochte – im stillen gehofft, Racey werde diesmal nicht entkommen. Irgendwo müßte es den Punkt geben, wo ein Mensch bezahlen muß für das, was er tut. Racey hatte niemals bezahlt. Und es sah ganz so aus, als käme er auch diesmal ungeschoren davon.

Als Cutler zurückkam, richtete sich Louis auf. Auch Raceys Körper straffte sich, er griff nach einer neuen Zigarette. Das Gras rings um ihn war besät mit halbgerauchten Zigaretten. »Nun?« fragte Racey kurz, als Cutler zu ihnen trat. »Was gefunden?«

»Haben Sie erwartet, daß ich etwas finde?« Cutler lachte leise. »Sie haben ein tolles Glück. Diesmal sind Sie noch davongekommen. Aber lassen Sie sich nicht wieder in Versuchung führen, denn man wird Sie so scharf bewachen, daß Sie nicht einmal unbeobachtet zu Bett gehen können. Über meinen Bericht wird man nicht sehr erfreut sein, da man es nicht gern sieht, wenn die raffinierten Burschen rechtzeitig gewarnt werden und entwischen.« Er nahm sich eine Zigarette aus der Packung, die Racey noch immer in der Hand hielt. »Sie gestatten doch? ... Wie ich schon sagte, haben Sie für den Kognakschmuggel eine Geldstrafe zu erwarten, aber sie wird nicht sehr hoch sein. Und von jetzt an werden Sie solch ein Musterknabe sein, daß Sie sich nicht wiedererkennen.«

Er zündete seine Zigarette an Louis' Feuerzeug an, das dieser ihm hinhielt. »Ich hörte den Gong zum Lunch, als ich im Hangar war. Wollen wir ins Haus gehen?«

Wortlos, fast unterwürfig, folgten sie ihm. Sein blondes Haar glänzte im Sonnenlicht, als er in seiner selbstsicheren und doch bescheidenen Art voranschritt. Dr. Edwards, der froh war, sich den beiden Brüdern entziehen zu können, ging neben Cutler her. Sie unterhielten sich mit leiser Stimme. Der junge Arzt beugte sich eifrig zu Cutler. Louis nahm an, daß er über den Unfall, vielleicht auch aber die amtliche Untersuchung sprach. Er redete so lebhaft, als sei plötzlich ein Bann von ihm gefallen. Die Tatsache, daß Cutler, wie er selbst, an dem tragischen Unglück nicht unmittelbar beteiligt war, brachte sie einander näher. Doch es entging Louis nicht, daß Cutler den jungen Mann nicht ermutigte, denn er antwortete ihm nur einsilbig und hielt den Blick gesenkt. Da verstand Louis mit einemmal, daß Cutler kein Außenstehender war – es nie gewesen war. Die geduldige Art, mit der er Racey behandelt hatte, bewies, daß er Raceys Fehler seit langem genau kannte und sie ihm längst verziehen hatte. Gedankenvoll betrachtete Louis den blondschimmernden Kopf vor ihm, da legte sich Raceys Hand auf seinen Arm und zwang ihn, den Blick von Cutler abzuwenden.

»Das ist gerade noch mal gut abgelaufen«, sagte Racey leise. Seine Augen glänzten seltsam.

»Es ist noch nicht aller Tage Abend«, sagte Louis gereizt. »Wo ist das Zeug?«

Racey zuckte gleichmütig die Achseln. »Das weiß ich so wenig wie du.«

»War es Sydney?« fragte Louis schnell.

»Kaum möglich. Er war im Haus, als der Arzt kam – als wir später im Speisezimmer waren, hätte er wohl nicht die Zeit dazu gehabt.«

»Vielleicht die Köchin?«

»Blödsinn!« wehrte Racey verächtlich ab. »Die Frau fällt ja schon in Ohnmacht, wenn sie von so was hört.«

»Susan?« Nur zögernd sprach Louis diesen Namen aus. »Es kann nur Susan gewesen sein.«

»Aber weshalb soll sie das getan haben?«

»Und weshalb nicht?« Racey hatte nicht den geringsten Zweifel.

Louis warf ihm einen ärgerlichen Blick zu. »Bist du deiner Sache so sicher?«

»Ich vertraue auf Susan. Sie läßt uns nicht im Stich.«

»Sie hat keinen Anlaß, besondere Sympathie für uns ... für dich ... zu empfinden.«

»Sie hat auch keinen besonderen Anlaß, keine Sympathie zu empfinden. Glaube mir, Susan ist ein guter Kamerad. Wenn sie kann, hilft sie uns.«

Louis schob die Hände in die Taschen. Schweigend ging er weiter. Endlich blickte er auf. »Dann weiß es auch Cutler.« Die Gestalt vor ihnen hatte wieder etwas Drohendes bekommen.

»Er vermutet es vielleicht, aber er weiß nicht sicher, ob ich wirklich etwas herübergeschmuggelt habe. Es war sehr klug von Susan, die Kognakflaschen drinzulassen – dadurch sah es so aus, als sei nichts fortgeräumt worden.« Er lächelte. »Das war verdammt klug von ihr.«

Empört über Raceys frivolen Ton, fragte Louis: »Warum hat der Mann, der mich am Sonntag anrief, sich nicht mit dir in Paris in Verbindung gesetzt? Warum, zum Teufel, hast du überhaupt etwas geschmuggelt?«

Überrascht fragte Racey: »Sprichst du von Stevens? Hat er dich angerufen?«

»Was glaubst du, wieso ich gerade jetzt hier bin? Natürlich hat er mich angerufen. Ich möchte wissen, weshalb er sich nicht mit dir in Paris in Verbindung setzte und dich davon abhielt, irgendwelche Waren mitzubringen? Weiß Gott, dazu hatte er reichlich Zeit.«

Raceys Gesicht hatte einen ernsten Ausdruck angenommen. »Das ist einer der blödsinnigen unberechenbaren Zufälle, die alles über den Haufen werfen. Schau ...« Er zögerte und fuhr unsicher fort: »Schau, ich traf zufällig einen alten Bekannten in einer Bar, in die ich immer gehe, wenn ich in Paris bin. Wir hatten uns natürlich viel zu erzählen – wahrscheinlich tranken wir auch zu viel – jedenfalls verpaßte ich meine Mittelsmänner.«

»Und der Kognak? Und das andere Zeug, das beiseite geschafft wurde? Wo hast du das her?«

»Breedon hat es mir besorgt. Anscheinend befaßt er sich selbst mit solchen Dingen.«

»Mein Gott«, sagte Louis nur. »Mein Gott!«

»Was ist denn los?«

»Nichts. Ich möchte nur wissen, wo du all diese Leute auftreibst. Hast du einen einzigen Bekannten, der nicht in schmutzige Geschäfte verwickelt ist?«

»Irgendwie muß man sich durchs Leben schlagen«, erwiderte Racey mürrisch. »Da die verdammte Regierung uns keine Marmelade mehr aufs Brot serviert, müssen wir uns eben selber danach umschauen.«

»Fragt sich nur, wo ihr euch danach umschaut. Na, schließlich ist das deine Sache, mich geht's nichts an.«

Aber Racey hörte ihm nicht mehr zu, er starrte mit gerunzelter Stirn auf die beiden Männer vor ihnen. »Möchte nur wissen, wie Cutler dahintergekommen ist. Und daß er sich selbst herbemühte, ist doch sehr merkwürdig.«

»Wieso?«

»Mit solchen Kleinigkeiten gibt er sich sonst offenbar nicht ab. Er ist einer von denen, die den ganzen Tag an einem riesigen Schreibtisch thronen, während seine Untergebenen diensteifrig hin und her rennen, um sein Wohlgefallen zu erregen. Trotzdem ist es ein Glück, daß er gekommen ist, denn wenn er diesen Fall erledigt hat, dann ist er auch erledigt.«

Louis fragte sich, ob Racey sich wirklich nicht bewußt war, daß stets im richtigen Augenblick jemand aufgetaucht war, der ihm half, genau wie Cutler es getan hatte. Heute war es Cutler, und vielleicht auch Susan, und zweifellos würde es morgen sonst jemand sein.

»Hätte ich Cutler nur rechtzeitig gesehen«, unterbrach Racey den Gedankengang seines Bruders, »dann wäre ich zum Kanal zurückgeflogen und hätte ohne Schwierigkeit alles abwerfen können.«

»Vater wollte dich warnen«, sagte Louis leise.

Erregt blieb Racey stehen. »Glaubst du, das weiß ich nicht!« Seine Stimme klang schrill. »Glaubst du wirklich, das weiß ich nicht! Was glaubst du wohl, wie mir zumute war, als ich ihn auf mich zurennen sah … Er war so verwirrt, als ich wendete … sein Gesicht war ganz verzerrt, wie immer, wenn er sich etwas in den Kopf gesetzt hat. Lieber Gott, er hat den Propeller überhaupt nicht gesehen! Hat ihn überhaupt nicht gesehen …«

Louis schwieg. Er dachte an den Schrei, den sein Vater ausgestoßen hatte, als der Propeller ihn traf, und an den hellen Blutflecken im Gras. Jetzt spürte er zum erstenmal Mitleid mit Racey. Diesen Tag würde er niemals vergessen können.

Voller Mitgefühl berührte er den Arm seines Bruders, dann gingen sie weiter. Aus dem verwilderten Garten stieg ein würziger Duft auf, die grelle Sonne lag heiß auf dem taufrischen Gras. Louis atmete tief ein; die Luft war auch erfüllt vom Verwesungsgeruch faulender Blätter, die im hohen Gras verborgen lagen. Niemals zuvor hatte ihm die Trostlosigkeit dieses Gartens so ans Herz gerührt. Zum ersten Mal erschien ihm die Gleichgültigkeit, mit der man ihn verkommen ließ, als eine Treulosigkeit. Seine frühesten Kindheitserinnerungen verknüpften sich mit diesem Garten – das leise Klirren von Teetassen, der Klang von Stimmen an schwülen Sonntagnachmittagen und die heimelige Stille, wenn er allein im Garten gespielt hatte. Auch jetzt war alles still, doch es war eine bedrückende Stille, die wie sichtbare Apathie zwischen den hohen Steinmauern brütete.

Für Racey trug der Verwesungsgeruch der faulenden Blätter nicht dazu bei, seine Verzweiflung zu steigern. Für ihn war das Leben aus Hythebourne entflohen in dem Augenblick, als sie die Leiche seines Vaters über die Schwelle trugen. Es war für ihn nur noch ein leeres Gehäuse und ein Streifen verwilderten Gartenlandes. Es war sinnlos, sich einzureden, daß das Leben hier weitergehen könne – das beste würde sein, das Haus so rasch wie möglich zu verkaufen.

›Niemals werde ich wieder hierherkommen‹, dachte er. ›Fremde Menschen werden hier wohnen, aber ich brauche die Veränderungen nicht mit anzusehen, die sie mit ihm vornehmen, brauche nicht Zeuge zu sein, wie sie sich bemühen, es wieder zum Leben zu erwecken. Es ist tot – unwiderruflich tot.‹

Unwillkürlich blieben sie am Gartentor stehen. Im Sonnenlicht strahlten die Mauern des Hauses eine seltsame Schönheit aus, der sie sich nicht verschließen konnten. Racey mußte sich widerwillig eingestehen, daß dieses Haus trotz des Furchtbaren, das heute morgen geschehen war, noch voller Leben war. Er seufzte tief auf, dann schritt er weiter, damit Louis nicht erriet, was in ihm vorging.

5. KAPITEL

Beim Lunch gaben sich alle die größte Mühe, ungezwungen zu erscheinen, und hin und wieder gelang es ihnen zu ihrer eigenen Überraschung. Es mochte gefühllos und roh sein, sich an den Tisch zu setzen und sogar mit Appetit Suppe und Fisch zu verspeisen, die Sydney ihnen servierte, aber es war das einzige, was sie tun konnten. Irgendwie war der Gedanke entsetzlich, die Köchin habe sich, nachdem sie den ersten lähmenden Schreck über die Trauerbotschaft überwunden hatte, wieder an den Herd gestellt und den Lunch zubereitet, als sei nichts geschehen, wenn sie sich damit auch heute etwas verspätet hatte. Selbst der Tod, dachte Susan, vermochte es nicht, die tägliche Routine in Unordnung zu bringen. Sie würden zur gewohnten Stunde die Mahlzeiten einnehmen, zur gewohnten Zeit schlafen gehen und morgen wieder aufstehen, obwohl nur der alte Mann, der nicht mehr unter ihnen weilte, diesen unveränderlichen Tagesablauf bestimmt hatte.

Jedesmal, wenn Sydney das Zimmer verließ, wechselten sie einige Worte, sprachen von Telegrammen und Telefonanrufen, die es zu erledigen galt. Der Arzt hatte nach Midge gesehen, die endlich eingeschlafen war, hatte Beruhigungspillen verschrieben, dann war er gegangen und hatte die drei mit Cutler allein gelassen. Man konnte sich jetzt nicht vorstellen, daß er am Morgen beim Frühstück noch ein Fremder gewesen war. Er unterhielt sich so vertraut mit ihnen, als habe er Hythebourne sein Leben lang gekannt; ihm war es zu verdanken, daß sich die düstere Atmosphäre entspannte und sie nicht wie gebannt auf Lionels

Stuhl starrten, in dem er sonst immer gesessen hatte. Cutler zog auch Racey ins Gespräch und überbrückte den entsetzlichen Augenblick, als Sydney vor den leeren Platz oben am Tisch einen Teller hinstellte und ihn sogleich bestürzt und verlegen wieder an sich nahm. Trotzdem atmete Susan auf, als die Mahlzeit beendet war und sie das Zimmer verlassen konnte.

Louis stand ebenfalls auf, um ihr die Tür zu öffnen. Als sie an ihm vorbeiging, gab er ihr ein Zeichen, ihm in den Salon zu folgen. Doch sie tat, als bemerke sie es nicht. Wenn es sich auch nicht umgehen ließ, daß sie miteinander sprachen, so war sie jetzt noch nicht darauf vorbereitet. Die Minuten am Bett ihres Kindes, der schreckliche Augenblick der Selbsterkenntnis hatten sie in eine ungewohnte Verwirrung versetzt; sie hatte das Gefühl, sie habe sich selbst verloren und sei in diesem Zustand zu verwundbar für jedes zufällig geäußerte Wort. Später mußte sie die Kraft aufbringen, ihr Handeln zu rechtfertigen, den Vorwürfen zu begegnen, die aus allem, was Louis sagen würde, zu spüren sein würden, doch jetzt mußte sie noch eine Zeitlang allein sein.

»Susan?«

Sie drehte sich um. »Ja?«

»Kann ich bitte mit dir sprechen?« fragte er leise, fast demütig.

Doch gerade hinter diesem sanftmütigen Ton lauerte Gefahr. »Könntest du nicht noch ein wenig damit warten, Louis? Ich ...«

Er trat einen Schritt zurück, weil Cutler und Racey zur Tür kamen. »Es tut mir leid, Susan, aber es ist wichtig.«

Sie sah, daß Cutler sie und Louis beobachtete. Er – wie auch Racey – wartete, was sie antworten würde. Mühsam brachte sie hervor: »Gib mir noch ein paar Minuten Zeit. Ich muß ein Telefongespräch mit London führen.« Sie hatte nur das eine Verlangen, allein zu sein, aber sie begann einzusehen, daß sie ihren Wunsch zurückstellen mußte – um der Notwendigkeit willen, sich mit Louis auszusprechen.

Schnell ging sie zu dem dunklen, muffigen Wandschrank am Ende der Halle, der als Telefonzelle diente.

Während sie auf die Verbindung wartete, flüsterte sie ein Stoßgebet ums andere, daß Paul im Hotel anwesend sei. Er hatte zwar versprochen, sie dort bei ihrer Rückkehr zu erwarten, doch das wäre nicht vor fünf Uhr gewesen. »Lieber Gott, laß ihn im Hotel sein!« betete sie. Ihre Hand, die den Hörer umklammerte, wurde feucht, draußen im Gang vernahm sie Schritte und leise Stimmen, die sich entfernten, dann das Geräusch einer sich schließenden Tür. All diese Geräusche um sie her steigerten noch ihr verzweifeltes Verlangen nach Pauls Schutz. Die Lähmung, die über Hythebourne gelegen hatte, ließ bereits nach, das Leben ging weiter, und ohne Paul würde es sie in seinem Strom mitreißen. Noch einmal flüsterte sie: »Laß ihn im Hotel sein!« Sie erinnerte sich, wie sie als Kind vor dem Einschlafen, wenn das Licht verlöscht war, im Dunkeln ebenso inbrünstig gebetet hatte. Ob ihre Gebete damals erhört worden waren, wußte sie allerdings nicht mehr.

Das Hotel meldete sich, sie nannte Pauls Namen und seine Zimmernummer. Ein paar Sekunden später teilte ihr die Telefonistin mit, es melde sich niemand. Susan befeuchtete ihre trockenen Lippen. »Können Sie versuchen, ihn im Vestibül oder in der Bar zu erreichen?«

Wieder das verzweifelte Warten. Jetzt hatte sie keine Hoffnung mehr, sie blieb nur noch am Apparat, um zu hören, man habe ihn nicht gefunden. Da vernahm sie, weit entfernt, seine Stimme.

»Paul?«

»Susan!« Auf einmal war seine Stimme ganz nah, als brauche sie nur die Hand auszustrecken, um ihn zu berühren. Ein Gefühl der Wärme durchströmte sie.

»Paul, es ist dringend. Unterbrich mich nicht, ich habe nicht viel Zeit und muß dir sehr viel erzählen.« So rasch sie konnte, berichtete sie, ohne Cutler und den geschmuggelten Kognak zu erwähnen. Nun wurde ihr schon leichter ums Herz, sie faßte wieder Mut. Ohne sie zu unterbrechen, hörte er sie an, bis sie alles berichtet hatte.

»Was hast du jetzt vor, Susan?«

»Ich muß noch hierbleiben. Solange alles noch so verworren ist, kann ich nicht weg.«

»Ist das unbedingt nötig?« In seiner Stimme klang leiser Unwillen.

»Paul, es geht nicht anders. Versteh doch, ich muß mich um Midge kümmern und …«

Er unterbrach sie. »Ja, ich weiß.« Sie hörte ein schwaches Geräusch, als trommle er mit den Fingerspitzen gegen den Hörer. Dann fuhr er fort: »Ich komme zu dir. Ich besorge mir einen Wagen und fahre rüber. Jetzt gleich.«

Sie schloß die Augen. Haltsuchend klammerte sie sich an das kleine Wandbrett. »Ja, Paul, tu das.« Ihre Stimme klang fremd.

»Wie komme ich am besten nach Hythebourne?«

So gut sie konnte, erklärte sie den Weg.

»Vor dem Dinner bin ich da«, sagte er. »Warte mit allem, bis ich bei dir bin, und laß dir von niemand etwas bieten.« Damit hängte er ein. Susan hielt noch immer den Hörer in der Hand, benommen vor sich hin starrend, bis schnelle Schritte in der Halle sie aufschreckten. Sie legte den Hörer auf und öffnete die Tür. Vor der Zelle stand Cutler.

»Hoffentlich haben Sie nicht meinetwegen Ihr Gespräch abgebrochen«, sagte er mit einem leisen Lächeln.

»Durchaus nicht«, gab sie kühl zurück. »Ich war fertig.« Sie wollte an ihm vorbeigehen, doch er hielt sie zurück.

»Mrs. Taite!«

»Ja?«

Er zögerte. »Ich wollte gern mit Ihnen sprechen.«

»Ich habe den Eindruck, daß jeder hier im Haus mit mir sprechen will«, sagte sie verärgert. »Handelt es sich um etwas Besonderes?«

»Ich werde jetzt mit London telefonieren. Sie müssen dort alle Einzelheiten erfahren. Natürlich muß ich ihnen sagen, daß ich eine Niete gezogen habe.«

»Und was habe ich damit zu tun?«

»Wenn ich meinen Bericht gemacht habe, ist der Fall erledigt, ein für allemal. Dann haben Sie nichts mehr damit zu tun. Verstehen Sie, was ich damit sagen will?«

»Sie meinen ...«, abschätzend betrachtete sie ihn, »Sie meinen, Sie haben die Macht, daß der Fall abgeschlossen bleibt, wenn Sie sagen, er sei abgeschlossen?«

Er nickte. »Genau das meine ich. Ich wollte Sie nur fragen – rein aus persönlichem Interesse natürlich, denn ich habe nicht den geringsten Beweis für meine Vermutung, ob Sie vor uns beim Flugzeug waren? Entweder hat Ihr Schwager großes Glück gehabt, oder jemand hat alles beiseite geschafft. Ich wüßte gern den wahren Sachverhalt.«

Sie sah ihn an, ihre Sympathie für ihn wuchs. Er ging so geradewegs auf sein Ziel los. Er hatte seine Karten offen auf den Tisch gelegt und erwartete von ihr die gleiche Aufrichtigkeit. Hätte ein anderer, nicht so scharfsinniger Mensch ihr das zugemutet, so hätte sie ihn für unglaublich naiv gehalten. Aber Cutler war nicht naiv, er war nur ungewohnt aufrichtig.

»Diese Frage kann ich Ihnen nicht beantworten«, erwiderte sie höflich. »Entweder würden Sie mich der Lüge verdächtigen, oder Sie wären verpflichtet, das ganze Anwesen zu durchsuchen. Beides wäre für mich nicht angenehm.«

»Fürchten Sie eine Durchsuchung?«

Sie schüttelte den Kopf. »Mr. Cutler, am Donnerstag fliege ich nach Amerika zurück. Ich werde weder Hythebourne noch ein Mitglied der Familie Taite jemals wiedersehen. Dieser Abschnitt meines Lebens ist beendet, er interessiert mich keinen Deut mehr. Genügt ihnen das?«

Er nickte und lächelte wieder so eigentümlich. »Es muß mir wohl genügen. Mehr werden Sie ja doch nicht sagen.« Achselzuckend fügte er hinzu: »Es ist ein Jammer.«

»Was ist ein Jammer?«

»Um die Menschen hier. Sie alle sind in Schwierigkeiten ... der alte Herr, die gerichtliche Untersuchung ... und Racey steht eine Anzeige wegen Schmuggels bevor. Ich könnte in der verschiedensten Weise behilflich sein. Aber sie wollen ja alle keine Hilfe annehmen, nicht wahr? Ich weiß wohl, in gewisser Hinsicht bin ich ein Fremder, aber ich kenne Racey seit langem, und nach dem, was heute morgen geschehen ist, sind die konventionellen Schranken nur hinderlich.«

»Mich dürfen Sie nicht zur Familie rechnen, Mr. Cutler. Ich habe Ihnen ja bereits gesagt, daß ich nicht mehr dazugehöre. Auf meine Hilfe zu rechnen ist sinnlos, da der Familie meine Anwesenheit ebenso peinlich und unerwünscht ist wie die Ihre; außerdem sieht Racey in Ihnen nur den Zollbeamten, mögen Sie auch früher noch so eng mit ihm befreundet gewesen sein. Darüber kann er sich nicht hinwegsetzen.«

Resigniert sagte er: »Schön, ich glaube, es macht nicht viel aus. All das geht vorüber.«

»Ja, ein Glück, daß alles vorübergeht.«

Doch als sie den Korridor entlangging, empfand sie ihre eigenen Worte als unwahr. Bis heute nachmittag hatte sie an die Echtheit ihrer Empfindungen, die sie Cutler gegenüber zum Ausdruck gebracht hatte, geglaubt, doch jetzt schien es ihr, als habe sie aus alter Gewohnheit sie zum letzten Male geäußert. Es war anzunehmen, daß sie Hythebourne wirklich nie wieder betreten würde, aber dieser Gedanke hatte nichts Beruhigendes für sie. Niemals würde sie diesen Tag vergessen, und sie hatte nicht die Wahrheit gesprochen, als sie Cutler sagte, es sei ihr gleichgültig, was aus Hythebourne, aus Louis und Racey werde. Was vor wenigen Stunden noch wahr gewesen war, hatte sich auf entsetzliche Weise jetzt ins Gegenteil verkehrt. Sie würde lange brauchen – falls es ihr überhaupt gelang –, ihren inneren Frieden wiederzufinden.

Louis erwartete sie an der geöffneten Salontür. Susan war zu erschöpft, um sich zu weigern, als er sie bat, einzutreten. Mit Sorge sah sie, wie abgespannt er aussah, sein Gesicht schien ihre eigene Erschöpfung widerzuspiegeln. Racey stand an den Kaminsims gelehnt. Noch immer trug er seine Fliegerjacke, das Haar fiel ihm wirr in die Stirn. Als sie ins Zimmer trat, richtete er sich auf und betrachtete sie forschend, während sie in den Sessel sank, den Louis ihr hinschob.

Louis beugte sich über sie. »Bist du es gewesen, Susan? Hast du die Waren heimlich aus dem Flugzeug geholt?«

Sie strich sich über die Augen. Verglichen mit der sommerlichen Hitze im Garten schien es im Zimmer kühl zu sein. Leise antwortete sie: »Natürlich habe ich sie geholt. Wer denn sonst?«

Racey trat zu ihnen. »Hab' ich dir's nicht gleich gesagt, Louis? Ich wußte doch, es konnte nur Susan sein.«

Louis sagte ernst: »Du hast viel riskiert, Susan. Ich nehme an, du bist dir klar darüber, welch schwerwiegende Folgen das für dich hätte haben können.«

Daß er um sie besorgt war, erfüllte sie mit Dankbarkeit. »Ja, ich war mir darüber klar.«

»Weshalb also ...«, fragte er eindringlich, »weshalb hast du es getan?«

Warum ließen sie es nicht dabei bewenden, jetzt, da alles vorüber war? Aber das war gegen ihre Art – Louis war nicht der Mensch, der mit einem einfachen Dankeschön sich aus einer Affäre zog. Sie stand auf. »Warum ich es getan habe?« wiederholte sie. »Warum tut man überhaupt so etwas? Mir kam ganz einfach die Idee, daß es gelingen könnte, die Sachen herauszuholen.

»Wie hast du's fertiggebracht?« fragte Louis rasch.

»Über die Hintertreppe ... ich sah euch durch den Garten kommen. Ich rechnete damit, daß Cutler mit euch zusammen die Ankunft des Arztes abwarten würde. Es ging ganz leicht.«

Die beiden Männer machten ihr Platz, als sie aufstand und sich, ihnen den Rücken kehrend, an den Tisch lehnte. Daß ihr einziges Motiv die günstige Gelegenheit sein sollte, die sich ihr geboten hatte, schien ihnen unbegreiflich. Sie starrten Susan wortlos an. Schließlich fragte Racey: »Wo hast du die Sachen versteckt?«

Sie drehte sich um. »Im Fuchsbau an der Böschung auf der Ostseite des Feldes ... ganz am Ende.«

»An den Fuchsbau erinnerst du dich noch?« fragte Racey überrascht. »Nach all diesen Jahren?«

Sie sah ihn an. Wußte er, wie quälend es war, sich allzu gut an Geschehenes erinnern zu können? Gerade an Nebensächliches erinnerte man sich mit erstaunlicher Deutlichkeit ... Sie hatte einmal einen Fuchs beobachtet, der in seinen Bau flüchtete, und war insgeheim, wenn auch mit einem leisen Schuldgefühl, froh gewesen, daß er seinen Jägern entkommen war. »So etwas vergißt man nicht«, erwiderte sie Racey.

Die Brüder schwiegen; betroffen von ihrem Gleichmut, starrten sie Susan an. Sie fuhr fort: »Aber glaubt nur nicht, Cutler hätte schon aufgegeben. Er weiß, daß nur ich die Sachen beiseite geschafft haben kann, wenn wirklich etwas im Flugzeug war. Ich habe es ganz impulsiv getan. Ich bin froh, daß ich es tat.« Sie blickte zu Racey. »Ich bitte dich, Racey, bleibe dem Versteck fern. Gehe erst dann dorthin, wenn Cutler fort ist.« Sie sah sich um, denn der

Raum schien kälter geworden zu sein, während sie sprach. »Ich gehe jetzt hinauf«, fügte sie mit schwacher Stimme hinzu.

Sie ließen Susan ohne Widerspruch gehen, aber plötzlich lief Racey hinter ihr her, als wolle er Versäumtes nachholen. »Susan, ich habe dir noch gar nicht gesagt … es war verdammt anständig von dir …«

Daß er glaubte, er müsse sich bei ihr bedanken, verletzte sie. »Ich habe nur getan, was jeder andere an meiner Stelle auch getan hätte – nur das, was dein Vater auch tun wollte.« Sie sah, wie er zusammenzuckte, aber er konnte nicht unglücklicher sein als sie selbst, deshalb fügte sie hinzu: »Wenn du wieder so etwas unternimmst, dann schau zu, daß es sich wenigstens lohnt. Ich hatte etwas wertvollere Dinge erwartet. Spitzen, Parfüm, Zigaretten – damit gibst du dich sonst sicherlich nicht ab. Was ist los mit dir? Hat dich dein Verstand im Stich gelassen oder dein Mut?«

Von ihrem boshaften Ton gereizt, schleuderte er ihr entgegen: »Ich hatte dich nicht um deine Hilfe gebeten, Susan.«

»Aber du hast mich auch nicht gebeten«, sagte sie kühl, »dir nicht zu helfen.« Damit ließ sie die beiden stehen.

Als sie durch die Halle ging, bemerkte sie, daß die Tür der Telefonzelle noch immer geschlossen war. Undeutlich vernahm sie Cutlers Stimme. Erschöpft und fröstelnd stieg sie mit wankenden Knien die Treppe hinauf. Sie mußte innehalten, schwer stützte sie sich auf das Geländer. Als sie auf dem Treppenabsatz ankam, fiel ihr Paul wieder ein. Sie mußte Louis sagen, daß Paul auf dem Weg nach Hythebourne war. Aber noch einmal in den Salon hinunterzugehen, dazu fehlte ihr die Kraft.

Aus der Halle hörte sie Louis' Stimme. »Kann ich etwas für dich tun, Susan?« fragte er besorgt.

Er stand am unteren Ende der Treppe und sah zu ihr hinauf.

»Louis, kannst du heraufkommen?« bat sie mit tonloser Stimme.

Er eilte zu ihr, zwei Stufen auf einmal nehmend. Noch immer klammerte sie sich ans Geländer. »Was ist, Susan?«

Eine unendliche Müdigkeit senkte sich wie ein Schleier vor ihre Augen. Doch sie mußte die Kraft aufbringen, sich verständlich zu machen, ehe die Erschöpfung sie übermannte. »Ich habe Paul angerufen. Er will herkommen. Noch vor dem Abendessen.«

Louis nahm ihre Eröffnung widerspruchslos hin, er fragte nicht einmal nach dem Grund. »Ich werde Sydney Bescheid sagen. Er wird ein Zimmer bereitmachen«, sagte er nur. Dann fügte er hinzu: »Cutler bleibt auch hier.«

»Warum?« Bei der Erwähnung von Cutlers Namen packte sie eine panische Angst.

»Wegen der gerichtlichen Untersuchung«, erklärte Louis. »Er muß seine Aussage machen.«

»Und wann ...?«

»So bald wie möglich. Hoffentlich schon morgen.«

Morgen also. Übermorgen würde sie Hythebourne verlassen. Dann hatte sie alles hinter sich, alles war überstanden. »All das geht vorüber«, hatte Cutler gesagt. Aber sie war viel zu müde, um weiter darüber nachzudenken. »Ja«, murmelte sie tonlos, »morgen.« Sie wollte sich umdrehen und in ihr Zimmer gehen.

Louis hielt sie zurück. »Susan, fühlst du dich nicht wohl?«

Sie schüttelte den Kopf. »Ich bin nur entsetzlich müde. Ich weiß gar nicht, warum. Aber seit heute morgen scheint mir eine Ewigkeit vergangen zu sein.«

Jetzt gab es für Louis kein Zögern mehr. Er legte den Arm um ihre Schulter und stützte sie. Mit seiner Hilfe konnte sie weitergehen; jetzt verschwamm ihr die Treppe nicht mehr vor den Augen, sie unterschied die einzelnen blankgebohnerten Stufen, die in der Mitte von einem roten Läufer bedeckt waren. Endlich standen sie in Susans Schlafzimmer; sie klammerte sich an das Fußende des Bettes, während sie mit stumpfem Blick zusah, wie Louis das Bett aufdeckte. Er zog ihr die Schuhe aus und knüpfte ihre Jacke auf. Seine Finger berührten ihre nackte Haut, als er ihre Bluse abstreifte. Achtlos ließ sie den Rock zu Boden gleiten. Das Kissen umschmiegte sie weich und warm, als sie sich niederlegte. Von irgendwoher brachte Louis noch eine Daunendecke. Allmählich spürte sie, wie die Wärme ihren fröstelnden Körper wohlig durchdrang. Schon halb im Schlaf, war sie sich bewußt, daß Louis im Zimmer umherging und einzelne Gegenstände in die Hand nahm und betrachtete.

Er hängte ihre Kleider in den Schrank. Sie hörte, wie er die Fenstervorhänge zuzog, dann versank sie in noch tieferes Dunkel. Ein Gefühl der Wärme und Beruhigung durchströmte sie – nun konnten Lärm und Aufregung sie nicht mehr erreichen

Lange Zeit herrschte tiefe Stille – und doch fühlte sie sich nicht verlassen. Schläfrig öffnete sie die Augen. Louis stand über sie gebeugt, ihre Blicke trafen sich. Leise murmelte er einige Worte, die sie nicht verstand, dann bückte er sich und küßte sie. Vor Schreck erstarrten ihre Lippen unter seinem Kuß.

Er richtete sich sofort auf, und gleich darauf hörte sie, wie die Tür leise ins Schloß fiel.

6. KAPITEL

Susan stellte das Tablett neben das Bett und sah auf Midge hinab. Das Kind war bei ihrem Eintreten aufgewacht und blickte noch etwas benommen um sich. Es wirkte einsam und verlassen, wie es so dalag und jede Bewegung von Susan halb mißtrauisch beobachtete. Es war erschreckend unnahbar.

»Es wäre gut, wenn du heute früher Abendbrot essen würdest, Midge«, begann Susan vorsichtig. »Das Mittagessen und den Tee hast du verschlafen.«

»Ich glaube nicht, daß ich Appetit habe«, erwiderte Midge, blickte aber doch interessiert zum Tablett hin.

»Vielleicht möchtest du ein Glas Milch? Ich habe dir ein paar belegte Brote gerichtet. Eines kannst du bestimmt essen.«

Das Kind sah sie nachdenklich an. »War ich krank?«

Susan konnte sehen, welche Antwort die Kleine erwartete. »Jawohl. Ja, du warst krank.«

»Sehe ich noch krank aus?«

Susan zögerte mit ihrer Antwort, was das Selbstgefühl des Kindes zu befriedigen schien. »Ich finde nicht, daß du sehr wohl aussiehst.«

Midge stützte sich auf den Ellenbogen, und Susan sah, daß sie sich mühte, den Eindruck von Ermattung zu machen. »Ich möchte eine kleine Scheibe Sandwich, bitte.«

Susan wählte ein Sandwich für sie aus. Midge aß erst zögernd, wobei sie zuweilen zu Susan hinblickte, doch mit zunehmendem Appetit beachtete sie kaum noch die Gegenwart ihrer Mutter. Schließlich gab sie ihre gekünstelte Haltung auf, aß tüchtig drauflos und war sogar bereit, das Glas Milch zu trinken, das Susan in der Hand hielt.

Aus Angst, Midge vom Essen abzulenken, sagte Susan kein Wort, doch bevor sie die ganze Milch ausgetrunken hatte, überredete sie das Kind, eine der Tabletten einzunehmen, die der Arzt dagelassen hatte. Ohne Widerspruch schluckte Midge die Tablette, lehnte es aber ab, noch Obst zu essen, und schlüpfte, ohne ein Wort zu sagen, wieder unter die Decke.

Die eine magere Schulter blieb unbedeckt. Susan hüllte sie sanft ein. Die Haut, wo das am Hals eng schließende Kindernachthemd sich geöffnet hatte, war von einer unglaublich seidigen Zartheit, doch allzu blaß. Das Haar fiel ihr wirr ins Gesicht; Susan hätte es am liebsten gekämmt, aber sie wußte nicht, wie Midge es aufnehmen würde.

Plötzlich kehrte sich die Kleine mit dem Gesicht gegen die Wand. Beunruhigt legte Susan die Hand auf ihre Schulter. »Midge, was fehlt dir? Sage es mir, mein Kind.«

»Es ist wegen Großvater«, sagte sie ernst; ihre Stimme klang gepreßt, weil sie versuchte, die Tränen zurückzuhalten.

Susan ließ sich auf die Knie nieder und beugte sich über sie. »Ich weiß, Liebling, ich weiß.«

»Er ist tot, nicht wahr?« sagte das Kind gequält, noch immer seine Tränen zurückdrängend.

›Was konnte man anders tun, als hier zu knien‹, dachte Susan, bestürzt über die unheimliche Willenskraft, mit der das Kind seine Haltung bewahrte.

»Ja, Liebes, er ist tot.« Sie suchte nach Worten. »Alle alten Menschen müssen sterben, Midge. Sie werden des Lebens überdrüssig – und ich glaube, er hat auch große Sehnsucht nach deiner Großmutter gehabt.«

Sie fand die Armseligkeit dieser Phrasen erbärmlich. Jede andere Mutter hätte das Recht gehabt, ihr Kind in die Arme zu nehmen und es auf die einzig natürliche Weise zu trösten. »Ich hätte nie geglaubt, daß er sterben und mich verlassen würde«, protestierte Midge.

»Aber er verließ dich erst, als er wußte, daß jemand anderer für dich sorgen würde.«

In angstvollem Zweifel warf sich das Kind herum. »Wer?« Susans Herz krampfte sich zusammen, als sie merkte, wie ahnungslos Midge über das war, was vorging. Sie wußte nicht, warum ihre Mutter hier war, und interessierte sich auch nicht dafür.

»Ich selber Midge«, sagte sie leise. »Ich will von nun an für dich sorgen. Ich möchte dich nach Amerika mitnehmen.«

Midge schien zunächst nicht zu begreifen; sie lag vollkommen still, ohne ein Wort zu sagen. Dann blinzelten ihre Augen ungläubig, aber ihr Ausdruck war noch abweisender als vorher. Bis heute morgen hatte sie sich innerhalb ihrer Welt als Alleinherrscherin gefühlt, denn sie hatte ihren Großvater und durch ihn ganz Hythebourne beherrscht. Und obwohl sie nicht ganz begriff, was geschehen war, und nicht wußte, welche Veränderung sein Tod bringen würde, so hatte sie doch eine unbestimmte Vorahnung, daß nun alles anders werden würde. Und das erfüllte sie mit Angst. Ihre Augen füllten sich mit Tränen.

»Aber ich will gar nicht nach Amerika. Ich will nur Großvater wiederhaben.«

Susan zog Midge mit scheuer Zärtlichkeit an sich. Das Kind schluchzte nicht laut, aber unaufhörlich flossen ihm die Tränen über die Wangen. Susan hatte das Gefühl, als sei das Kind ihr nicht zärtlicher zugetan als einem Dienstboten, der es zu trösten versuchte.

Voller Verzweiflung über ihre aussichtslose Lage hielt Susan ihr Kind in den Armen, während sie es leise und zärtlich zu beruhigen versuchte. Ihr Arm wurde steif unter der Last, aber endlich versiegten Midges Tränen. Ein Windhauch wehte kühl durchs Zimmer, da die Sonne versunken war. Sie legte Midge ins Bett und deckte sie behutsam zu. Ihre Atemzüge wurden tiefer, sie rührte sich nicht mehr.

Im Gang begegnete sie Sydney. »Ich war bis jetzt bei Miß Charlotte, Sydney. Sie ist jetzt eingeschlafen. Es wäre daher besser, wenn Sie das Tablett einfach stehenließen. Wir könnten sie sonst aufwecken.«

Er nickte bedächtig. »Wie Sie wünschen, Mrs. Taite. Es ist ein wahres Glück, daß sie eingeschlafen ist. Ich hatte schon Angst ...

Sie hingen sehr aneinander, gnädige Frau. Er betete sie an, und sie ihn. Das arme kleine Ding wird ihn sehr vermissen.«

»Ich weiß. Sie alle werden ihn vermissen, Sydney.«

In einer ergebungsvollen Geste hob der alte Diener die Schultern. »Auch ich habe nicht mehr lange zu leben, Mrs. Taite. Wir waren beide schon alt. Aber ich bin froh, daß er vor mir gestorben ist. Ich bin so vertraut mit seinen Gewohnheiten; er hätte niemanden gefunden, der seinen Wünschen so recht entsprochen hätte.« Dieser Gedanke schien ihn zu trösten; aber als er sie verließ, bemerkte sie, wie müde und unsicher sein Gang war. Seit dem schrecklichen Ereignis heute morgen schien seine Gestalt zusammengeschrumpft zu sein. Um seinen Mund zeigten sich Falten, die sie vorher nicht gesehen hatte. Die Lebensgeister des Dieners schienen mit denen seines Herrn dahingeschwunden zu sein – auch er ging schon halbwegs dem Tode entgegen. Die Stunden in der Nacht, wenn er allein war und keine Pflichten mehr zu erfüllen hatte, würden bitter für ihn sein. Erst dann würde er sich des Schicksalsschlages ganz bewußt werden, und niemand würde zugegen sein, ihm darüber hinwegzuhelfen. Sie war froh, daß sie Midge überredet hatte, die Schlaftablette einzunehmen, so würde wenigstens das Kind die dunklen Stunden überstehen, ohne von Gedanken und Erinnerungen an den alten Mann gequält zu werden.

In ihrem Zimmer kleidete sie sich im Dämmerlicht des Herbstabends um. Die Sonne war hinter den fernen Feldern und Hecken untergegangen, der Himmel war eigentümlich blaugrün. Hinter den dunklen Baumgruppen erschien der Himmel tiefblau. Leise Vogelrufe erklangen, und die Saatkrähen, die in den Bäumen beim Taubenschlag nisteten, antworteten im Chor. Eine kühle Brise erhob sich und bewegte hin und wieder die Vorhänge.

Susan nahm sich mit dem Umkleiden Zeit, denn sie fürchtete sich davor, das alltägliche Leben wiederaufzunehmen, als sei nichts geschehen. Vieles würde inzwischen erledigt worden sein: Telefongespräche, Benachrichtigungen, die Festsetzung der gerichtlichen Untersuchung und der Bestattung. Wenn Paul nur bald käme, dachte sie, wenn sie nur mit Louis nicht wieder allein zu sein brauchte – mit der Erinnerung an seinen Kuß und an ihr

Widerstreben. Auch Cutler würde zugegen sein und mit seiner glatten ruhigen Höflichkeit Paul interessiert beobachten. Und Racey ... sie hoffte, daß Racey seine niedergeschlagene und selbstanklägerische Stimmung überwunden hätte. Sie würde ihr Zimmer zeitig aufsuchen, weil Racey vielleicht zu trinken anfangen und verlangen würde, daß sie dabliebe, damit er vergessen könnte, was heute morgen geschah. Vielleicht würde man sie auch mit Paul eine Weile allein lassen, denn sie mußten ja schließlich wissen, wie notwendig sie seine Hilfe brauchte. Aber sie hatten eine sonderbare Art, sie nicht zu verstehen oder sie vielleicht nur allzu gut zu verstehen.

Sie schaltete die Lampe an. Ihr grelles Licht ließ sofort die sanften Farben des Abendhimmels verblassen. Sie trat an den Spiegel und betrachtete kritisch ihr Gesicht. Vorsichtig trug sie ein wenig Rouge auf. Als sie die Parfümflasche öffnete, wurde sie sich der eigenartigen Situation bewußt, in der sie, Paul und Louis, sich befanden. Nachdenklich blickte sie in den Spiegel. Sie würde Paul und Louis beisammen sehen; fast zwei Tage lang würde sie die beiden ständig um sich haben und sie vergleichen können. Diese eigenartige Lage war ganz unbeabsichtigt entstanden. Oder hatte Paul die Vorteile dieser Situation sogleich erkannt und sie wahrgenommen? Er konnte eiskalt berechnend sein. Und vor allem wollte er Gewißheit haben. Sie dachte angestrengt nach. Paul würde viel aufs Spiel setzen, um Gewißheit zu erlangen – Gewißheit über Louis und über sie.

Ohne sich zu beeilen, schloß sie die Parfümflasche, obwohl das Auffliegen der Krähen in den blassen Himmel über dem Taubenschlag ihr anzeigte, daß sich ein Wagen näherte, der wahrscheinlich Paul gehörte.

Als sie herunterkam, war niemand in der Halle. Sydney hatte im Kamin Feuer gemacht, und davor lag Midges kleiner Hund und schlief. Auf dem Tisch lag ein Stapel gelber Telegramm-Umschläge, die zum Teil noch nicht geöffnet waren. »Das ist nur der Anfang«, dachte sie. Eine ganze Flut würde morgen eintreffen, und dann würden die Blumen kommen. Der Tod war kein alltägliches Ereignis. Heute abend jedoch würde es noch friedlich zugehen. Wie still es im Hause war. Kein Laut drang aus den

Schlafzimmern, es waren weder Stimmen zu hören noch das Rauschen der Wasserleitung. Die stille, vom Kaminfeuer erleuchtete Halle hatte etwas Erwartungsvolles, und das Knirschen von Pauls Auto auf dem Kies klang wie eine mißtönende Fanfare.

Susan schaltete das Licht in der Vorhalle an und öffnete die Haustür. Es war viel dunkler geworden; als Paul ausstieg, war seine Gestalt kaum zu erkennen. Aber seine vertraute Stimme wirkte beruhigend.

»Susan?« In seiner Begrüßung lag eine Frage, und sie wußte, daß es nicht nur für sie, sondern auch für ihn während der letzten Stunden Augenblicke der Furcht und des Zweifels gegeben hatte.

Sie eilte ihm in der Dunkelheit entgegen, ohne auf den kalten Wind zu achten, der durch ihr dünnes Abendkleid drang. Er nahm sie sogleich in seine Arme, aber er küßte sie nicht. Sie flüsterte verzagt: »Ich bin so froh, daß du gekommen bist.«

Sanft ließ er sie los, um das Gepäck aus dem Wagen zu holen. Sie sah überrascht, daß einer der Koffer ihr gehörte.

»Ich habe ein paar Sachen für dich mitgebracht«, sagte er. »Es fiel mir ein, daß es üblich ist, Schwarz zu tragen bei einer Gerichtsverhandlung. Und vielleicht willst du auch an der Beerdigung teilnehmen.«

Paul hatte immer an solche Dinge gedacht – aus einer sonderbaren Mischung von Güte und praktischer Überlegung heraus. Dieser Charakterzug befähigte ihn, ein Zeitungssyndikat zu leiten und doch ein Mensch zu bleiben. Noch nie hatte er die praktische Seite einer Situation außer acht gelassen, und noch nie hatte es ein Problem gegeben, das er nicht in seiner geradlinigen Art in Angriff genommen und gelöst hatte. Sie wußte, sobald er das Haus betrat, würden seine Vitalität und seine geschmeidige Gestalt alle anderen Anwesenden in den Schatten stellen. Die Einrichtung des Hauses würde schäbig erscheinen, sobald er ins Zimmer trat. Er würde sehr höflich sein, aber alle würden sogleich empfinden, daß Paul nie in einem Hause wie Hythebourne wohnen würde. Er liebte und verehrte schöne Gegenstände, aber ihr Alter stellte in seinen Augen keinen Wert dar. Daß Hythebourne eine sehr schöne Lage hatte, das würde er anerkennen. Doch die frostigen Räume, die veraltete Installation, das schadhafte Dach waren Dinge, die er ablehnen würde. Susan spürte leise Angst, als sie das Knirschen seiner Schritte hinter sich vernahm. An der Haustür holte er sie ein, und sie traten zusammen in die Halle.

Er stellte das Gepäck hin und trat sogleich an den Kamin. Der kleine Hund streckte sich schläfrig. Paul bückte sich und kraulte ihm sanft die Ohren. Dann richtete er sich auf und blickte sich um.

»Das ist wirklich noch Old England, findest du nicht auch, Susan?« bemerkte er sarkastisch. Er deutete auf den Steinboden. »Ich wette, das ist noch das alte Fundament. Aus der Zeit von Wilhelm dem Eroberer. Gibt es hier Gespenster?«

»Ich habe noch nie welche gesehen«, erwiderte sie eingeschüchtert.

Er ergriff ihren Arm und zog sie an sich. »War es dir verhaßt, hier zu leben, Sue?«

»Ich war unglücklich hier.«

Er nickte. »Das ist zwar nicht ganz dasselbe. Louis' Mutter ... hat sie damals noch gelebt?«

»Ja. Sie hat mich nicht gemocht ... nein, das stimmt wohl nicht ganz. Wir konnten uns gegenseitig nicht leiden.«

»Über all das hast du jetzt nachgedacht, nicht wahr?« Sein Blick schweifte wieder durch die Halle. »Dieses Haus birgt sicherlich viele Erinnerungen für dich, Sue?«

Abwehrend erwiderte sie: »Erinnerungen? Gewiß. Midge kam hier zur Welt. Das allein bedeutet schon Erinnerungen.«

»Ja«, murmelte er. »Du hast recht.«

Sie schwiegen. Es war kein friedliches Schweigen. Die Luft vibrierte von ihren gegensätzlichen Gedanken. In der Bibliothek schlug die Uhr sieben. Susan sah zur geschlossenen Tür. Dahinter lag Lionels Leiche aufgebahrt. Sie wußte, sie würde dort nicht hineingehen, auch nicht vor der Beerdigung. Diese Art von Mut hatte sie nie besessen – den Mut, etwas zu tun, was nicht notwendig war. Sie hatte Lionel gesehen, als er sterbend oder schon tot auf der Wiese lag, und jetzt wollte sie ihn nicht mehr sehen, das totenstarre Antlitz von Blumen umkränzt. Sie wünschte, die Beerdigung wäre schon vorüber. Solange sein Leichnam noch hier lag, war es, als sei seine Gegenwart hier noch lebendig. Zum erstenmal empfand sie seinen Tod als persönlichen Verlust. Sie hätten sich besser verstehen sollen, als sie hier lebte. Sie hätte ihm vielleicht sogar ihr Heimweh anvertrauen und von den kleinen Dingen erzählen können, die ihr in Hythebourne Freude machten. Aber sie waren einander fremd geblieben, hatten sich nie etwas zu sagen gehabt. Keiner hatte versucht, dem anderen nahezukommen.

In einer Aufwallung von Reue wandte sie sich zu Paul. »Komm mit ins Wohnzimmer. Ich habe dir so viel zu erzählen ... all das, was ich dir am Telefon nicht sagen konnte.«

Im Wohnzimmer brannte ein helles Feuer. Sie hielt nachdenklich die Hände über die Glut, seine Gegenwart wie einen schützenden Mantel empfindend. »Paul«, begann sie langsam, »ich glaube nicht, daß du alles verstehen wirst, was ich dir jetzt sage. Du wirst meine Rolle dabei nicht verstehen. Vielleicht ist es gut, daß du nach Hythebourne gekommen bist. Während du hier bist, wirst du vielleicht selber empfinden, wie das Leben hier einen in seinen Bann zieht, ohne daß man sich dagegen wehren kann.«

»Susan, was willst du mir sagen?« Unbeabsichtigt klang seine Stimme besorgt. Er erkannte sehr deutlich, daß hier viel mehr geschehen war, als sie ihm am Telefon erzählt hatte. In diesem Haus war noch etwas anderes zu spüren als die Atmosphäre des Todes. Mit dem Tod konnte man fertig werden, er stellte eine vollendete Tatsache dar; hier aber lag etwas auf der Lauer, das nur darauf wartete, hervorzubrechen. Es war fast, als drohe eine Gefahr. Paul trat näher an Susan heran. Dankbar schmiegte sie sich an ihn, er legte seine Arme um sie. Während sie noch immer ins Feuer blickte, begann sie ihm leise zu erzählen, was seit Louis' Ankunft gestern abend geschehen war: Cutlers Besuch heute in aller Frühe, die erwartungsvolle Spannung vor Raceys Landung und schließlich der tragische Tod des alten Mannes. Ihre Stimme zitterte, während sie all diese Geschehnisse berichtete. »Was sollte ich tun, Paul? Ich wußte so wenig wie die andern mit Bestimmtheit, ob Racey tatsächlich etwas von Frankreich mitbrachte. Hatte er aber wirklich etwas geschmuggelt, so wäre es ihn teuer zu stehen gekommen. Du kannst dir nicht vorstellen, wie nahe mir das ging. Ich war allein ... und sah, daß Cutler sich mit Louis und Racey angelegentlich unterhielt ... was hätte ich anderes tun sollen, als hinzugehen, um mich selbst zu überzeugen, daß nichts im Flugzeug zu finden war.«

Paul fragte sachlich: »Aber du hast doch erwartet, daß du Schmuggelware finden würdest. Du hattest von vornherein die Absicht, das Wagnis zu riskieren, nicht wahr?«

»Es war kein Risiko damit verbunden. Die Gelegenheit war günstig. Ich brauchte sie nur wahrzunehmen.«

»Das war gar nicht einfach, Susan. Hast du daran gedacht, daß du nicht nach Amerika zurückkehren dürftest, bevor der Fall vor Gericht behandelt wird, falls Cutler dich ertappt hätte?« Eindringlich fuhr er fort: »Und dachtest du nicht daran, daß auf Schmuggel Gefängnisstrafe steht?«

»Ja«, sagte sie. »An all das habe ich gedacht.«

»Und trotzdem hast du es gewagt?«

Sie wandte sich plötzlich um und blickte ihm ins Gesicht. »Ich mußte es tun, Paul. Siehst du das nicht ein? Seit ich wieder in Hythebourne war, gehörte ich wieder zu ihnen. Ich war in diese ganze Angelegenheit verwickelt. Was ich für Racey empfand oder für Louis, hatte damit nichts zu tun. Es gab nur eins: das zu tun, was für uns alle das beste war.«

»Für uns alle«, wiederholte Paul leise. »Du hattest nicht den Wunsch, dich von ihnen zu distanzieren, nicht wahr?«

»Ich konnte ihnen unmöglich meine Hilfe versagen.«

»Hast du das auch Racey so erklärt ... Und Louis? Haben sie dich gefragt, warum du es getan hast?«

Sie gab keine Antwort auf seine Frage, sondern erwiderte: »Als ich es getan hatte, wünschte ich fast, ich hätte es unterlassen. Ich hatte keine Lust, es ihnen zu erklären. Ich wollte nicht, daß sie mir dankten.« Sie seufzte. »Sieh, Paul, das geht auf vergangene Dinge zurück. Ich habe mich ins Unrecht gesetzt, weil ich Louis und Midge verlassen habe. In diesem Licht sehen sie mich seither, und ich wollte ihnen – oder mir – keinen Anlaß geben, ihre Meinung zu ändern.«

»Sue«, sagte er ernst, »wenn du ›sie‹ sagst, bist du da sicher, daß du nicht ›Louis‹ meinst?«

Nachdenklich schüttelte sie den Kopf. »Ich weiß es nicht, Paul. Früher mag es der Fall gewesen sein. Inzwischen haben sich beide sehr verändert. Ich muß es erst lernen, sie voneinander zu unterscheiden. Ich weiß wirklich nie genau, welchen von beiden ich gerade meine.«

»Sue, warum hängst du so sehr an Hythebourne und an diesen Menschen? Was du für sie riskiert hast, kommt mir wie heller Wahnsinn vor. Doch wenn du glaubst, daß es deine Pflicht war, das zu tun, dann ist alles in Ordnung.«

Sie sah ihm an, daß er ihre Haltung nicht verstand. Er kämpfte gegen die Zeit an, die sie hier in Hythebourne verbracht hatte, und versuchte verzweifelt, ihr nahe zu sein. Doch dieser Kampf war aussichtslos. Er gehörte nicht hierher, er paßte nicht in dieses Milieu. Und selbst in diesem Augenblick, da er sie leibhaftig in seinen Armen hielt, war er ihr nicht ganz gegenwärtig. Seine Gesichtszüge verschwammen wie in einem Nebel.

Er sah ihren ungewissen Blick, sah die Verwunderung in ihren Augen, als blicke sie einen Fremden an. Ihr Körper lag in seinen Armen, aber ihre Seele wanderte einer namenlosen Spur nach, der er nicht folgen konnte. Es war, als hätte sie leise eine Tür vor ihm verschlossen.

Nachdem Paul ihr gute Nacht gesagt hatte, lag Susan noch lange im Dunkeln wach. Sie lauschte den Geräuschen im Haus, die in der tiefen Stille um so lauter klangen – das Rauschen des Windes gegen die Fenster, das leise Knistern im alten Gebälk. Sie blickte auf die Uhr, es war beinahe Mitternacht. Seit Pauls Ankunft war die Zeit unendlich langsam vergangen. Das Abendessen zog sich hin. Sie hatten nicht gewußt, wie sie sich verhalten sollten. Cutler, Paul und sie selbst waren von dem Unglück nicht persönlich betroffen. Aus Furcht, nicht den richtigen Ton zu treffen, schwiegen sie krampfhaft. Dann und wann versuchten sie, ein Gespräch in Gang zu bringen, aber es war vergeblich. Als sie jetzt daran dachte, war sie entsetzt über ihre eigene Unbeholfenheit, und es überlief sie heiß, daß sie so versagt hatte.

Louis war beim Abendessen nicht zugegen gewesen. Cutler

erklärte, er sei auf einen Anruf von Oberst Hayes weggegangen. Racey hatte keinerlei Erstaunen gezeigt, als ihm Paul vorgestellt wurde, sondern setzte sich gleichmütig an den Tisch. Nachdem er die Karaffe mit Wein herumgereicht hatte, schenkte er, für alle sichtbar, Wasser in sein eigenes Glas. Susan konnte an seinem geröteten Gesicht sehen, daß er mürrisch und schlecht gelaunt war. Paul hatte ihn neugierig betrachtet, was Raceys Ärger offenbar noch steigerte. Er hatte die ganze Zeit kaum ein Wort gesprochen und sich nach dem Essen mit ein paar kurzen Worten davon dispensiert, den andern im Salon Gesellschaft zu leisten.

Unwillkürlich hatte sie ihm nachgesehen, als er in gebeugter Haltung die Treppe hinaufging. Aus Angst, allzu aufdringlich zu erscheinen, wandten sie sich schnell ab und gingen in den Salon. Aber Raceys Ruhelosigkeit hatte sich ihnen allen mitgeteilt. Jetzt, da sie, weil er nicht mehr zugegen war, hätten frei sprechen können, entdeckten sie, daß ihnen die Lust dazu vergangen war. Was sie sprachen, klang unnatürlich und banal. Die beiden Männer atmeten erleichtert auf, als Susan sich erhob und gute Nacht wünschte.

Nun lag sie in ihrem stillen Zimmer und ersehnte den Schlaf, der nicht kommen wollte. Dann und wann wimmerte der Wind klagend in den Schornsteinen. Sie hörte das Knirschen der Räder von Louis' Wagen. Lange lag sie unbeweglich und lauschte auf seine Schritte. Endlich kam er und ging an ihrer Tür vorüber. Dann hielt er inne und kam wieder zurück. Er blieb vor ihrer Tür stehen, sie hörte, wie er vorsichtig die Klinke berührte. Nach langer Zeit öffnete er die Tür. Von einem Licht im Gang erhellt, sah sie die Umrisse seiner Gestalt. Ohne sich zu rühren, beobachtete sie, wie er sich ins Zimmer vorneigte und das Bett in der Dunkelheit zu erkennen suchte. Weder sie noch er sprachen ein Wort; doch plötzlich war ihr, als wisse er, daß sie wach war. Eine lange Zeit verging, noch immer schwiegen sie. Nur das dünne Anschlagen einer Porzellanuhr in einem der Schlafzimmer unterbrach die Stille. Dann bewegte sich seine Gestalt lautlos. Plötzlich schloß er die Tür, und es war wieder dunkel im Zimmer.

Dienstag

1. KAPITEL

Die Sonne schien. Sie warf helle Streifen auf das Parkett, ließ das Silber auf dem Tisch aufglänzen und tauchte die verblichenen Vorhänge in helles Licht. Das Zimmer bot das gewohnte Bild; wie an jedem Morgen, der über Hythebourne anbrach, war auch heute der Frühstückstisch gedeckt. Die Ahnung bevorstehender Ereignisse lag jedoch beunruhigend in der Luft. Im ganzen Hause war diese spannungsgeladene Atmosphäre zu spüren – sie teilte sich auch Susan mit, als sie auf der Schwelle zum Speisezimmer stehenblieb. Louis horchte gleichfalls in die Stille, er blickte Susan forschend an. ›Ihr verschlossenes Gesicht paßt zu der Stille des Hauses‹, dachte er. Sie sah noch immer angegriffen aus, doch wie sie da im Schatten des Türrahmens stand, geschützt vor dem erbarmungslos grellen Licht der Sonne, wirkte sie sehr selbstsicher. Er wünschte, sie würde sprechen oder etwas tun, was ihre starre Haltung lösen würde. Doch sie blieb, reglos gegen die dunkle Tür gelehnt, stehen, den Kopf zurückgeworfen, als lausche sie in sich hinein.

»Susan?« Er trat einen Schritt auf sie zu.

Sie schreckte zusammen. »Du bist es«, stieß sie hervor. Ihre starre Haltung zerbrach.

»Du bist früh aufgestanden«, sagte er. »Hast du nicht gut geschlafen?«

»Geschlafen?« wiederholte sie. Sie brauchte lange, bis sie eine Antwort fand. »O doch, ganz gut. Aber in einem fremden Haus wacht man wohl immer früh auf.«

»Hythebourne ist doch für dich kein fremdes Haus, Susan?«

»Wie kann man das wissen?« murmelte sie. »Ich habe wahrscheinlich meine Probezeit hier nie abgeschlossen«, sagte sie so leise, als spräche sie nur zu sich selbst. Ohne Louis anzusehen, kam sie näher und stützte sich schwer auf die Lehne eines Stuhles. Louis sah, wie sich ihre Hände um die Lehne krampften, doch ihr Gesicht verriet nichts von dem, was in ihr vorging. Nachdenklich blickte sie vor sich hin. »Ich hätte nie gedacht, daß ich noch einmal hierher zurückkommen würde, Louis. Für mich verbinden sich keine glücklichen Erinnerungen mit Hythebourne.«

Auf ihre Stimme eingehend, sagte er begütigend: »Er ist nun tot ... sie sind beide tot.«

»In meinen Erinnerungen handelt es sich nicht um sie, Louis, obgleich sie eine gewisse Rolle darin spielen. Ich habe so viele Fehler gemacht, und es ist nicht leicht, sich ihnen Angesicht in Angesicht zu stellen. Wären es deine Eltern allein gewesen, die mein Leben hier unglücklich machten, darüber hätte ich hinwegkommen können – aber sie waren es nicht allein, nur ein Teil davon.«

Impulsiv erwiderte er: »Wir haben beide Fehler gemacht, Susan.«

Sie schüttelte den Kopf, ihr Gesicht nahm einen verschlossenen Ausdruck an. »Ich bin nicht hierhergekommen, um mit dir über unsere Fehler zu sprechen. Dafür ist es zu spät.«

»Ich hatte gehofft, daß wir uns in Ruhe aussprechen würden ... Ich finde es nicht richtig, wenn du fortfährst, ohne mir zu sagen, wieso sich unsere Wege trennen mußten.«

»Warum soll ich noch Worte verlieren über etwas, womit ich längst abgeschlossen habe? Warum soll ich mir meinen Frieden mit alten Geschichten zerstören? Das alles liegt längst hinter mir.«

»Liebst du Paul Berkman?«

»Ja«, bekannte sie ohne Zögern.

»Dann brauchst du doch nichts zu befürchten, wenn du mir sagst, warum unsere Ehe in die Brüche ging. Du wirst ihn heiraten – nichts, was du mir sagen wirst, kann daran etwas ändern. Warum also hast du Angst?«

»Ich habe keine Angst«, entgegnete sie fest.

»Oder empfindest du Reue?«

»Reue? Gewiß. Man bereut immer seine Fehler.«

»Bereust du sie so sehr, daß du sie wiedergutmachen möchtest?«

Sie erstarrte. »Wozu das alles, Louis? Es führt zu nichts.«

Sie trommelte nervös auf die Stuhllehne, während sie auf seine Antwort wartete. Er dachte, wie rasch sie doch in Zorn geriet, wieviel lebendiger war sie jetzt als vorhin an der Tür. Ein heller Sonnenstrahl traf ihr Gesicht. Wie herrlich ihr Haar leuchtete in diesem Licht! Ohne es zu wollen, betrachtete Louis jede Einzelheit ihrer Erscheinung – das schwarze Kostüm saß wie angegossen, die weiße hochgeschlossene Bluse betonte den Kontrast zwischen dem leuchtenden Rot ihres Haares und dem Schwarz ihrer Kleidung. Seine Blicke schweiften zu ihren Händen, die jetzt unbeweglich lagen; so gefaßt und ruhig wie an jenem ersten Tag ihres Wiedersehens, als er beobachtet hatte, wie ihre Finger den Fuß des Glases umschlossen. ›Sie ist von ihrer Umgebung geprägt worden‹, dachte er. ›Hinter ihrer äußeren Gelassenheit ist die wache Intelligenz zu spüren, die in der Welt des Journalismus kultiviert wird, einer Welt, in der es keine Atempause gibt und niemals eine zweite Chance. Ob sie Paul Berkman wohl sehr liebt – oder rührte seine Macht über sie daher, daß er diesen großen Zeitungskonzern beherrschte? Sie hatten zusammen gearbeitet, und das könnte zu einem Band werden zwischen einem Mann und einer Frau. Wenn sie dahin gelangt waren, daß einer des andern Können bewunderte, so konnten sie dieses Gefühl irrtümlicherweise auch für Liebe halten.‹ Aber es blieb ihm keine Zeit, all diese Fragen zu lösen. In wenigen Stunden würde sie Hythebourne für immer verlassen. Er wünschte, daß sie noch dabliebe – wenigstens eine Zeitlang. Aber es war sinnlos, nach etwas zu greifen, was sich nicht fassen ließ. Es war, als begänne man zu trinken, und das Glas würde einem entzogen, bevor man seinen Durst gelöscht hat. Warum also dagegen ankämpfen? Es war besser, sie ging, bevor sein Verlangen nach ihr zu groß würde. Da stand sie vor ihm, bereit, die Flucht zu ergreifen – nichts verband sie mehr mit ihm. Seine Welt war ihr fremd. Schon vor Jahren hatte sie diese Welt hinter sich gelassen, und es stand nicht in seiner Macht, sie zurückzurufen. Er dachte daran, wie er gestern abend im Finstern an ihrer Tür gestanden und zu ihrem Bett geschaut hatte. Er hatte ihre Atemzüge nicht vernommen und doch gewußt, daß sie wach lag. Einen einzigen Augenblick hatte es geschienen, als begegneten sich ihre Seelen, als sei die Kluft zwischen ihnen überbrückt, aber sofort zog sich jeder wieder in sein Selbst zurück. Nur sein Wunsch hatte ihm diesen seelischen Kontakt vorgegaukelt. Es war gegen alle Vernunft, sich einzubilden, Susan wünsche diesen Kontakt. Warum sollte sie auch? Und warum sollte er es wünschen, wenn er nicht einmal wußte, ob es zu ihrer aller Besten sein würde.

»Du hast recht, Susan«, sagte er, »es führt zu nichts.«

Sie atmete auf. Der Griff ihrer Hände lockerte sich, ihre Züge entspannten sich. Doch er las auch in ihrem Gesicht, daß sie eine winzige Hoffnung begrub. Warum streckte sie ihm immer wieder die Hand entgegen und zog sie sofort wieder zurück? Warum quälte sie ihn mit einem halben Versprechen, das sie niemals erfüllte? Zorn stieg in ihm auf, doch er bemühte sich, ihn nicht Herr werden zu lassen, denn er wußte, sein klares Denken würde ihn im Stich lassen, wenn sein Zorn überhandnähme. So kühl und selbstsicher stand sie vor ihm, daß er plötzlich versucht war, sie zu schlagen – irgend etwas zu tun, was ihre Selbstsicherheit ins Wanken brachte. Aber war es der Mühe wert? War nicht das einzige, was ihm zu tun blieb, diese verfahrene Geschichte so rasch wie möglich zu Ende zu bringen? Man konnte die eigene Gutmütigkeit auch zu weit treiben.

Er wandte sich von ihr ab und ging zum Büfett, wo Sydney heißen Schinken und Tomaten bereitgestellt hatte.

Er verspürte keinen Hunger, doch es half, die lähmende Stille, die sich auf sie gesenkt hatte, zu überbrücken; diese prosaische Beschäftigung verscheuchte seinen Ärger. Von Susan hörte er keinen Laut – er fühlte, sie hatte sich nicht von der Stelle gerührt.

»Darf ich dir etwas hiervon anbieten?« fragte er formell. Er hatte diesen kühlen Ton nicht beabsichtigt, aber in ihrer Gegenwart fühlte er sich gehemmt, sie lähmte ihm die Zunge. Er dachte, ob sie das wohl durchschaute, ob sie begriff, wie sehr ihn ihre Gelassenheit aus der Fassung brachte. Vielleicht hielt sie ihn auch für einen rohen Burschen, der für die Vornehmheit ihres Verhaltens kein Organ hatte. Oder auch – was noch schlimmer wäre – hatte weder das eine noch das andere für sie irgendwelche Bedeutung. Seine Hände begannen zu zittern. Er ließ Fett auf die polierte Platte des Büfetts tropfen.

Sie antwortete nicht sogleich, sondern trat neben ihn. »Ich ziehe Weizenflocken vor«, sagte sie.

Gebannt beobachtete er, mit welcher Anmut sie die Flocken auf ihren Teller füllte. Als sie merkte, daß er sie beobachtete, hielt sie inne und sah ihn fragend an. In ihren Augen lag eine Weichheit, die sie früher nicht besessen hatte. »Louis«, sagte sie. Mit aller Inbrunst wünschte er, sie solle fortfahren. Doch sie schwieg, weil in der Halle Schritte zu vernehmen waren. Louis trat einen Schritt zurück.

In der geöffneten Tür stand Paul. Sein Blick umfaßte Susan wie einen altvertrauten Besitz. Als er sich zu Louis umwandte, wurde sein Ausdruck prüfend. Jeder Mensch, der mit Paul Berkman beruflich zu tun hatte, kannte diesen durchdringenden Blick des erfolgreichen Pressechefs, der die Leitartikel für seine Zeitungen mit erstaunlicher Brillanz und treffender Kritik schrieb.

Sie hatten noch kein Wort gewechselt, und Susan erinnerte sich rechtzeitig an ihr Versäumnis. Verlegen murmelte sie: »Louis, darf ich dich mit …« Doch ein Blick auf Paul ließ sie die Reihenfolge der Vorstellung ändern. »Paul, darf ich dich mit Louis bekannt machen? Das ist Louis Taite.«

Paul trat zu ihnen und reichte Louis mit gemessener Höflichkeit die Hand. Sie hatten keinen Grund, übertrieben herzlich zu sein, und Susan war erleichtert, daß keiner von beiden sich darum mühte. Paul eröffnete das Gespräch mit einer diplomatischen Wendung. »Es tut mir leid, daß ich keine Möglichkeit hatte, Sie erst um Erlaubnis zu bitten, bevor ich kam. Ich dachte, Susan würde meine Gegenwart wünschen, also kam ich.«

»Susan war für uns alle eine große Hilfe«, erwiderte Louis. »Selbstverständlich kann sie einladen, wen sie will.«

Susan machte sich mit den Tellern zu schaffen. »Willst du etwas frühstücken, Paul? Es gibt Schinken und Tomaten.«

Sie war sich bewußt, daß es albern klang, aber sie erreichte damit, daß Louis sich wieder an den Tisch setzte. Dadurch wurde die Situation wieder normal.

Paul sagte: »Vielen Dank, ich nehme Kaffee.«

Susan fühlte seinen Blick, während sie ihm Kaffee einschenkte. Als sie ihm die Tasse reichte, schenkte er ihr ein Lächeln, das sein Gesicht auf charmante Weise veränderte. Dankbar erwiderte sie sein Lächeln und setzte sich in seltsam freudiger Stimmung auf ihren Platz neben Louis. In Pauls Gegenwart machte es ihr keine Schwierigkeit mehr, sich mit Louis zu unterhalten. Die Trennungswand zwischen ihnen war gefallen, sie sprachen so ungezwungen miteinander, als habe es die qualvollen Minuten, ehe Paul ins Zimmer trat, nie gegeben.

»Louis«, erklärte sie frei heraus, »ich habe die Absicht, nicht bis zur Beerdigung hierzubleiben.«

Er sah von seinem Teller auf. »Gewiß. Ich habe gar nicht erwartet, daß du deswegen hierbleiben würdest.«

»Wann findet die Beerdigung statt?« fragte Paul.

»Morgen vormittag. Racey und ich hoffen, daß wir am Abend wieder nach London zurückfahren können.« Verlegen blickte er von einem zum anderen. »Wir haben vorher noch manches zu besprechen.«

Rasch fiel Susan ein: »Unsere Flugplätze sind für Donnerstag morgen bestellt.«

Louis sah Paul jetzt an. »Das kompliziert die Sache ein wenig. Wir müssen mit den Anwälten noch regeln, daß Susan Midge mitnimmt. In solch einem Fall sind zahllose Papiere zu unterzeichnen, und es ist besser, wenn sie das an Ort und Stelle tun kann.«

»Wir könnten am Donnerstag auch das Abendflugzeug nehmen«, erwiderte Paul bereitwillig.

Damit war das entschieden. Susan hatte plötzlich Hoffnung, daß auch alles andere sich regeln würde. Solche Pläne erlaubten kein unentschlossenes Hin und Her. Es hätte Susan zwar gereizt, die Gründe für Louis' verändertes Wesen zu erforschen, aber sie zögerte, diesem Verlangen nachzugeben, weil ein tieferes Verständnis für seinen Charakter sie vielleicht nur verwirren würde, ohne die Sache zu klären. Mit schmerzlicher Reue erkannte sie, daß es zu der heutigen Situation nie gekommen wäre, wenn sie damals mehr Verständnis für ihn gehabt hätte. Aber konnte sie sich nicht mit der gleichen Berechtigung sagen, daß ihre zweite, mit viel mehr Überlegung getroffene Wahl – beinahe in jeder Hinsicht – die bessere war?

Zu Louis gewandt, sagte sie: »Ich würde Midge gerne morgen mit nach London nehmen. Ich möchte nicht … ich halte es für besser, wenn sie bei der Beerdigung nicht zugegen ist.«

Etwas überrascht sah er sie an. »Es wäre mir eine Erleichterung, wenn du das tätest. Ich glaube, wir sollten sie von all dem fernhalten.«

»Wie findet sie sich denn damit ab – die Kleine?« fragte Paul. Sein Ton war so teilnehmend, als habe er ein väterliches Gefühl für das Kind.

»Für ein Kind in diesem Alter ist es schwer«, sagte Louis nachdenklich. »Sie hat den Schock, daß ihr Großvater durch Raceys Flugzeug verunglückte, noch nicht überwunden, trotzdem ist die Tatsache, daß er tot ist, noch nicht in ihr Bewußtsein gedrungen. Unbewußt erwartet sie wahrscheinlich, daß er wiederkommt. Wenn man sie von hier wegbringt und sie ablenkt, kann ihr vielleicht ein zweiter, tieferer Schock erspart werden.« Gedankenvoll stocherte er an seinem kalt gewordenen Schinken herum, dessen erstarrte Fettklümpchen am Teller festklebten. »Das arme Kind«, fügte er fast unhörbar hinzu. »Sie liebten sich über alles.«

Diese Worte stellten die menschliche Seite der Tragödie in den Vordergrund – die Zerstörung der tiefen Verbundenheit zwischen dem Kind und dem alten Mann. Midges Schmerz war zum Symbol geworden für die Endgültigkeit des Todes. Im Gefühl ihrer Unzulänglichkeit warf Susan einen hilfesuchenden Blick zu Paul, aber diesmal gab er ihr keinen Trost. Es gab nichts, was sie vor ihren eigenen Gedanken retten könnte. Sie starrte auf ihren unberührten Teller nieder. Die Milch hatte die Flocken zu einem Brei aufgeweicht. Sie aß etwas von dem fad schmeckenden Gemengsel, dann legte sie den Löffel hin.

»Was soll heute mit Midge geschehen?« fragte sie Louis. »Zum Gericht können wir sie nicht mitnehmen.«

Louis erwiderte ein wenig gedankenverloren: »Gestern abend auf der Herfahrt habe ich den Blakes Bescheid gesagt. Sie kümmern sich heute um Midge. Etwa vor einer halben Stunde ist sie zu ihnen gegangen.«

»Noch vor dem Frühstück?«

»Ich hielt es für besser, wenn sie überhaupt nicht merkt, was hier vorgeht. Bei den Blakes hat sie vier Spielkameraden – sie werden sie so in Atem halten, daß sie gar keine Zeit hat für ihren Kummer, das arme Ding.«

Susan blickte traurig auf ihren Teller. Für das Kind war gesorgt worden, ohne daß man sie dazu gebraucht hatte. Ohne Paul anzuschauen, wußte sie genau, daß in seinem Gesicht die Frage zu lesen stand, wo in diesem umsichtigen Vater der Louis verborgen war, den sie ihm beschrieben hatte. Sie fühlte sich so gedemütigt, daß ihr das Blut in die Wangen schoß. Ihre Mutterpflichten hatte Louis so vorbildlich übernommen, daß er, falls sie um das Kind einen Kampf austragen müßten, schon die erste Runde gewonnen hätte. Aber er machte sich offenbar darüber keine Gedanken – er merkte gar nichts von ihrem Mißbehagen. Aber Paul hatte es sicher bemerkt. Ihm entging nichts, was von Bedeutung war. Seit ihrer Ankunft in England hatte er jedes kleinste Vorkommnis nicht nur bemerkt, sondern auch auf seine Weise gedeutet. Er konnte den sich überstürzenden Ereignissen nicht Einhalt gebieten und würde es auch dann nicht tun, wenn es in seiner Macht stünde. Vielleicht war ihm die Gelegenheit sogar willkommen, ihr Verhältnis zu Louis hier in Hythebourne mit eigenen Augen beobachten zu können. Aber im Augenblick war alles noch zu undurchsichtig, so daß es nicht einmal für Paul möglich war, ein klares Bild zu gewinnen. Denn Louis und sie waren sehr verschieden geartet, und wenn überhaupt noch ein Band zwischen ihnen bestand, so war es so zerbrechlich, daß es zu zerreißen drohte, bevor es sich festigen konnte.

Als Cutler eintrat, löste sich die Spannung. »Guten Morgen«, sagte er, zu Susan gewandt, obwohl sein Gruß allen galt. »Ich habe mich leider verspätet, dabei wollte ich besonders frühzeitig unten sein. Wir werden bald aufbrechen müssen.« Sein munterer Ton bewirkte, daß das Gespräch nicht mehr so verkrampft verlief. Susan blieb jedoch schweigsam. Im stillen ärgerte sie sich, daß Racey sich noch nicht blicken ließ.

»Wenn mein Bruder auf dem Heimweg in Ihrem Wagen mitfährt, Cutler, dann habe ich in meinem Wagen Platz für Oberst Hayes und seine Frau«, sagte Louis.

»Ist es in England üblich«, bemerkte Paul mit sanfter Ironie, »den Untersuchungsrichter und seine Gattin nach der Gerichtsverhandlung zum Lunch zu bitten?«

Bedächtig wandte sich Louis Paul zu. »Oberst Hayes«, sagte er, »war der beste Freund meines Vaters. Für ihn ist diese ganze Geschichte nicht weniger schmerzlich als für uns.«

»Verzeihung«, sagte Paul, aber sein Ton war noch immer sarkastisch. »Ich bin so lange nicht mehr in England gewesen, daß ich vergessen habe, wie gut sich die Menschen auf dem Lande kennen. Auf Schritt und Tritt muß man uns Amerikanern derartige Schnitzer nachsehen, nicht wahr, Susan?«

Mit seinen Worten machte er deutlich, daß er und sie nicht in diesen Kreis gehörten und auch mit den Formalitäten, die der Tod des alten Mannes mit sich brachte, nichts zu tun hatten. Damit wirkte ihre Weigerung, bis zur Beerdigung dazubleiben, verletzend. Sie hatte damit betont, daß sie ein Außenseiter war und es bleiben wollte.

Unbehaglich rückte sie auf ihrem Stuhl hin und her, mischte sich aber nicht in die Unterhaltung ein.

Sie beendeten das Frühstück, jeder mit seinen eigenen Gedanken beschäftigt. Alle atmeten auf, als Susan aufstand und sie gleichfalls das Zimmer verlassen konnten.

Als Susan im ersten Stock anlangte, ging sie zu Raceys Tür und klopfte an. »Komm herein!« rief er.

Er stand vor einer niedrigen Kommode, eine Krawatte in der Hand. Susans Blick schweifte über das Durcheinander von Rasiersachen, und als sie Racey näher betrachtete, bemerkte sie, daß er sich geschnitten hatte und versuchte, mit einem Taschentuch das Blut zu stillen.

»Was führt dich her, Hexe?« Er drehte sich wieder zum Spiegel.

In zurückhaltendem Ton erwiderte sie: »Ich wollte nur nachsehen, ob du schon auf bist.«

»Wie reizend von dir, daß du um mich besorgt bist. Aber heute ist so ein Tag, an dem man aufstehen muß, wenn man auch noch so sehr wünschte, die Nacht ginge nie zu Ende.« Sie machte die Tür zu. Sie fiel krachend ins Schloß. »Wovor hast du Angst?«

»Wärest du an meiner Stelle, würde es dir genauso gehen.«

Seine Worte schnitten ihr ins Herz. Unverhüllte Furcht sprach aus ihnen. Um ihre eigenen Ängste zu verdrängen, sagte sie hastig: »Es wird nichts passieren. Es kann gar nichts passieren. Cutler ist zufriedengestellt.«

Mit einem unterdrückten Fluch warf er das blutbefleckte Taschentuch weg. »Eine verdammte Geschichte!« schrie er wütend. »Mein Gott, seht ihr das denn nicht ein? Versteht ihr denn nicht, daß es besser für mich gewesen wäre, man hätte mich mit dem Zeug erwischt? Was glaubst du denn, wie man sich vorkommt, wenn man den eigenen Vater umgebracht hat und dann eine lächerliche Geldstrafe für ein paar geschmuggelte Kognakflaschen zahlen muß? Kannst du dir wirklich nicht vorstellen, wie einem da zumute ist?«

»Ich kann mir denken, daß du Höllenqualen durchmachst.«

Er stieß ein heiseres Lachen aus. Die Schnittwunde brach wieder auf, ein dünnes Blutgerinnsel sickerte über seine Wange. Achtlos wischte er es mit der Hand ab. »Wenn sie mich nur ins Gefängnis schickten! Das wäre wenigstens eine Art Buße.«

»Das würde auch nichts helfen. Das weißt du genau.«

»Schau, Susan, ich werde ohne Bestrafung davonkommen – ohne jede Bestrafung. Und genau das will ich auf keinen Fall. Wenn ich nicht so ein Feigling wäre, würde ich gestehen, was ich alles geschmuggelt habe, und die Strafe auf mich nehmen.«

Susan stand noch immer an die Tür gelehnt. Racey schwieg; im Zimmer war es sehr still. Sie sah das zerwühlte Bett, den Schlafanzug, den er auf den Boden geworfen hatte. Seine Worte klangen in ihr nach; sein überraschendes Geständnis kam ihr unerwartet. Er hatte offen ausgesprochen, daß er nicht den Tod fürchtete, sondern das Leben. Ohne jede Absicht hatte sie an die Quelle seiner waghalsigen Tollkühnheit gerührt. Hatten seine lachenden blauen Augen also damals seine Angst, die größer war als die ihre, zu verbergen versucht? So sehr sie sich auch mühte, sie konnte diesen Gedanken nicht loswerden.

Freundlich fragte sie: »Würde ein Drink dir helfen?«

»Nein, es bliebe nicht bei dem einen Glas. Ich würde mich so betrinken, daß ich bei der Vernehmung nicht aufrecht stehen könnte. Besaufen würde ich mich, sinnlos besaufen!«

Susan erwiderte nichts; ihr Schweigen schien ihn zu reizen, denn er fuhr sie wütend an: »Steh um Gottes willen nicht so herum mit dieser scheinheiligen Miene. Du kannst von Glück sagen, daß ich so ein Feigling bin. Wenn ich alles aufdecken würde, wäre ich vielleicht so ungeschickt, dich mit hineinzulegen. Zuweilen lohnt es sich, es mit einem Feigling zu tun zu haben.«

Er wandte sich wieder der Kommode zu und drehte den Spiegel so, daß sie sein Gesicht nicht mehr darin sehen konnte. Es gab nichts mehr zu sagen. Susan öffnete die Tür und verließ leise das Zimmer.

2. KAPITEL

Im hellen Sonnenlicht leuchteten die grünen Moospolster auf den roten Ziegeldächern der Bauernhäuser. Vor den Schaufenstern der Geschäfte waren die Läden heruntergelassen. Zwei Hunde spielten auf der sonnendurchfluteten menschenleeren Dorfstraße.

Susan beobachtete, wie der eine Hund davonlief und um die Ecke der Friedhofsmauer verschwand. Dann wandte sie ihre Aufmerksamkeit wieder der Straße zu. Die dicht nebeneinander parkenden Wagen verliehen dem behäbigen Dorf eine ungewohnte Bedeutung. Unter der offenen Tür des Postamtes stand eine Frau, die das gegenüberliegende Gebäude nicht aus den Augen ließ, das die Gemeindebücherei beherbergte und bei öffentlichen Anlässen als Versammlungsraum diente. Sonst war weit und breit kein Mensch zu sehen. Nur der Hund tauchte wieder auf und sprang spielerisch über seinen eigenen Schatten.

»Paul«, unterbrach Susan die Stille, »hast du eine Zigarette für mich?«

Wortlos zog er seine Zigaretten aus der Tasche und zündete eine für Susan an. Sie lehnte sich in die warme Lederpolsterung ihres Sitzes zurück. »Wie lange dauert es schon?« fragte sie.

Er sah auf die Uhr. »Fünfundzwanzig Minuten.«

»Ist das nicht ungewöhnlich lange? Sicherlich werden sie mich bald hineinrufen.«

Gleichmütig erwiderte Paul: »Du kannst nicht erwarten, daß ein Provinzrichter gewillt ist, sich zu beeilen. Ein solcher Fall passiert hier höchstens einmal in zehn Jahren.«

»Oh, zum Teufel mit ihnen! Racey wird die Nerven verlieren, wenn sie ihn derart auf die Folter spannen.«

Beruhigend streichelte er ihre Hand, die regungslos neben ihm auf dem Sitz lag. »Nimm's dir nicht so zu Herzen, Sue.«

Sie ließ sich jedoch nicht beruhigen. »Hast du bedacht, Paul, wie schlimm es mir ergehen wird, wenn Racey nicht dichthält? Ist dir klar, was dann mit mir geschieht?«

Er nickte. »Natürlich, ich habe das alles bedacht. Trotzdem rate ich dir, es dir nicht so zu Herzen zu nehmen. Ein richtiger Mann läßt sich von so etwas nicht umschmeißen.«

Sie konnte seine Zuversicht nicht teilen. »Aber der Arzt wird aussagen.«

»Natürlich wird er aussagen. Aber was macht das schon aus! Auch Cutler weiß nicht mehr als er; das einzige, was sie angeben können, sind diese paar Kognakflaschen. Solange Racey den Mund hält, kann dir nichts geschehen.«

»Aber kann man Racey trauen, daß er durchhält?« Sie war gereizt, weil sie spürte, daß die Frau vor dem Postamt sie beobachtete.

Paul erwiderte trocken: »Du kannst Gift drauf nehmen, daß ein Mann sich seiner Haut zu wehren weiß.«

Der Druck seiner Hand wurde fester, eine beruhigende Kraft ging von dieser Berührung aus. Susan schloß die Augen und versuchte, das friedlich heitere Bild des Dorfes zu vergessen, das mit seinen fröhlichen Farben, seiner behäbigen Spießbürgerlichkeit eine Bedrohung ihrer selbst und der Menschen ihrer Art darstellte. Als sie die Augen wieder öffnete, schienen die roten Dächer anklagend nach ihr zu greifen. Hilfesuchend schmiegte sie sich tiefer in das Polster. Verwundert sah Paul sie an. Da erscholl lautes Gelächter aus dem Gemeindesaal.

»Worüber lachen sie wohl?« fragte Susan entsetzt. »Da gibt's doch nichts zu lachen.«

»Sie finden immer etwas zum Lachen«, sagte Paul. »Selbst wenn sie einen Mann dem Henker ausliefern, finden sie etwas, das sie zum Lachen reizt.«

Das selbstsichere, zufriedene Gelächter steigerte ihre Furcht. In wenigen Augenblicken würde sie selbst in dem muffigen Saal vor dem Untersuchungsrichter stehen und darüber aussagen, was sich in Hythebourne zugetragen hatte. Ihr wurde fast übel, es fiel ihr schwer, die Augen offenzuhalten.

»Paul?«

»Sue?«

»Ich weiß gar nicht, warum mir das alles so nahegeht. Warum mir das Schicksal dieser Menschen so zu Herzen geht.«

Er gab keine Antwort, aber sie spürte, daß sein Körper sich spannte.

Sie wandte sich ihm zu und sah, daß sein Gesicht müde wirkte, unter der sonnengebräunten Haut traten die Knochen hervor.

Sie ließ nicht locker. »Kannst du mir erklären, warum das so ist?«

Plötzlich entzog er ihr seine Hand und öffnete rasch die Tür. Im Aussteigen sagte er: »Du bist der einzige Mensch, Sue, der das wissen kann. Du wirst schon selbst dahinterkommen.« Damit ließ er sie allein.

Sie sah ihm nach. Langsam ging er an dem Polizisten vorbei und verschwand im Gemeindesaal. Jetzt, da sie Pauls beruhigender Gegenwart beraubt war, steigerte sich ihre Verzweiflung. Tränen traten ihr in die Augen, sie konnte sie nicht zurückhalten. In den vielen Stunden seit gestern morgen hatte sie immer mehr die Fähigkeit verloren, die Dinge im rechten Licht zu sehen, und nun, da Paul sie allein gelassen hatte, schien er ihr nur noch das Sinnbild des Lebens zu sein, das sie gewählt hatte, während Louis die Gegenwart verkörperte. War Paul bei ihr, dann beruhigten sich ihre widerstreitenden Gedanken und formten sich zu einem geschlossenen Bild, das ihr vertraut war. Aber selbst ihm gelang es nicht, ihr das Gefühl von Geborgenheit zu schenken. Er erschien ihr wie eine kopfnickende, lächelnde Marionette in einem bösen Traum, die tatenlos auf die Entscheidung wartete, die mit jedem Augenblick unabwendbar näherrückte. Sie mußte sich eingestehen, daß es nicht nur die lähmende Angst vor der Vernehmung und den dichtgedrängten Zuhörern war, die sie bedrückte, sie hatte vor allem davor Angst, ihre ganzen Pläne für ihre Zukunft könnten ins Wanken geraten und endgültig in sich zusammenstürzen.

Da hörte sie, wie ihr Name im Innern des Gebäudes gerufen wurde. Der Polizist am Eingang wiederholte den Ruf.

Es kostete sie eine übermenschliche Anstrengung, sich nach ihm umzuwenden. Der Nebel vor ihren Augen ließ die dicke Gestalt in der blauen Uniform gespenstisch schwanken.

Sie konnte sich kaum rühren vor Erschöpfung, da sah sie, daß Paul eilends auf sie zukam. Er öffnete den Schlag und ergriff sanft ihren Arm.

»Alles in Ordnung, Susan. Sie warten auf dich.«

Mit großer Anstrengung brachte sie hervor: »Wie steht die Sache? Wie weit sind sie gekommen?«

Liebevoll geleitete er sie über die holprige Straße. »Der Arzt, Louis und Cutler haben ihre Aussagen gemacht. Sage ihnen einfach, was du gesehen hast, mehr brauchst du nicht zu tun.«

Sie klammerte sich an seinen Arm. Der Polizist beobachtete sie interessiert; er hob schon die Hand, um sie zur Eile anzutreiben, aber Susan veranlaßte Paul, stehenzubleiben. »Wie weit sind sie davon unterrichtet, warum Cutler hierherkam? Wissen sie, daß er mit einem bestimmten Auftrag kam?«

Paul nickte, aber seine Miene zeigte die gleiche Zuversicht. »Auch durch ein stillschweigendes Übereinkommen wäre das nicht zu umgehen gewesen.«

»Dann weiß Oberst Hayes also auch über Racey Bescheid?«

»Nur soweit Cutler ihn darüber aufklärt, und der wird die Sache bestimmt nicht aufbauschen.«

Die Sonne schien heiß auf das holprige Pflaster, während sie auf das Gebäude zugingen. Leise, damit der Polizist ihn nicht hören sollte, sagte Paul: »Oberst Hayes wird keine unnötigen Fragen stellen. Das zu wissen ist schon viel wert.«

Sie nickte. Sie hätte gern noch vieles gefragt, aber dafür blieb keine Zeit. Am Eingang gab er ihren Arm frei. Nun mußte sie selbst für sich einstehen.

Als sie den überfüllten, stickigen Saal betrat, drehten sich die Menschen neugierig nach ihr um. Sie alle hatten ihren Namen einander zugeflüstert, als Oberst Hayes sie aufrief. Jetzt saßen sie erwartungsvoll da. Susan erkannte einige Gesichter in der Menge, ohne sich ihrer Namen entsinnen zu können. Paul begleitete sie bis vor den improvisierten Richtertisch, und Susan war sich bewußt, daß sie dadurch Stoff zu Vermutungen gaben. Oberst Hayes saß hinter dem Bibliothekstisch. Jemand hatte ein Marmeladenglas mit leuchtendgelben Chrysanthemen darauf gestellt. Ihre schlichte Schönheit paßte wenig in den muffigen, überfüllten Saal.

Jemand reichte Susan eine Bibel, und sie wurde vereidigt. Daran hatte sie vorher nicht gedacht. Eine panische Angst packte sie, alles drehte sich ihr vor den Augen. Kaum konnte sie die Richter von Paul, Louis und David Cutler unterscheiden. Racey saß neben seinem Bruder auf der vordersten Bank, aber er hielt den Blick gesenkt. Susan schaute den Obersten an: er begrüßte sie mit einem kurzen Nicken und gebot dann Stillschweigen.

»Sie sind Mrs. Louis Taite?«

Es schien lächerlich, einem Mann, mit dem sie sich dutzendmal in Hythebourne unterhalten hatte, diese Frage zu beantworten.

Sie bejahte die Frage.

Daraufhin bat Oberst Hayes sie in seiner ruhigen, zurückhaltenden Art, die Ereignisse seit ihrer Ankunft in Hythebourne am Sonntag zu schildern. Sie erzählte rasch alle Einzelheiten. Als sie auf Louis' Ankunft am gleichen Abend zu sprechen kam, unterbrach sie der Untersuchungsrichter.

»Warum ist Ihr Gatte nicht mit Ihnen und seinem Bruder gefahren, Mrs. Taite?«

Sie holte tief Atem. »Wir hatten nicht beabsichtigt, zusammen nach Hythebourne zu fahren. Er entschloß sich plötzlich, daß er mich sehen wollte, und fuhr uns nach.«

»Aus welchem Grund?«

»Ich fliege am Donnerstag nach New York zurück. Vor meinem Abflug war noch vieles zu besprechen. Die Zeit drängte.«

Dem aufmerksam lauschenden Publikum entging es nicht, daß der Richter zögerte, die nächste Frage zu stellen. Er legte die Feder aus der Hand und fuhr dann mit klarer Stimme fort: »Stimmt es, Mrs. Taite, daß Ihr Gatte vor einiger Zeit die Scheidungsklage gegen Sie eingereicht hat?«

»Jawohl, das ist richtig.«

»Und das eben wollte er mit Ihnen besprechen, als er Sonntag abend kam?«

»Gewiß.«

»Ich verstehe«, sagte er. Dann klopfte er laut auf das Pult, um das Geflüster auf den Bänken zu unterbrechen. »Bitte, fahren Sie fort, Mrs. Taite.«

Ohne weitere Zwischenfragen ließ er sie über die Geschehnisse am Montag morgen berichten. Auch zu dem, was sie über Cutlers Ankunft aussagte, stellte er keine Fragen. Susan war überrascht, wie leicht es ihr fiel, über den Unglücksfall auszusagen, wie deutlich ihr jede Einzelheit vor Augen stand: das satte Grün des Grases im Morgensonnenlicht, das Aufblitzen der Flugzeugflügel, das rote Blut aus den Wunden des alten Mannes.

»Was taten Sie, als Sie sahen, daß der alte Herr verletzt war ... als Sie ihn stürzen sahen?«

»Ich kam gar nicht dazu, etwas zu tun. Ich lief natürlich sogleich zu ihm hin, aber Mr. Cutler forderte mich auf, meine Tochter ins Haus zu bringen. Sie hatte das Unglück mit angesehen und war zu Tode erschrocken.«

»Ja, natürlich«, sagte er, »selbstverständlich.«

»Sie war sehr aufgeregt«, fuhr Susan fort. »Ich trug sie ins Haus und brachte sie zu Bett. Erst als sie ruhiger geworden und eingeschlafen war, ging ich wieder hinunter. Inzwischen war der Arzt gekommen.«

»Ja, richtig«, sagte er. Dann sah er ihr voll ins Gesicht. »Noch eine letzte Frage, Mrs. Taite. Hätte Horace Taite Ihrer Meinung nach irgend etwas tun können, um den Unfall zu vermeiden? Gab es dazu auch nur die geringste Möglichkeit?«

Mit fester Stimme antwortete sie: »Nein. Das war völlig ausgeschlossen. Er wendete korrekt das Flugzeug, um es in den Hangar zu rollen. Ich bezweifle, daß er seinen Vater überhaupt erkannt hat, so schnell ging alles.«

Er nickte. »Danke, Mrs. Taite. Sonst habe ich keine Fragen.«

Wieder ertönte das leise Stimmengewirr in den dichtbesetzten Bänken. Susan blieb zögernd auf dem Platz stehen, den man vor dem Pult des Richters freigelassen hatte. Wie durch einen Nebel sah sie die Gesichter, die ihr neugierig zugewandt waren, doch trotz der Verwirrung empfand sie die leuchtende Schönheit der Blumen in ihrem häßlichen Gefäß. Sie hätte die Blumen am liebsten mit ins Freie genommen, in die Sonne, um ihnen das Himmelslicht wiederzugeben. In diesem Augenblick erhob sich Paul. Aufatmend ging sie ihm entgegen, und gemeinsam durchschritten sie den schmalen Gang zwischen den Bänken. Sie hörte noch, wie Oberst Hayes in das Stimmengewirr hineinrief:

»Horace Taite, bitte.«

Susan blickte sich nicht um, aber sie wußte, daß Racey sich langsam erhoben und seinen Platz vor dem Untersuchungsrichter eingenommen hatte. Als sie im Sonnenlicht auf den Eingangsstufen stand, hörte sie Racey mit leiser Stimme den Eid nachsprechen.

Paul nahm ihren Arm. »Du brauchst nicht zuzuhören, Sue. Er hat nichts Neues auszusagen.«

Sie zögerte noch immer. »Trotzdem möchte ich gern zuhören.«

Da riß er sie herum, daß sie ihn anblicken mußte. »Damit kannst du niemandem nützen. Racey ist es sicher unangenehm, dich da stehen zu sehen.«

Sie mußte ihm recht geben und ließ sich von ihm zum Auto führen. Die Frau stand noch immer vor dem Postamt; als die beiden näher kamen, richtete sie sich neugierig auf und starrte ihnen nach, bis sie ins Auto gestiegen waren. Dann nahm sie wieder ihre abwartende Haltung ein.

Pauls Hand lag leicht in Susans Schoß; auf seiner Armbanduhr verfolgte sie den Minutenzeiger, der quälend langsam weiterkroch. Die Zeit schien stillzustehen. Sie sprachen kein Wort. Endlich drang das Geräusch von Stimmen aus dem Saal. Plötzlich war die Dorfstraße voller Menschen, ihre Stimmen schwollen zu einem vielstimmigen, mißtönenden Chor an. Dann löste sich die Menge in einzelne Gruppen auf; die einen verschwanden langsam die Straße hinunter, die andern gingen zu ihren Wagen, die sie am Straßenrand geparkt hatten. Alles war im Aufbruch begriffen: Autotüren wurden zugeschlagen, laute Abschiedsrufe mit Bekannten gewechselt. Susan sah bewegungslos vor sich hin: sie spürte, daß Paul begriff, wenn sie auch nur den Kopf wenden würde, käme eine Flut von alten Bekannten, die ihr inzwischen fremd geworden waren, auf sie zugestürzt, um sie zu begrüßen.

Eine Ewigkeit schien zu vergehen. Als Susan aufblickte, sah sie alle auf den Stufen beisammen: Louis und Racey, in einigem Abstand den Arzt; Cutler war mit Oberst Hayes und seiner Frau schon auf halbem Weg zum Auto.

Als Paul rasch das Fenster öffnete, hörte sie auch schon Mrs. Hayes' Stimme. Übertrieben freundlich, als wollte sie zu verstehen geben, daß sie es ganz natürlich finde, Susan wiederzusehen, rief sie ihnen zu: »Susan, meine Liebe, wie geht es Ihnen?« Mit ihren altersschwachen Augen musterte sie die Frau, die jünger war als sie. »Sie sehen nicht so wohl aus wie früher. Ein wenig blaß. Man müßte sie ein bißchen auffüttern.«

Unangenehm berührt, bemühte sich Susan, höflich zu bleiben. »Mrs. Hayes, darf ich Sie mit Paul Berkman bekannt machen?« An Susan vorbei reichten sie sich die Hand. Unverhohlen musterte Sadie Hayes den Amerikaner. Später, als Susan alles in Ruhe überdenken konnte, erinnerte sie sich, wie einschmeichelnd Pauls Stimme klang, wie er Mrs. Hayes wie eine alte Bekannte behandelt und sie dadurch daran gehindert hatte, ihre Neugier zu befriedigen. Deshalb war sie, als sie in Louis' Wagen stieg, in dem ihr Mann bereits Platz genommen hatte, nicht ganz auf ihre Kosten gekommen. Paul hatte sich dann aus dem Fenster gebeugt und Cutler ein Zeichen gegeben. Dieser kam sofort zu ihm. »Ist alles in Ordnung?«

Cutler nickte. »Ein Unglücksfall – es war nur eine Formsache, wie Sie wissen –«

Doch Susan wußte, als sie über die drei nebeneinanderstehenden Wagen blickte, daß es mehr war als das. Es bedeutete eine tief einschneidende Veränderung, die das festgefügte Leben in Hythebourne zum Stillstand bringen würde. Ihr Blick blieb auf Racey haften, der bereits in Cutlers Wagen saß. Er hatte eine Zigarette angezündet, ohne sie zu rauchen.

»Und wie hat Racey es überstanden?«

Cutler wiegte zweifelnd den Kopf. »Es hat ihn ziemlich mitgenommen. Das ist wohl ganz natürlich.«

Dann verabschiedete sich Cutler von dem Arzt, der sein Auto

zwischen den anderen Wagen herauslenkte. Der junge Mann wandte sich noch einmal um und winkte ihnen zu, bevor er in seinem schwarzen Auto davonfuhr. Nun blieb ihnen nichts weiter übrig, als nach Hythebourne zurückzufahren.

Der gemeinsame Lunch in Hythebourne war eine sehr formelle Angelegenheit. Beide Damen behielten ihre Hüte auf, und Sydney trug seine zweitbeste schwarze Livree. Die Weinflaschen waren mit Staub und Spinnweben bedeckt, sie waren seit langem für einen besonderen Anlaß im Keller gelegen. Louis hatte den Platz seines Vaters am oberen Ende des Tisches eingenommen, und alle bemühten sich, so zu tun, als merkten sie es nicht. Er fühlte sich selbst nicht behaglich und unterhielt sich ein wenig zerstreut mit Sadie Hayes; wenn das Schweigen zwischen ihnen allzu lange dauerte, wandte er sich an Cutler zu ihrer Linken.

Mit ernster Miene hatte Louis Susan den Platz der Hausherrin am anderen Ende des Tisches zugewiesen. Sie wollte sich schon weigern, da spürte sie, daß alle Blicke gespannt auf sie gerichtet waren. Wortlos nahm sie den ihr zugewiesenen Platz ein. Als sie die Tafel entlangschaute, begegnete sie Pauls Blick. Aber sein Lächeln verriet – wie gewohnt – nichts von dem, was in ihm vorging. Dann wandte er mit einem unmerklichen Achselzucken seine Aufmerksamkeit Oberst Hayes zu, der neben ihm saß. Susan beobachtete, wie sich Sadie Hayes genießerisch den Speisen widmete und damit kundtat, daß sie wohl wisse, leichtfertiges Geplauder sei jetzt nicht angebracht. Nach und nach folgten auch die anderen ihrem Beispiel. Als die Mahlzeit beendet war, atmeten alle erleichtert auf, und die ganze Gesellschaft wanderte in den Salon, wo der Kaffee bereitstand.

Paul fand am Fenster einen Platz, wo er allein saß, fast ausgeschlossen von den anderen, halbverdeckt von den bis zum Boden reichenden Vorhängen. Während er darauf wartete, daß Sydney ihm Kaffee servierte, blickte er hinaus auf den verwilderten Rasen. Während seine Blicke auf dem bizarren Taubenschlag ruhten, dachte er über den Ausdruck in Susans Gesicht nach, als sie den Platz Louis gegenüber einnahm. Als könne er die Bedeutung dieses Ausdrucks nicht begreifen, wandte er sich von dem sonnendurchfluteten Bild ab und drehte sich so, daß er Susan sehen konnte. Ihre Gestalt im schwarzen Kostüm und ihr rotes Haar hoben sich scharf von der hellen Wand ab. Sie saß sehr aufrecht auf einem zierlichen, vergoldeten Stuhl. Als Cutler das Wort an sie richtete, beugte sie sich etwas vor. Dann brachte ihm Sydney den Kaffee und versperrte den Blick; als Paul sie wieder ins Blickfeld bekam, saß sie so unbeweglich wie vorher. Geistesabwesend hielt sie ihre Tasse; wie sie so regungslos dasaß, bot sie einen bezaubernden Anblick, der Paul entzückt hätte, wäre er sich nicht der Gefahr bewußt gewesen, die darin lag. Er ließ seinen Blick zu Louis schweifen, der müde in einem Sessel lehnte. Seine Stirn war genauso umwölkt wie die Raceys. Seine Hände, die eine Tasse und eine Zigarette hielten, zogen Pauls Aufmerksamkeit auf sich. Es waren vornehme Hände, aber sie entbehrten die feminine Gepflegtheit, auf die Paul immer großen Wert legte. Trotzdem konnte er nicht umhin, sie zu bewundern. Aus Louis' Gesichtszügen sprach Kraft und Willensstärke. Plötzlich blickte Louis auf, als habe er in diesem Augenblick eine auf ihn wirkende Ausstrahlung gespürt. Paul folgte seinem Blick und sah, daß Susans Augen auf Louis gerichtet waren.

In dem Blick, in dem sie sich über den Raum hinweg begegneten, lag ein ungläubiges Staunen. Susan hatte sich ein wenig vorgebeugt, ihre Lippen hatten sich leicht geöffnet, die ernste Starrheit war von ihrem blassen Gesicht verschwunden. Es sah aus, als würde sie im nächsten Augenblick aufstehen, auf Louis zugehen und ihn berühren, um sich seiner leibhaftigen Gegenwart zu vergewissern. Ihr Blick war der einer Erwachenden, die eine dämmernde Erkenntnis noch nicht fassen kann.

Paul spürte die Gefahr, die dieser Blick offenbarte. Er wollte aufschreien, zu ihr eilen, sich zwischen sie und Louis stellen, um die Verbindung, die dieser Blick herstellte, zu zerstören. Doch er zwang sich mit seiner ganzen Willenskraft, die Augen von dem quälenden Bild abzuwenden und durch das Fenster auf den verwilderten Garten zu starren.

3. KAPITEL

Sie standen alle in der Halle, um Racey nachzublicken, der sich überraschenderweise erboten hatte, Oberst Hayes und seine Frau nach Hause zu fahren. Man konnte es Sadie Hayes, die neben Racey Platz genommen hatte, ansehen, wie sie sich krampfhaft bemühte, einen Gesprächsstoff zu finden. Der Oberst hatte es sich im Rücksitz bequem gemacht und kümmerte sich nicht weiter um die beiden.

Als das Motorengeräusch verklungen war, bemächtigte sich der Zurückbleibenden wieder einer jener peinlichen Augenblicke des Schweigens, die so schwer zu überbrücken sind. Louis, dem diese Aufgabe zugekommen wäre, bemühte sich nicht darum. Die Hände in den Taschen, sah er vor sich hin, als berühre ihn die Gegenwart der andern gar nicht. Sie standen stumm beisammen wie Menschen, die gemeinsam ein schweres Erlebnis hatten und sich nun, da alles vorüber war, den herkömmlichen Anforderungen des gesellschaftlichen Benehmens nicht mehr anpassen konnten. Sie alle warteten, daß etwas geschehe, aber es geschah nichts.

Wieder war es Cutler, der das erlösende Wort fand. Susan sah ihn überrascht an.

Er deutete ihren Blick richtig: in jenen Augenblicken des Schweigens hatte sie nur an Louis und Paul gedacht. Sie tat ihm leid in ihrer Verwirrung.

»Wäre es Ihnen recht, wenn ich Midge heimholen würde?« fragte er zartfühlend. »Es ist beinahe drei Uhr.«

Louis blickte schnell auf. »Sie erwartet, daß ich sie abhole. Es ist besser, wenn ich selbst gehe.« Er schaute fragend Susan an. Sie erwiderte seinen Blick wortlos. Er war daher gezwungen, deutlicher zu werden.

»Möchtest du mich nicht begleiten? Midge würde sich bestimmt freuen, wenn du mitkommst.«

Erschrocken wich sie einen Schritt zurück. Im selben Augenblick trat Paul zu ihr. »Geh doch mit, Susan. Du machst der Kleinen sicherlich eine Freude.«

Sein Gesichtsausdruck war undurchdringlich. Ratlos sah sie von einem zum andern, während beide Männer gespannt auf ihre Entscheidung warteten.

»Ja, ich komme mit«, sagte sie schließlich und ging zum Auto. Langsam folgte Louis. Als er den Wagen wendete, sah Susan, daß sich Cutler zurückgezogen hatte und Paul allein am Portal stand. Es lag eine erschreckende Einsamkeit über ihm, wie er so dastand, trotzdem brachte er es über sich, ihr zuzulächeln, als sie zwischen den beiden hohen Mauern hindurch auf den Zufahrtsweg einbogen.

Als sie die Straße erreichten, sagte Susan: »Wir hätten zu Fuß gehen sollen. Über die Felder kann man abschneiden.« Sie wußte, wie töricht ihre Bemerkung war, aber irgend etwas mußte sie sagen, um den Gedanken an Paul zu vertreiben, der so einsam zurückgeblieben war.

Louis antwortete nicht sogleich. Es war fast, als wisse er, daß sie keine Antwort erwartete. »Du bist müde«, sagte er schließlich. »Es war ein anstrengender Tag für dich.« Aus seinen Worten klang keine besondere Besorgnis, es war einfach die Feststellung einer Tatsache, und als solche faßte Susan sie auf. Sie lehnte sich ins Polster zurück und hielt den Blick auf die Straße gerichtet, die sich zwischen grünen Hecken vor ihnen dahinwand. Susan fühlte sich Louis ausgeliefert; es gab kein Entrinnen mehr, sie mußten endlich ihr eigenes Problem lösen, während die übrige Welt hinter den Hecken versank, die wie Mauern den Weg einschlossen. Voller Verlangen, sich aus dieser Gefangenschaft zu befreien, wandte sie sich entschlossen an Louis.

»Ich muß mit dir über Midge sprechen.«

»Ja«, sagte er ernst.

»Ich habe dich schon einmal darum gebeten. Ich möchte sie mit mir nach Amerika nehmen, wie du weißt.«

»Ja.«

»Und wie hast du dich entschieden?«

»Ich habe dir ja gesagt, daß du selbst die Entscheidung treffen mußt. Du hast Midge nun in ihrer gewohnten Umgebung gesehen, kennst das Leben, an das sie gewöhnt ist. Die Entscheidung liegt jetzt bei dir.«

Sie versuchte auszuweichen. »Wenn sie nun hierbleibt? Was geschieht mit ihr, wenn Hythebourne verkauft wird?«

»Sie muß sowieso bald eine richtige Schule besuchen.«

»Eine Schule? Dann ist sie für acht oder neun Monate im Jahr versorgt. Aber wo soll sie die übrige Zeit verbringen?«

»Ich kann sie nur zu mir nach Carlton Mews nehmen.«

Sie blickte ihn an. Er fühlte die Frage in ihrem Blick und wandte sich ihr einen Augenblick zu. »Louis, ich möchte dich etwas fragen«, sagte sie. »Beabsichtigst du, wieder zu heiraten, wenn die Scheidung ausgesprochen ist?«

Die Frage war ihm nicht angenehm, da er sie nicht beantworten konnte. Er zürnte sich wegen seiner eigenen Entschlußlosigkeit. Aber er wollte nicht mit Worten etwas Gestalt verleihen, das bisher nur als vage Idee bestand.

»Wahrscheinlich werde ich wieder heiraten«, räumte er ein. »Und zwar eine Frau, die ich schon lange kenne. Sie heißt Elisabeth Duncan.«

Diese wenigen Worte klangen wie etwas Endgültiges, als habe er ihr auf höfliche Weise Lebewohl gesagt und die Tür hinter ihr zugeschlagen. Zum erstenmal wurde ihr bewußt, daß sein Leben nach ihrer Trennung weitergehen, sich ändern, sich neuen Interessen zuwenden würde. Auch er selbst würde sich verändern. Diese Erkenntnis schmerzte sie. Für ihn würde ihre Ehe darin nur eine unbedeutende Episode bedeuten, mit der er abgeschlossen hatte. Eine ihr unbekannte Frau mit Namen Elisabeth hatte ihren Platz eingenommen, sie allein bedeutete alles für Louis.

In Gedanken wiederholte sie seine Worte wie eine traurige Melodie, deren Wahrheit sie schmerzlich berührte. Sie blickte auf ihre Hände, die in ihrem Schoß lagen, dann schaute sie plötzlich

Louis forschend an. Er spürte ihren Blick, lenkte wortlos den Wagen an den Rand der Straße und hielt an.

»Ich möchte mit dir sprechen, Susan«, sagte er. »Aber es hat nur Sinn, wenn du wirklich aufrichtig bist.«

»Was möchtest du wissen?«

»Ich will alles wissen, was dein Leben jetzt ausmacht. Ich möchte wissen, wohin du Midge mitnehmen willst.«

Sie zögerte. »Diese Frage ist nicht so leicht zu beantworten, Louis. Man kann sechs Jahre nicht zu ein paar Minuten zusammendrängen.«

»Versuche es wenigstens, Susan. Mir liegt viel daran. Erzähle zuerst von Paul, wenn das dir leichter wird.«

»Nein ... Alles formte sich neu, als ich nach New York zurückkehrte. Meine ganze berufliche Erfahrung bestand darin, daß ich ein paar Jahre lang bei einer kleinen Lokalzeitung in Maine gearbeitet und im Krieg ein paar Politiker im Auto durch London gefahren hatte. Zuerst mußte ich mich sehr plagen, bis ich eine Stellung fand, die mich zufällig mit Paul zusammenführte. Er gab mir den Start zu einer erfolgreichen Karriere.«

»Wirklich?«

»Ich war zunächst Mitarbeiterin an einer seiner Frauenzeitschriften. Eines Tages entdeckte er – Gott weiß, wie er darauf kam –, daß ich etwas von Mode und Kleidern verstand. Er nahm das Wagnis auf sich und machte mich zur Mode-Chefredakteurin. Ich mußte mich halb totschuften, bis ich mich durchgesetzt und bewiesen hatte, daß sein Vertrauen gerechtfertigt war.«

Skeptisch zog Louis die Brauen hoch. »Und bei all seiner Arbeit hatte Paul Zeit, deine Fähigkeiten zu entdecken?«

»Paul ist einer der seltenen Menschen«, sagte sie nachdenklich, »die alles, was mit ihrem Beruf zusammenhängt, von Grund auf kennen. Mitten in einem Wahlkampf findet er Zeit zu bemerken, daß ein Artikel in einer seiner unbedeutenderen Zeitschriften nicht auf der Höhe ist. Wenn man seine Sache gut macht, zahlt er auch gut – macht man sie schlecht, fliegt man raus. Halbheiten gibt es bei ihm nicht.«

»Hat er Geld?« fragte Louis stirnrunzelnd.

»Wahrscheinlich mehr, als er jemals ausgeben kann.«

Eine Zeitlang saß Louis unbeweglich, dann sagte er: »Und was soll aus Midge werden? Ist er damit einverstanden, daß du sie zu dir nimmst?«

»Er ist mit allen meinen Wünschen einverstanden, also auch mit Midge.«

»Was hast du mit ihr vor?«

»Sie wird in die Schule gehen.«

»Und du wirst deinen Beruf weiter ausüben?«

»Ja.«

Als er nichts erwiderte, fragte sie: »Du findest, das sei falsch?«

»Nichts ist falsch, Susan, wenn wir es nicht selbst dazu machen. Wenn du einen guten Grund hast, deine Stellung beizubehalten, dann ist es sicherlich das richtige für dich.«

»Ich habe mehr als einen guten Grund dafür. Paul hängt mit Leib und Seele an seinen Zeitungen. Will ich sein Leben teilen, muß ich auch daran teilhaben.«

»Ja ... Ja, das verstehe ich. Aber wie paßt Midge in dieses Leben? Wer kümmert sich um sie, wenn sie Ferien hat?«

»Ich verbringe jeden Sommer auf dem Lande in Maine. Das wird für sie ein neues Hythebourne werden.«

»Doch nicht ganz«, sagte er so leise, daß sie ihn kaum verstand.

Stumm saßen sie nebeneinander. Wieder empfand Susan, daß sie einer Wendung ihres Schicksals ausgeliefert war und daß sie noch nicht wußte, welchen Preis sie dafür bezahlen mußte. Es quälte sie, daß sie Louis' Gedanken nicht erraten konnte. Wußte er eine für sie beide befriedigende Lösung? Oder machte er nur versteckte Hinweise auf Dinge, die gar nicht bestanden?

Plötzlich legte sie ihre Hand auf seinen Arm in dem überwältigenden Verlangen nach rückhaltloser Aufrichtigkeit.

»Louis ... ich wollte dir längst sagen ...« Sie stockte aus Furcht, nicht die richtigen Worte zu finden.

Ruhig half er ihr aus der Verlegenheit: »Was willst du mir sagen, Susan?«

»Ich wollte dir nur sagen, daß es mich traurig macht.«

»Was?«

»Alles.«

»Du meinst, Vaters Tod – und Racey?«

»Nicht nur das. Auch mein eigenes Verhalten ... alles, was so unglücklich endete. Ich bin traurig, daß wir in unserer Ehe von Anfang an versagt haben, daß es mir an Ausdauer gefehlt hat, nur ein wenig länger auszuhalten und zu versuchen, ob wir nicht doch noch zurechtkämen. Und Midge – auch daran habe ich schuld. Ein Kind von sieben Jahren dürfte nicht so sein, aber dafür kann sie ja nichts, das arme Kind. Ich glaube, eine Mutter, die in der Erziehung Fehler macht, ist besser als gar keine Mutter.«

Er unterbrach sie. »Warum sagst du das alles? Du weißt bestimmt, daß wir beide schuld daran haben. Du brauchst die Verantwortung nicht allein auf dich zu nehmen.«

Etwas beruhigt fuhr sie fort: »Ich habe dir das gesagt, weil ich mit der Überzeugung nach England kam, mich träfe überhaupt keine Schuld. Ich dachte, ich hätte das einzig Richtige getan – daß es moralisch sei, eine Ehe zu beenden, bevor sie zu einem immerwährenden Streit ausartet. Aber ich habe inzwischen eingesehen, daß eine Entscheidung nicht unbedingt die einzig richtige zu sein braucht.«

»Vieles hätte ich anders machen müssen«, fuhr sie fort. »Um des Kindes willen hätte ich bleiben sollen ... und als du aus Frankreich zurückkamst, nach dem Absturz, hätte ich hiersein sollen, um dir zu helfen, so gut ich konnte. Mir fehlte der Glaube – der Glaube an uns beide, und die Hoffnung, daß wir uns vielleicht eines Tages doch verstehen würden.«

Da Louis nichts erwiderte, fuhr sie fort: »Als ich hierherkam, bildete ich mir ein, es werde ganz einfach sein, über Midge Autorität zu gewinnen. Ich stellte mir das leichter vor als die Ausarbeitung einer neuen Artikelserie für meine Zeitschrift. Und jetzt bin ich davon nicht mehr so überzeugt.«

»Wovon?«

»Ich bin nicht mehr sicher, ob ich überhaupt ein Anrecht auf Midge habe. Ich habe nichts getan, wofür sie mir Achtung oder Liebe schuldete – ich finde nicht einmal den richtigen Ton mit ihr. Ich bin ihre Mutter, und doch ist sie nicht mein Kind, denn zur Formung ihrer Persönlichkeit habe ich nichts beigetragen.«

Ernst fragte er: »Was willst du nun tun?«

Sie sah ihn voll an. »Willst du sie mir anvertrauen, Louis? Ich weiß nicht, ob ich meine Sache gut oder schlecht machen werde; trotzdem bitte ich dich, laß es mich versuchen.«

Er ließ den Motor anspringen. »Wenn du sie wirklich so dringend haben willst, dann nimm sie mit.«

4. KAPITEL

Nachdenklich ließ Cutler seine Blicke über die Gruppe vor dem Kamin schweifen. Susan saß etwas abseits von den andern, ihr Profil ihm zugewandt; Midge, die mit dem Schlaf kämpfte, hatte sich eng an Louis geschmiegt; Paul und Racey saßen jeder in einer Ecke des Sofas, und sie waren die einzigen, die in der letzten Viertelstunde ein Wort gesprochen hatten. Racey, ein Glas Kognak vor sich, versuchte – nicht allzu erfolgreich – sich mit Paul über das Fliegen zu unterhalten. Cutler hatte den Eindruck, daß Susan gar nicht hörte, was um sie her vorging; zum erstenmal störte es ihn, sie in dieser ruhig abwartenden Haltung zu sehen.

Warum saßen sie alle untätig, wenn ihnen doch bis Donnerstag nur so wenig Zeit zur Verfügung stand? Das Problem, das sie alle beschäftigte, war das Kind, das schläfrig in den Armen seines Vaters lag, aber sie taten nichts, um eine Entscheidung zu treffen. Allzu langes Warten brachte die Gefahr mit sich, daß die Ereignisse ohne ihr Zutun abrollten, daß es nicht mehr in ihrer Macht stand, selbst einzugreifen. Cutler blickte zu Paul hinüber, betrachtete sein straffes, beherrschtes Gesicht und wünschte, er nähme die Sache in die Hand. Aber dann erkannte Cutler plötzlich, daß Paul, solange sie hier in Hythebourne waren, nichts unternehmen würde. Morgen, in London, würde er anders auftreten. Er würde als Sieger hervorgehen, denn er war der einzige, der über die Entschlußkraft verfügte, eine Entscheidung zu treffen. Und Susan würde zu ihm halten aus Angst, allein zurückzubleiben.

Klirrend stellte Racey sein Glas auf den Tisch. Midge schreckte auf, sie bewegte sich unruhig in Louis' Armen. Er flüsterte ihr ins Ohr: »Du solltest längst im Bett sein, Midge. Du hast schon geschlafen.«

Racey sprang auf. »Ich bringe sie nach oben.« Er sah von einem zum andern, aber niemand antwortete, bis Susan sich langsam erhob. »Ich werde sie zu Bett bringen, Racey.«

In plötzlicher Ruhelosigkeit trat er zu Louis und nahm ihm Midge aus den Armen. »Sie ist zu schwer für dich, Susan. Ich trage sie hinauf.«

»Lieb von dir, wenn du das tust«, sagte Susan; ihre Stimme verriet, wie erschöpft sie war. Ihr Blick streifte über die drei Männer, die sich erhoben hatten. »Gute Nacht.«

Paul öffnete ihnen die Tür. Susan ging voraus, Racey, das schlafende Kind in den Armen, folgte ihr. Paul schloß sich ihnen an und schloß die Tür, bevor Louis und Cutler sein Vorhaben durchschauten. Sie vernahmen nur noch den Klang ihrer sich entfernenden Schritte auf der Treppe.

Plötzlich saßen sich Louis und Cutler allein gegenüber – zum erstenmal in diesen zwei Tagen.

Ohne zu fragen, füllte Louis Cutlers Glas nach. Cutler mußte unwillkürlich an die beschlagnahmte Kiste mit Kognakflaschen denken, die er gestern nachmittag nach London geschickt hatte. Ob Louis wohl auch daran dachte? Als Louis sich wieder setzte, betrachtete er Cutler nachdenklich und sagte schüchtern:

»Könnten Sie ... wäre es Ihnen möglich, bis morgen zur Beerdigung hierzubleiben?« Noch ehe Cutler antworten konnte, fuhr er fort: »Ich glaube, es wäre gut für meinen Bruder, wenn Sie hierblieben.«

Überrascht zog Cutler die Brauen hoch. »Diesen Eindruck hatte ich allerdings nicht – ich empfand eher das Gegenteil. Schließlich kam ich ja nicht zu einem freundschaftlichen Besuch.«

»Ich habe noch einen anderen Grund für meine Bitte«, sagte Louis und spielte verlegen mit seinem Glas. »Der ganze Distrikt wird bei der Beerdigung sein. Alle wissen, wer Sie sind ... inzwischen haben sie auch erfahren, daß Sie im Krieg Raceys Vorgesetzter waren. Ihre Anwesenheit bei der Beerdigung würde die paar Kognakflaschen bedeutungslos machen.«

Cutler betrachtete ihn nachdenklich. »Legen Sie darauf noch Wert? Sobald das Haus verkauft ist, brauchen Sie sich doch um diese Leute nicht mehr zu kümmern.«

Louis rückte unruhig hin und her. »Ich bin noch nicht in der Lage, diese Frage zu entscheiden. So gern ich Hythebourne verkaufen würde, so kann ich mir doch nicht vorstellen, wie wir, dieser Heimat beraubt, leben sollen. Es ist wie ein Zahn, der weh tut: wenn er gezogen ist, fühlt man keine Erleichterung, sondern einen Verlust.« Er trank sein Glas aus und stand auf. »Nun wissen Sie, wie mir zumute ist.«

Schweigend trank auch Cutler sein Glas aus. Louis stellte das Kamingitter vor die erlöschende Glut und schaltete die Lichter auf dem Kaminsims aus, so daß das Zimmer im Halbdunkel lag. Sie gingen zusammen zur Tür, doch Cutler hielt ihn zurück.

»Ich wollte Sie noch etwas fragen ...«

Louis unterbrach ihn. »Ja, ich weiß, was Sie sagen wollen. Ich habe Ihre Frage erwartet. Sie möchten wissen, ob ich mich an Sie erinnere.« Nervös umklammerte er die Türklinke. »Die Erinnerung kam mir«, fuhr er nachdenklich fort, »als Sie draußen auf dem Rollfeld aufschrien ... Kurz bevor das Flugzeug meinen Vater erfaßte.«

Zum erstenmal entdeckte Louis Bestürzung in Cutlers Miene. »Verzeihen Sie mir«, sagte Cutler. »Warum haben Sie mir nicht befohlen, mich um meine eigenen Angelegenheiten zu kümmern?«

»Nicht so wichtig«, wehrte Louis unbeholfen ab. »Ich bin froh, daß Sie mich gefragt haben – das hilft mir weiter.« Er hielt inne, fuhr dann aber sich überstürzend fort: »Ganz allmählich fügt sich eins ins andere, verstehen Sie. Ich wollte schon früher mit Ihnen darüber sprechen ... aber ich schob es immer wieder hinaus. Ich komme mir dann immer so verdammt idiotisch vor.«

Er schaltete auch die letzten Lampen aus, es wirkte wie Eingeständnis seiner Mutlosigkeit. Als er sich wieder zu Cutler wandte, war sein Gesicht ausdruckslos, als habe dieses Gespräch niemals stattgefunden.

»Ich habe Sydney gesagt, daß ich heute nacht das Haus selbst abschließen werde«, sagte Louis. »Er sah sehr erschöpft aus.« Er ging durch den Gang zum Dienstbotentrakt. An der Tür blieb er stehen und wandte sich um.

»Verzeihung ... gute Nacht.«

»Gute Nacht«, erwidere Cutler. Er blieb stehen, bis die Schwingtür sich lautlos hinter Louis geschlossen hatte.

Mitten in der Nacht wachte Susan auf, in der Finsternis und Stille, die den Menschen zweifeln läßt, ob der Morgen jemals wieder anbricht. Sie fühlte sich sehr verlassen, obgleich sie empfand, daß sie nicht allein war in dem stillen Haus. Im ersten Augenblick vergaß sie fast, daß sechs Jahre vergangen waren, seit sie hier während des Krieges so oft aus dem Schlaf erwacht war, wenn die feindlichen Bomber über das Haus flogen und sie auf ihren Rückflug über den Kanal gewartet hatte.

Ohne sich Rechenschaft über ihr Handeln zu geben, sprang sie aus dem Bett und suchte nach ihren Hausschuhen und dem Morgenrock. Im Gang war alles dunkel, und auch in die hellere Fensteröffnung warfen die Bäume auf dem verwilderten Rasen schwarze Schatten. Susan tastete sich die Treppe hinauf zu Midges Zimmer und wußte plötzlich, was sie hergezogen hatte. Durch die Tür war das Schluchzen des Kindes zu hören, es klang erstickt, als schluchze es in die Kissen. Als Susan die Tür öffnete, fuhr Midge hoch. »Hab keine Angst, mein Kind!« flüsterte Susan heiser.

Der Körper des Kindes war warm, als sie es in die Arme nahm und die Treppe hinuntertrug. Behutsam legte sie das Kind in ihr Bett, und als sie beisammen lagen, spürte sie die Abwehr der kleinen Gestalt. Aber nach einer Weile hatte Midge ihr Unbehagen überwunden. Als sie endlich eingeschlafen war, schmiegte Susan ihr Gesicht in ihr wirres Haar. Dann schlief auch sie ein.

Mittwoch

1. KAPITEL

Am andern Morgen beherrschte der Tod das Haus. Schon ganz früh, noch vor dem Frühstück, war es zu spüren – in den hastigen Gesprächen auf der Treppe, in den Blumen, die gestern gekommen waren und deren Duft jedesmal in die Halle hinausdrang, wenn die Tür zur Bibliothek geöffnet wurde. Er war gegenwärtig in den kurz hingeworfenen Bemerkungen, welche die Menschen im Hause miteinander austauschten, in den Anweisungen, die niemand ausführte, denn jeder war zu beschäftigt, um sie überhaupt anzuhören. Eine ruhelose Bewegung erfüllte alle Zimmer, ein Hin- und Herhasten, als sei plötzlich jedem bewußt geworden, daß er nicht mehr viel Zeit vor sich habe.

Am Frühstückstisch fühlten sich alle befangen wegen ihrer schwarzen Kleidung, und alle versuchten zu übersehen, daß die andern ebenso schwarz gekleidet waren. Nur Midge, das Kind, trug kein schwarzes Kleid, und sie allein gab sich völlig natürlich. Ihre hohe, klare Stimme unterbrach immer wieder die gedämpfte Unterhaltung der anderen, ihre unbekümmerten Bemerkungen drangen durch die dünne Schicht ihrer konventionellen Haltung. Sie war an diesem Morgen unbestreitbar die Herrin, wie sie dasaß mit dem Rücken zum Fenster und ihr Haar in der Sonne rot aufleuchtete. Sie allein war voller Leben, unberührt von irgendwelchen Gedanken an die Trauerfeier, die heute morgen stattfinden sollte. Im Vergleich zu ihr erschienen die anderen wie leblose Schemen.

Erst nachdem sie das Zimmer verlassen hatte, konnten die Erwachsenen ungeniert sprechen. Nun waren sie nicht mehr nur eine Versammlung von Schemen, sondern jeder bekam wieder seine individuelle Persönlichkeit. Als sich die Tür hinter Midge schloß, setzte Louis seine Kaffeetasse hin und blickte fragend Susan an.

»Hast du dir schon überlegt, Susan, was du heute mit Midge anfangen willst?«

Sie erwiderte kühl, während die Tasse, die sie in der Hand hielt, leise schwankte: »Ich glaube, darum brauchen wir uns keine Sorgen zu machen. Ich werde schon eine Beschäftigung für sie finden.«

»Ich habe mir keine Sorgen gemacht«, sagte Louis. Er strich sich die Haare aus der Stirn, als weise er einen derartigen Gedanken weit von sich, und blickte Susan ein wenig erstaunt an. Sie spürte, daß er sich über ihre Gereiztheit wunderte, und bereute ihre Unbeherrschtheit.

Vorsichtig bedachte er seine Antwort, bevor er fortfuhr: »Würdest du sie bitte gegen sechs nach Carlton Mews bringen? Racey und ich werden ungefähr um diese Zeit dort sein.«

Noch ehe sie antworten konnte, sagte Paul in ruhigem Ton: »Ist es Ihnen möglich, sich morgen vormittag zur Verfügung zu halten? Es gibt manches zu besprechen, und Susan und ich nehmen morgen abend das Nachtflugzeug.«

Obwohl er leise und beherrscht sprach, klang in seiner Stimme eine Spur von Ungeduld, als ersehne er diese Rückkehr nach London in eine Welt, in der er der Herr war.

Louis' Miene verfinsterte sich. »Gewiß – selbstverständlich.«

Wie Wurfgeschosse hatten sie sich die höflich formulierten Sätze entgegengeschleudert, und einen Augenblick lang sah es aus, als würde die Feindschaft, die zwischen ihnen schwelte, plötzlich aufflammen. Susan blickte wie gelähmt von einem zum anderen. Sie wollte sich erheben, hatte aber nicht die Kraft dazu.

Das kratzende Geräusch von Cutlers Stuhl auf dem gewichsten Parkett löste die Spannung. Er blickte auf seine Uhr. Sein höfliches Übersehen der gespannten Lage war ein Triumph der guten Lebensart. Es war, als lade er die beiden zu einer Vergnügungsfahrt ein, als er zu Paul und Susan gewandt sagte: »Sie sollten sich doch lieber beeilen; es wäre für das Kind nicht gut, wenn sie anwesend wäre bei der …« Hier brach seine wohlgesetzte Rede ab.

»Macht nicht soviel Aufhebens«, sagte Racey, sich schwerfällig erhebend. »Midge ist der einzige Mensch, der sich vernünftig benimmt. Erst wenn man erwachsen ist, läßt man sich durch Kränze, Telegramme und banale Beileidsphrasen verrückt machen.« Sein Gesicht sah abgespannt aus, als habe er nicht geschlafen. Er rückte seinen Stuhl an den Tisch und fügte hinzu: »Wir haben noch viel Zeit. Die Trauerfeier beginnt erst um elf.«

Alle starrten ihn schweigend an. Es peinigte ihn, daß ihre Blicke auf ihn gerichtet waren, während er zur Tür ging. Dort blieb er neben Cutler stehen und wandte sich zu ihnen um. »Es ist ein Jammer, Susan, daß du nicht mehr da bist, wenn heute nachmittag das Testament eröffnet wird.« Die Hände in den Taschen, stand er gegen den Türpfosten gelehnt. »Ich glaube zwar nicht, daß Vater deiner gedacht hat, aber es besteht immerhin die Möglichkeit, daß er dir ein paar Hypotheken hinterließ.« Zu Paul gewandt, fuhr er fort: »Das ist nämlich alles, was uns heutzutage in England geblieben ist – Hypotheken, ungedeckte Wechsel und die Dollar-Anleihe.« Er wandte sich um und verließ das Zimmer.

Sie hörten seine Schritte in der Halle und kurz darauf das Öffnen und Schließen einer Tür. Da wußten sie, daß er in die Bibliothek gegangen war, in der sein Vater aufgebahrt lag.

Louis stand auf. Seine Augen waren auf den Tisch geheftet, aber seine Worte waren an alle gerichtet. »Ihr müßt ihm verzeihen. Wenn ich nicht wüßte, daß es nicht wahr ist, würde ich sagen, er sei betrunken, und man könne es damit entschuldigen.«

»Ach, zum Teufel!« brach Paul ungeduldig los. »Wir wissen doch alle, was der Bursche durchgemacht hat. Er braucht keine Entschuldigung.« Er stieß seinen Stuhl beiseite – eine Geste, die deutlich zum Ausdruck brachte, wie sehr er Louis' Worte ablehnte.

Nur allzu schnell waren die Handkoffer gepackt und heruntergebracht. Sydney verstaute sie sorgfältig in Pauls Wagen. »Er ist alt geworden«, dachte Susan, während sie seinen gebeugten Rücken betrachtete. Die letzten beiden Tage hatten seine Lebenskraft vollends aufgezehrt. Heute abend würde er allein in Hythebourne zurückbleiben. Sie hatte beabsichtigt, Louis zu fragen, was mit ihm geschehen solle, wenn Hythebourne verkauft würde, aber wie zu manchem anderen war auch dazu keine Zeit gewesen. Was hatte sie durch ihren Aufenthalt eigentlich gewonnen? Nicht viel mehr als ein paar vage Eindrücke, die sie erst in Amerika in Ruhe ordnen konnte. Viele Fragen waren aufgetaucht, nur wenige hatten eine Antwort gefunden; eine Flut von Gedanken war aufgerührt und nicht zu Ende gedacht worden – sie würden niemals zu Ende gedacht werden. All das ging ihr durch den Kopf, während sie dastand und Sydney beim Verstauen der Koffer zusah und ein leichter Wind vom verwilderten Garten her den Duft taufeuchten Grases und modernder Blätter herübertrug. Nachdenklich wandte sie sich ab und ging ins Haus.

Louis, Paul und Cutler warteten in der Halle. Beim Eintreten sah Susan, daß ihre Blicke auf Midge gerichtet waren, die eilig die Treppe herunterkam, wobei sie sich krampfhaft am Geländer festhielt. Louis wollte zu ihr eilen, doch der Ausdruck auf dem Gesicht des Kindes hielt ihn davon ab. Als Midge unten anlangte, blieb sie stehen und blickte zur Tür des Bibliothekzimmers.

Louis suchte nach einem geeigneten Wort, um sie davon abzuhalten, das Zimmer zu betreten. »Komm, Midge. Es ist Zeit zur Abfahrt.«

Sie erwiderte in bestimmtem Ton: »Erst will ich von Großvater Abschied nehmen.«

Er machte eine Bewegung, als wolle er sie daran hindern, doch hilflos ließ er seine Hand wieder sinken. Midge ging mit ihren leichten Kinderschritten zur Tür, öffnete sie und schlüpfte hinein. Niemand rührte sich. Susan fühlte, wie ihre Hände feucht wurden; sie wußte genau, daß alle erwarteten, sie werde mit dem Kind hineingehen. Aber sie hätte weder die Kraft besessen, Midge zurückzuhalten, noch mit ihr zusammen das Zimmer zu betreten. Die Angst vor dem, was sie drinnen erwartete, schoß wie brennendes Feuer durch ihren Körper. Die Erkenntnis ihrer Feigheit war bitter, doch sie wußte mit Bestimmtheit, daß sie sich voller Furcht und Abscheu von dem Anblick des toten alten Mannes abwenden würde. Die Zeit schien stillzustehen. Sydney war mit dem Aufladen des Gepäcks fertig und stand unter der Haustür, dicht neben Susan. Auch seine Augen waren auf die Tür zur Bibliothek gerichtet.

Als sich die Tür endlich öffnete, erschien Racey; er führte Midge an der Hand. Ihrem Gesicht war die Erschütterung nicht anzumerken, es war gefaßt und ernst. Sie machte sich von Racey los und lief zu Louis, der wie beschützend ihre kleine Hand in die seine nahm. So gingen sie zusammen zum Wagen hinaus.

Ehe Susan ihnen folgte, schaute sie sich noch einmal nach Racey um, der, an die Tür gelehnt, ihnen nachsah. Sein Gesicht trug noch immer Spuren der Erschöpfung. »Paß gut auf sie auf, Susan«, sagte er. »Sie wird dir keinen Verdruß machen, wenn sie nicht vollends zusammenklappt.« Dann fügte er gleichmütig hinzu: »Wir sehen uns heute abend.«

Sie setzten Midge zwischen sich auf den Vordersitz. Sie bemühte sich, mit ihren dünnen langen Beinen den Boden zu berühren. Als Paul den Wagen startete, trat Louis ans offene Fenster. Die beiden betrachteten sich kühl.

Louis reichte ihm durchs Fenster einen Zettel. »Ich werde noch heute morgen mit meinen Anwälten telefonieren. Sind Sie damit einverstanden, wenn ich sage, daß Sie heute nachmittag vorsprechen werden? Ihre Kanzlei ist in Clifford's Inn. Susan wünscht Midge so bald als möglich zu sich zu nehmen, und wenn Sie die Anwälte zur Eile antreiben, müßten sie bereits morgen vormittag ein paar Papiere zur Unterzeichnung bereit haben.« Dann suchte er Susans Blick, doch sie starrte geradeaus. Er trat vom Wagen zurück. »Das können wir heute abend besprechen.«

Paul nickte kurz und verstaute den gefalteten Zettel in seiner Brieftasche. »Gleich nach dem Lunch werde ich die Anwälte aufsuchen.«

Als der Wagen im Kreis um den gekiesten Hof fuhr, wandte sich Midge um und blickte sehnsüchtig zurück. Cutler und Racey waren zu Sydney unter das Portal getreten. Louis stand allein auf dem sonnenbeschienenen Hof. Er hob grüßend den Arm, als der Wagen zwischen den hohen Gartenmauern entlangfuhr. Midge winkte wie besessen. Als sie den Taubenschlag hinter sich hatten, konnte sie vom Haus nur noch das Dach sehen. Dann ließ sie sich wieder in ihren Sitz fallen.

Susan sah, wie ihr blasses Gesicht sich schmerzlich verzog, und als sie die Straße erreichten, hingen Tränen an ihren Wimpern.

Als Susan das Kind mit einer raschen Bewegung in die Arme nahm, brach es in leidenschaftliches Schluchzen aus.

Kurz vor Mittag erreichten sie London. Die Sonne brannte heiß, in den verkehrsreichen Straßen war die Luft schwer und stickig. An der Vauxhall-Brücke lehnte sich Susan hinaus, um einen kurzen Blick flußabwärts gegen Lambeth und Westminster zu erhaschen. Es war Ebbe; auf den flachen, nackten Schlammufern lagen kleine Boote kieloben. Aus der Nähe betrachtet, wirkte der Schlamm unterhalb der steil aufragenden Dämme wie nasser, dunkelgrauer Zement. Auf der schmalen Rinne von dunklem Wasser, das die Flut hinterlassen hatte, fuhr ein Polizeiboot langsam dahin. Es beschrieb einen Kreis und steuerte den grünumrandeten abschüssigen Kai von Battersea Park an. Die zierlichen Stahlbögen der Chelsea-Brücke hoben sich gegen den flimmernden Mittagshimmel wie ein Band aus schwarzer Spitze ab. Der Fluß, die Uferdämme und die hochaufragenden Gebäude zeigten die verschiedenstes Nuancen von Grau; von den trüben Schlammufern stachen die Möwen schneeweiß ab. Die roten Omnibusse, die in unaufhaltsamem Strom über die Brücke fuhren, waren die einzigen grellbunten Punkte.

Midge, die an Susan gelehnt saß, nickte dann und wann ein. Auf ihren feuchten Wangen hatte sich Staub festgesetzt. Ermattet lag sie ganz still, die klebrigen, schokoladeverschmierten Hände auf dem kurzen zerknitterten Rock gefaltet. Aus ihren rotbraunen Zöpfen hatten sich ein paar Strähnen gelöst und hingen ihr wirr ins Gesicht. Nachdenklich steckte ihr Susan eine der Strähnen hinter das Ohr.

»Sie wird einmal wie du aussehen, Sue«, meinte Paul.

»Sie hat die Augen der Taites.«

Er mußte hinter einem Omnibus halten. »Sie hat Louis' und

Raceys Gesichtszüge, trotzdem ist sie viel mehr deine Tochter als seine.«

»Ich glaube, in Kindern kann man immer die Eigenschaften entdecken, die man zu sehen wünscht«, sagte Susan gleichmütig.

»Was willst du damit sagen?«

»Kinder haben ihre eigene Persönlichkeit. Sie sind stets nur sie selbst. Wem sie ähnlich sehen, ist reiner Zufall.«

Er mußte auf den Verkehr achten und gab keine Antwort. Bis zum Hotel blieben sie schweigsam. Paul lenkte den Wagen vor den Eingang, und Susan begann, Midge vorsichtig zu wecken. Noch schlaftrunken und verwirrt, schlüpfte das Kind aus dem Wagen und streckte ungeniert ihre verkrampften Arme und Beine. Als die Koffer abgeladen waren, fuhr Paul den Wagen zur Garage, und Susan nahm Midge an die Hand und ging mit ihr ins Vestibül. Während sie auf den Fahrstuhl warteten, schmiegte sich das Kind stumm an sie, aber sie beobachtete alles, was um sie her vorging. Im Fahrstuhl hielt sie den Atem an und blickte erstaunt auf die Tür, die sich geräuschlos hinter ihnen schloß.

Im Schlafzimmer blieb sie unbeweglich vor dem Toilettentisch stehen, während Susan dem Fahrstuhljungen ein Trinkgeld gab. Als er gegangen war, blitzten ihre hellblauen Augen erwartungsvoll auf. Das ernste, spitze Gesichtchen nahm einen Ausdruck verwunderter Neugier an. Mit dem Fuß strich sie langsam über den Teppich und untersuchte die Spur, die er in dem weichen Gewebe hinterließ. Ihre klebrige Hand hatte auf dem dunklen Holz des Toilettentisches einen Fleck hinterlassen. Als sie es sah, nahm sie ihr Taschentuch und begann eifrig, ihn wegzureiben.

Unsicher sagte Susan: »Mache dir keine Sorgen deswegen, Midge. Es gibt hier eine Frau, deren Aufgabe es ist, solche Sachen in Ordnung zu bringen.«

Rasch nahm Midge ihre Hand fort. »Sydney sagte, ich dürfe euch keine Mühe machen.«

Susan sank auf das Bett. »Aber das ist doch keine Mühe, Midge. Der Frau macht es nichts aus ...« Als sie sah, wie verwirrt das Kind war, fügte sie schnell hinzu: »Wenn es dir Freude macht, das zu tun, wird sie sicherlich froh sein über deine Hilfe.«

Midge nickte und zog das Taschentuch wieder hervor. Sie

befeuchtete eine Ecke mit ihrer Zunge und begann wieder, an dem Fleck zu reiben. Susan wollte ihr dabei nicht länger zusehen und ging ins Badezimmer. Sie ließ kaltes Wasser über ihre Hände rinnen und kühlte ihr Gesicht. Nach einer Weile sah sie Midge in der Tür stehen. »Möchtest du dich nicht auch waschen?«

Das Kind nickte und trat näher. Sie stellte sich ans Becken, und während sie sich sehr gründlich wusch, beobachtete Susan, daß sie sehr wohlerzogen war. Sie legte vorsichtig die Seife zurück und hängte das Handtuch wieder an den Halter.

Als sie fertig war, fragte sie: »Darf ich zum Fenster hinausschauen?«

»Gewiß. Ich mache es dir auf.«

Midge stellte sich ans Fenster mit dem Rücken zum Zimmer, während Susan die Koffer auspackte, die sie aus Hythebourne mitgebracht hatten. Zwischen Mutter und Tochter bestand noch immer eine Scheu, die ein wirklich herzliches Verhältnis nicht aufkommen ließ. Susan sehnte sich, diese Mauer zu durchbrechen, fürchtete aber, auf Midges Widerstand zu stoßen. Kein Laut war im Zimmer zu hören außer dem leisen Zuklappen der Koffer und dem Schließen der Schranktüren. Als Susan wieder zu Midge hinüberblickte, gewahrte sie, daß sie ihr Interesse für den Verkehr unten auf der Straße verloren hatte. Sie starrte jetzt über die Wipfel der Bäume hinweg. Sich etwas weiter hinauslehnend, fragte sie: »Was ist das für ein Haus da drüben, das ganz große?«

Susan trat näher und blickte hinaus. »Es ist das Hyde Park Hotel.«

»Es sieht genau wie ein Schloß aus, mit all den Türmen.«

Sie wandte sich zu Susan um. »Gibt es in Amerika auch Schlösser?«

»Nein. Ich glaube nicht.«

»Warum nicht?«

»Wahrscheinlich haben sie dort nie welche gebraucht«, antwortete Susan einfach. »Die Schlösser in England sind gebaut worden, bevor Amerika entdeckt wurde. Als die Menschen dorthin übersiedelten, fanden sie, Schlösser seien etwas Überflüssiges.«

»Aber wie konnten sie da Schlachten schlagen?«

»Sie schlugen damals ihre Schlachten auf andere Weise. Die

Schlösser hätten dabei nichts genützt. Es waren nicht alle Leute wie König Arthur.«

»Das hätte nichts ausgemacht. König Arthur war sowieso ein alter Trottel.« Schnell fügte sie hinzu: »Trotzdem ist es komisch!«

»Was ist komisch?«

»Daß sie keine Schlösser haben.«

Susan lächelte. »Daran gewöhnt man sich. Dafür haben wir viele turmhohe Gebäude.«

»Höher als das Haus da drüben?«

»O ja, viel höher.«

»Warum bauen sie so hohe Häuser?«

»Weil es so viele Menschen gibt, die alle eine Wohnung brauchen.«

Midge zuckte nachdrücklich die Achseln. »Das wird mir gar nicht gefallen. Im Fahrstuhl wird's mir ganz komisch.« Sie stockte, weil ihr Blick auf einen Stoß Modezeichnungen auf dem Fenstertisch fiel. »Wozu brauchst du die?«

»Als ich in Paris war, mußte ich für ein amerikanisches Modejournal darüber schreiben. Ich besuchte die Modeschauen, schickte dann Telegramme und Fotos nach New York, damit alle wissen, wie die neueste Mode aussieht.«

Midge ging zum Fenstertisch und blätterte in den Skizzen. Sie betrachtete stumm jedes Blatt sehr genau. Susan trat an den Toilettentisch und begann ihr Haar zu kämmen. Das Kind vertiefte sich weiterhin in die Modezeichnungen, wobei es sich manche ein zweites Mal ansah. Als sie fertig war, legte sie die Blätter ordentlich zusammen. »Gibt es Frauen, die solche Kleider tragen?« fragte sie.

»Aber natürlich, Midge. Sehr viele Frauen – das heißt, wenn sie es sich leisten können.«

»Kosten solche Kleider viel Geld?«

»Ja, sehr viel.«

»Wissen alle Leute, daß sie viel Geld kosten? Ist das leicht zu sehen?«

Susan legte ihren Kamm hin. »Gewiß, Midge, ziemlich leicht. Man erkennt es am Stoff und an der Art, wie sie geschnitten sind und wie sie passen – es ist nicht schwer, das zu sehen.«

Midge kam zum Toilettentisch und starrte im Spiegel Susan an. »Wenn ich einmal viel Geld habe, trage ich auch solche Kleider, damit jeder gleich weiß, wie reich ich bin.«

Susan wandte sich um. »Schöne Kleider werden nicht deshalb getragen, damit jeder weiß, daß sie viel Geld gekostet haben. Die Menschen, welche die Kleider entwerfen, sind Künstler, und wenn sie ein schönes Kleid schaffen, tun sie es, damit eine Frau schön wird dadurch und glücklich. Es handelt sich dabei nicht nur um Geld.«

»Das verstehe ich nicht«, sagte das Kind. »Ich muß erst noch darüber nachdenken.« Sie strich verlegen am Tischrand entlang. »Ich sehe jetzt nicht besonders hübsch aus, nicht wahr?« Sie blickte in den Spiegel. »Vielleicht sollte ich mir die Haare kämmen.«

»Soll ich sie dir kämmen?«

»Kannst du Zöpfe flechten?«

»Ich glaube schon.«

Sie hielt ganz still, während Susan ihr rotbraunes Haar kämmte und in Zöpfe flocht. Als sie damit fertig war, nahm sie einen Hut aus dem Schrank und setzte ihn auf.

»Gehen wir aus?« fragte Midge.

»Wir gehen zum Lunch hinunter. Paul wartet sicher schon auf uns.«

»Tragen beim Lunch alle Frauen einen Hut?«

»Nicht alle.« Susan schaute sie liebevoll an. »Möchtest du, daß ich auch keinen Hut aufsetze, weil du keinen hast?«

»Nein«, erwiderte Midge entschieden. »Behalte ihn auf. Er gefällt mir.«

Gemeinsam verließen sie das Zimmer. Als der Fahrstuhl abwärts sauste, hielt sich Midge an Susans Hand fest und schloß die Augen.

2. KAPITEL

Nach dem Lunch wußten sie nicht recht, was beginnen. Paul mußte nach Clifford's Inn, und den Rest des Nachmittags würde er in den Nachrichtenbüros und Verlagen in der Fleet Street verbringen, wobei ihn stets einer seiner Korrespondenten begleitete. Während sie Zigaretten rauchten, in Taxis fuhren und auf Fahrstühle warteten, erörterten sie die politische Haltung, die Form und besondere Pointierung der Berichte, die nach Amerika gekabelt werden sollten. Paul erwarb oder verkaufte so nebenbei – doch stets mit Überlegung – die Urheberrechte auf Romane, und in New York fluchten dann die Verleger seines Konzerns, daß er sich in ihre Angelegenheiten mischte. Aber er hatte einen guten Spürsinn, und letzten Endes druckten sie, was er für sie aufgespürt hatte.

Susan sah ihm nach, während er rasch durch das Vestibül schritt und voller Ungeduld auf den Eingangsstufen wartete, bis aus der Verkehrsflut endlich ein Taxi vorfuhr. Er sprang hinein, und noch ehe sich die Glastür für den nächsten Ankömmling öffnete, war er nicht mehr zu sehen. Wenn er sie verließ, war ihr jedesmal zumute, als verlasse sie die Kraft, die sie aufrecht hielt; wenn er nicht bei ihr war, fühlte sie sich hilflos und verlassen. Fast erschreckt blickte sie sich im Vestibül um, und wieder hatte sie das Gefühl, daß die Zeit und die Geschehnisse an ihr vorübereilten, ohne von ihr Notiz zu nehmen. Sie blickte fragend Midge an. »Was möchtest du heute nachmittag machen?«

Es war ganz natürlich, daß das Kind den Kopf schüttelte und sagte: »Ich weiß nicht.«

In dieser Antwort empfand Susan das Echo ihrer eigenen Unsicherheit. Zögernd nahm sie Midge bei der Hand; sie traten durch die Glastür hinaus in den Sonnenschein. Hier drang der Lärm des Verkehrs wie ein Hammer auf sie ein. Midge klammerte sich ängstlich an Susan. Im Park gegenüber wurden einige Hunde aus den vornehmen Wohnungen von Mayfair spazierengeführt, deren Besitzer sich mit höflicher Entschiedenheit bemühten, sie voneinander getrennt zu halten. Susan deutete auf die Hunde, doch Midge schüttelte ablehnend den Kopf. Susan spürte, daß Midge sich vor dem Großstadtverkehr fürchtete. Deshalb gingen sie in Richtung Marble Arch weiter, und Susan schwatzte über dies und das, bis das Kind seine Nervosität ein wenig verlor.

An der Ecke von North Row blieb Midge stehen und betrachtete mit großen, verwunderten Augen die fliegenden Obsthändler mit den in Silberpapier gehüllten Früchten und das künstliche Gras, das ihre Karren umgab.

»Kaufen Sie ein, Miß! Nur zwei Schillinge die Schachtel. Erste Qualität –«, und schon warfen sie Midge eine Packung Datteln zu.

Sie schreckte zurück, und Susan zog sie weiter. An der Oxford Street mußten sie stehenbleiben, bis die Verkehrsampeln die Straße zum Überqueren freigaben. Verwirrt blickte Midge Susan an, weil sie vor lauter Menschen die Straße nicht mehr sah. Sie stolperte und wäre vor Aufregung fast gefallen, als das Lichtzeichen von Rot auf Grün wechselte und die Menschenmenge vorstürzte und über die Straße hastete. Als sie Corner House erreichten, hatte der mittägliche Stoßverkehr nachgelassen. Frauen, die sich mit Spaghetti auf Toast, dem Walzer aus der ›Lustigen Witwe‹ und einer guten Tasse Tee gestärkt hatten, waren schon lange wieder mit Kind und Kegel auf der Suche nach einem besonders vorteilhaften Einkauf. Die strahlende Sonne hatte sie in Mengen herausgelockt; sie stießen und schoben einander vorwärts, mit gierigen Augen überall nach Preisabschlägen und Kleidern spähend, die trotzdem solide waren. Die dichtbevölkerte Straße lag bunt und lärmend vor ihnen: Käufer, die von den Schaufensterscheiben widergespiegelt wurden, Männer, die Nylonstrümpfe anboten und aufpaßten, daß sie dabei nicht von einem Polizisten erwischt wurden, ambulante Händler mit

Bauchläden voll Spielzeug, das quiekte und an Gummibändern tanzte und hüpfte, wofür sie phantastische Preise verlangten. Susan hatte wenig Sinn für derlei Kitsch. Sie blickte auf ihre Uhr und dann zu Midge, die erwartungsvoll zu ihr aufsah. Darauf winkte sie ein Taxi herbei und schob Midge hinein, bevor sie selbst einstieg.

»Wigmore Hall, bitte.«

Sie rumpelten zum Portman Square und überholten, als die Verkehrsampel die Straße freigab, den haltenden Wagenstrom aus der Baker Street. Midge sah sich im dunklen Inneren des Taxis um und rutschte auf ihrem Sitz hin und her, bis sie ihr Gesicht im Spiegel sah. Als sie nach einer Weile mit einem Ruck halten mußten, verlor sie auf dem glatten Ledersitz das Gleichgewicht, und purzelte herunter. Sie lachte ein wenig erschreckt auf und hielt sich von da an am Türgriff fest.

Vor der Wigmore Hall stiegen sie aus. Susan las den Anschlagzettel und sah, daß an diesem Nachmittag Kammermusik gespielt wurde – Schubert und Brahms. Zweifelnd sah sie Midge an. »Würde es dir Freude machen, ein Konzert anzuhören?«

»O ja«, erwiderte sie ohne Zögern, obwohl sie sich wohl kaum unter einem Konzert etwas vorstellen konnte.

Während Susan die Eintrittskarten kaufte, reckte sich Midge auf die Zehenspitzen und versuchte, in den Kassenraum zu spähen. »Wenn es dir nicht gefällt, können wir in der Pause wieder gehen«, sagte Susan.

Midge erwiderte nichts, sondern folgte gespannt und mit erstaunlicher Sicherheit Susan, als der Platzanweiser sie zu ihren Sitzen führte. Auch während sie auf den Beginn des Konzertes warteten, sagte sie kein Wort. Mit ernstem Ausdruck saß sie da, bis ein leichter Applaus die Musiker ankündigte.

Als die ersten Takte von Schuberts c-Moll-Quintett in dem verdunkelten Konzertraum erklangen, fühlte Susan, daß sie noch immer nicht das dumpfe Unbehagen der letzten Tage überwunden hatte. Note folgte auf Note, aber für sie blieben es einzelne Töne, die keine Verbindung miteinander hatten. Dann aber erhob sich schwebend eine lyrische Melodie von einer Süße, die sie tief berührte und bis zur Quelle ihrer Bitternis und Betrübnis durchdrang, deren Verkörperung dieses Kind an ihrer Seite war. Susan empfand, wie die Harmonien zuweilen über Abgründen von Trauer bebten, doch wenn sie abstürzten, klang es, als kämen sie, wie auf Blumen gebettet, wieder zur Ruhe. Die Musik umflutete die Zuhörer wie ein brodelndes Meer, und Midge, das schmale Gesichtchen gespannt vor Aufmerksamkeit, entrang sich ein Seufzer, der sich als Ausdruck höchsten Entzückens oder tiefer Angst deuten ließ.

Widerstrebend kehrten sie aus dieser entrückten Welt in die Wirklichkeit zurück, und als Susan Midge anblickte, spürte sie, daß diese Musik wie durch Zauber die hohe Trennungswand zwischen ihnen durchbrochen hatte. Sie fragte: »Hat es dir gefallen, Midge?«

Das Kind legte die Hand auf ihr Herz. »Ich hatte ein komisches Gefühl hier drinnen. Die Musik machte mich ganz schwindelig.«

Susan hatte das Gefühl, daß sie selbst nicht mehr von dieser Musik ertragen könnte. Sie blickte in das Programm: Brahms, Quartett in f-Moll. Sie kannte dieses Werk nur zu gut, das Dämmergrau des langsamen Satzes, das sich durch die Melodie zieht wie unerträgliches Leid, das Finale, in dem die Töne sich so ruhelos aufschwingen. Sacht berührte sie Midge. »Bist du müde? Ist es dir recht, wenn wir jetzt gehen?«

Midge erwiderte bereitwillig: »Mir ist es recht.« Und sie zog behutsam ihre Handschuhe an.

Die Sonne schien noch warm, als sie auf die Straße traten. Gemeinsam sahen sie sich die Schaukästen des ›Times Book Club‹ an und überquerten die Straße, um die Auslagen bei ›Debenham‹ zu betrachten. Midge bemängelte, daß die Schaufensterpuppen keine Gesichter hatten. Brav folgte sie Susan zu den Schaufenstern von ›Marshall‹, aber an der Ecke der Oxford Street packte sie Susan an der Hand und zwang sie, vor einem Schaufenster stehenzubleiben.

»Ist dieser Hut nicht wunderschön?« fragte sie.

Das Schaufenster war klein und zeigte ein paar Kinderkleider, die gut für Midge gepaßt hätten. Der Hut lag mit vier anderen auf einem Regal. Das Kind betrachtete interessiert jede Einzelheit des butterblumengelben Velourhütchens, das mit Samtbändern verziert war. Es war ein ziemlich alberner Hut, der sich nur durch den phantastischen Preis hervortat, der auf dem bescheiden angebrachten Etikett zu lesen war. Für ein Kind war er viel zu pompös; jedes Kindergesicht mußte von einer solch prahlerischen Pracht erdrückt werden.

Susan blickte Midge fragend an: »Möchtest du gern einen Hut haben?«

»Ja, bitte. Ich möchte den da haben.«

Susan fühlte sich in die Enge getrieben. »Ist er nicht ein bißchen alt für dich? Vielleicht paßt dir einer der anderen ...«

Aber das kleine Gesicht wurde rot vor Verlangen. »Bitte, gerade den möchte ich haben.«

»Schön ... dann komm. Vielleicht gibt es drinnen einen, der dir noch besser gefällt.«

Aber schließlich kauften sie ihn doch, nachdem Midge alle andern anprobiert und abgelehnt hatte. Triumphierend nahm sie ihn der Verkäuferin aus der Hand, setzte ihn sich selbst auf und blickte entzückt in den Spiegel. Er stand ihr gar nicht. Seine Farbe machte ihr Gesicht blaß, ihr Haar leblos; ihr enges grünes Mäntelchen wirkte noch enger und kürzer, und ihre groben Straßenschuhe paßten überhaupt nicht dazu. Das Kind aber sah nur den Hut mit seiner verwegenen Schönheit; es befriedigte ihre erwachende Eitelkeit, diesen kleinen Luxusgegenstand in ihren Fingern zu fühlen, den Samt zärtlich zu streicheln und zu wissen, daß er ihr gehörte. Alles, was an ihrer Kleidung nicht dazu paßte, übersah sie; nur der Hut war wichtig.

Sie trug ihn voll Stolz und naiver Eitelkeit. Als sie später in einem Restaurant Tee tranken, blieb ihr Kopf keinen Augenblick still, sie drehte sich nach allen Seiten, bis sie überzeugt war, daß sich im ganzen Raum nichts mit ihrem über alle Maßen herrlichen Hut vergleichen ließ. Als sie anschließend durch die Bond Street gingen, bewunderte sich Midge in jedem Schaufenster, an dem sie vorbeigingen. Ihr kleines Gesicht strahlte vor Glück.

3. KAPITEL

Die Sonne schien schon lange nicht mehr in den Hof von Carlton Mews, als Susan und Midge dort ankamen. Dämmerung umhüllte die Dächer der Häuser und die Bäume in den Gärten. Das trübe Licht der Straßenlaternen erhellte nur spärlich die Ecken, wo die Schatten am tiefsten waren. Die Schritte der beiden hallten von den Steinmauern wider, und Midge hielt sich ängstlich an Susans Hand fest. Als sie die Auffahrt hinaufgingen, fiel plötzlich aus einem der Fenster ein Licht. Dann wurden rasch die Vorhänge wieder zugezogen, und sie waren wieder im Dunkeln.

Louis öffnete auf Susans Läuten. Er sah müde aus. Sie begrüßten sich ein wenig verlegen, nach den rechten Worten suchend. Als er die Tür hinter ihnen schloß, erblickte Susan durch den mit einem roten Teppich belegten Vorraum die offenstehende Tür, die zum Wohnzimmer führte. Von dort her vernahm sie Raceys und Cutlers Stimmen.

Als Louis ihr den Mantel abnahm, fragte er: »Susan, kannst du vielleicht heute abend noch Zeit finden, damit wir uns sprechen können? Oder morgen früh? Ich habe das Gefühl, wir sollten uns endlich aussprechen.«

Er sagte es, ohne sie zu drängen – in einem fast hoffnungslosen Ton. Sie hätte am liebsten seine Hand in die ihre genommen, damit er spürte, daß seine Hoffnungslosigkeit sie sehr schmerzte. Zaghaft erwiderte sie: »Ich denke, es ist am besten, wenn du heute abend ins Hotel kommst.«

Und weil sie es vermeiden wollte, daß er ihr ins Gesicht sah, nahm sie Midge rasch bei der Hand und ging mit ihr ins Wohnzimmer.

Die beiden Männer erhoben sich, als sie eintrat. Racey, eine Zigarette in der Hand, blickte Midge erstaunt an. »Mein Gott, Spinne, wo hast du diesen seltsamen Hut aufgelesen?«

Das Kind nahm hoheitsvoll auf dem Sofa Platz. »Mammie hat ihn mir gekauft«, sagte sie würdevoll.

Es war das erstemal, daß sie Susan mit einem Kosenamen bedacht hatte. Das fiel allen sogleich auf. Susan spürte, daß Louis ihr nur zögernd gefolgt war. Hastig fragte er nun: »Einen Drink, Susan?«

»Ja, bitte. Gin mit Kognak.«

Sie saß Racey gegenüber, doch sie richtete an alle das Wort, als sie fragte: »Ging heute alles gut vorüber?«

»Es war so schlimm wie nur möglich«, erwiderte Racey und schnippte zornig die Asche von seiner Zigarette.

Über Cutlers sonst so beherrschtes Gesicht huschte ein Ausdruck von Ungeduld, als habe er den ganzen Tag unter Raceys schlechter Laune gelitten. Raceys Bemerkung ignorierend, sagte er: »Es ging alles ganz leidlich ... so gut jedenfalls, wie es in einem solchen Fall möglich ist.«

»Ja«, sagte Racey und griff nach seinem Glas, »alle waren äußerst taktvoll. Nicht einmal der Pfarrer sprach von einem Unfall, und niemand flüsterte das Wort ›Kognak‹. Aber alle dachten sie daran, dessen könnt ihr versichert sein.«

»Vielleicht täuschst du dich.« Louis hatte zwei gefüllte Gläser geholt, das eine überreichte er Susan. »Wir – und zwar wir alle – hegen immer den eigenartigen Gedanken, unser Leben werde von unseren Mitmenschen wichtig genommen, unsere Leiden berührten auch sie. Das ist aber ganz und gar nicht der Fall. Wenn wir hören, Jones sei bankrott und seine Frau sei mit einem andern davongelaufen, bekümmert uns das etwa? Selbstverständlich nicht. Wir sagen vielleicht, ›der arme Jones‹, damit ist der Fall erledigt. Mehr haben wir für solche Dinge nicht übrig.«

»Es ist ein Jammer«, sagte Cutler, als spräche er mit sich selbst, »daß in unserer Zeit niemand mehr aufrichtiges Interesse für seinen Mitmenschen hat. Keiner von uns bringt mehr die

Kraft und den Mut dazu auf. Wir interessieren uns nur noch für Menschen, die uns nahestehen.«

»Wenn wirklich alle Menschen diese Haltung einnehmen«, sagte Susan nachdenklich, »so wird das Leben zu einem sinnlosen Chaos. Es ist dann, als blätterten wir in einem Buch, ohne es zu lesen, als hörten wir einen Hilfeschrei auf der Straße, ohne uns darum zu kümmern.«

»Da habt ihr den ganzen Mumpitz von Gott, Leben, Ewigkeit – oder nennt es Vergessenheit.« Racey leerte sein Glas. »Ich habe das in James Joyce' ›Ulysses‹ gelesen: ein Hilfeschrei auf der Straße – damit beginnt und endet alles.«

»Heute nachmittag«, sagte Louis, während er aufstand und seinem Bruder das Glas abnahm, »haben wir ein interessantes, wenn uns auch leider persönlich berührendes Beispiel vom Anfang und Ende aller Dinge erlebt. Wir – Racey und ich und der Anwalt unseres Vaters – haben uns entschlossen, Hythebourne zum Verkauf anzubieten, sobald alles Mobiliar ausgeräumt ist.«

Ein kurzes Stillschweigen trat ein. Susan sah, daß Midge ihren Hut abgenommen hatte. Sie hielt ihn in beiden Händen und war damit beschäftigt, das weiche Material und die Garnierung aufs genaueste zu untersuchen. Sie hatte kein Wort von dem gehört, was gesprochen wurde.

Susan, die nicht genau wußte, bis zu welchem Grade man ihr ein Mitspracherecht einräumte, fragte unsicher: »Ist es unbedingt nötig ... ich meine, wäre es nicht möglich, den Besitz zu behalten?«

»Warum?« wollte Racey wissen.

Louis reichte ihm das wieder gefüllte Glas. »Der Anfang und das Ende aller Dinge, Susan. Es war wichtig, eine Entscheidung zu treffen, und wir haben sie getroffen. Wir machen endgültig Schluß damit. Hythebourne wird dann nicht mehr unsere Zeit und unsere Kraft und dazu unser sauer erspartes Geld verschlingen. In dieser Hinsicht gewinnen wir. Zugleich verlieren wir aber auch, weil wir nichts mehr besitzen werden, dem wir unsere ganze Liebe und Treue widmen. Wir trennen uns von unserer Vergangenheit, von der guten wie von der schlechten.«

Er setzte sich und fuhr fort: »Warum soll ich mich weiterhin mit etwas so Kostspieligem wie Hythebourne belasten? Im günstigsten Fall könnte es eine Kleinigkeit abwerfen, im schlimmsten Falle ist es ein Mühlstein um meinen Hals. Ich habe es plötzlich satt, meine Sorgen, meine Zeit und meinen Ehrgeiz an einen Besitz zu verschwenden, den vielleicht Midge, wenn ich tot bin, für wertlos erachtet.«

»Dazu sage ich ›Amen‹«, murmelte Racey. »Die Welt stürzt rings um uns zusammen, und wir beeilen uns, all unsere Bürden loszuwerden. Unseren Kindern hinterlassen wir nichts, nicht einmal Verpflichtungen.« Er erhob sein Glas. »Es lebe die tapfere neue Welt!«

»Ich werde dich Furcht lehren vor einer Handvoll Staub«, sagte Cutler unerwartet.

Sie sahen sich alle nach ihm um, außer Midge. Der höflich beherrschte Ausdruck lag noch auf seinem Gesicht, als habe er nichts gesagt. Aber er hatte sie alle entlarvt, und sie hatten Angst, einander anzusehen.

Plötzlich ließ sich Midge vom Sofa gleiten, wobei sie ihren Hut sorgfältig festhielt. Fragend blickte sie Louis an: »Darf ich in dein Zimmer gehen, Vati?«

»Was willst du dort, Midge?«

»Ich möchte meinen Hut vor dem großen Spiegel ausprobieren.«

Als sie gegangen war, trat wieder die gespannte Stille ein. Sie hatten alle schon zuviel gesagt, um sich auf den sicheren Boden unpersönlicher Höflichkeit zurückziehen zu können. Cutler bereute seine Worte. Um der peinlichen Lage, die er verschuldet hatte zu entgehen, stand er auf und schenkte sich wieder ein. Und gerade, als sie dachten, keiner würde das Schweigen brechen, schrillte die Türglocke.

Louis erhob sich sofort, um zu öffnen. Durch die offene Tür vernahm Susan Pauls Stimme. Erwartungsvoll blickte sie zur Tür. In seiner Gegenwart fühlte sie sich nie so hilflos.

Als Paul eintrat, brachte er den Kontakt zu einer anderen Welt mit. Er begrüßte sie gelassen ohne alle Förmlichkeit, doch angesichts seiner Vitalität wirkten sie alle wie Statisten, die sich nach vorgeschriebenen Regeln bewegten und tatenlos zuschauten, wie das Leben hinter einer gläsernen Scheibe an ihnen vorüberzog, während sie sich selbst in einem Zerrspiegel sahen. ›Wie mag er uns wohl sehen?‹ fragte sich Susan. ›Sieht er uns als schemenhafte, unentschlossene Geschöpfe, die ihn für sich denken lassen, weil sie zu indolent sind, sich zu etwas aufzuraffen?‹ Schon ehe Paul eintrat, wußten sie, welchen Verlauf die Unterhaltung nehmen würde. Als sie ihn jetzt anblickten, wurde es ihnen klar, daß er nicht untätig beiseite stehen und den von vielen Generationen erworbenen Besitz in den Staub sinken lassen würde. Er würde sich einschalten – vielleicht zu ihrem Unglück –, aber er würde etwas unternehmen. Paul würde entweder das Gut mit aller Energie wieder in Schwung bringen oder es ohne jede Rücksicht verkaufen. Für ihn gab es keine Sentimentalitäten.

Als Paul den Drink, den Louis ihm reichte, entgegennahm und sich niedersetzte, erhob sich Cutler, um zu gehen. Sie alle begriffen, daß er sich taktvoll zurückziehen wollte, damit sie die Neuigkeiten besprechen konnten, die Paul von Clifford's Inn mitbrachte.

Mit unpersönlicher Höflichkeit gab er ihnen die Hand, als habe er sie erst jetzt vor einer halben Stunde kennengelernt und die letzten Ereignisse in Hythebourne seien nie geschehen. Was er sagte, war für Susan bedeutungslos, doch als er ihre Hand in der seinen hielt, kam es ihr vor, als liege in seinem Ton etwas wie Enttäuschung, eine Spur von Bedauern und zugleich eine Warnung. Dann begleiteten Louis und Racey ihn hinaus.

Paul lächelte ihr zu. Zu der offenen Tür deutend, sagte er: »Das nenne ich wahrlich einen echten Engländer. Man erzählt, sie seien sogar gewisser Gemütsbewegungen fähig – wenigstens der allgemein menschlichen –, aber man müsse mit ihnen auf einer verlassenen Insel leben, um das herauszufinden. Würde in diesem Augenblick die Decke über diesem Burschen einstürzen und ihn unter sich begraben, so würde er noch eine leise Entschuldigung stammeln, daß sein Tod uns in Unannehmlichkeiten bringt.«

»Diese Engländer können dir doch nicht die Laune verderben, Paul – nicht jetzt.«

»Ich habe den Nachmittag mit allen möglichen Exemplaren dieser Gattung verbracht. Alles brave Burschen. Reell und solid –

man könnte ihnen sein ganzes Hab und Gut anvertrauen. Aber verdammt, sie können zu keinem Entschluß kommen. Sie wollen mir schreiben, die Verbindung mit mir aufnehmen, aber was soll mir das helfen, wenn ich am anderen Ende des Atlantik bin? Die ganze Zeit habe ich immer wieder dieselben Fragen gestellt, die gleichen Vorschläge gemacht wie letzten Samstag, und nur einer von sechs gab mir eine halbwegs entscheidende Antwort. Es kann einen zur Verzweiflung ...«

Er brach ab, weil Louis und Racey wieder ins Zimmer traten. Louis setzte sich zu seinem unberührten Glas, während Racey, an den Kamin gelehnt, stehenblieb.

Zu Paul gewandt, fragte Louis: »Sie haben also mit den Anwälten gesprochen?«

»Jawohl. Alles ist okay. Sie schicken morgen früh die Papiere ins Hotel, damit Susan sie unterschreiben kann.«

»Das nenne ich rasche Arbeit«, murmelte Louis.

»Ihr beide«, warf Racey ein, »seid nicht die einzigen Leute in der Welt, die sich scheiden lassen. Diese Anwälte sind mehr oder weniger daran gewöhnt, die Abmachungen über die Vormundschaft der Kinder festzulegen.«

Sie beachteten seine Bemerkung nicht oder taten wenigstens so. Susan fragte stirnrunzelnd: »Wie steht es mit Midge? Müssen wir abwarten, bis alles entschieden ist, bevor sie nach New York kommen kann? Sie sollte jetzt so bald wie möglich zur Schule gehen.«

»Ich habe mich danach erkundigt«, erwiderte Paul. »Falls Louis seine Einwilligung gibt, kann sie zu dir kommen, sobald sie ein Visum hat. Es bedarf noch einer Art gerichtlicher Verfügung, doch das ist lediglich eine Formsache.«

Formsache. Dieses Wort hämmerte sich in Susans Hirn ein. Dieses Wort stand also am Ende ihrer Ehe. Menschen und ihre Beziehungen zueinander konnten zu Namen und Daten auf einem Aktenbogen werden. Sie wandte sich an Louis.

»Du sorgst dafür, nicht wahr ... für das Visum?«

»Ja, selbstverständlich«, sagte er steif. »So bald als möglich.« Sie wollte sich einreden, er habe so gesprochen, weil auch er empfand, wie demütigend das alles war.

Da klingelte das Telefon. Racey richtete sich auf. »Ich nehme ab«, sagte er. »Ich erwarte einen Anruf.«

Nach einer Minute war er wieder zurück. »Es ist für dich, Louis. Elisabeth.«

Louis ging zum Telefon, und von da an hörte Susan nichts mehr von der Unterhaltung zwischen Paul und Racey. Es war ihr zwar, als habe sie sich daran beteiligt, aber sie konnte sich nicht mehr erinnern, was sie gesagt hatte. Alle ihre Gedanken waren darauf gerichtet, was Louis am Telefon sprach. Sie konnte nicht hören, was er sagte, nur den Tonfall seiner Stimme, aber ihre Phantasie malte sich die Sätze aus, die sie miteinander wechselten. Sie fragte sich, warum sie sich überhaupt dafür interessierte, und fand keine gültige Antwort. Während sie halb auf die Unterhaltung zwischen den beiden Männern hinhörte, stellte sie sich zum erstenmal die entscheidende Frage: Wäre Louis vor sechs Jahren der Mensch gewesen, als den sie ihn jetzt kannte, würde sie ihn dann auch verlassen haben?

Während die Unterhaltung der beiden Männer weiterging und der Zigarettenrauch immer dichter wurde, dachte sie, wie sinnlos es war, diesen Gedankengängen nachzuhängen, wo alles viel zu spät war. Jetzt war nichts mehr zu ändern, jedenfalls nicht im Augenblick. Aber trotzdem, wie kam es, daß sie Louis so völlig falsch beurteilt hatte? Wie hatte sie nur seine Geduld und Beherrschtheit übersehen können, die er während der letzten Tage bewies, obwohl es ihm durch den Verlust seines Gedächtnisses erschwert wurde, mit der Situation fertig zu werden? Und dabei hatte Racey – und auch sie – alle Schwierigkeiten ihm aufgebürdet. Und jetzt nahm er ohne Widerspruch das Kind zu sich, obwohl das für ihn eine große Unbequemlichkeit bedeutete. Das war eine so edelmütige Geste, daß sie sich ganz kleinlich und erbärmlich vorkam. Dabei war sie sicher, daß Louis keinen solchen Vergleich zog. Aber gerade sein Edelmut war schwerer zu ertragen als alles andere.

Doch jetzt zeigte das kurze Klingelzeichen an, daß der Hörer aufgelegt wurde, und wieder stürmte der Gedanke an Elisabeth auf sie ein. Schön, von nun an gehörte Louis eben Elisabeth, daran war nichts mehr zu ändern. Selbst wenn sie ihn jetzt wiederhaben wollte, so käme sie um Jahre zu spät.

Als er vom Telefon zurückkehrte, war sie bereits aufgestanden. »Es ist Zeit, daß wir gehen, Louis.«

Er zog die Augenbrauen hoch. »So früh?« Es war unmöglich, zu erraten, ob er diese Frage nur aus Höflichkeit stellte.

»Ja ... ich bin ein wenig müde. Midge und ich haben uns ein Konzert angehört. Es hat mich mehr angestrengt, als ich dachte.«

Racey lachte spöttisch. »Ein Konzert und ein Hut an einem einzigen Nachmittag. Ihr müßt gut miteinander ausgekommen sein.«

Mißmutig fühlte sie, daß sie rot wurde. »Ich glaube, Midge hat es sehr gut gefallen.«

Unerwartet sagte Louis: »Du hast das Kind sehr glücklich gemacht. Männer begreifen nur schwer, daß Kleinigkeiten wie Hüte für ein Kind viel bedeuten können, jedenfalls für ein Kind wie Midge.«

Es gefiel ihr, daß er das sagte, trotzdem empfand sie seine ritterliche Haltung erneut wie einen Vorwurf.

Als er ihr in den Mantel half, fragte er leise: »Ist es nicht möglich, daß ich dich heute noch sehen kann? Ich glaube, wir sollten uns aussprechen, und morgen wirst du keine Zeit mehr haben. Ich könnte heute abend ins Hotel kommen.«

Paul hatte den Klang seiner Stimme gehört, aber seine Worte nicht verstanden. Er warf Susan stirnrunzelnd einen Blick zu. »Heute abend paßt es nicht«, erwiderte sie schnell.

Louis schwieg, aber Susan spürte die Kühle ihrer Weigerung wie die frostige Luft, die sie umwehte, als die Tür zufiel und sie mit Paul in dem dämmrigen Licht auf der Straße stand.

Wie zwei gute Kameraden, die sich auch ohne Worte verstehen, gingen sie schweigend zum Hotel zurück. Dankbar empfand Susan, wie rücksichtsvoll Paul sie stets sich selber überließ, wenn sie das brauchte. Als sie die leichte Steigung am Haymarket hinaufgingen, hakte er bei ihr ein – eine eher zärtliche als aufdringliche Geste.

Auch beim Abendessen übernahm Paul die Unterhaltung. Niemals trat eine quälende Pause ein, ohne daß sie sich darum bemühen mußte, das Gespräch in Gang zu halten. Die Probleme, die ihr augenblicklich Sorge machten, berührte er nicht. Aber plötzlich legte er Messer und Gabel hin und sagte: »Ich muß verrückt sein, Sue. Heute nachmittag habe ich etwas getan, was ich nie für möglich gehalten hätte.«

Sie hob den Kopf. »Was hast du denn getan?«

»Ich kaufte von Louis' Agenten einen Roman von ihm; um ihn in der Zeitschrift ›Mercury‹ zu veröffentlichen.«

»Ich wußte gar nicht, daß er einen geschrieben hat«, sagte sie stockend, weil sie die Bedeutung seiner Worte erst erfassen mußte.

»Das Manuskript wurde mir am Samstag angeboten, und ich gab es Jacobs in meinem Londoner Büro zum Lesen. Er ist ganz begeistert davon.«

»Ist der Roman denn gut?«

»Er ist mit Vorsprung das Beste, was ich hier zu sehen bekam. Er wird im Frühjahr hier erscheinen, und Doubleday wird ihn wahrscheinlich in New York herausbringen.«

»Wovon handelt er denn?« Sie empfand plötzlich die zwingende Notwendigkeit, Louis auch von dieser Seite kennenzulernen.

»Es ist ein Kriegsbuch. Das ist auch begreiflich, denn die Hälfte davon hat er wahrscheinlich selbst erlebt. Es ist eine der seltenen Leistungen, bei denen man sich fragt, ob der Autor sie ein zweites Mal vollbringen kann oder ob er sich damit ein für allemal verausgabt hat. Jedenfalls ist es ein gutes Buch – verdammt gut sogar.«

Ruhig erklärte sie: »Aber ausgerechnet du, Paul, hättest ihn doch nicht zu kaufen brauchen.«

»Schau, Sue, das Buch ist viel zu gut, als daß ich aus einer persönlichen Abneigung gegen Louis seinen Erfolg verhindern könnte. Wenn ich es nicht genommen hätte, würde es eine andere Zeitschrift herausbringen. Ich leiste ihm also nicht einmal einen Samariterdienst.«

»Ja ... das sehe ich ein«, sagte Susan und fuhr fort: »Weiß Louis schon etwas davon?«

»Noch nicht. Ich habe seinen Agenten gebeten, es geheimzuhalten, bis wir England verlassen haben.«

Die ganze Mahlzeit über mußte sie daran denken; selbst wenn sie Paul antwortete, war sie mit ihren Gedanken bei Louis. Wie wenig sie doch von ihm wußte! Wieviel besser müßte sie ihn kennenlernen, um ihn ganz zu verstehen! Erst im Fahrstuhl kam Paul wieder auf dieses Thema zu sprechen.

»Hat Louis sich schon damals schriftstellerisch betätigt, als du mit ihm zusammenlebtest?«

Sie schüttelte den Kopf. »Das weiß ich nicht, er hat nie etwas davon erwähnt.« Widerstrebend gab sie diese Möglichkeit zu. »Er hatte natürlich Erfahrung auf diesem Gebiet – er studierte englische Literatur in Cambridge und hatte dann diese Stellung bei dem Verlag; aber daß er selbst schreibt, davon hat er nie etwas gesagt. Eigentlich ...«, ohne es zu wollen, rückte sie mit der Wahrheit heraus, »eigentlich haben wir über solche Dinge nie gesprochen. Wir machten auch keine Pläne, was wir nach dem Krieg anfangen würden. Wir dachten nie weiter als bis zur nächsten Woche.«

Sie traten aus dem Fahrstuhl. Leise schlossen sich die Türen hinter ihnen. »Möglicherweise«, sagte sie nachdenklich, »ist das der Grund, weshalb ich ihn verlassen habe. Wir sprachen nie von einer gemeinsamen Zukunft.«

Als sie die Tür aufschlossen, hörten sie das schrille Läuten des Telefons. Schnell ging sie hin und nahm den Hörer ab. Es war Louis.

»Susan, willst du es dir nicht noch einmal überlegen wegen meines Kommens? Ich werde dich nicht lange aufhalten.«

Sie zögerte. Hier stand Paul in der halbgeöffneten Tür, und dort wartete Louis auf ihre Antwort. In diesem Augenblick gespannten Schweigens wurde ihr klar, daß sie nicht mehr die Kraft besaß, diesen Kampf durchzustehen, der damit neu aufleben würde, selbst wenn sie ihn ausschließlich mit ihren eigenen Gedanken und Gefühlen austragen mußte. Sie fühlte sich unendlich müde. Es wäre weit besser, wenn sie Paul erlaubte, sie in die Arme zu nehmen, damit sie alle andern Probleme vergessen konnte.

»Es tut mir leid«, sagte sie. »Nicht heute abend.«

Als sie sich vom Telefon abwandte, stand Paul neben ihr. Sonderbar, dachte sie, als er sie küßte, wie genau er jedesmal wußte, wann ihre Kraft sie verließ und sie einer gefährlichen Schwäche preisgab.

[illegible] Wenn [illegible]
[illegible]

Der [illegible] sich schon [illegible]

[illegible]

[illegible]

[illegible]

[illegible]

[illegible]

[illegible]

[illegible]

[illegible]

[illegible]

Donnerstag

1. KAPITEL

Susan hielt die Augen geschlossen, sie wehrte sich gegen das Erwachen. Durch die geschlossenen Vorhänge drang schon das Tageslicht; wenn sie die Lider für einen Augenblick hob, waren die Möbel deutlich zu erkennen. Der Verkehrslärm auf der Straße nahm zu, die vereinzelten Geräusche steigerten sich rasch zu einem anhaltenden dumpfen Dröhnen. Lange Zeit lag sie so, halb wachend, halb schlafend, bis das Ticken der Uhr sie zwang, sich den Anforderungen des Tages zuzuwenden. Irgendwann, wenn alles überstanden war, würde sie ins Flugzeug steigen und England hinter sich lassen. Weiter konnte sie jetzt nicht denken; aber die Stunden, bis es soweit war, lagen noch in einem trüben Nebel verborgen. Nur eines wußte sie mit aller Bestimmtheit: von heute abend an brauchte sie keine Angst mehr zu haben. Plötzlich packte sie der Gedanke: Angst vor was? Sie versuchte nicht, diese Frage zu beantworten, aber von Furcht erfüllt, hüllte sie sich fröstelnd in ihre Decke.

Unbarmherzig forderte der Tag sein Recht. Susan schreckte hoch, als es an der Tür klopfte und das Zimmermädchen mit dem Frühstück hereinkam. Gleich darauf betrat Paul das Zimmer.

Es blieb ihr keine Zeit, sich ein wenig zurechtzumachen, aber Paul schien ihre Verstörung nicht zu bemerken, und wenn er es doch tat, war er klug genug, es sich nicht anmerken zu lassen: Er setzte sich, schon fertig angezogen, auf den Bettrand und zeigte sich von seiner heitersten und charmantesten Seite. Er brachte sie sogar zum Lachen, und plötzlich empfand sie wieder die

Zuversicht, daß alles in bester Ordnung sei. In einer Aufwallung von Dankbarkeit ergriff sie seine Hand.

Überrascht verstummte er und sah Susan forschend an: »Bedrückt dich etwas, Sue?«

Sie lehnte sich in die Kissen zurück. »Nein … ich hatte nur das Bedürfnis, das zu tun.«

Paul nahm das Gespräch wieder auf, während Susan ein unendliches Glücksgefühl durchströmte und sie plötzlich dem Tag in freudiger Erwartung entgegensah. Da sie wollte, daß auch Paul spüre, wie glücklich sie war, stellte sie das Frühstückstablett beiseite und schmiegte sich an ihn.

»Paul?«

»Sue?« erwiderte er leise, sie fest an sich drückend, die Hand in ihrem Haar vergraben.

»Du verstehst … diese letzten Tage?« Es war so wichtig, daß er sie verstand, aber sie konnte all die unbestimmten Ängste und Zweifel unmöglich in Worte kleiden.

»Mache dir keine Sorgen, Sue. Ich habe dich gut verstanden.« Sie hatte den Kopf an seine Schulter gelehnt; plötzlich bückte er sich und küßte sie hinters Ohr.

»Du hast es verstanden? Hast gewußt, daß es so kommen wird?«

Er spielte mit ihrem Haar, hob es hoch und ließ es wieder auf ihre Schultern fallen. »Nur ein Dummkopf hat nie Angst. Ich wußte, daß dir Zweifel kämen, daß du Angst haben würdest.«

»Jetzt habe ich keine Angst mehr.« Sie sprach die Wahrheit. Ein köstliches Gefühl der Freiheit durchströmte sie in diesem Augenblick.

Er betrachtete sie forschend. »Du bist also fest entschlossen, heute abend mit mir zu kommen?«

Es bedurfte kaum einer Versicherung. »Natürlich komme ich mit dir.«

Sie drängte sich an ihn. Ein Duft vitaler Gesundheit und natürlicher Sinnlichkeit strömte von ihr aus. Auf der Rundung ihres Armes gewahrte er ein paar Leberflecken. Ein wildes Verlangen, seine Zähne in ihr weißes Fleisch zu graben, erfaßte ihn. Da schrillte das Telefon. Paul konnte einen Fluch kaum unterdrücken. Noch zweimal ertönte das Klingelzeichen, bevor sie die Hand nach dem Hörer ausstreckte. »Hallo«, sagte sie zerstreut. Er vernahm deutlich die scharf akzentuierten Laute einer englischen Stimme und horchte auf. Die Anwälte in Clifford's Inn hatten ihren Chefsekretär mit den Papieren geschickt. Mrs. Taite sollte so liebenswürdig sein und sie unterschreiben. Sie warf Paul einen fragenden Blick zu. Er deutete auf sein Empfangszimmer. Sie nickte. »Wollen sie bitte in Mr. Berkmans Appartement heraufkommen? Ich stehe Ihnen in einigen Minuten zur Verfügung.«

Sie legte den Hörer auf; Paul erhob sich. »Es ist vielleicht besser, wenn ich schon hinübergehe«, sagte er. »Wie lange wirst du brauchen?«

»Eine Viertelstunde. Ist das zu lang?«

Er suchte nach seinen Zigaretten. »Ich werde inzwischen alles durchlesen, was du unterschreiben sollst. Das erspart dir Zeit.«

Sie beobachtete ihn, während er eine Zigarette anzündete. Die nervöse Gespanntheit, die in den vergangenen Tagen seine Züge verdüstert hatte, schien gewichen. Zwar traten seine Backenknochen in dem gut geschnittenen Gesicht hervor, doch die scharfen Linien um seinen Mund waren gemildert; als er den ersten Zug an der Zigarette tat, schien es, als lächle er. Plötzlich legte er die Zigarette beiseite, beugte sich über Susan und küßte sie.

»Beeile dich, Liebste. Ich weiß im voraus nie genau, wie lange ich eine Unterhaltung mit einem Engländer ertragen kann.«

Als er das Zimmer verlassen hatte, warf sie die Bettdecke zurück und sprang aus dem Bett. Im Badezimmer streifte sie ihr Nachthemd ab und sah, in Gedanken versunken, zu, wie das Wasser in die Wanne floß. Morgen schon würde sie in New York sein, daheim in ihrer eigenen Wohnung. Wie schön würde es sein, die altvertrauten Gegenstände wieder um sich zu haben. Im Büro erwartete sie sicherlich ein Stapel von Post, und eine Masse Leute würden sie anrufen. Als sie an all das dachte, schlug ihr Herz höher. New York im Herbst besaß für sie einen Zauber, dessen sie nie müde wurde und den zu genießen sie sich immer Zeit nahm. Von ihrer Vorfreude beschwingt, kleidete sie sich schnell an und ging hinüber zu Paul. Ein hagerer Herr im Regenmantel erhob sich bei ihrem Eintritt.

»Guten Morgen«, sagte sie.

Verlegen drehte er seinen Homburg in den Händen. »Guten Morgen, gnädige Frau.«

Seine kühle Höflichkeit berührte sie unangenehmer, als übertriebene Freundlichkeit es vermocht hätte. Schnell ging sie zum Tisch, auf dem Paul die Schriftstücke zurechtgelegt hatte. Er zog einen Sessel für sie heran und setzte sich auf die Lehne. Sie fühlte, wie er seine Hand leicht auf ihre Schulter legte.

»Es scheint mir alles in Ordnung zu sein, Susan. Du brauchst nur noch zu unterschreiben, wo es angekreuzt ist.«

Sie überflog die Schriftstücke, sah wiederholt ihren eigenen, Louis' und Midges Namen und unterschrieb hastig. Auf Grund dieser vorgedruckten Papiere entzogen sie Midge der Pflege des einen und übergaben sie der Obhut des anderen, eine Aktion, die so geschäftsmäßig war, daß es Susan schauderte, als der Sekretär sich über sie beugte und seine Unterschrift neben die ihre setzte. Geschickt löschte der Sekretär die feuchten Schriftzüge, und damit war alles erledigt. Wie ein Schlag traf Susan die Erkenntnis, daß durch diese kaltblütige Abmachung das Leben ihres Kindes in neue Bahnen gedrängt wurde. Der weißhaarige, kränklich aussehende Sekretär schob jedoch gleichmütig die Schriftstücke in seine Aktenmappe, alles Weitere würde nun seinen routinemäßigen Gang nehmen. Ob er sich wohl jemals die Zeit nahm, über die menschliche Seite der Fälle nachzudenken, mit denen er zu tun hatte? Wußte er, welch tiefes Schuldgefühl sich ihrer bemächtigte bei dem Gedanken, daß sie das Kind aus seiner gewohnten Umgebung riß, ohne völlig überzeugt zu sein, daß sie ihm einen gleichwertigen Ersatz bieten konnte?

Vielleicht hatte es seine lebenslange Erfahrung in solchen Situationen mit sich gebracht, daß er sich zwar in sie hineindenken konnte, aber gleichzeitig ungeduldig darauf wartete, daß sie sich beeile, damit er auf dem Rückweg nach Clifford's Inn noch Zeit hatte, eine Tasse Kaffee zu trinken. Als er umständlich seine Aktenmappe schloß, läutete das Telefon. Paul ging an den Apparat. »Für dich, Susan. Racey will dich sprechen.«

»Racey?« Schnell nahm sie ihm den Hörer aus der Hand.

»Hello!«

»Susan? Kann ich dich für ein paar Minuten sehen?«

»Von wo sprichst du?«

»Ich bin unten in der Hotelhalle.«

»Einen Augenblick, bitte.« Sie bedeckte die Sprechmuschel mit der Hand und fragte Paul: »Brauchst du dieses Zimmer? Kann ich Racey sagen, er soll hierherkommen?«

Paul sah auf seine Uhr. »Ich habe eine Stenotypistin bestellt, der ich ein paar Briefe diktieren will.« Er runzelte die Stirn. »Ich wollte vor dem Lunch noch einiges erledigen.«

»Schon gut.« Zu Racey sagte sie: »Laß dich in mein Zimmer führen. Ich warte dort auf dich.«

»Gut. Bis gleich.« Er hängte ein.

Susan und Paul begleiteten den Sekretär zum Lift, wobei dieser ausschließlich über das Wetter sprach. Jetzt erst wurde sich Susan bewußt, daß sie vor lauter Eile noch gar nicht aus dem Fenster geschaut hatte, nur vom Bett aus hatte sie ein Stück grauen Himmel gesehen; sie wußte daher nicht, ob es regnete oder nicht. Doch der Sekretär schien ganz genau darüber Bescheid zu wissen.

Als Susan in ihr Zimmer trat, war das Mädchen schon dabei, aufzuräumen. Das Bett war gemacht, im Badezimmer lief das Wasser. Als Susan hereinkam, blickte das Mädchen von der Wanne auf, die sie gerade auswischte.

»Guten Morgen«, sagte Susan.

»Guten Morgen, gnädige Frau.«

»Ich fürchte, ich habe sie in Ihrer Arbeit aufgehalten, weil ich so spät aufgestanden bin. Haben sie noch lange zu tun? Ich bekomme nämlich gleich Besuch.«

Das Mädchen lächelte freundlich. »Staub wischen kann ich auch später, gnädige Frau, wenn sie jetzt gern ungestört sein wollen.«

»Vielen Dank«, sagte Susan. »Das ist lieb von Ihnen.«

In diesem Augenblick klopfte Racey schon an die offene Tür. »Oh, Racey! Komm herein.«

»Guten Morgen, Sue.«

Das Zimmermädchen raffte die Wischtücher zusammen und ließ die beiden allein.

»Komm, nimm Platz«, sagte Susan. »Hier am Fenster. Möchtest du eine Zigarette?« Sie wartete, daß er näher käme und sich ihr gegenüber niederließe.

Stumm nahm er eine Zigarette, holte sein Feuerzeug heraus und zündete Susans und seine Zigarette an. Dann setzte er sich. »Wann startet euer Flugzeug?«

Sie wußte, daß ihm nichts daran lag, den genauen Zeitpunkt zu erfahren, dennoch antwortete sie ruhig: »Ich weiß nicht genau. Ich glaube, gegen zehn oder elf Uhr. Paul wird es wissen.«

Belustigt sah er sie an. »Paul trifft wohl alle Entscheidungen für dich?«

Sie zuckte die Achseln. »Warum auch nicht? Warum sollten wir uns beide um Dinge bemühen, die einer allein erledigen kann?«

»Ganz vernünftig. Ist es mit deinem Beruf genauso?«

»Wie meinst du das?«

»Daß Paul die Entscheidungen trifft, und du führst sie aus?«

Das Blut schoß ihr in die Wangen. »Er ist zwar der Besitzer der Zeitschrift, aber nicht ihr Herausgeber.«

»Er überläßt dir also auch einen Teil an Arbeit?«

Sie zwang sich, ruhig zu bleiben. »In diesem Beruf verdient man sein Geld nur mit solider Arbeit, Racey. Ich habe gewaltig geschuftet, um meine Position zu erringen, und jetzt schufte ich noch mehr, um sie zu halten.«

Ironisch zog er die Brauen hoch. »Hier in London hatte ich nicht den Eindruck, daß ihr euch zu Tode schuftet.«

»Für mich gab es hier ja auch nichts zu tun. Was Paul betrifft … woher willst du wissen, was er hier gemacht hat? Das kannst du gar nicht beurteilen.«

»O doch«, sagte er gelangweilt. »Ich kann es mir vorstellen. Er hat die ganze Fleet Street auf den Kopf gestellt. Er ist sehr gerissen, nicht wahr?«

»In fast allen europäischen Hauptstädten hat er als Korrespondent gearbeitet. Er versteht was von seinem Fach.«

»Das ist dasselbe, Sue. Genau dasselbe.«

Sie ging nicht näher darauf ein, und er schien ihr Schweigen nicht zu bemerken. Nervös spielte sie mit ihrer Zigarette, dann sagte sie: »Racey?«

Überrascht – fast als habe er ihre Gegenwart vergessen – blickte er auf. »Ja?«

»Du bist doch nicht zu mir gekommen, um über Paul zu sprechen. Was hast du also auf dem Herzen?«

»Ach, zum Teufel damit!« Wütend drückte er seine Zigarette aus und stand auf. Er trat ans Fenster und blickte, die Hände in den Taschen, hinaus. »Ich bin gekommen, um dir zu danken«, stieß er hervor.

»Mir zu danken?«

Er fuhr herum. »Um Himmels willen, spiel jetzt nicht die Unschuldige. Dazu bin ich nicht in der Stimmung.«

»Du meinst das geschmuggelte Zeug?«

»Was denn sonst?«

Abweisend sagte sie: »Ich verlange keinen Dank. Schon gar nicht, wenn es dir so schwerfällt.«

Er nahm die Hände aus den Taschen. »Ach, hör auf damit, Susan. Wenn du so dasitzt wie eine kühle Sphinx – deine Gedanken wer weiß wo –, wie soll ich da vernünftig mit dir sprechen? Einem Mann fällt es ohnehin nicht leicht, einer Frau für einen Gefallen zu danken, aber es fällt ihm doppelt schwer, wenn sie ihm nicht einmal zuhört.« Barsch fuhr er fort: »Woran denkst du denn die ganze Zeit?«

Es war das beste, aufrichtig zu sein. »An New York, Racey. Ich denke daran, wie schön es sein wird, wieder dort zu sein, bei den Dingen, die mir vertraut sind, bei den Menschen, die ich verstehe.«

»Du tust gerade so«, sagte er bitter, »als wärst du im Begriff, das Gelobte Land zu betreten.«

»Vielleicht ist es so. Ich kann nicht verlangen, daß du das verstehst.«

»Verstehen? Doch, ich glaube, ich verstehe es – zum Teil wenigstens.«

Begütigend sagte sie: »Das glaube ich nicht, Racey. Was weißt du von dem Gefühl, heimzukehren, um neu zu beginnen? Mit all dem hier bin ich nun fertig. Siehst du, Racey, ich bin viel mehr Amerikanerin, als du annimmst. Mir gefällt das Leben drüben, und ich will zu diesem Leben zurückkehren.«

Er drehte sich wieder halb zum Fenster hin und sah auf die belebte Straße hinunter. »Du nimmst den Mund ziemlich voll, Susan. Ist es dir auch wirklich ernst damit?«

»Ich weiß nicht, was du damit sagen willst.«

Noch immer blickte er sie nicht an. »Draußen in Hythebourne, da hast du dazugehört. Amerikanerin oder Chinesin – du hast dazugehört. Um mich zu retten oder um Louis zu schonen – auf den Beweggrund kommt es jetzt nicht an –, hast du Kopf und Kragen riskiert. Eiskalt hast du es getan, als führtest du einen lange gehegten Plan aus, und wußtest doch, daß du in fürchterliche Schwierigkeiten kämst, wenn man dich dabei erwischt. Ein Fremder hätte das niemals getan. Ob du es zugeben willst oder nicht, damit hast du dich als unsere Verbündete erwiesen. Du gehörst zu uns, Susan. Und ein Teil von dir wird immer zu uns gehören.«

»Soll diese Rede irgendeinen Einfluß auf meinen Entschluß ausüben, nach Amerika zurückzukehren?«

»Nicht im geringsten. Ich wollte damit nur erreichen, daß du uns nicht mit der Vorstellung verläßt, du könntest uns einfach wie Staub von den Schuhen schütteln und aus deinem Leben streichen. Wenn deine Koffer auch die New Yorker Anschrift tragen und mit Nylonwäsche und Pariser Modellkleidern vollgestopft sind, wenn du auch echt amerikanisch eine Sache durchkämpfst und dann ein für allemal damit fertig bist – so ist doch sehr viel von einer Engländerin an dir. Jetzt sogar mehr als früher. Deshalb hast du uns in Hythebourne geholfen, deshalb wird auch Midge, wenn sie später einmal nach England kommt, keine hundertprozentige Amerikanerin sein.«

Leise bat sie: »Racey, willst du nicht bitte ...«

Er trat auf sie zu. »Tut mir leid, Hexe. Ich hab' dich etwas hart angepackt.«

Mechanisch sagte sie: »Schon gut.« Aber beide wußten, daß sie nicht die Wahrheit sprach.

Er stand vor ihr, doch sie blickten sich nicht an. »Dann also Dank für alles, Hexe. Wir werden uns schon mal wiedersehen.«

Als er gegangen war, rauchte sie eine Zigarette und überdachte alles, was er gesagt hatte, bis das Zimmermädchen mit den Staubtüchern zurückkam. Da ging sie zu Paul hinüber und saß still dabei, während er einer altjüngferlich aussehenden Frau Geschäftsbriefe diktierte. Seine Stimme, die eintönig die üblichen Redewendungen rezitierte, nur hier und da unterbrochen von einer kurzen Rückfrage der Stenotypistin, bildete für Susan die Schutzmauer, hinter der sie ihre quälenden Gedanken vergrub.

2. KAPITEL

Als Susan zu Fuß zum Hotel zurückging, schien eine blasse Herbstsonne. Ihre Gedanken waren noch von der lebhaften Unterhaltung erfüllt, die Paul beim Lunch mit dem New Yorker Redakteur geführt hatte, einem untersetzten, energischen Mann, dem das Treppensteigen schwerfiel. Susan kannte diesen Typ: alle Journalisten, Redakteure und Korrespondenten besaßen bestimmte gemeinsame Eigenschaften. Sie kannte diese Leute durch und durch, sie fühlte sich in ihrer Gesellschaft wohl. Daß sie gemeinsam mit Paul an dem Hasten und Treiben, der ewigen Unruhe, die den Journalistenberuf so interessant machten, teilhatte, erfüllte sie mit tiefer Genugtuung. War sie selbst auch nur ein kleines Rad in dem gewaltigen Getriebe, so gehörte sie doch dazu. Nur ungern und blutenden Herzens würde sie sich von dieser Welt losreißen. Doch warum kam es ihr überhaupt in den Sinn, sie könne sich von all dem trennen?

Im Empfangsbüro verlangte sie ihre Schlüssel. Als sie sich umdrehte, kam David Cutler auf sie zu.

»Guten Tag, Mrs. Taite.« Er sprach mit der gleichen formellen Höflichkeit, deren er sich am Montag morgen beim Frühstück in Hythebourne bedient hatte. Auch den weichen Hut hielt er in der Hand, genau wie damals.

»Guten Tag.« Schnell fügte sie hinzu: » Ich hatte nicht erwartet, daß wir uns noch einmal sehen würden.«

»Ich eigentlich auch nicht.« Er zögerte. »Ich kam zufällig vorbei ... da wollte ich schauen, ob Sie da sind.«

»Sie haben auf mich gewartet?«

Er sah auf seine Uhr. »Nicht lange. Nur zehn Minuten.«

Sie blieb ein wenig verstört stehen, da sie nicht wußte, warum er gekommen war und ob sie über die konventionelle Höflichkeit hinaus zu einem wirklichen Gespräch kommen würden. Von diesem Manne ging etwas Vertrauenerweckendes aus, und doch war es nicht möglich, ihm näherzukommen. Lohnte es sich überhaupt, wenige Stunden vor ihrem Abflug, den Versuch zu machen?

Er befreite sie aus ihren Zweifeln. »Könnten wir uns noch einen Augenblick setzen? Ich habe es gestern abend bedauert, daß wir uns so förmlich verabschiedet haben.« Eindringlicher fügte er hinzu: »Wir haben ja schließlich ein gemeinsames Erlebnis hinter uns, nicht wahr?«

Ein wenig freundlicher sagte sie: »Ich habe oben ein Empfangszimmer. Wir können nach oben gehen.«

Er folgte ihr stumm. Im Salon war der Tisch übersät mit Briefen, die Paul unterschreiben sollte. Als sie sich gegenübersaßen, bot Cutler ihr eine Zigarette an. Sein Hut war zu Boden gefallen. Er lehnte sich im Sessel zurück. Plötzlich lächelte er

»Sehen sie«, sagte er etwas verlegen, »Jetzt bin ich hier heraufgekommen und weiß doch nicht ein einziges vernünftiges Wort zu sagen.«

Susan mußte lachen. Sie fand es wohltuend, daß er seine ernste Haltung auch aufgeben und natürlich sein konnte.

»Wenn Sie immer etwas Vernünftiges zu sagen wissen«, meinte sie, »dann sind Sie zu beneiden. Den meisten gelingt das in ihrem ganzen Leben nicht ein einziges Mal.«

»Ja«, sagte er. Dann fuhr er nachdenklich fort: »Wie sonderbar war doch das alles ...«

»Wie meinen Sie das?«

Er machte eine Gebärde, die sie beide einschloß. »Alles ...«

»Sonderbar ist wohl kaum das richtige Wort«, sagte sie, »eher tragisch.«

»Ja, aber von mir aus gesehen war es sonderbar. Bedenken Sie doch: am Sonntag morgen erfuhr ich ganz zufällig, daß wir beabsichtigten, Raceys Flüge nach Frankreich unter die Lupe zu nehmen. Schon dieser Zufall ist merkwürdig. Es kann ein Jahr vergehen, bis ich mich wieder an einem Sonntagmorgen um dienstliche Angelegenheiten kümmere. Aber ausgerechnet am vergangenen Sonntag habe ich es getan … und alles Weitere kam dann von selbst.«

»Das ist allerdings eigenartig.«

»Und daß Sie dabei eine Rolle spielten, machte alles noch merkwürdiger.«

Betont uninteressiert fragte sie: »Inwiefern?«

»Nun, weil … Zum erstenmal sind Sie wieder in England nach … nach wieviel Jahren?«

»Sechs.«

»Sechs Jahren …« Rasch fuhr er fort: »Das Wiedersehen mit Louis hat mich erschüttert. Er hat mich nicht wiedererkannt.«

Kühl erwiderte Susan: »Sie haben es sehr gut verstanden, sich Ihre Erschütterung nicht anmerken zu lassen.«

Er erwiderte trocken: »Natürlich nicht. Das gehört zu meinem Beruf.«

Sie spürte, daß sie die Zurechtweisung verdient hatte.

»Es war nicht leicht, damit fertig zu werden«, fuhr er langsam fort. »Der Tod des alten Mannes … und zu wissen, daß ich indirekt daran schuld bin.«

»Oh, gewiß nicht«, widersprach sie.

»Doch, so war es«, beharrte er. »Ich war sozusagen der auslösende Faktor.«

Seine Worte machten einen tiefen Eindruck auf sie. Auch er würde, wie sie alle, die dramatischen Tage in Hythebourne niemals vergessen. Der Wunsch, sich auszusprechen, sich von seinen quälenden Gedanken zu befreien, hatte ihn zu ihr geführt. Wider alle Vernunft fühlte er sich für das schreckliche Ende Lionel Taites verantwortlich, an dem sie alle in irgendeiner Form die Schuld trugen. Nachdenklich sagte sie: »Wir alle tragen die Verantwortung für dieses Unglück, und sei es auch nur zu einem kleinen Teil.«

Eifrig beugte er sich vor. »Sie verstehen mich, nicht wahr? Deshalb wollte ich mit Ihnen sprechen. Man kann nicht …« Er zögerte. »Man darf ein Geschehnis nicht einfach hinnehmen, ohne sich nach seiner Bedeutung zu fragen. Das wäre zwar leichter, aber nicht klug.«

»Diese Tage haben Ihnen also mehr bedeutet als eine dienstliche Pflicht?« Sie fühlte, daß sie diese Frage nicht hätte zu stellen brauchen, und daß er sie trotzdem erwartet hatte.

»Ja, so ist es. Genau das wollte ich zum Ausdruck bringen.« Er schien ihr dankbar zu sein, daß sie für ihn die richtigen Worte gefunden hatte. »Ich wollte, daß Sie wissen – wie auch Ihr fernerer Lebensweg verlaufen mag, wohin Sie auch gehen mögen –, daß mir das alles sehr naheging.«

Erstaunt sah sie ihn an. »Warum sagen Sie: ›Wohin Sie auch gehen mögen‹? Sie wissen doch, daß ich noch heute abend nach New York fliege.«

Sein Gesicht umwölkte sich, er wich ihrem Blick aus.

»Warum sagen Sie das?« wiederholte sie eindringlich.

Plötzlich sah er ihr voll ins Gesicht. »Weil ich nicht eine Sekunde lang daran glaubte, daß Sie wirklich nach Amerika zurückkehren. Verzeihen Sie mir, daß ich jetzt davon spreche – es war nicht recht von mir, ich weiß. Aber in Hythebourne hatte ich nicht den geringsten Zweifel, daß Sie hierbleiben würden.«

»Sind Sie noch immer davon überzeugt?«

»Sie haben mir ja gesagt, daß Sie abreisen – daß sie heute abend das Flugzeug nehmen.«

»Ja«, erwiderte sie ruhig, »ich reise heute abend.«

Er stand auf. »Dann verzeihen Sie mir bitte, Mrs. Taite. Ich war sehr taktlos. Glauben Sie mir, ich bin nicht mit der Absicht gekommen, es zu sein.« Er hob seinen Hut auf. »Wenn man zu reden anfängt, redet man immer zuviel! Seit Tagen habe ich meinen Mund gehalten, nur um jetzt dummes Zeug zu reden.«

Auch Susan stand auf. »So schlimm ist es wirklich nicht. Sie haben uns so sehr geholfen, daß Sie auch berechtigt sind zu sagen, was Sie denken.«

»Kein Mensch hat das Recht«, sagte er, verlegen seinen Hut drehend, »sich in Dinge einzumischen, von denen er nichts versteht.«

Sie begleitete ihn zur Tür. »Daß Sie das sagten, hat alles wiedergutgemacht.«

Er blickte sie an. »Ich habe mich immer bemüht, mich an das Bibelwort zu halten ›Richtet nicht, auf daß ihr nicht gerichtet werdet‹, aber zuweilen läßt es sich nicht anwenden. Meiner Meinung nach soll man erst verstehen, bevor man urteilt. Wie viele von uns verwechseln doch Gleichgültigkeit mit Toleranz. Es ist sehr leicht, tolerant zu sein, wenn einem alles gleichgültig ist.«

»Wollen Sie damit sagen, daß es Ihnen nicht gleichgültig ist, was aus mir wird?«

»Ja, ungefähr das wollte ich sagen.«

Sie ergriff seine Hand. »Ich danke Ihnen. Das werde ich Ihnen nie vergessen.«

»Und Sie halten mich nicht für einen Menschen, der sich in Dinge mischt, die ihn nichts angehen?«

»Durchaus nicht.«

»Dann ist alles gut.« Er gab ihre Hand frei. »Leben sie wohl, Susan.«

»Leben Sie wohl, David.«

Sie schaute ihm nicht nach, trotzdem lauschte sie hinter der geschlossenen Tür auf das Surren des Lifts. Dann zündete sie sich eine neue Zigarette an, ließ sich in einen Sessel nieder und sah sich in dem Zimmer um, das ihr durch die paar Gegenstände, die Paul gehörten, vertraut geworden war. Im Geiste wappnete sie sich auf die Begegnung mit Louis, die unausbleiblich war.

Um halb vier Uhr begann Susan ihre Koffer zu packen; zehn Minuten später kam der erwartete Telefonanruf.

»Susan? Hier ist Louis. Kann ich dich sprechen?«

»Natürlich. Komm nur herauf.«

Während sie auf ihn wartete, beschäftigte sie sich weiter mit ihren Koffern; nur so konnte sie sich ablenken und die quälenden Sekunden überbrücken, bis er an ihre Tür klopfte.

Er trat zögernd ein, blieb, an die Tür gelehnt, stehen und blickte nachdenklich den offenstehenden Schrank an, die in Seidenpapier gehüllten Kleider auf dem Bett, die bereitstehenden Koffer. Es gab keinen Zweifel mehr: Susan rüstete sich zur Abreise.

Bei seinem Eintritt hatte sie mechanisch nach ihren Zigaretten gegriffen, als könne dieses Fetzchen Papier ihr Halt geben.

»Laß doch, Susan«, sagte er, »nimm lieber eine von mir.«

Sie nahm von den Zigaretten, die er ihr anbot. Als er ihr das Feuerzeug hinhielt, betrachtete sie aufmerksam sein Gesicht. ›Er sieht gut aus‹, dachte sie, ›so gut wie vor acht Jahren. Er und Racey hatten sich stets so benommen, als seien Charme und gutes Aussehen etwas ganz Selbstverständliches.‹

Lächelnd deutete er auf die Koffer, die nicht zu übersehen waren.

»Wann wollt ihr starten?«

»Gegen zehn ... vielleicht auch etwas später.«

»Freust du dich, fortzukommen?« Er setzte sich auf die Lehne eines Sessels, die langen Beine lässig von sich gestreckt. »Oder darf ich das nicht fragen?«

Sie umging es, darauf zu antworten. »Man freut sich immer, wenn es nach Hause geht. Wieso solltest du das nicht fragen dürfen?«

Ironisch lächelnd erwiderte er: » Es hätte dich in die schwierige Lage bringen können, eine höfliche Lüge auszusprechen oder offen einzugestehen, daß du glücklich bist, uns allen für immer den Rücken zu kehren.«

Er sah in diesem Augenblick Racey überraschend ähnlich. Erst als er sich zur Seite wandte und das Licht auf sein Gesicht fiel, war die Ähnlichkeit weniger auffallend. Nervös spielte sie mit ihrer Zigarette. »Ich hätte beides nicht nötig gehabt. Du weißt, daß ich mit der Absicht nach England kam, alles ins reine zu bringen – und jetzt ist es soweit.«

Er lachte laut auf, aber nicht höhnisch, eher, als finde er ihre Feststellung erheiternd.

»Im Leben der meisten Menschen ist das ein sehr entscheidender Schritt, Susan. Du willst mir doch nicht einreden, daß du das alles fein säuberlich hinter einem Schild ›Gefühle nicht beteiligt‹ verwahrt hast. Wenn du dich auch verändert hast – zu so etwas bist du nicht fähig.«

Überrascht fragte sie: »Woher weißt du, daß ich mich verändert habe?«

»Ich bin dessen sicher.« Ernst fuhr er fort: »Susan, kannst du nicht verstehen, was diese Tage für mich bedeutet haben? Es begann schon am Freitag abend, und sooft ich dich wiedersah, litt ich Höllenqualen. Ich habe mich an viel mehr erinnert, als ich es je für möglich gehalten hätte.«

Das Gespräch hatte eine entscheidende Wendung genommen, und Susan fühlte, daß sie auf Louis' ernsten Ton eingehen mußte. »Sprich dich aus«, forderte sie ihn auf. Sie mußte unbedingt erfahren, ob ihre Gedanken sich genähert hatten oder vielleicht sogar denselben Weg gegangen waren. »Sprich dich aus«, wiederholte sie.

»Wie könnte einer von uns genau sagen, wo sich unsere Wege trennten? Können wir angeben, wann wir zum erstenmal aus Gleichgültigkeit versäumten, einander mit einem verständnisvollen Wort zu helfen? In einer Kriegsehe bleibt keine Zeit, sich langsam aneinander zu gewöhnen, den anderen verstehen zu lernen und auch seine Fehler zu tolerieren.«

Er hielt inne, als wolle er sich sammeln. Susan wartete schweigend, weil sie ihm Gelegenheit geben wollte, seine Gedanken offen auszusprechen. Erst dann würde sie beurteilen können, wie sehr oder wie gering damals ihre Entfremdung war. Daß sie bestanden hatte, war sicher, aber vielleicht wäre sie zu überbrücken gewesen, wenn sie sich rechtzeitig darum bemüht hätten. Aber diesen Augenblick hatten sie versäumt, und von da an war jeder allein durchs Leben gegangen mit der Überzeugung, der andere sei daran schuld.

Aber nun nahm Louis den Faden des Gesprächs wieder auf. »Wir hätten eine glückliche Ehe führen können, Susan, wenn nicht immer einer von uns unterwegs gewesen wäre – du in der Botschaft, ich im Dienst. So war unser gemeinsames Leben nichts weiter als eine Reihe gelegentlicher Begegnungen zwischen zwei Menschen, die sich verhältnismäßig fremd waren.«

Ihre Stimme klang gepreßt und fremd, als sie einwarf: »Am Freitag abend hast du mich nicht einmal wiedererkannt. Bist du sicher, daß du dir das nicht alles nur einbildest?«

Sein Gesicht verdüsterte sich. »Wenn man das Gedächtnis verliert, so ist das, als sei man durch eine Mauer von seiner Umwelt getrennt. Hat man aber erst eine Bresche in diese Mauer geschlagen, dann ist es, als wachse man über diese Mauer hinaus. Als ich dich wiedersah und mich dann auch wieder an dich erinnern konnte, sprang ich über diese Mauer hinweg. Seit Montag ist sie ganz verschwunden.« Er sah Susan unverwandt an. »Zu trügerischen Einbildungen bleibt mir keine Zeit, Susan. Was ich dir sage, ist die reine Wahrheit.«

»Verzeih mir«, murmelte sie.

Nachdenklich lauschte er diesen Worten. »Das Schmerzliche für uns ist, daß wir uns nicht überwinden konnten zu sagen: ›Verzeih mir.‹ Wie oft hatten wir Gelegenheit dazu und taten es nicht; wie oft wollte ich aufrichtig sein und wagte es nicht – weil ich nicht genug Vertrauen zu deiner Liebe hatte, um mich in meiner Schwachheit zu zeigen.«

Sie klammerte sich an die Lehne ihres Sessels. »Was war es, was du nicht gewagt hast, mir zu sagen?«

Er vermied ihren Blick nicht mehr, als er erwiderte: »Ich erzählte dir doch immer, daß Fliegen das einzige sei, was sich lohne im Leben, daß, wer sich vor der Gefahr fürchtet, ein Feigling sei. Lügen, alles Lügen, Susan – ein Gespinst von Lügen, so dicht, daß ich es manchmal selber nicht durchschauen konnte. Jedesmal, wenn ich auf Urlaub kam, wollte ich mich dir anvertrauen, dir sagen, wie erbärmlich, wie verlogen das alles war. Ich wollte dir gestehen, daß ich fast krank war von all dem, was ich gesehen hatte, und so erfüllt war von Furcht, daß ich mich am liebsten in den Kanal gestürzt hätte, nur um dem allen zu entgehen. Kannst du ein solches Grauen verstehen, Susan? Vielleicht kannst du's, aber damals konnte ich nicht darüber sprechen. Ich spielte den großartigen Helden, bis du wahrscheinlich bis zum Hals genug davon hattest. Ich litt unter meiner eigenen Schmach, aber ich erzählte dir nichts davon.«

Sie warf ihre Zigarette weg und fragte gespannt: »Und warum erzählst du es mir jetzt?«

»Weil ich muß. Weil ich finde, daß es Zeit ist, endlich Klarheit zu schaffen zwischen uns. Nur wenige Menschen erfahren, was es heißt, eines Morgens aufzuwachen und sich an nichts mehr zu erinnern. Dann entdeckst du, daß dir nichts mehr geblieben ist als das bißchen, was so fest in dir verankert ist, daß du es nie verlieren kannst. Vor allem weißt du, daß du leben willst – gleichviel, wie schlecht es dir geht: du willst leben. Und dann beginnst du in dieser Finsternis, in der nichts greifbar ist, weil du dich an nichts erinnern kannst, den Menschen zu vertrauen, die sich um dich kümmern. Nach und nach gewinnen die ersten vagen Erinnerungen Gestalt, mühsam der wesenlosen Vergangenheit abgerungen, und daran klammerst du dich mit aller Kraft. Seit dieser Zeit ist mir alle Lüge verhaßt – Lüge jeder Art. Das ist der Grund, warum ich dir das alles sage. Wenn du von mir gehst, sollst du wenigstens eine Vorstellung von dem haben, was wirklich vor sich ging.«

Er stand auf. Sein ernstes Gesicht war von Linien durchfurcht, die sie zuvor nie bemerkt hatte. Er sah erschöpft aus. »Ich gehe jetzt, Susan. Vielleicht habe ich zu viel gesagt – wahrscheinlich aber zu wenig. Hast du mich verstanden? Habe ich dir auch nur einen einzigen Gedanken gegeben, über den du nachdenken wirst? Oder wirst du alles aus deiner Erinnerung streichen – auch mich?«

Ohne sich anmerken zu lassen, wie tief seine Worte sie getroffen hatten, sagte sie gleichmütig: »Natürlich werde ich mich an alles erinnern. Oder dachtest du, ich könnte es vergessen?«

»Wie soll ich das wissen?« erwiderte er resigniert.

»Louis?«

»Was möchtest du noch wissen?«

»Verabscheust du mich, weil ich die Erwartungen, die du in mich gesetzt hast, nicht erfüllt habe?«

Verwundert sah er sie an. »Was redest du da? Lieber Gott, du weißt nicht, wovon du sprichst! Ich würde dich mit all deinen Fehlern, all deinen Widersprüchen anbeten, wenn du es nur zuließest. Jetzt würde ich dich lieben, wie ich dich vor sieben – acht Jahren hätte lieben sollen.«

Sie war wie gelähmt. Nur langsam erfaßte sie die volle Bedeutung seiner Worte. Sie merkte kaum, daß er aufgestanden war und hinter ihr stand.

»Für dich, Susan, habe ich das Unmögliche getan. Ich habe dir das Kind gegeben, dessen Gegenwart ich nicht entbehren kann. Ich habe mich bemüht, dir während dieser Tage alle Hindernisse aus dem Weg zu räumen – ich habe mich zurückgehalten, selbst wenn ich neben Paul Berkman wie ein schwächlicher Narr erschien, nur weil du hoffst, mit ihm glücklich zu werden. Ich habe getan, was ein Mensch nur tun kann. Und dann sah ich gestern abend Elisabeth wieder – du erinnerst dich noch an Elisabeth, Susan? –, und da wurde mir klar, daß ich sie nicht heiraten kann.«

»Warum nicht?« fragte sie unwillkürlich.

»Warum nicht?« wiederholte er. »Was glaubst du wohl, was der Grund ist? Niemand anders als du. Keine Sekunde kann ich meine Gedanken von dir losreißen. Zwischen Elisabeth und mir gibt es keine Unaufrichtigkeit. Ich habe ihr all das offen gesagt, da ich nicht will, daß auch eine neue Ehe durch Lügen und Betrügen scheitert.«

Sie verbarg ihr Gesicht in den Händen. »Louis, bitte bleibe noch. Geh noch nicht fort.«

»Warum sollte ich noch hierbleiben?« fragte er kalt. »Wenn du mich mit ein paar Redensarten trösten willst – daran liegt mir nichts. Es ist nicht deine Schuld, daß meine Liebe zu dir von neuem erwacht ist. Es braucht dich auch nicht weiter zu bekümmern.«

Sie blickte auf. »Louis, mußt du mir das in diesem bitteren Ton sagen?«

Er wandte sich zum Gehen. »Es tut mir aufrichtig leid, Susan. Ich habe mich ziemlich brutal benommen. Verzeih mir, wenn du kannst.«

Sie drang in ihn. »Bleib noch einen Augenblick!« Und dann noch flehentlicher: »Louis ... warte doch!«

Er ließ sich jedoch nun, da sein Entschluß feststand, nicht aufhalten, als habe ihr Bitten keine Macht mehr über ihn. Sie war so verwirrt, daß sie nicht die Kraft aufbrachte, ihn zurückzuhalten. Er ging zwischen den Koffern hindurch und sah nicht einmal zurück, ehe er die Tür hinter sich schloß. Regungslos blieb sie sitzen und starrte zum Fenster, durch das herbstliches Zwielicht ins Zimmer fiel. Sie sann über das Gespräch nach. Daß Louis sie tatsächlich liebte, erschien ihr glaubwürdig, wenn sie bedachte, wie ihrer beider Gedanken sich während der letzten Tage gefunden hatten, wenn sie es auch beide nicht wahrhaben wollten. Es war, als hätte es all dieser Jahre bedurft, damit ihre Liebe wachsen konnte. Erst jetzt, da einer den andern genau kannte, ruhte sie auf sicherem Grund. Die Ereignisse der vergangenen Tage hatten jede Verstellung und Verschleierung unmöglich gemacht. Daß Louis sie trotz ihrer Fehler liebte, war ein Zeichen, daß diese Liebe gereift war und nichts mit dem ersten Rausch der Leidenschaft zu tun hatte. Doch auch, was sie selbst Louis gesagt hatte, blieb als Wahrheit bestehen: die Einsicht, daß eine einmal getroffene Entscheidung nicht unbedingt richtig zu sein braucht. Sie wußte, daß sie ihn auch in Zukunft lieben würde und dennoch mit Paul nach Amerika zurückkehren konnte, weil sie nicht Gefahr laufen wollte, daß ihre Ehe ein zweites Mal fehlschlug. Denn an diesem zweiten Fehlschlag würden sie beide zerbrechen. Und Midge, die nun älter war, würde unter der gespannten Atmosphäre leiden und sich zwischen ihnen hin und her gerissen fühlen. Auch an den heutigen Morgen dachte sie, an das Glücksgefühl, das sie in Pauls Armen durchströmt hatte, als sie endlich von ihren Zweifeln befreit war und wußte, mit Paul nach Amerika zurückzukehren sei die einzig richtige Entscheidung. Auf seine Weise brauchte Paul sie ebenso nötig wie Louis – vielleicht sogar noch mehr.

Ihr Blick fiel auf die Zigarette, die noch immer auf dem Teppich lag. Sie hob sie auf und drückte sie sorgfältig im Aschenbecher aus, während sie daran dachte, wie völlig ihre eigenen Wünsche und Gefühle in den Hintergrund getreten waren. Die Erkenntnis, daß sie ihr ganzes Leben lang nur an sich selbst gedacht hatte, daß jetzt aber Louis, Paul und Midge eine bedeutende Rolle spielten, bestürzte und erfüllte sie zugleich mit Genugtuung. Sie war jetzt im Begriff, den entscheidenden Schritt ihres Lebens zu tun, und der Gedanke, daß sie den falschen Weg einschlagen könnte, erfüllte sie mit Entsetzen. Vielleicht wäre sie unter dem Ansturm dieser Gedanken sitzen geblieben, bis Paul zurückkehrte, hätte das schrille Läuten des Telefons sie nicht in die Wirklichkeit zurückgerufen.

Eine höfliche Stimme teilte ihr mit, die Fluggesellschaft führe den Transatlantikflug heute abend nicht durch; eine andere Gesellschaft habe ein Flugzeug zur Verfügung gestellt, das eine Zwischenlandung in Shannon und Gander vornehmen und daher zeitiger als vorgesehen starten werde. Ob es ihnen möglich sei, schon um sieben Uhr zum Abflug bereit zu sein?

»Gewiß, wir werden es möglich machen«, sagte Susan und legte den Hörer auf.

Sie sah auf die Uhr. Es blieben nur noch zwei Stunden Zeit.

3. KAPITEL

Als Paul eintrat, bot das Zimmer einen ungewohnt kahlen Anblick. Sein Blick schweifte über den abgeräumten Toilettentisch, das aufgestapelte Gepäck und Susans Reisemantel, der über einem Sessel lag. Doch all das erklärte nicht den Eindruck der Trostlosigkeit, die über dem hell erleuchteten Raum lag. Als er die Tür hinter sich schloß, kam Susan aus dem Schatten der langen Vorhänge am Fenster hervor, und ihr Gesicht spiegelte die Leere des Zimmers wider. Er blickte sie forschend an und konnte in ihren Zügen nichts als diese erschreckende Leere entdecken, hinter der sie jegliche Gefühlsregung verbarg.

Zögernd trat er auf sie zu. »Schon fertig gepackt?«

Sie nickte und deutete auf den Notizblock beim Telefon.

»Die Fluggesellschaft hat angerufen. Sie haben den Flugplan geändert. Wir werden sowohl in Shannon wie auch in Gander eine Zwischenlandung machen.«

Er überflog die Notiz. »Sieben Uhr.« Er blickte zu ihr hin und fragte: »Hast du schon etwas gegessen?«

Sie hatte sich wieder zu dem dunklen Fenster gewandt.

»Nein. Ich habe gar nicht daran gedacht.«

Ungeduldig warf er seinen Mantel und die Aktentasche auf einen Stuhl. Im Spiegel sah Susan, daß er auf sie zukam.

»Susan?«

»Ja?«

Er stand jetzt hinter ihr. »Irgend etwas stimmt nicht. Was ist es?«

Sie seufzte, es war, als ginge ein leises Beben durch ihren ganzen Körper. »Wie lästig für dich, Paul, immer wieder das gleiche zu hören.«

»Was zu hören?«

»Louis hat mich hier besucht.« Sie drehte sich um und sah ihm ins Gesicht.

Bevor er antwortete, zog er wie immer in solchen Augenblicken sein Etui aus der Tasche und zündete für sie beide eine Zigarette an. »Nun?«

Sie hielt die Zigarette in der Höhe ihres Gesichtes, so daß der graue Rauch zwischen ihnen aufstieg. »Nichts weiter. Louis hat mich hier besucht.«

Sein Gesicht war sehr ernst, als er sagte: »Nichts weiter – genügt mir nicht. Was hatte er zu sagen?«

Sie zuckte die Achseln. »Ach, Paul ... kannst du dir das nicht denken? Sagen sich zwei Menschen nicht immer die gleichen Phrasen, wenn sie sich auf eine solche Art trennen? Das mußt du fast genauso gut wissen wie ich.«

»Ich glaube nicht, daß ich das weiß. Ich kann mir nicht denken, daß irgendwelche gleichgültigen Phrasen, die Louis sagte, dich derart verändern würden. Auch kann ich nicht glauben, daß er nur hierherkam, um dir Plattheiten zu sagen.«

Sie ging achtlos an ihm vorüber zum Bett, wo ihre Handtasche lag. »Warum regst du dich auf, Paul? Mit Fragen ist nichts zu gewinnen.«

»Aber sehr viel zu verlieren.«

Der Ton, in dem er das sagte, zwang Susan, ihn anzusehen.

»Was willst du wissen?« fragte sie fast unhörbar.

Er sagte zunächst nichts, sondern blieb am Fenster stehen und starrte sie an. Sie stand unmittelbar unter der Lampe, und das grelle Licht warf tiefe Schatten auf ihr Gesicht. Es zeigte nicht mehr den Ausdruck der Leere, sondern eher Schrecken und Angst.

Schon als er das Zimmer betrat, hatte er dunkel geahnt, was sich am Nachmittag zugetragen hatte, und jetzt bestätigte ihm Susans Gesichtsausdruck seine Befürchtungen.

»Du brauchst mir nichts weiter zu erzählen«, sagte er, »nur eines möchte ich wissen: Liebst du ihn noch?«

Sie schüttelte den Kopf. »Ich liebe dich. Ich kann nicht zugleich zwei Männer lieben.«

Seine Zigarette war erloschen. Während er sie wieder anzündete, erkannte sie den Ausdruck, den er immer zeigte, wenn ihm eine Frage oder Antwort besonders schwerfiel. Er ließ das Feuerzeug zuschnappen. »Es gibt unendlich viele Arten, Susan, auf die zwei reife Menschen sich lieben können. Ich bezweifle nicht, daß du mich liebst – aber liebst du nicht auch Louis?«

»Wie kann ich das sagen?« erwiderte sie leise. »Ich weiß es nicht.«

Sein Gesichtsausdruck veränderte sich plötzlich. Er konnte sich nur mühsam beherrschen, und sie empfand unwillkürlich Mitleid mit ihm; aber schließlich malte sich in seinen Zügen nur noch Ermüdung und Hoffnungslosigkeit. »Das ist es ja gerade. Ich würde alles darum geben, wenn du sagen würdest, daß du keinen Gedanken mehr an ihn verschwendest. Aber da wir gerade dabei sind, aufrichtig zu sein, laß uns durch und durch aufrichtig sein. Was wirst du daraufhin tun?«

»Nichts.«

»Nichts?«

»Was ist da zu tun? Wir werden durchführen, was wir geplant haben.«

»Nein, das werden wir nicht tun, Sue«, sagte er ruhig.

Plötzlich wurde ihr Gesicht lebendig. »Willst du damit sagen, daß du es für möglich hältst, wir könnten unsere Pläne ändern, nur weil ich meiner Gefühle für Louis nicht sicher bin? Das kann nicht deine ehrliche Meinung sein!«

Rasch kam sie zu ihm und sagte beschwörend: »Paul, ich liebe dich. Bedeutet dir das nichts?«

»Es bedeutet verdammt viel für mich, vielleicht mehr, als du ahnst.« Seine Stimme klang ganz heiser. »Ich habe mich nicht all diese Jahre gegen eine Ehe gesträubt, um sie dann vor meinen Augen in die Brüche gehen zu sehen.«

»Ehen gehen nicht in die Brüche, wenn sie eine gemeinsame Basis haben – deine und meine Arbeit.«

»Das meine ich nicht. Ich möchte etwas in meinem Leben

haben, das nichts mit Geschäft, mit Arbeit zu tun hat. Was könnte mir unsere Ehe bedeuten, wenn du nicht wirklich meine Frau bist? Unsere Ehe muß auf einer breiteren Basis gegründet sein als auf unserer gemeinsamen Arbeit. Mit Dingen, die mir wichtig sind, spiele ich nicht, Susan. Mit dir, mit unserer Ehe kann ich nicht spielen. Wenn du Zweifel hast, kann ich es nicht riskieren. Ich kann nicht dabeistehen und zusehen, wie deine Zweifel wachsen, um am Ende zu erkennen, daß ich einen Fehler gemacht habe.«

Sie widersprach ihm nicht. »Was soll ich tun?«

»Du mußt noch einmal mit Louis sprechen, und zwar sofort.«

Sie trat einen Schritt zurück. Voller Verwirrung fragte sie: »Was könnte das nützen? Wir haben uns nichts mehr zu sagen. Ich habe meine Entscheidung getroffen – ich will mit dir gehen. Ob ich nun Louis noch einmal sehe oder nicht, daran kann sich nichts ändern. Ich werde bei meinem Entschluß bleiben.«

»Bist du dir auch darüber im klaren«, sagte er ruhig, »daß du nur wenig selbst dazu tun kannst? Die Entscheidung wirst nicht du treffen, sondern Louis.«

Er legte ihr in einer eindringlichen Geste die Hände auf die Schultern. »Verstehe mich recht, Susan. Verstehe mich ein für allemal. Du hast, wie wir alle, das Verlangen, zu Ende zu führen, was du begonnen hast. Ein klarer Verstand liebt keine Unordnung. Deine Ehe mit Louis war ein Fehlschlag, wenn du es so nennen willst. Du würdest gerne wieder von vorn anfangen und es diesmal richtig machen, wenn du könntest. Doch du bist deiner nicht sicher. Du bist dir nicht im klaren. Aber Louis ist sich im klaren, und er wird auch nicht zögern, es dir zu sagen. Er braucht dich nur dazu aufzufordern, und du wirst mit Feuereifer wieder da anfangen, wo du aufgehört hast. Habe ich nicht recht?«

»Woher weißt du das?«

»Woher ich das weiß?« wiederholte er langsam. »Schließlich habe ich mich lange genug herumgetrieben, um mich ein bißchen auszukennen. Ich weiß, wovon ich rede.«

Zögernd sagte sie: »Dann ist es für dich – oder wenigstens für mich das Ende. Willst du das sagen?«

»Zum Teufel, nein! Habe ich dir nicht gesagt, es hängt allein von Louis ab? Er braucht nur zu sagen, daß ein neuer Versuch vergeblich wäre, dann kommst du zu mir zurück, ohne noch im geringsten zu bezweifeln, daß es die richtige Entscheidung ist. Verstehst du?«

»Ich fange an zu verstehen.«

Entschieden sagte er: »Dies ist einer jener seltsamen Fälle, die man ›das Unabwendbare‹ nennt. Ich verstehe dich ganz gut, Susan, du möchtest entweder das eine oder das andere. In diesem Falle Louis oder mich. Welche Entscheidung er auch trifft, für dich wird sie gültig sein, und wenn zufällig ich es sein sollte, dann kann ich todsicher auf dich rechnen.«

»Ich kann es nicht tun, Paul. Es ist zu viel verlangt.«

»Nichts ist zu viel verlangt von der Frau, die man heiraten will.«

Sie schwieg.

»Komm, Susan, nimm deinen Mantel und dein Handgepäck und fahre sofort nach Carlton Mews. Ich erwarte dich vor sieben am Flughafen.«

Es fiel ihr schwer, etwas zu sagen, weil sie die außerordentliche Kaltblütigkeit dieses Vorschlages zu durchschauen begann.

»Und wenn ich nun nicht am Flugplatz bin?«

»Wenn du nicht da bist …«, er zuckte kaum merklich die Achseln – »dann soll es so sein.«

Das Taxi fuhr rumpelnd vom Trafalgar Square bis zum Eingang von Carlton Mews und hielt an. Im selben Augenblick stand Susan schon auf der Straße. »Können Sie warten?« fragte sie.

Der Chauffeur wandte ihr sein Gesicht zu, das zwischen dem aufgeschlagenen Mantelkragen und der Schirmmütze kaum zu sehen war. »Wie meinen sie, Miß?«

»Können Sie warten?« wiederholte sie ein wenig lauter.

»Warten? Wie lange?«

»Ein paar Minuten. Ich bin gleich wieder da.«

Er nickte, ließ sich aber zu keiner weiteren Antwort herab. Sie lief schnell die Auffahrt hinauf. Der Platz unter ihr wurde von den Straßenlaternen in ein kränkliches Gelb getaucht, bis auf eine einzige Stelle, auf die aus einer der Wohnungen ein heller Lichtstrahl fiel. Die Luft war vom Nebel getrübt, der sich unter dem gewölbten Portal zusammenballte und an der Mauer am anderen Ende des Mews deutlich zu sehen war. Susan ergriff den Türklopfer und ließ ihn mit aller Kraft auf das Tor fallen.

Eine grauhaarige Frau mit Schürze öffnete. Neugierig blickte sie Susan an und wartete, daß sie etwas sagte.

»Ich möchte Mr. Taite sprechen. Ist er zu Hause?«

Die Frau machte den Türspalt etwas breiter. »Ich glaube, Mr. Taite ist bei der Arbeit, gnädige Frau. Wollen sie bitte warten, damit ich Sie anmelden kann?«

Ungeduldig erwiderte Susan: »Es ist sehr dringend. Er wird mich bestimmt empfangen.«

Die Frau hatte inzwischen das Taxi mit dem aufgestapelten Gepäck entdeckt und blieb hartnäckig. »Mr. Taite läßt sich nicht gern stören, wenn er schreibt, gnädige Frau.«

Susan verlor die Geduld. »Schon recht. Ich weiß ganz sicher, daß er mich sehen will.« Sie ließ die Frau stehen und ging durch die Diele.

Aber Louis saß nicht am Schreibtisch, als sie die Tür öffnete. Er lag müde, fast erschöpft in einem großen Lehnsessel, die schwarze Katze neben sich. Nur widerwillig öffnete er die Augen und sah ihr entgegen. Sie hatte nur einen Augenblick Zeit, ihrem Schicksal dankbar zu sein, daß er daheim und allein war, da erhob er sich schon und sagte: »Susan! Warum ...? Komm doch herein und mach die Tür zu. Nimm Platz.«

Sie trat näher, blieb aber stehen.

Er betrachtete sie aufmerksam. »Du bist ja ganz außer Atem. Warum bist du gekommen?«

Sie verschränkte die Hände. Sie waren ganz kalt, obwohl sie feucht waren vor Erregung.

»Louis«, sagte sie entschlossen, »willst du mich zurückhaben?«

Sein Ausdruck blieb kühl. »Was hast du gesagt?«

Sie holte tief Atem. »Ich fragte, ob du mich zurückhaben willst.«

Sein Gesicht wurde sehr ernst. Er sah sie lange nachdenklich an. Sie ertrug geduldig seinen forschenden Blick, aber schließlich wurde sie unruhig. »Louis, verstehst du mich?«

Er schien das Drängen in ihrer Frage nicht zu beachten. »Ich verstehe schon«, sagte er. »Doch ich möchte wissen, warum du dich zu diesem Schritt entschlossen hast. Wer hat dich dazu veranlaßt?«

»Niemand hat mich dazu veranlaßt. Ich möchte zu dir zurückkommen.«

Er steckte die Hände in die Taschen. »Du kannst nicht von mir erwarten, Susan, daß ich mich so ohne weiteres darauf einlasse. Eine Ehe ist kein Mechanismus, den man einfach ein- und ausschalten kann. Du mußt irgendeinen Grund dazu haben. Warum also?«

Plötzlich verließ sie ihr Mut. Sie sollte eine Erklärung geben, der sie sich nicht gewachsen fühlte. Es war ihr unmöglich, die Kälte seines Blickes länger zu ertragen. Apathisch ging sie zum Kamin. Auf dem Sims stand das Pendant der Meißener Tasse, die in Raceys Wohnung so befremdlich gewirkt hatte. »Wärst du heute nachmittag dageblieben, als ich dich darum bat, Louis, dann wäre uns diese Szene erspart geblieben. Du hattest recht, als du annahmst, du hättest zu viel und doch nicht genug gesagt. Zu viel, um mich noch daran zweifeln zu lassen, daß du mich lieben könntest, und nicht genug, um mich ganz sicher zu machen, daß es dir recht ist, wenn ich wieder zu dir zurückkomme. Jetzt bin ich hier, weil ich es für das einzig Richtige halte.« Sie wandte sich um und sah ihn an. »Und jetzt möchte ich deine Entscheidung wissen.«

Er begann langsam im Zimmer auf und ab zu gehen. »Weiß Paul, daß du hier bist?«

»Selbstverständlich.«

Er lehnte sich schwer an den Schreibtisch, sein Gesicht verdüsterte sich. »Gott im Himmel, Susan, du kannst doch nicht erwarten, daß ich eine Entscheidung treffe, während ich im dunklen tappe! Wenn du so leicht den Weg zu mir zurückfindest, warum hast du dann überhaupt die Scheidung beantragt?«

»Weil wir uns fremd waren«, sagte sie ruhig. »Da war die Scheidung der einzige Ausweg.«

Sein Gesicht wurde noch verschlossener. »Dann sage mir, was du von mir weißt. Sage mir, was Ehe überhaupt für dich bedeutet.«

Zögernd begann sie: »Wir alle, Louis, sehnen uns dahin zurück, wo wir unsere Fehler begingen, und würden gern wieder von vorn anfangen. Nur wenigen ist das vergönnt. Meistens bleibt dieser Wunsch unerfüllt, und das Beste, was wir tun können, ist, ihn zu vergessen. Du und ich, Louis, wir haben ein Kind – und uns. Das ist eine Bindung, die unser ganzes Sein erfordert; um sie zu erhalten, müssen wir alle Kraft und allen Mut einsetzen. Ich sehe darin eine Möglichkeit, die Achtung vor mir selbst wiederzugewinnen, und diese Möglichkeit will ich wahrnehmen.«

Er erwiderte nichts, seine Haltung war gespannt wie zuvor. »Ich kann nicht hoffen« , fügte sie hinzu, »die richtigen Worte zu finden, um dir zu sagen, was in mir vorgeht. Wenn du nicht verstehen kannst, was ich damit meine, ›ich will die Achtung vor mir selbst wiedergewinnen‹, dann ist alles vergebens. Wenn wir einander nicht einmal darin verstehen, dann wäre es sinnlos, wenn wir unsere Ehe fortsetzten.«

Sein Schweigen wurde so quälend, daß sie schon glaubte, er werde es niemals brechen. Sie wußte, daß die Zeiger auf der Uhr hinter ihr auf sieben rückten. Sie dachte auch an das Taxi, das draußen auf der Straße wartete. Aber dann beschäftigten sich ihre Gedanken nur noch mit Louis' starrem Schweigen.

Endlich rührte er sich. Mit atemloser Spannung wartete sie, was er tun würde. Er ging jedoch langsam auf sie zu, bis sie dicht nebeneinander am Kamin standen.

»Weißt du auch genau, wohin du zurückkehrst, Susan? Von Romantik ist hier wenig zu spüren, dafür ist vieles sehr alltäglich. Dabei wird Midge dir keineswegs die meisten Sorgen machen. Wenn ich mich nun entschließen würde, Hythebourne zu behalten? Könntest du das ertragen? Könntest du das tägliche Einerlei, den Mangel jeglicher Abwechslung ertragen?«

»Ja. Ja, das könnte ich.«

»Warum?«

»Weil man nur eine gewisse Zeit seine ganze Kraft Dingen widmen kann, die es nicht wert sind. Du und Midge, ihr seid es wert – in gewissem Sinn mehr als Paul. Ihr braucht mich, genau wie ich euch brauche. Ich weiß, daß ich nicht immer auf Rosen gebettet sein werde, aber es ist eine Aufgabe, die sich lohnt – die es wert ist, daß ich mich ihr mit allem widme, was ich bin.«

»Susan?«

»Ja?«

»Schließt das auch mit ein, daß du mich liebst?«

»Ja.«

Er nickte und lächelte plötzlich.

Später dachte Susan, daß sie sich vielleicht noch mehr gesagt hätten, wenn sie nicht durch laute Stimmen im Korridor unterbrochen worden wären.

Sie deutete zur Tür. »Verzeih bitte. Ich ließ draußen ein Taxi warten.«

Louis lachte fröhlich. »Mein Gott, was für ein Weib! Sogar ein Taxi hast du bereit, damit es dich davonträgt.« Lachend ging er zur Tür und öffnete sie.

Der Chauffeur nahm die Mütze ab, ohne die Frau zu beachten, die noch immer wie ein Wachhund an der Tür stand. »Sir, ich wollte nur fragen, ob die junge Dame noch lange bleibt. Ich kann nicht die ganze Nacht warten …«

»Die junge Dame wird Sie nicht mehr benötigen«, sagte Louis.

»Und was ist mit dem Gepäck? Ein ganzer Berg ist unten.«

»Gepäck?« Louis schaute fragend Susan an.

»Ja«, sagte sie.

»Ich komme hinunter und hole es.«

Sie blieb an der Tür stehen und sah den beiden Männern nach – Louis wirkte hochgewachsen und schlank neben der stämmigen Gestalt des Chauffeurs in seinem dicken Mantel. Die Frau hatte sich in die Küche verzogen, Susan hörte, wie sie mit Midge sprach, die ihr mit ihrem hellen Kinderstimmchen antwortete. Von der Straße her war das Klimpern von Münzen zu hören und unverständliches Gemurmel, als der Chauffeur Louis die Koffer übergab. Und zuletzt, während Louis die Auffahrt heraufkam, war das rumpelnde Geräusch des Taxis zu vernehmen, das davonrollte, um sich in den Verkehr am Trafalgar Square einzureihen.

[illegible]

[illegible]

[illegible]

[illegible]

[illegible]

[illegible]

[illegible]

[illegible]

CATHERINE

GASKIN

Im Schatten ihrer Männer

BASTEI
LÜBBE

Erstes Buch

1. KAPITEL

Manchmal fand Jeannie Talbot, daß es nicht der Sinn des Lebens sei, im Schulzimmer zu sitzen. Das waren die Tage, an denen sie andere Luft ahnen und andere Geräusche hören mußte, die Tage, an denen sie einfach die Oberschule von Burnham Falls schwänzte, sich auf die Anhöhe über dem Güterbahnhof setzte und zusah, wie die Züge ein- und ausfuhren. Sie wußte, daß ihr nur noch wenige solche Tage vergönnt waren, denn sie war siebzehn und würde bald in die Welt der Erwachsenen eintreten.

Sie hatte sich am Waldrand in ein Feld großer Granitblöcke gesetzt, die ihr Schutz vor dem leichten Wind boten und die Wärme des Frühlingsmorgens einfingen. Sie wußte, daß sie sich unberechtigt auf dem Gelände des Country Club aufhielt, aber sie scherte sich nicht darum. Jeannie Talbot war in Burnham Falls zur Welt gekommen – die Talbots waren schon seit hundert Jahren hier ansässig. Es wäre ihnen nie in den Sinn gekommen, daß sie in der Umgebung von Burnham Falls nicht ungehindert überall hingehen konnten. Der Gedanke, daß es Rechte gab, die ihr zustanden, ohne daß sie dafür bezahlte, befriedigte sie, denn in der Familie Talbot hatte man kaum eine Vorstellung davon, was man für gutes Geld alles kaufen konnte.

Jeannie machte sich nicht besonders viel aus dem Geldmangel. Er störte sie nur dann, wenn sie ein neues Kleid brauchte und nicht kaufen konnte, und selbst das vergaß sie ziemlich rasch. Ihr Vater war Tagelöhner, und ihre Mutter half gelegentlich in Haushalten, wenn sie gebraucht wurde. Sie wohnten in einem engen

Haus neben der Schellackfabrik. Jeannie hatte eine dreijährige Schwester namens Christine.

Jeannie fand, daß sie dieser Tage ruhig einmal freinehmen könnte, denn sie schlug nach ihrem Vater Ted, der zeit seines Lebens nie einen vollen Tag im Haus gearbeitet hatte. Jeannie war intelligent und besaß ein gut Teil vom Freiheitsdrang ihres Vaters; sie war körperlich voll entwickelt und hatte das üppige goldene Haar ihrer Mutter, das bei Selma Talbot jetzt allerdings lichter wurde.

Jeannie war das hübscheste Mädchen der Schule. Sie war zur beliebtesten Schülerin gewählt worden und würde das Abschlußexamen im Juni als eine der besten bestehen.

Sie kam gern hier herauf, denn von der Anhöhe zwischen den Felsblöcken aus überblickte sie die Stadt und das ganze Tal. Es war der gegebene Ort, von dem aus sie ihre Welt betrachten konnte.

Wenige Schritte entfernt begann Joe Carpenters Besitz. Die Narzissen auf dem großen Feld standen in voller Blüte.

Kurz nachdem Jeannie sich gesetzt hatte, bemerkte sie, daß Harriet, Joes Tochter, aus dem Haus gekommen war. Sie schnitt Narzissen und legte sie in einen Korb. Jeannie ließ sich dadurch nicht stören. Wenn sie sich still verhielt, würde Harriet nicht heraufblicken und sie nicht bemerken.

Jeannie kämpfte mit sich, ob sie nicht doch in die Stadt gehen, sich die Festreden anhören und an dem kostenlosen Mittagessen teilnehmen sollte, das danach ausgegeben wurde. Die Schule schloß an diesem Tag um halb zwölf, damit die Schüler dabeisein konnten. Die Schulkapelle würde abwechselnd mit der Feuerwehrkapelle spielen.

Aber die vielen tausend Narzissen, die träge im Wind schwankten, hielten sie gefangen, und bald vergaß sie Burnham Falls, die Schule und Harriet Carpenter. Sie lehnte sich an den Felsen, schloß die Augen und spürte den warmen Granit an den Schulterblättern. Sie dachte an die Zukunft, an die ungewissen Stationen, die sie als eine andere Jeannie Talbot durchlaufen würde, als eine Jeannie, die sie sich in diesem Augenblick noch nicht einmal vorstellen konnte.

In der Stadt nannte man es immer noch das ›Carpenter-Grundstück‹, obwohl Harriets Vater seit über zwei Jahren tot war und niemand namens Carpenter mehr in der Stadt lebte. Harriet fragte sich manchmal, ob es Steve störte, daß er in einem Haus wohnte, das den Namen eines anderen trug. Sie bezweifelte es, denn Steve nahm praktisch nur noch das zur Kenntnis, was in seinem Laboratorium und in der Firma Amtec vorging. Es war ihm gleichgültig, wie man das Haus nannte. Es stand an einem sanften Abhang ungefähr eine halbe Meile außerhalb der Stadt und war von fünf Morgen Land umgeben.

Dahinter lagen die vierhundert Morgen, die jetzt dem Country Club gehörten. Schwere Hypotheken lasteten auf dem Carpenter-Besitz. Er gehörte einer anderen Zeit an. Die weiße Farbe blätterte von den Säulen der breiten Veranda.

Harriet ließ die Gartenschere sinken und blickte nachdenklich über den Rasen zum Haus hinüber. In ihm hatte sie bis jetzt ihr Leben verbracht, außer jenen zwei Jahren in Kalifornien, und jedes Detail ihrer ereignislosen Lebensgeschichte war mit ihm verbunden. Das Haus verkörperte so sehr ihren Vater, wie nur irgend etwas, das ein Mensch zurückläßt, ihn verkörpern kann. Es war das typische Herrschaftshaus dieser Gegend, aus weißgestrichenem Holz, in großzügigen und anmutigen Proportionen gebaut, mit grünen Fensterläden und dem Blick über die Stadt, den See und die bewaldeten Hügel dahinter. Ihr Großvater Henry Carpenter hatte es als junger Mann errichtet, und hier war ihr Vater Joe, Henrys einziges Kind, zur Welt gekommen.

Harriet schnitt wieder einige Minuten lang Blumen und legte sie in den Korb. Ihr Vater war kein phantasievoller Gärtner gewesen, er hatte altmodische, konventionelle Blumen gern gemocht. Harriet mußte an die Zeit vor dem Krieg denken, als die große Rasenfläche bis hinüber zum Waldrand reichte. Das Grundstück war seither zusammengeschrumpft. Die alte Grenze war verschwunden, und nur der unverwüstliche Phlox, der alljährlich wie Unkraut wiederkam, erinnerte an bessere Zeiten. Übriggeblieben waren noch der große Garten vor dem Haus und die Kletterpflanzen, die sich an den dicken Verandasäulen emporrankten. Den Rest des Grundstücks hatte sie verloren, genauso wie sie den

Kampf mit dem Haus selbst verlor, mit dem Staub, der sich auf den Stuckschnörkeln sammelte, mit den durchgescheuerten Stuhlpolstern, mit den altmodischen Badezimmern und dem Ofen, der zu viel Kohle schluckte.

Als Joe Carpenter das bescheidene Haus seines Vaters vergrößerte, war er gründlich vorgegangen und hatte so viele Räume anbauen lassen, wie es den Bedürfnissen der großen Familie entsprach, die er sich wünschte. Er hatte nur zwei Kinder bekommen, Harriet und seinen Sohn Josiah.

Wieder ruhte Harriets Schere, und wieder richtete sie sich auf und blickte zum Haus hinüber. Josh sollte jetzt hier wohnen, und seine Kinder sollten durchs Haus toben. Aber Josh war tot, und in Australien lebte eine Krankenschwester, die ihn hätte heiraten und hierherkommen und ihm Kinder gebären sollen. Josh hätte an Stelle von Steve hier leben sollen.

Sie wandte sich wieder den Blumen zu. Sie schnitt viel mehr Narzissen ab, als sie brauchte, um die Vasen zu füllen.

Im Haus war es kühl. Das bedeutete, daß der alte Ofen wieder streikte. In der Küche führte Nell ein Selbstgespräch.

Harriet ging in den oberen Stock, duschte sich, zog sich um und verwendete große Sorgfalt auf das Make-up. Sie fand, daß ihr der warme Ton des neuen Lippenstifts stand, aber sie dachte, sie hätte außer dem Rouge noch etwas anderes, Neues gehabt. Es wäre nett gewesen, Steve damit zu überraschen. Sie zupfte sich die Kostümjacke zurecht und strich sich zufrieden über die Taille, wenigstens paßte es noch, das sechs Jahre alte Kostüm. Man sah ihr die dreiunddreißig Jahre und die Mutter von zwei Jungen nicht an. Plötzlich mußte sie daran denken, wie lange sie nicht mehr in New York gewesen war. Was man in Burnham Falls für modern und schick hielt, konnte auf der Fifth Avenue fade aussehen. Heute würden viele Frauen aus New York anwesend sein.

Sie wandte sich rasch vom Spiegel ab, nahm ihre Handtasche und die Handschuhe.

»Nell, ich gehe jetzt!« rief sie drunten in der Diele.

Die alte Frau erschien in der Küchentür. Sie nickte beifällig.

»Reizend sehen Sie aus, Miss Harriet. Sie werden Ihrem Vater Ehre machen. In dem Kostüm waren Sie immer schick. Er hat gewußt, was Ihnen steht.«

Harriet, die gerade die Hintertür öffnen wollte, drehte sich um und sagte halb scherzhaft: »Ich weiß auch selbst, was mir steht.«

»Ja. Aber das Kostüm hat Ihr Vater gekauft. Ich weiß es noch genau. Das war damals, als er wegen des Vertrags nach New York gefahren ist und als ...« Sie brach ab und runzelte die Stirn. »Na ja, das spielt jetzt keine Rolle mehr. Man hat Joe Carpenter rasch vergessen, seit die neue Firma nach Burnham Falls gekommen ist, aber ich nicht.«

»Wir beide vergessen meinen Vater nicht, Nell. Aber die neue Firma mußte eines Tages kommen ... das wissen Sie.«

Nell zog ein Taschentuch heraus und putzte sich die Nase. »Mr. Carpenter hätte einen Ausweg gefunden. Er hat immer einen Ausweg gewußt.«

»Diesmal nicht!« Harriet drehte sich um, denn sie wollte nicht mit Nell darüber diskutieren. Sie machte die Tür auf, doch sie blieb noch einmal stehen. »Wenn Gene und Tim vor mir zurück sein sollten, sagen Sie ihnen, ihr Vater hätte versprochen, mit ihnen wegen des Angelgerätes nach Sheraton zu fahren. Sie sollen im Haus bleiben.«

Nell nickte. »In Ordnung. Sind Ihnen Würstchen recht zum Abendessen? Ich denke, Sie werden keinen großen Hunger haben nach dem phantastischen Essen, das man Ihnen serviert.«

»Würstchen sind genau das richtige.«

Harriet schloß die Tür und ging über den Steinplattenweg zur Garage.

Nell Talbot war seit sechsundzwanzig Jahren im Hause Carpenter, und es stimmte, daß sie sich selbst an die unwichtigsten Dinge noch erinnerte. Sie hatte die beiden letzten Jahre vor Claudia Carpenters Tod als Halbtagshilfe gearbeitet, und danach war sie ganz ins Haus gezogen und hatte für Josh und Harriet gesorgt. Sie war Ted Talbots Tante.

Harriet öffnete die Garagentür.

Sie lächelte, als sie den Wagen sah. Er war liebevoll poliert, und in seinem schwarzen Lack spiegelte sich jeder Nagel an der Wand.

Sie ließ den Motor an und fuhr den Wagen rückwärts hinaus. Jetzt kamen ihr Zweifel, ob sie heute wirklich den Rolls-Royce fahren sollte. Vielleicht wäre es besser gewesen, wenn Steve sie im Chevrolet abgeholt hätte. Die Stadtbewohner waren natürlich an den Wagen gewöhnt – ›Joe Carpenters alter Rolls‹ –, aber was würden die Fremden von dem altmodischen Kabriolett halten? Joe hatte im Jahr 1938 den Wagen eines Nachmittags in einem Schaufenster an der New Yorker Park Avenue gesehen. Er konnte ihn sich zwar nicht leisten, aber er hatte nur drei Minuten gezögert, ehe er ihn kaufte. Er hatte ihn stolz bis zu seinem Tod gefahren.

Die Uhr am Armaturenbrett sagte ihr, daß nur noch wenige Minuten blieben, bis sie wirklich abfahren mußte. Sie zündete sich noch eine Zigarette an und lehnte sich weit zurück.

Das Land zu beiden Seiten des Hauses – links erstreckte es sich bis zum Stadtrand und rechts hinüber zur Bundesstraße 40 – war etwas über vierhundert Morgen groß. Zu Lebzeiten ihres Großvaters war es die Carpenter-Farm gewesen. Sie hatte Henry Carpenter so gut ernährt, daß er seinen Sohn aufs College schicken konnte.

In diesem Teil des Staates New York war der Boden steinig. Henry hatte, wie vor ihm sein Vater, Felsblöcke sprengen müssen, um genügend Futter für sein Vieh anbauen zu können. Es war kein leichtes Leben, das sie diesem Land abtrotzten. Henrys Sohn Joe hatte wenig Lust, Farmer zu werden, wenn er das Land einmal erben würde. Er brachte vom College sein Staatsexamen in Chemie nach Hause. In einer der Scheuern seines Vaters hatte er begonnen, nach seinen eigenen Formeln Schellack zu produzieren. Sein Erzeugnis war gut. Aus der Scheuer wurde eine Fabrik, und Joe Carpenter wurde einer der größten Schellacklieferanten der Nordoststaaten. Er gab den Männern der Stadt Arbeit und machte damit einen unausgesprochenen Traum wahr, daß nämlich der Niedergang der Landwirtschaft in diesem Gebiet die alte Lebensweise nicht völlig auslöschen mußte. Seine Schellackfabrik hatte den Söhnen der Farmer Arbeit gegeben, die sonst vielleicht abgewandert wären.

Der Wochenlohn, den er ihnen auszahlte, ernährte ihre Familien.

Selbst in den schweren Anfangszeiten der Fabrik hatte es Joe abgelehnt, auch nur einen Morgen seines Landes an New Yorker zu verkaufen, die Wochenendhäuser darauf bauen wollten. Er hatte das Land behalten, zuerst unter großen Opfern und später, weil er es sich leisten konnte. Es war ein Luxus gewesen, an dem er bis zum Ende festhielt.

Und dann hatte er alles in einem Stück verkauft und nur das Haus und eine Insel von fünf Morgen behalten. Der Wald war gerodet und das Unterholz entfernt worden. Bagger waren gekommen. Nun war es der schönste Golfplatz des Landes. Die Stadtbewohner hatten sich durch ihn zuerst eine Geschäftsbelebung erhofft, bis sie feststellen mußten, daß die Verträge alle an New Yorker Lieferanten gingen. Die Eingesessenen waren nur als Hilfskräfte zugezogen worden.

Die Uhr am Armaturenbrett tickte leise.

Es war kurz vor zwölf.

Harriet drückte nun die Zigarette aus und klopfte sich die Asche vom Rock. Hier im hellen Sonnenlicht wirkte das Kostüm noch altmodischer als in ihrem Zimmer. Sie hätte für den heutigen Tag wirklich etwas Neues gebraucht, ganz gleich, was es gekostet hätte. Schon Steve zuliebe hätte sie einmal ihre Sparsamkeit vergessen müssen, auch wenn acht oder zehn Jahre alte Gewohnheiten schwer abzuschütteln sind. Das Kostüm war teuer gewesen, ihr Vater hatte nicht nach dem Preis gefragt. Er war in Hochstimmung nach New York gefahren, denn man hatte ihm an jenem Tag die Erneuerung eines Liefervertrags angeboten.

Joe war klug genug gewesen, die Auswirkungen der gigantischen Mähdrescher, der ganzen mechanisierten Landwirtschaft, auf die kleinen Farmen aus den Tagen seines Vaters zu sehen. Aber er hatte nicht geahnt, wann für ihn selbst die Stunde gekommen war. Er vergeudete in seiner Fabrik viel Menschenkraft an altmodischen Maschinen, und er zahlte zu hohe Löhne, als daß viel Geld für neue Werkzeuge und Maschinen übriggeblieben wäre. Er hatte sein Angebot für die Erneuerung des Vertrages zuversichtlich abgegeben, da man ihn schon seit über zwanzig Jahren immer wieder verlängert hatte. Aber sein Preis war zu hoch, und zwei Tage nach jener Reise teilte man ihm mit, der Vertrag würde nicht unterzeichnet werden. Alles, was von dieser Reise übrigblieb, war das Kostüm, das Harriet jetzt trug. Danach war die Rechnung gekommen, und sie hatten sie erst viel später bezahlt.

Sie schaltete den ersten Gang ein und fuhr auf die Straße hinaus.

2. KAPITEL

Burnham Falls lag in einem flachen Tal zwischen den bewaldeten Hügeln, die bis an die Ufer der beiden Seen, des Lake Burnham und des Lake Downside, heranreichten. Am Lake Burnham wimmelte es vor Sommerhäusern und Bootshütten, und Sonntag nachmittags herrschte hier reges Badeleben.

Der See war groß genug, um alle Bedürfnisse zu befriedigen. Trotzdem war er klein im Vergleich zum Lake Downside.

Der Downside-See erstreckte sich fünf Meilen die obere Talbiegung entlang, eine schmale, ruhige Wasserfläche, von vielen kleinen Bächen genährt, die von den steinigen Hügeln herabkamen. An diesen Hängen standen keine Häuser, und die einzige Zufahrtsstraße war schmal, kurvenreich und fast immer ausgestorben. Die Ufer des Downside-Sees befanden sich, abgesehen von ein paar Morgen, im Besitz der New Yorker Wasserwerke. Der See gehörte zu der Kette von Reservoirs, die die sechzig Meilen entfernte Hauptstadt mit Wasser versorgten. Der zweite Besitzer war die katholische Kirche, die Erbin des Millionärs, der sein graues Granithaus – die getreue Kopie einer deutschen Burg – der Kirche geschenkt hatte, als die Steuern den Besitz des Hauses unrentabel gemacht hatten. Jetzt war ein Priesterseminar darin untergebracht.

Die frühesten Aufzeichnungen über Burnham Falls stammten aus dem Jahr 1732. Die Stadt selbst glich hundert oder tausend anderen Städten nördlich von New York, am Rande der Neuengland-Staaten, und sie teilte mit ihnen das felsige Terrain, den langen, kalten Winter, den ungestümen Frühling, der zu rasch in den

Sommer überging, und den orangeroten Herbst. Die Häuser waren größtenteils aus Holz, weiß gestrichen und von gepflegten Rasenflächen umgeben.

Das Gerichtsgebäude von Burnham Falls stammte aus der Zeit gleich nach der Revolution. Das Gleichmaß seiner Linien und Proportionen war von so einfacher Schönheit, daß viele Menschen, die ihr ganzes Leben in Burnham Falls verbracht hatten, achtlos daran vorübergingen. Die mit Säulen geschmückte Vorderfront des Hauses lag im Sommer im Schatten großer Ulmen.

Auf der anderen Seite des Sees, gegenüber dem Gerichtsgebäude, drängten sich die Landhäuser der Sommergäste an den Hängen. Von hier aus gesehen waren sie nicht übel; die Entfernung milderte die Umrisse der kastenartigen Bungalows mit den Glasveranden und den Lattenzäunen, und die Bäume verbargen die häßlichen, viereckigen Gärten. Jene Häuser, die erst nach dem Krieg gebaut worden waren, hatten farbige Dächer – grün, rot und blau. Von den Stufen des Gerichtsgebäudes in Burnham Falls aus wirkten sie wie helle Farbkleckse, die selbstherrlich in ein Gemälde des Sees und der Hügel eingefügt worden waren. Die Bungalows gehörten eigentlich nicht zu Burnham Falls, und doch waren sie nicht mehr wegzudenken. Von Juni bis September verdreifachte sich fast die Einwohnerzahl der Stadt. Viele Alteingesessene lebten von den Einnahmen dieser Monate. Die Ladenbesitzer übervorteilten die Sommergäste nicht aus schnöder Geldgier, sondern weil die Winter lang waren und sie ihren Profit machen mußten, ehe die Bungalows auf der anderen Seite des Sees geschlossen wurden.

Seit dem Nachlassen der Vollbeschäftigung während der Kriegsjahre ging es mit Burnham Falls bergab. Man brauchte mehr von einer bestimmten Art Menschen und weniger von der anderen, mehr Menschen, die jenseits des Sees neue Häuser bauten, und weniger Farmer, deren Lebensstandard im gleichen Maß wie die Bedeutung der Landwirtschaft in dieser Gegend zurückgegangen war. Burnham Falls brauchte entweder Industrie, die den Einwohnern Arbeit gab, oder eine schnelle Zugverbindung nach New York, also den Anschluß an den Pendelverkehr. Einmal hatte man geglaubt, Joe Carpenter könnte den jungen Männern der Stadt Arbeit und Brot geben. Und er hatte es selbst geglaubt. Es war ihm nicht gelungen. Er allein war nicht in der Lage gewesen, Burnham Falls am Leben zu erhalten.

Deshalb folgten Harriet, die in Joes altem Rolls-Royce die Hauptstraße entlangfuhr, viele neugierige Blicke. Man fragte sich ein wenig beklommen, ob jemand ihr von dem Transparent erzählt hatte, das von der Säulenhalle des Gerichtsgebäudes zu einer der Ulmen am Seeufer gespannt war. Es sprach offen das dringendste Bedürfnis der Stadt aus. Große rote Buchstaben auf weißem Stoff verkündeten:

BURNHAM FALLS HEISST AMTEC INDUSTRIES INC.
WILLKOMMEN!

Die Firma Amtec hatte beschlossen, sich Burnham Falls offiziell in einer Feierstunde auf dem kleinen Platz hinter dem Gerichtsgebäude vorzustellen, statt in den neuen Räumen auf dem Hügel, die für diesen Anlaß eigentlich angemessener gewesen wären, denn der Platz gab dem Ereignis eine vertraulichere Note. Es würde an den gläsernen Türen des neuen Amtec-Laboratoriums kein Band zu zerschneiden geben, doch war es drei Tage lang für jedermann, der es besichtigen wollte, geöffnet. Man arbeitete nun schon einen Monat darin, nachdem Wissenschaftler und Techniker aus den kleineren Forschungszentren der Firma Amtec in Kalifornien hier eingetroffen waren. Im Laufe der nächsten paar Wochen sollten ihre Familien nachkommen.

Die Hauptstraße und die beiden kurzen Straßen, die zum Marktplatz führten, wurden von parkenden Wagen gesäumt, und viele Menschen strömten in diese Richtung. Harriet konnte bereits die leise murmelnde Menge hören. Sie sah auf die Uhr, während sie sich langsam mit dem Rolls-Royce zwischen den Fußgängern einen Weg bahnte, und hob hin und wieder die Hand, um jemanden zu grüßen. Wenn sie nicht bald eine Parklücke fand, würde sie die Eröffnungsrede versäumen. Kurz vor dem Marktplatz sah sie, wie Jed Wilson mit seinem Ford aus der Reihe der parkenden Wagen ausscherte, und dankbar fuhr sie den Rolls in die Lücke. Sie stieg aus, schlug die Wagentür zu, verschloß sie jedoch nicht. Als sie über die Straße ging, strich sie sich die Handschuhe glatt. Sie bemerkte, daß ihre Hände leicht zitterten.

Sie zögerte, als sie den Rand des niedergetretenen Rasens erreichte. Die Kapelle hatte sich schon auf dem Podium postiert. Harriet schätzte, daß praktisch sämtliche Einwohner von Burnham Falls sich eingefunden hatten. Aber dies war nicht die hochgestimmte Menge, die sich beim Karneval oder bei Wahlversammlungen zusammenfand und lärmend um die Plätze auf einer der acht Holzbänke vor dem Podium stritt. Burnham Falls hatte noch nie eine Versammlung wie diese erlebt. Auf dem kleinen Platz standen Aluminium-Klappstühle in sauber ausgerichteten Reihen.

Steve kam durch einen der Gänge zwischen den Stühlen auf sie zu, und sie wurde sich bewußt, daß sie geistesabwesend am Bordstein gestanden und die Szene betrachtet hatte. Noch ehe Steve bei ihr war, spürte sie seine Nervosität. Er warf eine halbgerauchte Zigarette ins Gras, blieb stehen, trat sie aus und kam dann zu ihr. Sein Gesicht war abgespannt. Er runzelte die Stirn. Sie spürte seine Spannung auch daran, daß er sie ein wenig zu fest am Arm faßte. »Ich dachte schon, du schaffst es nicht mehr. Es fängt gleich an.«

Sie versuchte zu lächeln. »Zuviel Verkehr und kein Parkplatz, und das große Amtec-Transparent hat mich halb zu Tode erschreckt.«

Sie sprach absichtlich unbeschwert, aber sie sah ihn dabei fast flehentlich an. Er sollte begreifen, wie ihr nach Anblick des Transparents zumute war. Aber er schien nicht gehört zu haben. Er ging mit ihr zwischen den Stadtbewohnern hindurch, von denen viele ihre Ankunft bemerkt hatten, nach vorn, wo anscheinend fast nur Fremde saßen. Hier waren die Aluminiumstühle breiter, hatten gepolsterte Rückenlehnen und Armstützen. Steve führte sie zu zwei freien Plätzen am Ende der zweiten Reihe. Ein paar Köpfe wandten sich um. Harriet bemerkte den Bürgermeister, Herb Miller, und Charles Stanley, den Staatsanwalt. Beide lächelten sie freundlich an. Doch schon mit dem ersten, raschen Blick hatte sie die teuren Frühlingshüte der Frauen bemerkt, und hier und dort eine Nerzstola. Sie hatte sich nicht die Mühe gemacht, einen Hut aufzusetzen, da sie in Burnham Falls nie einen trug, und sie wurde sich bewußt, daß man ihrem Kostüm jedes einzelne seiner sechs Jahre ansah. Es war naiv gewesen, daß sie diese Veranstaltung auf die leichte Schulter genommen hatte. Dies war nicht Burnham Falls – dies war Amtec. Steve beugte sich zu ihr herüber und berührte gleichzeitig den Arm des Mannes, der rechts neben ihr saß.

»Tom! ... Harriet, das ist Tom Harvey, der Chef der Marktforschungsabteilung – und Mrs. Harvey ... Meine Frau Harriet.«

»Sehr angenehm«, sagte Harriet zu den beiden. Tom Harveys Frau war schlank und hübsch, trug einen senffarbenen Hut und Handschuhe aus Ziegenleder, die genau zum Hut paßten. Harriet gab ihr die Hand und wurde einer raschen, gründlichen Prüfung unterzogen. Mrs. Harveys interessierter Blick sagte Harriet, daß sie wahrscheinlich viel über die Schellackfabrik und Joe Carpenter wußte.

»Ich freue mich wirklich, Sie endlich kennenzulernen, Mrs. Dexter«, sagte Mrs. Harvey.

Ein Mann, der direkt vor Harriet saß, drehte sich um und streckte ihr die Hand hin.

»Mrs. Dexter! ... Mein Name ist Arthur Sommers.« Sein rundes Gesicht legte sich in Falten, als er lächelte. »Es stört Sie doch nicht, wenn ich mich selbst vorstelle – wir sind ja nun alle eine Familie, und ich kenne Steve, seit er in die Firma eingetreten ist. Steve hat mir erzählt, daß Sie in Burnham Falls aufgewachsen sind.«

Steve beugte sich vor und unterbrach: »Art leitet nämlich unsere Finanzabteilung hier, Harriet. Er ist der Rechnungsführer.«

»Ein alter Pfennigfuchser bin ich, weiter nichts!« Er lachte, als wäre dies ein alter Witz von ihm. »Verabscheuenswert, aber notwendig, Mrs. Dexter. Jedenfalls wird sich meine Frau freuen, Sie kennenzulernen. Marie ist noch nicht da. Wir ziehen nächste Woche von New Jersey hierher. Da Sie hier aufgewachsen sind, können Sie ihr sicher viel über die Nachbarschaft, die Geschäfte und alles erzählen, was ihr Damen eben so wissen wollt in einer neuen Stadt.«

»Ich freue mich darauf«, erwiderte Harriet, »aber über Burnham Falls gibt es nicht viel zu erzählen, und hier gibt es auch nicht viel zu tun.«

»Aber doch!« erklärte Sommers überzeugt. »Warten Sie nur ab, was Amtec für Pläne mit Burnham Falls hat. Wir werden unsere Damen so beschäftigen, daß sie keine Zeit mehr haben, spazierenzugehen. Die neue Schule zum Beispiel schießt schon aus dem Boden ...«

»Ich dachte, die Kreisverwaltung finanziert die neue Schule«, unterbrach Harriet.

»Stimmt. Aber Amtec bringt die notwendigen Steuergelder. Und Amtec sorgt dafür, daß wir die Schule bekommen, die wir brauchen. Die Firma hat große Erfahrung in solchen Dingen, Mrs. Dexter.«

Mrs. Harvey meinte leise: »Meine beiden Mädchen werden gern auf dem Land in die Schule gehen. Und wenn das Stadtkomitee die jetzigen Pläne für die neue Schule genehmigt, wird sie eine der schönsten des Staates.«

»Ich wußte nicht, daß die Pläne schon vorliegen«, sagte Harriet.

»Sie sind schon seit ein paar Wochen bei Amtec«, erklärte Tom Harvey. »Wir haben sogar den Architekten empfohlen.«

Steve zündete sich eine weitere Zigarette an. »Ich habe die Pläne erst flüchtig gesehen«, bemerkte er, »aber es sieht nach einem ganz hübsch teuren Projekt aus.«

»Wir müssen schließlich an den künftigen Bevölkerungszuwachs denken«, erklärte Art Sommers. »Wenn wir nicht für eine erstklassige Schule sorgen, können wir auch nicht die richtigen Lehrer anstellen. Amtec hat dem Stadtkomitee natürlich die notwendigen Darlehen verschafft.«

Er hielt inne, als die Feuerwehrkapelle unvermittelt losschmetterte. Sie spielte mangelhaft, aber mit großem Eifer.

Tom Harvey berührte Harriet leicht am Arm. »Da kommt E. J.«

»... und wir sind stolz, in der Tat stolz, Bürger der Stadt Burnham Falls zu werden.«

E. J. Harrison sprach bereits seit einigen Minuten. Er hatte sich höflich die Begrüßungsansprache des Bürgermeisters Herb

Miller angehört, eine kurze, überschwengliche Rede, und der Applaus, der ihr folgte, hatte sich zu einem kleinen Crescendo gesteigert, als Herb Miller den Aufsichtsratsvorsitzenden der Aktiengesellschaft Amtec zum Rednerpult führte. Am Pult war diskret ein Mikrophon aufgestellt, und die Ingenieure von Amtec hatten fachmännisch über den ganzen Marktplatz Leitungen gezogen und zahlreiche Lautsprecher angebracht. Amtec wollte, daß sein Aufsichtsratsvorsitzender gehört wurde. Niemand konnte E. J. Harrisons Worte überhören.

»Sie alle hier in der Stadt wissen, daß vor ungefähr achtzehn Monaten die hiesige Schellackfabrik als jüngstes Mitglied in die Familie aufstrebender Fabriken aufgenommen wurde, aus denen die Firma Amtec besteht. Unter der Leitung von Amtec wurden die Produktionsmethoden verbessert, und mit Hilfe der Verkaufsorganisation von Amtec wurde ein größerer Absatzmarkt erschlossen. Die Zahl der Arbeitskräfte des Werkes konnte dadurch wesentlich erhöht werden. Wir sind entschlossen, diese Entwicklung voranzutreiben, bis Burnham Falls der größte Schellackproduzent der Oststaaten ist.«

Herb Miller sorgte für den Applaus, aber man brauchte die Menge nicht besonders anzuregen. Die Leute waren hergekommen, um genau das zu hören: größere Produktion und mehr Arbeitsplätze.

»Unser Forschungslaboratorium arbeitet für das Verteidigungsministerium der Vereinigten Staaten, das schon lange zu den wichtigsten Kunden von Amtec zählt. Ich kann heute bekanntgeben, daß wir noch größere Regierungsaufträge zugesichert bekommen haben, so daß wir in der Lage sind, die Ergebnisse unserer Forschungen in die Tat umzusetzen, unserer Forschungen, die schon in der Vergangenheit ein wichtiger Faktor bei der Verteidigung unseres Landes gewesen waren. Dies macht nun den Bau einer neuen, großzügigen Werksanlage notwendig, die die Möglichkeit in sich birgt, wiederum erweitert zu werden, wenn unsere Bedürfnisse größer werden und unsere Produktion wächst. Es ist mir eine große Freude, Ihnen sagen zu können, daß Amtec beschlossen hat, dieses Werk in Burnham Falls zu errichten, und wir wollen die Arbeitskraft dieser Stadt dazu heranziehen.«

Er schnitt den Applaus mit einer gebieterischen Geste ab.

»Meine Damen und Herren, Burnham Falls wird seinen Platz im Zeitalter der Weltraumfahrt einnehmen, im Zeitalter der Fernlenkgeschosse und Raketen. Wir sind im Begriff, neue und bessere Treibstoffe zu entwickeln, feste Treibstoffe, Substanzen, die man dazu benützen wird, Raketen gleichzeitig zu bauen und anzutreiben. Diese Raketen werden unser Land vor der Aggression schützen und uns die Kontrolle über den Weltraum verschaffen.«

Frenetischer Beifall. Harriet klatschte mit. Burnham Falls wurde auf einer Woge patriotischer Begeisterung davongetragen, wenn auch die meisten Menschen noch nie von festen Treibstoffen gehört hatten. Es war ein angenehmer Gedanke, daß der Wohlstand die patriotischen Gefühle begleiten sollte.

»... und wir alle von Amtec sind uns der Verantwortung einer Gemeinde gegenüber bewußt, die uns bei sich aufnimmt. Wir haben in Ihre Stadt den Fortschritt gebracht, und wir werden ihn weiterhin bringen. Zweihundert Wissenschaftler bilden den Stab des Forschungszentrums, und mit ihnen kommen ihre Frauen und Familien. Amtec ist seiner Verantwortung diesen Familien gegenüber nachgekommen, indem es den sogenannten ›Amtec-Park‹ geschaffen hat. Wir Amtec-Leute rühmen uns, daß keiner unserer Angestellten Not kennt.«

Seine Stimme wurde lauter, die Worte gewichtiger. »Sie hier in Burnham Falls werden die gleichen Vorrechte und Annehmlichkeiten genießen wie die vielen tausend Menschen in den Vereinigten Staaten, die bereits für Amtec arbeiten. Sie werden teilhaben an der Gesundheitsvorsorge, der Betriebskrankenkasse, dem Pensionsfonds. Sie werden das Gefühl der Sicherheit kennenlernen, das einem aus der Zugehörigkeit zu einer Organisation erwächst, die die Mittel hat, Ihnen allen Freund und Helfer zu sein.«

E. J. Harrison hatte diese Worte schon oft und an vielen Orten gesprochen.

»Amtec hat große Pläne«, fuhr er fort. »Wenn wir hier ein neues Werk bauen, ist unser Bedarf an Arbeitskräften größer, als daß Burnham Falls ihn decken könnte. Diese Arbeitskräfte müssen wir von außerhalb heranziehen. Aber glauben Sie nicht, daß wir Ihnen etwa ein Wohnungsproblem aufhalsen. Wir sind bereits dabei, Land zu erschließen, um den Bau eines neuen Werkes vorzubereiten, das noch in diesem Jahr die Arbeit aufnehmen soll. Wir beginnen gleichzeitig mit dem Bau von Siedlungen für die Familien der Männer, die sich Amtec für die Arbeit in diesem Werk holen wird. Im Hinblick auf diese Pläne haben wir eben ein großes Stück Land an der Westgrenze der Stadt erworben, wo wir dreihundert Häuser bauen werden.«

Er hielt gerade lange genug inne, damit sich das Bild der Dreihunderthäusersiedlung vor den geistigen Augen der Zuhörer formen, damit sich der Gedanke an das Geld einstellen konnte, das in die Ladenkassen von Burnham Falls floß, an die Kinder, die die Schulen besuchten, an die Autos, die sich in den Straßen drängten.

»Meine Damen und Herren, wir sind überzeugt, daß in dieser Vergrößerung Ihrer Stadt, in diesen neuen Familien, die hier leben werden, die Zukunft und das Gedeihen von Burnham Falls liegt. Wir alle werden in diesem gemeinsamen Unternehmen Partner sein, wir werden ein Team bilden, das zusammenarbeitet, um Burnham Falls und die Vereinigten Staaten zu einem Ort zu machen, in dem zu leben sich wirklich lohnt.«

Mit großer Bescheidenheit verließ E. J. Harrison das Rednerpult und kehrte zu seinem Platz zurück, wobei er so tat, als höre er nicht den Beifall und die Hochrufe. Er lächelte und nickte den Männern zu, die neben ihm saßen und ihm die Hand schüttelten.

Er wirkte gelassen.

Ein stattlicher, würdiger Mann, der seine Freude daran gehabt hatte, den lieben Gott zu spielen.

Harriet beugte sich zu Steve hinüber und sagte unter dem Schutz des Beifalls: »Ich glaube, Burnham Falls ist tatsächlich überzeugt, daß es wiederauflebt.«

Da trat wieder dieser seltsame Ausdruck von Müdigkeit in sein Gesicht. Er sah an ihr vorbei zu Tom Harvey hinüber und dann auf den soliden Rücken von Art Sommers vor ihnen.

»Pst ... sie können dich hören.« Er zog die zerdrückte Zigarettenpackung heraus, die charakteristisch für ihn war. »Wir wollen ihnen nicht schon am ersten Tag einen falschen Eindruck von Burnham Falls geben.«

Harriet zuckte zusammen. Sie konnte Steve nicht mehr ansehen – und wollte es auch nicht. Sie brauchte eine Weile, um sich an den Gedanken zu gewöhnen, daß es ausgerechnet Steve war, der ihr, Joe Carpenters Tochter, eben die erste Lektion darüber erteilt hatte, wie die Dinge künftig in Burnham Falls standen.

Als sich die Menge zerstreute und zu den geparkten Wagen strömte und zu den Ständen, wo die Essenspakete ausgegeben wurden, starrte Harriet plötzlich in Jeannie Talbots Gesicht.

Das Mädchen sah sie fragend an, und Harriet merkte, daß es sie seit einigen Sekunden angeschaut hatte, ohne sich dessen bewußt zu sein.

»Hallo, Jeannie!« Harriet mochte Jeannie Talbot. Sie war Nells Großnichte, und Harriet hatte sie aufwachsen sehen. Für ein Mädchen, das so hübsch war und eine der besten ihrer Klasse, war Jeannie erfreulich unverdorben und natürlich.

»Hallo, Mrs. Dexter. Das ist ein Rummel, nicht wahr?« Sie zwinkerte ihr zu. »Ich hol' mir eins von diesen Lunchpaketen und so viel Eiskrem, wie ich tragen kann.«

Harriet fühlte sich plötzlich mit dem Mädchen verbunden und beneidete sie um ihre Nonchalance und ihre Freiheit. »Tu das, Jeannie«, stimmte sie zu. »Man soll alles nehmen, was einem angeboten wird.«

3. KAPITEL

Clifden Burrell hatte den Platz hinter dem Gerichtsgebäude verlassen, sobald E. J. Harrison mit seiner Rede zu Ende war, und daher war er als erster in der Bar des Country Clubs. Er hatte wenig Bedarf an Reden von der Art, wie sie eben gehalten worden waren, und großen Bedarf an kanadischem Whisky. Wenn man achtundsechzig Jahre alt und seit vierzehn Jahren Witwer ist und mit beiden Tatsachen immer unzufriedener wird, dann ist es verzeihlich, wenn man es für notwendiger hält, den ersten Whisky des Tages zu sich zu nehmen, als die Beine und Gesichter fremder Frauen zu betrachten. Alle diese Beine und Gesichter würden sich ohnehin bald in der Bar einfinden, und in der Zwischenzeit hatte er das zweite Glas Whisky in der Hand und konnte damit beginnen, sich auf die Aussichten zu freuen.

In der Bar war es dämmrig. An den Wänden sah man Jagdszenen. Clifden verabscheute sie zutiefst. Dies war kein Lokal, in dem man ordentlich trinken konnte. Fast ebenso heftig verabscheute er den ganzen Klub, dem er nur angehörte, weil die Mitgliedschaft für ihn als den Senior unter den Anwälten der Stadt beinahe obligatorisch war und weil er sich wenigstens etwas bemühen mußte, die Überbleibsel seiner früher einmal gutgehenden Anwaltspraxis zusammenzuhalten. Er verabscheute den Klub, weil er neu und hygienisch war und doch die Atmosphäre des Amerikas der Pioniere kultivierte, während es ihm gleichzeitig fast unmöglich gemacht wurde, hier seine alten Anzüge aufzutragen. Er haßte ihn auch, weil die ausgedehnten Grasflächen und der gepflegte Golfplatz des Klubs auf Kosten des Waldes angelegt worden waren, in dem er und Joe Carpenter an stillen, schneidend kalten Wintermorgen gejagt hatten, wenn der Schnee unter ihren Schuhen knirschte. Joe hatte gewußt was geschehen würde, als er das Land veräußerte, aber er hielt es für besser, das Grundstück als Ganzes an den Klub zu verkaufen als in kleinen Parzellen an Wochenendsiedler. Doch Joe hatte nicht die Jagdbilder in der Bar gesehen, reflektierte Clif grimmig.

Er hörte die ersten Wagen anfahren, zog sich ans Ende der Bar zurück und lehnte sich mit dem Rücken an die Wand. Er kam sich griesgrämig und alt vor und mußte sich eingestehen, daß er beides war. Er bestellte noch einen weiteren Whisky, da ihm die Arthritis im Rücken und in den Knien zu schaffen machte. Er hoffte, daß keiner der Amtec-Leute ihn bemerken wurde und daß er weitertrinken konnte, ohne ins Gespräch gezogen zu werden, wenn er am Ende der Bartheke blieb und ein unbeteiligtes Gesicht machte. Er runzelte die Stirn und steckte die Nase ins Glas, als die Menschen in die Bar strömten.

Fünf Minuten später war er zu der Auffassung gelangt, daß die Frauen gut aussahen und manche von ihnen so jung waren, daß sie direkt aus dem College hätten kommen können, und sie hatten auch entsprechend junge Ehemänner. Er stellte sich vor, daß wahrscheinlich alle zweihundert Ingenieure und Physiker, die E. J. Harrison erwähnt hatte, mit ihren Frauen zum Mittagessen geladen waren. Papa Harrison bereitete ihnen hier und in ihren neuen Häusern im Amtec-Park ein herzliches Willkommen, dachte Clif, und die Zugehörigkeit zum Country Club gehörte fast ebenso zu ihrem Beruf wie das tägliche Erscheinen im Glaskasten.

Harriet kam mit Steve in die Bar. Als er sie hier inmitten all der Fremden sah, rechnete Clif rasch ihr Alter nach: zweiunddreißig oder dreiunddreißig – Dorothy war gestorben, kurz nachdem Harriet zu Steve nach Kalifornien gezogen war. Harriet war eines von den hübschen Dingern gewesen, die versprachen, mit dreißig schön zu werden, und sie hatte dieses Versprechen gehalten, obwohl es nicht die Art Schönheit war, die einem auf den ersten Blick den Atem nahm. Sie hatte ein ruhiges, harmonisches Gesicht mit guten Zügen, das Haar war ein wenig dunkler als früher, der rötliche Ton, den es einmal hatte, war kaum mehr zu bemerken. Oder lag es nur an diesen erbärmlich trüben Lichtern, die man hier installiert hatte? Steve führte Harriet am Ellbogen durch den überfüllten Raum, und Clif mußte zugeben, daß die beiden gut zusammenpaßten. Steve Dexters Anzüge hingen immer ein wenig salopp an ihm herunter, und seine Krawatte saß schief. Doch die meisten Menschen – und besonders die Frauen – bemerkten dies nicht, wenn sie mit ihm sprachen.

Clif betrachtete die beiden aufmerksam, während die Menge und der Rauch im Raum immer undurchdringlicher wurden. Clif hatte Steve und Harriet noch nie im Klub gesehen, und er nahm an, daß sie nicht freiwillig hier waren, sondern weil es die Etikette verlangte. Die Mitgliedschaft im Country Club war fast ausschließlich zwei Gruppen vorbehalten, den neuen Amtec-Leuten und den höheren Angestellten der Gummifabrik T. J. Water, die vor drei Jahren ihr Hauptquartier drüben in Swanston aufgeschlagen hatte. Steve und Harriet würden von nun an öfter hier erscheinen müssen, damit die Welt sah, wie die Alteingesessenen und die Neulinge miteinander auskamen. Nach E. J. Harrisons Rede zu schließen, würde von nun an Amtec auf höfliche Weise Burnham Falls regieren. Amtec drückte heute offiziell das Siegel seiner Zustimmung auf den Country Club als einen Ort, wo ihre Spitzenkräfte ihre Mußestunden verbringen konnten. Zu den Spitzenkräften zählte nun auch Steve Dexter.

Clif war stolz auf Steve und Harriet, als er beobachtete, wie sie von Gruppe zu Gruppe gingen, vorgestellt wurden und Hände schüttelten. Er hatte den Eindruck, daß sie das, was vom alten Burnham Falls übriggeblieben war, sehr würdig vertraten. Wenn er und Dorothy Kinder gehabt hätten – er hoffte, sie hätten sich so gut verhalten wie diese zwei.

In gewisser Hinsicht war Harriets Vater die Verkörperung des alten Burnham Falls gewesen, das mit dem heutigen Tag abtrat. So unvermeidlich es auch gewesen war, daß die kleine Firma von der gigantischen geschluckt wurde, so mußten Steve und Harriet doch ein Gefühl der Niederlage empfinden. Sie waren jung und hatten von Joe nichts als Sorgen und langsamen Abstieg geerbt, und sie hätten etwas Besseres verdient. Er war stolz auf sie, daß sich nichts davon in ihren Mienen oder ihrem Verhalten zeigte.

Sie waren weder niedergedrückt noch übereifrig, sie schienen weder ängstlich noch geschlagen. Ebensowenig schienen sie begierig, einen besonders guten Eindruck zu machen. Steves Blick war müde, und es fehlte ihm der übliche Anflug von Humor, doch das konnte keiner der Neuankömmlinge wissen. Harriet aber, die Clif fast ebenso liebte, wie Joe sie geliebt hatte, bestach alle mit ihrem charmanten Lächeln und ihrem warmen Blick. Harriet war in gleichem Maß ein Produkt von Clifs wie von Joes Erziehung, und das war der Grund, weshalb er sich in diesem Augenblick über ihre Gefühle Gedanken machte.

Clif stellte das Glas auf die Bartheke und blickte sich nach jemandem um, mit dem er plaudern konnte. Da sah er Laura Peters und vergaß, daß er sich hatte unterhalten wollen. Sie forderte die Blicke und die Aufmerksamkeit jedes Mannes als selbstverständlichen Tribut, und Clif ließ ihr beides in vollem Maß zukommen. Sie war nicht groß, aber ihre Figur und ihre Kleidung waren dermaßen auffallend, daß zunächst niemand merkte, ob sie nun eigentlich schön war. Manche Frauen verstehen von der Schönheit so viel, haben eine solche Ehrfurcht vor ihr, daß sie fähig sind, ihre Merkmale zu tragen, ohne tatsächlich ihre Substanz zu besitzen. Clif fand, daß Laura Peters eine solche Frau sein mußte. Ihr Haar war dunkles Gold, ihr Kleid war teuer – beige, goldene und hellbraune Töne, die unmerklich ineinander übergingen, wie es nur bei teuren Dingen der Fall ist. Man hatte genügend über sie gehört, so daß Clif in ihr sofort die Frau von Ed Peters, dem Leiter des neuen Amtec-Laboratoriums, erkannte.

Clif besaß keinen Fernsehapparat. Deshalb war ihm ihr Gesicht nicht bekannt, nur daß es Hunderten von Mannequingesichtern ähnelte, die ihn aus den Zeitschriften anlächelten. Aber er hatte von ihr gehört, denn Burnham Falls war über die Neuigkeit erregt, daß sie kam. Vor sieben Jahren hatte sie unter dem Namen Laura Carroll in einem Schauspiel, das achtzehn Monate am Broadway lief, ihre Karriere begonnen. Seit damals hatte sie bei drei Mißerfolgen mitgewirkt und in einer Reihe von Fernsehwerbesendungen für Amtec. Clif versuchte sich daran zu erinnern, was sie angepriesen hatte, Geschirrspülmaschinen oder Gasherde, und es war ihm ein Rätsel, wie das Publikum glauben konnte, daß eine Frau wie Laura Peters von solchen Geräten etwas verstand, und wie man sie glaubwürdig beim Kochen oder Geschirrspülen zeigen konnte.

Während Clif darüber nachdachte und sich ein wenig zur Seite neigte, um sie besser sehen zu können, tastete er nach seinem Glas. Als er es hob, stieß er an den Arm seiner Nachbars an, und sein Whisky schwappte über. Er spürte, wie er ihm an den Fingern herabtropfte.

Er drehte sich um und sah in ein Paar hellblaue Augen in einem seltsam anziehenden, aber keineswegs hübschen Gesicht.

»Verzeihung«, murmelte er. »Sehr ungeschickt von mir.«

Er stieg vom Barhocker und zog ein Taschentuch aus der Brusttasche. Er tupfte den Ärmel ihres Kleides damit ab und bemerkte, daß sie kleine, hübsche Hände mit unlackierten Fingernägeln hatte.

»Ach, macht nichts«, sagte sie. »Ein paar Tropfen Alkohol tun niemandem weh.« Ihre Stimme war weich und angenehm.

»Sie sind sehr liebenswürdig.« Er machte eine Verbeugung, in dem Bewußtsein, daß er alt genug war, dies tun zu können, und sie jung genug, um sich darüber zu freuen. »Tut mir wirklich außerordentlich leid.« Sie war tatsächlich noch sehr jung, oder so schien es ihm wenigstens. Sie hatte ein frisches, klares, von dunklen Locken umrahmtes Gesicht und trug einen Strohhut mit einem winzigen Schleier.

Er bemerkte, daß ihr Glas leer war. »Darf ich Ihnen noch einen Drink bestellen?«

Sie lächelte. »Nein, danke, ich lasse es lieber bei dem einen bewenden. Alkohol vor dem Mittagessen ist nicht mein Fall. Ich habe vor zehn Minuten meinen Mann an seine Chefs abgetreten und möchte nicht schwanken, wenn er wiederkommt. Außerdem möchte ich mir keine Sekunde von diesem Trubel hier entgehen lassen ...« Sie machte eine Handbewegung zum überfüllten Raum hin. »Ich sehe heute zum ersten Mal die Größen von Amtec. Tom ist erst seit drei Jahren bei der Firma. Er ist Physiker.« Sie lächelte, aber diesmal unsicher. »Verzeihen Sie die Frage, aber sind Sie auch bei der Firma?«

»Keine Sorge! Ich bin nicht der Chef Ihres Mannes. Mein Name ist Clifden Burrell, und ich gehöre zu denen, die man hier in Burnham Falls die Alteingesessenen nennt. Von Beruf bin ich Rechtsanwalt, ansonsten Angler.«

»Sehr angenehm. Ich bin Sally Redmond. Tom und ich ziehen am Freitag hierher, in eins der neuen Häuser im Amtec-Park.« Sie lachte leise. »Ihnen kann ich's ja sagen ... wir sind erst seit Weihnachten verheiratet, und ich weiß gar nicht, wie ich mit dem großen Haus fertig werden soll. Stellen Sie sich vor, drei Schlafzimmer! In New York hatten wir eine Einzimmerwohnung mit Kochnische.«

»Amtec glaubt an die Zukunft. Man erwartet, daß Sie die übrigen Zimmer mit Kindern füllen. Arbeitet Ihr Mann in der Forschungsabteilung?«

»Ja, er ist kürzlich dorthin versetzt worden. Wir sind sehr stolz darauf.«

»Glauben Sie, daß es Ihnen hier gefallen wird?«

»Aber natürlich! Weshalb nicht?«

»Nun ... ich dachte nur so. Junge Leute wollen ihre Vergnügungen haben. Da Sie aus New York kommen, frage ich mich eben, wie Sie sich in der Kleinstadt einleben werden.«

»Wissen Sie, Mr. Burrell, die Vergnügungen, die ich auf der Columbia-Universität gehabt habe, reichen mir für den Rest meines Lebens. Man wird mit New York nicht fertig, und wenn man es sich nicht leisten kann, ins Theater und in Konzerte und teure Restaurants zu gehen, freut man sich auf ein Stückchen Garten, in dem man Petunien züchten kann. Natürlich kann man auch Kinder großziehen. Tom und ich wollten eine Familie gründen, aber nicht in einem Zimmer mit Kochnische.«

Er nickte aufmunternd, damit sie weitersprach. Vor einer Minute noch war sie ihm wie ein Kind erschienen. Aber als sie von New York sprach, war kurz ein Anflug von Enttäuschung in ihre Miene getreten, und ein Teil ihrer Jugend war verflogen. Wenn sie nicht lächelte, war ihr Gesicht ernst und fragend. Sie gefiel ihm sehr, und es tat ihm leid, daß sie und ihr Mann ihn für zu alt halten würden, um etwas anderes als eine flüchtige Bekanntschaft mit ihm anzuknüpfen.

Er wußte auch, daß Tom Redmond ihn unweigerlich mit ›Sir‹

anreden wurde.

»Dann gefällt Ihnen also Ihr neues Haus?«

»Ja, sehr. Es ist nicht besonders feudal, es sieht nicht aus wie aus einer Zeitschrift über modernes Wohnen, aber ich finde es großartig. Wir konnten uns keins von den besseren Häusern leisten. Unseres ist das einfachste Modell, das in der Amtec-Siedlung gebaut wird, aber ich denke, daß wir in ein komfortableres ziehen, wenn Tom länger bei Amtec ist und besser verdient. Im Grunde unterscheidet sich unser Haus vom nächstbesseren nur durch die Farbe der Haustür. Es hat große Fenster, viele Einbauschränke und Platz für eine Geschirrspülmaschine. Und stellen Sie sich vor, wir haben sieben Bäume vor dem Haus. Das ist anders, als wenn man über den Lichthof hinweg ins Wohnzimmer des Nachbarn schaut.«

»Ich glaube, nachdem Sie in der Stadt gewohnt haben, schätzen Sie das besonders. Und ich glaube auch, daß solche Dinge für eine Frau wesentlich mehr bedeuten als für einen Mann.«

»Ja, als Frau möchte man Kontakt haben. Ich mag nicht mit meinen Nachbarn im Aufzug fahren und so tun, als seien sie Luft. Wenn mir danach zumute ist, möchte ich mit ihnen sprechen.« Sie lächelte. »So wie jetzt. Ich möchte mit meinen Nachbarn Kaffee trinken und einen Hund haben und mit meinen Kindern auf dem Rasen spielen.«

»Und es stört Sie nicht, wenn Sie in einer Siedlung wohnen, die ›Amtec-Park‹ heißt? Fühlen Sie sich nicht von der Firma beherrscht?«

»Wir dürfen nicht empfindlich sein, Mr. Burrell. Tom arbeitet für Amtec, und ohne Amtec hätten wir weder Haus noch Grundstück. Amtec tut viel für uns, was wir allein nicht zustande brächten. Es stört uns nicht, daß unser Haus genauso aussieht wie das nächste. Wir haben viele Annehmlichkeiten. Zwei Häuserblocks weiter ist eine Klinik, ebenfalls von Amtec gebaut. Unsere Kinder werden einen Spielplatz haben, Planschbecken, Sandgruben und so weiter, und, wenn sie älter sind, eine Werkstatt und Bastelstuben. Ich brauche mich nicht zu ängstigen, daß sie auf die Straße laufen, denn durch die Amtec-Siedlung führen keine Straßen. Wenn der Preis, den ich dafür zu zahlen habe, die Unterordnung ist, dann ordne ich mich eben unter. Schließlich erhebt Amtec keinen Anspruch auf meine Seele. Und ich habe vor, aus meinem Leben mehr zu machen, als nur Petunien zu züchten und mich unterzuordnen.«

»So?« Clif hob langsam sein Whiskyglas. »Und was gibt es für eine intelligente, ehrgeizige Frau in Burnham Falls zu tun?«

»Ich werde schreiben. Ich will einen Roman schreiben, den ich schon mit mir herumtrage, seit ich ins College ging. Ich glaube, Burnham Falls wird mir den Frieden und die Ruhe geben, die ich brauche, um endlich damit anzufangen.« Sie errötete. »Ich rede zuviel. Ich sagte Ihnen ja schon, daß ich an Alkohol zur Mittagessenszeit nicht gewöhnt bin. Das mit dem Roman weiß außer Tom noch niemand. Ich spreche sonst nicht über unfertige Dinge.«

»Meine Liebe, wenn Sie Ihre Geheimnisse einem alten Rechtsanwalt anvertrauen, ist es so, wie wenn Sie zu einem Grab reden. Sie sind begraben.« Er hob das Glas. »Es wäre mir ein Vergnügen, wenn Sie Ihre Pläne wahrmachen würden. Ich hoffe, diese Stadt gibt Ihnen das, was Sie suchen. Viel Glück!« Er lächelte sie an, stellte sein Glas auf die Theke und nahm sie am Arm. »Man beginnt mit dem Essen. Darf ich Sie an Ihren Tisch begleiten?«

Clif lehnte sich an eine der Verandasäulen, die Hände tief in den Hosentaschen. Er dachte seit dem Mittagessen ein wenig milder über Amtec, und er begrüßte dankbar die Sonnenwärme, die seinen schmerzenden Gliedern wohltat. Die Seitenveranda, auf der er stand, lag zum Parkplatz des Klubs hin. Die Gäste fuhren ab, und Clif amüsierte sich über die ausgesuchte Höflichkeit, die man dabei praktizierte. Niemand bog hastig aus der Wagenreihe aus oder drückte ungeduldig auf die Hupe. Den Höhergestellten billigte man den größten Platz für ihre Wendemanöver zu, und die Jüngeren warteten, bis sie sicher waren, daß ihre Abfahrt keinen anderen belästigte. Clif erhaschte einen Blick auf Sally Redmonds spitzes kleines Gesicht, als sie neben ihrem Mann in einem grünen Ford saß. Sie sprach nicht, aber sie sah aus wie jemand, der sich mit Mühe im Zaum hielt, bis man unter sich wäre. Sie hatte gesagt, sie spräche gern. Ihr Gatte war ein dunkler, ernster junger Mann, der mit äußerster Exaktheit den Wagen wendete und davonfuhr.

Clif kämpfte mit sich, ob er wieder in die Bar gehen sollte, als Harriet auf ihn zukam.

Er drehte sich langsam um. »Na, wie geht's denn meinem Mädchen?« Sie lächelte, und er tätschelte ihr beifällig den Arm. »Du siehst phantastisch aus, einfach phantastisch!«

Sie schnitt eine Grimasse. »Ich werde noch wesentlich phantastischer aussehen, wenn ich eine Nerzstola bekomme, damit ich zu den anderen passe. Ich werde alle Tricks lernen, ich werde einen Hut tragen und einmal im Monat eine Cocktailparty geben, und du wirst stolz auf mich sein, das verspreche ich dir.«

Er zwinkerte ihr zu. »So ist's recht! Wenn man sie nicht hinausfeuern kann …« Sie lachten. Steve kam aus dem Klub.

»Hallo, Clif!« Er suchte nach einer Zigarette und zog schließlich sein zerknülltes Päckchen aus der Hosentasche, das er Harriet und Clif offerierte; beide lehnten ab. Als Steve seine Zigarette anzündete, dachte Clif, wie bemerkenswert es doch war, daß Steve immer noch wie ein Wissenschaftler aussah, nachdem er nun schon seit achtzehn Monaten für Amtec arbeitete.

Steve sog tief den Rauch ein. »Ein großartiger Tag, nicht?« Es war unmöglich, genau zu sagen, worauf er sich bezog. Dann ergänzte er: »Ich meine, großartig zum Angeln.«

»Komm, Steve. Du hast schon so lange nicht mehr geangelt, daß du gar nicht mehr weißt, welche Tage großartig sind und welche nicht.«

Steve nickte. Er nahm die Worte ernster, als Clif sie gemeint hatte. »Vielleicht hast du recht. Ich glaube, ich habe seit fünf Jahren keinen Tag mehr freigenommen.« Er deutete auf die Menschen, die nun auf den Parkplatz strömten. »Na, vielleicht wird es jetzt anders. Vielleicht wird dieser Glaskasten von Laboratorium auf dem Hügel so vorzüglich funktionieren, daß ich Zeit habe, ein wenig Schlaf nachzuholen, ein paar Bücher zu lesen, oder vielleicht sogar gar nichts zu tun.« Er sah Harriet an. »Wie wäre das zur Abwechslung – einfach mal gar nichts tun?«

»Daran glaube ich nicht. Du kannst ja ohne Probleme schon gar nicht mehr leben.«

»Wenn dir je einmal danach zumute ist, die Probleme mit der

Angelrute zu vertauschen, dann ruf mich an«, sagte Clif. »Der Downside-See ist so voll von Fischen, daß er bald nicht mehr flüssig ist. Vom Seminar angelt kaum jemand und ...«

Er hielt inne, denn E. J. Harrison und der alte Gelehrte verließen das Klubhaus, gefolgt von einer kleinen Gruppe, darunter Ed Peters und seine Frau. Unter normalen Umständen hätte sich Clif nicht aus dem Konzept bringen lassen, aber in Burnham Falls waren die Chancen, einen Nobelpreisträger aus der Nähe zu sehen, rar, und Clif hatte Respekt vor der Größe. Steves Blick war ebenfalls an die magere Gestalt geheftet. Er öffnete den Mund, sagte jedoch nichts. Ein Cadillac mit einem Chauffeur in Livree wartete am Fuß der Treppe. Der alte Mann schüttelte höflich, beinahe bescheiden die Hände der Umstehenden, stieg in den Wagen und wartete, daß E. J. Harrison ihm folgte. Harrison schüttelte seinerseits Hände, auf einen Wink von Ed Peters hin traten Steve und Harriet zu der Gruppe, und zu seiner eigenen Verblüffung schüttelte auch Clif Harrisons Hand und sprach sogar ein paar Worte darüber, daß Burnham Falls glücklich sei, Amtec gewonnen zu haben. Harrison lächelte. Sein Gericht war leicht gerötet. Er hielt Laura Peters' Hand länger als jede andere und versicherte ihr, daß das, was der Broadway verloren hatte, ein Gewinn für Amtec sei. Sie gab eine liebenswürdige Antwort, und er lächelte noch breiter. Die letzte Hand, die er schüttelte, war die Ed Peters'.

»Nun, Ed, jetzt liegt alles bei dir. Wir haben hier viel vor, und du weißt, daß du jederzeit mit deinen Sorgen zu E. J. kommen kannst. Jederzeit, mein Junge.«

Als der Cadillac abfuhr, schwieg die Gruppe einen Augenblick. Alle warteten darauf, was Ed Peters tat. Er war ein schlanker, dunkler Mann, mittelgroß, mit einem klugen Gesicht.

Er wandte sich an Clif.

»Ich freue mich, Mr. Burrell, daß Sie heute mit uns zusammensein konnten.« Clif bewunderte Peters, der sich mühelos an seinen Namen erinnerte und so tun konnte, als freue er sich tatsächlich, daß ein altmodischer Anwalt zum Essen gekommen war. Peters griff nach Harriets Hand.

»Mrs. Dexter, ich fürchte, wir müssen uns in vielen Dingen an Sie wenden. Steve ist für uns ein sehr wertvoller Mann, aber wir werden auch Ihre Hilfe beanspruchen. Die meisten von uns sind neu in Burnham Falls, und wir brauchen von jemandem Rat, der sich hier auskennt. Ich weiß, daß Laura sehr dankbar sein wird ...«

Es wäre schwer gewesen, nicht darauf einzugehen, und Harriet lächelte warm. Er nickte den Männern zu, die ihn umringten. »Bis später im Laboratorium!« Er winkte den anderen lässig zu und sagte dann zu seiner Frau: »Ich hole rasch den Wagen, Laura. Du wartest am besten hier.«

Steve ging ebenfalls zum Parkplatz und holte den Rolls-Royce, obwohl ihn normalerweise Harriet fuhr. Der Rolls nahm sich merkwürdig aus unter an den neuen Modellen. Peters sah ihn und ging darauf zu. Die beiden Männer standen nun neben dem Wagen. Peters tätschelte die polierte Motorhaube und beugte sich vor, um das Armaturenbrett zu sehen. Es war ein seltsamer Gedanke, daß Joes alter Rolls plötzlich ein gesellschaftliches Plus geworden war.

Clif schenkte seine Aufmerksamkeit wieder den beiden Frauen. Er fand, daß Laura Peters doch mehr besaß als nur die Attribute einer schönen Frau. Sie hatte ein klar geschnittenes Kinn, volle Wangen und große, schön geformte Augen. Sie sprach mit Harriet. Ihre Stimme war leise und dunkel. Eine bemerkenswerte Stimme, dachte Clif. Sie trug ihre helle Nerzstola, die fast die gleiche Farbe wie ihr Kleid hatte, lässig und graziös.

»... ich glaube, es wird mir hier gefallen«, sagte sie zu Harriet. »Ich wollte schon immer auf dem Lande leben, schon als Kind.« Und lächelnd fügte sie hinzu: »Schließlich sind wir hier nicht in der Wildnis, oder? Ich meine ... man wird es uns hier nicht allzu schwer machen, wenn wir uns ein wenig nach dem Großstadtleben sehnen. Es sind ja nur zwei Stunden nach New York.« Sie wandte sich an Clif. »Mr. Burrell, ich hoffe, daß Amtec Ihnen nicht Ihr schönes Land verschandelt. Mr. Dexter sagt, Sie seien ein passionierter Angler.«

»Mrs. Peters, Burnham Falls braucht Amtec, und es sind immer noch eine Menge Seen für alte Angler da. Stammen Sie aus dem Osten?«

»Ja, das heißt ...«, sie lächelte, »ich bin eigentlich aus Los Angeles. Aber ich wohne schon so lange in New York, daß ich es als meine Heimatstadt ansehe.«

Sie brach ab, als Ed Peters' honiggelber Cadillac an der Treppe hielt. Wenn man Laura Peters daneben sah, wußte man, daß der Wagen zu ihrer Haarfarbe passend gekauft worden war. »Auf Wiedersehen, Mr. Burrell. Sie müssen mir gelegentlich etwas über die Geschichte von Burnham Falls erzählen.« Und zu Harriet sagte sie: »Ed und ich ziehen übers Wochenende hierher. Es wäre nett, wenn wir Sie und Ihren Mann bald bei uns begrüßen könnten.«

Sie winkte ihnen noch einmal zu, als sie in den Wagen stieg. Ed Peters zog vor Harriet den Hut.

Clif meinte hinter den höflichen und leicht hingeworfenen Sätzen eine Spur Verzweiflung in Lauras Stimme gehört zu haben, als sie über New York als ihre Heimatstadt sprach. Es war nur ein Augenblick gewesen, und er konnte sich irren. Er dachte an das eine erfolgreiche Stück und die drei Mißerfolge, und er fragte sich, ob der Umzug nach Burnham Falls für sie nicht das Ende des Traums vom Broadway war. Er wußte, daß ihn das nichts anging, aber er fragte trotzdem Harriet nach Laura Peters, als sie den großen Wagen davonfahren sahen. »Wie lange sind die beiden schon verheiratet?«

»Etwas über ein Jahr. Sie waren beide schon einmal verheiratet. Ed Peters hat aus erster Ehe zwei Töchter, die bei ihnen leben.«

»Ist Peters Physiker?«

»Nein, er ist Verwaltungskaufmann, wenn ich mich recht erinnere.«

»Also ein Karrierejunge! Macht sie immer noch Werbefilme für Amtec?«

»Ich glaube nicht. Weißt du, daß sie Schauspielerin war?«

»Was heißt ›war‹? Wann hört man auf, Schauspielerin zu sein?«

»Sie ist in ein paar Broadwaystücken aufgetreten. Eins davon lief achtzehn Monate, es hieß ›Der Sauerteig‹. Es ist ungefähr sechs Jahre her.«

»Mit wem war sie vorher verheiratet?«

»Mit Lawrence Warde. Er hat vor ein paar Jahren den Pulitzer-Preis bekommen.«

Clif nickte. »Und er hat den ›Sauerteig‹ geschrieben. Das paßt, nicht wahr?«

»Was paßt? Offen gesagt, Clif, seit ich mit meinen Teenagersorgen zu dir gekommen bin, hast du dich nicht mehr so für eine Frau interessiert wie für diese Laura Peters.«

»Ich frage mich eben, was zum Teufel eine Frau wie sie in Burnham Falls tun wird!«

»An deiner Stelle würde ich mir wegen Laura Peters keine schlaflosen Nächte machen. Sie sieht nicht aus, als ob sie Unannehmlichkeiten auf sich nimmt. Da kommt Steve. Ich muß gehen.«

Sie ging zum Rolls-Royce hinunter. Der Parkplatz war nun fast leer, und Clif wollte eigentlich wieder in die Bar. Doch er zwang sich, zu seinem Wagen zu gehen, und stieg ein. Er hatte nicht die geringste Lust, sich mit den Arbeiten zu beschäftigen, die normalerweise seine Nachmittage ausfüllten. Er hatte den Prozeß Williams vorzubereiten und Gesetzbücher nachzuschlagen. Es war der erste vernünftige Fall, den er seit Monaten übertragen bekommen hatte, und es war unklug von ihm, die Sache hängenzulassen, denn das kam den Leuten zu Ohren. Es war beängstigend, wie schnell die Neuigkeit in einer Stadt herumgeht, daß ein Mann trinkt. Man sah ihn zwar nie betrunken auf der Straße, und im Grunde war er auch nie wirklich betrunken. Aber den Menschen fielen kleine Veränderungen auf, und manchmal schrieben sie es der Tatsache zu, daß er eben alt wurde, oder sie hatten von seiner Arthritis gehört und nahmen an, daß es an den Schmerzen lag. Jedenfalls wußten sie, daß er trank. Deshalb bekam er immer weniger Aufträge. Er hatte auch schon ein paarmal bemerkt, daß jemand auf die andere Straßenseite ging, um ihm nicht zu begegnen. Er machte sich nicht im geringsten etwas daraus, und er hatte nicht die Absicht, seine Gewohnheiten zu ändern.

Er fuhr langsam die Straße entlang, die um den Golfplatz führte, und plötzlich fröstelte ihn, wie immer, wenn er in den dichten Baumgürtel in der Nähe der Tore des Country Clubs kam. Doch dann war er wieder draußen im Sonnenlicht. Durch große Willensanstrengung gelang es ihm, am alten Carpenter-Grundstück vorbeizufahren, ohne mehr als flüchtig an Harriet und Joe zu denken. Als er um die Kurve fuhr, warf er einen letzten Blick auf die Narzissen und trat dann kräftig auf die Bremse, um einen Zusammenstoß mit Ted Talbots altem Jeep zu vermeiden. Ted saß auf dem Boden und wechselte einen platten Reifen.

Er blickte finster auf.

»Hallo, Ted! Fast hätte ich Sie überfahren.«

»Hallo, Mr. Burrell.« Ted schob sich die Schirmmütze in den Nacken. »Wundert mich gar nicht. Sie sind ungefähr der fünfzigste, der mich fast überfahren hätte.« Er spuckte verächtlich aus. »Von den meisten hab' ich nichts gehört als Hupkonzerte.«

Clif nickte und beugte sich noch weiter aus dem Fenster. »Die kamen alle von dem Rummel im Country Club, bin eben selbst dort gewesen.«

»Hab' davon gehört.«

»Hat ...« Clif brach ab, denn plötzlich kam Chrissie Talbot um den Jeep gerannt.

»Hallo, Chrissie!«

»Hallo ...«

Ted fuhr herum. »Chrissie, du gehst sofort zurück! Du willst wohl überfahren werden?« Doch dann winkte er sie zu sich und zog ein Taschentuch aus der Hosentasche. »Komm her, Daddy muß dir die Nase putzen.«

Chrissie Talbot war blond und puppenhaft, hatte einen grazilen Körper, zarte Gesichtszüge und große Augen, die im Gegensatz zu denen ihrer Schwester Jeannie eher grün als blau waren. Sie unterzog sich geduldig Teds Fürsorge, aber sie fixierte dabei Clif. Sie kannte ihn gut, denn bei schönem Wetter begleitete sie stets ihren Vater zur Arbeit. Sie erwartete die Süßigkeiten, die Clif ihr von Frühling bis Herbst jeden Mittwoch vormittag schenkte, wenn Ted Talbot den Rasen vor Clifs Haus mähte.

Ted steckte das Taschentuch wieder ein und strich dem Kind übers Haar.

»Tut mir leid, Chrissie«, sagte Clif, »aber du hast mich überrumpelt. Heute gibt's keine Bonbons.«

Das Kind lächelte schüchtern, erwiderte jedoch nichts. Sie sprach selten mit jemandem, der nicht zu ihrer Familie gehörte. Sie spielte zufrieden, während Ted seiner Arbeit nachging. Clif hatte sie oft beobachtet und festgestellt, daß in Chrissies Phantasie ganze Welten existierten, die sie völlig absorbierten. Sie war ein gutmütiges, zurückhaltendes Kind und schien bis jetzt völlig unverdorben von den Aufmerksamkeiten der Familien, für die Ted arbeitete. Im Augenblick lutschte sie nachdenklich am Daumen.

»Sie wächst ordentlich, Ted. Sooft ich sie sehe, ist sie ein Stück größer geworden.«

»Ja«, brummte Ted liebevoll. »Sie ist auch gescheit. Genau wie Jeannie. Am siebzehnten Juni wird sie vier. Jeannie kommt ungefähr zur gleichen Zeit aus der Schule. Die Kinder werden groß, ich weiß gar nicht, wo die Jahre geblieben sind.« Er schüttelte bedauernd den Kopf, aber er war sichtlich stolz, als er über seine beiden Töchter sprach.

»Im Nu wird auch Chrissie aus der Schule kommen«, stimmte Clif zu. Dann änderte sich sein Tonfall. »Haben Sie heute mittag die Reden auf dem Marktplatz gehört, Ted?«

»Ich habe weder Zeit noch Lust, mir Reden anzuhören. Muß schließlich Geld verdienen.«

Clif hob die Augenbrauen. »Man sollte denken, Amtec hilft Ihnen dabei. Sie sollten sich mal droben im Amtec-Park nach Arbeit umsehen.«

Ted spuckte wieder aus. »Scheißkerle. Sie haben ihre eigenen Leute aus Elmbury mitgebracht. Jedes Haus zahlt eine Pauschale. Dafür wird der Rasen gepflegt, und Bäume und Sträucher werden gepflanzt. Auch die Rasen am Forschungszentrum, vor dem Kindergarten und an der Klinik. Es sind ganze Arbeitsmannschaften, und sie haben eine Menge moderner Geräte und Maschinen. Sie kommen, bearbeiten an einem Tag ein ganzes Grundstück und gehen wieder. Sie haben einen Jahreskontrakt.«

»Schade. Ich dachte, der ganze Zirkus heute früh hätte uns alle wissen lassen sollen, daß die Stadt durch Amtec nur profitiert.«

»Das dachte ich auch. Aber mich jedenfalls haben die Dreckskerle übergangen. Ich hab' keine modernen Maschinen und keine Arbeitsmannschaft ...«

Clif nickte. »Was macht sonst das Geschäft, Ted? Kommen Sie durch?«

Ted spuckte Tabaksaft in den Graben. »So recht und schlecht. Draußen am Downside-See bekomme ich im Sommer immer Arbeit, und im Winter mache ich Gelegenheitsarbeiten. Ich will Jeannie in die Handelsschule nach Elmbury schicken, das kostet Geld.« Seine Miene entspannte sich. »Aber ich kann Ihnen sagen, Mr. Burrell, bei Jeannie lohnt es sich. Sie bringt immer die besten Zeugnisse nach Hause.«

»Ja, und obendrein ist sie noch hübsch. Ein sehr hübsches Ding.« Clif schaltete den ersten Gang ein. »Wiedersehen, Chrissie!«

»Übrigens, Mr. Burrell ...«

»Ja?«

»Sie werden heuer ein paar neue Rosensträucher brauchen. Ihre alten haben im letzten Sommer kaum mehr geblüht. Wenn ich mich recht entsinne, hat Mrs. Burrell sie noch pflanzen lassen, und das ist eine Weile her.«

Clif zuckte die Achseln. »Wenn keine Frau mehr da ist, kommt sich ein Mann närrisch vor, wenn er den Garten pflegt. Kümmern Sie sich um den Rasen und lassen Sie die alten Rosen stehen.«

Er fuhr langsam an. Er wußte, daß er Dorothys Tod nur als Vorwand benutzt hatte, eine bequeme Art, zu Ted Talbot nein zu sagen, ohne weitere Erklärungen abzugeben. Es war einfacher, Ted glauben zu lassen, er sei ein sentimentaler alter Mann, der immer noch um eine Frau trauerte, die vor vierzehn Jahren gestorben war, als zu sagen, daß man mit dem Alter gleichgültig und zynisch wird und sich mit jedem Jahr weniger aus Rosen und Frühlingsblumen macht.

Von hier aus führte die Straße schnurgerade in die Stadt. Clif dachte an die Notizen zum Fall Williams, die auf seinem Schreibtisch lagen, und an den verstohlenen, fragenden Blick, den Milly Squires ihm zuwerfen würde, wenn er jetzt ins Büro ginge. Sie würde hoffen, daß er nicht getrunken hatte, wenigstens nicht so viel, daß man es ihm anmerkte. Milly schrieb für ihn Maschine und beantwortete Telefonanrufe, seit sie vor sechzehn Jahren aus der Schule gekommen war. Nach dem Tod ihrer Mutter würde sie nach New York ziehen, und das lag nicht mehr in allzu weiter Ferne, da Ginny Squires an Krebs erkrankt war. Inzwischen wiegte sich Milly in der irrigen Vorstellung, daß von ihr Clifs Leben abhing, und sie hielt es für traurig, daß ein Mann, den sie von Jugend an achtete und in dem sie eine Stütze der Gesellschaft sah, ein Richtscheit, an dem man Ehrlichkeit und bürgerliche Verantwortung maß, sich durch Trinken ruinierte. Sie benahm sich manchmal so, als wäre ihr persönlicher Gott geschändet worden. Clif fühlte sich nicht wohl als Zerstörer von Idealen. Ein offener Tadel wäre ihm lieber gewesen als diese lautlose Sorge um ihn. Er hatte keine Lust, heute nachmittag zu Milly Squires zu gehen.

Als er an der Abzweigung nach Downside vorbeigefahren war, hielt er unvermittelt an. Er wußte nicht, ob ihn der Gedanke an Milly Squires dazu führte oder die Tatsache, daß er im Grunde den ganzen Tag an Joe Carpenter gedacht hatte. Er schaltete den Rückwärtsgang ein, wendete, nahm die Kurve in die Straße nach Downside zu scharf und hörte die Reifen protestierend aufkreischen. Direkt hinter der Hauptstraße stand zu beiden Seiten je eine massive Steinsäule. Er brauchte das Schild, das an der rechten Säule hing, nicht zu lesen. Er kannte es auswendig:

Downside
Privatstraße
Durchfahrt verboten

Das Schild und die Säulen waren ein reiner Blut des Millionärs gewesen. Es war ihm nämlich nicht gelungen, den drei Familien, die Ufergrundstücke am See besaßen, ihren Besitz abzukaufen.

Aber die meisten Menschen respektierten das Schild. Die kurvenreiche Straße durch den Wald war fast immer menschenleer.

Zwischen den Bäumen blitzte das Wasser des Downside-Sees auf. Hier lag der See im Schatten eines hohen Berges, des höchsten in der Umgebung. Der See berührte den Fuß des Nordabhangs, und die Sonne erreichte ihn nur für kurze Zeit am frühen Morgen. Auf der anderen Seite des Berges standen die Sommerhäuser der Wochenendgäste, mit dem Blick über den Burnham-See zur Stadt hinüber. Der Berg trennte die beiden Seen voneinander – der eine offen und sonnig in einem weiten Tal, der andere kühl und schmal, im Schatten der Berge. Die Straße nach Downside war in den Hang eingeschnitten; hinter dem weißen Sicherungsgeländer fiel der Fels steil zum Ufer ab.

Clif fuhr zwei Meilen die Straße entlang, abwechselnd durch Sonnenlicht und Schatten, je nachdem, wie dicht die Bäume standen. Downside selbst war noch nicht zu sehen. Es lag am anderen Ende des halbmondförmigen Sees. Aber als Clif die Anhöhe an der Biegung des Sees erreichte, sah er die Burg. In den grünen, kupfergedeckten Türmchen hätten noch heute Märchenprinzessinnen wohnen können. Eine Brücke aus grauem Granit war gebaut worden, wo keine nötig war, und dahinter hatte man einen künstlichen See angelegt, in dem im Sommer Wasserlilien blühten. Die Nachmittagssonne fiel warm auf den grauen Stein. Von hier aus waren es noch ungefähr zwei Meilen. Clif bremste scharf, ehe er in die unbefestigte Straße einbog, die zu Joe Carpenters Fischerhütte führte.

Die drei Hütten lagen direkt am See, aber sie waren weit entfernt und der Wald dicht genug, um sie völlig voneinander abzuschirmen. Joes Hütte hatte die beste Lage, denn er war als erster hiergewesen. Er hatte das felsige Land, das für die Landwirtschaft ungeeignet war, sehr billig gekauft. Das Haus stand von den dreien am nächsten bei Downside, und es war das einzige, von dem aus man die Burg sah. Es war aus den braunen Holzstämmen gezimmert und mit einem Schindeldach gedeckt. Man sah es von der Straße aus nicht.

Clif stieg steif aus dem Wagen und nahm die Flasche aus dem Handschuhfach. Er griff unter den Stein, wo immer der Schlüssel lag. Das Türschloß war verrostet und ließ sich erst nach einigen Anstrengungen öffnen. Während er mit dem Schloß kämpfte, empfand er die tiefe Stille, die über dem See hing und auch die Berge einzuhüllen schien. Über dem Wald lag ein Flüstern, und ein paar Sekunden lang hielt er den Atem an, als erwarte er, daß etwas geschehe.

Doch nichts geschah. Endlich ging die Tür auf, und er trat ein. Der Geruch des Staubs und der Vernachlässigung schlug ihm entgegen, der Geruch eines unbewohnten Hauses. Die Haustür öffnete sich direkt ins Wohnzimmer, einen großen Raum mit Fenstern an zwei Seiten und einem Kamin aus unbehauenen Steinen in der Mitte. An der vierten Wand stand eine lange Anrichte, die den Herd und den Ausguß verbarg und hinter der eine weitere Tür ins Bad und zu den beiden Schlafzimmern führte. Joe hatte das Haus 1928 nach einem großen Gewinn an der Börse gebaut. Er hatte im Sommer die meisten Wochenenden hier draußen verbracht.

Seine Haushälterin Nell Talbot schlief in all den Jahren, in denen sie für ihn arbeitete, keine einzige Nacht unter diesem Dach. Hier besorgte Joe das Kochen; er hatte auch die Möbel selbst bestellt und ihre Zahl so klein wie möglich gehalten. Hier hatte er bis spät in die Nacht mit seinen Freunden vor dem Feuer gesessen, und zwischen ihnen auf dem Tisch hatte die Whiskyflasche gestanden.

Clif war an diesen Wochenenden oft dabeigewesen, und er erinnerte sich noch daran, wie Joe sie zur Ruhe mahnte, wenn das Gelächter zu laut wurde. Dann ging er auf Zehenspitzen und mit übertriebenen Gesten zu den Zimmern, wo Harriet und Josh schliefen. Wer bei Joe in der Hütte blieb, übernachtete stets auf einem der Sofas oder auf einer Matratze auf dem Fußboden. Die Schlafzimmer waren Josh und Harriet vorbehalten, bis Josh groß genug war, um sich den Männern anzuschließen. Harriet hatte immer gewußt, daß diese Wochenenden den Männern gehörten, und sie war nie zimperlich gewesen. Clif glaubte, dies sei der Grund, weshalb es jetzt so angenehm war, mit Harriet zusammenzusein.

Clif ließ sich auf einer Couch am Fenster nieder und starrte auf das Doppelbild der Burg, die sich im glatten Wasser spiegelte. Die langen Nachmittagsschatten legten sich über den See.

Er dachte an die Zeit, als Joe das College hinter sich und eine Stelle in einer großen chemischen Fabrik in Pennsylvania angenommen hatte. Er war zuversichtlich an die Arbeit gegangen und hatte versucht, seine Firma für eine neue, von ihm entwickelte Schellackformel zu interessieren. Man prüfte sie und lehnte ab. 1917 kündigte er die Stelle und arbeitete ein Jahr in einem Armee-Laboratorium. Er war nie an der Front gewesen. Dann kehrte er nach Burnham Falls zurück, borgte sich etwas Geld von seinem Vater und begann in einer Scheuer nach seiner Formel Schellack zu produzieren. Er unternahm Verkaufsreisen durch ganz Neuengland, schlief im Rücksitz seines Ford, um Hotelkosten zu sparen, und knauserte bei den Mahlzeiten mit jedem Cent. Doch er stand jene ersten Jahre, wenn auch unter großen Schwierigkeiten, durch, nicht zuletzt deshalb, weil seine Formel gut war.

Als aus dem kleinen Betrieb langsam eine gutgehende Fabrik wurde, nahm er ein Darlehen auf und kaufte eine hundert Morgen große Farm auf der anderen Seite der Stadt. Dort baute er ein neues Werksgebäude.

Das waren die Jahre, in denen Clif und Joe Freunde wurden. Sie gingen zusammen angeln und jagen, und Clif war bei Joe, als dessen Frau Claudia starb.

Clif glaubte, daß sich die Dinge für Joe und die Schellackfabrik ganz anders entwickelt hätten, wenn Claudia am Leben geblieben wäre. Claudia war intelligent und aufgeweckt, Tochter eines Bostoner Fabrikanten, und hatte seinen Geschäftssinn geerbt, auf den es vielleicht angekommen wäre. Sie hätte vielleicht bewirkt, daß Joe die Augen für die Welt offenhielt, und vielleicht erkannt, wohin die Entwicklung in Amerika führte; sie hätte vielleicht Steve von der Fabrik ferngehalten, ehe sie ihn schluckte.

Doch Joe hatte an der Fabrik gut verdient. Er hatte die Jahre der Depression ohne allzu große Schwierigkeiten überstanden und war Ende der dreißiger Jahre und nach dem Kriegsausbruch in Europa zu großem Wohlstand gekommen. Als die Vereinigten Staaten in den Krieg eintraten, erhielt Joe Regierungsaufträge, die das gesamte Produktionsvolumen der Fabrik auslasteten. Doch die Fabrik dehnte sich nicht aus, und bei den steigenden Löhnen konnte er kaum noch neue Maschinen kaufen. Als das Ende des Pazifikkrieges abzusehen war, horchte Joe bei Freunden und Bekannten nach neuen Geschäftsverbindungen herum, und er wurde der Schellacklieferant von zwei Handelsgesellschaften, die im ganzen Land Geschäfte besaßen. Er fabrizierte für sie unter ihren eigenen Firmennamen, und sie nahmen seine gesamte Produktion ab. Er stellte immer noch keine andere Ware als Schellack her.

Es war ein Glück, daß Joe diese Verträge unter Dach und Fach gebracht hatte, ehe Josh fiel, denn danach nahm er über ein Jahr lang kaum wahr, was um ihn herum vorging. Er verbrachte den größten Teil seiner Zeit hier in der Hütte, angelte oder saß einfach da, wie Clif nun dasaß, und starrte mit leerem Blick auf den See und zur Burg hinüber, in der damals nur der Verwalter lebte. Joe löste sich nicht einmal aus seiner Lethargie, als Harriet mit Steve nach Hause kam, der von einer Verwundung genas, die er sich im Pazifik zugezogen hatte, und auf seine endgültige Entlassung wartete. Nur zweimal in den folgenden Jahren wurde Joe aus seiner Teilnahmslosigkeit herausgerissen – als seine beiden Enkel Gene und Tim zur Welt kamen. Sie sollten all das halten, was Josh versprochen hatte.

Schon bald nachdem Harriet und Steve aus Kalifornien zurückkamen, wurde es klar, daß man die Fabrik entweder verkaufen oder Steves Leitung unterstellen mußte. Clif stand der Familie nahe genug, um Steves Zögern zu spüren, sein Heimweh nach Kalifornien, wo er hatte bleiben und ein eigenes Unternehmen gründen wollen. Doch Steve besaß kein Kapital, und Joe war für die Hilfe seines Schwiegersohns und für dessen Erfahrung als Chemiker überschwenglich dankbar. Steve und Harriet hatten sich Joes Bitten gebeugt, waren als Teilhaber in die Firma eingetreten und hatten versucht, Kalifornien zu vergessen.

Damals begann Steve seinen Kampf um ein anderes Erzeugnis, um Vielseitigkeit der Produktion, um neues Kapital, um einen Weg, seine Fähigkeiten zu nützen, statt nur die Herstellung von Schellack zu beaufsichtigen. Nach einem Jahr, in dem er ohne Erfolg über die Hälfte seiner Zeit mit dem Versuch verbracht hatte, Darlehen zu bekommen, hatte Steve schließlich verzweifelt ein eigenes bescheidenes Laboratorium gegründet. Er investierte jeden freien Cent und jede Stunde, die er in der Fabrik erübrigen konnte, und arbeitete an Formeln für Plastikprodukte. Denn damit erhoffte er sich einen Ausweg aus dem immer kleiner werdenden Absatzmarkt für Schellack, da neue Lacke und Furniere für Möbel entwickelt wurden und Metall immer mehr das Holz ersetzte. Mit seinen Formeln in der Tasche reiste er umher und versuchte Kapital zu bekommen, um produzieren zu können; aber er mußte feststellen, daß die Giganten in der Kunststoffindustrie den Markt für Investitionen auf diesem Gebiet in der Hand hatten, und daß sich niemand bereit fand, einen einzelnen Chemiker, der in einem winzigen Laboratorium arbeitete, zu unterstützen. Es fehlte ihm an Geld für weitere Forschungen, für Geräte und Hilfskräfte. Da seine Formeln noch nicht ausprobiert waren, konnte er sie nicht einmal an die großen Firmen verkaufen. Sie lagen ungenützt in seinem Schreibtisch, bis er in den Fachzeitschriften las, daß dieser und jener Kunststoff-Fabrikant endlich die Lösung der Probleme gefunden hatte, nach denen Steve geforscht hatte. Damit war seine Arbeit wertlos.

Inzwischen stiegen die jungen Männer, die bei Kriegsende in untergeordneten Stellungen in den von Joe belieferten Gesellschaften saßen, in die Führungsgruppen auf. Sie fühlten sich stark und gingen neue Wege, um die Gestehungskosten zu reduzieren, damit der Profit mit dem Anstieg der Löhne Schritt hielt. Joe stand vor einem Ultimatum. Er mußte entweder die Preise senken, oder er verlor seine Verträge. Als er sich an seine alten Freunde in den Firmen wandte und über die schmale Gewinnspanne klagte, begegnete er bei ihnen der uneingestandenen, aber offensichtlichen Furcht vor den jüngeren Männern, die laut gegen veraltete Geschäftsmethoden und sentimentale Gefühle sprachen. Vor der Furcht vor den jüngeren Männern, die schon auf die Posten von Joes alten Freunden warteten, hatten seine Bitten jedoch kein Gewicht.

Zu dieser Zeit kam das Angebot, die Fabrik zu verkaufen und sie als Tochterfirma einer der Gesellschaften anzugliedern, die er belieferte. Einige Zeit lang spielte er mit dem Gedanken, und Harriet hoffte, er würde einsehen, daß die Tage der kleinen Fabriken vorüber waren, so wie er zur Zeit seines Vaters erkannt hatte, daß die Tage der kleinen Farmer vorüber waren.

Doch er beschloß, die Fabrik zu behalten, und klammerte sich an den Glauben, das Geschäft würde sich bessern.

Clif hatte nie verstanden, weshalb sich Steve damals nicht von einem zugrunde gehenden Geschäft, einem riesigen, unwirtschaftlichen Haus und einem Schwiegervater, der in Gedanken noch in den zwanziger Jahren lebte, trennte. Da die Firmen im ganzen Land nach Chemikern und Physikern suchten, hätte er leicht seine Familie nehmen und die Verpflichtungen und Enttäuschungen von Burnham Falls hinter sich lassen können. Aber er blieb, und Clif hatte nie mit Bestimmtheit gewußt, ob dies tatsächlich mit Rücksicht auf Joe geschah oder ob Steve glaubte, daß bei seiner Arbeit im Laboratorium etwas herauskäme und daß er sich seine Unabhängigkeit bewahren müßte, bis es soweit war.

Steve ging täglich in die Fabrik, unternahm Verkaufsreisen und ließ Joe machen, was er wollte. Er kam zu den Mahlzeiten nach Hause und verbrachte seine Abende und Wochenenden im Laboratorium. Wenn er nicht im Labor war, las er Fachzeitschriften und Bücher. Gelegentlich nahm er an einer wissenschaftlichen Tagung teil. Diese Reisen waren die einzigen Ferien, die er sich gönnte. Er wohnte dann in den billigsten Hotels, und Harriet begleitete ihn nicht.

Die Kosten, die entstanden, um das Laboratorium einzurichten und aufrechtzuerhalten, fraßen Steves Ersparnisse. Joe verkaufte seine restlichen Wertpapiere, um die Kosten zu decken. Vielleicht tat er es aus einem gewissen Schuldgefühl heraus, vielleicht auch in dem Bewußtsein, daß es die einzige Möglichkeit war, Steve in Burnham Falls zu halten. Damals verkaufte er auch die vierhundert Morgen Land von seinem Besitz an das Syndikat des Country Clubs.

Clif wußte, daß die Jahre seit Harriets Rückkehr nach Burnham Falls für sie einsam und enttäuschend gewesen waren. Bei seinen häufigen Besuchen im Hause Carpenter spürte er, daß Harriets Hauptsorge darin bestand, unbezahlte Rechnungen von Steve fernzuhalten und dafür zu sorgen, daß zu jeder Stunde, wann immer er von der Fabrik oder dem Laboratorium nach Hause kam, eine warme Mahlzeit für ihn bereitstand.

Im Frühling vor zwei Jahren war Steve zu einer Tagung nach Denver gefahren und hatte dort einen Vortrag über einen festen Treibstoff gehalten. Der Vortrag berichtete von Forschungen, mit denen er sich beschäftigt hatte, nachdem es ihm nicht gelungen war, jemanden für seine Ideen über Plastikstoffe zu interessieren. Die Ergebnisse, die er erzielt hatte, standen auf einer soliden Grundlage und riefen eine stürmische Diskussion hervor. Zwei

Tage lang genoß Steve triumphierend den Lohn für seine einsamen Stunden im Labor.

Er war in solcher Hochstimmung, daß er Harriet anrief und ihr davon berichtete.

Während der Konferenz hatte sich ihm ein Vertreter der Forschungsabteilung der Firma Amtec vorgestellt und ihn gebeten, er möge doch auf der Rückfahrt bei Harold McNaughton in New York vorsprechen. McNaughton war Vizepräsident des Konzerns und leitete die Abteilung Forschung und Entwicklung. Hinter den beiläufig gewechselten Worten spürte Steve den Wunsch, seine Formeln zu besitzen.

Er begann zu glauben, daß er endlich die Rückendeckung gefunden hatte, die er brauchte. Er war im Begriff, Harriet noch einmal anzurufen und ihr mitzuteilen, daß er nach New York führe, als sie ihn selbst anrief. Joe war in jener Nacht an einer Herzattacke gestorben.

Clif hatte Joes Testament verwahrt, und er war es auch, der es Harriet und Steve vorlas. Es war sehr einfach – abgesehen von einer kleinen Summe für Nell Talbot sollte sein Besitz gleichmäßig zwischen Harriet und Steve aufgeteilt werden, und Joe hatte den Wunsch ausgedrückt, daß ›meinem lieben Schwiegersohn für seine treue Mitarbeit mein Dank ausgesprochen wird‹.

Der Besitz bestand aus dem mit Hypotheken belasteten Haus, dem Grundstück und der abgewirtschafteten Fabrik.

Steve ging sofort dem Interesse der Firma Amtec an seinem festen Treibstoff nach. Clif versuchte, ihm durch die Verhandlungen zu helfen, die in den folgenden Monaten stattfanden, aber seine Bemühungen scheiterten, denn alles verlief sehr unbestimmt. Amtec wies darauf hin, daß Steves Formel noch unerprobt war. Man zögerte, sich zu etwas zu verpflichten. Steve bot daraufhin Amtec die Schellackfabrik zum Kauf an. Er wollte dadurch demonstrieren, wie leicht das Werk umgestellt werden und die ersten Bestandteile seines Treibstoffs hergestellt werden könnten. Amtec holte Erkundigungen ein, erfuhr, daß die Firma am Rand des Bankrotts stand, aber zugleich entdeckte es andere Aspekte der Situation, die Steve nicht erwähnt hatte – den Wert des großen Grundstücks, das die Fabrik umgab, das Eisenbahngeleis, das zum Fabrikgebäude führte, und die billige Arbeitskraft, die dort zur Verfügung stand.

Unmittelbar darauf folgte der Entschluß des Verwaltungsrats, die Schellackfabrik zu kaufen, Steve ins Angestelltenverhältnis zu übernehmen, damit er seine Forschungen für Amtec fortsetzte, und ihm Aktien der Gesellschaft als Entschädigung für die Fabrik zu geben, während diese alle Verbindlichkeiten übernahm. Die Übereinkunft gewährte Steve auch Option zum Erwerb weiterer Aktien zu Vorzugspreisen.

Sechs Monate nach Joes Tod unterzeichneten Steve und Harriet erleichtert die Verträge.

Dann erst erfuhren sie, daß Amtec nicht beabsichtigte, in der Schellackfabrik die Bestandteile von Steves festem Treibstoff herzustellen. Das sollte in zwei Werken im Westen geschehen, wo die notwendigen Einrichtungen bereits vorhanden waren. Ein Mann aus dem Werk Cleveland übernahm Steves Stellung als Fabrikleiter. Man begann, unter dem Namen ›Amtec‹ Schellack herzustellen, und setzte ihn mit Hilfe der Amtec-Verkaufsorganisation zu weit billigeren Preisen ab, als es Joe möglich gewesen war. Steve verließ die Schellackfabrik und fragte sich, weshalb Amtec sich mit diesem bescheidenen Geschäft überhaupt abgab. Sein Vertrag mit Amtec war zwei Wochen alt, und er sollte sich in der Forschungsabteilung in New York melden.

Als Steve sich nach der Zukunft der Schellackfabrik genau erkundigte, erfuhr er den Wert dessen, was er verkauft hatte.

Aufgrund von Steves Formel und im Hinblick auf die Ergebnisse, die Amtec in den eigenen Laboratorien erzielt hatte, erhielt die Firma einen Staatszuschuß, um ein neues Forschungszentrum zu errichten. Es sollte in Burnham Falls entstehen, auf dem Grundstück, das Amtec zusammen mit der Fabrik erworben hatte. Ganz in der Nähe, ebenfalls auf dem Fabrikgelände, sollte die Siedlung für die Wissenschaftler und ihre Familien gebaut werden. Die Gesellschaft hatte schon nach einem geeigneten Platz für das neue Forschungszentrum Ausschau gehalten, ehe Steve und Burnham Falls sich anboten.

Wenn Steve den Eindruck haben sollte, er sei übervorteilt worden, so sprach er doch nie mit Clif darüber. Clif und Burnham

Falls hatten in den achtzehn Monaten, die seit dem Verkauf der Fabrik vergangen waren, wenig von Steve gesehen. Er verbrachte den größten Teil seiner Zeit im Westen, in Culver City und Tulsa. Es hieß, er käme erst dann nach Burnham Falls zurück, wenn das Laboratorium fertiggestellt wäre.

Während jener Monate geschah vieles, das Burnhan Falls Gesprächsstoff lieferte. Die Stadtbewohner standen Amtec mit gemischten Gefühlen gegenüber. Die Fabrik blühte auf, es wurden neue Maschinen angeschafft und mehr Arbeitskräfte eingestellt. Das Produktionsvolumen stieg, und auf dem Eisenbahngeleis herrschte mehr Leben als zuvor. Aber niemandem gefiel das neue Firmenzeichen von Amtec, das anstelle des alten getreten war. Das Laboratorium und die zweihundert Häuser schossen vor den erstaunten Augen der Stadt aus dem Boden. Die Größe des Projekts und die Hast überstiegen die Kapazität der örtlichen Baufirmen, und man beschäftigte nur wenige Arbeiter aus Burnham Falls.

Immerhin profitierte die Stadt von dem Geschäft, das die Bautrupps mitbrachten, die achtzehn Monate lang in der Nähe kampierten.

Während dieser Zeit beobachtete Clif, wie Harriets Einsamkeit wuchs. Als er sie fragte, weshalb sie Steve nicht in Kalifornien besuchte, schüttelte sie den Kopf und meinte, sie wollten rasch von den Schulden herunterkommen, die sie geerbt hatten. Wenn Clif sich die Leere jener Monate vorstellte, fragte er sich, ob sie nicht einen zu hohen Preis zahlte. Er hätte sie gern gedrängt, gegen allen Stolz nach New York zu fahren, sich neue Kleider zu kaufen und von dort zu Steve zu fliegen. Und wenn Clif hörte, wie Harriet über die Notwendigkeit sprach, hauszuhalten, bis sie etwas Geld beiseite gelegt hatte, dann argwöhnte er, sie wolle damit nur ihre Enttäuschung bemänteln, daß Steve sie nicht aufgefordert hatte, zu kommen. War dies nicht die Reaktion einer Frau, die sich vor der Erkenntnis fürchtete, daß ihr Mann ihre Existenz im Hintergrund für selbstverständlich hält?

Aber von heute an, so dachte Clif, würde in Burnham Falls die Atmosphäre herrschen, die eine große Fabrik mit sich bringt.

Ein neues großes Werk sollte entstehen, in dem an Verteidigungswaffen gearbeitet wurde. Es würden sich Menschen ansiedeln, die nicht in Burnham Falls oder seiner Umgebung beheimatet waren und die in einer weiteren Siedlung wohnen würden, von der Clif wußte, daß sie nur aus Reihen gleichförmiger Kästen bestehen sollte, trotz aller schönen Worte des Aufsichtsratsvorsitzenden von Amtec.

In den langen Schatten des Nachmittags stachen von Downside aus zwei Boote in den See. Die Gestalten der Männer darin hoben sich schwarz und hölzern vom Wasser ab. Clif schraubte die Kappe auf die leere Whiskyflasche.

Weder Laura Peters noch Sally Redmond waren nach dem Essen im Country Club direkt zu ihren jeweiligen Zielen gefahren. Jede saß neben ihrem Mann, jede kommentierte von ihrem Standpunkt aus das, was sie in den letzten paar Stunden erlebt hatte. Dann kam die Abzweigung zum Amtec-Park in Sicht, und keines der beiden Paare konnte der Versuchung widerstehen, einzubiegen und noch einmal sein künftiges Heim zu besichtigen.

Auf der Fahrt zum Hügel hinauf begegneten ihnen Lastwagen und Bautrupps, die die Straße teerten und Gärten anlegten.

Die vorhanglosen, kahlen Fenster der neuen Häuser starrten sie leer an, alles war noch roh und unfertig.

Beide Frauen schwiegen, als die Wagen über die holprigen Wege fuhren.

Sally und Tom Redmond fanden ihr Haus nur dadurch, daß sie die Nummern an der Straße lasen, denn jedes Haus sah dem nächsten gleich. Sie traten strahlend wie Kinder ein, und Sally lief von Zimmer zu Zimmer, berauscht von der Geräumigkeit und Lichtfülle. Sie lachten und fielen einander in die Arme und sprachen darüber, wieviel Gutes und Schönes sie hier erleben würden.

Das Haus, das für Laura und Ed Peters bestimmt war, stand abgesondert auf einer kleinen Anhöhe. Es war eigens für sie entworfen worden und sah bereits genauso aus wie auf den Skizzen des modernsten Architekten von New York. Es war eingeschossig, schmiegte sich an den Hang und hatte nach Süden hin Glaswände. Aber sowohl Laura als auch Ed traten mit einer gewissen Zurückhaltung ein. Beide hatten schon einmal ein neues Heim mit einem Ehepartner betreten.

Auf Harriet Dexter wartete kein neues Haus, aber der allgemeine Optimismus hatte sie auch ergriffen, und sie sah das Carpenter-Haus mit neuen, hoffnungsvollen Augen an. Steve saß neben ihr. Dieser Tag bedeutete das Ende seiner achtzehnmonatigen Abwesenheit. Die Jahre des zehrenden Zweifels und der Sorge waren vorbei. Jetzt würde es vielleicht Frieden geben und Zeit für sie, einander neu kennenzulernen. Es wurde vielleicht wieder so werden, wie es einmal in Kalifornien war.

Und dann sagte Steve, als hätten seine Gedanken die ihren gekreuzt: »Ed Peters hat mir heute erzählt, daß unter Umständen Mal Hamilton nach Burnham Falls kommt und für Amtec als Berater arbeitet.«

Die Hoffnung auf Frieden war dahin.

4. KAPITEL

Mal Hamiltons Karriere war ›die‹ Erfolgsgeschichte von Burnham Falls. Charlie Hamilton, Mals Vater, war der Trunkenbold der Stadt gewesen, ein Schläger, ein lärmender Schotte, der sich aus unerfindlichen Gründen in Burnham Falls niedergelassen hatte. Man wußte von ihm nur, daß er als junger Mann zu Fuß aus Kanada gekommen war und nach New York gewollt hatte. In Burnham Falls hatte er sich aufgehalten, um durch Gelegenheitsarbeiten etwas Geld zu verdienen, und war geblieben – zunächst, weil es keinen triftigen Grund gab, weiterzuziehen, und dann, weil Rose Tyler von ihm schwanger war und er ziemlich gleichgültig beschloß, sie zu heiraten. Roses Vater Nat hatte seit der Depression nicht gearbeitet, aber er besaß ein heruntergekommenes altes Farmhaus und zwölf steinige Morgen Land. Charlie zog zu Rose und Nat, und zwei Kinder wurden geboren, Malcolm und ein Mädchen, Mary, das mit fünf Jahren an Typhus starb. Die Familie lebte von der Armenfürsorge und den paar Dollars, die Charlie verdiente, wenn er nüchtern war.

Mal Hamilton hatte gegen alles gekämpft, wogegen es zu kämpfen gab – gegen Armut, Unwissen, Gleichgültigkeit und das Vorurteil von Burnham Falls, wo man glaubte, aus der Sippe Tyler könne nichts Rechtes kommen.

Er mußte sogar einen gewissen Unwillen seitens seiner Lehrer überwinden, ihn an die Spitze seiner Klasse zu stellen, denn er war ein häßlicher, zerlumpter Junge mit dem roten Haar seines Vaters, oft schmutzig und ohne nennenswerte Manieren. Doch seine Begabung war zu offensichtlich, als daß man sie hätte unterdrücken können. Niemand konnte Mal Hamiltons Aufstieg verhindern. Mal hatte nichts vom stillen Gelehrten an sich. Er war laut, drängte die anderen beiseite, protzte mit seinen Erfolgen. Er arbeitete vor und nach der Schule, wann immer er einen Job bekommen konnte, und man bezahlte gern den Aufschlag auf den Stundenlohn, den er verlangte, weil er seine Arbeit besser und gründlicher machte als jeder andere Junge. Mit dem Geld, das er sich so verdiente, kaufte er teilweise Bücher, und den Rest entzog er dem Zugriff seines Vaters, indem er bei der First National Bank ein Konto eröffnete. Er wartete einen ganzen heißen Sommertag lang in der Bank, und seine schmutzigen nackten Füße hinterließen Spuren auf dem polierten Boden, bis der Direktor George Keston sich endlich herbeiließ, ihn zu empfangen. Mal erzählte George Keston, sein Vater hätte es auf sein Geld abgesehen, und er erzählte ihm auch, was er selbst mit seinem Geld vorhatte. George war so beeindruckt, daß er Charlie Hamilton aufsuchte und ihm androhte, jede Respektsperson, die ihm gerade einfiel, zu mobilisieren, wenn er Mals Geld anrühren sollte. Charlie war dadurch hinreichend eingeschüchtert und begnügte sich mit einem gelegentlichen Murren.

Von diesem Tag an war George Keston Mals inoffizieller Gönner. Er entschuldigte die Grobheit und Aggressivität des Jungen mit mangelnder Erziehung und dem Temperament eines Genies, das er glaubte entdeckt zu haben. Er ging sogar alle abgelegten Lehrbücher und Lexika durch, die auf seinen Regalen standen, um zu sehen, was Mal nützlich sein konnte, und bewog seine Freunde, das gleiche zu tun. Nur wenige Leute in Burnham Falls kauften Bücher, deshalb war Mals Ausbeute nicht groß. Im stillen hielt er die Bücher für veraltet, doch er sagte nichts, da er in George Keston einen mächtigen Verbündeten erkannte.

Mal Hamilton erzwang sich die Aufmerksamkeit der Menschen. Vielleicht lag es daran, daß sein hartes, gedrungenes Gesicht fast eine Verkörperung des Gewissens für sie wurde. Mals ungebildete Mutter und sein Großvater waren ständige Erinnerungen daran, daß in Burnham Falls nicht alles zum besten stand. Vielleicht hätte die Stadt Charlie und Rose und den arthritischen alten Nat vergessen, aber Mal sorgte dafür, daß sie nicht vergessen wurden. Er war überall, mähte Rasen, strich Zäune, servierte bei Grosby und schmierte in Mortons Garage Wagen ab. Wenn die Leute ihre Keller und Speicher entrümpelten, gaben sie Mal mehr, als sie vorgehabt hatten, und er nahm alles ohne Stolz und Scham: alte Kleider, Flaschen, Altmetall, Gerümpel. Man setzte ihm oft Mahlzeiten vor, und er nahm auch sie mit einem mürrischen Wort des Dankes an. Aber er war nun eher ein Gegenstand des Stolzes der Stadt als des Mitleids, denn er bekam die besten Zeugnisse, die die Schule je vergeben hatte, und es wurde für die Einwohner von Burnham Falls fast eine Pflicht, für ihn zu tun, was man konnte.

Als er die Oberschule absolviert hatte, hielt er die Abschiedsrede für seine Klasse, und seine derben, knochigen Hände ragten aus durchgescheuerten Manschetten hervor. George Keston hörte beifällig zu und fand, daß Charlie und Rose Hamilton hier bei der Abschlußfeier eigentlich nichts verloren hatten. Mal konnte zwischen Stipendien für drei verschiedene Colleges wählen. Er hob etwas Geld von Georges Bank ab, kaufte sich einen Anzug, einen billigen Koffer und verließ Burnham Falls.

Während der vier Jahre, in denen er das College besuchte, sah man ihn kaum in der Stadt. George Keston erhielt gelegentlich Briefe von ihm, in denen Mal berichtete, daß er in seiner Freizeit arbeitete, um sich am College zu kleiden und zu ernähren, und daß es ihm trotzdem gelungen war, etwas Geld zu sparen. Dieses Geld schickte er nach Burnham Falls, als wollte er es keinem anderen Ort anvertrauen. Man erfuhr, daß er einen Sommer als Holzfäller in Oregon arbeitete und einen weiteren auf einer Ranch in Colorado, und man hörte auch, daß er in wissenschaftlichen Fächern und in Mathematik weiterhin an der Spitze seiner Klassen stand. Man sah ihn nur einmal während dieser Zeit in Burnham Falls, als er zur Beerdigung seines Großvaters kam. Seine Gesichtszüge waren nicht weicher geworden, wenn er nun auch Anzüge trug, die ihm paßten. Er war zäh und hart und sprach so wenig wie eh und je. Man fragte sich, weshalb er überhaupt gekommen war, denn zwischen Großvater und Enkel hatte keine Zuneigung geherrscht. Dann erfuhr man, daß nicht Rose, sondern Mal das heruntergekommene alte Haus und die zwölf

Morgen Land geerbt hatte. Mal verließ Burnham Falls wieder, und Charlie und Rose blieben weiterhin im Haus.

Mal absolvierte das College, blieb aber noch ein weiteres Jahr dort und erlangte sein Diplom. Charlie sprach davon, halb stolz, halb klagend, sein Sohn sei ein Bücherwurm geworden, und es würde langsam Zeit, daß er etwas Geld verdiene und seine Angehörigen unterstütze. Als Rose starb, kam Mal nicht nach Burnham Falls zur Beerdigung.

»Ich kann's ihm nicht verdenken«, war alles, was George Keston dazu sagte.

Mal arbeitete nun in einer chemischen Fabrik. Er hatte dort reine Routineaufgaben, und die Stellung war nicht gut bezahlt, ließ ihm aber Zeit für sich selbst. Zwei Jahre später machte er seinen Doktor in Physik, und als George Keston seinen Brief erhielt, zeigte er ihn mit solcher Befriedigung in der Stadt herum, als wäre Mal sein eigener Sohn. Charlie Hamilton erfuhr die Neuigkeit von der Kellnerin in der Bahnhofswirtschaft. Er betrank sich. Man fand ihn später bewußtlos hinter dem Kriegerdenkmal, und ein paar Tage danach starb er im Kreiskrankenhaus an Lungenentzündung. George Keston telegrafierte Mal, und dieser erwiderte, er käme sofort. Das war im Sommer 1941.

Burnham Falls stellte fest, daß Mal Hamilton sich wenig verändert hatte. Er war höchstens noch härter und zäher geworden. Aber er war zu sich selbst härter als zu allen anderen. Er war immer noch wortkarg. Seine Hände trugen die Narben aus dem Holzfällerlager, und er hatte immer noch nicht genügend Zeit, um all das zu tun, was er tun wollte. Man erfuhr, daß er seine Stellung aufgegeben hatte und nun zu einem wesentlich höheren Gehalt an der Westküste die Tochterfirma eines chemischen Werkes leiten sollte. Er trat diese Stelle jedoch erst im September an und teilte George Keston mit, er werde den Rest des Sommers in Burnham Falls verbringen.

Wenn Burnham Falls glaubte, daß er sich nun mit dem Doktortitel in Physik zufriedengeben wurde, so war dies ein Irrtum. Mal erhielt von der First National Bank ein Darlehen, und George Keston persönlich bürgte dafür. Mit diesem Geld renovierte er sein Elternhaus. Er ließ eine neue Küche, ein Bad und eine große geschlossene Veranda als Wohnzimmer anbauen. Er ersetzte die morschen Fußbodendielen durch neue, strich die Zimmer in gedeckten Grau- und Weißtönen und die Küche gelb, so daß sie strahlte, wenn die Morgensonne hereinfiel. Es war ein solides Haus gewesen, dauerhaft, und unter seinen Händen erwachte es zum Leben. Das schönste daran war ein Kamin aus Feldsteinen, der die eine Wand des Wohnzimmers einnahm. Doch der Kamin qualmte. Mal rief Stan Cooper, den Maurer von Burnham Falls, und ließ ihn reparieren. Er schaffte das Gerümpel aus dem Hinterhof, entfernte das Unkraut aus dem Garten und legte einen Rasen an. Er beschnitt die immergrünen Sträucher und stellte einen ordentlichen weißen Holzzaun auf. Dann legte er einen breiten Weg durch den Wald an bis dorthin, wo seine zwölf Morgen Land einen kleinen See berührten.

Mal kam alle paar Tage mit einem alten Lastwagen, den er gekauft hatte, in die Stadt, um Bauholz und Farbe zu holen. Die Leute wußten, daß er das Haus verkaufen wollte, wenn es fertig war, und verfolgten neugierig seine Fortschritte, aber Mal selbst betrachteten sie noch neugieriger. Alte Damen, die sich früher gefreut hatten, wenn der junge Mal Hamilton zu ihnen kam und ihre Keller entrümpelte, hielten ihn nun auf der Straße an und luden ihn zum Mittagessen ein. Er lehnte stets ab und gab sich nicht die Mühe zu erklären, weshalb. Er war immer noch der alte, kurz angebunden, fast grob, und hatte keine Zeit zu verschenken. Besonders bekümmert über seine Weigerung, gesellschaftlichen Pflichten nachzukommen, war George Keston, der fand, daß er ein legitimes Anrecht auf Mal hatte, und der ihn gern stolz in der Stadt herumgeführt hätte. Doch Mal trank äußerstenfalls mit ihm eine Tasse Kaffee in der Schnellgaststätte, was kaum der rechte Ort für den Direktor der First National Bank war. Burnham Falls hatte von einem Doktor der Physik etwas anderes erwartet als die magere, große Gestalt in dem abgeschossenen Drillich und mit der fleckigen Malermütze. Man war enttäuscht.

George Keston schüttelte den Kopf und entschuldigte auch dies. »Er hat eben sein ganzes Leben lang zu hart gearbeitet. Nun kann er nicht mehr aufhören. Es ist unmenschlich, wie Mal Hamilton arbeitet.«

Das letztere bezog sich auf die Tatsache, daß Mal für Stan Cooper arbeitete, als sein Haus fertig war. Sein Darlehen war schnell aufgebraucht, und die Maurerlöhne waren hoch. Deshalb trug er für Stan Steine und Zement und arbeitete so seine Schulden ab. Als der letzte Einbauschrank im Tylerschen Haus gestrichen war, blieb er Maurer und verdiente vier Dollar die Stunde. Burnham Falls war schockiert, aber man wußte, daß Mal Hamilton sich nicht um die öffentliche Meinung scherte. Er brachte ein Schild mit der Aufschrift ZU VERKAUFEN vor dem Haus an und arbeitete weiter für Stan Cooper.

Er trug Steine für die neue Terrasse, die die alte hölzerne vor Joe Carpenters Fischerhütte ersetzen sollte, als Harriet ihn zum erstenmal sah.

Harriet Carpenter und Mal Hamilton waren durch Welten voneinander getrennt. Er war zehn Jahre älter als sie, und diese Jahre waren angefüllt gewesen mit Selbstzucht und Disziplin. Mal ließ einen Stein auf den Haufen fallen und blickte auf.

»Guten Tag, ich bin Harriet«, sagte sie.

Ohne ganz zu wissen, weshalb, streckte sie ihm die Hand hin.

Er wischte den weißen Steinstaub von der seinen, ehe er ihre Hand ergriff.

»Guten Tag, Harriet.«

Er holte ein Päckchen Zigaretten aus der Tasche und hielt es ihr hin. Sie hatte in diesem Sommer das Rauchen angefangen, obwohl ihr Vater es mißbilligte, und sie war glücklich, daß Mal Hamilton, der für niemanden Zeit hatte, mit ihr eine Zigarette rauchen wollte. Sie setzten sich einander gegenüber auf zwei große Steine.

»Sie sind kürzlich in New York gewesen? Wie gefällt es Ihnen dort?« fragte Mal.

»Großartig. Ich war diesmal bei John McGuires Töchtern.«

Doch Mal, der nur die Klassiker gelesen hatte, um seine englischen Examen zu bestehen, hatte noch nie etwas von John McGuire gehört. Er war unbeschlagen in der Welt der Bestseller und der literarischen Moden. Er hatte keinen einzigen Roman gelesen, seit er das College verlassen hatte – nicht einmal eine Buchkritik. Zum erstenmal ahnte Harriet die Enge von Mals Leben, in dem es nichts als Arbeit gegeben hatte. Er schien das nicht zu bedauern, ja er schien sich nicht einmal bewußt zu sein, wieviel er versäumt hatte. Sie erfuhr, daß er zwei Jahre in New York gelebt hatte, ohne auch nur eine einzige Galerie zu besuchen.

Er zuckte die Achseln. »Niemand gibt mir etwas dafür, wenn ich weiß, ob ein Leonardo im Metropolitan Museum hängt oder nicht.«

»Und Sie selbst wollen es nicht wissen?«

»Das ist eine dumme Frage, Harriet. Das einzige, worauf es mir im Augenblick ankommt, ist Geld. Und wenn Sie glauben, ich hätte bis zu diesem Augenblick den größten Teil meines Lebens mit Bücherlesen verbracht, weil ich gern lese, dann irren Sie sich. Es muß sich bezahlt machen. Später werde ich mir Zeit für Kunstgalerien und Bestseller nehmen, aber nur dann, wenn ich finde, daß ich das brauche.«

Daraufhin drückte er seine Zigarette aus und ging wieder an die Arbeit, und damit erschöpfte sich ihre erste Begegnung.

Aber er schien sich zu freuen, als er sie das nächste Mal wieder bei der Hütte traf. Sie wunderte sich, wie leicht sie Kontakt zueinander fanden, während Mal Hamilton jeden anderen, der in sein Innenleben eindringen oder seine Zeit beanspruchen wollte, rücksichtslos abwies. Man hatte ihn ihr oft als einen Menschen von eiserner Disziplin geschildert, und nun lernte sie die unaussprechliche Einsamkeit dieses Mannes kennen, die Fesseln der Geduld und Selbstbeschränkung, die ihn so lange gebunden hatten und die sich beim Anblick des Mädchens, das im Sonnenlicht stand und ihm die Hand hinhielt, etwas lockerten. Sie war fast erwachsen, aber sie hatte noch nicht die Tricks der Frauen gelernt, denen er mißtraute und die er fürchtete. Die Frauen, die Mal gekannt hatte, bedeuteten ihm weniger als nichts. Er hatte nur die Begegnung ihrer warmen Körper gesucht, sonst hatten sie ihn gelangweilt. Auf der Universität hatte er Mädchen wie Harriet gesehen, aber er hatte nie auch nur ein Wort mit ihnen gewechselt, weil sie teuer waren und immer von jemandem wie

Joe Carpenter beschützt und umhegt wurden. Aber Harriet trat ihm vertrauensvoll und ohne etwas von ihm zu fordern gegenüber. Sie war Frau und zugleich Kind, und vor ihr enthüllte er seine Einsamkeit, seine Pläne und Hoffnungen, die sich in ihm angesammelt hatten seit den Jahren, als er Gerümpel von Joe Carpenters Hintertür fortgeschafft hatte. Zum erstenmal in seinem Leben entdeckte er, daß man mit Frauen auch reden konnte.

Stan Cooper hatte in diesem Sommer viel zu tun und arbeitete nur hin und wieder an Joe Carpenters Fischerhütte, so daß auch Mal dort nur selten auftauchte. Harriet aber fuhr täglich zur Hütte hinaus in der Hoffnung, daß er vielleicht dort wäre und daß sie zusammen eine Zigarette rauchen und zehn Minuten miteinander sprechen könnten.

Während jener Augustwochen sehnte sie sich danach, Frau zu sein. Mal hatte diese Sehnsucht in ihr geweckt. Er machte keinerlei Annäherungsversuche, kam ihr körperlich nicht näher als in dem Augenblick, wenn er ihr das Zigarettenpäckchen hinhielt. Aber er machte auch ihrem Alter gegenüber keine Konzessionen, wenn er über das sprach, was er getan und was man ihm angetan hatte. Sie wußte, daß Mal mit ihr über Dinge sprach, die er noch niemanden anvertraut hatte. Sie verstand die Grobheit des Jungen, der schon früh erfahren hatte, daß er zäh und rücksichtslos sein mußte, um zu bestehen, und sie sah, daß Burnham Falls ihn dies gelehrt hatte. Die Welt außerhalb dieser Stadt war nie härter gewesen als die Heimatstadt, und sie begann schuldbewußt die Grausamkeit und Gemeinheit zu erkennen, von der sie umgeben war. Mal hatte, wie er sagte, weder mit sich selbst Mitleid noch mit einem anderen. Wenn das Haus verkauft war, würde er niemals nach Burnham Falls zurückkehren, denn dann hätte er alles genommen, was die Stadt ihm geben konnte. Harriet dachte darüber nach und erkannte die Gerechtigkeit dieses Gedankens. Sie lernte von Mal weit mehr als von den McGuire-Mädchen.

Joe beobachtete etwas beunruhigt ihre Freundschaft und erinnerte sich daran, daß er Malcolm einmal Josh und Harriet als Beispiel dafür hingestellt hatte, was man mit Entschlossenheit erreichen konnte.

Harriet hatte gehofft, daß auch Josh Mals Freund werden

könnte, aber die beiden fanden keinen Kontakt zueinander. Wenn Josh versuchte, sich ihnen am Seeufer anzuschließen oder sogar zögernd einen Handkarren mit Steinen belud, dann musterte ihn Mal kritisch, und Josh wurde linkisch und wortkarg. Nach einer Weile ließ er sie allein, aber dann war Harriet gehemmt.

Die Ferien gingen vorüber. Josh bereitete sich auf die Rückkehr nach Harvard vor und Harriet auf die nach Troughton. Mals Haus hatte bis jetzt keinen Käufer gefunden. Es hieß, er fordere einen zu hohen Preis. Harriet war unruhig bei dem Gedanken an Troughton. Sie wußte, daß sie nun Mal mehr vermissen würde als Josh. Sie hatte es bis jetzt nicht gewagt, ihn zu fragen, ob er ihr schreiben würde. Sie fürchtete, daß ihr Verhältnis zueinander wieder so oberflächlich würde wie früher – das eines Schulmädchens zu einem erwachsenen Mann.

Am letzten Wochenende, ehe Josh nach Harvard mußte, sagte er plötzlich, er fahre nach New York. Joe hatte mit seiner Gesellschaft in der Fischerhütte gerechnet und war ärgerlich.

Josh nahm am Freitag den Abendzug. Als er am Samstag abend nach Burnham Falls zurückkam, trug er eine Luftwaffenuniform und hatte einen vierundzwanzigstündigen Ausgang. Seine Kompanie wurde am nächsten Tag nach Texas abkommandiert.

Harriet und Joe waren in der Hütte. Sie hörten keinen Wagen anfahren, denn Josh war per Anhalter von New York gekommen und an der Straße nach Downside abgesetzt worden. Er öffnete leise die Tür und stand blinzelnd im Licht.

»'n Abend, Dad ... Harriet.«

Joe ließ nicht einmal die Zeitung sinken. Er saß regungslos da und starrte seinen Sohn an. Erst nach langem Schweigen fand er Worte.

»Josh, weshalb hast du das getan?« fragte er ruhig.

Josh ließ geräuschvoll seinen Militärsack auf den Boden fallen und nahm die Mütze ab. Er sah Harriet an.

»Bringst du mir etwas zu essen, Harriet? Ich bin hungrig.« Dann wandte er sich an seinen Vater. »Es tut mir leid, Dad, daß ich dich so erschreckt habe. Aber ich mußte es tun ... mit oder ohne deinem Einverständnis. Ich hoffe, du wirst es eines Tages verstehen.«

Joe ließ die Zeitung sinken und stand auf. »Ich glaube nicht, daß ich es je verstehen werde.« Er ging zur offenen Verandatür, die unfertige Treppe zum Seeufer hinunter.

»Geh ihm nach, Josh«, drängte Harriet. »Sprich mit ihm, erkläre es ihm.«

»Ich bin es müde, Dad etwas zu erklären. Wenn er nicht weiß, daß ich erwachsen bin, nützt es auch nichts, wenn ich mit ihm spreche. Wie steht's mit dem Essen?«

Sie horchte ihn rasch aus, während sie Rührei und Schinken zubereitete. Aber seine Antworten waren einsilbig. Er gab ihr seine Feldpostnummer.

»Er wird dir schreiben, Josh, du wirst sehen. Sobald er diesen Schock überwunden hat, wird er dir schreiben. Er hat eben so fest damit gerechnet, daß du nach Harvard gehst ... Er wird darüber hinwegkommen.«

»Es ist mir gleichgültig, ob er schreibt oder nicht. Man braucht mir nicht zu verzeihen wie einem ungezogenen Kind, das von zu Hause davonläuft.«

»Josh, er wird es einsehen.«

Er wischte sich den Mund ab und stand auf.

»Josh! Wo gehst du hin?« murmelte sie entsetzt.

»Wieder nach New York.«

»Nein! Laß ihm wenigstens noch bis morgen früh Zeit!«

Er beugte sich über den Tisch. »Harriet, wir beide haben uns lange genug dieser Familie geopfert, und es ist höchste Zeit, daß wir aufhören, unseren Vater zu verwöhnen.« Er griff nach seinem Militärsack und setzte die Mütze auf.

»Josh, der letzte Zug ist schon weg.«

»Ich bin auch per Anhalter hergekommen.«

»Warte auf mich, Josh. Ich begleite dich ein Stück.« Sie deutete auf ihre Pantoffeln und ihr Hauskleid. »Laß mich nur rasch Rock und Pullover anziehen.« Sie sah ihn flehentlich an. »Bitte warte so lange, Josh.«

»Okay.«

Sie zog sich mit fieberhafter Hast um und horchte auf die Geräusche im Nebenzimmer. Sie fürchtete, Josh würde vielleicht nicht warten.

Als sie herauskam, war das Zimmer leer. Sie blickte durch die offene Terrassentür zum See, der im Mondlicht zwischen den Bäumen schimmerte.

»Josh? Bist du da?«

Sie erhielt keine Antwort, aber sie glaubte, jemanden den Weg am See entlanggehen zu sehen. Sie lief zwischen den Steinen hindurch, die immer noch vor der Terrasse herumlagen, zum See hinunter. Unter den Bäumen war es still und dunkel, und nur ein leichter Wind bewegte die Zweige. »Josh?« rief sie leise. »Josh?«

Doch am Ufer war nur ihr Vater. Er stand auf dem Landungssteg und rauchte eine Zigarette. Josh war nicht gekommen, um sich von ihm zu verabschieden. Sie rannte zur Hütte zurück, dann zur Straße hinauf.

»Josh? Warte auf mich! Josh!«

Niemand antwortete ihr. Sie begann wieder zu laufen. Sie glaubte mehrmals, Joshs Schritte zu hören und rief laut seinen Namen. Sie bekam Seitenstechen und mußte langsamer gehen. Sie wußte nicht, wieviel Vorsprung er hatte, aber das Bewußtsein, daß es nur wenige Minuten sein konnten und daß er noch dazu durch sein Gepäck behindert war, ließ sie weitereilen. Als sie an die Stelle kam, wo das weiße Schutzgeländer die Straße von dem Steilufer des Sees trennte, sah sie ihn.

»Josh! Warte doch!«

Er drehte sich nicht um. Er schien sie nicht zu hören. Sie lief, so schnell sie konnte, und das Seitenstechen wurde unerträglich.

Als sie noch ungefähr dreihundert Meter von der Stelle entfernt war, wo die Straße nach Downside in die Hauptstraße mündete, sah sie Autoscheinwerfer näher kommen. Sie wußte, daß Josh bereits dort stand. Die Scheinwerfer wurden langsamer und blieben stehen. Nach einer Sekunde hörte sie, wie eine Wagentür zugeschlagen wurde. Dann setzten sich die Lichter wieder in Bewegung.

Sie kehrte nicht um. Sie ging weiter zur Hauptstraße und bog dann in den Weg ein, der zu Mal Hamiltons Haus führte.

Zwischen Harriet und Joe fiel kein Wort mehr über Josh. Zwei Tage später fuhr sie nach Troughton, ohne Mal noch einmal gesehen zu haben. In Troughton fand sie einen Brief von Josh vor, nur ein paar Zeilen, in denen er ihr von dem Staub in Texas erzählte, aber nicht das geringste über das Leben beim Militär berichtete. Es ging ihm gut, und er wollte zwanzig Dollar von ihr geliehen haben. Sie schickte ihm das Geld und schrieb einen betont beiläufigen Brief an Joe, in dem sie ihm die Neuigkeiten von Josh mitteilte, jedoch nichts von dem Geld erwähnte. Als Joe zurückschrieb, sprach er von allem möglichen, nur nicht von Josh. Harriet kam in diesem Jahr nur einmal im Monat nach Hause. Joe war einsam, und das sagte er ihr auch.

Als sie wieder nach Burnham Falls kam, war es mitten im Herbst. Sie machte einen langen Spaziergang zu Mals Haus. Das Schild war fort, und ein fremder Wagen stand in der Einfahrt. An den Vorderfenstern waren Jalousien heruntergelassen.

Sie sprach mit Clif Burrell über Mal. Man brauchte ihn nicht zu nötigen, über den Verkauf des Hauses zu erzählen. »Er hat auf seinem Preis beharrt und ihn bekommen. George Keston hat mir erzählt, daß er sein Darlehen zurückgezahlt und noch ein paar tausend Dollar profitiert hat. Nicht übel, wenn man bedenkt, wie das Haus vorher ausgesehen hat.«

Als sie wieder nach Troughton kam, wartete eine Kiste mit gedörrten Früchten aus Kalifornien auf sie. Mals Name stand als Absender auf dem Paket, aber ohne Adresse. Sie nahm die Geste als endgültig und akzeptierte sie; sie erkannte sogar die Weisheit, die darin lag, sosehr sie auch schmerzte.

Während der Herbst- und Wintermonate fragte Joe niemals nach Josh und sprach seinen Namen nicht aus. Harriet konnte nicht feststellen, welche Aufmerksamkeit er den Kriegsnachrichten aus Europa widmete, denn die Bekannten, die wußten, wie ihm Joshs wegen zumute war, hüteten sich davor, in seiner Anwesenheit darüber zu sprechen. Nur Clif Burrell wagte es, sich seelenruhig mit Harriet über Josh zu unterhalten und Joes ärgerliches Schweigen zu ignorieren. Sie erzählte ihm ausführlich, was sie über Joshs Rekrutenzeit erfahren hatte, und daß es Gerüchte gab, er würde in den Pazifik versetzt, sobald seine Ausbildung beendet wäre. Als Antwort darauf begann Joe laut über die japanische Zusicherung der Neutralität zu sprechen.

Der Sonntag von Pearl Harbor kam; Joe war sofort am Telefon und rief in Troughton an.

»Harriet, ich fahre nach Texas zu Josh«, sagte er erregt.

Sie umklammerte den Hörer, und am ganzen Körper brach ihr kalter Schweiß aus. Schließlich brachte sie heraus: »Ja, Dad ... aber wäre es nicht klüger, du rufst vorher an, ob er überhaupt noch dort ist? Vielleicht ist er schon abkommandiert worden. Ich glaube nicht, daß sie die Rekruten lange in der Etappe lassen ... Jetzt!«

»Unsinn, Harriet. Josh ist kein General. Ich kann nicht einfach eine Telefonnummer wählen und erwarten, daß man mich mit ihm verbindet. Ich schicke ihm ein Telegramm und nehme das erste Flugzeug, das ich bekommen kann. Wie ist seine Feldpostnummer?«

Harriet versuchte nicht mehr, ihm den Plan auszureden, und flehte zum Himmel, daß er rechtzeitig nach Texas käme.

Zwei Tage später kam ein weiterer Anruf von Joe, diesmal aus Texas.

»Es war zu spät, Harriet.« Seine Stimme klang müde und hatte einen Anflug von Furcht und Bestürzung. »Seine Einheit ist nicht mehr im Lager, und sie wollen mir natürlich auch nicht sagen, wohin er versetzt worden ist. Sie sagen, er hätte mein Telegramm bekommen. Es ist nicht zu finden, deshalb nehmen sie an, er hätte es erhalten. Hier ist der Teufel los, und ich bin nur ein kindischer alter Vater, der überall im Weg steht. Ich fliege morgen früh wieder nach Hause.«

Es dauerte Wochen, ehe Joshs erster Brief eintraf. Es waren die Wochen der ersten Bestürzung darüber, daß sich das Land unerwartet im Krieg befand. Manche Mädchen verließen Troughton, weil ihre Väter eingezogen wurden und die Schule nicht mehr bezahlen konnten, andere gingen, weil sie selbst alt genug waren, um sich freiwillig für Hilfsdienste zu melden, und fuhren nach Hause, um die Frage bei ihren Familien durchzufechten. Troughton nahm von fern am Krieg teil. Man erlegte sich Pflichten auf, und alle Schülerinnen nahmen an Kursen in Erster Hilfe teil. Uniformierte Männer, die man vorher kaum gesehen hatte, wurden ein alltäglicher Anblick.

Und dann traf der erste schwerzensierte Brief von Josh an Joe ein. Er war im Pazifik, und er war im Kampf gewesen. Harriet war so bestürzt, daß sie in Troughton nichts davon erzählte. Wenn die McGuire-Mädchen sich nach Josh erkundigten, tat sie so, als wäre er tausend Meilen vom Kriegsschauplatz entfernt. Sie glaubte, daß Josh durchkommen würde und unbemerkt bliebe, wenn sie nicht über ihn sprach.

Joe arbeitete in jeder freiwilligen Bürgereinheit im Distrikt Burnham Falls mit und wurde in das Einberufungskomitee beordert. Er sammelte Geld für Kriegsanleihen und das Rote Kreuz. Er vermißte Harriet nicht mehr so sehr wie früher, weil er selten zu Hause war. Mehrere Arbeiter aus seiner Fabrik wurden eingezogen, und Joe mußte mit dem Arbeitermangel fertig werden. Regierungsaufträge hielten die Fabrik über Wasser. Er schrieb dreimal in der Woche an Josh und beklagte sich nicht darüber, daß zu Hause alles überarbeitet war. Das Carpenter-Haus wurde das örtliche Hauptquartier des Roten Kreuzes, Joe räumte die großen Zimmer im Erdgeschoß und zog in den alten Flügel. Harriet absolvierte im Juni die Schule. Sie wollte den Sommer über bei McGuires in New York wohnen und für das Rote Kreuz arbeiten. Sie war gerade achtzehn geworden.

»Es gibt hier genug zu tun, wenn du arbeiten willst«, sagte Joe. »Es ist nicht so romantisch, aber es ist Arbeit.«

Deshalb kehrte sie nach Burnham Falls zurück und verrichtete langweilige Routinearbeit für das Rote Kreuz. Sie erhielt keinen Lohn dafür, aber sie hatte das Bewußtsein, daß sie etwas Nützliches tat.

Gelegentlich dachte sie an Mal, doch sein Bild blieb blaß und verschwommen.

Als Clif zum erstenmal Stephen Dexter in die Fischerhütte brachte, begann der Sommer plötzlich zu leuchten. Steve war der Sohn eines der ältesten Freunde Cab, hatte eben seinen Doktor gemacht und absolvierte nun in Kempton seinen Offizierskurs. Er war siebenundzwanzig, hatte graue Augen, dunkles Haar, ein schmales, intelligentes Gesicht und schöne Hände. Harriet war nicht die einzige, die fand, daß er außerordentlich gut aussah. Er haßte die geisttötende Schinderei beim Militär und war kindlich dankbar für ein Lager auf einem der Sofas in der Hütte. Als er zwei Wochen später zu einem vierundzwanzigstündigen Urlaub über Nacht blieb, fuhr Harriet schon im ersten Licht der Morgendämmerung mit ihm auf den See. Sie war verliebt.

Danach wurde der Sommer zu einer endlosen Kette von Stunden, in denen sie auf Nachricht von Steve wartete. Sie wagte nicht, das Haus zu verlassen, für den Fall, daß er anrief. Sooft sie auch nur ein paar Stunden freihatte, borgte sie sich Clifs Wagen und fuhr hinüber nach Kempton. Joe hatte nur noch einen Wagen in Betrieb und hielt sich strikt an die Benzinzuteilung. Bei ihren Begegnungen mit Steve schwankte sie zwischen der Freude, mit ihm zusammenzusein, und der Furcht, daß er sie für kindisch und unreif halten könnte. Er war ruhig und intelligent, beängstigend intelligent, dachte Harriet. Die militärische Ausbildung fand er langweilig, und der Gedanke an die Kriegsjahre, die noch vor ihm lagen, erbitterte ihn.

»Einen Mann wie mich schicken sie ja nicht an die Front, Harriet«, sagte er einmal, mit halbgeschlossenen Augen an seiner Zigarette ziehend. »Weiß Gott, ich sehne mich genausowenig danach, umgebracht zu werden, wie jeder andere. Aber man wird mich in irgendein ungelüftetes Labor stecken und vergessen. Ich werde den Krieg damit verbringen, daß ich die Arbeit prüfe, die sechs andere vor mir geprüft haben, und wenn alles vorbei ist, habe ich nichts davon als ein paar verpfuschte Jahre und ein Magengeschwür.«

Aber meist schob er alle Gedanken an die Armee von sich, sobald er Kempton verlassen hatte. Dann war er unterhaltsam und auf ruhige Art fröhlich, sang Zeilen aus schlüpfrigen Liedern, über die sie lachen mußte, und lernte in der Fischerhütte kochen – mit einigem Erfolg.

»Ich bin ein armer Mann«, erklärte er spöttisch. »Entspricht es nicht der amerikanischen Tradition, daß jeder arme Mann auf dem Weg zu Wohlstand und Ruhm lernen muß, seine Socken zu stopfen und zu kochen? Nur schade, daß meine Socken immer zu zerrissen sind, ehe ich überhaupt merke, daß ein Loch darin ist.«

Ein paar Stunden nachdem er seine Uniform angezogen hatte, war sie schon zerdrückt und sah ganz unmilitärisch aus. Sein Gruß war salopp. Es war der Armee nicht gelungen, seine leicht durchhängenden Schultern zu begradigen.

Eines Freitags rief er sie von Kempton aus an: »Ich habe übers Wochenende Ausgang. Wie wär's, wenn wir zusammen einen Besuch in New York machten?«

Als sie nach Kempton fuhr, um ihn von der Kaserne abzuholen, fühlte sie sich zum erstenmal als Erwachsene. Sie sah die Blicke der anderen Frauen und spürte die gespannte Atmosphäre, die sie umgab. Sie fühlte sich völlig eins mit den anderen, die hier uniformierte Männer trafen, aber sie war etwas Besonderes, weil sie Steve erwartete.

Er küßte sie ohne Zögern. Es war ein warmer Kuß, der allen zeigte, daß sie zu ihm gehörte. »Mein Gott, Harriet, du siehst großartig aus. Wir müssen rasch hier fort. Meine Kameraden werden mir die Zähne einschlagen, nur damit sie mit dir sprechen können.«

Später in New York tanzten sie in einem Lokal, wo die Preise unverschämt und der Champagner und das Essen miserabel waren, aber Harriet hatte es noch nie so gut geschmeckt.

»Harriet, eigentlich wollte ich dich fragen, ob du mit mir schlafen willst, und dabei fällt mir nichts anderes ein als: ›Willst du mich heute in einer Woche heiraten, oder noch eher?‹ Unser Kurs geht zu Ende, und wir werden versetzt.«

Sie hätte mit ihm geschlafen, aber er schien vergessen zu haben, daß er sie darum gebeten hatte, denn er sprach dauernd vom Heiraten.

Die Hochzeit fand eine Woche später im Carpenter-Haus statt, und das Rote Kreuz räumte hastig die großen Zimmer. Joe war hin- und her gerissen zwischen der Freude, daß Harriet einen Mann nach seinem Geschmack heiratete und das College aufgab. Steves Vater, ein ruhiger, gelehrter Anwalt, seit einigen Jahren Witwer, kam aus Neuengland. Er sah wie Steve aus, und Harriet fand, daß es leicht war, ihn zu lieben. In den Räumen drängten sich Soldaten aus Kempton. Harriet stellte zu ihrer Überraschung fest, daß Steve trotz seiner Verachtung für das Militär bei seinen Kameraden beliebt war. Er war Leutnant und absolvierte den Kurs fast als schlechtester. Zum ersten Mal erfuhr Harriet, daß für Steve etwas, das ihm zuwider war, kaum existierte.

Sie verbrachten ihre Hochzeitsnacht in New York. Harriet entdeckte, daß Steve leidenschaftlich und zärtlich sein konnte und daß ihre leise Furcht unberechtigt gewesen war, denn sie reagierte auf ihn, als hätte sie ihr ganzes Leben auf die Liebe gewartet. Er ließ sie fühlen, daß sie jung und begehrenswert war.

Steve wurde mit seiner Einheit nach Camp Roberts in Kalifornien versetzt. Dort ›tat er nichts‹, wie er schrieb.

Nach einem Monat wurde er mit der Arbeit an einem experimentellen Projekt an der Universität von Kalifornien in Los Angeles beauftragt. ›Die Arbeit ist streng geheim‹, schrieb er, ›aber ich kann Dir sagen, daß unser Lager riesig ist, wie alles in dieser Stadt. Du solltest es sehen.‹

Joe war außer sich, als Harriet sich entschloß, nach Los Angeles zu ziehen. »Du weißt nicht, wie es dort zugeht! Es herrscht Wohnungsnot. Niemand bekommt in Los Angeles eine Wohnung. In den Fabriken arbeiten sie Tag und Nacht. Du wirst wahrscheinlich in irgendeinem Loch zwanzig Meilen von der Universität entfernt hausen. Kannst du nicht hier auf Steve warten? Glaubst du, du tust ihm einen Gefallen, wenn er mit ansehen muß, daß du allein und unbequem lebst?«

»Eben. Ich bin mit Steve verheiratet, und ich möchte mit ihm verheiratet bleiben. Ich möchte mit ihm schlafen, damit er nicht mit einer anderen schläft. Steve wird keineswegs überrascht sein, wenn ich bei ihm auftauche. Ich muß ihn wissen lassen, daß ich zu ihm stehe. Und das kann ich nur, indem ich ihm zeige, daß es mir nichts ausmacht, wenn ich in einem Loch zwanzig Meilen von der Universität entfernt hause.«

Deshalb fuhr sie nach Los Angeles, und sie spürte sofort, daß sie das Richtige getan hatte. Steves Miene trug jene verkniffenen Züge, den Anflug von Langeweile und Überdruß, den sie schon bei ihrer ersten Begegnung an ihm bemerkt hatte.

Es gelang ihm, sie in einem schäbigen Hotel unterzubringen, und dann lag er dankbar in ihren Armen.

»Gut, daß du da bist, Harriet. Es ist genau das geschehen, was ich befürchtet hatte. Ich sitze fest. Vielleicht kannst du mich bei Verstand halten.«

Er arbeitete an einem Projekt mit der vagen Bezeichnung ›Chemische Kriegsführung‹, und er durfte nicht darüber sprechen. »Es ist unwahrscheinlich, daß man jemals auch nur ein Bruchteil dessen anwenden wird, was wir tun«, erklärte er. »Wir arbeiten mit Zivilisten zusammen. Die können wenigstens über Nacht nach Hause gehen. Wir sind zu sechst, und keiner hat auch nur das geringste Talent dazu, die Obrigkeit auf sich aufmerksam zu machen. Sie werden uns wahrscheinlich ein paar Jahre nach Kriegsende in den Akten aufstöbern.«

Er war in einer kleinen, behelfsmäßigen Armeebaracke einquartiert und inzwischen zum Oberleutnant befördert worden.

Harriet nahm eine Stelle am Fließband der Flugzeugfabrik Lockheed an und mietete ein Zimmer im Haus einer Frau, die neben ihr am Fließband stand. Sie hieß Mary Edwardes. Ihr Mann arbeitete ebenfalls in der Fabrik, jedoch in der Nachtschicht. Sie verdienten durch den Krieg eine Menge Geld. Sie verkauften Harriet ihren zweiten Wagen, denn die Benzinrationierung war nun verschärft worden. Der Wagen bedeutete für Harriet und Steve die Freiheit von dem beengenden möblierten Schlafzimmer und den ziellosen Spaziergängen auf dem Universitätsgelände. Steve hatte nachts und einen Teil jedes Wochenendes frei. Die Tage wären ungetrübt gewesen, wenn sie nicht in dem Bewußtsein gelebt hätten, daß jede Stunde Steve die Versetzung nach Übersee bringen konnte. Sie wußten, daß sie Glück hatten, unwahrscheinliches Glück. Sie wagten nicht, über ihr Glück zu sprechen, da es dann untreu werden könnte.

Nach vier Monaten wurde Steves Laboratoriumsgruppe durch weitere Wissenschaftler verstärkt. Die neue Einheit stand unter dem Kommando von Mal Hamilton. Er hatte den Rang eines Majors. Harriet erzählte Steve alles, was sie über Mal wußte, bis auf das, was in der Nacht geschehen war, als Josh sie und ihren Vater verlassen hatte. Steve schien in den paar Tagen, in denen er mit der neuen Einheit zusammenarbeitete, ein neuer Mensch geworden zu sein.

»Der Mann ist ein Genie, Harriet! Sein Projekt ist eine große Sache. Ich glaube nicht, daß man uns je die ganzen Zusammenhänge mitteilen wird, aber schon unser Teil ist phantastisch genug.« Er rekelte sich genüßlich. »Es ist eine Wohltat, wenn man etwas tut, das zählt, statt einfach dazusitzen und über unwichtige, kleine Probleme zu grübeln. Ich habe auch den Jungen gegenüber ein besseres Gewissen, die an der Front die Schläge für mich einstecken.«

Harriet ängstigte der Gedanke, daß sie mit Mal zusammentreffen könnte, doch Mal selbst tat den ersten Schritt. Er rief sie in Edwardes Haus an.

»Warum hast du dich versteckt?« fragte er, und sie glaubte, seine Stimme klänge wesentlich gelockerter und heiterer als früher. »Steve hat sich erst jetzt dazu überwunden, mir von dir zu erzählen.«

Sie lachte. »Steve ist schließlich nur ein kleiner Oberleutnant, und du bist sein Chef. Er konnte ja nicht wissen, daß du dich noch an Harriet Carpenter aus Burnham Falls erinnerst.«

Sein Tonfall änderte sich. »Hör zu, Harriet, ich schätze Oberleutnant Dexter sehr, und ich bin glücklich, daß ich ihn hier in der Einheit habe. Er ist ein prächtiger Junge.«

»Dann seid ihr also zu zweit«, sagte Harriet.

»Wie bitte?«

»Nichts.«

»Schön. Treffen wir uns heute zum Abendessen? Schon abgemacht!« Er hängte unvermittelt ein.

Sie traf Steve und Mal in einer Bar. Es war dunkel, sie konnte Mals Gesichtszüge nicht genau sehen, aber an seinem Verhalten spürte sie, daß er sich in den letzten achtzehn Monaten in vielem gewandelt hatte. Sein Gesicht war immer noch mager, fast finster, doch es paßte gut zu seiner Uniform. Er hob sein Glas ernst Harriet entgegen: »Ich freue mich, daß du geheiratet hast, Harriet, und daß du hier bist. Ich hatte gefürchtet, Burnham Falls läßt dich nicht los.«

»Im Krieg ist alles möglich, Mal …«

»Kann man wohl sagen. Ich bin in San Francisco ab und zu mit einem Mädchen ausgegangen, ehe der Krieg ausbrach. Im Dezember haben wir geheiratet, bevor ich eingezogen wurde.«

Harriet hob die Augenbrauen. »Du bist verheiratet?«

»Wir leben getrennt. Die Scheidung ist schon eingereicht.«

»Oh … das tut mir aber leid.«

Er nahm einen Schluck Martini. »Wir waren nicht so lange zusammen, als daß es hätte tragisch sein können. Nur sieben Monate. Wir haben die Aufregung über den Krieg mit Begeisterung füreinander verwechselt.«

Er griff in die Brieftasche und zog ein Foto heraus. Harriet hielt es unter die Tischlampe. Sie sah ein schönes großes Mädchen, dessen schwarzes Haar im Wind flatterte.

»Mal, sie ist ja reizend!«

Er nickte. »Das dachte ich auch.«

Steve rückte näher an Harriet und warf einen Blick auf das Foto.

»Ja, sie ist reizend! … Ist das ihr Wagen?«

Mal machte eine wegwerfende Handbewegung. »Ich war verrückt genug, ihr einen ausländischen Sportwagen als Hochzeitsgeschenk zu präsentieren. Sie fährt gern schnell, und ich dachte, alle schönen Frauen sollten solche Wagen haben. Ich bekam damals zum erstenmal in meinem Leben ein anständiges Gehalt. Sie hatte den Wagen ungefähr sechs Wochen, und dann fuhr sie ihn in den Eimer und wäre fast dabei ums Leben gekommen.«

Harriet schwieg. Sie war dankbar dafür, daß das Dämmerlicht in der Bar ihre Miene verbarg. Langsam begriff sie, worin die Veränderung in Mal bestand. Dadurch, daß er Burnham Falls verlassen, das Haus verkauft und jede Verbindung mit der Stadt abgebrochen hatte, war er plötzlich in das Leben eingetreten, auf das er während all der Schul- und Collegejahre und noch danach hingearbeitet hatte. Da er nun Geld besaß, war er zum erstenmal von der Notwendigkeit befreit gewesen, es zu horten, und konnte sich Dinge kaufen, die er vorher nur hatte ansehen können. Bis dahin hatte er sich vor Menschen und Gefühlen verschlossen und kein Geschick darin besessen, sie richtig einzuschätzen. Die seltsame Freundschaft zwischen ihr und Mal in jenem Sommer war der

Beginn seiner Lockerung gewesen, als er endlich seinen Wünschen und Bedürfnissen nachzugehen begann. Nach dieser Freundschaft mit einem Schulmädchen hatte er etwas Reiferes gesucht, nun, da die Fesseln der Selbstzucht und Disziplin abgelegt waren. Er hatte ein schönes Mädchen gefunden und geheiratet und hatte ihr einen Wagen als Spielzeug geschenkt, denn er war für ihn ein Symbol des Unerreichbaren gewesen, das er nun plötzlich kaufen und verschenken konnte.

Harriet sah Mal aufmerksam an, und sie spürte in ihm und seinen Worten keine Bitterkeit. Er hatte das, was geschehen war, als ein schlechtes Geschäft akzeptiert, hatte die Achseln gezuckt und war zur Tagesordnung übergegangen. Aber er hatte sich nicht wieder in sich vergraben. Er stand der Welt aufgeschlossen und zuversichtlich gegenüber, ganz anders als früher in Burnham Falls. Seine Miene war nicht mehr verkniffen und viel anziehender als damals. Er sah aus, als drückten ihn seine Probleme nicht mehr nieder.

Er hob das Glas. »Trinkt aus, wir haben viel nachzuholen.«

Die Monate verstrichen, ein Jahr ging vorbei. Harriet begann zu glauben, daß der Krieg über Steve und sogar über Josh hinweggehen könnte, der nun schon so lange im Pazifik kämpfte und jetzt, da die anfänglichen Niederlagen wettgemacht wurden, alles sicher bis zum Ende überstehen würde. Sie dachte an das Ende nie als an einen Sieg, denn sie wußte, daß sie keinen Triumph empfinden würde, wenn der Krieg vorüber wäre, sondern nur tiefe Dankbarkeit, wenn Steve und Josh noch am Leben wären. In diese Gedanken schloß sie auch Mal mit ein. Da ihre Forschungseinheit klein war, hatte sich trotz des Rangunterschiedes zwischen Steve und Mal eine Freundschaft anbahnen können. Die Männer in der Einheit verkehrten miteinander als Wissenschaftler, nicht als Soldaten, und da keiner von ihnen Berufssoldat war, hielt sich niemand mit militärischen Formalitäten auf. Weder Steve noch Mal sprachen vor Harriet je über ihre Arbeit, selbst dann nicht, wenn ein eiliger Auftrag zu erledigen war und sie lange im Labor saßen und Harriet sie drei oder vier Wochen lang kaum sah, es sei denn zu einer raschen Mahlzeit. Aber es gab auch Zeiten, in denen die Arbeit leichter war und sie ein ganzes Wochenende freihatten. Dann legten sie ihre Benzinrationen zusammen und fuhren in die Wüste und blickten zu den schneebedeckten Bergen hinüber, und der kräftige, trockene Wind stand auf ihren Gesichtern. In solchen Augenblicken schob Steve vorübergehend alle unmittelbaren Probleme beiseite und sprach über die Zeit nach dem Krieg. Er wollte in Kalifornien bleiben.

»Was hältst du davon?« fragte er Mal. Sie saßen in Palm Springs beim Bier. »Ich habe ein paar Ideen über Plastikstoffe, die ich gern entwickeln würde. Ich denke, ich könnte für den Anfang Kapital dafür bekommen. Das wäre doch eine ganz gute Gegend hier, um anzufangen, findest du nicht?«

»Der beste Platz ist immer da, wo du deine Ideen beweist«, erklärte Mal. »Wenn du sie bewiesen hast, dann kommen genug Leute mit Geld, die etwas investieren wollen.«

»Und was hast du vor?«

»Ich werde für ein paar Jahre eine Stelle annehmen und Geld sparen. Dann mache ich mich selbständig. Ich denke, daß es viele Leute gibt, die Probleme haben und mich brauchen können, ohne mir ein Gehalt zahlen zu müssen.«

»Wir beide könnten eigentlich ...« Steve brach ab. Er blickte rasch in sein Bierglas.

»Du meinst, zusammenarbeiten?« ergänzte Mal. »Gar nicht übel, Steve. Es wäre einen Versuch wert.«

Sie sprachen nicht mehr darüber, aber der Gedanke lag immer in der Luft, wenn jemand das Thema Zukunft anschnitt. Doch man sprach nur selten über die Zeit nach dem Krieg.

In jenem Jahr wurde Mal zweimal befördert und war schließlich Oberst. Steve brachte es bis zum Hauptmann. Joe schrieb über den Hochbetrieb in der Fabrik, die immer noch mit Regierungsaufträgen ausgelastet war, und berichtete ihnen Neuigkeiten aus Burnham Falls.

Josh schrieb, daß er sich mit einer australischen Krankenschwester verlobt hätte. Das Foto, das er schickte, zeigte ein Mädchen mit feinen Zügen und hellblondem Haar. Harriet fragte sich, wie Burnham Falls in den Augen einer Australierin aussehen mochte. Sie lächelte bei dem Gedanken, daß diese Krankenschwester möglicherweise die erste Australierin wäre, die je nach Burnham Falls kam.

Nach Weihnachten 1944 gelang dann den alliierten Truppen der Durchbruch nach Deutschland. Im Mai war der Krieg in Europa zu Ende, und Harriet begann sich zu ängstigen.

Die ganze Aufmerksamkeit richtete sich nun auf den Pazifik. Josh stand seit über drei Jahren im Kampf, und sie fragte sich, ob er nun auch die letzte Etappe überstehen würde. Gleichzeitig entnahm sie Mals regelmäßigen Reisen nach Washington und nach einem anderen Ort, den er nicht nannte, daß die Arbeit im Laboratorium zu einem Abschluß gekommen war. Bis Japan kapitulierte, schien es immer noch reichlich Zeit zu geben, in der Steve nach Übersee geschickt werden und fallen konnte.

Es kam genau so, wie sie gefürchtet hatten. Steve erhielt seinen Marschbefehl und war innerhalb von vierundzwanzig Stunden fort.

Mal ging am Abend danach mit ihr zum Essen aus und versuchte sie zu trösten.

»Es tut mir leid, Harriet. Man hat mir befohlen, einen Mann zu einem bestimmten Zweck abzukommandieren, und Steve war der einzige, der in Frage kam. Ich kann dir nichts Näheres sagen, aber ich kann dir versichern, daß er nicht in Kämpfe verwickelt wird. Du brauchst nur zu warten.«

Sie glaubte ihm und war dankbar für seine Gegenwart. Als er sie nach Hause fuhr, saß sie schweigend neben ihm. Sie hatte die Hände im Schoß gefaltet und dachte an jene Nacht, in der Mal sie zurück zur Fischerhütte gefahren hatte.

Heute war es ein wenig wie damals. Sie vertraute Mal völlig. Steve würde nichts zustoßen. Sie brauchte nur zu warten.

Nachdem sie sich mit dem Gedanken abgefunden hatte, war das Telegramm ein schlimmerer Schock, als es sonst der Fall gewesen wäre. Das Transportflugzeug, mit dem Steve flog, war von feindlichen Jägern angegriffen und abgeschossen worden. Man hatte keine Überlebenden gefunden.

Das Telegramm wartete zu Hause auf sie, als sie aus der Fabrik kam, und Mal wartete ebenfalls. Er teilte ihr mit, was geschehen war, ehe sie den Umschlag aufriß.

Er hielt sie noch Stunden danach wie ein Kind, bis endlich die Tabletten wirkten, die er ihr gegeben hatte, so daß sie schlafen konnte. Und er war es, der Joe und Steves Vater anrief.

Mal war aus jenen Monaten nicht wegzudenken, wenn er auch nur schattenhaft vorhanden war, denn ihre Gedanken waren nicht bei ihm, noch achtete sie viel auf ihn. Aber immer, wenn sie einen Punkt erreicht hatte, an dem die Erschöpfung und Schlaflosigkeit sie zu überwältigen drohten, tauchte Mal auf, führte sie zum Essen aus oder fuhr mit ihr in die Berge, nach Hollywood oder Malibu. Er ignorierte ihre Teilnahmslosigkeit und ihr Schweigen, sprach über nichts Besonderes und zwang sie, auf seine Fragen zu antworten. Er bestellte ihr Martinis, bis sich der harte Knoten in ihrer Kehle etwas lockerte, bis sie sprach und man nicht jedes Wort aus ihr herausziehen mußte. Manchmal war sie fast betrunken, aber dies wiederum brachte ihr einen totenähnlichen Schlaf, und sie war dankbar dafür. Ohne sich dessen voll bewußt zu sein, zählte sie darauf, daß er bei ihr war. Eines Tages, drei Monate nach dem Telegramm, rief sie ihn an, ob er früh genug vom Labor loskommen könnte, um mit ihr an den Strand von Santa Monica zu fahren. Es war der erste freiwillige Schritt aufs Leben zu.

Als das zweite Telegramm kam, war es deshalb fast selbstverständlich, daß sie Mal im Laboratorium anrief. Es war schon kurz vor Mitternacht, und er hatte seit neun Uhr früh gearbeitet. »Ich warte draußen am Parkplatz auf dich«, sagte Harriet und hängte ein.

Sie saß unbeweglich und in sich zusammengesunken im Wagen. Als er näher kam, rutschte sie auf den rechten Sitz hinüber.

»Fahr du«, bat sie.

»Harriet, was ist?«

»Diesmal ist es Josh. Dad hat telegrafiert. Er ist abgeschossen worden.«

Er betätigte den Starter und fahr rückwärts aus der Parklücke.

Die Häuser huschten an ihnen vorbei. Sie fuhren stundenlang über die schnurgeraden Straßen zur Wüste. Die Septemberluft war kühl, und der Wind wehte Harriet das Haar ins Gesicht. Sie strich es nicht zurück. Sie verkrampfte die Hände ineinander. Im schwachen Sternenlicht sah sie die Umrisse der beiden Bergmassive des San Jacinto und des San Bernadino. Der Wüstenwind war jetzt kühl. Die schwarze Landschaft war hin und wieder abrupt von den Lichtern der Restaurants und den Neonzeichen der Motels unterbrochen.

Sie fuhren durch Palm Sprungs. Harriet sah nichts und achtete auf nichts, bis Mal unvermittelt an den Straßenrand fuhr und den Motor abstellte.

Er legte beide Hände auf die ihren, die sie immer noch im Schoß verkrampft hielt.

»Harriet, ich kann es nicht sehen, wenn du die Hände faltest. Du tust das jedesmal – an dem Abend, an dem Josh wegging, und als die Nachricht über Steve kam. Kannst du nicht weinen, statt die Hände zu falten?«

Sie blickte auf ihre Hände und löste sie langsam voneinander.

»Wie soll ich sonst damit fertig werden, Mal? Ich muß damit fertig werden, und mein Vater hat mich gelehrt, nicht zu weinen.«

Er hob ihre Hände und hielt sie zwischen den seinen fest.

»Du mußt lernen, zu weinen, Harriet. Du mußt lernen, jemandem deinen Schmerz anzuvertrauen. Du mußt mit jemandem deinen Schmerz teilen wie ein Mensch und ihn nicht stumm in dich hineinfressen wie ein Tier. Vertraust du mir, Harriet?«

Sie nickte.

»Ja, völlig.«

Er stieg aus dem Wagen und kam auf ihre Seite herüber. Sie spürte, wie seine Arme sie umfaßten, und sie empfand die erstaunliche Stärke und Leichtigkeit, mit der er sie hochhob und über den Sand trug.

Die Sterne standen klar in der Unendlichkeit. Ein kalter Wind strich über die Wüste und stöhnte leise in den Kakteen und Salbeibüschen. Mit bangem Erstaunen spürte sie den Schmerz, als er sie in Besitz nahm, und sie schrie laut auf. Aber ihr Schrei entsprang einer durchdringenden Freude und Dankbarkeit. Mit dem Rhythmus ihres Körpers trieb sie die Dämonen des Kummers und der Einsamkeit aus. Sie hörte ihre eigene Stimme in der Stille aufweinen. Sie hörte sich Mals Namen schluchzen und Steves und Joshs. Ihr Schmerz war nun ein physischer, einer, den Mal ihr zufügte, und sie stemmte die Hände und Schultern in den Sand und bäumte sich ihm entgegen, forderte ihn, zog ihn immer wieder an sich, bis sie plötzlich Tränen auf dem Gesicht spürte und sich ein überirdischer Friede über ihren Geist und ihren Körper legte.

Sie fuhren nach Los Angeles zurück, durch die stillen Stunden der Morgendämmerung und des Sonnenaufgangs. Sie fuhren ebenso schweigend zurück, wie sie hingefahren waren. Sie waren beide erschöpft, aber sie saßen dicht beieinander, und Harriets Hand lag müde auf Mals Bein. Die Stadt war schon zum Leben erwacht, als sie ankamen. Mal hielt vor einer Autoraststätte und bestellte Frühstück. Während Harriet sich kämmte und Lippenstift auflegte, ging er an den Kiosk und kaufte eine Zeitung. Als er zurückkam, sah sie sofort, daß seine Gedanken nicht bei ihr waren.

»Sie haben eine Atombombe über Japan abgeworfen, in Hiroshima«, sagte er.

Sie lasen es schweigend, entsetzt über die Tragweite der Nachricht.

Allmählich begann Harriet zu begreifen, daß dies die Kapitulation Japans und damit das Ende des Krieges bedeutete. Der Gedanke an Josh war jetzt bitter.

Unvermittelt fragte sie: »Mal, habt ihr daran gearbeitet, Steve und du?«

Er schüttelte den Kopf. »Nicht direkt.« Er schlug mit der Hand auf die Zeitung. »Das muß das am strengsten gehütete Geheimnis des Krieges gewesen sein. Wir haben Instrumente entwickelt, die in dem Flugzeug gebraucht wurden. Wir wußten natürlich nicht, wozu. Ich glaube, Steve hätte damit zu tun gehabt, wenn er an seinem Bestimmungsort angekommen wäre.«

Sie faltete die Zeitung zusammen.

»Der Krieg ist jetzt bald zu Ende, nicht wahr?« fragte sie ruhig.

»Ich glaube, ja.«

Mal rief sie an jenem Abend vom Labor aus an.

»Wie geht es dir, Harriet? Wirst du schlafen können, oder soll ich herüberkommen?«

»Nein ... mir geht's gut, Mal. Ich bin müde.«

Es entstand eine lange Pause, und sie hörte, wie dicht am Telefonhörer etwas raschelte und dann ein Feuerzeug klickte.

»Harriet?«

»Ja?«

»Wenn ... wenn du mit allem einigermaßen fertig geworden bist ... könntest du dann darüber nachdenken, ob du mich heiraten möchtest?«

Sie schloß eine Sekunde lang die Augen und spürte ihre Müdigkeit, aber auch Frieden. »Ich liebe dich, Mal. Gute Nacht.«

»Gute Nacht.«

Sie sahen einander nicht mehr seit jenem Morgen in der Autoraststätte. Harriet arbeitete weiterhin in der Nachtschicht, und als sie zwei Tage später nach Hause kam, empfing Mary Edwardes sie an der Tür. »Es ist wieder ein Telegramm da, Harriet.« Sie rieb sich nervös die Finger.

»Ich komme jetzt zu spät in die Fabrik, aber ich dachte, ich warte lieber ... ich glaube nicht, daß es jemand ist, der Ihnen nahesteht, aber vielleicht ist es besser ...«

Harriet riß den Umschlag auf. Das Kriegsministerium teilte ihr mit, daß Hauptmann Stephan Dexter lebte. Er war in ein Krankenhaus nach San Francisco geflogen worden.

Später erfuhr sie von ihm selbst, daß er und zwei weitere Männer den Absturz der Maschine überlebt und mit dem Schlauchboot eine kleine Insel erreicht hatten. Sie wären dort von den Eingeborenen gepflegt worden und hatten gewartet, bis eine Marinepatrouille ihre Signale sah. Das Gebiet war frei von Japanern gewesen, deshalb hatten sie gewußt, daß sie nur zu warten brauchten.

Harriet hatte gerade noch Zeit, vom Flugplatz aus Mal anzurufen, ehe ihre Maschine nach San Francisco startete. Während sie miteinander sprachen, wurde ihre Flugnummer aufgerufen, und sie hängte ein. Als sie zum Flugzeug ging, wurde ihr bewußt, daß sie sich an kein einziges Wort ihres Gesprächs mit Mal erinnern konnte.

5. KAPITEL

Laura Peters fuhr an dem Nachmittag, an dem das Laboratorium offiziell eingeweiht wurde, in düsterer Stimmung nach New York zurück. Bis zu diesem Tag hatte sie nur halb daran geglaubt, daß der Umzug nach Burnham Falls unwiderruflich war, obwohl sie mit Ed zusammen jedes Detail ihres Hauses durchgesprochen hatte, Mitglied des Country Clubs geworden war und eine ganze Reihe entsprechender Kleider gekauft hatte.

Es war ein angenehmer Zeitvertreib gewesen, von ihrem Appartement an der Park Avenue aus, das Haus auf dem Land zu planen. Daß einmal Ernst daraus werden würde, war ihr erst heute voll zum Bewußtsein gekommen, als sie und Ed durch die leeren Zimmer gegangen waren. In einer Woche sollten sie darin leben. Es hatte keinen Zweck mehr, so zu tun, als läge Burnham Falls an der Peripherie von New York.

Es war Larry gewesen, ihr erster Mann, der sie in die schillernde Welt eingeführt hatte, die er liebte, und der ihr das Bewußtsein gab, daß der Erfolg das einzige war, worauf es ankam. Er hatte sie geliebt, aber als einen Teil der Welt, die er suchte, eine Mitsucherin im Rampenlicht, eine Gefährtin auf dem Weg zum Erfolg. Larry würde vielleicht nie ein großer Schriftsteller werden. Aber er hatte bereits einen Pulitzer-Preis, und das bewies, wie gut er sein Handwerk verstand.

Sie hatte ihn vier Monate nach ihrer Ankunft aus Los Angeles in New York kennengelernt. In dieser Zeit hatte sie ihre wenigen Ersparnisse aufgebraucht und jeden Agenten auf ihrer Liste dreimal angerufen. In Los Angeles hatte sie in den Filmstudios als

Statistin gearbeitet und war in drei kleinen Rollen aufgetreten. Sie war nach New York gezogen, weil jeder Filmagent in Hollywood sie seit ihrem achten Lebensjahr in seiner Kartei führte, ohne daß sie je eine tragende Filmrolle bekommen hatte. Sie war nun neunzehn und zu lange in Los Angeles, als daß sie noch damit rechnen konnte, daß jemand sie entdeckte. Doch auch in New York reichte es nicht aus, wenn man nur hübsch war. Deshalb arbeitete sie abends als Kellnerin in einem kleinen französischen Restaurant in der Siebenundvierzigsten Straße, in dem Theaterleute verkehrten, wenn auch keine Produzenten und Regisseure. Das Lokal hieß ›Auguste‹ und wurde hauptsächlich von Theaterarbeitern besucht, von Garderobieren, Bühnenarbeitern, Beleuchtern. In jenen Tagen war Larry Hilfsinspizient gewesen.

Er beobachtete sie viele Abende lang, ehe er sie endlich ansprach. Er war ein unscheinbarer Mann, klein und gedrungen, Ende Dreißig. Er arbeitete in Arthur Grimsbys erfolgreichem Musical ›Die günstige Gelegenheit‹ mit und erzählte ihr, daß er selbst Stücke schreiben wolle. Nach einiger Zeit erfuhr sie, daß er bereits als Verfasser von Kurzgeschichten Erfolg gehabt hatte. Einige der führenden Zeitschriften hatten seine Arbeiten gedruckt. Als Redaktionsmitglied der Soldatenzeitung ›Stars und Stripes‹ im Pazifik konnte er während des ganzen Krieges schreiben und Kurzgeschichten verkaufen. Nun, 1946, hätte er eine Karriere daraus machen können, wenn er nicht zum Theater statt zum gedruckten Wort gestrebt hätte. Er hatte vier Stücke geschrieben, wie er sagte, aber er hatte noch keines davon einem Broadway-Produzenten zeigen wollen. Eines war jedoch kurz vor dem Krieg in einem Sommertheater aufgeführt worden. Sie empfand Achtung vor ihm. Sie hatte noch nie einen Schriftsteller kennengelernt, wenigstens keinen, der mit seinen Arbeiten Geld verdiente.

Er wartete jeden Abend auf sie, bis sie fertig war, wenn er bei ›Auguste‹ gegessen hatte. Sie fuhren dann zusammen mit der Untergrundbahn zu ihrem Hotel in der Neunzigsten Straße, und er ging zu Fuß zehn Häuserblocks weiter zu seiner möblierten Wohnung im dritten Stock. Er schrieb gewöhnlich die ganze Nacht durch bis sieben oder acht Uhr früh und schlief dann, bis es Zeit war, ins Theater zu gehen.

Larry vergeudete wenig Zeit mit Träumereien. Laura wunderte sich, daß er nie mehr von ihr erwartete als einen Kuß. Er hatte lange genug mit dem Theater zu tun gehabt, um zu wissen, was dort üblich war. Er war weder naiv noch unsicher. Seit der Zeit, als sie bei einem der ersten Shirley-Temple-Filme in einer Nebenrolle mitgewirkt hatte, wodurch ihre Mutter auf die Idee gekommen war, sie müsse Filmstar werden, hatte Laura mehr oder weniger begriffen, daß die Schönheit ein Handelsobjekt war. Seit ihrem sechzehnten Lebensjahr war dieses Wissen nicht mehr theoretisch, sondern auf Erfahrung gegründet.

Sonntags, wenn sowohl das Theater als auch ›Auguste‹ geschlossen waren, gingen sie eine Stunde im Park spazieren, und dann nahm Larry sie in seine Wohnung und kochte ein ausgezeichnetes Mahl. Er war ein vorzüglicher Koch und stellte bald fest, daß sie in der Küche fehl am Platz war.

Der New Yorker Sommer brach mit aller Macht an. Über der Stadt lag lähmende Hitze. In Larrys Wohnung war es drückend, aber nicht so unerträglich wie in Lauras Zimmer, das direkt unter dem Dach lag. Es war zu heiß, um sonntags lange im Park spazierenzugehen, und Laura verbrachte den größten Teil des Tages in Larrys Wohnung. Die Jalousien waren heruntergelassen, und wenn Larry gekocht hatte, gab er ihr die Sonntagszeitung und setzte sich an die Schreibmaschine. Er arbeitete stundenlang, und der Schweiß lief ihm am Gesicht herab, und sein kurzärmeliges Hemd klebte an seinem Körper.

Sie dachte viel über ihn nach, während sie auf dem Sofa lag, schläfrig von der Hitze. Sie empfand ihm gegenüber hauptsächlich Dankbarkeit, weil er ihr die Einsamkeit der Großstadt ersparte.

Er gab nur und bat um nichts.

Eines Tages im August, als die Hitze wie eine Decke über der Stadt lag, sprach sie ihre Gedanken aus.

»Larry, warum willst du eigentlich nicht mit mir schlafen?«

Er schien nicht überrascht, aber er ließ sich Zeit, ehe er antwortete. Er nahm die Brille ab und lehnte sich im Stuhl zurück.

»Weil ich dich liebe, Laura, und weil ich geduldig bin.«

»Ich begreife nicht …« Sein Verhalten verwirrte sie, und sie bereute die Frage.

»Ich möchte kein Verhältnis mit dir haben, Laura. Ich möchte, daß du mich liebst.«

Sie legte die Zeitung beiseite und stand auf. Sie zog ihre Bluse aus, dann ließ sie den Rock fallen. Geräuschlos streifte sie die Sandalen ab und hakte den Büstenhalter auf.

Sie ging zu ihm hinüber, beugte sich zu ihm hinab und küßte ihn. »Larry … willst du mich so lange so nehmen, wie ich bin, bis ich dich liebe?«

Er war ein guter Liebhaber. Er war darin so gut wie in fast allen Dingen.

Sie bemühte sich weiterhin um eine Rolle. Die Arbeit bei ›Auguste‹ ließ ihr tagsüber Zeit, in Agenturen herumzusitzen, aber sie ließ ihr wenig Zeit zum Schlafen. Sie magerte ab.

Larry gelang es, Arthur Grimsby dazu zu überreden, daß er Laura vorspielen ließ. Er hoffte, er könne ihr eine Rolle mit sieben gesprochenen Zeilen in einem Stück verschaffen, das Grimsby gerade vorbereitete. Sie wußte, daß Grimsby nur zustimmte, weil Larry ein tüchtiger Mitarbeiter war, den er schätzte. Als sie auf der Bühne stand, verhedderte sie sich rettungslos. Larry führte sie danach ins ›Gallagher‹ und bestellte Roastbeef und Käsekuchen und bestand darauf, daß sie es aß.

»Du mußt noch viel lernen, Laura«, erklärte er. »Es war fürchterlich, wie du gespielt hast. Du weißt nicht, wie man spricht, du weißt nicht einmal, wie man geht. Du hast wie ein linkisches Schulmädchen gewirkt, dabei solltest du eine Sexbombe sein.«

Larry war zum Inspizienten für das Stück, in dem Laura hatte mitwirken wollen, aufgestiegen. Es war ein Schauspiel mit dem Titel ›Stück für Stück‹ von einem jungen Pazifik-Veteranen. Larry fuhr nach Boston, wo die letzten Proben und die Voraufführung stattfanden.

»Wenn sich Marshal gut hält, gibt es einen Bombenerfolg, und ich habe für die nächsten zwei Jahre geregelte Arbeit.«

»Macht es dir nichts aus, wenn du bei dem Stück eines anderen mitarbeitest?«

»Ich habe etwas zu sagen, und ich werde es sagen, aber alles zu seiner Zeit. Am Theater ist für viele Platz.«

Larry fuhr nach Boston, und Laura vermißte ihn sehr. Sie wurde mutlos, obwohl sie täglich einen Brief von ihm erhielt.

Dann rief er aus Boston an.

»Laura, wir haben's geschafft! Es ist ein Erfolg! Die Kritiker sind begeistert!«

»Fein«, brachte sie heraus. »Das freut mich.« Sie fühlte stechenden Neid auf den Erfolg, der plötzlich einem jungen, unbekannten Mann gehörte.

»Das läuft zwei Jahre … mindestens.«

Sie lachte gequält. Sie war sehr müde. »Larry … du tust so, als sei es dein eigenes Stück.«

»Baby, ich hab' dir schon gesagt, es ist mir egal, wessen Stück es ist, solange es mir zwei Jahre Arbeit gibt. Wenn wir Glück haben, bin ich die nächsten zwei Jahre gesichert, und bis dahin habe ich entweder selbst ein Stück für den Broadway fertig, oder ich stecke auf.«

Am Broadway war ›Stück für Stück‹ ein glänzender Erfolg.

Larry strahlte über die Kritiken, als wären sie über sein eigenes Stück geschrieben worden.

»Das ist so gut wie Geld auf der Bank«, sagte er zu Laura und deutete auf die ›Times‹. »Jetzt können wir heiraten.«

Sie erschrak. »Wer hat etwas von Heiraten gesagt?«

Er nahm ihr Gesicht zwischen die Hände. »Baby, ich brauche dich, und zwar nicht nur sonntags. Und du … ich glaube, du brauchst jemanden, der für dich sorgt. Ich sehe keinen Grund, weshalb das nicht ich sein sollte.«

Sie runzelte die Stirn bei dem Gedanken, daß sie Larry ihre Zukunft ausliefern würde. Dann lachte sie innerlich, weil dieses Geschenk so jämmerlich war. Sie wußte nicht, ob sie an Larrys Fähigkeit glaubte, das Stück, an dem er schrieb, zu einem Erfolg zu machen, oder ob er nur einen großen Traum vom Theater träumte und dabei sein Talent vergeudete, das vielleicht in einer ganz anderen Richtung lag. Es konnte sein, daß Larry einen Fehler beging, und vielleicht war sie im Begriff, ihm dabei Gesellschaft zu leisten. Doch wenn es nicht Larry war – wer dann? Sie liebte Larry nicht, aber außerhalb seiner schäbigen Wohnung war die Welt voller Fremder. Draußen lauerte die Einsamkeit dieser riesigen, brutalen Stadt. Dazu bestärkte sie die immer tiefer werdende Überzeugung, daß sie es allein nicht schaffte.

»Ja, Larry, wir wollen heiraten.«

Er bat Grimsby um Gehaltserhöhung und bekam sie, weil ›Stück für Stück‹ ein Erfolg war und Larry seinen Teil dazu beigetragen hatte. Laura gab ihre Stelle bei ›Auguste‹ auf. Sie heiratete in einem beigefarbenen Kostüm, das Larry für sie ausgewählt und bezahlt hatte, und zum erstenmal sah sie, wie sehr teure Kleidung sie verändern konnte.

»Von jetzt an mußt du gut angezogen sein«, erklärte er. »Ein Gesicht wie deines darf man nicht durch auffällige Kleider noch unterstreichen. Alles muß schlicht und einfach sein.«

»Was stört dich an den Kleidern, die ich bis jetzt getragen habe?«

»Sie sind verheerend. Sie sehen beinahe aus wie Fruchtbonbons.«

»Und wer soll das alles bezahlen?«

»Ich natürlich. Wir werden sparen, indem wir hier wohnen bleiben, aber ich möchte nicht, daß du die Wohnung verläßt, wenn du nicht so aussiehst, wie eine Schauspielerin aussehen soll. Du möchtest Schauspielerin sein. Gut! Dann werden wir eine aus dir machen. Du wirst den ganzen Unfug, den du in Hollywood gelernt hast, vergessen müssen.«

Er meldete sie bei Goodman zum Schauspielunterricht an und bei Joe Aaronson zur Stimmschulung; beide waren Kapazitäten, wie er sagte. Außerdem schickte er sie zu einer Ballettlehrerin, damit sie sich bewegen lernte. Plötzlich hatte sie einen ausgefüllten Tageslauf, der wesentlich anstrengender schien als die Arbeit bei ›Auguste‹.

Sie lernte Kleider auswählen mit der genauen Vorstellung des Bildes, wie sie aussehen wollte. Larry überredete sie, sich das Haar wachsen zu lassen, und schickte sie zu einem guten Friseur, der es dunkelhonigblond färbte, wodurch die warmen Töne ihrer Haut hervorgehoben wurden. Im Laufe der Monate sah sie, wie eine neue Schale über die andere gelegt wurde, und was sie sah, gefiel ihr. Aber im Innern spürte sie, daß sie immer noch die ungebildete, schlampige Blondine aus Los Angeles war. Sie fürchtete, daß dieser Kern noch durchschimmerte.

Larrys Tageslauf hatte sich durch die Ehe nicht geändert. Er aß weiterhin jeden Abend bei ›Auguste‹ und arbeitete bis sieben oder acht Uhr am Morgen.

Sie schlief fast stets mit einem Buch in der Hand ein. Wenn sie nicht übte oder eine Rolle studierte, ließ Larry sie lesen. Sie las Dramen, Romane, Biographien und Gedichte, die er aus den vollen, unordentlichen Regalen an der Wand des Wohnzimmers holte. Larry wollte, daß sie so gebildet wurde wie er.

»Mein Gott!« protestierte sie schwach. »Was hast du eigentlich mit mir vor? Mein Vater war sein ganzes Leben lang Taxichauffeur, und meine Mutter war Bedienung in einer Schnellgaststätte in Hollywood. Ich habe von diesen Leuten hier«, sie deutete auf die Bücher, »noch nie etwas gehört.«

»In der Theaterwelt kannst du alles sein, solange du die Menschen überzeugst. Wie du angefangen hast, spielt keine Rolle. Und was in diesen Büchern steht, gehört zu deinem Kapital.«

Sie gab sich nur halb zufrieden, aber sie tat, was er sagte, weil sie nicht wußte, woran sie sonst glauben sollte. Nach einem Jahr begann sie sich zu fragen, ob es zu irgend etwas führte. ›Stück für Stück‹ wurde nun schon das zweite Jahr am Broadway gespielt.

Kurz nach Neujahr teilte ihr Larry mit, daß er etwas Geld in das Sommertheater am Hyde Park stecken wolle, unter der Bedingung, daß sie in das Ensemble aufgenommen wurde. Sie war ihm überschwenglich dankbar. Der Gedanke an den Sommer gab ihren Studien eine neue Richtung, und sie arbeitete noch härter als vorher. Im Frühling ließ das Interesse für ›Stück für Stück‹ allmählich nach, und im Mai wurde die Schlußvorstellung angekündigt. Larry erklärte, sein eigenes Stück sei nun so weit gediehen, daß er es Grimsby zeigen konnte.

Bis dahin hatte er sich geweigert, es Laura lesen zu lassen. Als er ihr nun den Durchschlag gab, fürchtete sie sich davor, es zu lesen. Die Tatsache, daß Larry dieses Schauspiel, sein fünftes, für wert hielt, es einem Broadway-Produzenten zu zeigen, war von großer Tragweite.

Wenn er sich hier irrte, dann irrte er sich auch in seiner ganzen Vorstellung vom Theater. Ihre eigene Zukunft lag in diesen dünnen, mit Maschinenschrift bedeckten Blättern. Sie war zu ängstlich, als daß sie es hätte mit Hingabe lesen können. Manches davon schien ihr kaum einen Sinn zu ergeben, und sie wußte, daß es an der Furcht lag, die sie blind machte.

Schließlich gestand sie es Larry.

»Du stehst dem Stück zu nahe, Baby. Vergiß es, bis Grimsby sich dazu geäußert hat.«

Nun, da ›Stück für Stück‹ abgespielt war, arbeitete Larry an einem anderen Schauspiel und versuchte, seine neueste Kurzgeschichte zu verkaufen, um mit dem Erlös über den Sommer zu kommen. Laura spielte in fünf Stücken im Hyde-Park-Theater kleine Nebenrollen, und auf Grund von Larrys Investition hatte man ihr die Rolle der Alexandra in ›Die kleinen Füchse‹ gegeben. Die Hauptrollen waren dem berühmten Ehepaar Vera Terraine und John Langston vorbehalten. Die beiden waren seit den zwanziger Jahren Stars am Broadway und überall in den Vereinigten Staaten. Ihre Namen allein brachten ausverkaufte Häuser. Laura wurde schon bei dem Gedanken daran ängstlich, daß sie auf der gleichen Bühne wie sie stehen sollte.

»Streng dich an und laß dich von Vera nicht an die Wand spielen«, war alles, was Larry dazu sagte.

Sie ging meist allein zum Hyde-Park-Theater, obwohl Larry versprochen hatte, bei jeder Kostümprobe und zur Premiere zu erscheinen. Sie vermißte ihn in vielerlei Hinsicht. Nach zehn Monaten bei Goodman und Aaronson war sie nicht mehr unbeholfen und litt auch nicht mehr unter ihrem früheren Mangel an Selbstvertrauen, aber sie vermißte Larrys Rat und seine Sicherheit, die sich auf sie beruhigend übertrug.

Grimsby hatte inzwischen sein Stück gelesen und zeigte Interesse dafür.

Die Verhandlungen liefen.

Ah Larry zur nächsten Vorstellung ins Hyde-Park-Theater kam, berichtete er, daß Grimsby das Stück im Herbst oder Winter herausbringen wollte. Zu den Bedingungen, um die Larry kämpfte, gehörte es, daß Laura die weibliche Hauptrolle bekam. Grimsby war unerschütterlich in seiner Ablehnung, obwohl Larry darauf hinwies, daß die weibliche Hauptrolle so geschrieben war, daß sie von ihren beiden männlichen Gegenspielern getragen wurde und daß nichts schiefgehen konnte, wenn er für die beiden männlichen Hauptrollen Stars engagierte. Außerdem war Laura schön und hinreichend geschult, wie er sagte.

Grimsby wollte sie nicht und sprach das unumwunden aus. Ohne die Kritiken über die Neuaufführung der ›Kleinen Füchse‹ im Hyde-Park-Theater hätte er seinen Sinn nicht geändert. Vera Terraine und John Langston garantierten dem Stück einigen Widerhall in der Presse und traten mit ihrer gewohnten Überlegenheit auf. Vielleicht war es die Tatsache, daß Laura neu auf der Bühne war, was ihr das Interesse der Kritiker einbrachte, vielleicht lag es aber auch daran, daß Larry fast verzweifelte, weil seine Verhandlungen mit Grimsby immer noch zu nichts geführt hatten, was sie zu ungeheurer Anstrengung trieb. Sie spielte ohne Hemmungen, entschlossen, von den Kritikern gelobt zu werden. Sie erreichte dieses Ziel, und am Ende der Woche kam Grimsby ins Hyde-Park-Theater, um sie sich anzusehen. Er erklärte sich bereit, wenn auch immer noch zögernd, ihr die Rolle anzuvertrauen.

Den Rest des Sommers verbrachte sie in einer Art Trance. Sie lebte in dem beängstigenden Bewußtsein, daß sie um ein Haar ihre Chance verpaßt hätte. Sie versenkte sich ganz in Larrys Stück, und sie erschrak im ersten Moment, als Vera Terraine und John Langston im September für vier Wochen in einer Neuinszenierung der ›Kleinen Füchse‹ am Broadway spielten und man sie unerwartet aufforderte, wieder die Rolle der Alexandra zu übernehmen.

Es war die Touristensaison. Das Publikum bestand während dieser vier Wochen hauptsächlich aus Fremden, die durch den Namen des Stückes und den Ruhm der beiden Hauptdarsteller angelockt wurden. Hier, in ihrer eigenen Domäne, sorgte Vera Terraine dafür, daß Laura von den Kritiken nicht mehr als die übliche zweizeilige Erwähnung erhielt, aber das wenige, das über sie gesagt wurde, war freundlich, und ihr erster Auftritt am Broadway erlaubte Grimsby, ihren Namen auf dem Plakat zu nennen, als Larrys Stück Ende November angekündigt wurde:

ROD CHANDLER, MARCUS NORTH
und LAURA CARROLL
in
›DER SAUERTEIG‹
von
LAWRENCE WARDE

Laura hatte sich noch nie in ihrem Leben so gefürchtet. Die Wochen, während der für die Voraufführung in Philadelphia geprobt wurde, waren für sie ein einziger Alpdruck, aber niemand außer Larry wußte das. Rod Chandler und Marcus North, die beide blendende Rollen hatten, halfen ihr, da sie es sich leisten konnten, und ihre Hilfe wurde ihnen leichtgemacht durch die Art, in der Larry ihre Rollen geschrieben hatte. Das Stück hing nicht von Laura ab, und sie brauchte nichts zu tun, als gut zu spielen.

Die Voraufführung in Philadelphia war ein Erfolg, und nach der Premiere am Broadway bekamen Chandler und North überschwengliche Kritiken. Laura wurde mit sehr freundlichen Worten bedacht. Sie wurde für ihr anmutiges Auftreten gelobt und ihr präzises Zeitgefühl. Zwei Kritiker erwähnten ihre klare Aussprache, ihre bemerkenswerte Stimme, die noch auf dem letzten Platz des Hauses zu verstehen war. »Es ist uns ein Vergnügen, Miß Carroll am Broadway willkommen zu heißen. Sie wird noch viele Spielzeiten eine Zierde für den Broadway sein.«

Am meisten aber wurde Lawrence Warde gelobt. Die Kritiker sagten voraus, daß er einer der ersten Dramatiker Amerikas werden wurde. Als Laura und Larry nach Arthur Grimsbys Party nach Hause kamen, fielen sie einander erleichtert in die Arme. Nach der Aufregung der Premiere und der Party schien dieses schäbige Zimmer warm und heimelig zu sein. Sie wußten, daß es zu einer Welt gehörte, die sie nun verließen, und in diesem Augenblick bedauerten sie es fast.

›Der Sauerteig‹ lief zwei Spielzeiten lang am Broadway. Einen Monat ehe das Stück abgesetzt wurde, eröffnete Larry Laura, er wolle sich scheiden lassen.

Es wäre für Laura leichter gewesen, Larry zu verstehen, wenn sie vorher geahnt hätte, was in ihm vorging. Sie hätte dann vielleicht etwas unternehmen können, und sei es nur eine Geste, als kämpfe sie um ihn. Doch als er es ihr sagte, war ihr sofort klar, daß es zu spät war. Sie hatte selbstgefällig neben ihm hergelebt und ihn verloren, noch ehe sie es wußte. Der ›Sauerteig‹ war an eine Filmgesellschaft verkauft worden, doch diesmal war es Larry nicht möglich gewesen, Laura die Hauptrolle zu verschaffen. Die Rolle war einem Star zugedacht, der bei der Filmgesellschaft unter Kontrakt stand, und das Stück wurde geändert und ausgebaut, so daß es zu dieser Frau paßte. Laura gab Larry die Schuld daran.

Der ›Sauerteig‹ wurde mit Erfolg in London aufgeführt. Larry war zur Erstaufführung hingeflogen. Aus den zwei Wochen, die er ursprünglich bleiben wollte, waren nahezu zwei Monate geworden. Laura war von den Proben für eine Fernsehshow ganz in Anspruch genommen gewesen und hatte seine Abwesenheit kaum bemerkt.

Als er zurückkam, schrieb er sein neues Stück fertig; sie stellte fest, daß es keine Rolle für sie enthielt.

»Sei doch vernünftig, Laura«, hatte er sie gebeten. »Ich kann nicht dauernd nur eine Person im Kopf haben, wenn ich schreibe. Man wird dir andere Rollen anbieten, wenn der ›Sauerteig‹ abgesetzt wird.«

Das zweite Stück wurde, ein paar Monate ehe der ›Sauerteig‹ abgespielt war, uraufgeführt. Das Stück war noch besser als das erste, und dank der überschwenglichen Kritiken war das Haus auf Monate ausverkauft. Nun hatte Larry in zwei Broadway-Theatern Stücke laufen. Er war fast sofort nach der Premiere des zweiten nach London geflogen, um die dortige Aufführung vorzubereiten. Als er zurückkam, teilte er ihr seine Scheidungsabsichten mit.

»Aber weshalb?« fragte sie fassungslos.

»Ich möchte eine andere heiraten.«

»Wen?« Sie überlegte verzweifelt, wer es sein könnte, und wußte sofort, daß es niemand aus New York war.

»Sie heißt Mary Blair und ist Harvey Cantrills Sekretärin.«

Laura brauchte eine Sekunde, ehe sie sich daran erinnerte, daß Cantrill sein Londoner Produzent war. »Deshalb bist du so lange fortgeblieben …«

»Hast du überhaupt bemerkt, daß ich weg war?«

Plötzlich brach ihr Zorn in sich zusammen, es blieb ihr nur Bestürzung. »Larry … weshalb, Larry? Du hast mich doch geliebt …«

»Ja, ich habe dich sehr geliebt, Laura. Aber ich habe mich geirrt.«

»Was meinst du damit?«

»Ich hatte ein Ideal … ein Wunschbild, wenn du so willst. Ich habe dich als Rohmaterial gesehen, das man formen kann. Ich wollte dich formen, ich habe den ›Sauerteig‹ für dich geschrieben, für die Frau, von der ich hoffte, du würdest sie werden.«

Hitzig erwiderte sie: »Ist es dann mein Fehler, daß ich ich selbst wurde und nicht irgendein Traumbild, wie du es erhofft hattest?«

»Nein«, sagte er leise. »Es ist nicht dein Fehler, Laura. Ich habe dich zu Lehrern gegeben und zugesehen, wie sie deinen Körper und deine Stimme und dein Gesicht formten. Du warst eine begabte Schülerin und hast gut gelernt. Ich dachte, ich könnte dir die anderen Dinge beibringen – Witz, Klugheit, Freundlichkeit. Ich dachte, du würdest mich lieben. Das war mein Fehler. Ich hätte wissen sollen, daß die Liebe nicht kommt, nur weil man sie sich wünscht.«

»Ich habe dich nie betrogen«, fuhr sie auf. »Du weißt das. Und du hast immer gearbeitet und bist nie ins Theater gekommen …«

»Nicht betrügen genügt nicht, Laura. Eine Ehe erfordert etwas Positiveres als das. Ich glaube, es war mein Fehler. Ich habe dir all die oberflächlichen Theatertricks beigebracht und dir gezeigt, wie man Erfolg hat, und dann stand ich da und habe zugesehen, wie du von Friseuren, Schneidern und Fotografen beansprucht wurdest und all dem anderen Drum und Dran, das dazugehört, wenn man ein Star ist. Ich habe damit begonnen und wußte dann nicht, wie ich ihm ein Ende machen sollte.«

»Es lag im Grunde daran, daß du meinen Erfolg gar nicht wolltest, Larry. Du wolltest, daß ich zu Hause bin und dir zu Füßen sitze.«

»Wahrscheinlich hast du recht. Deshalb heirate ich Mary Blair.«

Bei den Scheidungsvereinbarungen zeigte sich Larry sehr

großzügig. Was er ihr nicht geben konnte, war der Glaube an ihr Talent, an ihre Fähigkeit, ohne ihn auszukommen.

Sie empfand stechenden Neid, als sie las, daß sein zweites Stück den Preis der New Yorker Kritiker und dann den Pulitzer-Preis erhalten hatte. Doch der schwärzeste Tag war der, an dem sie Larry und eine Frau, zweifellos Mary Blair, beim Lunch im ›Sardi‹ sah. Mary Blair war eine unscheinbare Frau, und sie hatte das braune Haar zu streng aus ihrem mageren Gesicht zurückgekämmt. Sie hätte nirgends Beachtung gefunden. Sie ging völlig in Larry auf, und als sie das Restaurant verließen, hängte er sich vertrauensvoll bei ihr ein.

Laura kam sich ausgestoßen vor, als sie die beiden beobachtete.

Fast das letzte, was Larry zu ihr gesagt hatte, war: »Trag die richtigen Kleider und wähle deine Rollen mit Verstand.« Sie hatte Grund, oft daran zu denken. In den ersten beiden Jahren nach der Scheidung war sie in zwei Stücken am Broadway aufgetreten, die sich als Mißerfolge erweisen sollten, und in einem weiteren, das in Washington voraufgeführt worden war und nie nach New York kam. Es war leichter, die richtigen Kleider zu wählen als die richtigen Rollen, und nach zwei Fehlschlägen wurden ihr die Rollen nicht mehr von den besten Produzenten angeboten. Sie saß in ihrer Wohnung und wartete darauf, daß das Telefon läutete. Wer einmal am Broadway eine Hauptrolle gespielt hatte, konnte nicht mehr von sich aus die Produzenten anrufen.

Das Telefon läutete immer seltener.

Sie hatte dennoch zu tun. Das Fernsehen lief auf Hochtouren und hatte einen unerschöpflichen Bedarf an Schauspielern und Autoren. Sie trat in Nachmittagssendungen auf und abends in halbstündigen Fernsehspielen. Ihr Agent, Al Roberts, rief jedesmal die Fernsehkritiker der Zeitungen an, in der Hoffnung, daß sie sich ihre Auftritte ansahen und Laura in ihren Kritiken erwähnten. Manchmal erschien ihr Bild auf der Fernsehseite einer Abendzeitung. Die Spiele wurden in riesigen Nachtstudios aufgenommen und in zugigen Theatern, die der zunehmenden Popularität des Fernsehens zum Opfer gefallen waren. Ein halbes dutzendmal fuhr sie nach Los Angeles, um dort in einer Werbesendung einer großen Fernsehgerätefabrik aufzutreten. Es war Arbeit, aber sie hatte nichts Faszinierendes an sich. Sie nahm nach wie vor Unterricht und machte befriedigende, wenn nicht sogar bemerkenswerte Fortschritte. Sie hörte, daß Larry im Herbst ein neues Stück herausbringen wollte, und war nun bereits verzweifelt genug, um ihn anzurufen und zu fragen, ob es nicht eine Rolle für sie enthielt. Er versicherte ihr, dies sei nicht der Fall, und tat so, als bedauere er es.

Nach diesem Gespräch teilte sie Al Roberts mit, daß sie die Arbeit annehmen wolle, die er für sie gefunden hatte, nämlich in einer Reihe von Werbesendungen für die Firma Amtec im Fernsehen aufzutreten. Sie machte sich keine Illusionen darüber, was dies bedeutete. Sie würde Herde, Geschirrspülmaschinen und Kühlschränke anpreisen, und sehr wahrscheinlich war dies das Ende aller Hoffnungen, je wieder auf die Bühne zurückzukommen. Aber sie brauchte Geld, um ihre Wohnung in der Fünfzigsten Straße behalten und weiterhin das Leben führen zu können, das dieser Wohnung entsprach. Das Angebot von Amtec war sehr großzügig. Die Firma schloß einen dreijährigen Exklusivvertrag mit ihr ab. Das waren drei Jahre, in denen sie sich weiterhin die Fünfzigste Straße und ihre Nerzmäntel leisten konnte.

In der Zeit, die Amtec ihr übrigließ, nahm sie Unterricht bei Goodman. Sie tat es aus Verzweiflung, denn sie spürte, daß sie sich von ihrem eigentlichen Ziel immer weiter entfernte. Sie wußte, daß sie sich damit nur die Illusion kaufte, Schauspielerin zu sein, und daß sie nun in den Augen der Öffentlichkeit mit Kühlschränken identifiziert werden würde. Aber sie sagte sich, daß Amtec schließlich gut genug bezahlte, so daß sie sich dieses Laster leisten konnte. Sie kaufte viele von den Büchern, die auf Larrys Regalen gestanden hatten und die zu lesen sie vor der Scheidung keine Zeit gehabt hatte.

In der Zwischenzeit wurde sie in ganz Amerika berühmt für die Grazie, mit der sie durch eine Musterküche schritt und Knöpfe an einem Herd oder einer Waschmaschine betätigte.

Amtec brachte in den bekanntesten Zeitschriften eine große Anzeigenserie heraus, die ihr gewidmet war.

Goodman betrachtete gerade die zweiseitige Anzeige in der Zeitschrift ›Life‹, als sie eines Tages in sein Studio kam. Er beehrte sie mit einem bewundernden Blick. »Ich glaube, das bringt eine Stange Geld ein«, sagte er und deutete auf das knallbunte Foto.

»Ja, aber ich bekomme es nicht geschenkt. Es füllt mich ganz aus.«

»So? Wirklich?« Dann legte er die Zeitschrift beiseite. »Schön, wollen wir ein wenig arbeiten?«

Laura kam während des ersten Jahres, in dem sie für Amtec tätig war, mehrmals mit Ed Peters zusammen. Sie hatte oft genug von ihm gehört, so daß sie eine Vorstellung von seiner Macht in der Firma hatte. Jeder kannte Ed Peters, und manche fürchteten ihn. Er war Vizepräsident und leitete eine der Tochterfirmen der Gesellschaft. Manche sahen ihn bereits als Präsidenten des Konzerns oder als Aufsichtsratsvorsitzenden. Er war damals sechsundvierzig Jahre alt und erschien ihr nicht als ein Mann, den man fürchten mußte. Er hatte ein angenehmes Äußeres, ohne ausgesprochen stattlich zu sein. Sein kurzgeschnittenes Haar war grau meliert. Er war charmant, seine Manieren trugen den Stempel von Princeton. Er hatte nichts an sich, was auf die Zähigkeit der Männer hindeutete, die Amtec auf dem Gebiet der Elektronik groß gemacht hatten. Man spürte eher die Fähigkeit, zu manövrieren und zu verhandeln. Ohne daß man es ihr sagte, riet Laura, daß Ed Peters Jura studiert hatte. Er hatte etwas von einem Anwalt an sich.

Den ersten engeren Kontakt mit ihm bekam sie, nachdem sie etwas über ein Jahr für Amtec gearbeitet hatte. Al Roberts hatte ein Angebot von Jerome Perkins für Laura bekommen, in einer Broadway-Show aufzutreten. Es war keine Haupt-, aber eine tragende Rolle, die ihr viel Beachtung eingebracht hätte.

Amtec gab sich nicht einmal die Mühe, die Situation mit ihr zu diskutieren. Man erinnerte sie lediglich an ihre Unterschrift auf dem dreijährigen Exklusivvertrag und teilte ihr mit, daß man nicht bereit sei, sie freizugeben, und daß sie nicht den Anforderungen von acht Broadway-Auftritten in der Woche und zugleich ihren Verpflichtungen der Firma gegenüber nachkommen könnte. Ihr blieb keine andere Wahl, als Jerome Perkins' Angebot abzulehnen.

Damals rief Ed Peters sie an und lud sie zum Abendessen ein.

Sie war niedergeschlagen, und ihre ohnmächtige Rebellion bezog sich auch auf Ed Peters und seine Einladung, aber sie hatte nicht den Mut, abzulehnen.

Er war ein guter Unterhalter und schlug sie mit seinen Worten in Bann. Besänftigt hörte sie ihn sagen, wie wertvoll sie für Amtec sei, wie berühmt sie durch ihre Werbefeldzüge geworden sei und wie viele großartige Rollen auf sie warteten, wenn der Kontrakt ablief. Er deutete auch an, daß man nach Ablauf des jetzigen Vertrags gern einen neuen mit ihr abschließen wurde, der ihr größere Freiheiten gab. In der Zwischenzeit hätte sie die notwendige Muße, um bei Goodman zu studieren. Er erweckte den Anschein, als sei Amtec nichts anderes als ein väterlicher Freund. Sie hörte ihm zu und glaubte ihm.

Während der nächsten sechs Monate bat er sie gelegentlich, mit ihm essen zu gehen. Manchmal besuchten sie zusammen das Theater. Er war charmant, aber zurückhaltend. Er gab nichts und bat um nichts. Er schien sich zu freuen, wenn er sie sah, aber er betrachtete sie so, wie er das Bild einer schönen Frau angesehen hätte. Er erzählte sehr wenig über sich selbst, schien es aber für selbstverständlich zu halten, daß sie andere über ihn aushorchte.

Dadurch, daß sie beiläufige Fragen im richtigen Moment stellte, konnte sie sich Ed Peters' Karriere Stück für Stück zusammensetzen.

Sie erfuhr, daß er in der Anwaltspraxis seines Vaters in Philadelphia begonnen hatte, die sich ausschließlich mit den Rechtsfragen großer Firmen befaßte. Das Anwaltsbüro war konservativ und wohlhabend, und zu gegebener Zeit heiratete Ed ein Mädchen aus Philadelphia, das Geld besaß und zugleich schön war.

Sie hieß Joan Stratton.

Sie bekamen zwei Töchter, Elizabeth und Clare.

Ed Peters selbst erzählte ihr, daß er nach drei Jahren, in denen er einen Antikartellprozeß durchfocht, an dessen Ende die beklagte Gesellschaft einen Vergleich schloß, nach Washington übersiedelte und eine schlecht bezahlte Stellung im Justizministerium annahm. Das Angebot des Justizministeriums war ein Triumph für einen jungen Anwalt gewesen, und sein Vater hatte strikt darauf bestanden, daß er nach Washington ging, ein paar Jahre in der Verwaltungspraxis Erfahrung sammelte und möglichst viele Verbindungen in den verschiedenen Ministerien anknüpfte. Der Kriegsausbruch hatte ihn in Washington überrascht, und das Justizministerium hatte ihn unabkömmlich geschrieben.

Während der nächsten Jahre lernte er die Arbeit der Monsterfirmen kennen, die Rüstungsaufträge erhielten, und kam mit den Männern in Berührung, die diese Firmen leiteten.

Die meisten von denen, die mit Laura über Ed Peters sprachen, sagten, er habe sich damals mit seiner Frau auseinandergelebt, da es sie langweilte, endlos Partys zu geben für Leute, mit denen sie sich nie anfreunden konnte und die das auch gar nicht erwarteten.

Ein Jahr nach Kriegsende war Eds Vater gestorben. Ed hatte beschlossen, nicht nach Philadelphia zurückzukehren und die väterliche Praxis weiterzuführen, sondern ein Angebot von Amtec anzunehmen, in die Rechtsabteilung der Firma einzutreten. Während des Krieges hatte die Regierung die Monopole geduldet, die sich gebildet hatten, aber nun begann man wieder Antikartellprozesse vorzubereiten. Ein solcher Prozeß war bereits gegen Amtec anhängig.

Ed blieb nicht lange in der Rechtsabteilung. Amtec hatte eine neue Tochterfirma gegründet, die Haushaltsmaschinen herstellte; Ed wies im richtigen Moment auf die Schwäche des Mannes hin, der die Tochterfirma leitete, und wurde sein Nachfolger. Er arbeitete mit einem Eifer und einer Hingabe, die ihn von jeglichem Privatleben ablenkte. Nach den Jahren der Knappheit während des Krieges breitete sich in der Bevölkerung eine Kaufwelle aus, und die Waren fanden rascher ihre Abnehmer, als die Fabriken produzieren konnten. Eds Abteilung erzielte Rekordumsätze. E. J. Hamilton hielt ihn für seine Entdeckung und rühmte sich mit ihm. Mit dreiundvierzig Jahren wurde Ed als einer der Vizepräsidenten in die Hauptverwaltung zurückversetzt. Er war sehr rasch aufgestiegen, aber er hatte sich dabei Feinde gemacht.

Für diese war es dann eine Befriedigung, als die Nachricht durchsickerte, daß seine Frau Joan ihn verlassen hatte. Nach der Scheidung in Reno, bei der Ed die Erziehung seiner beiden Töchter zugesprochen wurde, hatte Joan sofort den Auslandskorrespondenten einer der New Yorker Zeitungen geheiratet.

Sie hatten sich während des Krieges in Washington kennengelernt.

All dies erfuhr Laura im Laufe der Zeit. Über den Mann selbst wußte sie immer noch sehr wenig. Sie verstand ihn jedoch gut genug, um zu wissen, daß ihr Verhältnis in ein neues Stadium eingetreten war, als er sie zum erstenmal zu sich und seinen beiden Töchtern nach Hause einlud.

Die jüngere, Clare, war blond und fügsam und bedeutete für Ed Peters kein Problem. Er wurde leicht mit ihr fertig, und Laura nahm dies als ein Zeichen für Liebe. Die dreizehnjährige Elizabeth jedoch stand in offener Rebellion gegen ihren Vater und drückte dies darin aus, daß sie alles tat, was er verabscheute. Laura hatte Mitleid mit dem dicken, pickeligen Mädchen, in dessen ungepflegtem Haar und schlampiger Kleidung sich die Verachtung für die Ordnungsliebe ihres Vaters ausdrückte. Sie hatte kalte blaue Augen und musterte Laura aufmerksam.

»Sie sind schön«, stellte sie fest, als sie Lauras Hand losließ. »Mein Vater mag häßliche Frauen nicht.« Und unerwartet fügte sie hinzu: »Wenn Sie wollen, können Sie Ihren Mantel in meinem Zimmer ablegen und sich dort frisch machen.«

Ed tat nichts, um sie aufzuhalten, und Laura folgte Elizabeth in einen Raum, der ein einziges Durcheinander von Kleidungsstücken, Schallplatten und Schulbüchern war. Das Mädchen setzte sich auf das ungemachte Bett, während sich Laura vor dem Spiegel kämmte.

»Das Zimmer hier ist ein Saustall, nicht? Mein Vater hackt deswegen dauernd auf mir herum, aber die Dienstmädchen kümmern sich nicht darum, und ich sehe nicht ein, weshalb ich mich darum scheren soll, nur weil er einmal im Monat den Kopf hier hereinstreckt.«

»Vielleicht würdest du dich selbst wohler fühlen, wenn es aufgeräumt wäre«, meinte Laura vorsichtig. Sie studierte heimlich das Foto einer dunkelhaarigen Frau, das auf dem Toilettentisch stand. Elizabeth bemerkte es.

»Das ist meine Mutter. Sie ist auch schön.« Sie stand langsam vom Bett auf. »Ihr geht es großartig. Sie leben in Paris, und meine Mutter reist mit Doug durch ganz Europa, wenn er eine Reportage macht. Sie schreibt mir jede Woche. Wenn ich achtzehn bin, fahre ich zu ihr.«

Sie deutete auf ein gerahmtes Foto, das umgekehrt an der Wand hing. »Das ist meine Urgroßmutter. Mein Vater besteht darauf, daß ihr Bild hier hängt. Sie lebt auf einer Farm in Pennsylvania. Wir müssen jedes Weihnachten bei ihr verbringen.«

Ed rief Laura von da an häufiger an, und oft aßen sie mit Elizabeth und Clara zusammen, ehe sie ins Theater gingen. Elizabeth, die in Lauras Anwesenheit gesprächig war, richtete fast kein Wort an ihren Vater. Sie begann Vorwände zu erfinden, damit Laura in ihr Zimmer kam, und dann war sie abwechselnd freundlich und feindselig. Stockend fragte sie Laura, ob sie sich Dauerwellen machen lassen sollte und welche Farben ihr wohl am besten standen. Vor Lauras Besuchen bemühte sie sich, ihr Zimmer etwas aufzuräumen. Sie bewunderte Lauras gepflegte Hände, und nach einer Weile hörte sie sogar auf, an den Fingernägeln zu beißen.

»Sie können mit Elizabeth umgehen«, sagte Ed eines Abends, als sie die Wohnung verließen. »Sie versucht sich schönzumachen, wenn sie weiß, daß Sie kommen, und stopft sich nicht mehr mit Candy voll.«

Daraufhin wußte sie, daß er vorhatte, ihr einen Heiratsantrag zu machen. Aber er ließ sich Zeit damit.

Sie wußte auch, daß sie sich jetzt zurückziehen mußte, wenn sie Ed nicht heiraten wollte, sonst würde er eine Ablehnung nicht verzeihen. Als Ed sie bat, bei einer Dinnerparty, die er für einige der höheren Angestellten von Amtec gab, als Gastgeberin zu fungieren, stimmte sie zu. Es war ihr klar, daß sie sich damit entschieden hatte. E. J. Harrison und seine Frau würden anwesend sein. Laura wußte, daß das Verhältnis zwischen ihr und Ed geklärt war.

E. J.s langes Gespräch mit ihr an jenem Abend und seine Komplimente bedeuteten die stillschweigende Aufnahme in die Welt der Firma. Sie heirateten in aller Stille einen Monat nach dieser Party, und Ed fuhr mit ihr sofort nach Pennsylvania und stellte sie dort seiner Großmutter vor.

6. KAPITEL

»Du mußt ihn ohne Eis trinken«, erklärte Tom, als er Sally den Whisky einschenkte. »So wie es dir der gute alte Ire Mike Brennan beigebracht hat.«

Sally lächelte und nahm das Glas. »Du hättest Onkel Oliver hören sollen, als er feststellte, daß Dad Scotch im Haus hatte statt irischen Whisky. Er konnte sich zehn Minuten lang nicht beruhigen, daß man diesen blutigen imperialistischen Engländern zu Profit verhalf.

Sie schwenkte den Whisky im Glas und betrachtete Tom mit spöttischer Nachdenklichkeit. Dann lehnte sie sich mit einem zufriedenen Seufzer im Sessel zurück.

»Kommst du dir auch so wunderbar unmoralisch vor, weil wir zusammen in einem Motel sind? Es ist doch großartig, wenn man sich eine Weile nicht so respektabel vorkommt. Dann wird die Ehe nicht langweilig.«

Tom lehnte die beiden Kissen ans Kopfende eines der Betten und machte es sich bequem.

»Holde Braut«, sagte er kopfschüttelnd, »wenn du dir schon nach zwei Monaten darüber Gedanken machst, daß unsere Ehe langweilig werden könnte, dann stimmt was nicht. Und wenn du dir nicht wie eine respektabel verheiratete Frau vorkommst, dann laß dir sagen, daß jedes Zimmer in diesem Haus von Amtec belegt war, seit das Laboratorium eröffnet wurde, und daß keine einzige Frau hier geschlafen hat, die nicht mit dem Mann, in dessen Zimmer sie war, respektabel verheiratet war. Die Firma hält einen durch den bloßen Mangel an Gelegenheit auf dem Pfad der Tugend.«

»Es liegen noch andere Motels an der Straße ...«, warf Sally scheinheilig ein.

»Der große Bruder beobachtet dich.«

»Du bist heute schon der zweite, der mir das sagt. Ich habe beim Mittagessen einen hiesigen Anwalt kennengelernt. Er hat von Amtec und dem Amtec-Park ein ziemlich düsteres Bild. Ich glaube, es ist ein wenig hart, wenn einem so etwas plötzlich vor die Tür gesetzt wird.«

»Unsinn. Die Stadt braucht die Firma. Das geben sogar die zu, die nicht begeistert sind.«

Sie schwenkte langsam den Whisky im Glas. »Und glaubst du, daß Amtec sich hier wohl fühlt? Wird sich alles erfüllen, was die Firma sich verspricht?«

»Bei den vielen Millionen Dollars, die sie investiert haben, muß etwas herauskommen. Dieser Glaskasten auf dem Hügel wird Resultate erzielen, oder man beordert noch mehr und noch bessere Wissenschaftler her. Die Spreu wird rascher vom Weizen gesondert, als du zuschauen kannst. Deshalb haben sie einen Mann wie Peters an die Spitze gestellt. Vom Standpunkt des Wissenschaftlers aus ist er eine Null, aber er weiß, was Amtec will.«

»Das klingt nicht gerade ... bequem.«

»Große Firmen wollen nicht bequem sein, aber als Wissenschaftler macht man mit, weil nur sie genug Geld für die Forschung haben.«

Er stellte das Glas auf den Nachttisch und klopfte sich die Kissen zurecht. »Zum Teufel, Sal, jetzt haben wir genug über Amtec geredet. Tun wir so, als hätten wir es draußen vor der Tür gelassen, ja? Was hast du die ganze Woche über getan?«

Während der vier Wochen, seit das Laboratorium geöffnet worden war, hatte Tom in diesem Motel gewohnt und war über die Wochenenden in ihre alte Wohnung nach New York gefahren. – Er lebte nicht gern von Sally getrennt, aber da sie bereits mit den Ratenzahlungen für das Haus und die neuen Möbel begonnen hatten, konnten sie weder auf Sallys Gehalt während dieser vier Wochen verzichten noch es sich leisten, daß sie bei ihm im Motel wohnte. Aber nun war sie bei ihm, sie blieb die ganze Nacht da, und er konnte sich daran freuen, wie sie dasaß und die Beine lässig über die Armlehne des Sessels baumeln ließ. Sally war nicht schön, aber sie hatte eine sinnliche Anmut, die ihn unaufhörlich faszinierte. Er hatte schon an der Universität immer gesagt, daß sie jederzeit als Ballettmädchen im Kabarett ›Latin Quartier‹ auftreten könne, wenn sie das Studium je einmal satt bekommen sollte. Sie hatten, ein paar Monate nachdem sie ihr Abschlußexamen in englischer Literatur mit Auszeichnung bestanden hatte, geheiratet. Tom war stolz auf Sally.

Ein spöttisches Lächeln spielte um ihre Lippen. »Das höre ich gern. ›Was hast du die ganze Woche getan?‹ Ich will es dir sagen. Am letzten Freitag habe ich meine Stelle aufgegeben, mein Mann war das ganze Wochenende über zu Hause, und er war keinerlei Hilfe. Seither habe ich Bücher gepackt und Geschirr in Zeitungspapier gewickelt und konnte mich danach nicht mehr erinnern, was ich eigentlich eingepackt hatte.«

»Sal, war es so schlimm? Ich hätte kommen sollen …«

»Quatsch! Als ob ich nicht allein ein paar Teller einpacken könnte.« Sie lächelte. »Ich will dir sagen, was ich tatsächlich getan habe. Ehe ich die Teller weggepackt habe, beschloß ich, Marge und Dick zum Abendessen einzuladen, und dann kam auch Pat und brachte ihren Freund mit, du weißt doch, diesen Künstler. Wir haben uns mit Spaghetti vollgestopft und zwei Flaschen Wein getrunken, und sie hatten Mitleid mit mir, weil das meine letzte Privatparty wäre, und ich sagte ihnen, ich hätte Mitleid mit ihnen, weil sie in New York bleiben müßten.«

»Sal, macht es dir wirklich nichts aus? Burnham Falls hier ist ja ganz nett, aber Marge und Pat und alle anderen werden nie hierherkommen.«

»Besteht das Leben aus Marge und Pat? Ich habe immer viel zu viele Menschen gekannt. Ich möchte jetzt mehr Zeit für dich haben und für mich selbst, damit ich endlich mit dem Roman anfangen kann. Was könnte es für einen besseren Ort geben als Burnham Falls?«

Er sah in sein Glas und freute sich. Sally war bei ihren Freunden immer beliebt gewesen. Er erinnerte sich noch an die Schar, die ihn an der Columbia-Universität auf Schritt und Tritt folgte, angezogen von der Wärme und Herzlichkeit, von ihrer Freude über alles, was ihr begegnete. Er fühlte sich geschmeichelt, daß sie mit ihm allein sein wollte. Und doch empfand er dabei ein gewisses Schuldgefühl, als enthalte er den anderen etwas Kostbares vor.

»Glaubst du wirklich, daß du hier schreiben kannst, Sal? Ich meine, ist es nicht zu eintönig hier?«

»Aber nein! Es ist genau das, was ich brauche. Ich muß endlich einmal aufhören zu reden und anfangen zu denken.« Sie runzelte die Stirn. »Weißt du, Tom, ich lerne jetzt eine Menge über die technische Seite des Schreibens. Diese Woche hatte ich zum erstenmal Zeit, nichts anderes zu tun als zu schreiben. Und wenn einen kein Termin drängt, ist es furchtbar schwer, an der Schreibmaschine sitzen zu bleiben. Man schaut sich im Zimmer um und sieht tausend andere Dinge, die getan sein wollen. Ich werde mich mit der Tatsache auseinandersetzen müssen, daß ein Buch zu schreiben etwas ganz anderes ist, als nur Notizen dafür zu machen.«

»Aber du wirst es schaffen, Sal.«

»Vielleicht reicht meine Energie nur für Kurzgeschichten aus. Kleinere Sachen, bei denen man rasch Resultate sieht. An einem Roman schreibe ich vielleicht Jahre. Der Gedanke daran ängstigt mich ein wenig.«

»Es wäre keinen Pfifferling wert, wenn es dich nicht ängstigen würde.«

Sie stellte ihr Glas hin, stand auf und ging zu ihm hin. über. »Weißt du, manchmal kann ich mir gar nicht mehr vorstellen, wie es war, ehe ich dich hatte.«

»Unsinn, Sal!«

Sie kniete neben dem Bett nieder und legte den Kopf in seinen Schoß. Er streichelte ihr dunkles Haar.

»Liebling, du bist ehrgeizig, und bei allem, was du tust, denkst du genauso an mich wie an dich. Und trotzdem möchtest du, daß ich schreibe, weil ich das möchte.«

»Weißt du, daß du Unsinn redest, Sal? Ob du schreibst oder nicht – ich möchte eine glückliche Frau haben. Du sollst immer das tun, von dem du glaubst, daß du es tun mußt.«

»Ich möchte das tun, was für dich gut ist. Wenn sich das Buch zwischen dich und mich stellt, dann werde ich es nicht schreiben. Nichts ist für mich wichtiger als du.«

»Sal, du bist ein verrücktes kleines Ding.« Er beugte sich zu ihr hinab und küßte sie.

7. KAPITEL

Auf der Hauptstraße reckten die knospenden Ulmen ihre Zweige in den strahlenden Abendhimmel. Die Wärme des Frühlingstages war mit der Sonne völlig gewichen. Die Straßen waren fast ausgestorben. Wer noch verweilte, sah aus, als hätte er keinen Grund, nach Hause zu gehen. Es war Abendessenszeit, kurz vor sieben. Die meisten Läden waren schon geschlossen. Kalt peitschte der Wind vom See her.

In der Kosmetikabteilung von Carters Dragstore trat Jeannie Talbot von einem Fuß auf den anderen und sah auf die Wanduhr mit dem antiken Zifferblatt, das neben der kürzlich installierten, modernen Einrichtung recht deplaciert wirkte. Sie nahm das Staubtuch und wischte noch einmal über die bereits makellose Ladentischplatte. Sie warf einen stolzen Blick auf die Flaschen und Töpfe, die in den zarten Pastelltönen gehalten waren, mit denen die Hersteller ihre Erzeugnisse kennzeichneten, auf die schimmernden goldenen Lippenstifthüllen und Puderdosen. Sie fünfte sich wohl in dieser Atmosphäre, und wahrscheinlich war sie deshalb eine geschickte Verkäuferin. Jeden Nachmittag kam sie nach der Schule hierher, stand hinter dem Ladentisch und machte geduldig Vorschläge, während ihre Klassenkameradinnen sich unendlich viel Zeit ließen, um einen Lippenstift zu wählen. Wenn sie eine ältere Dame bediente, führte sie die Verkaufsgespräche, die sie den Anzeigen und Broschüren entnommen hatte. Sie hatte Takt und Überredungskunst gelernt. Wenn sie eine Cremedose in der Hand hielt und ihren Kundinnen erzählte, was sie versprach, dann sahen sie Jeannis jugendlichen Teint und glaubten ihr. Auf ihren Rat hin hatte Bob Carter sogar zwei der teureren Erzeugnisse auf Lager genommen, die sich nun ebensogut verkauften wie die anderen. Jeannie hatte ihn darauf hingewiesen, daß er sich bei den Familien, die künftig im Amtec-Park wohnen würden, auf eine andere Kundenschicht einstellen mußte.

Jeannie legte das Staubtuch weg. In fünf Minuten konnte sie gehen. Sie machte eine letzte Eintragung ins Bestellbuch und klappte es zu. Technisch gesehen war es immer noch Bob, der die Bestellungen aufgab, aber viele Vertreter kamen neuerdings während der Stunden vorbei, in denen Jeannie im Laden stand, wenn sie ein neues Erzeugnis einzuführen hatten.

Als es sieben Uhr schlug, ging Jeannie ins Hinterzimmer, nahm ihren Mantel vom Haken und zog ihn an.

»Gute Nacht, Mr. Carter!«

»Gute Nacht, Jeannie.«

Es war nur ein Kunde im Laden, ein Mann, den sie vorher noch nie gesehen hatte.

Er saß an der Nachbar und trank seinen Kaffee, als wolle er nicht wieder in die Kälte hinaus. Sie nickte Benny, dem Mann hinter der Theke, zu.

»Gute Nacht, Jeannie.«

Er hielt eine Sekunde inne, als er eine neue Tasse Kaffee einschenkte, und blickte ihr nach.

Draußen schlug sie den Mantelkragen hoch. Jerry Keston wandte sich vom Schaufenster des Herrenbekleidungsgeschäftes nebenan ab.

»'n Abend, Jeannie.«

»Guten Abend. Warum bist du nicht hineingekommen? Es ist kalt.«

Er grinste. »Was hätte ich tun sollen? Einen Lippenstift kaufen?«

Zwei- oder dreimal in der Woche holte er sie nach der Arbeit ab und begleitete sie nach Hause. Sie waren beide in der gleichen Klasse und würden im Juni zusammen die Schule verlassen.

Sie gingen eine Zeitlang einträchtig und schweigend nebeneinander her.

»Dad muß schon nach Hause gegangen sein«, sagte Jerry, als sie das würdige zweistöckige Gebäude der First National Bank erreichten. »Vorhin hatte er noch Licht.«

Sie überquerten eilig die Straße, und Jeannie blickte über die Schulter zu dem im Dunkeln liegenden Bankgebäude zurück.

»Wie man sich wohl vorkommen mag, ganz allein in einer Bank, mit all dem vielen Geld? Irgendwie beängstigend, glaube ich.«

»Bald weiß ich es aus eigener Erfahrung. Dad besteht darauf, daß ich sofort nach der Schule in der Bank anfange.«

»Und was wird aus unserer Campingtour? Will er es nicht erlauben?«

Jerry seufzte übertrieben. »Keinerlei Hoffnung! Er sagt, ich muß einen Sommer in der Bank gearbeitet haben, ehe ich ins College gehe. Er ist ganz aus dem Häuschen wegen Amtec und all den neuen Leuten, die hierherziehen. Er sagte, er hat Gerüchte gehört, daß die Carlisle Bank in Burnham Falls eine Filiale eröffnen will, und er möchte vorher für die First National Bank so viele neue Geschäftsverbindungen wie möglich anknüpfen. Ich soll innerhalb von ein paar Monaten alles lernen. Wie er sich das denkt, weiß ich nicht.«

Im Augenblick sah Jerry nichts anderes vor sich als die vier College-Jahre und die Ferien, die er unter der Aufsicht seines Vaters in der Bank verbringen würde. Jeannie hängte sich bei ihm ein und drückte seinen Arm.

»Mach dir nichts draus. Ein bißchen Freizeit wird er dir schon lassen. Da können wir eine Menge tun.«

»Darauf kannst du Gift nehmen.« Seine gute Laune war plötzlich wieder da. »Ich hab' ihm das Versprechen abgenommen, daß ich in diesem Sommer den Wagen haben kann, sooft ich will, und ich krieg' ihn noch so weit, daß er mir einen eigenen Wagen kauft, wenn ich ins College gehe. Jedenfalls fahren wir ab und zu nach New York, Jeannie.«

»Fein«, sagte sie ein wenig unsicher.

»Dann führe ich dich in vornehme Restaurants ... ich werde ja ziemlich gut verdienen.«

Der Gedanke an die Autofahrten an Sommerabenden war verlockend, denn sie wußte nicht, ob ihr das mit den teuren Restaurants ganz zusagte. Doch Jerry war jetzt glücklich, und das war die Hauptsache. Sie tauchten nun in den tiefen Schatten der Bäume ein. Die Häuser wurden spärlich, und das Eisenbahngleis lief neben der Straße her. Sie kamen an ein unbebautes Grundstück, das sich vom neuen Laboratorium aus den Hügel hinab erstreckte. Der kleine See glitzerte träge unter den Sternen. Ein paar hundert Meter weiter lag die neu verputzte Schellackfabrik, und ein wenig dahinter das kleine weiße Holzhaus, in dem die Talbots wohnten. Die Straße machte hier einen Knick, und das Laboratorium kam in Sicht.

»Schau«, rief Jeannie, »sie haben es illuminiert!«

»Heute zum ersten Mal. Sie wollen es nun jede Nacht beleuchten. Unglaubliche Stromvergeudung!«

Das gläserne Gebäude war von innen beleuchtet – ein langer Lichtbarren in der Dunkelheit, der ein metallenes, kaltes Licht verströmte, unpersönlich und abweisend. Zuerst wirkte es faszinierend auf Jeannie, da es sie an die glänzenden, sauberen Dosen und Flaschen erinnerte, die sie bei Carter verkaufte.

»Es ist genau wie auf den Zeitschriftenbildern.«

»Dad sagt, sie wollen auch die Springbrunnen illuminieren, wenn sie fertig sind.«

Sie standen auf der menschenleeren Straße und blickten hinauf.

»Dad erfährt alles, was hier vorgeht, fast noch ehe sie selbst es wissen. Ich glaube, er träumt nachts von Amtec.«

Die Lichter eines näher kommenden Wagens streiften sie, und der Bann war gebrochen.

Sie gingen weiter.

»Dad hat mir heute erzählt, daß dieser Mal Hamilton nach Burnham Falls zurückkommt und für Amtec arbeiten wird. So wie Dad darüber gesprochen hat, hätte man denken können, es sei sein verlorener Sohn.«

Jeannie nickte. Sie kannte die Geschichte von Mal Hamiltons Karriere, obwohl er Burnham Falls verlassen hatte, ehe sie geboren worden war. Mal war an sich schon ein Mensch, den man nicht vergaß, außerdem hatte George Keston dafür gesorgt, daß er nicht vergessen wurde. Jerry war mit der Sage von Mal Hamilton erzogen worden. Er hatte die Geschichte so oft erzählt bekommen, daß er selbst den Namen nicht mehr hören konnte. Immer, wenn sein Vater ihn erwähnte, war es eine Mahnung an Jerrys bequemes Leben und die Leichtigkeit, mit der ihm die Dinge zufielen.

»Jeannie, ich ginge am liebsten von Burnham Falls fort.«

»Weshalb?« fragte sie erstaunt.

»Zum Teufel! Wenn es nach Dad geht, bin ich für den Rest meines Lebens hier festgenagelt. Phantastische Aussichten, nicht wahr? Und wenn ich eingezogen werde, kann ich von Glück sagen, wenn sie mich bis nach New Jersey schicken. Ich möchte nicht das gleiche Leben führen wie Dad.«

»Du bist ein Narr, Jerry. Du mußt zuerst eine Ausbildung hinter dir haben, ehe du weggehen und irgend etwas anfangen kannst. Wenn du vom Militär zurückkommst, wirst du vielleicht gern hiersein – vielleicht auch nicht. Aber du kannst es deinem Vater nicht verdenken, wenn er hofft ...«

»Möchtest du denn nicht weg?« forschte er.

»Von Burnham Falls? Nicht unbedingt und nicht für immer. Mir gefällt es hier.«

»Machst du Witze, Jeannie?«

Sie blickte ihn von der Seite an. »Nein, ich mache keine Witze. Ich werde diesen Sommer drüben in Elmbury Stenographie und Schreibmaschine lernen, und Mr. Dexter sagt, er könnte mir im Herbst eine Stelle bei Amtec besorgen.«

»Du möchtest also bestimmt nicht das Leben anderswo ausprobieren?«

»Wo zum Beispiel? In New York? Vielen Dank. Ich hätte dort einen kleinen Job wie Millionen anderer Mädchen und müßte mich jeden Tag wie ein Mannequin anziehen und eine irrsinnige Miete für eine schäbige kleine Bude bezahlen. Glaubst du, ich habe mir darüber noch keine Gedanken gemacht? Was mich betrifft, mir bietet Burnham Falls genug.«

»Jeannie, du bist ein kluges, hübsches Mädchen, und es ist einfach schade um dich, wenn du in so einer Stadt versauerst.«

»Ich denke, ich bin klug genug, um zu wissen, was ich möchte.« Ihre Stimme klang kühl. Sie verteidigte etwas, das sie liebte, und sie war zu jung, als daß sie Jerrys Vorwürfe nicht kränkten, sie sei träge und lustlos und zu konventionell, um ihre Talente zu nutzen.

Sie zog abrupt ihre Hand aus seinem Arm. Er faßte sie sanft an den Schultern und drehte sie zu sich um.

»Jeannie, verzeih. Ich wollte dir nicht weh tun. Es ist schön, daß du gern hier bist und nicht Filmstar werden willst oder Miß Amerika oder etwas Ähnliches. Das Leben hier wird mir leichter fallen, wenn du da bist.«

Sie schlang die Arme um seinen Hals. Sie waren jung, und sie brauchten den Trost und die Zuversicht, die sie einander geben konnten. Sie küßten sich mit ungestümer, einsamer Leidenschaft.

Zweites Buch

1. KAPITEL

Burnhams Falls gewöhnte sich an das Laboratorium und den Amtec-Park ebenso, wie es sich an das Lager der Bauarbeiter und an den neuen Namen der Schellackfabrik gewöhnt hatte. Man hatte eine hitzige Auseinandersetzung über die Lage der neuen Schule hinter sich. Die Angelegenheit war geregelt worden, nicht zu jedermanns Befriedigung, aber endgültig. In Burnham Falls stiegen die Preise, denn der Bedarf an Dienstboten und Waren wurde größer. Zugleich floß mehr Geld in die Stadt. So, wie sich in einer Ehe der erste Überschwang legt, fanden auch Amtec und Burnham Falls ein nüchternes Verhältnis zueinander. Es wurden Kompromisse geschlossen. Keine Seite trug einen vollständigen Sieg davon.

Auch Harriet hatte an der Unruhe jenes ersten Jahres teilgehabt. Sie wußte, was man von ihr erwartete, daß sie nämlich bei jeder Diskussion, die sich ergab, beide Seiten vertrat. Sie hatte am Schulproblem Anteil genommen, am Problem der Wasserversorgung und des Straßenbaus. Es waren alltägliche Dinge für sie geworden. Mit dem anderen Teil ihres Bewußtseins, in den der Alltag keinen Zutritt hatte, wartete sie darauf, daß Mal Hamilton nach Burnham Falls zurückkehrte. Sie ersehnte den Tag und fürchtete ihn. Steve sprach von Zeit zu Zeit über Mal. Sein Kommen verzögerte sich von Woche zu Woche, bis im Labor endlich die Phase der Arbeit erreicht war, in der er als Berater gebraucht wurde. Und dann erwähnte Steve ihn nicht mehr, und Harriet begann zu glauben, daß der Plan, ihn nach Burnham Falls zu holen, fallengelassen worden war, aber sie wollte Steve nicht danach fragen.

Laura Peters wartete ebenfalls. Sie wartete auf den Tag, an dem ihr das Leben in Burnham Falls weniger unerträglich wäre. Sie tat, was sie als Frau des Direktors tun mußte, aber nicht mehr. Ihre Gedanken und Interessen waren immer noch in New York. Sie kam sich vor, als verbrächte sie in Burnham Falls einen langen, erzwungenen Erholungsurlaub, und es müsse jeden Augenblick jemand kommen und ihr mitteilen, daß sie nun nach Hause durfte. Sie hoffte immer noch, daß Al Roberts eine Rolle für sie am Broadway fand.

Jeannie Talbot absolvierte ihren Handelsschulkurs in Elmbury, aber sie nahm die Stelle bei Amtec nicht an, die Steve ihr vermitteln wollte. Sie arbeitete in Bob Carters Drugstore und bekam neben ihrem Gehalt noch Provision. Sie hörte nicht auf die Einwände ihres Vaters, der fand, daß sie zu klug war, um sich hinter einem Ladentisch zu vergeuden. Doch Jeannie wußte, was sie wollte. Während des ersten Jahres, in dem Jerry am College war, erlernte sie in Abendkursen Buchhaltung. Selma ermutigte sie dazu, sich mit anderen jungen Männern zu treffen, denn manchmal dachte sie im stillen, daß für Jeannie vier Wartejahre zu lang waren. George Keston freute sich, daß sie bereitwillig auf Jerry zu warten schien. Und Jeannie selbst arbeitete auf ihr Ziel zu und sprach mit niemandem viel.

An Sally Redmond ging das erste Jahr in Burnham Falls fast unbemerkt vorbei, denn sie war glücklich.

Harriet ging im New Yorker Grand-Central-Bahnhof rasch auf die Sperre zu, durch die sich bereits eine kleine Menschenmenge drängte. Als sie auf den Bahnsteig trat, schlug ihr der säuerliche Bahnhofsgeruch entgegen, der ihr vertraut war, seit sie es wegen des immer stärker werdenden Verkehrs vorzog, nicht mehr mit dem Wagen, sondern mit dem Zug in die Stadt zu fahren.

Harriet ging rasch den Bahnsteig entlang und blieb vor dem dritten Wagen stehen. Als sie die schwere Tür zu öffnen versuchte und dabei mit ihren beiden Kleiderkartons kämpfte, hörte sie hinter sich Laura Peters' Stimme.

»Harriet! Warten Sie, ich bin nicht so bepackt!« Eine Hand griff an ihr vorbei und stieß die Tür auf.

Eine Sekunde lang übertönte Lauras Parfüm alle anderen Gerüche. Es war Mitte Juni, das Thermometer zeigte fast zweiunddreißig Grad, und doch sah sie so frisch aus, als beginne eben erst der Tag.

»Vielen Dank!« Harriet stieg ein und wartete, bis Laura folgte. Sie waren schon mehrmals zusammen mit dem 16.25-Uhr-Expreß gefahren. Laura schien sich über Harriets Bekanntschaft zu freuen. Sie sprachen meist über nichts Besonderes, über Mode, Bücher und Theater, nie über Burnham Falls. Harriet hatte gemerkt, daß es am besten war, Laura das Gesprächsthema wählen zu lassen. Dies war eine der kleinen Höflichkeiten, die man der Frau des Direktors entgegenbrachte.

Nun wartete sie, daß Laura sich setzte. Es waren nur noch zwei andere Reisende im Abteil.

Doch Laura runzelte die Stirn. »Offenbar funktioniert hier die Entlüftung nicht. Gehen wir in den nächsten Wagen, hier ist sowieso Nichtraucher.«

Sie schritt durch den Seitengang. Auch Laura hatte einen Karton unterm Arm, aber er beeinträchtigte die Anmut ihrer Bewegungen nicht im mindesten.

»Haben Sie auch eingekauft?« fragte Harriet einfältig.

»Ja, und ich bin außerdem beim Friseur gewesen.«

Es war in Burnham Falls schon bekannt, daß Laura jede Woche nach New York zum Friseur fuhr, jedenfalls war die Tatsache offensichtlich.

Laura blickte über die Schulter zurück. »Ich habe bei Bergdorf ein Kleid abgeholt, das ich zum Ändern dort hatte. Ich lasse mir die Sachen jetzt nicht mehr schicken. Wenn etwas nicht ordentlich gemacht wurde, hat man nur Scherereien, bis man es wieder in New York hat.«

Harriet wußte, weshalb Lauras Stimme gereizt klang. Es war ein Unterschied, ob man sechzig Meilen oder sechs Straßen weit fuhr. »Ich habe herausgefunden«, hatte Laura einmal in einem ihrer seltenen Momente der Offenheit gesagt, »daß man in Burnham Falls alles haben kann, was man in New York bekommt, es ist nur ein wenig schwieriger. Natürlich hat man dafür andere Vorteile …«, fügte sie rasch hinzu.

Sie kamen in den Speisewagen. Er war bereits halb voll. Harriet folgte Laura und flehte zum Himmel, daß sie bald einen Platz wählen und sich setzen möge. Sie war pflastermüde, die Hitze und die Eile, auch ja mit allen Einkäufen fertig zu werden, ehe der Zug fuhr, hatten ein übriges getan. Es wäre eine Wohltat, zu sitzen und in Ruhe etwas zu trinken. Harriet öffnete den Mund, um das vorzuschlagen, befahl sich dann aber, zu schweigen.

Es war schwer, sich stets daran zu erinnern, daß sie nicht mehr das tun konnte, was sie wollte.

Laura blieb vor einem der Tische stehen und stellte ihren Karton auf den Boden. Harriet atmete auf. Eine Sekunde lang spürte sie kaum die Hand, die sie am Arm berührte.

»Harriet!«

Sie erkannte die Stimme sofort. Sie hatte geglaubt, sie hätte sie vergessen, aber sie war noch so vertraut, als gehöre sie zu ihrem täglichen Leben. Sie drehte sich zögernd um. »Mal ...«

Er stand auf. Sie hatte auch nicht vergessen, wie groß er war, so groß wie Steve. Sie blickte zu ihm auf, zu dem häßlich-anziehenden Gesicht mit den klugen blauen Augen, und all ihre schönen Worte, die sie sich für diesen Augenblick ausgedacht hatte, waren plötzlich vergessen.

»Ich ...«, begann sie hilflos. »Man hat mir erzählt, daß du nach Burnham Falls kommst, Mal. Ich freue mich ...«

Sie wußte, daß ihre Stimme spröde und tonlos klang. Sie fürchtete, er könne sie für unbeholfen halten, weil sie diese Szene nicht besser spielte. Aber warum mußten sie sich auch ausgerechnet hier wiedersehen, unerwartet und unter Fremden? In all den Monaten, in denen sie sich ihre erste Begegnung ausmalte, hatte sie es sich nie auch nur annähernd so schlimm vorgestellt. Sie war völlig aus dem Gleichgewicht geraten. Es war dreizehn Jahre her, seit sie Mal Hamilton zum letztenmal gesehen hatte, und nun standen sie einander wie Zeitkartenbenutzer im 16.25-Uhr-Zug am Grand-Central-Bahnhof gegenüber.

»Es ist lange her.«

Als sie diese konventionelle Bemerkung hörte, wußte sie, daß auch er erschrocken war.

»Setz dich, Harriet!« sagte er plötzlich. »Setz dich doch, um

Himmels willen!« Seine alte, herrische Ungeduld, seine Weigerung, lange in der Schablone der Konvention zu bleiben, waren wieder da. Sie waren keine Fremden und würden es nie werden. Er nahm Hut und Aktentasche von dem zweiten Stuhl am Tisch. »Hier! Setz dich.«

Sie schüttelte den Kopf. »Ich kann nicht. Ich bin nicht allein hier.«

»Zum Teufel damit! Kannst du nicht ein andermal mit ihr sprechen? Sag ihr, daß du einen alten Bekannten getroffen hast.«

»Ganz so einfach ist es nicht, Mal. Es ist Laura Peters, die Frau von Steves Chef.«

»Spielt das eine Rolle?«

Sie nickte. »Ja. Es tut mir leid, Mal, aber es spielt eine Rolle.« Sie machte eine hilflose, durch ihre Kartons behinderte Geste. »Du weißt so gut wie ich, daß es eine Rolle spielt.«

»Also schön. Dann leiste ich euch Gesellschaft. Dagegen kann sie nichts einzuwenden haben, da auch ich für Amtec arbeiten werde.«

Harriet war müde und spürte, daß sie diese Nervenanspannung nicht noch eine Stunde und zwanzig Minuten aushalten konnte, bis der Zug in Burnham Falls einlief.

»Es wäre mir lieber, du tätest es nicht«, murmelte sie. »Wie du sagst, es ist lange her … Ich muß mich erst an den Gedanken gewöhnen.«

»Mehr Zeit, als du schon hattest, wirst du nicht bekommen«, erklärte er grob. »Ich bin hier, Harriet, und damit basta.« Er blickte zum anderen Ende des Speisewagens, wo sich Laura gerade setzte. Sie sah zu ihnen herüber. »Mrs. Peters scheint zu warten …«

Harriet fürchtete, daß ihr Unbehagen zu offenkundig war, als sie Mal Laura vorstellte, aber er übernahm sofort das Gespräch, so daß ihr Schweigen nicht auffiel. Er legte Lauras und Harriets Kartons ins Gepäcknetz, dann seinen Hut und seine Aktentasche. Er setzte sich zwischen sie und bestellte Drinks. Harriet gewann etwas die Fassung wieder. Sie holte mehrmals tief Luft und spürte, wie sich der Knoten in ihrem Hals lockerte. Sie hoffte, daß ihre Stimme jetzt normal klang und daß Laura ihr Schweigen für Müdigkeit hielt.

Dann sah sie, daß sie sich darüber keine Sorgen hätte zu machen brauchen, denn zwischen Laura und Mal kam sofort ein lebhaftes Gespräch in Gang, das Laura völlig absorbierte und nicht einmal durch die Ankunft der Drinks unterbrochen wurde.

»... das ist das erste Mal seit der Zeit vor dem Krieg, daß ich nach Burnham Falls komme«, sagte Mal gerade und fügte lächelnd hinzu: »Und jetzt arbeite ich als sehr kostspieliger Berater für die Firma Ihres Mannes, Mrs. Peters.«

»Und sind Sie Ihr Geld wert?«

»Ich lasse es die Leute glauben.«

Sie lachte.

»Schön, um so besser für Sie. Man wird immer das bezahlen, woran man glaubt.«

Harriet räusperte sich und warf rasch ein: »Viele Menschen glauben das, was du sagst, Mal. Ich habe während all der Jahre über dich gelesen ... in ›Fortune‹ und ›Time‹ ...«

»Ich habe einen guten Public-Relations-Mann.«

Laura sah Harriet an. »Kennen Sie sich schon lange?«

Mal antwortete für sie: »Als ich das letztemal in Burnham Falls war, ging Harriet noch zur Schule, und ich war gerade ein frischgebackener Doktor. Während des Krieges waren Steve und ich in der gleichen Einheit einer Forschungsgruppe an der Universität von Kalifornien, und Harriet kam nach Los Angeles und arbeitete bei Lockheed ...«

Das Gespräch ging weiter, aber für Harriet hatte es bei ›arbeitete bei Lockheed‹ aufgehört. Sie hatten einander seit jenem Morgen, an dem sie in der Autoraststätte gesessen und in der Zeitung über Hiroshima gelesen hatten, nicht mehr gesehen. Sie hatte sich vor dieser Erinnerung gefürchtet, er aber sprach ganz unbefangen davon. Was für eine Erinnerung es für ihn war, ob zart oder bitter, wußte sie nicht. Sie begann nach Anzeichen dafür zu suchen, wie die dazwischenliegenden Jahre ihn verändert hatten, was für ein Mensch er geworden war.

Die äußeren Umstände kannte sie. Mal hatte seinen Plan verwirklicht, allein und ohne feste Bindung an eine Firma durchs Leben zu kommen. Die ersten Jahre mußten hart gewesen sein, das Warten darauf, daß er als technischer Berater gerufen wurde, die Angebote, ständig bei einer bestimmten Firma zu bleiben, abzulehnen und ein Büro und einen Mitarbeiterstab zu unterhalten, Verträge mit Fachleuten auf den verschiedenen Gebieten zu erneuern, während er noch nicht in der Lage war, ihnen Arbeit zu geben. Aber er hatte durchgehalten, und es hatte sich bezahlt gemacht. Sein Hauptbüro war in Los Angeles, aber er hatte nun auch ein kleines Büro in New York. Innerhalb gewisser Grenzen konnte er tun, was er wollte, und deshalb sprach er mit Laura, als wäre sie vor allem eine Frau und nicht in erster Linie die Gattin des Leiters einer Tochterfirma von Amtec.

»Was für Aufgaben hat ein Berater eigentlich?«

Laura hatte eine Zigarette aus dem Etui genommen, das Mal ihr und Harriet hinhielt, und beugte sich ein wenig zu ihm vor, als er ihr Feuer gab.

»Das weiß er selbst nie, bis er das Problem zu Gesicht bekommt. Meistens sehe ich mir das Projekt an und überlege mir dann, welche Firmen und Forscher an etwas Ähnlichem arbeiten. Dann gehe ich hin und kaufe ihnen Informationen ab, die ich für das Doppelte an Firmen wie Amtec weiterverkaufe.«

»Sie sind viel zu ehrlich«, sagte Laura.

Er schüttelte den Kopf. »Das komische ist, daß man nur um so weniger glaubt, je mehr ich von meinen Methoden enthülle. Niemand hält es auch nur einen Augenblick lang für möglich, daß ich die Wahrheit sage. Kein Mensch hätte die Zeit oder die Fähigkeit, sich in alle die Projekte zu vertiefen, bei denen ich herangezogen werde. Meine Hauptsorge ist es, zu wissen, wer tatsächlich etwas weiß.«

»Haben Sie schon für Amtec gearbeitet?«

»Ja, in Culver City und Tulsa und auch in New York. Ich arbeite schon seit Jahren für die Firma.«

»Und was tun Sie, wenn Sie gerade nirgends gebraucht werden?«

»Dann fahre ich auf eigene Faust nach Südamerika oder Europa oder Afrika, oder ich versuche, hier jemanden davon zu überzeugen, daß er dort meine Hilfe braucht. Ich habe einmal vier Monate in Venezuela verbracht und kaum genug verdient, um in einem zweitklassigen Hotel wohnen.zu können. Aber ich hielt es für der Mühe wert.«

»Sind Sie verheiratet, Mr. Hamilton? Was sagt Ihre Frau zu alledem?«

»Ich bin ledig.«

Er war nicht mehr der gleiche, der er vor dreizehn Jahren gewesen war. Noch ein paar weitere von seinen scharfen Kanten hatten sich abgeschliffen. Er hatte seine offene, direkte Art beibehalten, aber er ging jetzt geschickter damit um. Man spürte, daß er Erfolg hatte und es sich nun leisten konnte, nicht mehr so hart zuzuschlagen, um sich Geltung zu verschaffen. Er war an Frauen gewöhnt, die Art, in der er mit Laura sprach, bewies es. Harriet war nicht so töricht, zu glauben, daß er der Erinnerung an das treu geblieben war, was sie vor dreizehn Jahren füreinander gewesen waren und zueinander gesagt hatten. Er konnte nicht wissen, daß sie sich eines Tages im 16.25-Uhr-Expreß nach Burnham Falls wiedersehen würden, und selbst wenn er es gewußt hätte, wäre dies für einen Mann wie Mal kein Grund gewesen, sich von anderen Frauen fernzuhalten.

Er war anziehend, sie wußte jetzt, daß er für Frauen sehr anziehend war. Sein zerfurchtes Gesicht trug den Stempel des Lebens, das er führte. Es entsprach nicht den Maßstäben der konventionellen Welt, und wenn man ihn ansah, wußte man, daß er seine Form des Erfolges in Brasilien oder im Kongo oder in Australien gefunden hätte, wenn ihm seine eigene Welt den Erfolg versagt hätte. Das bewiesen seine Miene, seine Ausdrucksweise, seine Bewegungen, und so kam es, daß Laura hingerissen an seinen Lippen hing und Harriet wieder an die Autofahrt in die Wüste denken mußte.

Mal sah Harriet an. »Europa hat mir einen Teil der Kultur gegeben, die du immer an mir vermißt hast.« Er wandte sich wieder an Laura, um ihr dies zu erklären.

»Vor dem Krieg hat Harriet nämlich immer beanstandet, daß ich nie lange genug die Nase aus dem Labor gesteckt habe, um ein Buch zu lesen oder eine Skulptur zu betrachten. Später habe ich mir Zeit dafür und für viele andere Dinge genommen, die ich mir vorher nicht leisten konnte.«

Er lenkte Lauras Aufmerksamkeit wieder von Harriet ab. Sie bestellte einen zweiten Drink. Vor den Fenstern hatten die Vororte nun die Großstadt abgelöst. Harriet sah die Selbstbedienungsläden, die kleinen Geschäfte, die sich um jeden Bahnhof drängten, den Verkehrsstrom auf den Straßen, die abendliche Stadtflucht, die Wagen, die in langen Reihen der flimmernden Hitze von New York entflohen. Das alles war normal. Aber Mals Anwesenheit war es nicht. Sie nahm jedes Detail von ihm in sich auf. Sein Anzug war teuer, nicht zu neu, und er trug ihn lässig. Die Aktentasche im Gepäcknetz war aus Schweinsleder. Sie freute sich, daß er den materiellen Erfolg nicht zu aufdringlich zeigte. Es war kaum zu glauben, daß dieser selbstsichere Mann, der mit solcher Leichtigkeit das Interesse einer schönen Frau erregte, Charlie Hamiltons Sohn war. Mal mußte wissen, daß die Augen jedes Mannes im Speisewagen bewundernd auf Laura ruhten, und er wußte auch, daß sie bis jetzt keinen einzigen Blick von ihm gewandt hatte.

Dies war es, was die dreizehn Jahre aus Mal gemacht hatten. Und aus ihr selbst? Was hatte er gesehen, als er sie durch den Wagen kommen sah? Eine erschöpfte Frau mit zerknittertem Kleid, eine abgespannte Hausfrau, deren Nase von der Hitze glänzte, und aus deren Gang das Straßenpflaster alle Energie, allen Schwung gesogen hatte, die Kleiderkartons trug und ihre Handschuhe zu einem Ball zerknüllt in der Hand hielt. Und noch schlimmer: er hatte erlebt, wie sie mit dieser Situation nicht fertig wurde, wie sie ihm die Konversation mit Laura überließ, einfältig schweigend dabeisaß und ihr Glas zwischen den Fingern drehte. Er mußte schon in der ersten Minute gesehen haben, was in diesen dreizehn Jahren aus ihr geworden war. Sie spürte wieder den Knoten im Hals. Sie hörte die Zugpfeife schrillen, als sich der Zug dem Bahnübergang kurz vor Burnham Falls näherte.

Sie stiegen zusammen aus. Mal trug nun den Koffer, den er am Ende des Wagens abgestellt hatte. Er sagte nichts, während sie den Bahnsteig entlanggingen. Harriet versuchte, den Bahnhof mit seinen Augen zu sehen. Sie wußte, daß sich in diesem Teil der

Stadt nicht allzuviel geändert hatte. Da lag noch der See, das Gerichtsgebäude stand noch da, die alten Kirchen, die alten Läden mit den neuen Fassaden und den Leuchtreklamen. Die großen Veränderungen in Burnham Falls waren nicht auf den ersten Blick zu sehen.

Dann fragte sie sich beklommen, ob er nicht die erste und größte Veränderung schon bemerkt hatte, als er sie sah.

»Wo werden Sie wohnen, Mr. Hamilton?« fragte Laura. »Kann ich Sie mit dem Wagen hinbringen?«

»Vielen Dank, aber ich miete mir bei Morton einen Wagen. Ich wohne im Motel drüben an der Bundesstraße 40. Ich bleibe nur drei Tage.«

Sie gingen zum Parkplatz, auf dem Lauras Thunderbird alle anderen Wagen ausstach. Laura wandte sich an Harriet. »Sie brauchen kein Taxi zu nehmen, ich setze Sie vor Ihrem Haus ab.«

»Oh ... bitte machen Sie sich keine Umstände. Es ist für Sie doch ein Umweg.«

»Es macht mir wirklich nichts aus«, sagte Laura bestimmt.

Harriet stieg in den Wagen. Sie erlebte diese Szene wie im Traum. Laura setzte sich hinters Steuer, und Mal verstaute ihre Kartons auf dem Rücksitz. Sie hörte sich Mal bitten, er möge sie doch zu Hause besuchen, und sie wußte, daß er das kaum tun würde. Dann hob Laura grüßend die Hand, und sie fuhren davon. Harriet blickte sich um, als sie in die Hauptstraße einbogen. Mal stand immer noch da, neben seinem Koffer, den Hut ein wenig in den Nacken gedrückt und sah ihnen nach. Sie fühlte sich sehr einsam.

2. KAPITEL

Jeannie trug unter der Bluse nichts als den Büstenhalter, und Jerry hatte darunter gegriffen und ihn aufgehakt. Nun knüpfte er ihre Bluse auf und zog den Büstenhalter weg. Ihre Brüste waren voll und reif, und dennoch waren es die hohen, festen Brüste eines jungen Mädchens. Er umfaßte sie zärtlich mit beiden Händen. Dann griff er unvermittelt fester zu.

»Bitte, Jeannie, zieh die Sachen aus. Ich halte das nicht aus.«

Er legte den Kopf an ihre Brüste.

»Bitte, Jeannie.«

Unter dem Gewicht seines Körpers hatte sie sich halb auf den Wagensitz gelegt, so daß er fast auf ihr lag. Er schob einen Arm unter ihren Rücken und preßte sie an sich. Er roch die duftende Wärme ihrer Haut. Ihre Hände faßten ihn an den Schultern und schoben ihn weg.

»Wir dürfen das nicht tun, Jerry! Es ist Wahnsinn …«

»Bitte, Jeannie, bitte!«

»Nein, wir dürfen nicht!«

Er zog sie grob an sich. »Warum nicht? Möchtest du es nicht? Empfindest du nicht wie ich?«

Es entstand eine Pause. Ihre Stimme klang erstickt, als sie antwortete. »Doch, ich möchte es, Jerry. Aber ich fürchte mich. Ich möchte kein Kind bekommen.«

»Deswegen brauchst du dir keine Sorgen zu machen. Ich werde vorsichtig sein. Ich verspreche es dir.«

»Nein«, flüsterte sie. »Nein! Es ist das Risiko nicht wert und all den Kummer danach.«

Er ließ sie los und zog sich ein wenig von ihr zurück. »Schön, verdammt noch mal! Warum hast du dich dann überhaupt anfassen lassen?«

Sie weinte. »Jerry, das ist nicht gerecht. Ich … ich mag es, wenn du mich so anfaßt. Aber das andere nicht. Und du weißt, weshalb.«

Seine Stimme klang gepreßt vor Zorn und Erbitterung. »Ihr Mädchen seid alle gleich! Zuerst laßt ihr euch küssen, und wenn es dann weitergeht, kneift ihr.«

Nun wurde auch sie ärgerlich. »Hast du etwas anderes gedacht? Ich muß schließlich die Folgen tragen. Was erwartest du von einem Mädchen? Soll sie sich nie mit einem Jungen treffen, weil sie weiß, daß sie ihm bald genug ›nein‹ sagen muß? Ein Mädchen muß das tun, wenn sie sich nicht zu Hause einschließen will.«

»Du weißt immer eine Antwort, nicht wahr?« sagte er bitter. »Wenn du mich wirklich liebst, kannst du nicht dauernd nein sagen.«

»Aber ich liebe dich, Jerry!« Ihre Stimme ging in einem Schluchzen unter. »Wirklich.«

Er zog sich wieder auf den Fahrersitz zurück und schwieg. Das Blut trommelte in seinen Schläfen, und er klammerte sich mit beiden Händen an den Sitz, damit sie zu zittern aufhörten. Er legte den Kopf an die Rückenlehne und starrte zum dunklen Dach der Bäume hinauf. Der Schweiß war ihm am ganzen Körper ausgebrochen. Er spürte, daß seine Hände feucht waren. Das Hemd klebte ihm am Rücken. Jeannie rührte sich nicht.

Er hatte den Wagen an dem Weg geparkt, der zu Joe Carpenters Hütte führte. Die Bäume standen hier so dicht, daß man von dieser Stelle aus nicht einmal einen Schimmer des von den Sternen erhellten Wassers sah. Tiefe Stille hüllte sie ein.

Jerry wußte, daß er nicht berechtigt war, auf diesem Weg zu parken. Theoretisch gehörte alles, was außerhalb der Straße lag, zu Downside. Aber diese Straße war nachts fast immer wie ausgestorben. Keiner der anderen Jungen kam je mit seiner Freundin hierher. Das Gefühl, daß diese Straße zu einem Priesterseminar führte, hatte eine seltsam hemmende Wirkung, und die meisten hatten diesen Seitenweg, der zu den drei Hütten führte, vergessen.

Jerry gefiel es hier. Es war ihm nie in den Sinn gekommen, mit Jeannie dorthin zu fahren, wo die anderen Jungen ihre Wagen parkten, die Stellen am See, wo es unter den Bäumen angenehm dunkel war und wo ihr Wagen einer von sechs oder sieben war und weniger auffiel.

Jeannie gehörte nicht zu den Mädchen, die man an solche Stellen führte. Er konnte nicht genau erklären, weshalb er so dachte, aber es ging ihm oft die Bemerkung durch den Kopf, die Vanesco, der Friseur, einmal gemacht hatte, als Jeannie an seinem Laden vorbeiging – ›Mädchen, die so aussehen, müssen doppelt vorsichtig sein, weil jede alte Henne in der Stadt hinter ihnen hergackert‹. Jerry wollte aber auf keinen Fall, daß man seinetwegen über Jeannie tratschte.

Jeannie wußte alles über die Klatschbasen der Stadt, über das Gerede, das so rasch über eine Blondine mit einer guten Figur aufkam. Jeannie war nicht naiv, und als sie ihren ärgerlichen Protest vorbrachte, hatte Jerry im Grunde sehr wohl gewußt, daß sie recht hatte. Aber seine Gefühle fragten nicht nach Recht und Vernunft, wenn er Jeannie berühren und ihren weichen, warmen Mund küssen konnte, wenn er spürte, wie ihr Körper in seinen Armen reagierte.

Er sah zu ihr hinüber. Sie blickte reglos geradeaus. Sie saß mit hängenden Armen da, nackt bis zur Taille. Er spürte die Würde und den Stolz in ihrem Verhalten. Nachdem sie ihn abgewiesen hatte, beeilte sie sich nicht, mit dem Ausdruck entrüsteter Sittsamkeit ihre Kleider zusammenzuraffen. Jeannie wußte, daß sie genauso dafür verantwortlich war wie er, wenn sie halb nackt neben ihm saß. Es gab keine bitteren, prüden Vorwürfe. Jeannie war ehrlich, viel ehrlicher, als er es gewesen war.

Schließlich setzte er zum Sprechen an. Er schluckte vorher, um die Trockenheit in seiner Kehle loszuwerden.

»Jeannie, wir wollen heiraten.«

Langsam drehte sie den Kopf. Sie antwortete nicht.

»Hast du gehört, was ich gesagt habe?« fragte er ungeduldig. »Ich möchte dich heiraten.«

»Ich habe es gehört, aber ich glaube nicht, daß du weißt, was du sprichst.«

»Doch. Ich sagte: ›Wir wollen heiraten.‹«

Ihre Stimme war weich. »Das ist lieb von dir, Jerry. Wirklich, das ist lieb. Aber wir sind ja noch Kinder.«

»Wir sind beide achtzehn.«

»Ja. Und du hast erst ein College-Jahr hinter dir. Was soll aus deinem Studium werden, Jerry?«

»Wir heiraten, und ich nehme für den Abend eine Stelle an. Im Sommer arbeite ich sowieso in der Bank. Tausende von Studenten sind verheiratet, Jeannie. Das ist nichts Ungewöhnliches.«

»Jerry, ich kann dich nicht jetzt schon heiraten und dir einen Mühlstein an den Hals hängen. Das Studium ist kein Kinderspiel. Auch wenn ich für mich selbst aufkomme, wäre das College für dich nicht so, wie es dein Vater möchte und wie es ein junger Mann haben sollte.«

»Was hat mein Vater damit zu tun?«

»Sehr viel. Ich möchte nicht alles für dich verderben. Dein Vater will, daß du deine Studienzeit genießt, dann zurückkommst und diese Stadt hier verwalten hilfst. Er will, daß du dich in der Welt umsiehst, ehe du heiratest.«

»Das ist Geschwätz, Jeannie. Ich möchte hören, was du wirklich denkst. Ich möchte hören, was du tun willst, und nicht, was du dir einbildest, du möchtest es tun.«

»Ich möchte nichts lieber als dich heiraten, Jerry.«

»Warum tust du es dann nicht?«

»Es ist zu früh! Ich möchte nicht, daß es heißt, Jeannie Talbot hat sich Jerry Keston gekapert, ehe er aus dieser Stadt herauskam und sehen konnte, wie andere Mädchen sind – College-Mädchen aus anderen Familien. Und vielleicht glaubst du selbst in ein paar Jahren, genau das sei geschehen. Ich könnte es nicht ertragen, wenn du glaubst, du seist in die Falle gegangen.«

»Herrgott, Jeannie, das ist doch Unfug! So sprechen Mädchen doch nicht! Wenn sie heiraten wollen, dann heiraten sie.«

»Hör zu, ich weiß genau, was ich sage. Wenn wir heiraten, dann in drei oder vier Jahren, wenn du dich davon überzeugt hast, was College-Mädchen dir zu bieten haben, und wenn du findest, daß Burnham Falls schließlich doch keine so üble Stadt ist.«

»Und was tust du inzwischen?«

»Ich bleibe hier und arbeite und warte, bis du zurückkommst. Wenn du wiederkommst, weiß ich, daß es dein freier Wille war.« Er drehte sich zu ihr um.

»Ich habe noch nie ein Mädchen so reden hören, Jeannie. Die anderen denken immer nur ans Heiraten!«

»Glaube ja nicht, daß ich etwa nicht ans Heiraten denke. Ich habe mir noch nie in meinem Leben etwas so sehr gewünscht, Jerry. Aber wenn wir heiraten, dann soll man dich für ebenso glücklich halten, daß du mich bekommst, wie mich, daß ich dich bekomme.«

»Ich weiß nicht …«

»Laß mich zu Ende reden«, unterbrach sie ihn. »Es gibt so vieles, was du nicht weißt. Diese neue Fabrik bedeutet, daß noch weitere fünf- oder sechshundert Familien nach Burnham Falls ziehen. Stell dir das Leben vor, das das mit sich bringt. Wenn du mit dem College fertig bist, Jerry, ist Burnham Falls keine verschlafene Kleinstadt mehr. Aber fast niemand hier erkennt das. Schau zum Beispiel meinen eigenen Vater. Er dachte, er käme weiterhin mit seinen alten Geräten und seinem Jeep aus, und jetzt schnappt ihm die Arbeitsgruppe aus Elmbury die Arbeit vor der Nase weg. Wenn er auch nur eine Spur Wirklichkeitssinn hätte, dann hätte er ein Darlehen aufgenommen, um ihnen ein bißchen Konkurrenz zu machen. Aber er ist nun mal mein Vater, und ich glaube, im Grunde möchte ich gar nicht, daß er sich ändert. Aber das heißt nicht, daß ich genauso sein muß wie er.«

»Jeannie, was soll das alles?«

»Ich komme bei Carter ganz gut voran. Bob erhöht mein Gehalt, damit ich bleibe. Er weiß genau, wenn die Frauen zu mir kommen und Elizabeth Arden kaufen, dann kaufen sie bei ihm auch die anderen Sachen. Und das ist erst der Anfang, Jerry. Burnham Falls ist keine Sommerfrische mehr. Wenn ich gut vorankomme, kann ich mich vielleicht sogar selbständig machen und einen eigenen Laden eröffnen. Ich könnte Wäsche, Pullover, Kleider und Strümpfe verkaufen. Mit solchen Sachen ist eine Menge Geld zu verdienen. Ich wette, wenn ich die Hälfte des Geldes zusammen hätte, wurde mir die First National Bank den Rest leihen. Dein Vater würde es für ein gutes Geschäft halten.«

Er schwieg. Über drei Minuten lang sprach er nichts. Er hatte sich von ihr abgewandt und blickte den Weg hinab in Richtung zum See. Jeannie schien plötzlich in die Gegenwart zurückzukehren. Sie nahm den Büstenhalter um und knüpfte die Bluse zu.

Jerry schwieg immer noch.

»Warum sagst du nichts, Jerry? Hältst du mich für verrückt?«

»Nein, nicht für verrückt, aber für zu gerieben. Aus dir wird eine geschäftige Karrierefrau geworden sein, der die Stadt zu Füßen liegt, ehe ich aus dem College komme. Und wenn ich meinen Wehrdienst hinter mir habe, läßt du dich wahrscheinlich gerade zur Bürgermeisterin wählen! Ich hätte nie gedacht, daß du so bist.«

»Ich möchte nichts anderes, als ein paar Dosen Gesichtscreme und Lippenstift verkaufen. Ist das so verwerflich? Oder wäre es dir lieber, wenn ich den Ehrgeiz hätte, Mr. Ed Peters' Privatsekretärin zu werden? Ich möchte damit nur sagen, daß es viele Möglichkeiten gibt, wie man durchs Leben kommen kann, ohne auch nur fünf Meilen aus Burnham Falls herauszugehen. In dieser Stadt wartet eine Menge Arbeit, auch für dich. Wir brauchen ein paar tüchtige Männer, die sich um die Stadt kümmern, oder wir machen es uns bequem und sehen zu, wie Amtec alles in die Hand nimmt. Es wäre leichter für uns, nur wäre es dann nicht mehr Burnham Falls. Dein Vater weiß, daß hier größere Aufgaben auf einen warten, als eine Bank zu leiten. Aber vielleicht hältst du es für ehrenhafter, wenn du als Kassierer in einer Bank an der Wall Street sitzt.«

»Woher willst du wissen, was ich denke?« fragte er träge. »Du läßt mich ja kaum zu Wort kommen.«

»Schön, dann sag's doch!«

Er machte eine fast bittende Geste. »Ich weiß gar nicht, was in dich gefahren ist, Jeannie. Ich denke, du bist warmherzig und gut, und ich möchte dich küssen. Und dann bekomme ich plötzlich ein Gequassel zu hören wie ein Angestellter in der Handelskammer. Es klingt überhaupt nicht nach dir.«

»Wie klingt es denn – gemein und geldgierig?«

»Dein Vater gefällt mir unter anderem deshalb, weil er das Leben so unproblematisch sieht. Er läßt sich vom Leben nicht tyrannisieren. Ich habe immer gedacht, du seist auch so.«

»Jerry, ich liebe und achte meinen Vater, und ich möchte ihn nicht anders haben. Aber ich will weiter kommen als er. Ist das so verwerflich? Ich bin gesund und kräftig, und ich kann mehr als Kinder aufziehen und Kochbücher lesen, wenn man mir die Chance gibt.«

»Und was soll ich dabei tun? Neben dem Spielfeld stehen und Bravo schreien?«

Ihre Stimme wurde kühl. »Wenn du es so siehst, reden wir am besten nicht mehr davon.«

»Du kannst dich darauf verlassen, daß wir nicht mehr davon reden. Aber es wäre schön, wenn du endlich anfangen könntest, ein wenig nüchtern zu denken. Ich bitte dich, mich zu heiraten und es mir zu überlassen, mit meinem Vater und allen anderen Fragen fertig zu werden. Wenn du das nicht willst, können wir das Ganze vergessen. Wenn du glaubst, ich werde dabeistehen und zusehen, wie du dich in die Miß Superfrau von Burnham Falls verwandelst, dann bist du ganz hübsch auf dem Holzweg.«

»Du bist eifersüchtig wie alle Männer, wenn eine Frau ein paar Gramm Gehirn hat und sich entschließt, sie nicht vermodern zu lassen. Ich glaube, du magst träge Frauen, da kommst du dir großartig daneben vor.«

»Vielleicht! Wenigstens sind das Frauen.«

Er ließ unvermittelt den Motor an, wendete ruckartig den Wagen, und trat jedesmal im allerletzten Augenblick auf die Bremse. Jeannie wurde gegen die Tür geschleudert. Sie klammerte sich an den Haltegriff.

Die starken Scheinwerfer durchdrangen die Dunkelheit. Hinter ihnen wirbelte Staub auf. Der Wagen holperte über die ausgewaschenen Fahrrinnen des Zufahrtsweges, und Jerry nahm die engen Kurven zu rasch. Jeannie war konsterniert über seinen Zorn. Er war gewöhnlich so besonnen und achtete auf das, was er sagte. Sie hätte ihn bitten können, langsamer zu fahren. Sie hätte seinen Arm berühren können, und er hätte sich beruhigt. Aber sie wagte es nicht. Der Wald jagte vorbei, und die Scheinwerfer leuchteten in den Himmel und dann wieder zur Erde, wenn sie durch Schlaglöcher fuhren.

Nach der letzten Kurve erreichten sie die Straße. Jerry bog in

Richtung Burnham Falls ein. Nun, als er Asphalt unter den Rädern hatte, fuhr er noch schneller. Jeannie klammerte sich noch fester an den Griff, und ihr Mund wurde trocken vor Angst. Jerry war noch nie so gefahren. Sie preßte sich in den Sitz. Sie kamen nun an die Stelle, wo die Straße am Seeufer entlangführte und der Fels steil zum Wasser abfiel. Sie sah das weiße Schutzgeländer mit rasender Schnelligkeit auf sich zukommen. Sie schloß die Augen und biß sich auf die Lippen, um nicht aufzuschreien.

Aber sie durchbrachen kein Geländer, sie hörte kein Holz splittern. Der Wagen fuhr weiter. Endlich kam Jerry zur Besinnung. Langsam nahm die Geschwindigkeit ab. Ehe er in die Hauptstraße nach Burnham Falls einbog, hielt er an. Jeannie öffnete wieder die Augen.

3. KAPITEL

Laura schlug die Haustür mit überflüssiger Energie hinter sich zu. Mit einer ungeduldigen, gereizten Geste nahm sie den Hut ab.

»Gracie! ... Gracie!« Sie ging rasch durch die Diele in den Schlafzimmerflügel Hauses. Sie hörte, wie hinter ihr die Küchentür aufging, und dann die Schritte des Dienstmädchens. Doch Laura blieb weder stehen noch blickte sie sich um. Im Schlafzimmer warf sie ihre Handtasche, die Handschuhe und den Hut auf einen Stuhl.

»Sie haben gerufen, Mrs. Peters?«

Laura ging ins Ankleidezimmer. Gracie nahm automatisch alles auf, was Laura auf den Stuhl hatte fallen lassen, und folgte ihr. Ihre Blicke trafen sich eine Sekunde im Spiegel, ehe Gracie den Schrank öffnete und die Sachen aufräumte.

Laura öffnete den Reißverschluß ihres Kleides, zog es aus und ließ es fallen. Gracie hob es auf und hängte es schweigend in den Schrank. Während Laura sich den Unterrock über den Kopf zog, sagte sie: »Einen Martini, Gracie! Einen doppelten und gut gekühlt.«

»Ja, Madam.«

Laura ging ins Bad und schloß die Tür. Sie stützte die Hände aufs Waschbecken und ließ den Kopf schlaff nach vorn hängen. Sie schloß die Augen. Ruhe, sagte sie sich ... Ruhe. Das Porzellan des Waschbeckens war angenehm kühl. Sie drehte den Kaltwasserhahn auf und hielt die Handgelenke darunter. Sie tränkte einen Waschlappen mit kaltem Wasser und preßte ihn an Schläfen und

Stirn. Als sie schließlich in den Spiegel sah, hatten sich die Falten zwischen ihren Augenbrauen ein wenig geglättet.

Sie drehte die Dusche auf. Das lauwarme Wasser erfrischte sie nicht. Sie hätte sich gern zwanzig Minuten in die Badewanne gelegt, doch dazu war keine Zeit. Sie verschränkte die Arme hinter dem Kopf, streckte sich, wie man es sie gelehrt hatte, um sich zu entspannen, aber es schien nicht viel zu nützen. Es war nicht wie in den Tagen, wenn sie mit Goodman gearbeitet hatte oder für den ›Sauerteig‹ probte und Larry sie Lockerungsübungen durchexerzieren ließ, ehe sie schlafen ging. Vielleicht lag es an dem Unterschied zwischen der Arbeit, die sie damals getan hatte, und der, die sie jetzt tat – mit dem Unterschied, ob sie müde war, weil Goodman mit ihr zu hart gearbeitet hatte oder weil sie bei der Sitzung des Elternrats kaum fähig gewesen war, ihre Langeweile zu unterdrücken.

Sie trocknete sich gründlich ab. Selbst in der Eile absolvierte sie alles, was zum Ritual gehörte – sie rieb sich die Beine und Arme mit Öl ein und achtete vor allem auf die Ellbogen und Fersen. Dann puderte sie sich. Sie verabscheute diese Hast und die Tatsache, daß sie sich vor der Verabredung zum Dinner hier baden und umkleiden mußte statt in einem New Yorker Hotel. Es war unmöglich, nach einer Fahrt von sechzig Meilen den Anschein unberührter Frische zu erwecken, den sie von sich verlangte. Doch Ed hatte ziemlich kategorisch abgelehnt, heute früher als sonst nach Hause zu kommen, und hatte sie obendrein noch an die Sitzung des Elternrats am Nachmittag erinnert. Deshalb war sie nun abgehetzt und nervös und ärgerlich über die Umstände, die sich verschworen hatten, damit sie sich ausgerechnet heute nicht von ihrer besten Seite zeigen konnte. Die eingehende Prüfung, der sie sich vor dem Spiegel unterzog, der die gesamte eine Wand des Badezimmers einnahm, war nicht Narzißmus, sondern äußerste Selbstkritik. Das leiseste Anzeichen von Fett oder einem schlaffen Muskel bedeutete, daß sie täglich noch mehr Zeit mit sich verbringen und langsam beim Frühstück auf die Butter verzichten mußte. Doch sie sah keine Anzeichen, noch nicht. Aber man mußte auf der Hut bleiben, ebenso wie bei den Falten zwischen den Augenbrauen.

Sie ließ das Handtuch auf den Boden fallen und ging ins Ankleidezimmer. Aus einer Schublade nahm sie ein elastisches Spitzenmieder, das vorn einen Reißverschluß hatte und ihren Körper von der Brust bis zu den Schenkeln einhüllte. Es war eigens für sie angefertigt worden, hatte hundertfünfzig Dollar gekostet, und in der Schublade lagen noch fünf weitere. Es bewirkte, daß sich vor der Fernsehkamera ihre Kleider an ihren Körper schmiegten, ohne eine einzige Falte zu werfen. Sie zog Strümpfe an und leichte Abendsandalen und legte ihren Hausmantel um.

Dann ging sie hinüber zum Toilettentisch und nahm den ersten Schluck aus dem Martiniglas, das Gracie ihr auf einem Silbertablett serviert hatte.

Das Glas war beschlagen. Sie drehte es ein wenig und verschüttete dabei ein paar Tropfen, die ihr an den Fingern herabliefen. Sie leckte sie ab. Es schmeckte nach Creme. Sie nahm rasch noch einen zweiten Schluck. Es ging nichts über einen Martini. Zuerst widerstrebte er einem, doch dann spürte man, wie sich die Wärme in einem ausbreitete, und plötzlich wurde man aus seiner Stimmung herausgehoben in einen Zustand, in dem man die Welt bewußt erlebte. Sie trank das Glas auf einen Zug halb leer.

Ihre Gereiztheit war zum Teil verschwunden, und der bevorstehende Abend versprach so zu werden, wie er sein sollte, wie es immer gewesen war, ehe sie nach Burnham Falls kam. Sie versuchte zu vergessen, was sie den Tag über getan hatte. Sie hatte nicht vor, Phil Conrad im ›Oak Room‹ mit dem Flair einer Hausfrau aus dem Villenviertel gegenüberzutreten. Sollte er ruhig glauben, daß sie ihre Tage mit der Lektüre Prousts und O'Neills verbrachte und daß sie nie etwas von einem Elternrat gehört hatte.

Die Ärgernisse des Tages hatten schon am Morgen begonnen, als sie am Frühstückstisch von der Zeitung aufblickte und sah, wie Selma Talbot vor dem Haus aus dem Jeep ihres Mannes stieg und den Gartenweg heraufkam. Sie trug ein verwaschenes Baumwollkleid, hatte starke Brüste, volle Hüften und das ausgelaugte Gesicht einer Frau, deren Leben nicht leicht gewesen war. Aber sie hatte etwas Heiteres an sich. Vielleicht lag es an dem gelockerten, wiegenden Gang und an der Art, in der sie den Kopf trug. Selma kam dreimal in der Woche, um die große Wäsche zu machen. Laura sah sie selten. Sie gehörte zum Haus, ein Zubehör wie Gracie und der Koch. Aber heute früh hatte ihr Anblick Laura getroffen. Sie begriff nicht, daß jemand wie Selma Talbot, jemand der Fußböden schrubbte und bügelte, so fröhlich aussehen konnte.

Während sie beobachtete, wie Selma den Weg heraufkam, läutete das Telefon. Es war Harriet Dexter, die sie darauf aufmerksam machte, daß es bei der Sitzung des Elternrats am Nachmittag einige Verstimmung geben würde. Das neue Schulhaus war im Bau, aber es konnte noch ein weiteres Jahr dauern, bis es fertig sein wurde, und ein Teil der Pläne war inzwischen bereits überholt. Aber schon gab es Verwaltungsprobleme. Die erste große Auseinandersetzung war bereits im Gang, und zwar zwischen Susan Hill, der jetzigen Leiterin der Grundschule, und Marion Jennings, einer geachteten Pädagogin und der Gattin von Lionel Jennings, der zu den Spitzenkräften im Laboratorium gehörte. Sie hatte an der Universität von Los Angeles gelehrt, und es stand fest, daß man Susan Hill nahelegen würde, sich pensionieren zu lassen, wenn die neue Schule fertig wäre, damit Marion Jennings ihre Stelle übernehmen konnte. Die Schwierigkeit bestand nun darin, daß Miß Hill aus Burnham Falls stammte und hier seit beinahe vierzig Jahren unterrichtete. Sie fand die einmütige Unterstützung der älteren Gemeindemitglieder, die in der neuen Schule nur eine moderne Extravaganz sahen und einen der Gründe für die Erhöhung der Gemeindesteuern. Burnham Falls unterstützte Susan Hill in jeder Weise. Trotz ihrer konservativen Einstellung war sie eine gute Lehrerin und hatte eine natürliche Begabung dafür, Kinder zu erziehen. Marion Jennings andererseits hatte zwei Bücher über Erziehungsfragen geschrieben, die viel Beachtung gefunden hatten, und Burnham Falls konnte sich außerordentlich glücklich schätzen, daß sie die neue Schule übernehmen wollte.

Laura hörte sich das alles mit wachsendem Widerwillen an. Sie hatte ihre Wahl in das Schulkomitee nur angenommen, weil sie sich als Eds Frau dazu verpflichtet fühlte. Erst danach erfuhr sie, daß Harriet Dexter zurückgetreten war, um diesen Platz für sie freizumachen.

Als Mitglied des Schulkomitees mußte sie auch aktiv im Elternrat mitwirken. Da Ed zwei Töchter hatte, war sie praktisch ein Elternteil. Sie hatte Marion Jennings' Ratschläge befolgt, wie sie sich dabei verhalten mußte, aber sie lernte mehr von Harriet. Doch nichts milderte ihren Widerwillen, wenn sie an den Sitzungen teilnahm. Sie half als kinderlose Frau Beschlüsse fassen, die die Kinder anderer Frauen betrafen. Man hatte ihr eine Rolle aufgezwungen, und dabei bestand die einzige Rolle, für die sie taugte, darin, auf der Bühne zu stehen oder in eine Fernsehkamera zu sprechen. Es schien täglich unmöglicher zu werden, die Distanz zwischen Burnham Falls und dem Broadway zu überbrücken.

Am Ende ihres Telefongesprächs hatte sie Harriet zum Lunch eingeladen. Es versprach ein Tag zu werden, an dem sie nicht allein sein konnte.

Doch das Schlimmste kam, als sie die neue Nummer der Zeitschrift ›Life‹ aufschlug und den zweiseitigen Artikel über Larry sah – Bilder von Larry, wie er in seiner Wohnung in New York arbeitete und mit ein paar Bekannten im ›Chambord‹ zu Abend aß. Seine Frau Mary saß neben ihm. Sie hatte sich nicht verändert. Sie trug noch immer ein schlichtes Kleid und die zu strenge Frisur. Auf anderen Bildern sah man die beiden zusammen in London und Paris, wo Larrys neues Stück schon vor der Broadway-Premiere aufgeführt wurde, und die Villa in Italien, die sie den Sommer über gemietet hatten. Der Artikel trug die Überschrift ›Internationaler Dramatiker‹. Larry schrieb Stücke, die auch jenseits des Atlantik Anklang fanden. Über Mary stand eine kurze Bemerkung da, daß sie sich zwar stets im Hintergrund hielte, daß Larry aber ständig ihren Rat suchte und keine Reise ohne sie unternahm. Es wurde erwähnt, daß sie seine zweite Frau war. Larrys erste Frau wurde nicht genannt.

Laura trank danach zwei Martinis und drängte auch Harriet einen auf, die aber keinen haben wollte. Das war kein guter Auftakt für eine Sitzung des Elternrats. Sie schämte sich etwas, weil sie gurgeln mußte, um den Alkoholgeruch zu entfernen, ehe sie mit Harriet aufbrach. Sie fuhr den Thunderbird zu schnell und ein wenig gefährlich und hatte den Eindruck, daß sie sich bei Harriet wegen ihrer Fahrweise entschuldigen müßte. Aber sie tat es nicht.

Während der endlosen Sitzung quälten sie Kopfschmerzen. Sie bat Harriet um Aspirin und war ihr dankbar dafür, daß diese sie weder mitfühlend noch vorwurfsvoll ansah. Sie wußte, daß sie nicht das richtige Verbindungsglied zwischen den neuen Amtec-Leuten und der Stadt war. Sie erfüllte nicht die Forderungen, die ihrer Meinung nach jedermann an sie stellte. Sie trug wenig oder nichts zur Sitzung bei, nickte nur von Zeit zu Zeit zustimmend und zeichnete Kreise auf das Schreibpapier, das eigentlich für Notizen gedacht war.

Als sie nun vor dem Spiegel saß und das Martiniglas zwischen den Fingern drehte, vergaß sie endlich Larry und die Sitzung. Sie mußte an den bevorstehenden Abend denken, die Rückkehr in die gewohnte Welt, den Gang durch den überfüllten Saal in einem Kleid, das bewirkte, daß sich jeder Mann nach ihr umsah und jede Frau neidisch wurde; die Gespräche über das Theaterleben, die großen Namen und die hohen Gagen. Dort gehörte sie hin, und selbst nach einem Jahr in Burnham Falls glaubte sie immer noch, daß sie einen Weg dorthin zurückfinden mute. Sie sah auf die Uhr und stellte fest, daß sie in einer halben Stunde aufbrechen mußte, wenn sie rechtzeitig zu der Verabredung mit E. J. Harrison und Phil Conrad kommen wollte. Es war plötzlich schmerzlich, sich an die Zeit zu erinnern, als der ›Oak Room‹ und das ›Plaza‹ nur fünf Straßen entfernt gewesen waren.

Ihre Nervosität kehrte wieder, sie riß die Schubladen auf und nahm die Kosmetika heraus. Als sie in den Spiegel blickte, sah sie Elizabeth unter der Tür stehen.

»'n Abend«, sagte das Mädchen zögernd.

Laura zwang sich zu lächeln. »Guten Abend. Komm doch rein.«

Anfangs hatte Elizabeth das Leben in Burnham Falls als Neuheit genossen. Aber nun, da die zweiten langen Sommerferien gekommen waren, schlich die Zeit auch für sie dahin. Sie schloß keine Freundschaften, war träge und verdrießlich, gähnte sich durch die heißen Tage, lag unter den Bäumen, wanderte ruhelos durchs Haus oder saß wie hypnotisiert ganze Nachmittage lang vor dem Fernsehgerät. Sie starrte Laura mürrisch an.

Wie immer wurde dieser unbehaglich in ihrer Nähe. Sie tauchte einen Wattebausch in die Creme und verteilte sie rasch und geschickt um die Augen. »Es war ein fürchterlicher Tag«, sagte sie, nur um etwas zu sagen. »Eigentlich habe ich in Schulkomitees überhaupt nichts zu suchen ...«

»Du brauchst ja nicht viel dabei zu tun. Man hat dich nur wegen Dad ins Komitee gewählt, und niemand erwartet von dir, daß du etwas tust.«

Einen Sekundenbruchteil hielt Laura inne. Dann griff sie rasch nach dem Puder. »Ich glaube, du hast recht.« Sie lachte gequält. »Niemand erwartet von mir, daß ich etwas tue.«

Elizabeth trat noch näher an den Toilettentisch.

Ihr dicker, unbeholfener Körper schien den Spiegel zu füllen.

Laura rückte ihren Stuhl ein wenig weg, und sofort trat Elizabeth zur Seite.

»Hat es dir eigentlich gestern bei Dexters gefallen?« fragte Laura. »Die Jungen sind nett, nicht? Tim und ... wie heißt doch gleich der ältere?«

»Gene.«

»Richtig, Gene. Er soll sehr klug sein. Harriet sagt, er brächte großartige Zeugnisse nach Hause. Der jüngere schlägt nach Steve. Er ist ganz versessen auf Physik und Chemie ... Magst du Gene?«

Elizabeth zuckte die Achseln. »Ich habe ihn kaum gesehen. Keinen von beiden. Sie sind beide zu jung für mich. Sie passen besser zu Clare. Tim hat ihr stundenlang diesen elektronischen Firlefanz erklärt, den er gebastelt hat, und Gene stand unter der Tür und sah zu, und keiner von beiden bemerkte, daß Clare kein Wort verstand.«

»Und was hast du getan?«

»Ich? ... Oh, ich habe mich hauptsächlich mit Mrs. Dexter unterhalten. Sie ist reizend, nicht? Irgendwie sehr sympathisch.«

»Ja. Ja, das ist sie.«

»Und dann hab' ich noch mit der alten Frau gesprochen, die für Dexters arbeitet, Nell heißt sie. Sie war schon im Haus, als Mrs. Dexter klein war. Sie hat mir erzählt, daß ihr Neffe mit Selma verheiratet ist – du weißt doch, die bei uns arbeitet. Ihre Großnichte ist dieses schöne Mädchen, das bei Carter Kosmetika verkauft. Du kennst sie. Es ist die, die dir Parfüm verkauft hat, als du hineingegangen bist, um Seife zu kaufen.«

Laura lächelte bei der Erinnerung daran. Sie nahm den Handspiegel und begann sich die Augenbrauen zu färben. Elizabeth kam wieder näher. »Ich möchte noch mal sehen, wie du das machst. Ich habe es geübt, wie du es mir gezeigt hast, aber es ist nicht richtig herausgekommen.« Sie beugte sich zu Laura herab, und Laura zog sich etwas zurück, indem sie so tat, als müsse sie näher ans Licht.

»Was hast du noch bei Dexters erlebt?« fragte sie rasch. Sie haßte alles, was ihre Konzentration bei der Kunst des Make-up störte. Besonders jetzt mochte sie es nicht, da es heute abend mehr darauf ankam als seit langem.

»Ich habe Mrs. Dexter im Garten geholfen, und dann haben wir ihren alten Rolls innen ausgefegt. Das ist vielleicht ein toller Wagen! Sie hat mich sogar darin fahren lassen.«

Laura blickte auf. »Dich?«

»Nur bis zum Tor und wieder zurück. Ich hab' ihr erzählt, daß ich noch nie in so einem Vehikel gesessen habe, das diese altmodische Gangschaltung auf dem Fußboden hat. Da hat sie mir erklärt, wie sie funktioniert, und dann durfte ich es ausprobieren. Wirklich ein toller Wagen. Das Armaturenbrett ist ganz aus Holz!«

Elizabeth griff nach der Creme, öffnete die Dose, roch daran und stellte sie dann wieder hin, ohne sie zu verschließen. Laura konnte es nicht leiden, wenn ihre Kosmetika offengelassen und dem Staub ausgesetzt wurden.

»Läßt Dad diesen Sommer nun wirklich ein Schwimmbecken bauen?« fragte Elizabeth ohne die geringste Begeisterung.

»Würde dich das nicht freuen?«

»Hier in der Gegend gibt es genug Seen. Kein Mensch hier in der Stadt hat ein Schwimmbecken.«

»Möchtest du keines?« Es war Laura nie in den Sinn gekommen, daß so etwas unwillkommen sein konnte. Wenn sie an ihre eigene Kindheit dachte, in der sie die Menschen beneidet hatte, die sich alles leisten konnten, was für sie nur Wunschträume waren, schien ihr das völlig unfaßlich.

»Wäre es nicht nett für – deine Freundinnen?«

»Schwimmbecken sind so snobistisch. Ich wette, es werden diese furchtbaren Klapptische und Sonnenschirme darum herumstehen.«

»Ich lass' dich alles auswählen«, versprach Laura.

»Spielt keine Rolle«, erklärte Elizabeth. Sie hatte das Interesse an dem Thema schon wieder verloren. Eine Minute biß sie nachdenklich an den Fingernägeln. Dann sagte sie unvermittelt: »Dexters haben ein nettes Haus, nicht?«

»Gefällt es dir?«

»Schon immer. Es ist so groß und geräumig. Mrs. Dexter sagt, die großen Bäume seien über zweihundert Jahre alt.«

Laura war nun am Toilettentisch fertig. Sie stand auf und nahm ein Kleid aus olivgrünem Jersey aus dem Schrank, das sich an ihren Körper schmiegte wie Wachs. Als sie den Reißverschluß öffnete, sagte sie zu Elizabeth: »Das Haus deiner Großmutter in Pennsylvania ist auch alt.«

»Ach was, das ist doch nur ein Museum!« Elizabeth ließ sich auf den Toilettenstuhl fallen. »Ich wollte, wir hätten ein Haus wie Dexters.«

»Gefällt dir unser Haus nicht?« Laura kehrte ihr den Rücken zu und suchte nach der mit Kupferfäden bestickten Handtasche, die zu dem Kleid paßte.

»Doch, es ist schon in Ordnung. Aber man kann sich hier ja nicht frei bewegen. All das viele Glas, man sieht von einem Ende bis zum anderen. Und die verrückten Bilder, die Dad an die Wände hängt!«

»Diese Bilder sind sehr teuer. Die Preise gehen fortwährend in die Höhe. Du wirst die Bilder zu schätzen wissen, wenn du sie einmal erbst. Sie sind eine gute Anlage. Und das Haus selbst ... nun, du hast ja gelesen, was die ›New York Times‹ darüber geschrieben hat.«

»Ich weiß. Ein Museum, nur anders als das meiner Großmutter.«

»So schlimm ist es nicht.« Laura drehte sich um. »Es könnte sein ... Elizabeth! Stell den Martini hin. Dazu bist du noch zu jung!«

Das Mädchen stellte ärgerlich das Glas aufs Tablett zurück und verschüttete dabei den größten Teil dessen, was noch im Glas gewesen war.

»Ich hab' ja nur daran genippt! Für was hältst du mich eigentlich – für einen Säugling, oder?« Ihr Gesicht war rot angelaufen. Sie verkrampfte die Finger ineinander und ging mit kantigen Bewegungen an Laura vorbei zur Tür. Dort blieb sie stehen. »Es dauert nicht mehr lange, bis ich achtzehn bin. Dann fahre ich zu meiner Mutter nach Paris. Niemand wird mich in dieser stupiden Kleinstadt hier festhalten!«

Als sie hinausging, stieß sie sich den Ellbogen am Türpfosten. Laura hörte ihre schweren Schritte durch den Korridor hallen. Dann schlug eine Zimmertür zu. Eine halbe Minute später plärrte eine Rock-'n'-Roll-Platte mit vollster Lautstärke los. Das ganze Haus vibrierte. Nun verkrampfte Laura die Hände.

Sekunden später hörte sie das scharfe Bremsen von Eds Wagen, dann seine raschen, leichten Schritte in der Diele.

»Was soll das, um Gottes willen?« Ed kam ins Schlafzimmer und blieb stehen, als er Laura im Ankleidezimmer sah.

»Kannst du etwas dagegen tun? Sag du ihr, sie soll es abstellen! Und schenk nur einen Drink ein, bitte. Wir kommen noch zu spät.«

Der Martina war gut gekühlt, und selbst der Stiel des Glases fühlte sich kalt an. Laura griff danach und ließ sich vom Stimmengewirr einhüllen. Sie hörte, wie das Eis im Glas klirrte, sah die einstudierten Bewegungen, mit denen die Frauen die Zigarettenspitzen hielten, und das Aufblitzen der Juwelen – echte und falsche. Sie sah die Blicke, mit denen alle, die bereits saßen, jede neueintretende Gruppe musterten, die Bereitschaft, Bekannte zu grüßen, die Übertriebenheit der Grüße, alle die vertrauten Tricks und Spiele, mit denen man für ein paar Sekunden die Aufmerksamkeit auf sich lenkte. Schließlich ließ sie das Glas los und lehnte sich zurück. Sie fühlte sich wieder zu Hause.

Sie nahm eine Zigarette aus dem Etui, und sofort zog Phil Conrad, der neben ihr saß, sein Feuerzeug heraus.

»Laura, du siehst großartig aus«, sagte er leise. »Ich bin froh, daß das Kleinstadtleben dich nicht in eine Schönheit vom Lande verwandelt hat, du weißt, sonnengebräunt und mit Zöpfen.« Er blickte über den Tisch, um auch E. J. Harrision und Ed ins Gespräch einzubeziehen, die ihnen gegenübersaßen. »Wissen Sie, ich bewundere nichts so sehr wie eine gepflegte Frau, und für mich hat Laura immer den ersten Preis gewonnen.«

Sie sog an ihrer Zigarette und fragte sich, ob diese Bemerkung Bette Harrison ärgerte, die das Korsett unter ihrem Fünfhundertdollarkleid ein wenig zu straff geschnürt hatte.

Bette Harrison war fast dreißig Jahre jünger als E. J. und seine dritte Frau. Neuerdings hatte sie ein wenig Fett angesetzt, und ihre früher einmal puppenartigen Züge waren gröber geworden. Es tat Ed nicht gut, wenn man seiner Frau auf Bettes Kosten Komplimente machte. Aber heute abend konnte Phil Conrad alles sagen, was er wollte, denn Amtec versuchte, ihn zu kaufen, und er hatte noch nicht ja gesagt.

Laura versuchte, seine letzten Worte abzuschwächen. »Hättest du etwas anderes von mir erwartet? Soll ich mich Rosi nennen und ein Parfüm benützen, das nach Heu riecht? So eine gute Schauspielerin bin ich nicht.«

E. J. tätschelte ihr die Hand. »Sie sind eine ausgezeichnete Schauspielerin, meine Beste, und Amtec hat allen Grund, Ihnen dankbar zu sein.«

»Amtec?« fragte Phil. »Was hat …?« Dann fing er sich rasch. »Ach richtig, die Werbesendungen. Weißt du, Laura, ich habe mir ein oder zwei davon angesehen. Du hast es fertiggebracht, neben einem Küchenherd zu stehen und trotzdem schön auszusehen. Das ist schon eine Leistung!«

E. J. hielt immer noch ihre Hand fest. »Laura hat Amtec mit diesen Werbesendungen einen großen Dienst geleistet. Wir vergessen das nicht.« Er drückte ihre Hand. Später, wenn er mehr getrunken hätte, würde er in der Garderobe die Gelegenheit benützen und sie küssen, nicht etwa freundschaftlich oder kameradschaftlich, sondern ziemlich plump. Ed würde so tun, als bemerke er nichts, weil E. J. sein Chef war, und Laura würde sich auf diese Weise küssen lassen.

»Da wir gerade von den Werbesendungen sprechen«, fuhr Phil fort. »Ich hoffe, man erwartet nicht von mir, daß ich vor der Kamera stehe und Küchengeräte anpreise.« Er sagte es mit einem Anflug von Amusement, aber zugleich nickte er unmerklich Martin Ewen zu, der das Gespräch übernahm, nachdem dieses Thema zur Sprache gekommen war.

Laura lehnte sich zurück. Sie hatte zu diesem Teil des Abends nichts beizutragen. Ihre Aufgabe war es, dazusitzen und dekorativ auszusehen – als ein Verbindungsglied zwischen Amtec und der Welt des Theaters, der Welt Philip Conrads.

Conrad stand auf dem Gipfel seiner Popularität, und deshalb wollte Amtec ihn für sich gewinnen. Er hatte im Augenblick drei erfolgreiche Stücke am Broadway laufen, und in den vergangenen Jahren hatte er zwei seiner früheren Stücke an den Film verkauft, und beide waren große Kassenschlager geworden. Er war vierundvierzig Jahre alt, und manche Leute sagten voraus, daß sich sein Abstieg ebenso schnell vollziehen würde wie sein Aufstieg, denn er hätte weder Geschmack noch Talent, sondern nur einfach Glück. Aber im Augenblick hatte er seinen Namen und seinen Ruhm, und Amtec wollte beides kaufen. Er sollte seinen Namen für eine Reihe von Fernsehspielen hergeben, die unter der Schirmherrschaft von Amtec gesendet würden. Es waren anderthalbstündige Sendungen geplant, produziert mit den Mitteln und den Stars, die Conrad nannte, und Amtec wollte unbesehen bezahlen. Man hatte die Verhandlungen vor zwei Monaten aufgenommen. Conrad hatte zugehört, ohne besonders großes Interesse zu zeigen, und bis jetzt weder ja noch nein gesagt. Man würde von ihm keine definitive Antwort hören, bis der Preis in die Höhe gegangen war und man ihm Optionen auf Amtec-Aktien angeboten hatte.

Das Treffen heute abend gehörte zu einer Reihe von ebenso ergebnislosen Zusammenkünften. Es war selbstverständlich, daß an diesem Tisch nicht über reale Bedingungen diskutiert wurde. Es war nicht die Aufgabe des Aufsichtsratsvorsitzenden und des Leiters einer der Tochterfirmen Amtecs, Conrad ein Angebot zu unterbreiten. Sie waren nur hier, um ihm zu zeigen, daß das Interesse an dem Plan bis zu den höchsten Spitzen von Amtec reichte und daß sie die gebührende Hochachtung vor Conrad hatten. Conrad war nicht allein mit Geld zu kaufen, er wollte umworben sein.

Deshalb saßen sie nun zusammen, lächelten und deuteten nur nebenbei den Zweck an, der sie alle hierhergebracht hatte – E. J. Harrison und Bette, Conrad, seinen Manager Martin Ewen, Ed und Laura. Conrad hatte sich vor zwei Jahren scheiden lassen und nicht wieder geheiratet. Man hatte ihn aufgefordert, jemanden mitzubringen, und er war mit Ewen erschienen.

Ed Peters war nur wegen Laura hier. E. J. hatte sie herbestellt, damit sie das Gleichgewicht zwischen der geschäftlichen und der gesellschaftlichen Seite dieser Zusammenkunft herstellte. Sie war ein Broadway-Star, ihr Name war in der Theaterwelt bekannt, sie war lange mit Conrad befreundet gewesen, und vor einem Jahr hatte sie Ed überredet, eine ansehnliche Summe in eines von Conrads Stücken zu investieren. Diese letzte Tatsache hätte Conrad nicht besonders dankbar gemacht, denn die Stücke, die er herausbrachte, waren gewöhnlich auf Monate ausverkauft, aber ›Die Lerche am Morgen‹ war das Werk eines unbekannten englischen Schriftstellers, und selbst Conrad war es schwergefallen, das Geld dafür aufzubringen. ›Die Lerche am Morgen‹ hatte nach der Premiere im vergangenen Januar begeisterte Kritiken bekommen und das investierte Geld bereits wieder eingespielt. E. J. wollte, daß Laura und Ed Conrad sich davon überzeugten, daß Amtec von Menschen geleitet wurde, die sich nicht nur mit Zahlen und Maschinen befaßten. Als weiteren Beweis flocht er Eds Sammlung moderner Kunst ins Gespräch ein. Als Conrad höfliches Interesse dafür zeigte, warf E. J. Laura einen bedeutungsvollen Blick zu, und sie wußte, daß sie nun Conrad bitten mußte, sie doch in ihrem Haus zu besuchen.

Doch meist saß Laura passiv da und hörte dem Gespräch zu. Sie war nicht hungrig und rührte den Hummer kaum an. E. J. hatte Weißwein kommen lassen, trocken und leicht, aber die Martinis hatten ihr den Geschmack daran verdorben. Sie bedauerte das.

Sie spürte, daß Phil Conrad sie mit mehr als höflichem Interesse ansah. Sie tat nichts dazu und versuchte nicht, seine Aufmerksamkeit auf sich zu lenken, wenn er sich mit den anderen beschäftigte. Aber immer wieder wandte er sich ihr zu, und das gab ihr ein berauschendes, traumähnliches Gefühl. Ihre Spannung war nun völlig gewichen. Sie genoß das Bewußtsein, daß sie anziehend war, ohne sich besonders anzustrengen. Das Dinner endete, ohne daß Conrad oder E. J. etwas Konkretes geäußert hatten. Alles lächelte einander zu, aber Laura wußte, daß man Phil Conrad noch lange den Hof machen mußte.

4. KAPITEL

Im Carpenter-Haus herrschte nun Stille, die Stille, die den Trubel der Vorbereitungen ablöst. Man wartete. Der Abend war warm und der Wind kaum stark genug, um die Blätter der Eichen zu bewegen. Er brachte die Gerüche der Sommerlandschaft mit, einen staubigen Geruch, weil es zuwenig geregnet hatte, und den Duft der Rosen, die unter dem Schlafzimmerfenster blühten. Vom Toilettentisch aus konnte Harriet die Rosen riechen. Sie übertönten sogar ihr Parfüm. Harriet war fertig angezogen, hatte ihr Make-up beendet und ihre Frisur in Ordnung gebracht. Es war nichts mehr zu tun. Sie ging langsam die Treppe hinunter. Steve hörte ihre Schritte und kam aus dem kleinen Zimmer an der Rückseite des Hauses, wo er seine Bücher und Zeitschriften aufbewahrte. Als sie die letzte Stufe erreichte, pfiff er bewundernd.

»Entschuldigen Sie, Madame. Sind Sie heute abend noch frei?« Er grinste. »Großartig siehst du aus. Und das Kleid! Wie nennt man doch gleich die Farbe? ›Kakao‹?«

Sie strich sich über den Rock. »Ich finde es hübsch. Fast zu hübsch für etwas so Hochpolitisches wie heute abend.«

»Phil Conrad ist daran gewöhnt, das Beste zu sehen, und deshalb« – er deutete auf sie – »müssen auch wir unser Bestes zeigen.«

Harriet rümpfte die Nase. »Mir gefällt der Gedanke nicht, daß es auf Befehl geschieht.« Sie ahmte übertrieben Lauras Stimme nach. *»›Harriet ... wir würden gern Phil Conrad zu euch herüberbringen. Vielleicht könnten Sie noch ein paar Leute dazu einla-*

den.« Sie schnaubte ungraziös. »Und dann sagt sie mir genau, wen wir einladen sollen! Mir scheint, seit wir das Haus renoviert haben, hält es Laura für eine phantastische Idee, ihren Gästen Dexters reizendes altmodisches Haus zu zeigen.«

»Entweder die Party findet hier oder im Country Club statt. Da fällt die Wahl nicht schwer.«

»Ich verstehe. Aber ich halte es trotzdem für eine ziemlich einfältige Versammlung, zu der man den charmanten Phil Conrad einlädt. Wenigstens nehme ich an, er ist charmant. Sind das nicht alle Männer vom Theater?«

»Ich habe gehört, Phil Conrad ist alles, was man von ihm erwartet.«

Er lehnte sich an den Türrahmen, die Hände in den Hosentaschen. »Vielleicht wird dieser Abend mal eine nette Abwechslung für uns. Schließlich kannst du in einem Punkt immer auf Ed bauen: Er geht kein Risiko ein.«

»Auf der Gästeliste hat das intellektuelle Element eindeutig das Übergewicht – Jennings, Armstrongs und so weiter. Niemand von der Verwaltung ist heute abend dabei.«

»Mein liebes Kind«, sagte Steve nachsichtig, »das sind Wissenschaftler, keine Intellektuellen. Du mußt unterscheiden lernen. Seit Jahren hat keiner von uns ein Buch aufgeschlagen, das nicht mit seinem Fachgebiet zu tun hat. Vielleicht soll Conrad den Eindruck bekommen, daß über einem unserer Köpfe ein Nobelpreis schwebt und daß er stolz darauf sein kann, wenn er mit der Firma in Verbindung gebracht wird. Jedenfalls vertraut Amtec heute abend auf dich, daß du eine Party gibst, die vielleicht kleinstädtisch, aber nicht vorstädtisch ist, und daß du Conrad zeigst, daß die ernsten Männer der Wissenschaft schöne Frauen haben.« Sie lachte.

»Wenn dir danach zumute ist, kannst du die nettesten Dinge sagen.«

Der halb spöttische Ausdruck wich aus seinem Gesicht. Er trat zu ihr und küßte sie leicht auf die Lippen.

»Wenn mir zu selten danach zumute ist, Harriet, dann kommt es daher, daß ich ein Tölpel bin, der dich nicht verdient, und weil ich mich an das Bewußtsein gewöhnt habe, daß du da bist. Eine schlechte Gewohnheit, und ich wundere mich, daß du mir nicht schon lange davongelaufen bist.« Sein Griff wurde etwas fester. »Bleibst du bei mir?«

Sie nickte und zog sich ein wenig zurück, ehe er sie noch einmal küssen konnte. »Ich ... ich möchte nur noch einmal nachsehen, ob alles in Ordnung ist, ehe die Gäste kommen.«

Er ließ sie zögernd los und folgte ihr ins Wohnzimmer.

»Harriet, wäre es nicht einfacher gewesen, wenn man alles im Feinkostladen bestellt hätte? Du und Nell, ihr seid seit sechs Uhr früh auf den Beinen ...«

»Das wäre ein Fehler gewesen. Laura hat betont, daß Phil Conrad zu einem zwanglosen Wochenendbesuch kommt, und ich verstehe das so, daß diese Party so improvisiert wirken soll, wie es gerade noch mit einem anständigen Essen vereinbar ist.« Sie seufzte. »Es macht immer viel mehr Mühe, etwas zwanglos erscheinen zu lassen, als wenn man Hilfskräfte engagiert, die einem die Arbeit abnehmen. Wenn es nach mir ginge, hätten wir drei weißgekleidete Kellner bestellt, statt daß Nell und Selma wie wahnsinnig in der Küche herumfegen und ich hier bei den Gästen auf Kohlen sitze.«

Sie öffnete die Doppeltür zum Speisezimmer.

»Aber es sieht nett aus, nicht?«

Der Duft der Rosen schlug ihnen entgegen, goldgelbe und rote Gartenrosen in weißen Schalen. Auf dem langen Tisch lag das beste Tischtuch, und darauf stand das Porzellan und Silber, das Harriet von ihrer Mutter geerbt hatte. Die Mitte des Tisches war leer und wartete auf die kalten Platten aus der Küche. Das Zimmer war im Frühling zusammen mit dem übrigen Haus neu hergerichtet worden, und Harriet hatte goldene Vorhänge dafür gewählt. Die schlichten Stühle mit den Sprossenlehnen spiegelten sich im gewachsten Boden. Es war ein vornehmes und doch anheimelndes Zimmer. Von den großen Fenstern aus sah man über die Stadt zum See hinüber.

»Ja, es ist hübsch«, sagte Steve.

Es ist mehr als hübsch, dachte Harriet. Es sah jetzt so aus wie in Joes Tagen, besser vielleicht, denn die Fußböden und Möbel hatten eine tiefere Patina angesetzt vom Alter und vom häufigen

Polieren. Eine neue Heizung war installiert worden, von dem übergroßen Herrenschlafzimmer hatte man ein zusätzliches Bad abgetrennt, und ein großer Anrichteraum im Erdgeschoß war in eine Garderobe verwandelt worden. In der Küche stand eine Geschirrspülmaschine und im Keller eine neue Waschmaschine. Von außen strahlte das Haus in neuer weißer Farbe, und Ted Talbot widmete sich nun regelmäßig dem Rasen.

Ja, das Haus sah gut aus. Aber die Renovierung hatte jeden Cent von Steves Gehalt verschlungen, und sie zahlten immer noch an der Hypothek, die ihnen Joe hinterlassen hatte. Die Ersparnisse auf der First National Bank sahen jetzt um kein bißchen besser aus als in dem Augenblick, in dem Steve seine Arbeit für Amtec begonnen hatte, Aber sie hatten keine andere Wahl gehabt. Amtec erwartete, daß Steve die Firma würdig repräsentierte. Wenn sie sich dadurch in Schulden stürzten, dann unterschieden sie sich in nichts von den anderen Familien, die im Amtec-Park wohnten. Harriet hoffte, daß es vielleicht eines Tages, wenn Gene und Tim das Collage absolviert hätten, möglich wäre, etwas Geld beiseite zu legen. Aber das lag noch in weiter Ferne.

Sie glättete wieder ihre Rockfalten und dachte daran, wie sie die ersten achtzehn Monate, nachdem Steve in die Firma eingetreten war, geknausert und gespart hatte, um ihre Schulden abzuzahlen. Steve, der an der Westküste beschäftigt gewesen war, hatte sie darüber fast vergessen. So ging es meistens den Märtyrern, dachte sie, und meistens zu Recht. Sie mußte daran denken, wie sie hier in Burnham Falls in einem schäbigen, altmodischen Kostüm zur Eröffnungsfeier von Amtec gegangen war. Bald hatte sie erfahren, daß sie weder Steve noch sich selbst mit dieser Art Sparsamkeit einen Gefallen tat. Sie mußte lernen, Geld auszugeben, ohne ein schlechtes Gewissen dabei zu haben. In der Firma war die gute alte Yankee-Sparsamkeit fehl am Platz, denn sie wäre schließlich eine Form des Mißtrauens dem Pensionsplan, der Betriebskrankenkasse und der Unfallversicherung gegenüber gewesen. Es kam nur darauf an, daß man seine Stellung behielt, dann brauchte man sich nicht weiter zu sorgen. Man mußte nur sein Vertrauen in die unbegrenzte Produktivität und das Wohlergehen des ganzen Landes setzen, in dem auch Amtec seinen Platz einnahm, dann saß man im gleichen Zug wie die Firma. Das war die Doktrin, und Harriet und Steve unterwarfen sich ihr, als sie das Haus renovieren ließen. Aber sie hatten keine reine Freude daran, denn es war nicht ihnen selbst, sondern anderen zuliebe geschehen.

»Das Kleid bekommt noch ein Loch, wenn du dauernd daran reibst«, sagte Steve liebevoll.

Sie erschrak, als er sprach, denn sie hatte blind das Zimmer angestarrt. »Oh!« Dann lächelte sie. »Ich habe nicht gerieben, ich habe es gestreichelt. Ich trage es so gern.«

»Zu Recht. Du siehst reizend darin aus.«

Sie drehte sich um und zupfte ihn am Ärmel. »Komm ... ich hab' keine Zeit. Ich schicke Selma mit dem Eis herein. Gleich müssen die ersten Gäste eintreffen.«

»Wie ist es heute im Wochenendhaus gegangen?« fragte er, als sie in die Küche gehen wollte. Es hörte sich an, als hätte er die Frage ohne zu denken gestellt, nur um etwas zu sagen, damit sie stehenblieb.

Sie drehte sich um. »Gut. Jeff Anderson hat den neuen Kühlschrank gebracht, und sofort sah alles andere daneben in der Küche wie hundert Jahre alt aus. Ich ließ ihn bei der Gelegenheit gleich alle Leitungen und Steckdosen nachprüfen. Das Haus macht jetzt einen ganz ordentlichen Eindruck, trotzdem ist alles noch ziemlich schäbig. Die Sofas quietschen, und die Betten sind nicht so weich, wie ich mich von früher her daran erinnere. Aber wenn Phil Conrad eine ländliche Hütte will, bitte schön.«

»Peters kann von Glück sagen, daß er ihm so etwas anzubieten hat. Das ist in der Umgebung einer der besten Seen zum Angeln. Was will er noch mehr, als einen See voller Fische und eine Hütte mit elektrischem Licht, fließend Wasser und einem sauberen Bett? Alles mit Stil.«

»Selbstverständlich, und das Ganze garniert mit den Tiefkühlkonserven, die Laura herübergeschickt hat – Lachs, Kaviar, Austern, eine Kiste Whisky. Elizabeth hat die Sachen herübergebracht und allen Ernstes erklärt, Ed und Laura würden dann das richtige Essen mitbringen, wenn sie mit Mr. Conrad in die Hütte fahren. Ich hätte nie gedacht, daß Laura etwas mit Begeisterung tun kann – außer auf Anzeigenfotos. Diesmal wird sie das Mädchen vom Land spielen müssen. Es wäre kaum stilvoll, wenn sie ihren Koch mitbrächten.«

»Ich dachte, sie wollen sich von den Fischen ernähren, die sie angeln.« Steve zog an seiner Krawatte, um sie geradezurücken, aber er schob sie nur noch mehr zur Seite. »Ist Elizabeth mit zum Wochenendhaus gefahren?«

»Ja, sie war den ganzen Tag mit uns zusammen. Ich glaube, es hat ihr gefallen. Sie hat den Küchenboden geschrubbt und mir geholfen, das Schlafzimmer sauberzumachen. Das ist mal was anderes für die Tochter des Direktors. Gene und Tim waren auch dabei. Sie haben vor dem Haus gekehrt. Sie hatten sich wieder mächtig in den Haaren. Gene ist schließlich in den Wald davongelaufen. Übrigens fehlen im Landungssteg ein paar Planken. Hoffentlich fällt Mr. Conrad nicht durch.«

Steve zuckte die Achseln. »Es könnte keinem netteren Menschen passieren.«

»Und noch etwas, ich habe die geheiligte Gästeliste verletzt. Schließlich ist das unser Haus. Ich habe Clif eingeladen. Ich dachte, Phil Conrad sollte wenigstens einen Eingeborenen kennenlernen, der vor Amtec hier war. Schon aus prähistorischem Interesse, weißt du.«

»Offen gesagt, ich hab' auch einen Eingeborenen eingeladen ... ich vergaß, es dir zu sagen.«

»Wen?«

»Mal Hamilton. Er ist heute mit ein paar neuen Zeichnungen zu uns gekommen. Er ist auf dem Weg nach Kanada, und ich hab' ihn überredet, sich ein Zimmer im Motel zu nehmen und heute abend mit uns zu feiern. Ich dachte, er wird die Dinge ein wenig beleben.«

Sie lächelte schwach. »Ja ... fein. Gute Idee.« Sie fingerte wieder an ihrem Rock. »Ich werde Selma sagen, daß sie das Eis bringen soll.«

Ihre Absätze klapperten unnatürlich laut auf dem Fußboden, als sie den Korridor entlangging.

Vor der Küchentür blieb sie stehen. Eine Sekunde lang dachte sie, Steve folge ihr, aber er ging ins Wohnzimmer, und sie hörte ihn mit Gläsern und Flaschen hantieren, die auf dem Tisch aufgestellt waren. Er pfiff vor sich hin – dünn und ohne Melodie. Das bedeutete, daß er nachdenklich war. Es klang einsam. Er hätte nicht allein im Zimmer sein und Gläser umstellen sollen, die man nicht umzustellen brauchte. Harriet wußte, daß es ihre Schuld war. Sie hatte ihn zurückgewiesen. »Mal … Mal, was soll ich tun?« murmelte sie.

Seit ihrer Begegnung im Zug hatte sie fast unausgesetzt an ihn gedacht, und das Gefühl, daß er in der Stadt war, begleitete jeden ihrer Gedanken. Wenn sie die Hauptstraße entlangging, suchte sie unter den Passanten sein Gesicht, sein vertrautes rotes Haar. Sie hoffte, seine Stimme zu hören, und bei jedem Gespräch erwartete sie, daß sein Name fiel. Es war eine Besessenheit, die sie seit drei Wochen mit sich herumtrug, und sie konnte sich nicht von ihr lösen.

Zweimal hatte Steve Mal zum Essen nach Hause gebracht, einmal mit Clif zusammen. Das zweite Mal hatte er nicht einmal vorher angerufen, so daß sie es erst erfuhr, als sie ihre Stimmen in der Diele hörte. Sie hatten auf der Veranda gesessen. Harriet hatte sich zu ihnen gesetzt und war wieder einmal unnatürlich schweigsam gewesen. Als sie ging, um sich vor dem Essen die Hände zu waschen, hatte sie bemerkt, daß ihr Gesicht gerötet war. Sie hatte sofort nach dem Parfüm auf dem Toilettentisch gegriffen und sich bestäubt, ehe sie erkannte, daß dadurch alles nur noch schlimmer wurde. Da hatte sie die Flasche rasch wieder zurückgestellt und war in die Küche gegangen, um Nell beim Anrichten zu helfen. Während des Abends hatte sie sich mehrmals dabei ertappt, wie sie Mal unverwandt ansah, und ihr war elend geworden bei dem Gedanken, daß Mal es bemerkt haben könnte.

Sie war sogar auf Gene und Tim eifersüchtig gewesen, denn die beiden nahmen Mal während des Essens völlig in Anspruch. Sie schämte sich dieser Regung, aber dadurch wurde es nicht besser.

Nach den ersten paar Augenblicken im Zug hatten sie keine Minute mehr allein miteinander gesprochen. Deshalb die dauernde Suche nach ihm und das Warten auf ihn.

Als sie nun vor der Küchentür stand, wußte sie, daß sie –

bewußt oder unbewußt – den ganzen Tag darauf gewartet hatte, daß er heute abend kam. Niemand war sicher gewesen, daß er heute in Burnham Falls wäre, denn er kam unregelmäßig und immer, ohne sich anzukündigen. Sie wußte nur, daß er Steve für Ende dieser Woche einige Zeichnungen versprochen hatte. Schon seit Steve nach Hause gekommen war, hatte sie ihn nach Mal fragen wollen und es nicht fertiggebracht. Mit jeder Minute, die verstrich, war ihre Enttäuschung größer geworden, und ihr war zumute wie einem Kind, das weinen wollte, unvernünftig und hemmungslos. Es nützte auch nichts, wenn sie sich sagte, daß sie sich wie eine Närrin betrug.

Sie blickte an sich hinunter. Das schicke Kleid, die neuen Schuhe und die Frisur von einem der teuersten New Yorker Friseure – sie entschuldigte sich insgeheim bei Laura – waren nicht so sehr für Phil Conrad gedacht gewesen. Sie hatte sich schön gemacht in der vagen und uneingestandenen Hoffnung, daß Mal vielleicht käme. Es war beschämend, aber sie mußte es zugeben. Jetzt sah sie attraktiver aus denn je, und Steve hatte es bemerkt.

Ich mache mich wegen Mal noch zum Gespött, sagte sie sich. Schon einmal, an dem Abend, an dem Josh Burnham Falls verließ, hatte sie sich Mal in die Arme geworfen.

Sie drückte zaghaft die Klinke nieder und öffnete die Tür.

Jeannie Talbot stand am Küchentisch. Sie hatte sich eine von Nells großen weißen Schürzen umgebunden, beugte sich gerade über ein Hackbrett und schnitt Petersilie.

»Jeannie! Was tust du denn hier?«

»Ah, guten Abend, Mrs. Dexter. Ich hoffe, es stört Sie nicht. Ich dachte, ich helfe meiner Mutter und Tante Nell ein wenig beim Aufwaschen.« Sie lächelte. »Offen gesagt, ich bin nicht mehr hiergewesen, seit das Haus renoviert worden ist, und ich wollte es mir mal ansehen. Es ist schön geworden.«

Harriet erwiderte ihr Lächeln. Sie fühlte sich zu Jeannie immer seltsam hingezogen. Sie strömte eine üppige Wärme aus, so daß die anderen Frauen neben ihr dürftig und blaß wirkten, alle Frauen außer ihrer Mutter. Im letzten Jahr war sie rasch gereift. Harriet war überzeugt, daß viele Männer sie unwiderstehlich fanden.

»Nett, daß du da bist, Jeannie. Was macht Jerry? Ich dachte, er nimmt jede freie Minute, die du hast, für sich in Anspruch.«

»Mr. Keston findet, daß es gut für seine Seele ist, wenn er ein paar Abende in der Woche bis spät in die Nacht in der Bank arbeitet. Außerdem sind Jerry und ich über ein paar Dinge nicht ganz einer Meinung. Deshalb läßt er mir neuerdings etwas freien Lauf.« Sie lächelte und deutete mit dem Kopf auf Tim, der neben ihr stand. »Aber ich habe mich nicht einsam gefühlt, Tim hat mich großartig unterhalten.«

Tim errötete erfreut. »Hör auf, mich zu hänseln, Jeannie«, sagte er. Dann wandte er sich an seine Mutter. »Du siehst hübsch aus. Und wie seh' ich aus?«

Er stellte sich in Positur. Er trug seinen besten grauen Flanellanzug und eine dunkelblaue Krawatte. Er war sorgfältig gekämmt.

Gene betrachtete seinen jüngeren Bruder mürrisch und widmete sich dann wieder dem Tablett mit den Sandwiches, von denen er eines auswählte, prüfte und auf die Platte zurücklegte, um sich ein anderes zu nehmen.

Harriet fuhr ihn an. »Gene! ... Laß die Finger davon! Du kannst eines essen, wenn du willst, aber rühr sie nicht alle an.«

»Ich habe Hunger.«

Nell, die am Spülstein stand, drehte sich um. »Neuerdings kann man dir den Magen einfach nicht stopfen. Wenn du unbedingt essen mußt, dann nimm wenigstens eines von den Broten, die noch nicht auf den Platten liegen, und jetzt geh hinauf und wasch dich und zieh dich anständig an. So kannst du dich nicht sehen lassen.«

Er errötete und sah seine Mutter an. »Muß ich das tun?«

Harriet nickte. »Wenigstens ein sauberes Hemd. Du brauchst keine Krawatte umzubinden. Das hättest du schon längst tun sollen. Beeil dich!«

»Wer wird mich denn in Dreiteufelsnamen ansehen?« Er schlurfte unwillig zur Tür, ließ die Schultern hängen und neigte den Kopf leicht vor, genau wie es Steves Art war. Er nahm eine

Handvoll Nüsse mit, als er an der Schale vorbeikam, ließ ein paar davon fallen und murmelte mürrisch etwas vor sich hin, als er sich bückte, um sie wieder aufzulesen. Harriet bemerkte plötzlich, daß seine Jeans, die ihm vor drei Monaten noch zu lang gewesen waren, nur noch knapp bis an die Knöchel reichten. Sein Gesicht war immer noch gerötet, und sie hätte ihn gern umarmt, aber dazu war Gene zu alt. Wenigstens war er zu alt dazu, wenn Tim und Jeannie zusahen. Er machte sich mit den Nüssen zu schaffen und legte sie dann wieder in die Schale. Sie lächelte ihm rasch zu, als er zur Tür ging, aber er hatte wieder den Blick gesenkt und sah es nicht. Nun war nicht nur Steve, sondern auch er allein, und sie spürte, daß sie daran schuld war.

Sie stand da und beobachtete das geschäftige Treiben, das sie umgab, als hätte sie nichts damit zu tun. Plötzlich löste sie sich aus ihrer Lethargie und bemerkte, daß Jeannie, die noch das Messer in der Hand hielt, sie neugierig ansah.

»Ich glaube, ein Wagen ist vorgefahren, Mrs. Dexter.«

»Ein Wagen? Ach richtig! Selma, bringen Sie doch bitte rasch das Eis.«

Sie ging in die Diele. Das Begrüßungslächeln lag bereits auf ihrem Gesicht.

Harriet blieb kurz unter der Tür zum Wohnzimmer stehen, ehe sie wieder in die Küche ging, um Selma mitzuteilen, daß sie noch mehr Kaffee kochen mußte. Als sie ihre Gäste der Reihe nach ansah, fragte sie sich, ob der Abend wirklich so gelungen war, wie es schien, oder ob sie ihn vielleicht in einer Art Betäubung erlebt hatte und deshalb nicht mehr urteilsfähig war. Doch auch wenn sie die Gesellschaft so objektiv betrachtete, wie sie konnte, schien ihr der Abend gelungen zu sein.

Eine Party von dieser Größe paßte bequem in das Wohnzimmer. Sie saßen in tiefen Sesseln und auf den beiden Sofas, und es herrschte nur wenig Bewegung außer dem Heben und Senken der Kaffeetassen und der Kognakgläser. Im Augenblick hörte man der Frau am Flügel zu. Harriet konnte es kaum glauben, daß sie Maggie Jeffries seit über einem Jahr kannte, ohne ihre Begabung für Komik und Schauspielerei bemerkt zu haben. Maggie saß jetzt am Flügel und improvisierte, wenigstens schien es so. Ihr Whiskyglas stand in Reichweite. Der einzige, dem dieses Schauspiel nicht behagte, war ihr Mann Harlan. Maggies Auftritt war nur möglich, weil sie mehr Whisky getrunken hatte als gewöhnlich und genügend Mut gefaßt hatte, um Harlans düstere Blicke zu ignorieren, als sie auf den Tasten herumzuklimpern begann. Harlan war der jüngste Abteilungsleiter im Laboratorium, und Harriet hatte ihn nie ein Wort äußern hören, das nicht einstudiert und überlegt schien. Maggie entging seinem Einfluß nur mit Hilfe von Scotch, und nun enthüllte sie plötzlich eine Begabung für den intimen Chansongesang, die sich sehen lassen konnte. Ihre Stimme war schlecht, aber faszinierend. Harlan warf Ed Peters nervöse Blicke zu. Doch dieser sah gelockert aus, ganz im Gegensatz zu Laura, die ihm auf dem Sofa gegenübersaß. Harriet fand, daß sie ein wenig schlanker geworden war, aber das betonte nur ihre reizenden Grübchen. Sie war schöner geworden. Ihre schmalen weißen Hände mit den lackierten Fingernägeln spielten mit einer unangezündeten Zigarette. Phil Conrad, der neben ihr saß, bemerkte es und gab ihr Feuer. Danach widmete er seine Aufmerksamkeit sofort wieder Maggie. Laura selbst hörte offenbar nicht zu.

Steve sah zu Harriet hinüber, lächelte und nickte, womit er sein Wohlbehagen, ja sein Vergnügen ausdrückte. Sie fand, daß Steve sich seit einem Jahr verändert hatte, denn nun bemerkte er Dinge, die ihm vorher völlig gleichgültig gewesen waren.

Ihr Blick wanderte weiter zu Clif hinüber, der Laura gegenübersaß. Sie wußte, daß er sich absichtlich dort hingesetzt hatte, da er für sich das in seinem Alter legitime Vergnügen in Anspruch nahm, eine schöne Frau unverwandt anschauen zu können. Sogar Ed Peters hatte gelächelt, als Clif dies sagte. Clif hatte sich nicht verändert, er hielt nur noch fester an den Sitten und Gebräuchen fest, die in Burnham Falls geherrscht hatten, ehe Amtec kam. Fast ging er dabei bis zur Sturheit, und insofern hatte auch er sich gewandelt.

Sie sah zu Marion Jennings hinüber, die wahrscheinlich noch klüger war als ihr Mann, der zu den besten Köpfen von Amtec gehörte, und die scheinbar geduldig darauf wartete, bis sie die Oberschule von Burnham Falls in die Hände bekam und beweisen konnte, was sie mit ihren pädagogischen Theorien in der Praxis erreichte. Neben ihr saß Ginny Armstrong, die hie und da Ed Peters belustigte Blicke zuwarf und sich offenbar fragte, wie Maggie die Dreistigkeit haben konnte, nicht nur vor Ed Peters, sondern auch vor einem Broadway-Produzenten ihre Hemmungen abzulegen. Morgen wurde im Amtec-Park die Neuigkeit kursieren, daß Maggie Jeffries auf der Party bei Dexters über die Stränge geschlagen hatte. Aber das seltsame war, daß Phil Conrad sich sichtlich amüsierte, statt sich von einer Amateurin zu distanzieren. Alle Anwesenden, einschließlich Ed, richteten sich in ihrem Verhalten nach Conrads Miene. Solange er sich wohl fühlte, war die Party gelungen. Harriet hatte einige Zeit gebraucht, bis sie sich an die Vorstellung gewöhnt hatte, daß für Steve der gesellschaftliche Erfolg fast ebenso wichtig war wie das, was er in seinem Labor erreichte.

Ihre Prüfung war beendet, und sie war befriedigt. Dann fiel ihr Blick auf den leeren Sessel, wo Mal gesessen hatte. Er hatte vor zwanzig Minuten das Zimmer verlassen. Sie wußte, daß es so lange her war, weil sie ihn vermißte. Sie wußte auch, daß es nur ein Vorwand war, als sie in die Küche ging, um noch mehr Kaffee zu bestellen. In Wirklichkeit wollte sie Mal suchen. Schon seit zehn Minuten kämpfte sie mit dem Wunsch, und nun gab sie ihm nach. Sie konnte es nicht ertragen, außerhalb der Reichweite seiner Stimme zu sein und nicht an allem teilzuhaben, was ihn betraf oder interessierte. Sie mußte wissen, was er tat, was er dachte und sprach. Sie mußte sich ihm bemerkbar machen.

Als sie das Wohnzimmer verließ, schien ihr, daß sie nicht klüger war als Gene und Tim, die ständig bemüht waren, seine Aufmerksamkeit zu erlangen. Ihre Wangen brannten ein wenig bei dem Gedanken daran, doch sie ging nicht ins Wohnzimmer zurück.

Er war, wie sie erwartet hatte, in der Küche. Bei ihrem Kommen verstummte das Gespräch. Alle sahen sie an.

»Oh ... ich ...« Sie verlor in ihrer eigenen Küche die Fassung.

Mal lehnte mit einer Kaffeetasse in der Hand am Spülstein. Er warf ihr ein rasches Lächeln zu, aber sie hatte trotzdem das unbehagliche Gefühl, daß er ihre Existenz vergessen hatte, bis sie eingetreten war. Nell räumte gerade Teller in den Schrank, Selma richtete ein weiteres Tablett mit Kaffeegeschirr. Gene saß am Tisch und aß Kuchen. Tim stand neben ihm, er war offensichtlich noch von Mals Erzählungen gefesselt. Jeannie stand am Herd und aß ebenfalls Kuchen.

Die Küche war makellos aufgeräumt, alles Geschirr gespült. Auf dem Tisch stand das Päckchen mit den Resten, das Nell auf Harriets Anweisungen für Selma gerichtet hatte. Nell hatte Wasser aufgestellt, die Teekanne stand bereit. Nun konnte ihre eigene Party beginnen.

Harriet hatte das deutliche Gefühl, daß sie ein unwillkommener Eindringling war.

»Ich glaube, wir brauchen in ein paar Minuten noch mehr Kaffee, Nell.«

»Das Wasser kocht schon.« Nell schloß den Schrank und stieg vom Stuhl herunter. »Und wie steht's drinnen?« fragte sie respektlos. »Betrinkt man sich ordentlich und schüttet man Schnaps auf die guten Gobelinstühle?«

Harriet seufzte.

»Nicht so viel, daß es auffällt.«

»Mir wird's auffallen, wenn ich morgen mit dem Putzen anfange.« Nell schnitt sich ein Stück Kuchen ab und nahm eine Gabel aus der Schublade. Sie blickte Gene an.

»Noch ein Stück?«

Er hielt ihr seinen Teller hin.

»Ihr solltet beide schon längst im Bett sein«, sagte Harriet zu den Jungen. Sie bemerkte, daß Mal sie beobachtete, und fühlte sich unbehaglich in der Rolle der Mutter dieser beiden großen Kinder. Sie waren das Symbol des Abstandes zwischen ihr und der Harriet, die er in Los Angeles gekannt hatte.

»Noch nicht«, bat Tim. »Mal hat uns gerade erzählt, wie er ...«

Sie schnitt Tim das Wort ab: »Du hast dich gedrückt, Mal. Was ist, langweilt dich die Party?«

»Nein, gar nicht.« Er stellte seine Tasse auf den Spülstein, und sofort füllte Jeannie sie aus der alten Kaffeemaschine auf, in der sie für sich selbst Kaffee gekocht hatten.

Ihre Bewegungen hatten etwas Verschwörerisches. Sie wollte nicht, daß er sie verließ und wieder zu der Gesellschaft ins Wohnzimmer zurückkehrte. Er wirkte so gelöst, so sehr Teil dieser Umgebung, daß Harriet sich plötzlich als Eindringling fühlte.

»Du vergißt, daß ich in Burnham Falls zwei Seelen in der Brust habe. Ich möchte vom Alten genausoviel sehen wie vom Neuen.«

Nell freute sich darüber, versuchte es aber zu verbergen. »Gehen Sie, früher hatten Sie für Nell Talbot nie viel übrig. Ich konnte nie ein Wort aus Ihnen herausbekommen.«

Mal lachte. »Weil ich mich so schrecklich vor Ihnen gefürchtet habe, trotz all der guten Sachen, die Sie mir geschenkt haben. Ich weiß noch, daß ich alles hastig hinuntergeschlungen habe und dann davongerannt bin.«

Harriet achtete nicht auf das Wortgeplänkel, das im Gang war. Die anderen stören alle, dachte sie. Sie fühlte sich von ihm abgeschnitten und fragte sich, ob er es nicht vielleicht so wollte. Jedesmal, wenn sie sich sahen, umringten ihn Menschen, die sich um seine Aufmerksamkeit rissen. Sie war immer nur ein Teil einer kleinen Menschengruppe. Und jetzt war es noch schlimmer, denn sie war aus dieser Gruppe ausgeschlossen. Sie überlegte sich, was sie sagen, wie sie zu ihm durchbrechen konnte, aber Selma stellte nun bereits den frischen Kaffee aufs Tablett und war bereit, ihn ins Wohnzimmer zu tragen. Auch sie würde gehen müssen. Sie sah Jeannies erwartungsvolles Gesicht, die wißbegierigen Mienen Tims und Genes und dann Nell, die vergeblich ihre Freude darüber zu verbergen suchte, daß Mal in ihrer Küche war.

Die eigentliche Party fand hier statt, hier und nicht im Wohnzimmer, wo die Kognakgläser klirrten und Maggie auf die Tasten hämmerte. Hier freuten sie sich auf eine Art ihres Lebens, wie es in dem anderen Zimmer nie möglich gewesen wäre. Sie schienen frei und seltsam jung zu sein, sogar die alte Nell.

Selma strich sich die Schürze glatt und nahm das Tablett. »Soll ich es hineintragen, Mrs. Dexter?«

»Ja bitte, Selma.«

Es gab keinen Vorwand mehr, hierzubleiben. Mal schien es

nicht einmal zu bemerken, als sie ging. Fast noch ehe sie die Küche verließ, waren sie wieder unter sich, und ihr Kommen hatte kaum eine Spur hinterlassen.

Als sie wieder ins Wohnzimmer kam, meinte sie, daß von allen Gästen nur Mal es wagen konnte, die Gesellschaft im Wohnzimmer zu verlassen und seiner Wege zu gehen.

5. KAPITEL

Sally Redmond hörte das Heulen der Lokomotive durchs Tal hallen. Sie mochte das Geräusch. Es war ihr vertraut geworden, seit sie hier wohnte. Sie blickte zu Tom im anderen Bett hinüber und lächelte, als sie sah, wie fest er die Augen im Schlaf geschlossen hatte – als konzentriere er sich sogar darauf mit der gleichen Intensität, die er allem anderen in seinem Leben widmete. Er sah jung aus und erstaunlich verwundbar. Oder war es nur die Einbildung jeder schwangeren Frau, die in ihrem Mann das Bild ihres ungeborenen Kindes sah?

Das Licht fiel nun stärker durch die halbgeschlossene Jalousie. In ein paar Minuten würde die Sonne aufgehen. Sie liebte diese frühen Morgenstunden, ehe der Tag zum Leben erwachte. Sie saß um diese Zeit gern am Küchenfenster, mit einer Tasse Tee in der Hand, und blickte über die Häuser am Hang hinweg hinüber zum Laboratorium am Hügel. Wenn sich die Sonne in den Glas- und Aluminiumflächen fing, schien das Gebäude fast das funkelnde Schloß aus den Märchenbüchern ihrer Kindheit zu sein.

Vorsichtig schlüpfte sie aus dem Bett und zog den Morgenrock an. In der Küche standen von gestern abend noch die Teller und Tassen übereinander, da Johnsons vorbeigekommen und bis spät nach Mitternacht geblieben waren. Sally ignorierte das ungespülte Geschirr und stellte Teewasser auf. Sie ging barfuß. Der Boden war angenehm kühl, aber heute würde es wieder einen heißen Tag geben. Es war Samstag, und Tom würde zwei Tage lang zu Hause sein. Sie stützte sich leicht auf den Herd, während sie wartete, bis das Wasser kochte. Sie fand es seltsam, daß sie in den

Wochenenden immer noch eine Art Ferien sah, obwohl sie doch schon lange keine Ruhetage mehr waren. Die Wochenenden waren betriebsamer als alle anderen Tage. Doch es war eine Betriebsamkeit, die man Muße nennen konnte.

Sie stellte ihren Tee auf den Fenstersims und dachte an die Party, die am vergangenen Abend bei Dexters stattgefunden hatte. Aus verschiedenen Quellen war die Nachricht durchgesickert, daß Phil Conrad das Wochenende in Burnham Falls verbrachte. Es war in der Amtec-Siedlung genau bekannt, wer dazu eingeladen worden war, und man rätselte über die Gefühle derjenigen, die übergangen worden waren.

Dieser Einladung kam eine ungeheure Bedeutung zu, denn sie war eine Anerkennung der Eigenschaften, die ein wenig über das hinausgingen, was die Firma von einem verlangte. Phil Conrad war an das Zusammensein mit gebildeten Menschen gewöhnt, und es wäre unangebracht gewesen, ihn der Langeweile durch nichtige Gespräche auszusetzen. Sally, die mit einem jüngeren Angestellten verheiratet und noch Jahre von den Protokollproblemen entfernt war, die die Party von gestern abend aufgeworfen hatte, wußte dennoch genau, wie es gewesen war. Sie konnte sich gut denken, weshalb man Harriet Dexters Haus gewählt hatte. Obwohl sie es noch nie betreten hatte, wußte sie viel über dieses Haus. Es hatte eine Würde an sich, mit der es Laura Peters' neues Haus im Amtec-Park nie aufnehmen konnte. Es hieß, das Dexter-Haus sei angefüllt mit schönen antiken Möbeln. In gewissem Sinn war es ein bescheidenes Gegenstück zu der Sammlung moderner Kunst, die Ed Peters besaß, und deshalb war es kein Wunder, daß die Wahl auf Dexters Haus gefallen war.

Sally dachte wieder an die Angestellten, die nicht eingeladen worden waren: Sommers, Harveys, Tritts, Sewells. In jedem einzelnen Fall konnte sie den Grund erraten. Es hatte immer etwas mit den Frauen zu tun. Eine sprach zuviel über ihre Wohlfahrtsarbeit, eine andere ging zu sehr in ihren Kindern auf, eine war dick und wenig anziehend.

Sally nahm einen Schluck Tee. Man erwartete viel von einem, man mußte alle Tugenden einer Frau und Mutter besitzen und wissen, wann man sie verbergen mußte und wann hervorheben.

Man mußte die richtigen Bücher lesen und auf seine Figur achten. Wenn man einen akademischen Titel besaß, mußte man aufpassen, daß man die Frauen nicht beleidigte, die keinen hatten. Es gab unzählige Fallen, vor denen man sich in acht nehmen mußte.

Sie dachte an die Frauen, die zu jener Party eingeladen worden waren. Sie kannte sie vom Sehen her. Es waren die Frauen, die Ed Peters im Augenblick für geeignet hielt, Phil Conrad zu unterhalten. Sie dachte an die kommenden Jahre, wenn Tom kein junges Mitglied der Forschungsgemeinschaft mehr wäre, wenn er sein eigenes Team hätte und schließlich zum Abteilungsleiter aufgestiegen sein wurde. Bis dahin mußte sie ein Dutzend Frauen auf einmal verkörpern und durfte niemanden beleidigen. Sie mußte Tom helfen, ohne daß man es merkte. Und am Ende, wenn sie Glück hatten, würden sie in einem der besten Häuser der Siedlung wohnen, oder in seinem Gegenstück irgendwo im Land, und sie würden zu den Leuten gehören, die zu Partys für Größen wie Phil Conrad eingeladen wurden. Wenn die Zeit bis dahin ein wenig leer erschien, dann wußte sie, daß sie nur Begeisterung brauchte, um sie in etwas Besseres zu verwandeln. Schließlich mußte Tom diese Art Leben führen, und sie mit ihm, und es wäre falsch, etwas daran auszusetzen. Es war nur eine zaghafte Stimme, die in ihr aufbegehrte und ihr sagte, daß irgend etwas nicht in Ordnung war. Doch die konnte man leicht ignorieren.

Als weiter unten an der Straße ein Motor ansprang, wurde sie sich bewußt, wie die Zeit vergangen war; sie stand rasch auf und zog ihren Notizblock für die Einkäufe aus der Schublade. Dabei fiel ihr Blick auf die gelben Schreibmaschinenseiten. Sie nahm sie langsam heraus und fand, daß sie sehr vernachlässigt aussahen. Während sie die Seiten zusammenstieß, rechnete sie nach, wie lange sie nicht mehr daran gearbeitet hatte. Es waren drei Wochen.

Sie überflog die Seiten. Hier und dort sah sie die Ansätze einer Idee, die gut sein konnte, wenn man sie überarbeitete und gründlich entwickelte. Sie wußte sehr wohl, daß alles, was sie bis jetzt niedergeschrieben hatte, nur der Entwurf zu einem Roman und selbst als solcher unvollständig war. Sie mußte noch die drei- oder vierfache Arbeit leisten, ehe sie das Ergebnis einem Verleger zeigen konnte. Sie fragte sich, ob sich die Mühe lohnte angesichts der paar Talentbeweise, die sie auf diesen Seiten sah. Dann dachte sie an ihren Vater und an Onkel Oliver, die sagen wurden, es lohne sich. Oliver hatte ihr gepredigt, daß das Talent keine Ablenkung duldete und daß er selbst niemals mehr als ein zweitrangiger Dichter sein konnte, weil er einen Teil seiner Gedanken der Politik widmete.

Ärgerlich versuchte sie, die Idee abzutun und sich einzureden, daß man sein Leben in einem normalen Rahmen führen mußte und daß das Talent nicht von anderen Opfer fordern dürfe, in diesem Fall von Tom und ihrem Kind.

Sie hörte im Bad Wasser rauschen und legte das Manuskript in die Schublade zurück. Tom hatte seit einiger Zeit nicht mehr nach dem Buch gefragt. Hoffentlich nur aus dem Grund, weil er nicht wollte, daß sie zugeben mußte, wie wenig Fortschritte sie gemacht hatte. Aber sie fürchtete, daß es ihm gleichgültig geworden war.

Sie setzte ein strahlendes Lächeln auf, als er in die Küche trat. Auch er war barfuß und sah verschlafen aus in seinem blauen Pyjama und mit dem ungekämmten Haarschopf. Er küßte sie leicht, und sein Mund schmeckte nach Zahnpasta.

»Was ist denn in dich gefahren, so früh aufzustehen? Heute ist Samstag!« Er ging zum Wasserhahn und füllte die Kaffeemaschine.

»Ich stehe eben gern früh auf, ehe alle anderen herumlaufen. Wie steht's im Labor?« fragte sie, während sie Milch und Zucker auf den Tisch stellte.

»Okay ... Armstrong und Taylor fahren nächste Woche nach Canaveral. Sie müssen bei ein paar Tests mit dem neuen Treibstoff dabeisein.«

»Warum fährt Dr. Dexter nie mit?«

Tom zuckte die Achseln. »Das geht über meine Kompetenz. Ich weiß nicht, warum die Herren das so einrichten. Vielleicht kann man Dexter hier nicht entbehren. Nicht immer wird der wichtigste Mann fortgeschickt. Peters fährt wahrscheinlich selbst hin, weil er dort ein paar Freunde hat, aber die technischen Verhandlungen überläßt er Armstrong und Taylor.«

»Und wann fährst du einmal?«

Er grinste. »Wenn ich nicht mehr so naß hinter den Ohren bin.« Dann wurde er ernst. »Aber Taylor hat mir eine nette Aufgabe gegeben für die Zeit, in der er weg ist. Ich wollte es dir schon gestern abend erzählen, ehe Johnsons kamen. Es betrifft eines der Nebenergebnisse der Arbeit, mit der wir uns gerade befassen. Er glaubt, daß man einen Artikel für eine Fachzeitschrift darüber schreiben könnte. Wir wollen das Gebiet nicht weiterverfolgen, aber es könnte uns ein bißchen Prestige einbringen. Es wäre der erste Artikel unter meinem Namen in einer Fachzeitschrift.«

Sie strahlte. »Unter deinem Namen!«

»Nun, Taylors Name muß auch dabeistehen, da er der Abteilungsleiter ist. Aber dieses Nebenresultat war im Grunde meine Idee, und er sagt, ich soll dafür auch die Lorbeeren einstecken.«

»Tom, das ist herrlich! Das ist großartig!«

»Nur keine Aufregung! Es ist nichts Besonderes, und es wird kein großes Aufsehen erregen. Aber Amtec möchte, daß vom Laboratorium soviel wie möglich veröffentlicht wird. Wenn ich alle Daten zusammenhabe, sieht es vielleicht nach weniger aus als jetzt.«

»Aber es ist doch ein Anfang, Tom. Daran sieht man, daß Taylor dich schätzt.«

»Mach dir nichts vor, Sal. Er schätzt mich nur danach ein, wieviel Arbeit er aus mir herauspressen kann. Vergiß nicht, daß er die Lorbeeren für alle Resultate einsteckt, die seine Abteilung erzielt. Reden wir nicht mehr davon, bis es soweit ist.«

»Gut. Aber es ist wirklich wundervoll. Ich bin stolz auf dich!«

Es bestand kein Grund, daran zu zweifeln, daß Tom die Jahre durchhalten würde, die ihn von Taylors Position trennten.

Sally fiel ihm um den Hals. »Ich bin stolz auf dich«, wiederholte sie noch einmal.

Er spürte durch den Nylonmorgenrock ihren starken Leib und ihre vollen Brüste. Er hielt das volle Leben in den Armen. »Und ich liebe dich«, antwortete er.

Bei Talbots läutete am Samstag früh um sieben Uhr das Telefon. Selma hörte es läuten, als sie den schmorenden Schinken umdrehte und das Fett abtropfen ließ. Ted schob den Milchbecher näher zu Chrissie hin und stand auf, doch ehe er halb durch die Küche gegangen war, hörte das Läuten auf.

Jeannie rief aus dem anderen Zimmer herüber: »Schon in Ordnung, Dad!«

Selma legte den Schinken für Sally beiseite und schlug ein Ei in die Pfanne. Als es fertig war, tat sie es auf einen heißen Teller und stellte ihn vor Ted hin. Sie brachte frischen Kaffee auf den Tisch und wischte Chrissie den mit Brei verschmierten Mund ab. Jeannie kam in die Küche. Obwohl sie mit ihrer Mutter bis nach ein Uhr morgens bei Dexters gewesen war, wirkte sie nicht im geringsten müde. Sie trug wie gewöhnlich ein sauberes, frischgebügeltes Konfektionskleid, Strümpfe und geputzte Schuhe. Selma fragte sich manchmal, ob nicht ein Teil von Jeannies Erfolg hinter Carters Ladentisch daher rührte, daß sie den Eindruck erweckte, als hätte sie sich für ihre Arbeit mit ebensolcher Sorgfalt gekleidet wie für eine Verabredung in New York. Sie ließ die Leute glauben, daß Burnham Falls im Grunde gar keine Kleinstadt sei. Im Moment sah sie aus, als hätte ihr eben jemand ein Geschenk überreicht.

»Es war Jerry«, verkündete sie beiläufig.

Selma und Ted sahen sie fragend an. Aber Jeannie befriedigte ihre Neugier nicht sofort. »Setz dich!« sagte sie zu ihrer Mutter. »Ich backe mir selbst ein Ei. Für dich auch eins?« Sie deutete auf den Teller ihrer Mutter. »Du hast nur Toast daliegen.«

Selma schenkte sich Kaffee ein. »Ich habe keinen Hunger.«

»Ach komm, ein Ei und ein wenig Schinken wird dir nichts schaden. Du frühstückst nie ordentlich.«

Sie nahm Selmas Schweigen für Zustimmung und schlug ein zweites Ei in die Pfanne. Selma lächelte hinter ihrem Rücken. Sie freute sich über Jeannies mütterliches Wesen, sagte aber nichts. Jeannie gab die Eier auf zwei Teller und stellte sie auf den Tisch. Als sie sich setzte, fragte sie: »Hast du heute früh Arbeit, Dad?«

Er nickte und wischte das Eigelb mit einem Stück Brot auf.

»Ja, in Downside.« Er sah Chrissie an. »Möchtest du mit, Chrissie? Möchtest du mit Dad nach Downside?«

Chrissie legte den Löffel hin und wischte sich den Mund ab, ehe ihre Mutter es tun konnte. »Ja – ist Bruder Matthew auch da?«

»Ich denke. Aber du darfst ihn diesmal nicht um Bonbons bitten. Du mußt warten, bis er dir einen gibt.«

Jeannie unterbrach: »Du könntest mich mitnehmen, Dad, und unterwegs in der Stadt absetzen. Ich muß noch ein paar Sachen auspacken, ehe es im Laden zu voll wird.«

Selma verlor die Geduld. »Triffst du dich heute abend mit Jerry?«

»Nein. Heute abend muß er mit seinem Vater einen Besuch in Elmbury machen, aber er hat mich gefragt, ob ich morgen mit ihm nach New York fahren möchte. Er will mit mir ins Theater und anschließend essen gehen.« Jeannie lächelte. Es war das zufriedene Lächeln eines Menschen, dessen Ausdauer sich bewährt hat. »Hätte nicht gedacht, daß er so rasch wieder einlenkt. Ich war ziemlich kühl zu ihm, als er das letzte Mal anrief, und dann kam er vor zwei Tagen in den Laden, und ich habe so getan, als wäre ich sehr beschäftigt. Du weißt, wie ungern er in den Laden kommt. Er findet, daß das nicht das Richtige für mich ist.«

»Recht hat er«, ereiferte sich Ted. »Das ist auch nichts für ein kluges Mädchen wie dich, das einen Handelsschulkurs absolviert hat. Jedes Schulmädchen kann hinter einem Ladentisch stehen. Aber ich hab's ja aufgegeben, dich zur Vernunft bringen zu wollen. Du bist genau wie alle anderen jungen Leute heutzutage …«

»Dad, fang nicht schon wieder damit an. Ich hab' dir schon einmal erklärt, daß es ja schließlich kein x-beliebiger Ladentisch ist, hinter dem ich stehe. Bob bezahlt mich jetzt sehr gut. Es ist fast, als ob ich Teilhaberin wäre. Und schließlich habe ich die Kosmetikabteilung aufgebaut, und Bob weiß das. Glaubst du, ich würde soviel verdienen, wenn ich als Tippmädchen zu Amtec ginge?«

»Geld ist nicht alles. Ich möchte, daß meine Tochter etwas Besseres wird als Verkäuferin, und ich habe dich in die Schule geschickt, damit du etwas Besseres tust.«

Jeannie legte ihre Gabel hin. »Dad, siehst du es denn nicht ein?

Vielleicht kann ich eines Tages ein eigenes Geschäft aufmachen. Ist das nicht besser als Tippmädchen sein?«

Ted hob langsam den Kopf, erschrocken über solch maßlosen Ehrgeiz. »Ich möchte dich eines Tages glücklich verheiratet sehen. Und wenn du dein Herz an Jerry gehängt hast, dann laß dir sagen, daß du ihn auf diese Art nicht hältst.«

»Wenn er mich tatsächlich liebt«, sagte Jeannie und sah auf ihren Teller, »dann wird er mich nehmen, wie ich bin. Seit wann ist ehrliche Arbeit so etwas Ungewohntes in dieser Familie?«

Selma bemerkte plötzlich, daß Ted alt aussah. Sie sah auch Teds Hände, die abgearbeitet und voller Schwielen waren. Der Schmutz von der Gartenarbeit hatte sich in die Falten und unter die Fingernägel eingegraben.

6. KAPITEL

Als Mal im Motel erwachte, wußte er, daß es spät war. Er hörte den Verkehr auf der Straße, das geschäftige Treiben eines Samstag vormittags im Sommer. Frauen fuhren zum Supermarkt, Männer zum Angeln, und Teenager rasten aus reinem Vergnügen durch die Gegend und aus dem Bedürfnis, vor irgend etwas zu fliehen. Mal öffnete die Augen. Die Sonne trommelte auf die zugezogenen Gardinen. Seit den Jahren, in denen er ständig unterwegs war, hatte er es sich angewöhnt, sich schon im Augenblick des Erwachens ins Gedächtnis zu rufen, wo er war und warum. An diesem Morgen wußte er sofort: Burnham Falls an einem Samstagvormittag, und den gestrigen Abend hatte er bei Steve und Harriet verbracht.

Außerdem erinnerte er sich daran, daß er um diese Zeit eigentlich schon hatte nach Toronto unterwegs sein wollen. Er sah auf die Uhr, aber es beunruhigte ihn nicht, daß er heute nicht mehr nach Toronto kam, und vielleicht nicht einmal morgen. Sein Kunde erwartete ihn erst am Montag, und Mal spielte mit dem Gedanken, noch eine weitere Nacht in Burnham Falls zu verbringen, am Sonntag abend nach New York zurückzufahren und von dort ein Flugzeug nach Toronto zu nehmen. Er fuhr gern lange Strecken im Wagen. Dadurch verschaffte er sich das ersehnte Alleinsein, in das nichts und niemand eindringen konnte. Das war der Grund, warum er am Tag zuvor mit dem Wagen nach Burnham Falls gekommen war. Er hatte vorgehabt, von hier aus direkt nach Kanada weiterzufahren. Aber es war ebenso leicht, diesen Plan wieder aufzugeben. Es erfüllte ihn mit tiefer

Befriedigung, hier zu liegen und sich auszudenken, was er tun wollte. Kein Telefon konnte läuten und ihm etwas anderes befehlen, und es gab niemanden, der ihm Vorhaltungen über seine Launen machen konnte. Nachdem er sich geduscht und rasiert hatte, fuhr er zur Stadt.

Er stellte fest, daß der große Parkplatz am Supermarkt überfüllt war, und fuhr weiter in die Außenbezirke von Burnham Falls. Auch hier waren die Straßen mit Wagen gesäumt – schmale Straßen, die nicht für diesen Verkehr gebaut worden waren und die nur verbreitert werden konnten, indem man die Vorgärten und die beiden Friedhöfe beschnitt sowie die Gehwege vor dem Gerichtsgebäude und der Kirche bis direkt zu deren Stufen. Als er die Menschen sah, die ungeduldig nach Parklücken suchten, verstand er, weshalb der Supermarkt draußen an der Durchgangsstraße florierte. Er fuhr so lange durch die Straßen, bis ein anderer Wagen abfuhr, dann stieß er rasch in die Parklücke, warf sein Fünfcentstück in die Parkuhr und blieb aufatmend am Straßenrand stehen. Er bemerkte die Schnellgaststätte, die gerade auf der anderen Straßenseite lag, und stellte fest, daß er hungrig war. Er überquerte die Straße, trat ein und bestellte Weißbrot, Würstchen und Kaffee. Der Kaffee kam sofort, und als er den ersten Schluck nahm und dabei aufblickte, sah er draußen George Keston vorübergehen. Sein Sohn Jerry begleitete ihn. George trug seinen Geschäftsanzug und Jerry ein weißes Hemd mit Krawatte, was sich inmitten der zwanglos gekleideten Passanten seltsam deplaciert ausnahm.

Mal klopfte an die Scheibe. George strahlte übers ganze Gesicht, als er ihn erkannte, schüttelte aber den Kopf und machte eine hilflose Geste, als Mal ihn hereinwinken wollte. Er zögerte einen Augenblick, drehte sich dann entschlossen um und kam herein. Mal stand auf, um ihn zu begrüßen.

»Hallo, Mal, das ist aber nett. Du erinnerst dich doch an Jerry?«

»Selbstverständlich. Wie geht's, Jerry?« Mal schüttelte dem jungen Mann die Hand. »Trinkt eine Tasse Kaffee mit mir.«

»Keine Zeit, Mal. Samstag ist ein geschäftiger Tag, und ich habe eben fast eine Stunde vertrödelt. Ich habe eine Kundin, die ihren Spaß daran hat, ihrem Bankdirektor zu befehlen, wann und wo sie mit ihm sprechen will, und sie ist so reich, daß er gehorcht.« Er lächelte schwach.

»Gönn dir eine kleine Pause. Die Bank wird noch zehn Minuten warten können.«

»Ich glaube auch.« Er ließ sich schwerfällig nieder. Jerry setzte sich schweigend neben ihn. Er musterte Mal ernst. Mal spürte, daß der Junge ihn nicht mochte.

»Was macht das Geschäft, George?« fragte er, als die beiden Kaffeetassen gebracht wurden.

»Großartig, einfach großartig. Die Stadt blüht auf. Amtec hat eine Menge Geld hierhergebracht, und die Leute geben es aus. Auch die viele Bauerei ist gut fürs Geschäft.«

Mal nickte. Er nahm einen Schluck Kaffee. »Und die Stadt ist zufrieden? Bißchen eng geworden, wie mir scheint.«

»Was kann man dagegen tun? Die Leute haben alle Geld in den Taschen. Jeder Wagen da draußen verkörpert eine Familie, die Geld ausgibt. Es ist alles anders geworden, aber wer möchte dem Fortschritt im Wege stehen?« Während er sprach, sah er auf die Uhr.

Mal wandte sich an Jerry. »Und was halten Sie davon? Werden Sie hier in der Stadt bleiben?«

Jerrys Schultern strafften sich leicht, und seine Antwort kam zögernd. »Ich muß noch drei Jahre aufs College und dann zum Militär. Wenn ich das alles hinter mir habe, ist immer noch reichlich Zeit, sich zu entschließen.«

George unterbrach: »Jerry ist vom Wehrdienst zurückgestellt, bis er das College absolviert hat. Heute in fünf Jahren wird man diese Stadt nicht wiedererkennen. Die Umgehungsstraße wird fertig sein, die neue Fabrik wird arbeiten. Ich habe definitive Informationen, daß die Carnegie Bank im Laufe der nächsten zwei Jahre hier eine Filiale eröffnet, und ich werde jeden gut ausgebildeten Burschen brauchen, den ich bekommen kann. Jerry weiß nicht, was er versäumt, wenn er nicht zurückkommt. Diese Stadt hier hat eine Menge zu bieten.«

Mal spürte an Georges aggressivem Tonfall, daß er mit Jerry schon mehr als eine Auseinandersetzung über dieses Thema gehabt hatte.

Jerry stand unvermittelt auf. Seine Miene war feindselig.

»Entschuldige, Dad, aber ich muß gehen. Ich hab noch einen ganzen Berg Arbeit vor mir, und du hast gesagt, ich soll heute abend mit zu Mellons. Ich muß um sechs fertig sein …« Er nickte Mal zu. »Es war mir ein Vergnügen, Mr. Hamilton.« Irgendwie ließ er die Worte beleidigend klingen, obwohl sein Ton höflich war. »Mein Vater findet es großartig, daß Sie wieder in der Stadt sind. Er hat mir oft erzählt, wie Sie Ihren Weg gemacht haben und zu was Sie gekommen sind. Sie sind natürlich nicht in Burnham Falls geblieben … Auf Wiedersehen, Mr. Hamilton!«

Die Beleidigung war deutlich und beabsichtigt, als er das Geld für seinen Kaffee auf den Tisch legte und ging.

Nachdem George Keston die Schnellgaststätte verlassen hatte, ging Mal zu Carter hinüber, um ein Päckchen Zigaretten zu kaufen. Der kühle Atem der Klimaanlage schlug ihm entgegen, als er eintrat, und er lächelte im stillen, als er die neue Einrichtung sah, die in die Decke eingelassenen Lampen, das hygienische Aussehen des Linoleumbodens, der vor Bohnerwachs glänzte. Er vermißte die Marmortische, die früher in der Milchbar gestanden hatten, aber er gab zu, daß Bob Carter auf den verchromten Stühlen an der Theke mehr Kunden unterbrachte. Hier funktionierte alles, aber es war nicht mehr anheimelnd. Als er seine Zigaretten bezahlte, fragte er sich, weshalb er dem alten Drugstore auch nur im mindesten nachtrauerte, da Perfektion und Funktionstüchtigkeit schließlich seine eigenen Götter waren und er früher weder Zeit noch Geld gehabt hatte, in Carters Milchbar zu sitzen. Es hätte ihm gleichgültig sein sollen, wie das Geschäft heute aussah.

Als er zur Tür ging, sah er Jeannie hinter dem langen Kosmetiktisch auf der anderen Seite des Ladens stehen. Sie lächelte ihm zu.

»Guten Tag, Mr. Hamilton.«

»Tag, Jeannie.« Sie reichte gerade einer Kundin eine Packung Seife, und zwei weitere Kundinnen warteten. Ein paar Oberschülerinnen in kurzen Hosen beugten sich über den Ladentisch, unter dessen Glasplatte verschiedene Kosmetika ausgelegt waren. Jeannie betätigte die Registrierkasse.

»Viel zu tun, Jeannie?« rief er hinüber, als er die Tür öffnete.

»Ich könnte sechs Hände brauchen.« Sie lachte. »Aber das ist mir gerade recht.« Alle ihre Kunden drehten sich um und sahen Mal nach, als er den Laden verließ. Draußen schlug ihm wieder die Hitze entgegen, und die Samstagvormittagsgeräusche waren nun intensiver geworden.

Er kaufte eine Tüte Äpfel in einem kleinen, düsteren Laden, der vergeblich versucht hatte, sich in einen Supermarkt zu verwandeln. Er ging nicht besonders. Das Obst war gut, aber zu teuer. Mal legte die Tüte neben sich auf den Sitz und aß gemächlich einen Apfel, während er ziellos durch die Stadt fuhr. Nach einer Weile bog er von der Hauptstraße ab und kam an der neuen Schule vorbei. Sie war fast fertig und kaum von anderen Schulen im Land zu unterscheiden. Sie stand ungefähr halbwegs zwischen der Stadt und dem Amtec-Park und war zu beiden Seiten von Sportplätzen eingefaßt. Sie war groß, sauber und sah langweilig aus, aber er wußte, daß sie alle die wissenschaftlichen Geräte enthielt, von denen er damals im alten Schulhaus in der Dunbar Street geträumt hatte.

Er fuhr langsam am Amtec-Park und am Laboratorium vorbei, an Talbots Haus und an der Schellackfabrik, bis er das im Bau befindliche neue Werk erreichte. Daneben breitete sich das Lager der Bautrupps aus, die an der Fabrik arbeiteten und an der Siedlung auf der anderen Seite der Stadt. Es war eine häßliche Ansammlung abgestellter Wohnwagen. Das Gras war niedergetreten, Wäsche hing auf Leinen zwischen den Wagen. Es war ein Staubfleck in der Landschaft, der sich bei schlechtem Wetter in einen Morast verwandelte. Das Lager hatte die verrufene Atmosphäre einer kurzlebigen Barackenstadt, und die Bewohner waren Menschen, die mit Burnham Falls nichts gemein hatten und die Burnham Falls nichts angingen. Das Lager stand hier in gleichgültigem Kontrast zu den klaren Linien und dem gepflegten Rasen des Laboratoriums auf der Anhöhe direkt darüber.

Die Verwaltung von Amtec hatte sich bei den Chefs der Baufirmen beschwert, die nichts gegen die Verwahrlosung taten. Im Laufe der Monate war es nur noch schlimmer geworden. Haufen weggeworfener Konservendosen und Kartons, alte Paraffinöfen und Unrat sammelten sich um jeden Wagen. Amtec drängte darauf, daß die neue Fabrik rasch fertig wurde. Die Bauarbeiter machten Überstunden und hatten die Taschen voller Dollars. Sie tranken guten Whisky und kümmerten sich einen Dreck darum, was Amtec dachte.

Als Mal das Lager hinter sich hatte, fuhr er wieder rascher. Zwei Meilen weiter, kurz hinter der alten White-Farm, sah er die Straße, die er gesucht hatte, und bog in sie ein. Es war eine schmale Straße, die schon damals, als die White-Farm noch in Betrieb war, wenig befahren wurde. Sie war unbefestigt, tiefe Wagenspuren hatten sich eingegraben, und die Regengüsse hatten tiefe Schlaglöcher ausgeschwemmt. Mal vermutete, daß heutzutage nur noch die Fischer diese Straße benützten, die an dem kleinen See angelten, an dessen Ufer die Straße entlangführte. Auf der anderen Seite lag der Golfplatz.

Ehe Mal die letzte Kurve vor der Einmündung in die Durchgangsstraße nach Farmington erreichte, fuhr er an den Straßenrand und hielt an. Er nahm die Äpfel und sein Jackett, schloß den Wagen ab und ging in den Wald. Das Gelände war eben und ein wenig sumpfig, doch bald stieg es steil an. Ein Teppich aus trockenem, totem Laub bedeckte den Boden. Die Vögel lärmten. Das Geräusch der Wagen auf der Durchgangsstraße war hier nur noch als leises Summen zu hören.

Mal hatte eine Gästekarte des Clubs in der Tasche, aber er hatte nicht vor, sie zu benützen. Es bereitete ihm ein kindliches Vergnügen, daß man ihn für einen Eindringling halten würde, falls man ihn dabei ertappte, wie er sich durch das dichte Unterholz kämpfte, das den Golfplatz säumte. Hier im Wald war die Hitze dumpf und stickig, und die Mücken belästigten ihn. Er fand Spuren des alten Weges, den er als Junge oft gegangen war. Teilweise war er überwachsen und durch gestürzte Bäume blockiert. Der Pfad schlängelte sich stetig den Hügel hinauf und war hier glitschig vom Laub. Zu Mals Kindheit war dies im Sommer ein Lieblingsplatz der Jungen gewesen. Oben bildeten große Granitblöcke einen Kreis, von wo aus man die ganze Stadt und das Tal überblickte. Das Gelände hatte damals zu Joe Carpenters Besitz gehört, aber Joe hatte nichts dagegen gehabt, wenn sie dort ein Feuer machten und Würstchen brieten, sofern sie das Feuer gründlich löschten, ehe sie heimgingen. Im allgemeinen wurden diese Regeln respektiert, und Joe ließ die Jungen gewähren.

Mal erreichte die Anhöhe und legte sein Jackett und die Äpfel auf den Boden. Die Felsblöcke umgaben ihn von allen Seiten. Sie waren fast so groß, wie er sie in Erinnerung hatte. Drunten lag das Tal – die Stadt, die Seen, die Sommerhäuser und all das Neue, das seither im Tal entstanden war, und direkt unter ihm, zum Greifen nahe, das alte Carpenter-Haus. Die Hitze trommelte auf ihn ein. Mal begann zu schwitzen und fühlte sich dennoch wohl. Nach einer Weile schlief er ein.

Als er die Augen wieder öffnete, war die Sonne weitergewandert. Die Nachmittagsschatten griffen bereits ins Tal. Er rollte sich auf die andere Seite und legte den Kopf auf die verschränkten Arme. Nach einer Weile griff er nach der Tüte, holte einen Apfel heraus, aß ihn mit Genuß, warf das Gehäuse hoch in die Luft und hörte es zwischen den Bäumen niederfallen. Dann nahm er sein Jackett und die Tüte mit den Äpfeln und ging rasch die andere Seite des Hügels hinab, auf das Carpenter-Haus zu.

Er kletterte über die niedere Steinmauer hinter dem Haus. Der Rolls stand in der offenen Garage, aber Steves Wagen war nicht zu sehen. Er fragte sich, was er vermißte, bis ihm auffiel, daß er keinerlei Stimmen hörte. Von Gene und Tim war nichts zu sehen. Er ging zur Küchentür.

»Hallo«, rief er, »Nell, sind Sie da?«

Drinnen wurde ein Stuhl gerückt.

»Mal? – Bist du's, Mal?«

Es war Harriet. Sie öffnete die Tür. Ihr Gesicht war überschattet von einer Müdigkeit, die er vorher nie an ihr bemerkt hatte. Sie trug ein einfaches blaues Baumwollkleid, das die Wärme ihrer Haut und ihres Haars betonte. Sie versuchte gar nicht erst, ihre Freude zu verbergen.

»Mal … ich habe eben an dich gedacht. Aber ich hab' keinen Wagen anfahren hören.«

»Ich bin über den Hügel gekommen. Mein Wagen steht auf der anderen Seite an der Nebenstraße.«

»Du bist nicht nach Toronto gefahren?« fragte sie und trat zurück, um ihn in die Küche einzulassen.

»Nein.« Er gab keine weitere Erklärung ab. Er blickte sich um. Die Ordnung und die Heiterkeit der Küche gefielen ihm.

»Nell ruht sich eben aus«, sagte Harriet.

»Sind Gene und Tim nicht da?«

»Sie sind mit Willy Prescott auf und davon. Eigentlich sollten sie bei Arlene Sommers' Geburtstagsfeier sein, aber sie wollten nicht hin, und ich konnte sie nicht zwingen.«

»Und wo ist Steve?«

»Im Labor.« Harriet ging zum Wasserhahn und füllte den Teetopf. »Möchtest du eine Tasse Tee? Oder Kaffee? Ich richte uns später einen Drink, wenn wir uns auf die Veranda setzen. Ich möchte zuerst meinen Tee.«

»Mir bitte auch Tee.« Mal zog sich einen Stuhl heran und setzte sich. »Arbeitet Steve oft samstags?«

»Meistens. Manchmal auch sonntags. Nur betrachtet er es nicht als Arbeit. Es ist eine Erholung für ihn. Er kann an den Wochenenden ungestört im Labor arbeiten, die Woche über hat er wenig Zeit dafür, und das ist immer noch das einzige, was ihn wirklich interessiert.«

»Steve müßte eigentlich Eds Stellung haben«, sagte Mal.

»Steve kann Verwaltungsarbeit nicht ausstehen, und Ed Peters' Arbeit besteht nur daraus. Du verstehst das nicht, Mal. Ed ist schon lange bei Amtec. Er kennt die Firma und weiß, was sie wollen. Steve denkt nicht immer daran, daß er für Amtec arbeitet.«

Sie gab einen Löffel Tee in die Kanne.

»Wäre es dir nicht recht, wenn Steve diesen Posten hätte?«

»Wenn er das möchte, würde ich ihm natürlich nicht im Wege stehen, aber das Leben wäre für uns alle ganz anders. Härter, glaube ich. Der Direktor ist eine Art Schaustück. Er und seine Familie müssen immer im Blickfeld sein.«

Mal nahm die Tasse, die sie ihm reichte, und sah zu, wie sie ein Stück Schokoladenkuchen abschnitt. Es war der gleiche Kuchen, für den Nell schon in Burnham Falls berühmt gewesen war, ehe er die Stadt verlassen hatte.

»Und du selbst hast keine Meinung dazu, Harriet?« fragte er und rührte nachdenklich in der Tasse. »Hast du persönlich keinerlei Pläne, die dafür oder dagegen sprechen würden?«

»Was soll ich für Pläne haben?«

»Wie soll ich das wissen? Wie soll ich wissen, was eine Frau sich wünscht? Ich war nie besonders gut darin, Frauen zu verstehen.«

»Gibt es denn da immer soviel zu verstehen? Oder bist du auch einer von den Männern, die so denken, weil das weniger anstrengend ist? Frauen haben weniger Wahl, als du denkst, Mal. Und was für Pläne sollte ich haben, die nicht Steves Pläne sind?«

»Harriet, du bist immer noch Joe Carpenters Tochter, die auf Befehle wartet. Ich frage mich, ob du in deinem ganzen Leben auch nur eine Handlung vollbracht hast, weil du etwas wirklich wolltest, und nicht, weil du geglaubt hast, jemand erwarte es von dir.«

Sie lachte spöttisch. »Wenn du mich nicht auf die Palme bringen willst, dann vergißt du es am besten. Du lebst dein Leben und ich meines. Sagen wir, wir sind beide zufrieden.«

Mal bereute die Frage, denn seine Worte hatten sie offenbar tief getroffen. Die immer lauernde Furcht, in etwas hineingezogen, für etwas verantwortlich gemacht zu werden, regte sich in ihm. Jede seiner Liebschaften hatte in beiderseitigem Einverständnis geendet, da es von Anfang an für beide Teile selbstverständlich war, daß es eines Tages enden würde. Er hatte keinen Bedarf an bitteren Erinnerungen. Als er nun hier saß, mußte er daran denken, daß er Harriet einmal gebeten hatte, ihn zu heiraten. Dies war eine Erinnerung, die er sich nicht zu oft gestattete, denn Harriet war die Ausnahme von allen anderen Frauen – jetzt wie damals. In seinem ganzen Leben hatte er nur zwei Frauen gebeten, ihn zu heiraten, und Harriet war die eine davon. Er spürte ihre Verwirrung, und sie berührte auch ihn, Mal, der niemals verwirrt war.

Sie saßen auf der Veranda, das Tablett mit den Gläsern und die Flasche im Eiskübel standen zwischen ihnen, als Steve vorfuhr. Sie hatten fast eine Stunde hier gesessen. Harriet war schließlich etwas gelöster geworden und froh darüber, daß endlich die unverbindliche Höflichkeit durchbrechen war, die bei all ihren Begegnungen geherrscht hatte, seit Mal nach Burnham Falls zurückgekommen war. Sie hatten gespürt, daß es noch viel mehr zu sagen gab und daß sie es vielleicht nie aussprechen würden. Harriet wußte, daß sie sich nicht von Mal lösen konnte, aber sie fühlte sich nicht mehr gedemütigt und töricht dabei. Sie hatte in Mals unverletzlich scheinender Fassade eine kleine Spur hinterlassen.

Steve stieg aus dem Wagen und lächelte erfreut, als er Mal sah. Er trug ein Sporthemd mit offenem Kragen und rauchte wie üblich. Harriet sah im Geiste plötzlich vor sich, wie er mit Fünfzig wäre – mit müden Augen und seiner würdigen Lässigkeit – eine Macht bei Amtec. Es kam ihr vor, als hätte sie Steve bis zu diesem Augenblick nie richtig gesehen, ihn nie gekannt. Auf seine Art war er ebenso zäh wie Mal. Sie musterte ihn nachdenklich, als er die Stufen heraufkam.

Laura atmete auf, als sich Ed endlich entschuldigte und nach Downside aufbrach. Er sah frisch aus, selbst nachdem er den ganzen Tag mit Phil Conrad geangelt hatte, als hätten Wind und Sonne ihn nicht berührt. Sie war froh, als der Cadillac vor der Hütte wendete und abfuhr, denn Eds Anwesenheit machte die Art Theatertratsch, die sie von Conrad hören wollte, unmöglich. Sie holte rasch frisches Eis und kam zum Sofa zurück, auf dem Phil saß. Sie spürte eine seltsame Erregung, eine Hoffnung, obwohl sie nicht hätte sagen können, worauf sie hoffte.

»Ich wußte gar nicht, daß Ed sich für den Katholizismus interessiert«, sagte Phil, als sie den Eiskübel auf den wackeligen Tisch stellte.

»Er interessiert sich nicht dafür.« Sie zündete sich eine Zigarette an. Sie wußte, daß sie diese Bewegung mit äußerster Grazie vollführte und daß Phil es bemerkt hatte. »Er ist zu Monsignore Gregory gefahren, um ein paar Gläser von seinem guten Scotch zu trinken und ihm einen Scheck von Amtec für den Wohltätigkeitsfonds zu überreichen. Alle anderen Konfessionen bekommen auch ihre Schecks. Ed wird sie entweder persönlich überreichen oder einen Brief schicken, je nach ihrer Wichtigkeit.«

Conrad schenkte sich ein neues Glas ein. »Ich kann mir nicht vorstellen, wie du zu alldem paßt, Laura – weshalb du so eine … einen Job hast.«

Sie sah ihn vorsichtig an. »So?«

Er grinste breit.

»Ich glaube, du weißt, was ich fast gesagt hätte? Ich wollte sagen – ›so eine Rolle‹.«

Nun lächelte auch sie. »Es kommt mir tatsächlich oft wie eine Rolle vor. Nur wenn ich in New York bin, hört die Rolle auf, und das Leben beginnt.«

»Arme, dumme Laura«, sagte er zärtlich. »Das war immer der Jammer mit dir. Du hast auch in New York nie gewußt, wo die Rolle aufhörte und das Leben begann.«

»Bist du sicher, daß du weißt, wovon du sprichst, Phil?«

»Aber natürlich. Jeder, der dich und Larry damals kannte, hat das auf eine Meile Entfernung gesehen. Du hast weiterhin die Rolle gespielt, die Larry für dich geschrieben hatte, nachdem er längst über diese Figur, die er einmal geschaffen hatte, hinausgewachsen war.«

»Du kanntest Larry nicht so gut, daß du so etwas sagen kannst! Es ist einfach nicht wahr!« Sie hörte, daß ihre Stimme seltsam hoch und erregt klang.

»Laura, du vergißt, daß Larry und ich recht gut miteinander auskommen. Es ist keine enge Freundschaft, aber wir freuen uns immer, wenn wir uns sehen. Ich hoffe, er vertraut mir eines Tages eines von seinen Stücken an.«

Sie überhörte seine letzten Worte und sprach nun ohne jeden Stolz »Wenn du ihn schon so gut kennst, dann sag mir eins.«

»Wenn ich kann.«

»Sag mir, weshalb ausgerechnet Mary Blair? Warum diese Frau? Larry mochte doch schöne Frauen.«

Er sog an seiner Zigarette. »Ich weiß selbst nicht, was Mary Blair an sich hat. Ich finde sie nicht besonders anziehend. Und doch fühle ich mich in ihrer Gegenwart seltsam wohl. Larry ist von ihr abhängig, jede einzelne Sekunde seines Lebens. Und sie ist immer bei ihm.«

»Aha, das ist es also! Eine Mutter … eine Krankenschwester …«

»Moment mal! Vielleicht war Larry klug genug, das zu wissen. Er hat kein sehr großes Talent, aber er pflegt es. Er nährt es, und er kümmert sich darum. Und die Frau, mit der er verheiratet ist, muß das gleiche tun.« Er sprach nun langsam, als müsse er sich die Worte erst zusammensuchen. »Weißt du, die Ehe mit einer schönen Frau ist an sich schon eine Aufgabe. Die Schönheit fordert eine Belohnung für ihre bloße Existenz. Larry aber braucht selbst Anerkennung. Die Leute gehen ins Theater und sehen sich seine Stücke an, aber im Restaurant dreht man den Kopf nach dir, Laura. Man muß ein bestimmter Typ sein, um auf die Dauer mit einer schönen Frau verheiratet sein zu können. Es ist ein Spiel. Ein Glücksspiel. Larry taugt nicht dazu.«

»Er hat mich satt bekommen, weiter nichts.«

»Er hat die Konkurrenz satt bekommen. Andere Männer sehen in der Konkurrenz eine Herausforderung.«

Nun schärften sich alle Sinne Lauras. Zum erstenmal kam sie sich mehr als nur äußerlich begehrenswert vor, mehr als nur eine Schaupuppe auf Zeitschriftenanzeigen oder auf dem Bildschirm. Etwas in ihr erwachte zum Leben wie nie zuvor. Sie wußte jetzt, wie es war, wenn man einen Mann mit mehr als nur der Schönheit umwerben mußte.

Es war fast dunkel, als Ed von Downside zurückkehrte. Die Scheinwerfer fielen auf die Vorderfront der Fischerhütte, und er wunderte sich, daß drinnen kein Licht brannte. Er war hungrig und müde und ein wenig gereizt, als er feststellte, daß keine Mahlzeit vorbereitet war. Laura und Phil saßen auf dem Sofa am Fenster und sahen zu, wie das letzte Licht auf dem See verschwand. Doch Eds Disziplin war wie immer unerschütterlich, und er setzte ein Lächeln auf, als sie sich umdrehten und ihn beiläufig begrüßten, als hätte seine Rückkehr für sie keinerlei Bedeutung.

»Hallo, Jeannie!«

Jeannie blieb stehen und blickte sich um. Es war schon halb neun vorbei, und sie wollte gerade den Laden verlassen. In einer der Nischen an der Wand saß eine Frau und lächelte sie schmierig an. Ihr gegenüber saßen zwei Männer.

Jeannie durchforschte rasch ihr Gedächtnis nach dem Namen der Frau. »Ah, guten Abend, Mrs .... Mrs. Reitch!« Es war die Frau eines Bauarbeiters, die oft nachmittags im Laden auftauchte, Eis aß und fast immer an Jeannies Ladentisch stehenblieb, um etwas zu kaufen. Sie gab das Geld ihres Mannes wahllos für alles aus, was ihr gerade einfiel. Sie war kinderlos, und Burnham Falls langweilte sie maßlos.

Sie lachte und zeigte ihr Zahnfleisch. »Hör auf mit ›Mrs. Reitch‹«, grölte sie. »Ich heiße Val, und das hier ist mein Mann, Carl – und Tony Patrino, der mit ihm zusammenarbeitet.«

»'n Abend«, brummte Carl Reitch, starrte sie an, rührte sich aber nicht. Tony Patrino stand halb auf. »Sehr angenehm.«

Val Reitch klopfte auf den freien Hocker neben sich. »Setzen Sie sich doch. Wie wär's mit einer Tasse Kaffee?«

Jeannie zögerte eine Sekunde, ehe sie den Vorschlag annahm. »Danke, aber ich nehme lieber eine Cola.« Sie hatte an sich keine besondere Lust, sich zu Val und den beiden Männern zu setzen, aber sie hatte auch kein großes Bedürfnis, nach Hause zu gehen. Nach dem Streit am Frühstückstisch würde sie dem Schweigen ihres Vaters und den Versuchen ihrer Mutter, alles wieder einzurenken, gegenübertreten müssen. Jeannie war nicht in der Stimmung, sich bei ihrem Vater zu entschuldigen, weil sie wußte, daß sie sich seinen Wünschen doch nicht fügen konnte. Selbst die Tatsache, daß sie hier mit zwei Bauarbeitern saß, war ein weiterer Akt des Trotzes gegen ihn. Sie sah auf die derben Hände, die auf dem Tisch lagen, mit dem Schmutzrand unter den Nägeln, und sie dachte an die Hände ihres Vaters. Doch zugleich empfand sie deutlich den Unterschied zwischen vertrauten und fremden Händen.

Carl Reitch hatte eine Flasche Cola bestellt; Ben brachte sie und stellte sie vor Jeannie hin. Sie trank rasch und spürte den erstaunten, forschenden Blick Bens, der die Gruppe musterte. Nun erst merkte sie, daß die beiden Männer betrunken waren.

Val brach schließlich das peinliche Schweigen.

»Sie haben lange gearbeitet, Jeannie. Sind Sie immer so lange hier?«

»Nein. Gewöhnlich gehe ich um sieben. Aber wir hatten heute abend viel zu tun. Außerdem hatte ich sonst nichts vor.«

»Ausgeschlossen!« Das war Tony Patrino. Er lehnte sich zurück und sah sie frech an. »Kann doch nicht sein, daß ein Mädchen wie Sie am Samstag abend keine Verabredung hat! Was ist mit den Burschen in dieser Stadt hier los?« Er war jung, Mitte Zwanzig und kräftig gebaut. Er trug ein sauberes Sporthemd ohne Krawatte und ein braunes Leinenjackett. Sie sah die goldene Uhr an seinem Handgelenk. Er lachte spöttisch, und sie ärgerte sich, weil sie spürte, wie ihr das Blut in die Wangen schoß.

Val knurrte sie. »Jeannie könnte massenhaft Verehrer haben, oder nicht?« Sie sah ihren Mann an. »Aber sie hat ihre fünf Sinne beieinander. Sie verplempert ihre Zeit nicht mit Bauarbeitern. Sie trifft sich regelmäßig mit dem Sohn des Bankdirektors – einem Studenten!«

Carl stellte sein Glas hin. »Und was soll das heißen?« herrschte er seine Frau an. »In deiner Nähe hat man früher nie Studenten gesehen. Soweit ich mich erinnere, war dir ein Bauarbeiter damals recht.«

»Ach, halt die Schnauze. Ich könnte jederzeit ...«

Tony Patrino unterbrach: »Zum Teufel, heut ist Samstag abend. Könnt ihr denn nicht einmal aufhören zu plärren? Los, gehn wir zu Barney und essen ein Steak. Und hinterher gehn wir ins Kino. Jeannie sehnt sich nach einem Steak und einem Film.«

Jeannie nahm ihre Handtasche und stand auf. »Vielen Dank, aber ich werde zu Hause erwartet.«

»Ich fahr' Sie nach Hause!«

»Es ist nicht weit. Ich gehe immer zu Fuß.«

»Wozu die Eile?« Carl Reitch sah sie mürrisch an. »Paßt Ihnen vielleicht unsere Gesellschaft nicht?«

»Doch, doch! Daran liegt es nicht. Man erwartet mich zu Hause.«

»Laß sie in Ruhe, Carl«, fauchte Val. »Wenn sie gehen will, dann laß sie gehen.« Sie blickte feindselig zu Jeannie auf. »Wir wollen sie nicht halten.«

Tony Patrino schwieg.

Jeannie nickte Val zu. »Vielen Dank für das Cola, Mrs. Reitch. Auf Wiedersehen!«

Ben war ins Hinterzimmer gegangen, und es stand im Augenblick niemand hinter der Theke. Ehe Jeannie die Tür hinter sich schloß, hörte sie, wie Val Reitch wieder die Stimme hob und wie Carl sie verdrießlich anknurrte.

Die Hauptstraße war wie gewöhnlich an warmen Samstagen überfüllt. Auf der anderen Straßenseite begann gerade das Kino. Jeannie fühlte sich plötzlich unsäglich allein. Sie wäre gern mit Jerry Hand in Hand gegangen. Doch hinter ihr war die betrunkene Streiterei des Ehepaars Reitch, vor ihr ein Haus, in dem sie mit ihrem Vater nicht auf bestem Fuße stand. Sie wußte, was er über ihr Zusammensein mit Carl Reitch und Patrino gedacht hätte, und es schien fast, als wäre seine heftige Abneigung gegen die Bewohner des Bauarbeiterlagers berechtigt. Irgendwie schämte sie sich, weil ihr Vater sich geschämt hätte, sie bei ihnen sitzen zu sehen. Sie kam sich auch entwürdigt vor, weil sich Val Reitch über ihre Freundschaft mit Jerry ausgelassen hatte. Burnham Falls konnte sich ruhig den Kopf darüber zerbrechen, ob sie und Jerry einmal heiraten würden, aber Val Reitch war nicht berechtigt, sich am Tratsch von Burnham Falls zu beteiligen, nur weil sie bei Jeannie Lippenstifte und Parfüm kaufte. Jeannie sah plötzlich die Leute aus dem Bauarbeiterlager mit den Augen ihres Vaters, Außenseiter, die eines Tages ihren Kram packen und fortziehen und nichts zurücklassen würden als ihren Unrat. Jeannie fühlte sich fast bereit, bei ihrem Vater um Verzeihung zu bitten, wenn sie nach Hause kam.

Sie war schon in Sichtweite der Schellackfabrik, als hinter ihr ein Wagen scharf bremste. Verwirrt drehte sie sich um, sah aber nichts als die mächtigen Scheinwerfer, die sie voll anstrahlten und an den dunklen Hintergrund zu nageln schienen.

Es war kurz vor elf. Mal lehnte ab, als Steve ihn an die Stelle fahren wollte, wo er seinen Wagen geparkt hatte. Statt dessen ließ er sich eine Taschenlampe geben und brach zu Fuß auf. Der Tau hatte sich bereits aufs Gras gelegt, aber der Abend war noch warm, und der blasse, zunehmende Mond stand über den Hügeln. Nur zwei Wagen fuhren an ihm vorbei, und beide kamen vom Country Club.

Mal genoß das Gefühl, allein durch die Dunkelheit zu gehen. Als er schließlich die Stelle erreichte, an der die Seitenstraße abbog, ging er langsamer, denn die Fahrrinnen waren tief und mit lockeren Steinen gefüllt. Der Mond schien nur schwach durch die Bäume. Er hatte den Wagen so weit auf die Seite gefahren, daß er dicht davor stand, ehe er ihn sah.

Er hörte es zum erstenmal rufen, als er den Starter betätigte, und er dachte, er irre sich. Doch dann, als der Motor lief, hörte er es wieder.

»Warten Sie … Warten Sie bitte!«

Es war eine Frauenstimme.

Mal nahm die Taschenlampe und öffnete vorsichtig die Wagentür.

»Hallo?« rief er.

»Warten Sie bitte!«

Nun erkannte er die Stimme, und er schaltete die Taschenlampe ein. Die Rufende war noch ein Stück vom Wagen entfernt. Er lief ihr entgegen. Dann blieb er stehen, und es wurde ihm übel, als er sie sah.

Ihr Kleid war vorn aufgerissen. Der Büstenhalter hing ihr um die Taille, und ihr Schlüpfer war blutgetränkt und zerrissen. Ihre Lippen waren blutig und ihr linkes Auge angeschwollen. Auch ihre nackten Brüste waren blutig. Sie zitterte.

»Bitte … bringen Sie mich ins Krankenhaus.«

»Jeannie!«

Sie wurde in seinen Armen ohnmächtig. Er trug sie zum Wagen und legte sie auf den Rücksitz.

Laura hatte das Gefühl, als führe sie mit Phil ein Gespräch unter vier Augen, an dem Ed keinen Anteil hatte. Nicht etwa, als ob Ed nichts gesprochen hätte. Er sprach sogar das meiste. Aber zwischen ihr und Phil bestand eine Verbindung ohne Worte durch ihre gemeinsamen Ansichten, durch die Sprache des Theaters und die kollegiale Kameradschaft, aus der Ed ausgeschlossen war. Laura war zu sprühendem Leben erwacht, und sie hatte ihre Freude daran, die beiden Männer gegeneinander auszuspielen. Sie wußte, daß sie nie eine unterhaltsame Frau gewesen war, aber an diesem Abend waren ihre Bemerkungen geistreich, und ihr ziemlich maliziöser Witz wählte sich Ed als Zielscheibe. Darin folgte sie Phils Beispiel, der auf noch charmantere Art Ed beharrlich auswich, denn dessen Gesprächsthemen kreisten ständig um die Frage, ob Conrad nun die Fernsehserie für Amtec übernehmen würde oder nicht. Es war ein vorsätzlich provokatorisches Spiel, bei dem Ed immer weiter ins Hintertreffen geriet. Laura spürte, daß sie und Ed niemals weiter voneinander entfernt gewesen waren als jetzt. Ihre Sympathien gehörten Phil, und es machte ihr nichts aus, daß Ed es merken mußte.

Gegen Mitternacht, als sie aufstand und die Kognakgläser auffüllte, glaubte Laura, sie wurde wenigstens einmal Eds Gelassenheit zusammenbrechen sehen. Er trank hastig seinen Kognak, und sie spürte die Gefahr und genoß sie. Sie hatte das Gefühl, daß der Abend sich einer Krise näherte.

Deshalb war es fast eine Enttäuschung, als sie hörte, wie ein Wagen rasch den Zufahrtsweg herabkam. Die Krise kam von außen.

Ed stand auf und ging zur Tür. Laura hörte, wie eine Wagentür zugeschlagen wurde; ein paar Sekunden später erschien Steve Dexter in der Tür. Er trat ohne Formalitäten ins Zimmer, nickte Laura und Phil kurz zu, wandte sich aber sofort an Ed.

»Gut, daß Sie noch auf sind. Der Teufel ist los!«

»Wieso?«

»Jeannie Talbot ist auf der Straße zur White-Farm mißhandelt und vergewaltigt worden. Sie sagt, es seien zwei Männer aus dem Bauarbeiterlager gewesen.«

Eine Sekunde lang zeigten sich auf Eds Gesicht der Widerwille und die Abneigung, diesem neuen Problem gegenüberzutreten. Doch er hatte sich sofort wieder in der Hand. »Wo ist sie?«

»Im Krankenhaus in Kempton. Ich glaube nicht, daß ihr Zustand sehr schlimm ist, aber wir müssen noch den Befund abwarten. Sie sagt, sie sei in einen Wagen gezerrt worden, als sie vom Geschäft nach Hause ging.«

»Wer hat sie gefunden?«

»Mal Hamilton. Er war heute abend bei uns. Er hatte seinen Wagen den ganzen Nachmittag auf der Straße zur White-Farm stehen und ist zu Fuß hingegangen, um ihn zu holen.«

»Kann das Mädchen die Männer beschreiben?«

»Sie kannte die beiden.«

»Aha!« Ed schnappte mit den Fingern »Wir wollen uns über eines im klaren sein: Das Bauarbeiterlager untersteht nicht unserer Verantwortung. Diese Männer sind von den Baufirmen angestellt, nicht von uns. Wir dürfen jetzt keinerlei Verantwortung anerkennen. Die Rechtsanwälte sollen sich später darüber raufen, wenn es je soweit kommen sollte. Unternehmen Sie nichts, was nach einem Zugeständnis aussehen könnte.«

»Aber ...!«

Ed winkte ab. »Das ist für Amtec nichts Neues. Wir haben alles gehabt – Vergewaltigungen, Vaterschaftsprozesse und Schadensersatzforderungen. Wir haben es gelernt, nichts zu unternehmen und eine reine Weste zu behalten.«

Steves Miene wurde hart. »Ed, ich bin nicht hierhergekommen, um die Geschichte von Amtecs früheren Prozessen zu hören. Ich bin hier, um Ihnen zu sagen, wie Amtec sich verhalten muß. Sie haben eine moralische Verpflichtung, wenn keine legale. Wenn Sie das nicht erkennen, können Sie die ganze Werbearbeit, die die Firma in dieser Stadt getan hat, in den Kamin schreiben. Sie können sich die öffentliche Meinung nicht zurückkaufen, wenn Sie jetzt nicht zu Jeannie Talbot stehen. Ted Talbot ist ein armer Mann, und er hat für Amtec keine großen Sympathien. Aber er und seine Familie gehören zu den geachtetsten Leuten hier.«

»Die Männer sind aus dem Bauarbeiterlager«, wiederholte Ed kühl.

»Amtec hat sie hergeholt. Etwas anderes wird Burnham Falls

niemals denken. Und Amtec wird noch hiersein, wenn die Bauarbeiter längst wieder weg sind. Ich sage Ihnen, wie Sie sich verhalten müssen, Ed. Es gibt keinen anderen Weg.«

Gereizt ging Ed zum Tisch und zündete sich eine Zigarette an. Er schien Laura und sogar auch Phil Conrad vergessen zu haben.

»Okay«, sagte er schließlich. »Tun Sie, was Sie für richtig halten. Ziehen Sie noch einen Arzt zu, wenn das nötig ist. Sprechen Sie im Namen der Firma mit den Reportern. Aber reiten Sie uns um Gottes willen nicht zu tief in die Sache hinein!«

»Das war nicht ganz das, was ich meinte. Ich finde, Sie sollten selbst kommen, Ed. Sie werden ein paar Worte mit den Eltern des Mädchens sprechen müssen. Außerdem sollten wir ins Krankenhaus fahren und dann ins Bauarbeiterlager. Die Polizei ist jetzt dort.«

Ed zögerte einen Moment. Dann nahm er wortlos sein Jackett von der Stuhllehne.

»Sind Sie sicher, daß Sie nicht Ihr Interesse für Amtec mit Ihrer Sorge um diese Talbots verwechseln? Es ist doch das gleiche Mädchen, das gestern abend in Ihrem Haus geholfen hat, nicht wahr?«

Steve nickte. »Ich kann Ihnen im Augenblick nicht sagen, wo die Sorge für den einen anfängt und die für den anderen aufhört. Eine Stadt wie Burnham Falls ist zu klein, als daß man das völlig voneinander trennen könnte.« Er brach unvermittelt ab, als ärgerten ihn Eds Fragen. Er sah zu, wie Ed sein Jackett anzog und sein Zigarettenetui füllte. Dann sagte er ungeduldig. »Gehn wir! Je eher wir im Krankenhaus sind, um so besser.«

Laura fragte zögernd: »Soll ich mitkommen?«

Ed winkte ab. »Du wirst nicht gebraucht.« Er wandte sich an Conrad. »Es tut mir leid, daß das passiert ist, Phil. Es wird Ihnen vielleicht Ihr Wochenende ein wenig verderben. Ich glaube, ich werde morgen ziemlich beschäftigt sein. Aber Laura wird sich Ihrer annehmen.«

Steve öffnete die Tür. Er nickte kurz den anderen zu.

»Gute Nacht.«

Ed folgte ihm rasch zum Wagen.

Laura setzte sich aufs Sofa vor dem Kamin. »Gib mir bitte eine Zigarette, Phil.«

Er setzte sich neben sie. Als er ihr Feuer gegeben hatte, warf er das Streichholz in den Kamin.

Laura sog an ihrer Zigarette. »Komisch ... in dieser Stadt geht alles zu Dexters, wenn etwas los ist. Ich glaube, Steve steht auf der Seite der Stadt – gegen Amtec.« Sie hob die Augenbrauen. Die Zigarette zwischen ihren Fingern war vergessen. »Und er hat Ed gesagt, was er tun soll ... Das arme Mädchen.«

Entschlossen warf sie die Zigarette in den Kamin, mit genau der gleichen Bewegung wie vorher Phil das Streichholz. Sie drehte sich zu ihm und preßte die Lippen an die seinen.

»Liebe mich, Phil«

7. KAPITEL

Sally Redmond machte an jenem Sonntag morgen gerade Frühstück, als Tom nach Hause kam und ihr die Neuigkeit berichtete. Er war zum Bahnhofskiosk gefahren, um sich eine ›New York Times‹ zu kaufen. Vom Küchenfenster aus sah sie ihn quer über den Rasen kommen, und sie wußte sofort, daß ihn etwas beunruhigte. Sie war an diesem Morgen mit dem angenehmen Gefühl der Vorfreude erwacht, und sie wollte, daß nichts den Tag verdarb. Nach dem Frühstück würde Tom sie zur Messe nach Burnham Falls fahren, und mittags gingen sie zum Lunch, das Alan Taylor seinen Untergebenen im Country Club gab. Am Nachmittag fand das Endspiel des Golfturniers statt, für das Amtec den Pokal gestiftet hatte. Dies war eine der gesellschaftlichen Veranstaltungen, bei denen eine Einladung fast einem Befehl gleichkam. Sally wußte, daß nichts diesen Tag verderben durfte.

Tom kam in die Küche. Er hatte die Zeitung in der Diele liegenlassen.

»Was ist?« fragte sie sofort.

Er lehnte sich an den Küchenschrank und erzählte ihr, was er über Jeannie Talbot erfahren hatte. Sally setzte sich schwerfällig auf einen Stuhl und umfaßte ihren Leib, als wolle sie ihr Kind beschützen.

»Das arme Mädchen«, sagte sie leise. Sie kam sich unendlich viel älter vor als Jeannie, aber im Vergleich zu dem, was diese erlebt hatte, irgendwie unerfahren. »Ich kaufe alle meine Sachen bei ihr. Sie ist so hübsch. Das netteste Mädchen, das ich je kennengelernt habe.«

»Ich glaube, jetzt sieht sie nicht mehr so gut aus. Es heißt, sie sei mißhandelt worden.«

»Hat man die Männer gefaßt?«

»Ich weiß nicht. Man sagt, die beiden Burschen seien getürmt. Einer davon ist verheiratet. Seine Frau ist noch in der Stadt. Sie waren betrunken …«

Sally begann zu zittern. Tom umarmte sie und strich ihr übers Haar. »Du darfst dich nicht aufregen, Liebling. Es wäre nicht passiert, wenn sie klüger gewesen wäre. Sie hätte nicht nachts allein auf der Straße sein sollen.«

Sally blickte auf. »Ich wette, sie ist diesen Weg schon ihr ganzes Leben gegangen, und niemand ist je auf die Idee gekommen, daß es gefährlich sein könnte. Wir sind hier auf dem Land, Tom. Mit so etwas rechnet man hier nicht. Ihr Elternhaus liegt nur zehn Minuten von der Stadtmitte entfernt, und es ist nur diese einzige unbewohnte Stelle am Weg.«

Ihre Stimme hob sich entrüstet.

»Sal, reg dich nicht auf – bitte!«

»Und was tut Amtec dagegen? Man wird doch das Golfturnier selbstverständlich ausfallen lassen!«

»Weshalb?«

Er erschrak, als er sah, wie ihr Tränen die Wangen hinabliefen. »Sal, was soll das? Was ist los?«

»Tom, würdest du mich bitte zu meinen Eltern fahren? Nur für ein paar Stunden?«

Er strich ihr wieder übers Haar.

»Warum, Sal?«

»Ich … weiß nicht. Ich glaube, ich möchte alldem hier entrinnen.« Sie faßte flehentlich nach seiner Hand. »Es ist sehr wichtig.«

Er zögerte.

»Wir sind doch zum Lunch eingeladen.«

»Sag ihnen, ich sei krank. Sie wissen, daß ich ein Kind erwarte. Oder sag ihnen, jemand aus meiner Familie sei krank. Ich hab' mich noch nie vor etwas gedrückt, und Mrs. Taylor spricht immer von den Pflichten der Familie gegenüber. Bitte, Tom!«

»Also schön, wenn du meinst.« Er küßte sie auf die Stirn. »Ich rufe rasch Taylors an, und dann fahren wir sofort.«

Der Tag verlief wie alle Sonntage bei Brennans. Eileen war in der Frühmesse gewesen, so daß sie mit den Vorbereitungen für das ausgedehnte Mittagessen bereits fertig war, das es sonntags immer gab. Diese Sonntagsessen variierten nur wenig, es gab Hammelfleisch oder Roastbeef und einen Obstkuchen, je nach der Jahreszeit mit Beeren oder Steinobst. Mike holte nach der Messe stets die Whiskyflasche heraus, und auch Eileen trank ein Glas, allerdings mit viel Soda. Manchmal hatten sie Gäste, aber heute war die Familie unter sich: die Eltern, die beiden noch unverheirateten Söhne John und Peter und Sally und Tom.

Sallys unerwarteter Besuch entfesselte einen wahren Sturm von Familientratsch. Tom sprach wenig, aber er hörte gern zu. Als der Whisky herumgegangen war, schienen alle Neuigkeiten, die berichtet wurden, bedeutsamer und farbiger, lustiger oder trauriger, als sie in Wirklichkeit gewesen waren. Sie wetteiferten miteinander und setzten sich voreinander in Pose. Tom wußte, daß Sally dieses gesteigerte Lebensgefühl überall hintrug und daß dies einer der Grunde war, weshalb er sie liebte.

Nach dem Essen brachen John und Peter auf. Mike setzte sich mit Tom ins Wohnzimmer und rauchte schweigend eine Pfeife, während Sally ihrer Mutter beim Geschirrspülen half.

Als Sally sich danach zu ihnen setzte, fragte ihr Vater: »Was macht eigentlich dein Buch? Wann bekomme ich es zu lesen? Wann schickst du davon Onkel Oliver einen Durchschlag?«

Sally zog eine Grimasse. »Ich komme sehr langsam voran, Dad. Ich glaube nicht, daß ich überhaupt damit fertig werde.«

»Das ist doch nicht dein Ernst, Sally! Bei deinem Talent! Im College hast du doch so großartige Aufsätze geschrieben!«

Sie seufzte. »Das ist etwas ganz anderes, als wenn man sich hinsetzt und sich ein Dutzend Romanfiguren ausdenkt, sie eine Geschichte durchexerzieren läßt und der Handlung dazu noch einen Sinn geben will. Vielleicht war es vermessen von mir, als ich dachte, ich könnte das.«

Er schüttelte den Kopf. »Das war früher nicht deine Art. Es gab Zeiten, in denen du genau gewußt hast, daß dir alles gelingt, was du wolltest. Du hattest die Welt am Kragen gepackt. Warum willst du sie jetzt loslassen?«

»Ich bin nicht Onkel Oliver ...«

»Ganz recht! Du bist nicht Oliver. Du könntest viel besser sein als Oliver, wenn du dein Talent nicht vergeuden würdest.« Er gestikulierte aufgeregt. »Schließlich schreibt Oliver keltische Gedichte, die kein Mensch lesen kann. Du aber könntest ein großes Publikum haben, das gierig verschlingt, was man ihm vorsetzt.« Er deutete mit dem Daumen auf die Sonntagszeitung, die neben ihm lag. »Schau dir an, was alles geschrieben wird! Schau dir die Regale mit Taschenbüchern im Drugstore an! Alle Kioske sind voll mit Geschriebenem. Du weißt so gut wie ich, daß du dort deinen Platz hast, Sally!«

»Du tust so, als brauchte ich nichts weiter zu tun als mich hinzusetzen und zu schreiben. Ich muß schließlich ein Haus führen und erwarte außerdem ein Baby.«

»Das darf dich nicht abhalten«, erklärte Mike kategorisch. »Du hattest auf dem College auch tausenderlei Dinge zu tun und bist damit fertig geworden.«

»Das war etwas anderes, Dad. In Burnham Falls erwartet man von mir, daß ich an allem teilnehme, was die anderen Frauen beschäftigt. Ich sitze im Bibliothekskomitee, ich helfe für einen neuen Gemeindesaal Gelder sammeln, wir organisieren eine Laienspielgruppe ...«

»Unfug! Halte dich aus diesem Quatsch heraus, wenn er dich daran hindert, deiner eigenen Neigung zu leben. Deine Freundinnen werden mehr Achtung vor dir haben, wenn du ein Buch schreibst, als wenn du hundert Dollar für die Bibliothek sammelst.«

»Eben nicht!« sagte Sally hitzig. »Es wäre etwas ganz anderes, wenn ich schon einen Erfolg vorzuweisen hätte. Ich kann in Burnham Falls niemandem erzählen, daß ich einen Roman schreibe. Wenn das Buch nicht veröffentlicht wird, lacht man über mich, und das schadet wiederum Tom. Du mußt auch an Toms Stellung denken ...«

»Nichts schadet Tom so sehr wie eine unglückliche Frau. Wenn du dein Talent schon anzweifelst, ehe du es versucht hast, dann wirfst du es weg! Schau dir Oliver an. Wenn er schreiben möchte, dann setzt er sich hin und schreibt. Nichts hält ihn davon ab.«

»Onkel Oliver ist ein Dichter. Man erwartet von ihm nichts anderes.«

»Und erwartet man von dir nicht, daß du die Gaben nützt, die Gott dir gegeben hat?« Wieder deutete er auf die Zeitung. »Tausende von Menschen schreiben Bücher. Dein Name sollte darunter sein. Gib deine Kaffeekränzchen auf und setz dich hin und fang an!« Er hatte sich weit vorgebeugt, um seinen Worten Nachdruck zu verleihen.

Nun lehnte er sich zurück, als hätte er etwas Endgültiges gesagt.

»Dad, wenn ich ...«, begann sie zaghaft, aber schon halb überzeugt.

Danach sprachen Sally und Mike eine Stunde lang über das Buch, diskutierten über die Handlung und malten sich die Zeit aus, wenn es veröffentlicht würde, was Oliver dazu sagen würde, ob es eine Chance hätte, in die Bestsellerliste zu kommen und in Großauflage als Taschenbuch veröffentlicht zu werden. Es war eine glückliche Phantasiewelt, von der Tom ausgeschlossen war. Aber das störte ihn nicht im mindesten, denn aus Sallys Miene waren Furcht und Entsetzen gewichen.

Seit langem hatte es in Burnham Falls keinen Sonntag wie diesen gegeben. Er erinnerte Clif Burrell ein wenig an den Sonntag von Pearl Harbor. Er sah von der Veranda aus zu, wie die Menschen auf der Hauptstraße zu den drei Kirchen der Stadt pilgerten. Sie blieben nach dem Gottesdienst länger als sonst in Gruppen beisammenstehen. Dreimal an diesem Vormittag fuhren Streifenwagen der Staatspolizei über die Hauptstraße, alles blickte ihnen nach und erwartete, Patrino und Reitch darin sitzen zu sehen. Mrs. Martin kam von der Kirche zurück, blieb zwanzig Minuten lang bei Clif auf der Veranda stehen und unterhielt sich mit ihm, ehe sie in die Küche ging. Sie sprach natürlich nur über Jeannie Talbot, aber Clif erfuhr nichts, was er nicht schon seit neun Uhr früh wußte. Clif ließ den Redefluß über sich ergehen, da Mrs. Martin doch keine Anstalten machen würde, für das Mittagessen zu sorgen, bis sie alles noch einmal durchgekaut hatte.

Er erhielt an diesem Morgen fünf Telefonanrufe von Leuten, die er seit Monaten nicht gesehen hatte. Keiner von ihnen sprach es aus, aber alle hofften, daß er mit Ted Talbot in Verbindung getreten war und ihnen etwas Neues berichten könnte. Am Nachmittag entschloß er sich schließlich, Talbots anzurufen. Er hatte bis jetzt gezögert, da er nicht den Eindruck erwecken wollte, als erwarte er, die rechtliche Seite des Falls übertragen zu bekommen, und weil er wußte, daß an diesem Tag bereits genug Leute in Talbots Privatleben eingedrungen waren. Ted arbeitete seit über zwanzig Jahren für ihn und hatte nie um Hilfe irgendwelcher Art gebeten. Clif dachte nun, daß Ted vielleicht nicht wußte, wie er jetzt darum bitten sollte.

Selma kam an den Apparat. Sie sagte Clif, Ted sei im Krankenhaus und Jeannie sei nicht ernstlich verletzt. Ihre Stimme klang träge, mechanisch, als wäre Sie sich der Worte nicht ganz bewußt, die sie sprach. Clif schloß daraus, daß sie am Rande der Hysterie stand.

»Sagen Sie Ted, daß ich jederzeit für ihn da bin, wenn er irgendwelche Hilfe braucht. Haben Sie das verstanden, Mrs. Talbot?«

»Ja, Mr. Burrell. Vielen Dank.« Sie hängte ein.

Phil Conrad blieb nicht bis zum Ende des Golfturniers im Country Club. Ed Peters mußte den Pokal überreichen, den Amtec gestiftet hatte, und deshalb brachte Laura Phil zum Haus zurück, wo er seinen Wagen stehen hatte, mit dem er nach Burnham Falls gekommen war.

Conrad gab keinen Grund an, weshalb er ging, und entschuldigte sich nicht für seinen frühen Aufbruch.

Aber als er Ed die Hand gab, sprach er die Worte, die Ed während des ganzen Wochenendes hatte hören wollen.

»Ich glaube, jetzt sind nur noch ein oder zwei Besprechungen mit Ihren Leuten nötig, um die letzten Unebenheiten zu glätten. Dann bin ich bereit, den Vertrag zu unterzeichnen. Ich denke, wir können die erste Sendung im November machen.«

Sobald Conrad mit Laura im Cadillac abgefahren war, ging Ed ans Telefon und rief E. J. Harrison in New York an.

Er wollte ihn sofort wissen lassen, daß die Entscheidung an diesem Wochenende gefallen war.

E. J. zeigte sich erfreut, kam jedoch sofort auf die Vergewaltigung Jeannie Talbots zu sprechen und auf die Verbindung der Firma mit der ganzen Affäre. Ed fragte sich, woher der Boß es so rasch erfahren hatte und wer ihn informiert haben konnte. Er hatte einen routinemäßigen Bericht darüber schicken und den Vorfall bagatellisieren wollen. Nun hatte jemand E. J. vor ihm erreicht.

Mit gerunzelter Stirn trat er aus der Telefonzelle. Wer konnte ihn übergangen haben? Sommers? Harvey? Taylor? ... Keiner von ihnen hätte es gewagt, sich über seinen Kopf hinweg direkt an E. J. zu wenden, aber es gab Dutzende von Möglichkeiten, die Nachricht an ihn weiterzuleiten und dabei völlig unschuldig zu erscheinen.

Am achtzehnten Loch musterte er die Gesichter der Umstehenden.

War es Sullivan oder Andrews? Oder Dexter? Weder Steve noch Harriet war zum Turnier erschienen.

Dann ließ einer von Sullivans Assistenten den Schläger sinken, und der Applaus der Menge begrüßte ihn als Sieger.

Ed setzte ein beglückwünschendes Lächeln auf und schüttelte ihm die Hand.

Tom und Sally warteten, bis es dunkel war, ehe sie nach Burnham Falls zurückfuhren. Tom ließ das Wagenverdeck offen, über ihnen standen nahe und freundlich die Sterne. Die warme Abendluft hüllte sie ein. Sally saß dicht neben Tom und berührte ab und zu zärtlich seinen Arm, eine Geste, mit der sie, ihre Dankbarkeit und Freude ausdrücken wollte. Ein paarmal zündete sie ihm eine Zigarette an. Wie vorher war ihre Seite der Straße leer, da die anderen Wagen nun in die Stadt zurückströmten. Doch Sally störte es nicht, daß sie in der entgegengesetzten Richtung fuhren.

Jeannie starrte ohne zu denken in die Dunkelheit des kleinen Zimmers im Krankenhaus von Kempton. Das Schlafmittel hatte nicht gewirkt, wahrscheinlich deshalb, weil sie nach der Spritze, die man ihr in der Nacht gab, den ganzen Sonntag vormittag geschlafen hatte. Am Nachmittag waren ihr Vater und ihre Mutter gekommen, einzeln, weil sie Chrissie nicht mit ins Krankenhaus bringen wollten. Jerry war nicht gekommen. Ihre Mutter hatte gesagt, die Ärzte hätten Besuch verboten, aber Jeannie glaubte das nicht recht.

Der abnehmende Mond stand hoch am Himmel. Undeutlich erinnerte sie sich an den Mond der letzten Nacht. Das war die einzige zuverlässige Erinnerung. Den Rest versuchte sie von sich zu schieben, bis sie fähig wäre, ihm ins Auge zu sehen. Die Nachtschwester schaute herein und merkte, daß sie wach war.

»Ich bringe Ihnen etwas, Jeannie«, sagte sie ganz leise. Ihr Tonfall klang so, als wäre Jeannie ein Kind, das man trösten mußte. Sie hatte in der letzten Nacht, als Jeannie eingeliefert worden war, ebenfalls Dienst gehabt. Jeannie konnte sich nicht erinnern, sie in Burnham Falls gesehen zu haben.

Sie kam bald darauf mit einer Tasse heißer Schokolade wieder.

»Manchmal ist etwas Warmes im Magen besser als jede Medizin«, sagte sie.

Jeannie trank die Schokolade mit einem Strohhalm, da ihr Mund noch zu geschwollen war und sie nicht aus einer Tasse trinken konnte. Die Schwester schüttelte ihr unterdessen das Kissen auf und strich die Bettdecke glatt. Sie schwieg, bis Jeannie ausgetrunken hatte. »So ist's recht«, sagte sie dann. »Manchmal braucht man nur was für den Magen.«

8. KAPITEL

Am Montag früh wartete Sally fast ungeduldig, bis Tom ins Labor ging. Als er weg war, spülte sie rasch das Geschirr und ließ es zum Trocknen stehen. Dann machte sie die Betten und fuhr mit dem Mop ein paarmal durchs Schlafzimmer. Sie dachte flüchtig an den Bericht, den sie Pater James über die Sammelaktion für den Gemeindesaal versprochen hatte; auch Susan Watts hatte sie ihre Hilfe angeboten und ihr einige Telefongespräche abnehmen wollen, um um Unterstützung für die Laienspiel-Gruppe zu werben.

Doch nun tat sie nichts dergleichen. Sie zog das Manuskript aus der Schublade und setzte sich damit an den Schreibtisch. Vorher zog sie die Vorhänge halb zu, damit Marcia Webster sie nicht von ihrem Wohnzimmer aus sah und vielleicht gar auf eine Tasse Kaffee herüberkam, um die Neuigkeiten über Jeannie Talbot mit ihr durchzuhecheln. Im Augenblick kümmerte Sally weder Jeannie noch Burnham Falls noch Amtec. Dreimal an diesem Vormittag läutete das Telefon. Sie hob nicht ab.

Nach dem Mittagessen ging Clif Burrell langsam die Hauptstraße hinab zu Vanesco, dem Friseur. Einer der vier Sessel war frei; Clif steuerte sofort darauf zu. Ziemlich erschöpft erwiderte er den kleinen Chor der Grüße. Die Hitze schien mit jedem Sommer schlimmer zu werden. Und doch brachte er es nicht übers Herz, die kurze Strecke von seinem Haus hierher mit dem Wagen zu fahren.

»Na, wie geht's, John?« fragte er, als Vanesco ihm den Friseurumhang umlegte.

»Gut, Mr. Burrell, und Ihnen?«

»Ausgezeichnet.«

John schnitt Clif seit über fünfzehn Jahren die Haare. Er klapperte immer heftig mit der Schere, ehe er zu sprechen begann.

»Mr. Burrell, was sagen Sie zu der Sache mit Jeannie Talbot?« Clif sah ihn im Spiegel mißvergnügt an.

»Was soll ich dazu sagen? Es ist eine Schande.«

»Das hab' ich auch gesagt. Ich kenne Jeannie schon, seit sie klein war und dort drüben auf der Bank saß, während ich ihrem Vater die Haare schnitt – und genau das hab' ich auch gesagt.« Er wußte, daß das Thema Jeannie Talbot die Aufmerksamkeit des ganzen Raumes fand, und hob ein wenig die Stimme. »Obwohl ich ja finde, sie hätte sich ein bißchen in acht nehmen können. Seit diese Bauarbeiter hier sind, weiß man ja nie, was einem passiert ...«

»Ich glaube nicht, daß es daran lag.« Der Mann, der dies sagte, saß in dem Sessel neben dem Fenster. Clif hatte ihn irgendwo kennengelernt, aber seinen Namen vergessen. Das verdroß ihn. Der Mann drehte sich halb zu ihnen um. Johns Schere hörte auf zu klappern.

»Sie ist mit den beiden Burschen befreundet gewesen, und sie hat mit ihnen getrunken, ehe es passiert ist. Die Frau des einen ist richtig wütend auf Jeannie. Sie sagt, sie hätte die beiden aufgereizt. Es sieht so aus, als hätte Jeannie sich einen kleinen Spaß erlauben wollen und dann die Kontrolle darüber verloren.«

»Wie ich es gehört habe, hat sie Mrs. Reitch Gesichtscreme verkauft, und Patrino und Reitch waren dabei. Jeannie war dann gerade mit der Arbeit fertig, und sie sind alle zusammen weggegangen. Das hat mir Bob Carter selbst erzählt.«

John begann wieder heftig mit der Schere zu klappern.

»Beeilen Sie sich, John!« sagte Clif. »Ich bin verabredet.« Er nahm an, daß John genau wußte, daß ihn keine Verabredung drängte, aber es machte ihm nichts aus. Er fuhr fort, klar und deutlich, damit es im ganzen Raum zu hören war: »Das Gesetz kennt ein großartiges Mittel, solche Fragen zu klären. Diese beiden Männer, Patrino und Reitch, werden verhaftet werden, und man wird sie vor Gericht stellen. Erst dann wird man sich ein Urteil erlauben können.«

»Zum Teufel, in denen ihrer Haut möchte ich auch nicht stecken«, bemerkte einer der anderen Männer. »Die Sympathien sind ja immer beim Mädchen. Am Ende kommt es immer so heraus, daß es nicht im entferntesten ihre Schuld war. Sie kann ja nichts dafür, daß sie mit den Hüften wackelt und hübsch ist, und wenn dann ein Bursche danach greift, was angeboten wird, dann spielt sie die Entrüstete. Mit Frauen ist man immer betrogen, und die Richter lassen es zu. Es gäbe nicht halb so viele Vergewaltigungen, wenn sich die Frauen anders verhalten würden.«

Auf dem Stuhl neben Clif saß Tom Burns, der Besitzer der chemischen Reinigungsanstalt von nebenan. »Wenn ein Mädchen so eine Figur hat, dann muß ihr so etwas beinahe zwangsläufig passieren.« Er begegnete ruhig Clifs scharfem Blick, denn es war jetzt in Burnham Falls plötzlich erlaubt, auf diese Weise über Jeannie Talbot zu sprechen.

»Komisch ist auch, daß ausgerechnet Mal Hamilton sie gefunden hat. Ich möchte wahrhaftig wissen, was der um diese Zeit auf der Nebenstraße gemacht hat.«

Clif riß an seinem Friseurumhang. »Okay, John! Ich habe wenig genug Haare auf dem Kopf. Lassen Sie noch ein paar drauf.« Er stand auf, griff in die Tasche, zog Geld heraus und winkte ab, als Vanesco ihm das Jackett abbürsten wollte. »Wiedersehen!«

Als er wieder auf der Straße stand, hämmerte die Hitze wie mit körperlicher Gewalt auf ihn ein. Nach ein paar Schritten schwitzte er. Er zog das Taschentuch heraus und wischte sich damit übers Gesicht. Dann schob er sich den Hut in den Nacken und spielte mit dem Gedanken, in Drakes Bar einen Whisky zu trinken. Er zögerte nur deshalb, weil er bis jetzt noch nie um diese Tageszeit in einem öffentlichen Lokal getrunken hatte. So etwas galt als anrüchig. Wenn er Bier trank, wurde man vielleicht annehmen, er tränke es nur wegen der starken Hitze und nicht aus dem Bedürfnis nach dem Alkohol.

Aber er ließ die Idee fallen, denn sie überzeugte nicht einmal ihn selbst. Er blieb zögernd vor der Bar stehen und wandte sich dann ziemlich abrupt ab. Drinnen stand eine Männergruppe, ganz ähnlich wie die, vor der er eben geflohen war. Es waren mehr Männer dort als sonst zu dieser Tageszeit, und an ihren Gesten sah er, daß ein hitziges Gespräch im Gang war. Er wußte ohne einzutreten, daß sie über Jeannie Talbot sprachen. Zum ersten Mal ekelte ihn der Anblick des Lokals an. Große Markisen schützten die Fenster vor der Sonne, und drinnen brannten nur an der Rückwand zwei trübe Lampen. In dieser Atmosphäre mußten die Bemerkungen noch zweideutiger sein als bei Vanesco. Jeannies Name würde in dieser Stadt eine Zeitlang Allgemeinbesitz sein, dachte er, Menschen, die sie kaum gekannt hatten, würden vorgeben, mit ihr befreundet zu sein, und für einige Zeit gälte es als Zeichen für sexuelle Kompetenz, wenn man über sie auf eine Art sprach, die auf Intimität hindeutete. Sie war zu einem Mädchen geworden, über das die Männer mit einem wissenden Lächeln und drastischen Anspielungen sprachen.

Er erschrak, als ihn eine Hand an der Schulter berührte und er dicht hinter sich eine Stimme hörte.

»Morgen, Mr. Burrell! Na, wie geht's denn immer? Lange nicht gesehen!«

Clif drehte sich unwillig um, schreckte ein wenig vor der Berührung des anderen zurück und kümmerte sich nicht darum, ob dieser es bemerkte. »Ah, wie geht's, Benedict?« fragte er mürrisch.

»Kann nicht klagen, kann nicht klagen!« Der Ton war zu herzlich, zu triumphierend, und das bedeutete, daß Benedict darauf brannte, ihm etwas zu erzählen.

John Benedict hatte vor über zwanzig Jahren in Elmbury eine Anwaltspraxis eröffnet und es durch seine volkstümlichen Manieren und seine absichtlich schlechte Grammatik zu einem blühenden Geschäft gebracht. Er nannte sich den ›Anwalt der kleinen Leute‹, und man glaubte es ihm. Daß Clif an der Harvard-Universität studiert hatte, gab Benedict seit vielen Jahren Stoff für Sticheleien, und es war eine kleine Gottesstrafe für Clif gewesen, als Benedict in Burnham Falls ein Zweigbüro eröffnete, nachdem Amtec in die Stadt gekommen war. Es wurde von einem jungen

Mann, der frisch von der New Yorker Universität kam, geleitet und aus der Ferne von Benedict beaufsichtigt. Er kam nie wegen geringfügiger Geschäfte nach Burnham Falls.

»Hatte heute morgen einen interessanten Klienten, Clif.« Der Gebrauch seines Vornamens klang wie eine Beleidigung, aber Clif glaubte, daß es zu Benedicts Geschäftsmethoden gehörte, die Leute beim Vornamen anzureden.

»So?« sagte er.

»Ja. Ted Talbot. Sie wissen doch, der Vater des Mädchens, das dieses Pech hatte.«

Clif holte tief Atem. Er hatte etwas Ähnliches schon von dem Moment an befürchtet, da Benedict ihn angesprochen hatte. Aber er war nicht ganz darauf vorbereitet gewesen, daß Ted ihn übergehen und bei einem anderen Anwalt Hilfe suchen würde. Es war das Schlimmste, was hatte kommen können, und es war geschehen. Zum erstenmal wurde sich Clif völlig bewußt, daß er in Burnham Falls erledigt war.

»Das Mädchen steckt in einem ordentlichen Schlamassel«, fuhr Benedict fort. Clif fand es typisch, daß er das Wort ›Vergewaltigung‹ vermied. Dies gehörte zu seinem System der delikaten Vulgarität. Statt die Dinge beim Namen zu nennen, benahm er sich wie ein Leichenbestatter, der über den Tod spricht.

»Ich dachte vielmehr, die Männer, die sie vergewaltigt haben, seien in Schwierigkeiten«, antwortete Clif.

Benedict winkte ab. »Auch für das Mädchen ist es hart. Natürlich haben wir nicht oft mit Verbrechen dieser Art zu tun, aber Talbot hat mich gebeten, die richtigen Leute zu finden, die die Sache in die Hand nehmen können, wenn die Männer verhaftet sind und vor Gericht stehen. Wir müssen dafür sorgen, daß diesem armen, unschuldigen Mädchen Gerechtigkeit widerfährt«, fügte er scheinheilig hinzu.

Er sah Clif dreist an und schob die Hände in die Taschen bereit, den Rest dessen, was er zu sagen hatte, auszukosten. »Natürlich wäre Talbot zu Ihnen gekommen, Clif, aber wie ich höre, übernehmen Sie keine Fälle mehr …«

»Ich bin sicher, Ihre Firma wird diesen Fall zur allgemeinen Zufriedenheit lösen«, erwiderte Clif steif.

Benedict strahlte. »Wir tun unser Bestes, Clif!« Wieder berührte er ihn an der Schulter. »Aber glauben Sie mir, ich freue mich auf den Tag, an dem ich auch mit dem allen nichts mehr zu schaffen habe. Aber vorher muß ich mich noch ein wenig regen. Bei euch Harvard-Leuten ist es natürlich etwas anderes ...«

Auf dem Heimweg begegnete Clif George Keston. Wenn sie sich trafen, blieben sie normalerweise eine Minute beieinander stehen und unterhielten sich. Heute eilte George weiter.

»Morgen, Clif«, sagte er kurz und winkte geistesabwesend mit der Hand. Clif fragte sich, ob er es sich nur einbildete oder ob George tatsächlich ein verlegenes Gesicht gemacht hatte. Als er seine Haustür erreichte, fiel ihm ein, daß Jerry Keston Jeannies Freund war.

Im Haus strebte er sofort zum Likörschrank. Er schenkte sich einen puren Whisky ein und trank ihn stehend. Das zweite Glas trank er langsamer, an seinem Schreibtisch sitzend, während er darüber nachdachte, was er in der Stadt gehört und gesehen hatte. Er fand, daß er etwas unternehmen müsse, aber er wußte nicht was. Er konnte unmöglich den Talbots noch einmal seine Hilfe anbieten, und außerdem war er zu verletzt darüber, daß Ted ihn übergangen hatte. Nun dachte er nicht daran, sich eine andere Möglichkeit einfallen zu lassen.

Er fragte sich, was für Honorare Benedict von Leuten wie Ted wohl verlangte, aber er wußte, daß Ted, gleichgültig wie hoch oder niedrig sie waren, sie sich nicht leisten konnte. Dann schenkte er sich noch einen Whisky ein. Milly Squires steckte den Kopf zur Tür herein, aber er sagte ihr, daß er noch keine Zeit für sie hätte. Er sah, wie sie einen mißbilligenden Blick auf das Glas und die Flasche warf.

Nach dem dritten Glas hatte er sich etwas ausgedacht.

Er holte die Gartenschere aus dem Werkzeugschuppen und ging vors Haus. Es war noch heißer geworden. Selbst die schwache Brise war abgeflaut, die Luft war unbeweglich, tot. Als er die erste Rose schnitt, stach er sich in den Finger und leckte das Blut ab. Dann bückte er sich und schnitt den ganzen Busch leer. Es waren kräftige rote Blüten, deren Duft schwer in der Luft hing. Er fand, daß es ein dunkler Duft war, genau wie ihre Farbe.

Er hörte drinnen das Telefon läuten. Ein paar Sekunden später beugte sich Milly aus dem Bürofenster.

»Mr. Burrell! Der Anruf ist für Sie!«

Er richtete sich langsam auf. Er bedauerte es, daß Milly in keiner einzigen ihrer Handlungen Stil hatte.

»Das kann ich mir denken, Milly. Wer ist es?«

»Mrs. Williams. Sie möchte mit Ihnen über ein paar Änderungen in ihrem Testament sprechen.«

»Sagen Sie ihr, ich rufe später zurück. Sagen Sie, ich sei nicht da.«

»Aber, Mr. Burrell, sie weiß, daß Sie zu Hause sind. Sie sagt, sie kann Sie von ihrem Wohnzimmerfenster aus sehen.«

Er schüttelte den Kopf. »Wird sie so bald sterben, daß sie mich nicht in Frieden Rosen schneiden lassen kann?« Er schwieg einen Augenblick und fügte dann hinzu: »Sie soll sich an Benedict wenden! Sagen Sie ihr, ich hätte mich zur Ruhe gesetzt!«

»Aber Mr. Burrell!«

Er achtete nicht mehr auf Milly und beugte sich wieder über die Rosen. Dabei dachte er an Sarah Williams, die ihm nun von einem der Fenster des großen weißen Hauses auf der anderen Straßenseite aus zusah. Das war das Beste, was an diesem Nachmittag geschehen war. Nach einiger Zeit kam Milly zu der Auffassung, daß es sein Ernst war; sie zog sich zurück. Trotz der Hitze knallte sie das Fenster zu. Er schnitt die Rosen, bis alle Büsche leer waren.

Clif war seit Jahren nicht mehr im Krankenhaus von Kempton gewesen. Dorothy war hier nach ihrer letzten Operation gestorben.

Als er vorfuhr, stellte er fest, daß inzwischen eine große Glasveranda angebaut worden war. Dort saßen genesende Patienten und beobachteten die Ankunft und Abfahrt der Wagen mit dem begierigen Interesse von Menschen, die lange eingesperrt waren. Clif hatte den Eindruck, daß ihn in diesen Tagen überall Leute beobachteten.

Er wollte gerade aus dem Wagen steigen, als er Jerry Keston die Freitreppe herab und zum Parkplatz kommen sah. Clifs Wagen stand als letzter in der Reihe, und Jerry brauchte nicht an ihm vorbeizugehen. Jerry wandte das Gesicht von den Kranken auf der Veranda ab, und so konnte Clif seine Miene studieren, als er näher kam. Er sah verbittert und niedergeschlagen aus, neigte den Kopf leicht nach vorn und blickte zu Boden. Er manövrierte seinen Wagen so vorsichtig und ruhig aus der Parklücke heraus, als wolle er keine Aufmerksamkeit erregen.

Als Jerry abgefahren war, machte Clif die Größe des Rosenstraußes plötzlich verlegen. Er sah darin eine nutzlose, übertriebene Geste, die niemanden täuschen konnte, und am allerwenigsten Jeannie. Er stellte sich vor, wie sie in ihrem Bett lag, gedemütigt und geschlagen, und malte sich aus, was zwischen ihr und Jerry gesprochen worden sein konnte, was geschehen sein mochte, daß Jerry sich hier davonstahl wie ein verängstigtes Kind. Clif sah ein, daß er jetzt nicht mit Jeannie sprechen und nicht mit seinem blödsinnigen Rosenstrauß und seiner Whiskyfahne zu ihr gehen konnte. Jeannie brauchte und wollte jetzt keinen Trost von einem alten Mann.

Deshalb gab er die Rosen dem jungen Mädchen an der Rezeption und bat sie, dafür zu sorgen, daß Jeannie sie bekam.

Das Mädchen blickte kurz von seinem Krankenbuch auf. »Und was soll ich sagen, von wem sie sind?«

»Spielt keine Rolle. Nennen Sie keinen Namen.«

Am Donnerstag früh waren fast keine Lebensmittel mehr im Kühlschrank, und Sally beschloß zögernd, Marcia Webster zu bitten, sie mit dem Wagen zum Supermarkt mitzunehmen. Marcia war gefällig und tat immer, worum Sally sie bat. Sally lehnte entschlossen Marcias Vorschlag ab, gemeinsam Kaffee zu trinken, ehe man aufbrach, und drängte sie zum Wagen. Das Manuskript auf dem Schreibtisch im Wohnzimmer war in den letzten drei Tagen beträchtlich dicker geworden, und alles, was sie davon ablenkte, behandelte Sally mit Unwillen. Während der Fahrt zum Supermarkt war sie fast versucht, Marcia von dem Roman zu erzählen, damit ihr künftig Unterbrechungen erspart blieben. Doch dann besann sie sich anders. Es wäre besser, am Ende das fertige Buch vorzuweisen.

Im Supermarkt eilte Sally zielstrebig zwischen den Ständen hindurch mit einem Tempo, das Marcia, die gern in Ruhe auswählte, erschreckte.

»Wozu die Eile?« protestierte sie, als Sally zur Kasse strebte.

»Hab' eine Menge zu tun, Briefe schreiben«, erklärte Sally.

»So, wie du in den letzten Tagen auf deiner Schreibmaschine herumgehämmert hast, sollte man denken, du hättest an mindestens vierzig Kusinen geschrieben.«

Marcia studierte gemächlich die Tiefkühlkost, während sie sprach. Sally errötete, gab aber keine Antwort. Sie hatte vergessen, daß das ständige Maschinengeklapper in Marcias Haus zu hören sein mußte. Niemand im Amtec-Park benützte sechs Stunden am Tag die kleinen Reiseschreibmaschinen, die sie alle besaßen, und wenn es jemand tat, dann fiel das auf. Sally wünschte einen Augenblick, sie wäre wieder in der kleinen Einzimmerwohnung in New York, wo man hinter der verschlossenen Wohnungstür in seiner eigenen Welt war und niemand sich darum kümmerte, was man tat, wo der Verkehrslärm drunten in der Straße jedes Geräusch übertönte – Weinen und Lachen, selbst Sterben, wenn man es so wollte. Wehmütig verglich sie es mit ihrem neuen Haus, in dem sie zuerst einen intimen, heimeligen Ort der Liebe für Tom und sich selbst gesehen hatte und das sich nun auszudehnen und zu öffnen schien und allen Einflüssen von außen preisgegeben war.

»Mach lieber langsam«, riet Marcia gelassen, »wenn du nicht an der Kasse mit Madame Taylor zusammenplatzen willst.«

Sally drehte sich um und sah zur Kasse hinüber, wo Alan Taylors Frau in der Schlange stand. Marcias Mann arbeitete mit Tom in Alan Taylors Abteilung, und ›Madame‹ Taylor war der Spitzname seiner Frau.

Marcia nahm drei Beefsteaks aus der Tiefkühltruhe und legte sie in den Einkaufskorb.

»Ich denke, du bist dir bewußt, daß Barbara Taylor sehr böse auf dich und Tom ist, weil ihr am Sonntag so kurz vor dem Lunch abgesagt habt. Sie will, daß man ihre Einladungen ernst nimmt. Glaub mir, so etwas rückt Tom bei Alan Taylor nicht gerade ins beste Licht.« Marcia senkte die Stimme und imitierte Alan Taylors Tonfall: »›Die Firma erwartet von den jungen Leuten Zuverlässigkeit!‹«

Sally spürte, wie sich in ihr etwas zusammenzog. »Hat sie es tatsächlich übelgenommen?«

»Ich glaube ja, Sal. Du weißt, wie es in der Firma ist. Niemand erwartet von den jüngeren Angestellten einen eigenen Kopf.«

»Aber wir haben doch angerufen und ihr gesagt, daß wir nicht kommen können! Ich dachte, sie vermißt uns kaum bei den vielen Leuten, die sie eingeladen hatte.«

»Es kommt nicht darauf an, ob sie euch vermißt hat oder nicht. Ihr habt eine Einladung abgeschlagen, und für die Firma bedeutet das, daß ihr Einzelgänger seid. Das macht kein besonders gutes Bild.«

»Aber wir haben uns doch entschuldigt!« sagte Sally.

»Ich glaube, du wirst warten müssen, bis Madame Taylor beschließt, euch zu vergeben. Der erste Schritt muß von ihr ausgehen. Ich nehme an ...« Sie zögerte. »Ich nehme an, man hat dich für morgen nicht eingeladen?«

»Was ist morgen?«

»Barbara Taylor hat alle Damen, die am Sonntag bei ihrem Lunch waren, zum Tee in den Club eingeladen. Sie möchte ihnen Maurice Delberts Frau vorstellen.«

»Maurice Delbert? Ist das nicht der Franzose, der gerade die Firma besichtigt?«

Marcia nickte. »Genau. Nobelpreis und alles! Er interessiert sich sehr für ein bestimmtes Projekt, an dem Alans Abteilung arbeitet. Er wohnt mit seiner Frau bei Taylors. Ich glaube, die Männer sollen uns anschließend im Club zum Cocktail abholen.« Sie unterbrach sich.

»Sal, was ist dir? Fühlst du dich nicht wohl?«

Sally schüttelte schwach den Kopf. »Danke, Marcia, ich bin nur ein bißchen müde. Ich kann bei der Hitze nicht besonders gut schlafen.«

Marcia nickte mitfühlend, und Sally ging um einen Stand, wo

sie außer Sichtweite von Marcia und Barbara Taylor war. Mit leerem Blick starrte sie Konservendosen an und versuchte die Panik zu überwinden, die sie überfallen hatte. Maurice Delbert war einer der hervorragendsten Gelehrten, die je das Laboratorium besucht hatten. Tom hatte oft mit Bewunderung und Ehrfurcht über ihn gesprochen und Sally einmal sogar triumphierend erzählt, daß er ihm flüchtig im Korridor begegnet war. Tom hätte nicht nur viel darum gegeben, wenn er zum Cocktail mit Delbert eingeladen worden wäre, schon seine Anwesenheit, wenn Männer wie Bill Webster eingeladen wurden, wäre bedeutsam gewesen. Wie betäubt las Sally die Etikette der Konservendosen – Tomatensuppe … Spargelsuppe. Sie wußte nicht, was sie las, aber sie griff zu und nahm eine der Dosen, denn sie mußte irgend etwas tun.

»Tom«, flüsterte sie. »Tom … ich habe dir geschadet.«

Es war fast Mittag, als Sally nach Hause kam. Sie achtete nicht auf das Manuskript auf dem Schreibtisch, sondern verbrachte die nächste Stunde am Telefon und warb um Unterstützung für die Laienspielgruppe. Dann duschte sie sich und zog sich um für die Sitzung des Bibliothekskomitees. Sie hatte nicht hingehen wollen, aber nun wußte sie, daß ihr keine andere Wahl blieb. Barbara Taylor war ebenfalls im Komitee. Sally würde sich bei ihr mit großer Demut für ihre Abwesenheit am Sonntag entschuldigen und ein paar Lügen darüber vorbringen, wie krank ihre Mutter sei, was sie eigentlich nicht vorgehabt hatte. Und dann würde sie sich anbieten, für den Krebsbekämpfungsfonds, an dem Barbara Taylor interessiert war, Geld zu sammeln. Schon einmal hatte sie angedeutet, daß sie mit Sallys Hilfe rechnete, aber Sally hatte es fertiggebracht, ihre Andeutungen zu überhören. Nun wurde sie alles tun, was Barbara Tayler wünschte, bis der Schnitzer vom letzten Sonntag vergessen war. Sie hatte allerdings wenig Hoffnung, daß das, was sie heute nachmittag Barbara Taylor versprechen wurde, schon eine Einladung für morgen nach sich zöge.

Ehe sie zu Betty Thompsons Haus hinüberging, legte sie das Manuskript weg. Es war ihr jetzt klar, daß sie ihre Zeit und ihre

Energie nicht nur Barbara Taylor widmen mußte, sondern auch allen anderen Anforderungen des Lebens unter den Fittichen der Firma. Sie durfte nie wieder etwas vernachlässigen, was zu den Aufgaben einer Frau gehörte, die ihrem Mann helfen und beweisen wollte, daß sie mit jeder ihr auferlegten gesellschaftlichen und bürgerlichen Pflicht fertig wurde. In der Firma zählte nicht nur der Mann, sondern auch die Frau, mit der er verheiratet war. Wenn sie Tom in dieser Hinsicht schadete, dann spielte es kaum eine Rolle, auf welche andere Weise sie dies ausglich. Am letzten Sonntag hatte sie auf einen plötzlichen Impuls hin Hals über Kopf der Atmosphäre der Firma und dieser Stadt entfliehen wollen, denn diese war ihr unfreundlich, ja sogar feindselig erschienen. Dadurch hatte sie Tom bei einem Mann geschadet, der ihn entweder fördern oder ruinieren konnte. Der Roman lag auf der gleichen Ebene wie ihre Flucht am Sonntag. Es bedeutete ein Nachgeben den eigenen Wünschen gegenüber, und das war ein Luxus, den sie und Tom sich im Moment nicht leisten konnten.

»Schön! Wenn sie eine Organisatorin haben wollen«, sagte sie sich, »dann will ich die beste Organisatorin sein, die sie je gesehen haben.«

Entschlossen ging sie zu Betty Thompsons Haus hinüber.

9. KAPITEL

Jeannie hatte die Bitten der Polizeistation bald satt, die Fotos der Männer durchzugehen, die in den Nachbarstaaten wegen anderer Verbrechen verhaftet worden waren. Zuerst betrachtete sie die Fotos ungeduldig in der Hoffnung, die Gesichter zu sehen, die sie kannte, doch nach einiger Zeit ging ihr auf, daß sie sie vielleicht nie zu sehen bekommen würde. Diese Überzeugung kam langsam, zögernd, aber sie wurde immer stärker, als der Sheriff nicht mehr den Streifenwagen schickte, um sie abzuholen, sondern sie nur noch bitten ließ, gelegentlich in der Polizeistation vorbeizukommen, als handle es sich um eine nicht sehr wichtige Angelegenheit. Daran spürte sie, daß auch er nicht daran glaubte, daß Patrino oder Reitch je in diesen Akten auftauchen würden.

Eines Tages sprach er diesen Zweifel aus.

»In den Vereinigten Staaten wird alle dreißig Sekunden eine Vergewaltigung verübt, Jeannie«, sagte er müde. »Wenn die Burschen nicht vorbestraft sind, haben wir keine große Hoffnung, sie zu erwischen. Diese Fotos zeigen wir Ihnen nur für den Fall, daß Patrino und Reitch sich andere Namen zugelegt haben. Aber ich glaube das nicht. Ich glaube das nicht.«

Man hörte in der Stadt, daß Val Reitch den Wohnwagen verkauft und das Lager verlassen hatte. Mit Vals Verschwinden schien auch der Fall aus der Welt geschafft zu sein.

Die Tatsache, daß die Polizei sie die Stadt verlassen ließ, deutete darauf hin, daß man kaum mehr damit rechnete, Patrino oder Reitch zu verhaften, und wenn, dann nur, weil sie wegen eines anderen Verbrechens gefaßt würden. So wenigstens lasen Jeannie und Burnham Falls die Zeichen, und ihr Vater hörte auf, täglich in John Benedicts Büro vorbeizugehen und von dessen jungem Assistenten zu verlangen, daß etwas getan werde.

Jeannies Gesicht heilte, und der Zahnarzt setzte eine Krone auf den Zahn, der ihr ausgebrochen war, als sie fiel. Mehr gab es nicht zu tun. Damit schien der Fall abgetan.

Für Jeannie war er nicht abgetan. Sie wußte nicht, wie sie ihr Leben wieder beginnen sollte. Seit jenem Samstag abend fehlte ihr die alte Vitalität. Sie besaß keine Ausdauer mehr, etwas länger als zehn Minuten zu tun. Sie war noch nicht wieder bei Carter gewesen. Bob hatte sie angerufen und ihr mitgeteilt, daß er die junge Judy Thomas als Vertretung angestellt hatte, bis Jeannie wiederkommen wollte. »Nur bis du wieder auf Draht bist, Jeannie! Nur bis dann!« hatte er ihr versichert.

Diese Nachricht ließ sie fast unberührt. Sie übte wieder Maschinenschreiben und Stenographie, lustlos zwar, aber es lenkte sie ab. Sie ging nicht aus dem Haus und füllte den Rest ihrer Tage und Abende damit, daß sie geistesabwesend mit Chrissie spielte oder vor dem Fernsehgerät saß. Chrissies Gesellschaft hatte etwas Beruhigendes. Chrissie wußte nicht, daß Jeannie wartete und worauf sie wartete.

Doch Jerry rief nicht an. Das Leben in der Stadt ging weiter, und die Talbots waren darin eingeschlossen wie bisher.

Einmal kam Mal Hamilton während einer seiner kurzen Aufenthalte in Burnham Falls bei Jeannie vorbei. Der Besuch war ein Fehler. Er sah an Jeannies apathischem Verhalten, daß sein Kommen sie verlegen machte. Er hatte ihr zeigen wollen, daß er sie genauso sah wie alle anderen Frauen und daß er in der Erinnerung an jenen Samstag abend nichts Peinliches sah. Aber sie war zu sehr in ihren Gefühlen befangen. Für sie war er ein Fremder.

Er rauchte eine Zigarette, während Selma kerzengerade am Tisch saß, Jeannie auf dem Sofa kauerte und er krampfhaft versuchte, mit den beiden wortkargen Frauen ein Gespräch zu führen. Bald drückte er seine Zigarette aus und ging.

Danach fuhr er sofort zu Harriet.

Er lehnte den Whisky ab, den sie ihm anbot, und nahm dafür eine Tasse Tee.

Er erzählte ihr von seinem Besuch bei Jeannie. »Ich hielt es für richtig. Irgendwann einmal werden wir uns sowieso begegnen, und ich dachte, so sei es besser, als wenn ich sie zufällig auf der Straße treffe. Ich wollte, daß sie sich ein wenig löst. Weißt du, was ich damit meine?«

Harriet rührte nachdenklich in der Tasse. »Ich war ein paarmal bei ihr, und mir gegenüber ist sie genauso. Sie spricht kaum, und es ist ihr völlig egal, ob ich bleibe oder gehe.«

Sie kamen bald vom Thema Jeannie ab. Sie sprachen nichts von Bedeutung miteinander, nichts, was Nell nicht hätte hören können, und er brach bald wieder auf.

Aber von nun an besuchte er Harriet, sooft er in Burnham Falls war. Nun wartete er nicht mehr auf Steves Einladung. Er kam immer nachmittags, wenn er bei Amtec fertig war und ehe er nach New York zurückfuhr. Er blieb nie länger als eine halbe Stunde, und manchmal saß er mit Harriet und Nell in der Küche, manchmal kam er nicht weiter als bis zur Veranda. Nell freute sich, wenn er kam. Sie stellte, wie Claudia Carpenter es ihr beigebracht hatte, das gute Porzellan aufs Teetablett und vergaß nicht, vorher kleine Spitzendeckchen draufzulegen. Harriet gewöhnte sich daran, in Mals sonnengebräunten Händen chinesisches Porzellan zu sehen statt des Whiskyglases.

Wenn er ging, sagte er nie, wann er wiederkäme. Er kam stets unangemeldet, und wenn Harriet nicht da war, trank er mit Nell eine Tasse Tee oder mit Gene und Tim, sofern sie zu Hause waren. Doch Harriet richtete es von nun an so ein, daß sie am Spätnachmittag möglichst zu Hause war.

Eine Woche nach Phil Conrads Besuch in Burnham Falls traf Laura Vorbereitungen, ihren Schauspielunterricht bei Godman wiederaufzunehmen. Es war leichter, als sie gedacht hatte. Sie begegnete Eds Einwänden herausfordernd und mit einer Kühle, die nur die Sehnsucht nach Phil ihr eingab, und mit einem neuen

Gefühl der Sicherheit. Sie kannte nun Eds Angst, daß auch diese Ehe scheitern könnte. Er fürchtete sich vor den Auswirkungen eines solchen Fehlschlags auf seine Stellung in der Firma. Er mußte das Bild einer glücklichen Ehe mit einer schönen Frau bieten. Er brauchte auch für sich selbst das Bild seines gutgeführten Hauses und einer teuer gekleideten Frau in einem weißen Thunderbird. Denn dadurch löschte er die Erinnerung an jene Frau aus, die ihm davongelaufen war.

Laura hatte ihm ihren Plan eines Abends beim Essen mitgeteilt, weil sie wußte, daß die Anwesenheit von Elizabeth und Clare einen Ausbruch von Ed verhindern würde. Nachdem Grace im Wohnzimmer den Kaffee serviert hatte, fragte er: »Wozu willst du wieder Unterricht nehmen? Du glaubst doch nicht im Ernst, daß jemand das Risiko eingeht und dir eine Rolle gibt! Du bist schon zu lange vom Broadway weg.«

Sie stellte energisch die Tasse hin. »Ich habe meine Gründe. Und ich bin am Broadway nicht so vergessen, wie du glaubst.«

»Dann laß um Gottes willen die Finger von Fehlschlägen.«

»Es wird keine Fehlschläge mehr geben!« Triumphierend fügte sie hinzu: »Phil Conrad hat mich aufgefordert, für ein neues Stück vorzuspielen, das er in der Amtec-Serie bringen will. Es heißt ›Das andere Gesicht‹. Er sagt, ich eigne mich für die Hauptrolle.«

Er sah sie lange und eindringlich an und fragte sich offenbar, ob sie log. Er öffnete den Mund, wollte etwas sagen und schloß ihn dann wieder. Laura wußte, weshalb er schwieg, deshalb sprach sie für ihn:

»Die Firma würde mich gern in einer Amtec-Show sehen, nicht wahr? Es wäre gut für uns – für uns beide, Ed.«

Nun fuhr sie jeden Dienstagmorgen in aller Frühe mit dem Thunderbird nach New York. Sie wußte, daß sie zu schnell und zu rücksichtslos fuhr, aber sie beherrschte den Wagen mit einer Leichtigkeit und Sicherheit wie sonst nie. Jeden Dienstagabend traf sie Phil, und die Vorfreude darauf warf ihr Licht auf jede einzelne Stunde des Tages.

Der Unterricht bei Goodman war ihr Vorwand, über Nacht in New York zu bleiben. Es war sehr einfach, Ed zu sagen, sie sei nach dem Unterricht zu müde, um nach Burnham Falls zurückzufahren. Es befriedigte sie, als sie sah, wie er Einwände machen wollte und es nicht wagte. Sie hatte im ›Plaza‹ für Dienstagnacht ständig ein Zimmer reserviert.

Es war Selma, die Jeannie die Neuigkeit überbrachte. Sie hatte mit Ted die Wochenendeinkäufe gemacht und stellte ihre vollen Taschen auf den Küchentisch. Sie machte dabei zuviel Lärm.

Jeannie kam in die Küche, um ihrer Mutter beim Auspacken zu helfen. Doch Selma wandte den Kopf ab. Sie konnte Jeannie nicht ansehen.

»Was ist denn?« fragte Jeannie.

»Ich hab' was über Jerry gehört.«

»Und?«

»Er hat sich zum Militär gemeldet. Er will seine Dienstzeit jetzt schon absolvieren, nicht erst nach dem College. Er – fährt am Montag ab.«

»Am Montag?« Jeannie war leichenblaß geworden. Sie stand einen Augenblick regungslos da. Dann fragte sie stockend: »Bist du sicher? Bist du ganz sicher, daß man tatsächlich sagt, er hätte sich zum Militär gemeldet? Heißt es nicht, er spielt nur mit dem Gedanken? Reist er tatsächlich am Montag ab?«

»Ja, Jeannie.«

Jeannie drehte sich langsam um und verließ die Küche. Selma wollte ihr folgen, zwang sich dann aber stehenzubleiben. Sie packte geistesabwesend ihre Einkäufe aus. Sie wußte, daß sie in diesem Augenblick nutzlos war.

Selma hörte, wie die Haustür leise geschlossen wurde, doch als sie ans Fenster trat, war Jeannie nicht im Hof bei Ted und Chrissie. Sie war auch nicht im Vorgarten. Selma zündete sich eine Zigarette an, was selten geschah. Ihre Hände zitterten.

Nach einer Weile kam Ted in die Küche. Selma saß in sich zusammengesunken auf dem Stuhl.

»Hast du es ihr gesagt?«

Sie nickte.

Er stellte den Kaffeetopf auf den Herd. Dann saßen sie schweigend beisammen.

Jeannie ging direkt zur First National Bank. Seit jenem Samstag war sie nicht mehr allein in der Stadt gewesen. Sie hatte sich vor dem ersten Mal gefürchtet, aber jetzt war sie sich kaum bewußt, daß sie durch die Menschenmenge ging, daß manche sie grüßten und stehenblieben und mit ihr sprechen wollten, daß andere sie nur anstarrten. Auf den Stufen der Bibliothek trieb sich die übliche Versammlung von Teenagern herum. Fast alle hörten auf zu sprechen, als sie näher kam, und es herrschte ein unnatürliches Schweigen, während sie vorüberging.

Jeannie war erhitzt, als sie die Tür des Bankgebäudes öffnete. Jerry saß nicht wie gewöhnlich hinterm Schalter. Er war auch nicht an einem der Schreibtische dahinter. Jeannie dachte einen Augenblick entsetzt, er hätte Burnham Falls vielleicht schon verlassen. Sie blickte unschlüssig die Tür von George Kestons Privatbüro an. Dann sah sie Tubby Beck, den Bürodiener, der dafür sorgte, daß auf den großen altmodischen Tischen immer die richtigen Formulare lagen.

»Tubby!«

Sie rief ihn beim Vornamen wie jedermann in Burnham Falls. Er war ungefähr so alt wie ihr Vater.

»Morgen, Jeannie.« Er war sichtlich verlegen.

»Wo ist Jerry?« Mehrere Menschen an den Schaltern drehten sich um. Tubby blickte unruhig George Kestons geschlossene Tür an.

»Weiß nicht, Jeannie.«

»Ist er heute schon in der Bank gewesen?«

Er schüttelte den Kopf. »Ich glaube kaum, daß er kommt. Heute ist ja sein letzter Tag.« Er trat von einem Fuß auf den anderen und kratzte sich am Kopf.

»Vielen Dank, Tubby. Ich versuch's anderswo.« Sie drehte sich um und verließ rasch die Bank.

Jerrys Elternhaus lag am anderen Ende der Hauptstraße, und sie mußte an allen Läden und noch einmal an den Teenagern vorbei. Jeannie beachtete sie nicht. Sie ging rasch und zielbewußt weiter, bis sie das Haus sah.

Dann wurde sie mutlos. Jerrys Elternhaus wirkte in seiner Größe und Wohlhabenheit seltsam unreal und erschütterte irgendwie ihr Selbstvertrauen. Aber sie durfte nicht stehenbleiben, sich ihre Furcht nicht eingestehen und umkehren. Als sie den Gartenweg entlangging, fragte sie sich, wie viele Leute sie von den Veranden und Fenstern der Nachbarhäuser aus hatten kommen sehen. Sie hatte vorher noch nie empfunden, daß es unfreundliche Augen waren, die ihr in Burnham Falls nachsahen.

Mrs. Keston öffnete die Tür. Sie war eine magere, zerbrechliche Frau mit lockigem grauem Haar und einem zarten rosaroten Mund. Sie war sichtlich überrascht, als sie Jeannie sah, fing sich jedoch sofort. »Nun, Jeannie?« fragte sie kühl.

Jeannie hatte den Eindruck, daß ganz Burnham Falls sie beide hier stehen sah. Neben der grazilen Frau kam sie sich grobschlächtig und ordinär vor.

»Darf ich einen Augenblick eintreten, Mrs. Keston?«

Der Blick der anderen Frau streifte rasch die gegenüberliegenden Häuser. Dann nickte sie.

»Kommen Sie herein.«

Sobald die Tür geschlossen war, sagte Jeannie: »Ich möchte Jerry sprechen.«

Ein feindseliger Ausdruck trat nun in Mrs. Kestons Miene. »Jerry ist nicht da.«

»Wann kommt er nach Hause?«

Grace Kestons Stimme wurde eisig. »Wie soll ich das wissen? Jerry tut, was er will.«

»Dann würde ich gern warten«, erklärte Jeannie ruhig. »Darf ich hier auf ihn warten?«

»Nein!« Es klang resolut und zu laut für die gebrechliche Frau. »Ich möchte Sie nicht in meinem Haus haben.«

»Ich weiß!« Nun hob auch Jeannie die Stimme. »Aber ich muß Jerry sprechen, und wenn ich nicht hier warten darf, dann eben draußen. Ich glaube nicht, daß es Ihnen angenehm ist, wenn ich vor Ihrer Gartentür stehe.«

»Es kann Stunden dauern. Er kommt vielleicht erst spät am Abend.«

»Ich warte.«

Mrs. Keston machte eine ärgerliche Handbewegung. »Er möchte Sie nicht mehr sehen, haben Sie das noch nicht gemerkt?«

»Nach diesen letzten drei Wochen müßte ich sehr einfältig sein, wenn ich es nicht gemerkt hätte.«

»Warum beharren Sie dann darauf? Sie passen nicht zu Jerry, das haben Sie doch bewiesen. Warum lassen Sie ihn nicht in Ruhe? Sie haben doch Ihre eigene Sorte Freunde.«

»Ich hatte einen einzigen Freund, und das war Jerry«, sagte Jeannie leise. »Ich muß ihn sprechen, ehe er geht.«

»Sie wissen, daß er geht? Nun, die ganze Stadt muß es inzwischen erfahren haben. Er geht Ihretwegen, Jeannie, und das werde ich Ihnen nie verzeihen.«

»Ich schicke ihn ja nicht weg! Ich möchte nicht, daß er geht!«

»Es ist schade, daß Sie sich das nicht vorher überlegt haben, ehe Sie Jerry das angetan haben. Er dachte, er liebt Sie, und Sie haben sich und ihn zum Gespött der ganzen Stadt gemacht. Sie haben sich mit diesen Bauarbeitern eingelassen und Jerry zum Gespött gemacht.«

»Jerry weiß, daß das nicht wahr ist! An diesem Geschwätz ist kein wahres Wort!«

»Sie brauchen sich keine Mühe zu geben. Ich weiß, zu welcher Sorte Sie gehören. Aber Jerry sind die Augen geöffnet worden. Leider zu spät ...«, fügte sie bitter hinzu. »Er läuft vor Ihnen davon. Und wenn er einmal zwei Jahre weg war, wird er nie mehr nach Burnham Falls zurückkommen. Es wird seinem Vater das Herz brechen. Ich hoffe, Sie wissen das. Ich hoffe, Sie wissen, was Sie angerichtet haben. Sie haben meinen Sohn auf dem Gewissen, und Sie haben bekommen, was Sie verdient haben!«

Sie drehte sich um und wollte gehen. Doch dann blieb sie noch einmal stehen und sah Jeannie haßerfüllt an.

»Warten Sie eben, wenn es sein muß. Aber es wird keinen Zweck haben. Jerry wird seinen Entschluß nicht ändern. Jetzt nicht mehr. Sie glauben, Sie brauchen nichts als ein hübsches Gesicht. Aber für Jerry ist es jetzt nicht mehr ganz so anziehend. Sie werden eine Menge mehr brauchen als das. Ich glaube nicht, daß Sie es haben.«

Jeannie wartete allein im Wohnzimmer. Sie ging unsicher auf und ab und setzte sich schließlich auf einen Stuhl am Fenster, von dem aus sie die Straße und den Eingang überblicken konnte. Nichts störte die Ruhe im Haus. Es hätte nicht stiller sein können, wenn Grace Keston nicht dagewesen wäre. Aber sie war da, feindselig und anklagend, und man konnte sie nicht ignorieren, ihr nicht entrinnen. Durch die Wände spürte Jeannie ihre Anwesenheit. Diese Frau haßte sie und fürchtete sie zugleich. Sie hoffte, daß Jerry sie zurückweisen würde, und fürchtete doch, daß er dies täte. Jeannies Hände, die auf dem kühlen Chintzpolster lagen, wurden feucht.

Es dauerte über drei Stunden, bis Jerry kam. Die Sonne hatte sich weiterbewegt und schien nun direkt zum Fenster herein. Jeannie vermutete, daß Grace Keston sonst um diese Tageszeit die Jalousien herunterließ, aber sie kam nicht, als sei Jeannie ansteckend.

Jerry kam den Gartenweg entlang. Jeannie hoffte, daß Grace Keston wenigstens nicht so grausam wäre, sie ihn in diesem fremden Haus suchen zu lassen. Sie stand auf. Draußen hörte sie Stimmen, und dann Jerrys Schritte in der Diele. Er öffnete die Wohnzimmertür, blieb stehen und sah sie schweigend an.

»Ich habe gehört, daß du am Montag fortgehst«, begann Jeannie. »Ich mußte dich sprechen ...«

»Ja, ich gehe.«

»Warum?«

»Warum nicht? Ich müßte sowieso zum Militär, wenn ich das College hinter mir habe, und ich ziehe es vor, gleich zu gehen und mein Studium danach zu beenden.«

»Jerry, mach mir nichts vor. Ich bin keine Idiotin!«

»Das habe ich nie von dir angenommen.«

»Dann behandle mich nicht so, als ob ich eine wäre! Stimmt das, was deine Mutter sagt, daß du meinetwegen gehst?«

»Sagt sie das?« Er zuckte die Achseln. »Sie müßte eigentlich wissen, daß ein Mann früher oder später zum Militär muß. Ich bin froh, wenn ich's hinter mir habe.«

»Ich verstehe dich nicht! Jerry, bitte sag mir, was das soll, und ich will alles für dich tun. Alles, was du willst!«

Er schüttelte den Kopf, und seine Miene drückte absichtliche Verständnislosigkeit aus. »Du machst eine große Sache daraus,

Jeannie, aber es ist nichts weiter daran. Ich absolviere meinen Wehrdienst, das ist alles.«

»Das kann nicht alles sein. Du willst es mir nur nicht sagen. Geh nicht so von mir fort, Jerry! Ich will alles für dich tun, wenn du nur nicht von mir fortgehst! Ich würde dich heiraten – auf der Stelle!«

Wieder schüttelte er den Kopf »Ich habe dich nicht gebeten, mich zu heiraten.«

Sie tat so, als hätte sie das nicht gehört. »Ich werde überall mit dir hingehen, Jerry. Ich werde überall, wo du bist, eine Stelle annehmen. Wenn du nicht willst, brauchen wir auch nie wieder nach Burnham Falls zurückzukommen.«

Er lehnte sich an den Türpfosten und blickte eine Sekunde zur Decke, als flehe er die Götter um Geduld an.

»Jeannie, hör auf damit! Ich habe dich nicht gebeten, mich zu heiraten.«

»Du möchtest nicht, daß ich dich heirate ...«, flüsterte sie. »Du möchtest nicht ... daß ich dich heirate.«

Sie setzte sich auf die, Stuhlkante und starrte den Teppich an. Sie hatte die Hände im Schoß gefaltet, und ihr ganzer Körper war wie erstarrt. Es sah aus, als atme sie kaum.

»Jeannie ...« Er trat zögernd einen Schritt auf sie zu und zog sich dann unvermittelt wieder zur Tür zurück.

Sie hob langsam den Kopf und sah ihn an. »Dann hast du mir nicht geglaubt. Du hast mir kein Wort geglaubt.«

Sie knetete geistesabwesend die Hände, als käme das Leben und die Wärme dadurch langsam wieder. Aber gleichzeitig kam ihre Empörung.

»Du glaubst all das dreckige Geschwätz in dieser Stadt! Du hältst es für möglich, daß ich freiwillig mit Patrino und Reitch gegangen bin. Gib's zu, Jerry! Das denkst du, nicht wahr? Du hast dir die Lügen und Gerüchte angehört, und jetzt glaubst du sie. Du mußt davor davonlaufen, vor mir und vor dieser Stadt.«

»Es hat nicht das geringste mit dir zu tun ...«

Sie winkte verächtlich ab. »Du sollst mich nicht wie eine Idioten behandeln! Ich weiß, warum du gehst. Du hast Angst zu bleiben, weil irgend etwas vielleicht deine Vernunft besiegen könnte und du mich in einem schwachen Moment tatsächlich heiraten könntest. Du hast den kühlen Kopf eines Bankiers, Jerry. Du fürchtest, du könntest dich mit mir kompromittieren. Denn es wird immer jemanden geben, der die alte Geschichte wieder aufs Tablett bringt und eine dreckige Bemerkung über Jerry Kestons Frau macht. Die Stadt könnte es mir verzeihen, wenn ich ein uneheliches Kind bekäme, aber wenn ich vergewaltigt werde – nein! Eine Vergewaltigung ist zu dreckig. Du weißt das alles, und du machst dich davon, solange es noch Zeit ist.«

»Ich mache mich nicht davon. Schon seit wir aus der Schule kamen, wollte ich, daß du mich heiratest, und du hast immer gesagt, wir müssen warten. Ich habe das Warten einfach satt ...«

Sie unterbrach ihn: »Das war mein Fehler, das war mein großer Fehler. Aber ich dachte, du liebst mich so sehr, daß du in dem Warten etwas Lohnendes siehst. Ich habe noch, nachdem du mich im Krankenhaus besucht hast, daran geglaubt. Ich konnte mir wohl vorstellen, was die Leute über mich reden, und trotzdem habe ich sogar noch während dieser Wochen daran geglaubt, als du mich nicht angerufen hast. Ich zweifelte nicht daran, daß du schließlich mit dir ins reine kommst, weil ich dachte, du hättest immer gewußt, daß ich nicht mit diesen Lagerleuten ausgegangen sein kann.« Sie kniff die Augen zusammen, als ihr ein neuer Gedanke kam. »Oder hast du darauf gewartet, daß Patrino und Reitch verhaftet und verurteilt werden und daß man mich öffentlich reinwäscht?«

»Jeannie, das ist nicht fair! Das ist nicht wahr!«

»Nicht?« Ihr Zorn wurde noch stärker. »Ich frage mich, ob du dich da entschlossen hast, jetzt zum Militär zu gehen, als du gemerkt hast, daß die beiden nie gefaßt werden. Ich habe das auch gemerkt, Jerry. Und ich muß mich damit abfinden. Aber du tust das nicht. Du brauchst das ja nicht.« Sie stand auf. »So ist es doch, nicht wahr? Ich bin hergekommen und war bereit, dich anzuflehen und dich irgendwie davon zu überzeugen, daß du nicht ohne mich fortgehen kannst. Jetzt weiß ich, daß es nicht einmal den Versuch wert war. Ich möchte es nicht mehr.«

Sie gab acht, ihn ja nicht zu berühren, als sie an ihm vorbeiging. In der Diele blieb sie stehen und musterte ihn von oben bis unten.

»Ich werde nicht vor Burnham Falls davonlaufen. Wenn du zurückkommst, wirst du mich nie ganz loswerden, denn ich habe vor, in dieser Stadt meinen Weg zu machen. Ich werde ein Geschäft eröffnen, wie Burnham Falls noch keines gesehen hat. Jedermann wird wissen, daß ich da bin. Ich werde mich nicht mehr verstecken. Ich werde alles durchsetzen, was ich wollte, und wenn ich heirate, dann wird es ein Mann sein, der mir das gestattet. Eines Tages, wenn du der Direktor der First National Bank bist, werde ich als Kundin zu dir kommen, und du wirst wünschen, daß sich die Erde vor dir öffnet und dich verschlingt.«

»Du Hure!« war alles, was er sagte.

Sie schlug die Haustür hinter sich zu, daß es über die Straße hallte. Ihre Schritte auf dem Gartenweg klangen laut. Sie hätte einen Abkürzungsweg nach Hause durch eine Seitenstraße einschlagen können, doch sie ging die ganze Hauptstraße entlang und grüßte jeden, den sie kannte.

10. KAPITEL

Die leeren Straßen von Elmbury sahen öde aus. Es hatte seit dem Vormittag ununterbrochen geregnet. Die Gärten troffen, die Blumen waren schlaff und schwer vor Nässe. Montag war in Elmbury nie ein geschäftiger Tag, und heute peitschte noch dazu der Regen durch die verlassenen Straßen. Außer Harriets Rolls fuhren nur noch zwei Wagen durch die Chester Street. Während sie darauf wartete, daß die Ampel an der Kreuzung grün wurde, stützte sie sich müde aufs Steuerrad. Das Mittagessen bei Martha Terrens war zu lang gewesen, und man hatte viel gesprochen. Sie waren zusammengekommen, um eine gemeinsame Sitzung der Elternräte von Elmbury und Burnham Falls vorzubereiten. Laura Peters hätte dabeisein sollen, aber sie hatte sich mit einer dringenden Fahrt nach New York entschuldigt. Es war Harriet längst klargeworden, daß Laura die Fesseln, die ihr die Ehe mit Ed Peters auferlegte, haßte, und daß es ihr immer schwerer fiel, diese Tatsache vor Burnham Falls zu verbergen. Regelmäßig bat sie nun Harriet, sie zu vertreten, und es verstand sich von selbst, daß Harriet diese Bitte nicht abschlagen konnte. Deshalb war sie zum Essen bei Martha gewesen und hatte mit Mühe das Gähnen unterdrückt. Als sie nun wartete, daß die Ampel grün wurde, gähnte sie ungehemmt.

Sie achtete nicht auf die wenigen Passanten in der Chester Street, doch an der Omnibushaltestelle sah sie eine vertraute Gestalt. Sie bremste scharf und blickte zurück. Es war Jeannie Talbot. Sie trug einen Plastikregenmantel und hatte sich die Kapuze über den Kopf gezogen. Harriet schaltete den Rückwärtsgang ein. Jeannie sah sie gleichgültig an, als sie neben ihr hielt.

»Hallo, Jeannie! Willst du nach Burnham Falls?« Sie lehnte sich hinüber und öffnete die Tür.

»Guten Tag, Mrs. Dexter«, erwiderte Jeannie.

Harriet hatte den Eindruck, daß sie nur zögernd zum Wagen kam, aber sie stieg ein und schlug die Tür zu. »Danke«, sagte sie.

»Schreckliches Wetter heute, nicht?« bemerkte Harriet, als der Rolls die Chester Street entlangfuhr. Sie spürte, daß Jeannie nicht zum Sprechen aufgelegt war, aber wenn Harriet kein Gespräch begann, würde sich Jeannie nach Burnham Falls fahren lassen, ohne einen Ton zu sagen. Der einzige Bus am Nachmittag ging erst in anderthalb Stunden, und Jeannie mußte das gewußt haben. Und doch hatte sie gleichgültig im Regen gestanden und sich nicht einmal in den Eingang des Schreibwarengeschäftes direkt hinter ihr gestellt.

Jeannie antwortete Harriet nicht. Sie hatte die Bemerkung entweder nicht gehört, oder sie war ihr zu banal. Sie starrte mit leerem Blick geradeaus auf die nasse Straße. Harriet sagte nichts mehr, bis sie die Stadt hinter sich hatten und auf der Durchgangsstraße waren, die geradlinig durch die schimmernden nassen Felder führte.

»Kann ich dir irgendwie helfen?« fragte Harriet schüchtern, weil es ihr als ungeheuerliche Zudringlichkeit vorkam.

Sie erhielt keine Antwort. Aber sie hatte gesehen, wie Jeannies Lippen zitterten.

Harriet streckte die Hand aus und berührte das Mädchen leicht am Arm. »Kann ich dir helfen?« wiederholte sie.

Jeannie sah sie an. »Kann mir überhaupt jemand helfen?«

»Das weiß ich nicht, Jeannie, aber du könntest es mich versuchen lassen.« Sie wollte Jeannie zum Sprechen bringen. »Du wolltest vorhin nicht einsteigen?«

Nun wandte ihr Jeannie voll das Gesicht zu.

»Ich wollte noch nicht nach Burnham Falls zurück, Mrs. Dexter.«

»Aber du gehörst nach Burnham Falls. Dort sind eine Menge Leute, die dich gern haben, Jeannie. Dein Vater liebt dich ...«

»Ja, er liebt mich«, unterbrach Jeannie, »aber Liebe allein genügt nicht, Mrs. Dexter. Sie kann einen nicht vor der Welt abschirmen. Sie kann nicht verhindern, daß man herumgeboxt und geschlagen wird.«

Harriet unterdrückte die Worte, die sie sagen wollte, denn Jeannie sprach die Wahrheit, und sie wußte nichts als die alten Banalitäten, mit denen sie ihre eigene Rebellion schon lange erstickt hatte. Es spielte keine Rolle, wie sehr ein Vater einen liebte, er konnte die Welt nicht ändern.

Aber sie, Harriet, hatte davor die Augen verschlossen. Sie hatte sich demütig allen seinen Wünschen gefügt, ihr ganzes Leben lang, weil sie die Wirklichkeit nicht sah. Jeannie wußte es anders. Sie liebte ihren Vater, aber sie wußte auch, daß er ihr nicht helfen konnte. Sie liebte ihn ohne Verpflichtung oder Schuldgefühl. Plötzlich beneidete Harriet sie, weil sie die Kraft zu dieser Freiheit besaß.

»Jerry hat heute morgen die Stadt verlassen«, sagte Jeannie leise. »Ich dachte, an so einem Tag müsse die Welt untergehen. Aber es steht noch alles an seinem alten Platz.« Sie gab einen kleinen, seltsamen Laut von sich, der Galgenhumor ausdrücken sollte, aber nicht echt klang. »Ich glaube, die halbe Stadt weiß, daß Jerry weg ist, und wahrscheinlich weiß man auch warum. Ich dachte, ich zeige den Leuten am besten, wie wenig mir das ausmacht. Deshalb ging ich heute früh zu Carter und wollte wieder anfangen zu arbeiten. Bob hatte mir versichert, Judy Thomas sei nur als Vertretung da, bis ich wiederkomme. Und wissen Sie, was er heute gesagt hat?«

»Nein.«

Harriets Hände umfaßten das Steuerrad ein wenig fester. Sie spürte, wie sie sich schon jetzt gegen das auflehnte, was kam.

»Er hat mir einen hübschen kleinen Vortrag darüber gehalten, daß er es nicht ganz für den richtigen Zeitpunkt halte, daß ich vorläufig anderswo sicher glücklicher wäre und daß er nicht glaubt, daß ich viel Freude daran hätte, wenn ich jetzt wieder hinterm Ladentisch stünde, weil jedermann wüßte, daß Patrino und Reitch an jenem Abend dort waren und ich mit ihnen zusammengesessen habe. Durch die Blume hat er angedeutet, daß ich von

Fremden belästigt werden könnte, die mich vielleicht für ein leichtes Mädchen halten. Und da ich so ein nettes Mädchen bin und so etwas nicht will, sei ich natürlich anderswo besser aufgehoben.«

»Bist du bestimmt sicher, daß das sein voller Ernst war, Jeannie?«

»Ja. Er meint, daß die Leute aus dem Bauarbeiterlager wütend auf mich sind und künftig bei Bailey einkaufen, wenn sie mich hinterm Ladentisch stehen sehen. Er möchte den alten Zeiten zuliebe nicht sein Geschäft ruinieren. Deshalb fliegt Jeannie hinaus.«

»Das tut mir leid«, murmelte Harriet. »Aber es sind nicht alle wie Bob.«

»Alle, auf die es ankommt. Und diejenigen, die nicht so sind, werden in dieser Stadt nicht mehr lange etwas zu sagen haben. Ich dachte, ich würde einmal zu denen gehören, die in der Zukunft die Dinge in der Hand haben. Aber Bob hat mich vom Gegenteil überzeugt. Es ist genau wie bei einem Politiker, in dessen Familie plötzlich ein Skandal vorkommt. Er ist erledigt.«

»Du bist hier nicht erledigt, Jeannie. Du kannst doch etwas anderes versuchen, bei anderen Leuten.«

»Ich kann nicht mehr das tun, was ich will, und nicht bei den Leuten, bei denen ich es will. Ja, es gibt selbstverständlich noch andere Möglichkeiten. Aber was für welche? Bei Amtec werde ich nie eine Stelle bekommen, weil sie sich nicht gern an die Verlegenheit erinnern, die ich ihnen verursacht habe. Kein Mensch wird mich unterstützen, wenn ich je ein eigenes Geschäft aufmachen möchte. Alles andere ist nur zweitklassig – Aushilfsarbeiten, bis sich jemand bereit findet, mich zu heiraten. Bob hat mir gesagt, daß in Elmbury im Salon Sandra eine Stelle frei ist. Das ist das Modegeschäft an der Chester Street, das versucht, ein bißchen nach Fifth Avenue auszusehen. Ich wollte mich nicht bewerben, aber ich wollte auch nicht nach Hause. Deshalb bin ich mit dem Omnibus hinübergefahren und habe mit Mrs. Maybury gesprochen, der der Laden gehört. Kennen Sie das Geschäft? Mrs. Maybury ist sehr tüchtig und attraktiv und zäh wie ein alter Hut. Wenn man sich bei ihr zu Tode rackert, bekommt man nie auch nur einen Cent mehr als das reguläre Gehalt. Keine Aussicht auf Teilhaberschaft, keine Umsatzbeteiligung.«

»Wollte sie dich nicht anstellen?«

»Natürlich wollte sie mich anstellen! Sie hat mich sogar beschworen, als ihr einfiel, wo sie meinen Namen schon gehört hatte. Sie war genau der gegenteiligen Ansicht wie Bob. Sie hielt es direkt für Reklame, wenn ich in ihrem Geschäft arbeite. Da ich nicht aus Elmbury stamme, hat man dort nichts gegen mich, und ich glaube, sie rechnet damit, daß viele Frauen nur hereinkommen würden, um mich zu sehen. Und sie hat die nötige Autorität, einem zu helfen, wenn man in Schwierigkeiten ist. Nach Bob war mir bei ihr, als käme ich gerade aus dem Gefängnis.«

»Das wird sich legen, Jeannie. Die Menschen vergessen rasch, und sie finden etwas anderes, über das sie tratschen können.«

»Ich will nicht ausprobieren, ob das stimmt oder nicht. Ich verlasse Burnham Falls, sobald ich kann.«

Harriet schwieg. Sie hatte den Eindruck, daß sie Ted und Selma zuliebe versuchen müßte, Jeannie das auszureden. Aber sie wußte auch, daß es im Grunde die einzige Möglichkeit war. Jeannie war keine Harriet Carpenter, die wiedergekommen war, weil sie nicht wußte, was sie sonst tun sollte. Jeannie war keine Dulderin. Sie war ehrgeizig und mußte einen Ausweg finden. Sie würde nicht darauf warten, bis die Leute vergaßen. Sie hatte vorgehabt, viel für die Stadt zu sein, aber die Stadt ließ es nicht zu. Innerlich wehrte sich Harriet gegen den Gedanken, daß Burnham Falls Jeannie verlor, während es Menschen wie sie gerade brauchte, Menschen, die schon zur Stadt gehört hatten, ehe Amtec kam, ehe die Fremden die Macht übernommen hatten.

»Ich werde nicht bleiben und auslöffeln, was Patrino und Reitch mir eingebrockt haben!« sagte Jeannie plötzlich leidenschaftlich. »Weshalb auch? Weshalb soll ich Leuten wie Bob Carter und Mrs. Maybury eigentlich dankbar sein? In New York kann ich wahrscheinlich leicht das Doppelte verdienen.«

»Du gehst nach New York?«

»Wohin sonst? Jedenfalls ist es der erste Schritt. Für meine Eltern wird es nicht zu hart sein, weil sie sich sagen, New York ist nicht weit entfernt, und außerdem werde ich ihnen versprechen, daß ich übers Wochenende immer nach Hause komme. Ich glaube zwar kaum, daß ich das tun werde. Wenn man eine Kleinstadt verlassen hat, sollte man nicht versuchen, wiederzukommen.«

»Dazu brauchst du eine Menge Mut.«

»Oh, nein! Das ist kein Mut, wenn es keine andere Möglichkeit gibt.«

Harriet mußte sich auf die Straße konzentrieren. Wind war aufgekommen, und Regen schlug an die Windschutzscheibe.

Sie fuhr nun langsamer. Der Regen wurde stärker, und die altmodischen Scheibenwischer hielten nur einen kleinen Teil der Windschutzscheibe frei. Sie fror und wußte nicht, ob es an der feuchten Luft lag oder an dem, was Jeannie gesagt hatte. Jeannies Argumente waren logisch, aber die Wahrheit tat weh. Jeannie hatte Burnham Falls geprüft und gefunden, daß es ihr nichts mehr zu geben hatte. Es war das gleiche, was sie, Harriet, schon längst hätte tun sollen, ehe es zu spät gewesen war.

Jeannie sagte leise: »Jerry ist heute früh abgefahren. Ich wollte in Burnham Falls bleiben und Jerry heiraten, weil ich ihn liebte. Und trotz allem, was geschehen ist, wäre ich geblieben, wenn ich wüßte, daß er mich liebt und wiederkommt. Aber er liebt mich nicht. Jetzt habe ich nichts mehr – weder Jerry noch die Stadt.«

Jeannie wurde plötzlich von Weinkrämpfen geschüttelt. Harriet hatte nicht erwartet, daß sie weinen würde. Jeannie sah so stark und zäh aus, und doch hatte sie das Recht, um einen Mann zu weinen, von dem sie geglaubt hatte, er liebe sie, und um eine Stadt, von der sie geglaubt hatte, sie sei darin zu Hause. Harriet vermutete, daß dies die ersten Tränen seit jenem Samstag abend waren.

Sie näherten sich Burnham Falls. Harriet wußte, daß sie nun nicht zum Talbot-Haus fahren und Jeannie dort mit ein paar aufmunternden Worten absetzen konnte. Sie konnte sie wegen Nell auch nicht zu sich nach Hause nehmen.

Als sie an die Abzweigung nach Downside kamen, verließ sie die Hauptstraße und fuhr in Richtung zum See, zur Hütte.

Jeannie hatte sich beruhigt, als sie die Hütte erreichten. Sie mußte nur noch ein bißchen schlucken und versuchte, wieder zu Atem zu kommen. Sie nahm es ohne Frage hin, daß Harriet sie zur Hütte gefahren hatte, folgte ihr gehorsam und wartete schweigend, während Harriet die Tür aufschloß. Harriet nahm ihr den Regenmantel ab und deutete aufs Sofa.

»Mach dir's bequem. Ich bin gleich wieder da.«

In der Küche stellte sie Wasser auf und schenkte ein Glas Kognak ein. Jeannie blickte auf, als Harriet zurückkam. Sie fuhr sich in einer unbewußt kindlichen Geste mit der Hand über die Nase. Harriet gab ihr ein Taschentuch, dann hielt sie ihr das Glas hin.

Jeannie sah es zweifelnd an.

»Was ist das?«

»Kognak.«

»Ich habe noch nie Kognak getrunken.«

»Trink es, du frierst«, sagte Harriet energisch.

Jeannie versuchte einen kleinen Schluck und zog eine Grimasse. Dann nahm sie noch einen Schluck. Harriet ging in die Küche, um Tee aufzubrühen; als sie mit der Kanne, zwei Tassen und einer Decke von einem der Betten wiederkam, hatte Jeannie das Glas fast ausgetrunken.

»Jetzt weiß ich, was angetrunkener Mut ist«, erklärte sie.

»Zieh die Schuhe aus, sie sind naß«, sagte Harriet. Sie legte Jeannie die Decke über die Beine und gab ihr dann eine Tasse Tee. Jeannie stellte vorsichtig das Kognakglas auf den Faßboden.

Harriet schenkte auch sich Tee ein und setzte sich Jeannie gegenüber.

Jeannie nahm einen großen Schluck Tee. »Sie haben gewußt, daß ich jetzt nicht nach Hause konnte, Mrs. Dexter; vielen Dank.«

Harriet zog ein Päckchen Zigaretten aus der Handtasche. Sie hielt es Jeannie hin, doch diese schüttelte den Kopf. »Wäre es nicht Zeit, daß du Harriet zu mir sagst? Du bist kein kleines Mädchen mehr.«

Jeannie lächelte schwach. »Nein, das bin ich nicht. Ich komme mir vor, als wäre ich hundert Jahre alt.« Sie stellte die Tasse neben das Glas, lehnte sich an das Kissen und zog die Decke hoch.

Sie war blaß und sah erschöpft aus. Das Haar klebte ihr feucht an der Stirn. Sie schloß die Augen.

Harriet trank ihren Tee und beobachtete das junge, angespannte Gesicht. Ein paarmal zuckten Jeannies Lippen, und ihre Lider bewegten sich, aber sie sagte nichts. Nach einiger Zeit begann der Kognak zu wirken, und ihr Atem wurde tiefer und langsamer.

Als Harriet sicher war, daß Jeannie schlief, stellte sie ihre Tasse in die Küche und ging dann leise zur Verandatür.

Der Regen war in einen leichten Sprühregen übergegangen. Sie trat hinaus.

Der Weg zum See war morastig, und die dünnen Absätze ihrer eleganten Schuhe bohrten sich in den Boden. Sie überlegte, wie lange es her war, seit sie allein am See gewesen war – vielleicht Jahre. Er lag grau und reglos da. In der Ferne hob sich undeutlich die Silhouette des Seminars aus dem Nebel. Harriets Schritte hallten dumpf auf dem Landungssteg. Sie blieb stehen, dann setzte sie sich auf die hölzernen Stufen und achtete nicht darauf, daß ihr Kleid schmutzig wurde.

Jeannies gepeinigtes Weinen hatte in Harriet etwas aufgerührt, das stärker war als jede Regung, die sie seit langem gekannt hatte. Sie sah sich in Jeannies Alter, in jener Nacht, in der Josh die Hütte verlassen und ihr Vater zornig hier auf dem Landungssteg auf ihn gewartet hatte. Damals hätte sie ihre Chance zur Revolte gehabt. Doch sie war nur den halben Weg gegangen. Wenn sie zurückblickte, schien es, daß die Ereignisse jener Sommernacht das Vorspiel gewesen waren zu der Nacht in der Wüste. Zweimal war Mal der Anlaß zu ihrer Revolte gewesen, und zweimal war sie umgekehrt. Sie hatte nicht den Mut zur Freiheit gehabt, die sie schon fast gewonnen hatte. Jedesmal war sie zu ihrem Vater zurückgekehrt, und in dieser Rückkehr lag die völlige Unterwerfung unter seine Welt, die Welt von Burnham Falls, die Welt der Fabrik und der Konvention, und diese Welt hatte auch Steve mit eingeschlossen. Aus der Leidenschaft jenes Sommers war nichts erwachsen als dieses Wünschen und Rückerinnern am See und die grenzenlose Monotonie der Tage, die genau dort endeten, wo sie begonnen hatten.

Jeannie wußte etwas, das Harriet nicht gewußt hatte, daß einem diese Welt viel bieten konnte, wenn man sie beherrschte. Sobald aber sie einen beherrschte, war man verloren. Deshalb ließ Jeannie sie hinter sich. Und sie hatte recht.

Es war kaum eine Überraschung, als sie hinter sich auf dem Landungssteg Schritte vernahm. Vor ein paar Minuten hatte sie gehört, wie ein Wagen den Zufahrtsweg herabfuhr.

Es konnte nur jemand sein, der eine der anderen Hütten besuchen wollte, aber instinktiv hatte sie gewußt, daß dies nicht der Fall war. Sie blickte erwartungsvoll über die Schulter zurück.

Mal hatte sein Jackett und seinen Hut im Wagen gelassen und kam barhäuptig durch den Nebel.

Sie stand langsam auf.

Sie sahen einander einen Augenblick lang wortlos an.

Dann fragte sie:

»Warum bist du gekommen?«

»Ich komme hierher, sooft ich kann. Fast jedesmal, wenn ich in Burnham Falls bin. Es war nie jemand da – bis heute.«

»Aber warum?«

»Wer weiß? Warum kommt man wieder?«

Als sie sein Gesicht ansah, wußte sie ohne jeden Zweifel, weshalb er kam. Sie wußte, daß die Erinnerung an die Gespräche, die sie in jenem Sommer auf diesem Landungssteg geführt hatten, für ihn noch ebenso lebendig waren wie für sie.

Mit einer fast unfreiwilligen Geste öffnete sie die Arme.

Er umarmte sie leidenschaftlich, und sie preßte sich fest an ihn.

Als sie sich küßten, war es der gleiche Kuß, nur wärmer und tiefer als der, mit dem sie sich an jenem Morgen in Los Angeles getrennt hatten, nachdem sie aus der Wüste zurückgekommen waren.

Sie saßen über eine Stunde lang auf dem Landungssteg. Harriets Hand lag in der Mals. Gelegentlich streichelte er ihren Handrücken und berührte ihre Fingerspitzen. Sie sprachen nicht über die Gegenwart oder Zukunft, sie füllten die Lücken der dreizehn

Jahre. Es war nicht das zurückhaltende, konventionelle Gespräch von Fremden wie bisher, sie sprachen wie Liebende, offen und ohne Scham oder Furcht vor Vorhaltungen.

»Ich habe seit damals zweimal geliebt«, sagte Mal. »Die eine war verheiratet und wollte nicht, daß die Geschichte weitergeht. Und die andere – nun, wir hätten nicht zusammengepaßt. Es war eine Besessenheit, und ich wußte von Anfang an, daß ich ihr widerstehen würde.«

Sie blickte auf die ruhige Wasserfläche, während er sprach.

Der Nebel hatte sich nun etwas gehoben, doch Downside lag noch in einer Dunstschicht. Sie sah die Szenerie nun mit anderen Augen. Die Landschaft war plötzlich nicht mehr tot, nur friedlich.

Leise erzählte sie Mal alles aus jenen Jahren, was ihr wichtig schien, und sie wunderte sich, wie wenig es war. Die Geburten von Gene und Tim waren die einzigen großen Ereignisse gewesen. Sie erzählte ihm, wie Steve sich von Joe hatte überreden lassen und daß sie nie begriffen hatte, weshalb er bei dem alten Mann ausharrte. Es war schwieriger, über die Monotonie jener Zeit zu erzählen, über das langsame Schwinden der Hoffnung und das Aufhören des Wartens überhaupt.

»Ich glaube nicht, daß ich für Steve persönlich wichtig bin«, sagte sie, »aber er würde das abstreiten, denn er weiß es im Grunde nicht anders. Wenn ich nicht hier wäre, würde er mich vermissen, weil ich eben zu seiner Umwelt gehöre. Er hat sich daran gewöhnt.«

»Jede Ehe wird zur Gewohnheit, ob es nun eine unruhige oder friedliche Gewohnheit ist.« Sie lachte kurz auf.

»Dann hätte ich gern ein wenig Unruhe in meinem Leben. Es sieht so aus, als hätte ich nie eine Tat vollbracht, nie einen Wagen zu schnell gefahren, nie ein Gesetz übertreten.«

Er blickte auf ihre Hand hinab. »Bist du sicher, daß gerade das nicht die Unruhe ist?«

»Sie könnte es sein«, antwortete sie.

Sie ging mit ihm zum Wagen zurück.

Ehe er den Motor anließ, fragte er: »Sehen wir uns wieder, Harriet?«

»Ja, Mal.«

Sie machten nichts Bestimmtes aus. Sie wußten beide, daß sich ihre nächste Begegnung ebenso zufällig ergeben würde wie diese.

Als Harriet zur Hütte zurückging, fühlte sie sich seltsam umhegt und emporgehoben, weil Mal ihr Bild während all der Jahre in sich getragen hatte.

Sie lächelte still, während sie in der Hütte saß und darauf wartete, daß Jeannie erwachte.

Jeannie verließ Burnham Falls noch in der gleichen Woche, trotz der Proteste ihrer Eltern. Sie lehnte Harriets Vorschlag ab, sie nach New York zu fahren. Sie nahm den Omnibus und übersah an der Haltestelle geflissentlich die Leute, die sie kannte und die sie und Ted neugierig ansahen, der unglücklich neben ihr stand, den schäbigen Koffer in der Hand.

Ehe sie einstieg, umarmte sie ihn.

»Es wird alles gut werden, Dad!«

Sie hatte ihm nicht erzählt, daß sie Harriets Angebot, ihr zweihundert Dollar zu leihen, bis sie eine Stellung gefunden hätte, angenommen hatte.

»Ich kann es mir nicht leisten, das Geld stolz abzulehnen«, hatte sie gesagt. »Ich muß so lange durchhalten, bis ich die Stelle gefunden habe, die ich möchte.«

»Und was für eine Stelle ist das?« hatte Harriet gefragt.

»Oh, ich habe schon meine Vorstellungen«, war Jeannies unbestimmte Antwort gewesen.

Als sie in New York ankam, mietete sie sich ein Zimmer im Hotel ›Barbizon‹. Harriet hatte ihr das Haus empfohlen. Es beherbergte nur Frauen und war nicht zu teuer. Jeannie betrachtete mißvergnügt die Frauen, die im Foyer und in den Korridoren hin und her hasteten. Ihr behagte eine Welt nicht, in der nur Frauen waren. Sie beschloß, sobald wie möglich wieder auszuziehen. In der Zwischenzeit aber würde es für Selma und Ted eine Beruhigung sein, zu wissen, daß sie hier wohnte.

Am ersten Tag in New York besuchte sie die teuren Modegeschäfte. Abends hatte sie eine Vorstellung davon, was man für das Ideal einer modernen Frau hielt. Sie sahen alle ein wenig wie

Laura Peters aus. In den nächsten zwei Wochen nahm sie fünf Pfund ab, ließ sich das Haar kurz schneiden und kaufte sich einige dunkle Baumwollkleider, eine Handtasche, Schuhe und Handschuhe. Es waren nicht die teuersten Stücke, aber sie waren auch nicht billig. Ihre neue Garderobe und die Hotelrechnung zehrten ihre gesamten Ersparnisse auf. Sie mußte Harriets Geld angreifen. Wenn es in sechs Wochen notwendig wäre, ein Herbstkostüm zu kaufen, wollte sie genug Geld verdient haben, um es sich von ihrem eigenen Geld leisten zu können. Keines der Kleider, die sie aus Burnham Falls mitgebracht hatte, wurde hier genügen, und sie wollte sie auch nicht mehr tragen.

In der zweiten Woche begann sie sich um Stellen zu bewerben. Die, die sie nicht wollte, wurden ihr sofort angeboten. Andere, die sie wollte, waren schwerer zu bekommen. Nach zweieinhalb Wochen wurde sie als Volontärin in der größten und teuersten Kosmetikfirma des Landes eingestellt.

Die Bezahlung war schlecht, und Jeannie hatte gezögert, die Stelle anzunehmen. Aber die meisten Mädchen, die mit ihr zusammen ausgebildet wurden, hatten das College absolviert, und alle wußten, daß einige von ihnen schließlich in leitende Stellungen aufsteigen würden. Deshalb zog Jeannie die schicke graue Uniform an und verkaufte hinter einem Ladentisch in der Fifth Avenue Kosmetika, worin die ersten sechs Monate ihrer Ausbildung bestanden. Sie schrieb an Harriet, daß es wohl ein wenig länger dauern würde, bis sie ihr das Geld zurückzahlen konnte, und an Selma schrieb sie, daß sich ihre Arbeit nicht sehr von der in Carters Drugstore unterschied, nur daß die Summen, die manche Frauen hier auf einmal ausgaben, höher waren als ihr ganzer Wochenlohn.

Sie schrieb Selma nicht, daß viele Männer vorbeikamen und Parfüm kauften, und daß manche von ihnen das Parfüm gar nicht wollten, sondern nur kamen, um mit ihr zu sprechen.

11. KAPITEL

Der September kam. Abends wurde es ein wenig kühl, morgens hing Nebel zwischen den Bäumen, und jeden Tag brauchte die Sonne etwas länger, um ihn wegzulecken. Laura bemerkte ihn, wenn sie Dienstag morgens nach New York fuhr. Sie zählte den Sommer an diesen Tagen ab. Wenn sie dann in der Stadt war, hüllte die Hitze sie wieder ein, und sie hätte vergessen können, daß es langsam Herbst wurde.

Goodman war nach Europa gereist. Seltsamerweise vermißte Laura den alten Mann. Was sie für Phil empfand, berührte auch andere Menschen, und Goodman hatte ihre Liebe gespürt. Sie sagte Ed nicht, daß er verreist war. Sie brauchte immer noch einen Vorwand, um über Nacht in New York bleiben zu können. Sie war Ed gegenüber noch dreister geworden, aber nicht bis zu dem Maß, daß sie offen über ihre Verbindung mit Phil sprach. Sie nahm an, daß sie es eines Tages tun wurde. Aber sie wollte warten, bis sie ihrer Sache bei Phil sicherer war.

Während der langen, müßigen Dienstage hatte sie, nachdem sie beim Friseur gewesen war, nichts zu tun, als durch die Läden zu bummeln. Sie kaufte extravagante Kleider, Schuhe, Wäsche, Morgenröcke. Sie war auf neue Kleidung aus wie nie zuvor. Sie wußte, daß Phil schöne Kleider schätzte. Aber es war ein Zeichen ihrer Unsicherheit, daß sie jedesmal, wenn sie ihn traf, etwas anderes trug, denn sie fürchtete, daß ihr Gesicht allein ihn eines Tages langweilen könnte.

Wenn sie vor dem Spiegel saß, hatte sie das peinigende Gefühl, daß sie nichts anderes hatte als ihr Gesicht, auf dessen Wirkung sie sich stützen konnte. Es war das Bewußtsein ihrer Armut, das ihr die schönsten Kleider und der geschickteste Friseur nicht abnehmen konnten. Sie lebte in der ständigen Angst, Phil könnte sie dumm und einfältig finden, wenn er sich an ihrem Gesicht einmal satt gesehen hatte.

Phils wegen dachte sie nun auch öfter an Larry. Er hatte um ihre Unzulänglichkeiten gewußt und ihr geholfen, sie zu verbergen. Er hatte sie sogar von einem hübschen Mädchen in eine Schönheit verwandelt. Er hatte für ihre Fehler Verständnis gehabt. Zum erstenmal erkannte sie das Ausmaß seiner Liebe zu ihr, und sie begriff, was sie weggeworfen hatte.

Sie versuchte nicht, sich etwas vorzumachen. Phil war selbstsüchtig und egozentrisch und setzte rücksichtslos sein eigenes Ich durch. Er war ein faszinierender, kluger Mann und in seiner Arbeit ein Könner. Aber seine ganze Schöpferkraft und all seine Gefühle flossen in seine Arbeit. Für Laura blieb wenig übrig. Und dennoch war das wenige, was er ihr gab, genug, um sie ahnen zu lassen, wie das Ganze wäre. Sie nährte die winzige Hoffnung, daß Phil sich wirklich in sie verlieben und ihr vielleicht den ganzen Reichtum seiner Persönlichkeit schenken würde, daß er alle seine Erfolge mit ihr teilte und ihr nicht nur gleichgültig nebenbei ein paar Brosamen hinwarf.

Wenn sie in den Spiegel sah, sagte sie sich, daß sie in ihrem ganzen Leben nichts vollbracht hatte, wodurch sie einen besseren Mann als Phil Conrad verdiente. Verglichen mit Larry war er die Liebe nicht wert, und doch liebte sie ihn, weil er alles verkörperte, was sie liebte.

Er erwähnte das Fernsehspiel ›Das andere Gesicht‹, das Anfang nächsten Jahres gesendet werden sollte und deshalb vorläufig nicht sehr eilte, kaum. Er hatte Laura das Manuskript gegeben, und sie kannte den Text auswendig, aber er hatte noch keinen Termin festgesetzt, an dem sie vorsprechen sollte. Er war völlig von seinen Plänen für die Winterserie der Sendungen für Amtec und von der Premiere eines Schauspiels, das Anfang November am Broadway herauskommen sollte, in Anspruch genommen. Da Laura wußte, wieviel er zu tun hatte, war sie dankbar, daß er sich jeden Dienstagabend für sie freimachte, und protestierte auch nicht, wenn er ihr nur einen Teil des Abends widmete. Manchmal kam er sehr spät. Sie wartete dann entweder in seinem Hotel oder in ihrem. Die Stunden des Wartens waren peinigend, weil sie jedesmal fürchtete, er könnte vielleicht nicht mehr kommen. Und doch riskierte sie es nicht, ihm Vorhaltungen zu machen. Sie hätte zuviel verloren, wenn sie Phil verlor.

Oft bestand Phil darauf, daß sie im Restaurant aßen. Laura behagte das nicht, weil sie die Gerüchte fürchtete, die dadurch aufkommen konnten. Doch Phil war kein Mann, der sich Vorschriften machen ließ. Wenn er im Restaurant essen wollte, aß er im Restaurant. Er war im Grunde ein Mann der Öffentlichkeit. Er wollte Menschen um sich haben, Menschen, die er kannte. Er wollte den ständigen Theatertratsch, die Grüße von Tisch zu Tisch, wollte, daß das Essen ein halbes dutzendmal von Bekannten unterbrochen wurde, die kurz am Tisch stehenblieben und ein paar Worte mit ihm wechselten. Bei alledem wollte er, daß eine schöne Frau neben ihm saß. Laura wußte, daß an den Abenden, an denen sie nicht da war, andere diese Funktion erfüllten. Wie weit Phils Beziehungen zu diesen Frauen gingen, wußte sie nicht. Sie fragte ihn nicht. Sie lebte nur in der Hoffnung, daß er eines Tages finden würde, sie allein sei genug.

Es war unvermeidlich, daß die Zeitungen in ihren Klatschspalten einige Male über Phil und Laura berichteten.

Aber inzwischen war auch bereits das Gerücht umgegangen, daß Laura in einem der Stücke auftreten würde, die Phil für Amtec produzierte. Ob Ed die Klatschspalten gelesen hatte, erfuhr Laura nie. Er sprach nicht über dieses Thema.

Manchmal erzählte sie Phil davon, aber er zuckte die Achseln und lachte.

»Natürlich redet er nicht davon! Machst du nicht großartige Werbung für Amtec?«

»Aber …«

»Was soll er machen? Soll er dir befehlen, dich nicht mehr mit mir zu treffen? Das wird er nicht wagen, jetzt nicht. Im Augenblick bin ich vielleicht wichtiger für Amtec als er, und wenn ich dich haben wollte, brauchte ich an den geeigneten Stellen nur ein wenig Druck auszuüben …«

Laura hörte unglücklich zu. Es war niederschmetternd für sie, sich zu vergegenwärtigen, wie unwichtig sie für beide Männer war. Solange es diskret geschah, konnte sie tun, was sie wollte, oder mindestens solange es der Firma nützte. Sie wollte es sich nicht eingestehen, und doch fand sie die Bestätigung in Eds Verhalten, merkte es an seinem geringen Interesse daran, was sie in New York tat, und an seiner offensichtlichen Bereitschaft, sie ihre eigenen Wege gehen zu lassen. Er erhob keinerlei Einwände, nicht einmal gegen die immer höher werdenden Kleiderrechnungen. Im Laufe der Wochen wartete sie fast ungeduldig auf eine Zurechtweisung. Aber nichts geschah. Sie fragte sich, was einer schönen Frau fehlte, der es nicht gelang, ihren Mann eifersüchtig zu machen.

12. KAPITEL

Sobald Tom das Haus Humphries betreten hatte, sah er, daß seine Anwesenheit auf dieser Party wesentlich über das hinausging, wozu seine Stellung in der Firma ihn berechtigte. Als er zögernd unter der Tür des großen Wohnzimmers stehenblieb, dessen Glasschiebewand zum Innenhof und Garten geöffnet war, sah er als erstes Harriet Dexter und Arthur Sommers, den kaufmännischen Leiter. Tom hatte den Eindruck, daß er hier eigentlich nichts verloren hatte. Er war noch nie auf einer Privatparty gewesen, wo sich die höheren Angestellten des Laboratoriums trafen. Er blickte sich hilfesuchend nach der Bar um oder nach einem Dienstboten, der Getränke herumreichte. Mit einem Glas in der Hand hätte er wenigstens etwas zu tun gehabt.

In diesem Augenblick sah ihn Mrs. Humphries. Sie entschuldigte sich bei den Umstehenden und kam mit ausgestreckter Hand auf ihn zu. Zugleich sah er, wie sie sich verwirrt auf seinen Namen zu besinnen versuchte.

Arnold Humphries war der Leiter der größten Abteilung des Laboratoriums, und Tom hatte Jane Humphries erst einmal im Country Club von ferne gesehen.

Er ergriff die ausgestreckte Hand. »Ich bin Ihnen noch nicht vorgestellt worden, Mrs. Humphries. Mein Name ist Tom Redmond.«

»Redmond. Richtig! Sallys Mann. Ich freue mich wirklich, Sie kennenzulernen. Sie ist so ein liebes Ding. Und so energisch! Sie hat mir eine Riesenlast abgenommen.«

Während sie sprach, führte sie ihn am Arm hinaus.

»Sie kennen ja alle Anwesenden hier, da Sie sozusagen von der Familie sind, also brauche ich Sie niemandem vorzustellen. Ah, da ist ja auch Sally.«

Jane Humphries ließ seinen Arm los und verschwand rasch im Wohnzimmer.

Tom blieb einen Moment stehen, ehe er zu Sally hinüberging. Sie sprach gerade mit Steve Dexter. Er sah ihre zutrauliche Liebenswürdigkeit, das Lächeln, das auf ihren Lippen lag und sie hübsch machte. Sie war nun im siebenten Monat. Ihr Umstandskleid war schick, sie hatte es sich selbst geschneidert.

Tom war Steve Dexter oft in den Korridoren des Labors begegnet, hatte aber noch nie mit ihm gesprochen. Er war nun seit achtzehn Monaten in Burnham Falls, und es hatte Sallys freiwilliger Arbeit für die Ortsgruppe der Republikanischen Partei bedurft, um die Einladung zu dieser Party zustande zu bringen. Noch stärker als vorher empfand er, daß er fehl am Platz war.

Dann faßte er sich ein Herz und trat näher.

Als er vorgestellt wurde und mit Steve Dexter sprach, änderte sich sofort seine Meinung über ihn. Er hatte in diesem stattlichen, zerfurchten Gesicht bisher nur die Energie gesehen. Nun sah er auch den Anflug von Humor und die Lässigkeit. Tom hatte bemerkt, daß Steve Dexter gern mit Sally sprach, und doch war es eine distanzierte Freude, als wäre er aus einer eigenen Welt gekommen und wolle sich bald wieder in sie zurückziehen.

Tom kannte die kleine Legende, die sich im Labor um Steve Dexter gebildet hatte. Er kannte in groben Umrissen die Arbeit, die Steve allein getan hatte, ehe Amtec eingestiegen war. Jedermann im Labor hatte enormen Respekt vor Steve Dexters Fähigkeiten, und doch kam ihm niemand sehr nahe.

Steve bot Tom eine Zigarette an. Er zündete seine eigene am Stummel der letzten an. »Sie arbeiten in Alan Taylors Abteilung?«

»Ganz recht, Sir«, antwortete Tom. »Woher ...« Er unterbrach sich, denn es stand ihm nicht zu, Steve Dexter zu fragen, wieso er sich an solche Einzelheiten erinnerte.

Steve nickte und sog den Rauch tief ein. »Aus Taylors Abteilung kommen gute Arbeiten. Es sieht sogar so aus, als ob sich eins von Ihren Produkten an die Öffentlichkeit verkaufen lassen wird.

Dadurch ist sowohl das Militär als auch der Verwaltungsrat der Firma zufriedengestellt. Das ist das Verteufelte für uns Wissenschaftler. Man weiß nicht, wem man es recht machen soll.« Er blickte Tom voll an. »Sie sind noch jung, Redmond! Finden Sie nicht auch, daß man es als Wissenschaftler verteufelt schwer hat?«

Tom fragte sich, ob Steve Dexter nicht vielleicht zuviel getrunken hatte. Er wurde verlegen. Von Männern in Steve Dexters Position erwartete man, daß sie kluge Aussprüche von sich gaben und nicht nach den Ansichten ihrer Untergebenen fragten, besonders über ein Thema, das so heilig war wie ihre Arbeit. Er wünschte, er brauchte nicht zu antworten.

»Ich habe mir nie Gedanken darüber gemacht, Sir. Ich habe immer gefunden ...«

Steve winkte ab, nickte, verlor das Interesse. »Sie haben ganz recht. Es ist besser, sich keine Gedanken zu machen.«

Er wandte sich wieder Sally zu, und Tom wußte, daß er sich kläglich verhalten und Steve Dexter enttäuscht hatte, der etwas Besseres von ihm erwartet haben mochte – und wenn nicht etwas Besseres, dann wenigstens etwas anderes. Die Party, die für ihn eine gute Gelegenheit geboten hätte, zwangloser als in der Firma mit seinen Vorgesetzten zu sprechen, war plötzlich für ihn wertlos geworden. Er war uninteressant. Sobald er es mit Anstand konnte, nahm er Sally beiseite und schlug vor, zu gehen. Sie sah ihn überrascht an, wandte aber nichts ein.

Als er den Wagen startete, sagte er: »Vergessen wir für eine Weile die Republikanische Partei, ja? Fahren wir zum Essen aus. Wie wär's bei Guido, drüben an der Durchgangsstraße?«

»Das ist ein furchtbar teures Lokal, Tom. Und ich hab' zu Hause schon Frikadellen fertig.«

»Zum Teufel mit den Frikadellen! Wenn ich mir Mühe gebe, könnte ich mich vielleicht so benehmen wie ein reicher Republikaner. Versuchen wir's!«

»Tom ...« Sally schrie leise auf, als Tom plötzlich scharf bremste. Ein heller Cadillac fuhr um Haaresbreite an ihnen vorbei und hielt vor Humphries' Haustür.

»Schön, schön«, knurrte Tom. »Und zu denken, daß ich eben

fast die Ehre gehabt hätte, Ed Peters' rechten Scheinwerfer zu demolieren.«

Als Sally Steve Dexter verlassen hatte, leerte dieser sein Glas und nahm sich ein anderes von dem Tablett, das gerade herumgereicht wurde. Ein paar Minuten später, als der Kellner wiederkam, tauschte er sein leeres Glas abermals gegen ein volles aus. Er hörte nicht darauf, was Art Sommers redete, der versuchte, sich mit ihm zu unterhalten, und er achtete auch nicht auf die kleine Unruhe im Raum, die entstand, als Ed und Laura Peters eintrafen. Er winkte nur dem Kellner mit dem Tablett.

Steve betrank sich an jenem Abend, nicht übermäßig und so, daß es auffiel, aber jene, die mit ihm sprachen, merkten es. Niemand hatte Steve Dexter jemals betrunken gesehen. Er gab Anglerlatein zum besten, das seine Zuhörer langweilte, und verließ nur zögernd die Party. Er und Harriet verabschiedeten sich als letzte.

Auf der Heimfahrt im Rolls bockte der Wagen anfangs, und Harriet murmelte: »Ich glaube, wir haben von diesem Wagen mehr gehabt, als man verlangen kann. Zeit, daß wir uns einen neuen anschaffen.«

Steve legte ihr die Hand auf den Arm. »Tu das nicht, bitte! Laß ihn mal generalüberholen. Er wird's noch eine ganze Weile machen, wenn du nicht Gene und Tim damit herumspielen läßt.«

»Ich dachte, du magst den Wagen nicht.«

»Ich finde, daß er zu den nettesten Dingen in unserem Leben gehört. Ich möchte nicht ...«, er sprach langsam, stockend, »ich möchte nicht eines Tages auf den Parkplatz kommen und keine Ahnung haben, welcher Wagen unserer ist.«

Danach schwieg er während der ganzen Fahrt. Einmal begann er zu summen, hörte dann aber abrupt auf, als störe ihn das Geräusch. Erst als Harriet den Wagen in die Garage fuhr, sprach er wieder. »Sie sind heutzutage alle gleich. Man kann sie nicht voneinander unterscheiden.«

Harriet war müde und ungeduldig. »Wovon sprichst du – von Autos?«

»Nein, von den jungen Leuten. Sie sind alle gleich. Keiner

denkt mehr. Wissenschaftler, die nicht denken!« Er öffnete die Wagentür und stieg aus. Als sie zum Haus gingen, hielt er sich an ihrem Arm fest. »Diese Burschen halten die Wissenschaft für einen Job mit Pensionsberechtigung. Sie denken nicht darüber nach, was sie eigentlich tun und warum sie es tun.«

Harriet öffnete die Küchentür. Steve blinzelte ins Licht und sah die überraschten Gesichter seiner Söhne und Mals.

Bei Guido hob Tom das Glas. »Auf das große Rad in der Republikanischen Partei.«

Sally verzog das Gesicht, aber sie nahm den Toast gutmütig an. »Ich bin ein sehr kleines Rad, aber das besagt nicht, daß ich nicht größer werden kann.«

Er nahm ein Stück Brot und zerkrümelte es zwischen den Fingern. »Jedenfalls hast du Mrs. Humphries schon um den Finger gewickelt, und das ist kein schlechter Anfang.« Er blickte sie an und hob die Augenbrauen. »Hast du deinem Vater eigentlich schon erzählt, daß du zum Feind übergelaufen bist?«

Überraschenderweise errötete sie und nahm rasch einen Schluck. »Es geht ihn nichts an.«

Er lachte. »Die Welt wird untergehen, wenn Mike Brennan hört, daß du die demokratische Sache verraten hast.«

»Warum sollte die Welt untergehen? Ich war nie in der Demokratischen Partei. Dad hat es nur angenommen – als Selbstverständlichkeit.«

»Er wird sehr verletzt sein.«

»Ich habe das Recht auf eine eigene politische Meinung.«

»Bist du sicher, daß du diese Meinung nicht nur deshalb hast, weil die meisten bei Amtec republikanisch sind?«

Sie stellte sehr vorsichtig das Glas hin. »Hör zu, Tom! Hat es dich auch nur im geringsten gestört, daß ich für die Republikaner arbeite? Wärst du heute abend bei der Party gewesen, wenn ich nicht Jane Humphries die ganze Schreibarbeit abgenommen hätte?«

Er schüttelte den Kopf. »Nein, bestimmt nicht. Aber was spielt das für eine Rolle?«

»Was soll das heißen? Natürlich spielt es eine Rolle! Tu nicht so, als ob du es nicht wüßtest.«

Er seufzte. »Nein, ich kann nicht einmal so tun. Ich weiß, daß ich eine schwerarbeitende Frau habe, auch wenn sie nicht auf der Gehaltsliste steht.«

»Tom!« Sie griff nach seiner Hand. »Bitte! Ich wollte nicht, daß das ein Anlaß zum Streit wird. Ist es so schlimm, wenn ich dir helfe, so gut ich kann? Wenn es leichtere Wege nach oben gibt, warum sollen wir sie nicht einschlagen?«

Seine Miene entspannte sich. »Wir streiten uns nicht, Sal. Ich möchte nur nicht, daß du dich von Frauen wie Jane Humphries ausnützen läßt.«

Sie schüttelte den Kopf. »Glaub mir, niemand wird mich ausnützen. Ich habe viel gelernt. Und solange man sich an die Regeln hält, kann einem nichts passieren.«

»Und wenn das Baby da ist? Willst du dann mit dem Kind auf dem Rücken von einer Sitzung zur anderen rennen?«

»Ich kann viel per Telefon und mit der Schreibmaschine erledigen. Außerdem werde ich in einen Babysitting-Club eintreten.« Sie griff wieder nach dem Glas. »Das geht schon«, sagte sie zuversichtlich.

»Das wird ein großartiges Amtec-Baby werden.«

Schweigend studierte sie die Speisekarte. Es war sehr still im Lokal, der Teppich und die schweren Wandbehänge dämpften das Gespräch der Gäste. In einem Lokal wie diesem zu essen war für Tom und Sally ein seltenes Erlebnis, und jeder nahm es dem anderen übel, daß er es verdorben hatte. Sally sah Tom über die Speisekarte hinweg an. »Es ist sehr teuer.« Es klang vorwurfsvoll.

»Und? Ich glaube, ich habe ein Recht zum Feiern.«

»Feiern?« fragte sie unsicher. »Was willst du feiern?«

»Eine Gehaltserhöhung. George Leonard ist in Humphries' Abteilung versetzt worden, und ich bin Alan Taylors Assistent geworden.«

»Tom!« Ihre Stimme zitterte ein wenig. »Und da läßt du mich all diese geschwollenen Bemerkungen machen, daß ich dir helfe, in der Firma weiterzukommen, und dabei bist du schon befördert worden. – Ich finde es großartig. Wirklich großartig!«

Er grinste. »Ja, es ist ganz nett.«

»Ganz nett? Ist das alles? Es ist –« Sie runzelte die Stirn. »Tom, was ist? Freust du dich nicht?«

»Über die Gehaltserhöhung? Ja, ich glaube schon.«

»Nicht die Gehaltserhöhung! Die Beförderung ist es, die zählt!«

»Nun, Taylor war es mir schuldig. Er war sie mir verdammt schuldig. Der Scheißkerl wußte, daß er mit irgend etwas kommen mußte.«

»Warum?«

»Weil er meinen Artikel unter seinem eigenen Namen veröffentlicht hat. Nur unter seinem Namen! Hast du das begriffen? Natürlich war das sein volles Recht. Er ist ja schließlich der Abteilungsleiter, und alles, was in seiner Abteilung getan wird, gehört praktisch ihm. Er hat mir auch immer wieder über die Schulter gesehen und Vorschläge gemacht. Aber es war meine Arbeit, Sal! Es stecken ein paar Gedanken darin, die ihm nie gekommen wären. Er hätte wenigstens meinen Namen unter den seinen setzen können.«

Sie sah ihn unglücklich an. »Kannst du nichts tun? Gibt es keinen Weg, daß er dir wenigstens einen Teil der Anerkennung dafür zukommen läßt?«

Er trank sein Glas aus und winkte ärgerlich den Kellner herbei, damit es wieder aufgefüllt wurde.

»Wenn es je eine Chance gab, daß er die Lorbeeren mit mir teilt, dann hab' ich sie jetzt verpaßt. Ich habe diese miserable Stellung angenommen, und von jetzt an halte ich am besten den Mund.«

»Aber das ist Diebstahl!«

»Nein, das ist es nicht. Er ist im Recht. Ich hätte natürlich aufbegehrt, wenn ich den geringsten Ansatzpunkt gesehen hätte, aber es gibt keinen. Ich habe nur ein paar eigene Ideen in dem Artikel verwertet, der sich mit den Ergebnissen seiner Forschung befaßt hat. Wenn es zu einer Auseinandersetzung käme, wüßte ich über das ganze Projekt nicht halb soviel wie er, und am Ende würde ich als Tölpel dastehen.« Er zerkrümelte wütend das Brot. »Zu wem soll ich gehen und mich beschweren? Zu Dexter? Oder zu Ed Peters? Das würde eine Menge nützen! Nein, ich habe die Wahl, entweder den Mund zu halten oder zu kündigen.« Er schwenkte wütend den Whisky im Glas. »Schön! Angenommen, ich kündige. Wie steht es dann mit der Hypothek auf dem Haus und den Ratenzahlungen für den Wagen? Was ist mit dem Baby und den Krankenhausrechnungen? Es kann sechs Monate dauern, bis ich wieder einen Job mit dem gleichen Gehalt bekomme. Außerdem habe ich ein Spezialgebiet, und Spezialisten kommen nicht überall unter. Das Gebiet wird immer schmaler, je weiter man forscht. Ich brauche Amtec viel nötiger als Amtec mich. Da drückt der Schuh!« Er bückte auf und sah ihr unglückliches Gesicht. »Verzeih, Sal! Verzeih, daß ich das mit dem Baby gesagt habe und mit dem Haus. Es ist ja alles meine eigene Schuld. Ich habe mir das selbst eingebrockt, schon von dem Moment an, als Amtec mich direkt von der Universität weg angestellt hat. Ich habe nach meiner ersten Stellung nicht einmal suchen brauchen. Sie ist mir auf dem Tablett serviert worden, komplett mit Pensionsberechtigung. Ich habe von Anfang an den leichten Weg gewählt und brauche mich jetzt nicht darüber zu beklagen. Vergiß, was ich gesagt habe.«

Der Kellner beugte sich herunter, den Notizblock in der Hand. »Möchten Sie bestellen, mein Herr?«

Tom blickte nicht einmal auf die Speisekarte oder fragte Sally, was sie haben wollte. »Ja, bringen Sie zwei Lendensteaks und eine Flasche Champagner.«

Aufgrund der Gehaltserhöhung erbat Tom am nächsten Tag von der First National Bank ein Darlehen. Es deprimierte ihn fast, wie leicht er es bekam. George Keston erwog einfach sein Gehalt, seine Stellung bei Amtec, sein Haus im Amtec-Park, die Dauer seiner Beschäftigung bei der Firma und gab dann Anweisung, daß das Darlehen sofort ausbezahlt wurde.

Als er Tom die Hand schüttelte, strahlte er ihn väterlich an. »Ich freue mich immer, wenn ich mit Leuten von Amtec ins Geschäft komme. Es war eine Wohltat, alle diese jungen Leute in unsere Stadt kommen zu sehen. Ich hoffe, Sie bleiben lange bei uns in Burnham Falls.«

Tom ging mit dem unbehaglichen Gefühl, sich noch weiter verpflichtet zu haben, und wußte doch, daß ihm kein anderer Weg blieb. Überall im Land würde ihn das gleiche erwarten, das gleiche Leben, die gleichen hübschen Häuser. Die gesunden Kinder im Amtec-Park waren das Zeugnis dafür, daß das Prinzip nicht unbedingt schlecht war. Er hatte keine andere Wahl. Er wußte nicht, wo er hinkonnte, um frei zu sein.

Es war ihm wohler, als er ging, um das Darlehen auszugeben. Es war ein angenehmes Gefühl, im Gebrauchtwagengeschäft mit dem frischen Scheck in der Tasche zu verhandeln. Er wählte ein hellblaues Kabriolett. Er ließ seinen eigenen Wagen stehen und fuhr mit der Neuerrungenschaft nach Hause. Er drückte dreimal auf die Hupe, als er in die Einfahrt einbog. Sally kam auf die Terrasse. Sie machte ein erstauntes Gesicht, als sie den Wagen sah.

»Für dich, Sal«, sagte er und küßte sie. Er lächelte verschmitzt. »Wenn du diese Stadt hier in die Hand nehmen willst, brauchst du ein Fahrzeug. Es tut mir leid, daß kein Chauffeur dabei ist. Aber der kommt später.«

13. KAPITEL

Für Laura war der Tag unsäglich lang und leer gewesen. Leer, weil keine Aussicht bestand, daß sie Phil traf. Vor zwei Tagen war er unerwartet nach London geflogen, um sich ein Stück anzusehen, das er unter Umständen am Broadway herausbringen wollte. Seine Sekretärin hatte es Laura telefonisch mitgeteilt.

Laura war unter dem Vorwand, sie hätte dringende Besorgungen zu machen, nach New York gefahren. Doch sie hatte nichts zu tun. Goodman war zwar von seiner Europareise zurück, hatte sich aber sofort ins Krankenhaus gelegt und freute sich nun an der Prozession seiner Freunde und Schüler, die ihn besuchen kamen. Auch Laura hatte pflichtgemäß ihre Aufwartung gemacht und sich eine Stunde lang von ihm erklären lassen, wieso das Theater im argen läge. Er hatte es abgelehnt, über ihre Rolle in ›Das andere Gesicht‹ mit ihr zu sprechen.

»Ich bin zu müde, um jetzt darüber nachzudenken«, erklärte er. »Nächste Woche humple ich wieder zu Hause herum, dann gehen wir es noch einmal durch. Schließlich ist es nur fürs Fernsehen, Laura.«

Als sie ihn verlassen hatte, ging sie spazieren, blieb ein paar Minuten an der Rockefeller-Plaza stehen, bewunderte die Blumen und beobachtete die Passanten. Sie hatte sich auf eine Bank gesetzt, da sie nichts weiter zu tun wußte, als wieder ins Hotel zu gehen, doch sie stand rasch wieder auf. Es wäre peinlich, wenn ein Bekannter sie hier sehen würde. Kein erfolgreicher

New Yorker hatte Zeit, im Oktobersonnenschein auf einer Bank zu sitzen. Sie konnte sich nicht so sichtbar in die Rolle eines Menschen begeben, der einen müßigen Nachmittag totzuschlagen hat.

Deshalb ging sie weiter. Im Schatten war es kühl. Die Fahnen über der Rollschuhbahn klatschten im Wind. Sie blieb nicht einmal stehen, um den Rollschuhläufern zuzusehen, obwohl das für einen New Yorker schon immer eine legitime Beschäftigung gewesen war. Sie eilte vorüber und fand sich auf einmal vor der Music Hall wieder, gestand sich aber immer noch nicht ein, daß sie von Anfang an hier hatte herkommen wollen. Sie wußte, daß in der Music Hall der Film gespielt wurde, den man nach Larrys ›Sauerteig‹ gedreht hatte. Noch jetzt glaubte sie ihr Herzklopfen und den stechenden Neid zu spüren, den sie empfunden hatte, als sie die ›New York Times‹ aufschlug und die Voranzeigen sah, das überlebensgroße Profil der Filmdiva, die die Rolle spielte, die Larry für sie, Laura, geschrieben hatte. Sie hatte sämtliche Kritiken gelesen, und sie waren gut gewesen. Sie dachte, sie könne sich nicht dazu überwinden, den Film anzusehen, selbst wenn sie nur hinging, um die andere Frau zu kritisieren.

Sie stand ein paar Minuten in der Schlange, um eine Eintrittskarte zu lösen. Es war ihr unbehaglich dabei, weil sie jetzt allen anderen Frauen hier glich, die von den Vororten in die Stadt gekommen waren und ihre neuen Herbsthüte spazierentrugen. Erleichtert eilte sie ins Foyer und rauchte eine Zigarette nach der anderen, bis der Film begann.

Als der Film zu Ende war und Laura wieder durchs Foyer ging, sah sie Larry.

Er öffnete gerade die Tür ins äußere Foyer; sie mußte fast laufen, um ihn einzuholen.

»Larry!«

Mit der Hand auf der Türklinke blickte er sich um. Dann ließ er die Klinke los.

»Laura …«

Sie begann rasch zu sprechen, ängstlich, er könnte weitergehen.

»Ist das nicht ein seltsamer Zufall, daß wir uns ausgerechnet hier begegnen? Ich hatte heute nachmittag gerade ein paar Stunden Zeit, und wenn ich darauf warte, bis Ed sich einen Abend freinimmt, bekomme ich den Film nie zu sehen.«

Larry grinste.

»Es ist überhaupt kein Zufall. Ich habe so einen Narren daran gefressen, den ›Sauerteig‹ auf der Leinwand zu sehen, daß ich hier vorbeikomme, sooft ich kann. Ich glaube, ich bin im Herzen doch ein Spießer.«

»Aber es ist doch merkwürdig«, beharrte sie. »Wir haben uns so lange nicht gesehen«, fügte sie hinzu. »Ich meine, der ›Sauerteig‹ hat doch uns beiden gehört, nicht wahr?«

Eine Sekunde sah er sie verständnislos an. Er hatte vergessen, daß er den ›Sauerteig‹ für sie geschrieben hatte! Er hatte vergessen, weshalb die Hauptdarstellerin sich so und so verhielt und gewisse Worte sprach, weil er nicht mehr wußte, daß die Worte auf sie, Laura, zugeschnitten waren.

»Ja … natürlich! Richtig!« Er war nervös. »Nun, diese Fassung erinnert ja kaum mehr an den alten ›Sauerteig‹. Das hier ist reinstes Hollywood.« Er lachte. »Und wer soll etwas dagegen haben? Das Stück bringt Geld ein. Es läuft hier noch drei oder vier Wochen. Ich habe nicht die geringsten Hemmungen, die Schecks anzunehmen, auch wenn es kein Kunstwerk mehr ist.«

Sie zwang sich zu lächeln. »Du sprichst nicht mehr wie ein Pulitzer-Preisträger. Geld her und zum Kuckuck mit der Qualität!«

»Wann habe ich mich nicht ums Geld gekümmert? Ein Pulitzer-Preis ist eine phantastische Sache, und ich bin immer noch stolz darauf. Aber es ist am besten, man versucht gar nicht erst, die Rechnungen damit zu bezahlen.«

Er öffnete ihr die Tür, und sie ging an ihm vorbei ins äußere Foyer.

»Siehst du, ich habe mich im Laufe der Jahre gar nicht so sehr verändert«, sagte er. »Ich bin immer noch so geschäftstüchtig wie früher.«

Es besänftigte sie ein wenig, als er die vergangenen Jahre erwähnte und sich an ihre gemeinsame Zeit zu erinnern schien. Sie sah ihn von der Seite an, als sie zusammen auf die Glastür zugingen, die zur Straße führte.

»Du warst nie so geschäftstüchtig, wie du tust, Larry.«

Er lachte. »Schön, aber sag's niemandem weiter, ja? Es wird mir nicht besonders viel nützen, wenn ich das nächste Mal einen Vertrag abschließe.«

Sein Lachen klang ehrlich, als fühle er sich wohl in ihrer Gesellschaft. Sie war selbst für dieses bißchen Kontakt in der trostlosen Einsamkeit dieses Tages dankbar. Larry wußte alles, was es über sie zu wissen gab – man konnte fast sagen, er hatte sie erschaffen. Sie lächelte bei dem Gedanken.

Er mußte dieses Lächeln bemerkt haben, so kurz es auch war. Ehe sie die Tür erreichten, faßte er sie plötzlich am Arm und blieb stehen.

»Wie geht es dir, Laura? Gut?« Und als fiele es ihm erst jetzt auf, fügte er hinzu: »Du siehst großartig aus.«

Sie wollte, er hätte sie nicht so direkt angesehen, so daß sie den Blick nicht abwenden konnte.

»Mir geht es gut, Larry – einfach phantastisch.«

»Irgendwo hab' ich gehört, daß du bei Phil Conrad in einem Stück auftrittst. Das will schon was heißen!«

»Noch nicht«, sagte sie rasch. »Es ist noch nicht perfekt.«

Er nickte.

»Ich weiß. Es sind immer zu viele Leute mit im Spiel, ehe ein Job wirklich perfekt ist.« Er runzelte die Stirn. »Weißt du, ich –«

Impulsiv unterbrach sie ihn. »Larry, was stehen wir eigentlich hier herum? Trinken wir was zusammen. Ich wohne im ›Plaza‹ ...«

Ihre Stimme erstarb, als sie erkannte, daß sie das Verkehrteste gesagt hatte. Sofort war seine freundliche Aufgeschlossenheit verflogen. Sie hatte sich zu weit vorgewagt, sie hatte ihm ihre Einsamkeit aufgedrängt. Er wurde sofort mißtrauisch, da er nicht durch Mitleid in eine einseitige Gefühlsbeziehung hineingezogen werden wollte.

»Ich fürchte, das müssen wir verschieben, Laura. Ich bin verabredet und habe mich schon verspätet.«

Sie erkannte, daß der Kontakt sehr einseitig gewesen war. Sie hatte Freundlichkeit mit persönlicher Anteilnahme verwechselt. Larry empfand ihr gegenüber keine Bitterkeit oder Abneigung. Er war in Gedanken so weit von ihr entfernt, daß er erschrak, als sie zu verstehen gab, daß sie noch an die Jahre mit ihm dachte. Für ihn war die Vergangenheit nicht nur tot – sie war vergessen.

Er schob sie durch die Schwingtür und auf den Gehweg. Am Randstein pfiff er in den vorbeiflutenden Verkehr hinein nach einem Taxi.

»Offen gesagt, ich bin gerade auf dem Heimweg«, erklärte er. »Ich habe neuerdings fast alle meine geschäftlichen Verabredungen zu Hause, weil Mary jeden Augenblick niederkommen kann.«

»Mary …?«

Er grinste breit.

»Komisch, nicht? Kannst du dir mich mit einem Kind vorstellen? Ich fürchte mich zu Tode vor dem Gedanken. Ich glaube, ich gebe einen miserablen Vater ab. Das arme Kind!«

Ein Taxi hielt an, und Larry öffnete Laura die Wagentür.

Ehe sie einstieg, drehte sie sich zu ihm um.

»Ich glaube, du wirst ein großartiger Vater sein. Es wird ein glückliches Kind werden.«

»Danke schön!« Er zog den Hut, als sie sich setzte. »Wirklich nett, daß wir uns mal wieder gesehen haben, Laura. Du siehst großartig aus …«

Er sagte es mit der unverbindlichen Herzlichkeit eines Fremden, und dabei wußte er wahrscheinlich nicht, daß er es eben schon einmal gesagt hatte.

Als das Taxi abfuhr, sah sie, daß Larrys Blick ihr nicht folgte. Er pfiff schon nach einem anderen Taxi. Er hatte sie bereits vergessen. Sie drückte sich in die Ecke und spürte die Kühle des Oktoberabends.

Sie kaufte alle Abendzeitungen und nahm sie mit in ihr Zimmer. Als sie dort den ersten Martini trank, fiel ihr Blick auf eine

Meldung, in der es hieß: *Phil Conrads hält sich augenblicklich in London auf, um wegen eines neuen Schauspiels von Sherman zu verhandeln. Er läßt sich zur Zeit von der charmanten Schauspielerin Katryn Franklin die Sehenswürdigkeiten der Stadt zeigen.*

14. KAPITEL

Mals Anruf kam spät an einem jener klaren Herbstvormittage, an denen das Blau des Himmels über dem See und den Bergen beinahe hart war. Das Fest der Herbstfarben war zu prächtig, um den Blick nicht einzufangen, wenn man es nicht schon so oft gesehen hatte wie Harriet, die nur einen Vorboten des Winters darin sah. Harriet empfand nur die Trauer des Herbstes. Mal fuhr am nächsten Tag nach Südamerika. Er wollte drei oder vier Wochen dortbleiben und rief an, um ihr mitzuteilen, daß er an diesem Tag nach Burnham Falls kommen wollte, nicht geschäftlich, sondern allein, um sie zu sehen.

Er wollte ungefähr um die Mittagszeit eintreffen. Sie erledigte die Hausarbeiten mit äußerer Ruhe, aber die Erregung, die Mal immer mitbrachte, hatte von ihr Besitz ergriffen. Weiß der Himmel, dachte sie, wir sehen uns selten genug. Er war zwei Wochen in Kalifornien gewesen. Sie hatten sich seit dem Tag, an dem sie zusammen am See gesessen waren, nur einmal gesehen, und diese Begegnung war unbefriedigend gewesen. In einem überfüllten Restaurant in Manhattan hatten sie zu Mittag gegessen, und danach waren sie eine Weile im Central-Park spazierengegangen. Harriet war froh, daß Mal nicht vorschlug, zusammen in sein Hotel zu gehen. Sie wären zusammen ins Bett gegangen, und es hätte nichts bewiesen. Sie mußten in ihrer Wanderung zurück durch die Zeit viel weiter gehen, ehe sie wieder an diesem Punkt ankamen. Nur einmal hatte Mal sie besessen, in jener Nacht in der Wüste. Er hatte sie damals gewonnen, Leib und Seele, für den Rest ihres Lebens. Wenn sie sich nun körperlich vereinten, in der anonymen Atmosphäre eines Hotelzimmers, hieße dies alles aufs Spiel setzen, was sie bis jetzt erreicht hatten. Für einen Flirt waren sie schon zu weit gegangen, und bis jetzt war noch keiner bereit, zu sagen, was die andere Möglichkeit wäre.

In diesem Bewußtsein hatten sie sich getrennt, und Harriet wußte, daß dies auch der Grund war, weshalb Mal sie über eine Woche lang nicht angerufen hatte, nachdem er aus Kalifornien zurück war. Steve hatte erwähnt, daß Mal ihn im Labor aufgesucht hatte, aber er war nicht bei ihr vorbeigekommen. Nun hatte er angerufen, und sie hatte seiner ruhigen Stimme angehört, daß er während seiner Abwesenheit einen Entschluß gefaßt hatte.

Sie zog Rock und Pullover an und Schuhe mit flachen Absätzen. Mal hatte gesagt: »Ich würde gern irgendwo im Freien essen. Du brauchst dich nicht darum zu kümmern, ich bringe alles mit.«

Als sie sich anzog, hielt sie einen Moment inne, um sich im Spiegel zu mustern. Sie fand, daß sie zu sehr dem Wesen glich, das ihr Vater aus ihr hatte machen wollen – im Kaschmirpullover und im Rock aus feinem Tweed. So war sie gekleidet gewesen, als Mal sie kennenlernte. Doch es war auch die tägliche ›Uniform‹ der Frau eines Angestellten, diskret, unauffällig und teuer.

Sie fuhr sich mit dem Kamm durchs Haar, und in dem Sonnenstrahl, der darauf fiel, sah sie sogar wieder den alten rötlichen Ton, den es in letzter Zeit eingebüßt hatte. Sie war froh, daß sie sich im Freien treffen würden. Sie wollte, daß Mal den rötlichen Ton ihres Haars sah, den Teint, der aufblühte, wenn sie das lebhafte Rouge auflegte, und ihre schlanke Figur, die sich in Pullover und Rock kaum von derjenigen der jungen Harriet unterschied. Dann, sie hatte immer noch den Lippenstift in der Hand, kamen ihr die Tränen. Was sie auch füreinander empfanden, sie konnten sich die Tatsachen nicht verhehlen, nicht einmal für ein paar Stunden. Sie beugte sich näher an den Spiegel und prüfte sorgfältig ihr Gesicht. Mal sollte ruhig auch das an ihr sehen, was nicht mehr so jung war. Das starke Sonnenlicht würde die kleinen Fältchen sichtbar machen, die sich unter ihren Augen gebildet hatten, und die grauen Haare an ihren Schläfen. Sie konnten nicht einfach in jene andere Zeit zurückgehen und dort wieder anknüpfen, wo sie aufgehört hatten. Die Jahre dazwischen zählten, und ihre Gesichter zeigten es.

Sie griff nach der Handtasche und lief treppab, als sie den Wagen vor dem Haus anfahren hörte.

Während der Fahrt war Mal schweigsam. Nur kurz beantwortete er ihre Fragen über die Reise nach Südamerika. Er fuhr im Auftrag einer amerikanischen Firma, die in Caracas und Buenos Aires Zweigstellen eröffnen wollte. Obwohl er beiläufig darüber sprach, spürte sie seine Vorfreude auf die Reise, seine Bereitschaft, die Koffer zu packen und für einige Zeit in eine neue Umgebung zu gehen.

Sie fuhren ungefähr fünf Meilen auf der Bundesstraße 40. Dann bog Mal in die Bundesstraße 211 ein. Er sagte nicht, wohin sie fuhren, und Harriet war gespannt, ob er ein bestimmtes Ziel hätte. Sie fragte ihn nicht danach, weil sie es als wohltuend empfand, nur dazusitzen und die Entscheidung ihm zu überlassen. Er hatte das Verdeck des gemieteten Kabrioletts zurückgeschlagen, und sie genoß das Gefühl, ohne Verantwortung zu sein, das die Fahrt in einem offenen Wagen auf diesen leeren Straßen an einem Werktag mit sich brachte, an dem alle anderen arbeiteten.

Mal bog unvermittelt von der Straße in einen Seitenweg ab. Es war viele Jahre her, seit Harriet zum letztenmal hiergewesen war. Sie hätte sich mit Bewußtsein nicht einmal an die Existenz dieses Weges erinnert. Er führte am Stausee von Farmington entlang und endete vor den Schleusentoren. Der Weg wurde nur ab und zu von Arbeitern benutzt und von den Leuten aus der näheren Umgebung, die zum Angeln hierherkamen. Bei der Schleuse stellte Mal den Wagen ab.

Er blickte lächelnd zu ihren Schuhen hinab.

»Gut, daß du dich auf eine kleine Wanderung eingestellt hast.« Er holte eine Leinwandtasche aus dem Kofferraum, zog sein Jackett aus und hängte es sich über die Schulter. »Wirst du es schaffen, dort hinauf?« fragte er. Sie sah, daß er den Hügel über ihnen meinte, ein Gewirr von Felsblöcken, die sich kahl vor den leuchtenden Farben des Waldes, der sie umgab, abhoben. Es führte kein Weg hinauf. Sie wurden sich ihren Weg durch das Unterholz bahnen müssen.

»Ich schaffe es.«

Er ging schweigend voraus. Sie folgte ihm und beobachtete, wie er geschickt den leichtesten Weg suchte, wie er die Stellen umging, an denen das Gestrüpp fast undurchdringlich war. Er ging so sicher, als wäre er erst letzte Woche hier gewesen.

Sie war atemlos, als sie die Anhöhe erreichte, doch ihm war keinerlei Anstrengung anzumerken. Er legte die Tasche und sein Jackett auf den Boden und blickte sich um. Der Anblick des Stausees und des Tales von hier oben war herrlich, die Farben der Wälder leuchteten intensiv und kräftig, und das Wasser war tief blau wie zu keiner anderen Jahreszeit. Mal betrachtete die Szenerie, nickte ein paarmal, als wäre er befriedigt, seine Erinnerung hier bestätigt zu sehen, legte ihr dann den Arm um die Schulter und zog sie an sich.

Mals New Yorker Hotel hatte ihm ein Lunchpaket mitgegeben, das in dieser Umgebung seltsam deplaciert wirkte. Er lachte, als er es auspackte: dünne Scheiben Hummerfleisch, knusprige Brötchen, Salat und Gemüse in Plastikbehältern, eine halbe Flasche Whisky.

Während sie aßen, fühlten sie sich noch etwas fremd. Harriet wußte, daß Mal sich Zeit lassen würde, bis er ihr sagte, weshalb er gekommen war.

Zum Dessert gab es Käse und Äpfel. Sie saßen im Schutz eines großen Felsblocks, wo der Wind sie nicht erreichte. Gelegentlich zog eine kleine Wolke über den Himmel; dann lagen für kurze Zeit Teile der Landschaft im Schatten.

Mal bot ihr eine Zigarette an, nahm sich selbst eine und zündete beide an.

»Ich vermute, du weißt, weshalb ich gekommen bin?«

»Sollte ich es wissen?«

»Ja.« Er sah sie kurz an. »Du warst immer so verdammt geduldig. Man hat bei dir immer den Eindruck, als könntest du ein halbes Jahrhundert warten, ehe du deine Neugier stillst. Ich kann mich an keine andere Frau erinnern, die bis jetzt die ganze Zeit gewartet hätte, ohne eine einzige Frage zu stellen.«

»Ich habe erfahren, daß die Menschen normalerweise dann handeln, wenn sie es für richtig halten. Vor allem Mal. Was hat es also für einen Zweck, ungeduldig zu werden?«

»Das ist gerade das Übel mit dir«, sagte er beinahe ärgerlich. »Du wartest immer darauf, daß andere Leute handeln.«

»Was soll das heißen?«

»Daß es deiner Seele gutgetan hätte, wenn du mich in New York angerufen und mir die Hölle heiß gemacht hättest, weil ich dir weder geschrieben habe noch bei dir vorbeigekommen bin. Du verlangst zuwenig.«

»Ich fürchte mich davor, etwas zu verlangen. Ich fürchte mich ...«

»Wovor?«

»Vor dir – vor mir. Ich fürchte mich davor, zuzugreifen, denn du könntest dich dann entschließen, mich abzuschütteln. Ich fürchte mich davor, etwas zu unternehmen, weil es das Falsche sein könnte. Ich dachte, wenn ich den Dingen ihren Lauf lasse, könnte es sein, daß du eine Weile bleibst. Wenn ich gedrängt oder etwas gefordert hätte, warst du vielleicht gegangen.«

Er packte sie an den Schultern und schüttelte sie.

»Wir beide können den Dingen nicht ihren Lauf lassen, Harriet! Die Zeit dafür ist längst vorbei!«

»Was sollen wir tun?«

»Heiraten.«

Sie holte tief Atem.

»Ist das dein Ernst, Mal? Du meinst – heiraten?«

»Selbstverständlich«, sagte er, als befasse er sich mit jemandem, der schwer von Begriff war. »Wir brauchen nur das nachzuholen, was wir schon längst hätten tun sollen. Als ich dich wieder zu Steve gehen ließ, dachte ich, es sei das, was du wirklich wolltest. Heute weiß ich, wenn ich hart und stark geblieben wäre, warst du nicht gegangen. Aber du bist einfach der Gewohnheit des blinden Gehorsams gefolgt. Du hast darauf gewartet, daß ein anderer handelt. Es war Steve, der handelte. Er kam ins Leben zurück, und du bist so unterwürfig zu ihm gegangen, wie du alles in deinem Leben getan hast.«

Sie schlug die Hände vors Gesicht. »Hör auf, Mal! Bitte hör auf!

Du bist grausam und roh. Du weiß, daß ich damals keine andere Wahl hatte. Ich konnte nichts anderes tun.«

»Du hättest sehr wohl etwas anderes tun können. Aber das wäre härter gewesen als der Weg, den du gewählt hast. Du hast dich immer gedrückt, Harriet. Du hast einfach hingenommen, was kam.«

Sie nahm die Hände vom Gesicht. »Bitte, sprich nicht weiter, Mal! Es hat keinen Sinn. Wozu die Vorwürfe? Ich habe dir nichts anzubieten als die Probleme einer Frau, die zu tief in der Ehe verstrickt ist. Eine Frau mit Kindern, mit Verantwortung und Pflichten. Ich habe dir nichts zu bieten als Unannehmlichkeiten.«

»Ich könnte dieses Angebot akzeptieren. Ich könnte es akzeptieren. Nimm mich beim Wort!«

Sie schwiegen einige Minuten. Im Wald irgendwo unter ihnen schrien ein paar Krähen und flogen plötzlich von den Bäumen auf – häßliche schwarze Vögel, deren Gefieder kurz in der Sonne aufblitzte, ehe sie wieder in den Baumkronen verschwanden.

Harriet fröstelte.

Mal zog nervös an seiner Zigarette. »Ich will dir sagen, was geschehen wird, Harriet. Morgen bin ich unterwegs nach Südamerika. Ich werde gut einen Monat weg sein. Während dieser Zeit teile ich Amtec mit, daß ich künftig nicht mehr zur Verfügung stehe.«

Erschrocken sah sie ihn an.

»Warum?«

»Das ist der erste Schritt. Wie du dich auch entscheidest, Harriet, ich werde nicht mehr für Amtec arbeiten. Ich komme nicht mehr nach Burnham Falls.«

Langsam sagte sie: »Das kannst du dir leisten?«

»Das ist die Freiheit, die ich für mich gewonnen habe. Einmal hätte ich für diese Freiheit fast mein letztes Hemd hergegeben, aber jetzt gehört sie mir. Ich kann jetzt bestimmen, wo und wann und was ich arbeiten möchte.«

»Wie ich dich beneide, Mal.«

Er faßte sie am Arm. »Und das ist es, was ich dir anzubieten habe. Du könntest frei sein von Burnham Falls. Du könntest dich von allem befreien, was du sein zu müssen glaubst – die Tochter deines Vaters, der Schatten deines Mannes.« Er hielt kurz inne. »Klingt das zu grob? Nun, das hätte schon lange einmal ausgesprochen werden müssen. Natürlich fordert die Freiheit ihren Preis. Es gibt da wenig Sicherheiten und sehr wenig Pläne. Aber es gibt auch keine Hypotheken.«

»Ich habe Kinder. Und da ist Steve. Was wird mit Steve?«

Er drückte seine Zigarette aus. »Schau, Harriet, es hat keinen Zweck abzuzählen, wie viele Hindernisse wir aus dem Weg räumen müssen, ehe du dich entscheidest. Triff deine Wahl, und denke dann darüber nach, was geschehen soll. Diesmal mußt du für dich selbst handeln.«

»Gene und Tim ...«

»Ich wüßte nicht, weshalb du sie nicht bei dir haben solltest.« Er strich sich ärgerlich übers Haar. »Ich hatte nicht vor, das Für und Wider mit dir abzuwägen, Harriet. Wenn du es wirklich willst, dann weißt du auch, daß man die Hindernisse überwinden kann. Wenn nicht ...«, er zuckte die Achseln, »dann wirst du natürlich viele Gründe finden, nein zu sagen.«

»Ich möchte nicht nein sagen. Ich wünsche mir das mehr als alles andere in meinem Leben.«

»Dann sag ja«, drängte er. »Entscheide dich und handle danach. Wolle es und handle danach, und es wird sich als wert erweisen. Ich verspreche dir, daß es den Entschluß wert sein wird.«

»Das kannst du sagen, weil du nie etwas zu verlieren hattest.«

Er fluchte leise. »Herrgott noch mal! Das stimmt, und wie glücklich war ich dabei! Ich war der Sohn des Trunkenbolds Charlie Hamilton, und ich hatte keinen Pfifferling zu verlieren. Aber du, Harriet, bist im Carpenter-Haus zur Welt gekommen, und es muß so ausgesehen haben, als gäbe es eine Menge, worauf du dich freuen könntest. Ich glaube, ich war besser daran als du, nach dem, was jetzt daraus geworden ist.«

Sie schloß für einen Augenblick die Augen vor seinem Gesicht, vor der Strenge, der Härte. Man sah ihm an, weshalb er seine Freiheit gewonnen hatte. Er war immer noch rücksichtslos zu sich selbst, wie seit jeher. Er hatte sich nie den Luxus des Zauderns geleistet. Er war den Dingen immer auf den Grund gegangen, und nun forderte er den gleichen Mut von ihr. Sie schrak davor zurück.

»Mal, du sprichst, als ob du mich haßt! Warum mußt du so mit mir sprechen? Wenn du gesagt hättest, daß du mich liebst, wenn ich je auch nur ein Wort der Liebe von dir gehört hätte …«

Seine Miene drückte Verblüffung aus. »Du verrückte Gans! Bildest du dir ein, ich würde dich bitten, das zu tun, wenn ich dich nicht lieben würde? Ich liebe dich, seit du siebzehn warst und dünne Beine hattest und nicht wußtest, wie man sich mit einem Mann unterhält.«

»Seit damals? Ich hab' mich nach dir gesehnt, Mal, aber du hast mich abgewiesen.«

»Was hast du anderes von mir erwartet? Du warst ein Kind. Du kanntest dich selbst nicht, und es wäre zu leicht gewesen. Wie sollte ich wissen, daß du dich niemals kennenlernen wirst?« Er strich ihr sanft das Haar aus der Stirn. »Ich habe seit damals viel über dich nachgedacht, über die kleine Harriet Carpenter mit den sanften braunen Augen, die immer Fragen stellte und etwas wissen wollte. Und ich fieberte darauf, dir etwas beizubringen.«

»Das wußte ich nicht, Mal. O Gott, wie dumm ich war.«

Er nahm sie in die Arme und küßte sie.

»Ich liebe dich, Harriet. Aber ich will nicht nur einfach die passive Hingabe von dir haben. Ich möchte mehr als das.«

»Es ist viel mehr als das – viel mehr.« Sie legte sich zurück auf den Fels und zog ihn an sich.

Ihre Liebe hatte nicht die Leidenschaft des ersten Mals in der Wüste. Sie war besonnener und voller.

Als Harriet die Haustür öffnete, saß Nell in der Diele auf dem Stuhl neben dem Telefon. Sie stand sofort auf.

»Ich hab' in der ganzen Stadt nach Ihnen herumtelefoniert«, sagte sie. Ihre Stimme war leise, aber sie klang fast hysterisch. »Eben habe ich Mr. Steve im Labor angerufen.«

»Was ist denn?« Harriet trat einen Schritt auf sie zu, aber sie fühlte sich plötzlich elend. Man muß immer bezahlen, dachte sie.

Man kommt nie davon, ohne zu bezahlen. Stockend fragte sie: »Ist etwas passiert? Mit Gene oder Tim?«

»Nein. Es ist Chrissie. Sie war heute mit Ted in Downside, und jetzt kann man sie nicht finden. Sie ist in den Wald gegangen. Sie hat sich verlaufen! Sie hat sich verlaufen«, wiederholte sie. »Und heute nacht gibt es Frost.«

15. KAPITEL

Die Neuigkeit verbreitete sich in Burnham Falls zuerst unter den Eingesessenen, die die Talbots schon ihr ganzes Leben lang kannten. Die Männer brachen sofort auf, um sich an der Suche nach Chrissie zu beteiligen. Sie zögerten nicht länger, als wenn eines ihrer eigenen Kinder in den Wäldern um Downside umhergeirrt wäre. Die Frauen machten belegte Brote und füllten Kaffee in Thermosflaschen. Sie waren dem Eigensinn ihrer Kinder gegenüber nachsichtiger, wenn sie an Chrissie dachten.

Im Laufe der nächsten Stunden breitete sich die Neuigkeit weiter aus. Sie erreichte die Bauarbeiter, die mit ihren Freitagslohntüten in der Tasche in die Stadt gekommen waren. Sie kannten den Namen Talbot gut genug. Sie erinnerten sich an die Polizei und die Verhöre im Lager. Sonst wußten sie nur, daß Chrissie Talbot fünf Jahre alt war.

Sie waren keine Waldgänger, und sehr wenige von ihnen würden sich in dem dichten Unterholz und zwischen den Granitfelsen zurechtfinden. Aber in den Bars an der Hauptstraße tranken sie ihre Gläser aus und gingen lautlos, ohne ihre Freunde aufzufordern, um sich ihnen anzuschließen. Wagen verließen die Parkplätze an der Hauptstraße und fuhren in Richtung Downside. Bald waren die Bars leer. Die Männer, die mit ihren Frauen zum Supermarkt gefahren waren, unterbrachen den Einkauf und fuhren schneller zum Lager zurück als gewöhnlich. Sie prüften die Batterien in ihren Taschenlampen, zogen Pullover unter ihr Jackett und brachen auf. Viele kannten den Weg nach Downside nicht. Sie schlossen sich kleinen Kolonnen an, die dem Wagen von jemandem folgten, der den Weg kannte.

Es wurde spät, ehe die Nachricht sich schließlich in allen Häusern des Amtec-Parks verbreitet hatte. Hier war man weniger sicher, was man tun sollte. Hier telefonierte man mehr von Haus zu Haus als in der Stadt. Manche Männer brachen allein nach Downside auf, aber die meisten warteten auf ein Signal von oben. Manche wiesen darauf hin, daß man nur die Polizei behindern würde, wenn man die schmale Straße nach Downside mit Wagen verstopfte. Sie gaben auch zu bedenken, daß man eine gründlich organisierte Suche durchführen müßte, statt aufs Geratewohl in der Gegend herumzustreifen.

Steve erreichte Ed Peters schließlich in einem Haus auf Long Island, wo er und Laura übers Wochenende zu Gast waren. Eds Stimme klang hörbar ungeduldig, als er schließlich an den Apparat kam.

»Was ist denn, Steve? Ich bin gerade mitten in einer Bridge-Partie!«

Steve berichtete Ed Peters mit kurzen Worten, was geschehen war.

»Ed, ich möchte Ihre Erlaubnis haben, die Sache in die Hand zu nehmen. Das Kind muß gefunden werden, und zwar rasch. Vor ein paar Jahren hat sich ein Junge drüben in der Hale-County verirrt. Man hat vier Tage gebraucht, bis man ihn fand – einen Tag zu spät.«

»Ist das nicht eher eine Aufgabe für die Polizei?« Eds Stimme klang noch immer ungeduldig. »Wir sind doch kein Rettungsverein!«

Ein paar Sekunden herrschte Schweigen. Schließlich sagte Steve: »Wir wollen der Polizei gar nicht ins Handwerk pfuschen. Aber sie braucht Hilfe. Und im Augenblick bekommt sie eine Hilfe, auf die sie genausogut verzichten könnte. Alles hier im Distrikt fährt nach Downside, und das nützt ungefähr soviel, wie wenn man eine Schafherde losschickt. Wenn nicht jemand die Suche organisiert, verirrt sich noch ein halbes Dutzend anderer Leute.«

Steve hob aufgebracht die Stimme. »Herrgott noch mal, Ed – Sie kennen den Wald um Downside. Man muß ihn systematisch durchkämmen. Wenn das Kind schläft oder bewußtlos ist, kann man einen Meter daran vorbeigehen und sieht es nicht.«

»Sie brauchen meine Zustimmung nicht, um das zu organisieren«, erwiderte Ed gereizt. »Das ist Ihre Privatangelegenheit, Steve. Tun Sie, was Sie wollen.«

»Das genügt nicht, wir brauchen mehr als das. Suchtrupps müssen auch das Gebiet von der anderen Seite her durchkämmen, möglicherweise vom Country Club und vom Laboratorium aus. Wir brauchen Lebensmittel und Kaffee. Der Club könnte das bereitstellen, aber das Zeug muß bezahlt werden. Sobald es hell wird, müssen wir bereit sein, in die Wälder aufzubrechen. Ich dachte auch an die Funksprechgeräte und die Ambulanzwagen, die Amtec bei der Bürgerwehr-Schau in White Plains vorgeführt hat. Wir könnten sie gebrauchen. Und den Hubschrauber der Firma aus Newark ...«

»Moment mal! Geht das nicht ein bißchen zu weit? Ich sehe nicht ein, wieso das alles notwendig ist. Woher wissen Sie, daß das Kind nicht inzwischen schon gefunden wurde? Ich würde blödsinnig dastehen, wenn ich das alles anfordere, und dann stellt sich heraus, daß es unnötig war.«

»Es ist noch nicht gefunden! Die Gemeindepolizei hier und die Feuerwehr haben einfach nicht die Ausrüstung dazu. Aber bei Amtec liegt sie herum und wartet nur darauf, eingesetzt zu werden. Sie brauchen nur ein Wort zu sagen, und wir bekommen die Geräte und können tun, was notwendig ist.«

»Ich sehe nicht ein ...«

»Ich glaube, ich muß es noch einmal sagen, Ed. Dieses Mädchen heißt Talbot. Begreifen Sie denn nicht? Talbot! Vergessen Sie, daß sie zufällig ein hübsches kleines Mädchen ist. Vergessen Sie, daß ihre Eltern fast den Verstand verlieren. Aber denken Sie daran, daß sie die Schwester von Jeannie Talbot ist.«

»Talbot – ich habe ...«

»Amtec hat sich wegen dieser Affäre in der Stadt sehr viel böses Blut gemacht. Wenn Sie es nicht anders sehen können, dann betrachten Sie es als Chance, etwas wiedergutzumachen.«

»Aha«, sagte Ed schließlich.

»Okay! Dann fange ich also an ... Ich setze mich sofort mit Newark in Verbindung.«

»Nicht nötig!« Eds Ton war scharf und die Gereiztheit aus seiner Stimme verschwunden. »Ich erledige das von hier aus. Veranlassen Sie in Burnham Falls alles Notwendige. Ich bin ungefähr in drei Stunden dort.«

»Sie kommen her?« fragte Steve überrascht. »Ich hatte nicht vor, Sie von Ihrem ...«

»Quatsch«, antwortete Ed kurz. »Tun Sie, was Sie tun müssen, und kümmern Sie sich nicht um mich.«

Er hängte ein.

In der Bibliothek seines Gastgebers sah Ed das Telefon an und fluchte leise.

»Saukerl! Glaube ja nicht, daß du mich diesmal übergehen kannst. Wenn du Organisation haben willst – die kann ich dir geben!«

Die nächsten zwanzig Minuten verbrachte Ed am Telefon. Eine Viertelstunde später fuhren Laura und er mit dem Cadillac ab und ließen eine Dinnerparty zurück, die sowohl verwirrt als auch beeindruckt war. Laura saß in Seidenkleid und Pelzmantel zusammengekauert neben Ed, ärgerlich darüber, daß der Besuch auf Long Island ein so unvermitteltes Ende gefunden hatte. Sie hätte es vorgezogen, wenn Ed sie dort gelassen hätte, aber ihre hastig gepackten Koffer lagen im Kofferraum, und sie würden nicht zurückkehren. Nun stand sie wieder Burnham Falls gegenüber.

Während der Fahrt sprach Ed kaum. Er sagte ihr nur, was sie nach ihrer Ankunft zu tun hätte. Man mußte Kaffeetassen und Lebensmittel bereitstellen.

Laura hörte nur halb zu.

Es gab immer Frauen wie Harriet Dexter, die mit so etwas viel besser zu Rande kamen. Sie war verstimmt und einsilbig, als Ed unterwegs für fünf Minuten Rast machte und in einer Schnellgaststätte einen Kaffee trank. Sie sah nicht ein, was sie mit Chrissie Talbot zu tun hatte und in welcher Weise sie helfen konnte. Selma Talbot würde verstehen, daß sie, Laura, keine große Hilfe war.

Dann waren sie wieder auf der Straße. Es war lange nach Mitternacht. Laura spürte, daß es kälter geworden war. Sie schlug den Mantelkragen hoch und stellte die Heizung an.

Plötzlich mußte sie intensiver an Chrissie denken. Sie erinnerte sich deutlich an das zarte, ruhige Kind mit dem goldenen Haar, das gelegentlich seine Mutter zur Arbeit begleitete. Es war klug und Fremden gegenüber zutraulich. Und es sah aus, als hätte ihm noch nie jemand etwas zuleide getan. Es hatte nicht gelernt, mißtrauisch zu sein. Laura schämte sich, daß sie nicht begieriger war, nach Burnham Falls zu kommen und sich an der Suche nach Chrissie zu beteiligen. Aber sie wußte, daß alles, was sie tat, wenig Zweck hatte. Das, was geschehen mußte, geschah, ob sie nun dort war oder nicht. Nichts und niemand hing von ihr ab.

Als Jeannie den Schlüssel in ihrer Wohnungstür umdrehte, läutete das Telefon. Es war ein einsamer Ton. Die grelle Neonreklame des Nachtclubs von gegenüber warf Lichtmuster in das Zimmer. Als sie zum Apparat eilte, sah sie auf die Uhr. Es war zwanzig nach drei. Ihr Begleiter schloß leise die Tür.

»Hallo?«

»Miß Jeannie Talbot?« fragte das Fräulein vom Fernamt.

»Ja.«

»Ferngespräch aus Burnham Falls. Bitte melden.«

»Jeannie?« Es war Selma. »Ich versuche schon die ganze Nacht, dich zu erreichen.«

»Oh! ... Ich war bei einer kranken Freundin«, log Jeannie einfallslos. »Ich mußte ...«

Selma schien sie nicht zu hören. »Es ist etwas Schreckliches passiert ...«

Ein Teil von Jeannies Bewußtsein weigerte sich zu begreifen, was sie hörte. Die Worte klangen unecht und theatralisch. »Chrissie?« murmelte sie ungläubig.

Doch als ihre Mutter noch einmal alles von vorn erzählte, wie eine Lektion, die sie auswendig gelernt hatte, begann Jeannie zu begreifen.

Ihre erste Reaktion war Sorge um Selma. Die ferne Stimme, die nun die Worte zum drittenmal herunterleierte, klang hysterisch. Niemand hätte es für möglich gehalten, daß Selma, die so ruhig und besonnen war, einmal zusammenbrechen könnte. Sie hatte nach der Vergewaltigung ihrer Tochter mit ihrer Kraft die ganze Familie zusammengehalten. Jeannie fragte sich, ob ihre Mutter nicht eine zu große Bürde trug und ob ihr nun die Stärke fehlte, das Warten zu überstehen, bis sie die endgültige Wahrheit über Chrissie erfuhr.

»Ich komme sofort!« sagte Jeannie rasch. »Verstehst du? Ich fahre sofort hier ab und bin gleich bei dir.«

Sie legte den Hörer in die Gabel und drehte sich zu dem Mann um, der Mantel und Schal nicht abgelegt hatte, als erwarte er ihre Bitte.

»Charles ... würdest du mich bitte hinfahren? Ich muß sofort nach Hause.«

Er nickte. »Selbstverständlich.«

Der große Lincoln fuhr leise den Parkway entlang nach Norden. Die Straßen waren frei. Es war eine kalte Oktobernacht, doch im Wagen herrschten Wärme und Luxus. Jeannie sprach während der Fahrt wenig über Chrissie, doch Charles ermunterte sie dazu und stellte gelegentlich Fragen. Ihre Spannung ließ nach. Irgendwie gab es Jeannie den Glauben, daß Chrissie noch lebte, wenn Charles ihren Namen aussprach. Sie fand, daß Charles der gütigste Mann war, den sie sich vorstellen konnte. Gelegentlich sah sie von der Seite sein schmales Gesicht an. Wenn nicht immer noch der Gedanke an Jerry in ihr gewesen wäre, hätte sie Charles lieben können. Aber so, wie die Dinge standen, war es gut, daß sie ihn nicht liebte.

Es hatte vor knapp zwei Monaten begonnen, und Jeannie wußte, daß ihr durch Charles eine große Karriere in der Kosmetikindustrie offenstand. Er würde diskret im richtigen Augenblick

Türen für sie öffnen, und von da an würde ihre eigene Energie und Tatkraft für alles andere sorgen.

Charles war seit fünfzehn Jahren mit der Frau verheiratet, deren berühmter Name auf den Produkten stand, die Jeannie verkaufte. Er war der Geschäftsführer ihrer Firma. Es war über zwanzig Jahre her, seit seine Frau begonnen hatte, in den Vereinigten Staaten kosmetische Artikel herzustellen, und damals war sie durch ihre europäischen Salons bereits reich gewesen. Sie war zweimal geschieden, und ihren dritten Mann, Charles, heiratete sie nicht wegen des Geldes, sondern weil er Geschäftssinn und den nötigen gesellschaftlichen Hintergrund besaß. Mehr hatte sie nie von ihm verlangt. Wenn sie zusammen waren, was nicht sehr oft geschah, waren sie liebenswürdig und freundlich zueinander. Ansonsten ging jeder seiner Wege. Nach fünfzehn Jahren waren ihre finanziellen Angelegenheiten so ineinander verflochten, daß an eine Scheidung nicht zu denken war, sofern Charles nicht auf jegliches Geld überhaupt verzichten wollte. Es verstand sich von selbst, daß er das niemals tun würde.

Jeannie wußte, daß sie nicht die erste Frau war, mit der Charles der Einsamkeit und Langeweile seiner Ehe entfliehen wollte. Er war eines Morgens an ihrem Ladentisch stehengeblieben, hatte sie nach dem Umsatz gefragt und sie dann zum Essen eingeladen. Eine Woche später war sie aus dem Geschäft in die Werbeabteilung der Firma versetzt worden. Sie bekam dort eine verhältnismäßig untergeordnete Stellung, und dann sah sie Charles zunächst nicht mehr.

Aber die Versetzung bedeutete eine kräftige Gehaltserhöhung und einen ungeheuren Prestigegewinn. Charles erwähnte nie direkt, daß er das besorgt hatte, aber sie wußte, daß nun für sie der Weg nach oben offenstand. Sie erkannte, daß dieser Aufstieg viel Ausdauer und Geduld von ihr erfordern würde. Charles konnte ein wertvoller Führer auf diesem Weg sein. Er kannte die harte und hektische Welt von New York, und er liebte sie. Seine erfahrene Hand ebnete Jeannie den Weg und deutete auf Fallgruben, ehe sie vor ihnen stand. Sie brauchte ihn auch als Schutzhafen vor ihren Ängsten und ihrer Einsamkeit. Bei ihm konnte sie sich entspannen und ihr Heimweh vergessen, wenn sie es auch nie bei diesem Namen nannte. Bei Charles fühlte sie sich sicher und geborgen. Er ließ sie vergessen, daß sie manchmal nachts erwachte und Jerrys Namen schluchzte. Er gab ihr Kraft und lehrte sie, ihm ihre Ängste anzuvertrauen. Er zeigte ihr seine Welt, die auch die ihre werden sollte.

Sie wußte, daß sie im Laufe der Zeit alles Kleinstädtische verlieren, daß sie nach einiger Zeit so abgeschliffen und hart sein und sich nicht mehr von anderen erfolgreichen Frauen in dieser Stadt unterscheiden würde. Dann würde sie Charles nicht mehr brauchen, sondern fähig sein, dieser Welt allein gegenüberzutreten – mit der ganzen Klugheit und Zähigkeit, die das erforderte.

Der Parkway glitt unter ihnen weg. Die mächtigen Scheinwerfer des Lincoln bohrten sich in die Nacht, hoben einzelne Bäume, graue Birken und massive Felsblöcke aus ihr heraus. Dies war die Straße nach Burnham Falls. Es tat ihr weh, daran zu denken, daß es nicht mehr ihre Welt war. Sie würde nur ein paar Stunden darin verbringen, vielleicht ein paar Tage, aber sie gehörte nicht mehr hierher. Die Wurzeln ihres Daseins waren an jenem Samstag abend abgeschlagen worden. Ihre Freundschaft mit Charles schien ihr nur ein armseliger Ersatz für das, was sie in Burnham Falls hätte haben können. Aber sie hatte diese Stadt nicht aus freien Stücken verlassen. Andere Menschen hatten sie ihr für immer genommen. In ihrem Fall hatte nicht die Großstadt den Schaden angerichtet. Charles traf keine Schuld, denn sie war bereitwillig zu ihm gegangen. Sie empfand ihm gegenüber nur Dankbarkeit und hoffte, daß aus diesem Gefühl keine Liebe würde, denn er würde vielleicht nur für kurze Zeit ihr gehören, aber niemals ganz. Doch der Gedanke, daß sie zu ihm nach New York zurückkehren konnte, würde sie während der nächsten Tage in Burnham Falls aufrechterhalten und ihr darüber hinweghelfen, daß sie nicht mehr hierhergehörte.

Deshalb saß sie dicht neben ihm im Wagen und lächelte, als er zu ihr herabsah. Sie wollte ihn wissen lassen, daß sie trotz aller Furcht und Sorge froh war, mit ihm zusammenzusein.

Die Morgendämmerung zeigte sich schon am kalten grauen Himmel, als sie Burnham Falls erreichten. Jeannie gab die Richtung an. Charles fuhr an der Schellack-Fabrik vorbei und hielt vor ihrem Elternhaus. Sie küßten sich.

»Ich ginge am liebsten gar nicht hinein«, flüsterte Jeannie. »Ich fürchte mich vor dem, was dort auf mich wartet.«

»Meine Jeannie fürchtet sich nie«, sagte er. Dann faßte er sie zärtlich unteren Kinn. »Ich komme, wenn du mich brauchst. Du brauchst mich nur anzurufen.«

Sie stieg aus dem Wagen und sah zu, wie Charles wendete und davonfuhr. Bald würde er wieder den Parkway hinabfahren, neben sich den leeren Sitz. Er würde in das große Haus in der Sechzigsten Straße zurückkehren, das für Jeannie nur eine Adresse war. Er würde baden, sich rasieren und umziehen und dann mit dem Lincoln zum Flughafen Idlewild fahren. Seine Frau traf mit einer der ersten Maschinen aus Paris ein. Wahrscheinlich würde man in den Sonntagszeitungen ein Bild von ihnen sehen, wie sie einander anlächelten, zwei gute Freunde. Vom Flugplatz aus würden sie dann zusammen in ihr Haus auf Long Island fahren, wo sie ein Dutzend Wochenendgäste erwarteten. Zwei Tage lang würden sie zusammensein, ehe seine Frau zu einer Inspektionsreise zu ihren Salons in Kalifornien und Texas aufbrach.

Im Vorderzimmer des Hauses ging Licht an. Selma öffnete die Tür.

»Ich habe einen Wagen gehört«, sagte sie leise.

»Ein Freund hat mich hergefahren«, antwortete Jeannie kurz. »Weiß man schon etwas?«

Selma schüttelte den Kopf.

»Nichts.«

Drinnen stellte Jeannie ihre Tasche ab und schloß die Tür.

»Wo ist Dad?« Sie konnte das gequälte Gesicht ihrer Mutter kaum ansehen.

Selma schüttelte den Kopf. »Weiß nicht.« Ihre Lippen begannen zu zittern. »Ich kann nicht Chrissie auch noch verlieren.«

Zum erstenmal in ihrem Leben sah Jeannie ihre Mutter weinen. Doch als sie sie umarmte, wußte sie, daß sie ihr nur die äußeren Symbole des Trostes bieten konnte. In ihrem leeren Herzen war nichts, was sie ihrer Mutter an Kraft hätte geben können.

16. KAPITEL

Die Durchsuchung der Wälder von Downside begann, sobald es hell genug geworden war. Bis dahin waren während der ganzen Nacht nur kleine Suchtrupps unterwegs. Sie waren von Downside aus aufgebrochen und hatten sich mühsam durchs Unterholz gekämpft. Sie hatten manche Stellen übergangen, andere zweimal durchsucht. Als sie zurückkamen, konnten sie nicht genau angeben, welches Gebiet sie abgesucht hatten.

Bei Anbruch der Morgendämmerung wurde eine Suchaktion vorbereitet, die von vier verschiedenen Zentren ausgehen sollte. Von Downside aus wollte man das Gebiet zwischen dem See und der Straße durchkämmen, von der Carpenterschen Hütte aus die andere Seite des Sees. Die dritte Gruppe sollte vom Laboratorium aus aufbrechen, die vierte vom Country Club.

Steve hörte müde zu, wie Ed Peters noch einmal alles erklärte und dabei immer wieder auf die Landkarten verwies, auf denen er die verschiedenen Gebiete eingezeichnet hatte. Es klang, wie wenn man einen Verkaufsfeldzug plante. Chrissie Talbot war zu einem Objekt geworden, zu einem ersehnten Objekt, für dessen Auffindung eine ganze gigantische Firma den Atem angehalten hatte und nun ihre Energien und Hilfsmittel einsetzte.

Nominell war die Polizei mit der Suche betraut, aber es waren viel zuwenig Polizisten, und bei der Schnelligkeit und Reibungslosigkeit, mit der Amtec handelte, konnten sie nur zustimmend nicken und dann die Führung über einige der Suchtrupps übernehmen, die aus dem Personal des Bauarbeiterlagers, aus Fabrikarbeitern und Wissenschaftlern aufgestellt worden waren. Es war keine freiwillige Aktion mehr. Der Befehl war an alle ergangen, selbst wenn sie nur indirekt mit Amtec zu tun hatten. Man erwartete, daß sie alle vollzählig erschienen, und das taten sie.

Die Einwohner von Burnham Falls gehörten nicht zu Amtec und waren nicht an Befehle gewöhnt. Aber sie waren plötzlich unentbehrlich geworden, die alten wie die jungen. Sie waren es, die den See und die Wälder kannten. Sie waren die Jäger und Angler. Sie stellten die Führer der Suchtrupps.

An diesem Tag wurde im Country Club kein Golf gespielt, und das Restaurant gab keine Mahlzeiten aus.

Statt dessen wurden belegte Brote und Kaffee bereitgestellt. Ed hatte in Downside und in der Carpenterschen Hütte Ärzte stationiert. Um sechs Uhr bezogen die Ambulanzwagen vor der Hütte und dem Laboratorium Posten. Auf dem Downside-See knatterte Ed Peters' Motorboot, das er vom Burnham-See herübergebracht hatte. Die Polizei setzte damit die Suchtrupps an den verschiedenen Punkten am Seeufer ab. Die Novizen vom Priesterseminar fuhren langsam mit Ruderbooten am Ufer entlang. Zum erstenmal war in Downside die Ruhe gestört. Überall auf dem See, in den Wäldern, an der schmalen Straße hörte man die Geräusche der fieberhaften Suche. Männerstimmen hallten über das Wasser.

Es war einfach für alles gesorgt, dachte Steve. Alles war organisiert. Nun kam es nur noch auf das Glück und den Mut und die Phantasie an, das Kind zu finden. Hier spielte das unberechenbare Element herein, und es schien der Organisation zu trotzen.

Als der Himmel sich lichtete, versprach es ein schöner Tag zu werden, ein Tag, an dem ein Kind im Wald aufwachen konnte, weil ihm die Sonne ins Gesicht schien. Steve wollte nicht an die andere Möglichkeit denken, daß es der See gewesen war und nicht der Wald, der Chrissie verschlungen hatte. Aber als er Ted Talbots Gesicht unter der Menge entdeckte, wußte er, daß man auch diese Möglichkeit geprüft und ihr ins Auge gesehen hatte.

Steve reichte Ted eine Tasse Kaffee. Ted stand allein in einer Ecke der großen Eingangshalle von Downside. Er hatte sich absichtlich von den anderen Männern abgesondert, die im Refektorium hin und her hasteten, wo gerade an alle, die die Nacht im Wald verbracht hatten, Frühstück ausgegeben wurde.

»Die Hunde«, fluchte Ted. »Die elenden Hunde.«

Mechanisch nahm er die Kaffeetasse, aber er hielt sie nur in der Hand, ohne zu trinken.

»Man wird sie finden, Ted, alles setzt sich jetzt für sie ein.«

Ted machte eine Geste, als wolle er ausspucken. Doch dann beherrschte er sich. »Glauben Sie, mir ist das alles recht?« fragte er. »Glauben Sie, mir paßt der Gedanke, daß diese elenden Hunde hinausgehen und Chrissie suchen? Wenn ich ohne sie auskäme, würde ich ihnen in die Visagen spucken. Schauen Sie sie doch an! Dieser Abschaum aus dem Lager. Schauen Sie sie an! Und die gehen in den Wald und suchen mein Kind. Nach dem, was sie Jeannie angetan haben, muß ich dastehen mit dem Hut in der Hand und ihnen dankbar sein.«

»Beruhigen Sie sich, Ted. Niemand erwartet von Ihnen, daß Sie dankbar sind.« Steve wußte, daß er für Ted nicht das geringste mit Amtec zu tun hatte. Für Ted war er immer noch Joe Carpenters Schwiegersohn.

Ted fuhr fort, als hätte er Steve nicht gehört: »Wenn ich ohne sie auskäme, würde ich sie zum Kuckuck jagen. Wenn ich selbst jeden Zentimeter des Waldes absuchen könnte, würde ich das lieber tun als zulassen, daß einer von denen noch mal jemanden von meiner Familie anfaßt. Aber ich muß immer wieder an das Kind aus der Hale County denken. Damals hat es zu lange gedauert. Deshalb muß ich die Saukerle suchen lassen.«

Er gestikulierte erregt mit der Tasse und verschüttete dabei einen Teil des Kaffees auf den gewachsten Parkettboden.

Steve versuchte nicht, gegen Teds Überzeugung anzugehen. Ted brauchte seinen Sündenbock, und Amtec stand zu Diensten.

»Denken Sie doch daran, daß viele von Ihren Freunden dabei sind, Ted. Es sind sämtliche Novizen dabei und praktisch jeder Mann aus Burnham Falls. Chrissie wird in guten Händen sein, Ted.«

Ted nahm endlich einen Schluck Kaffee.

»Ich kann mir immer noch nicht denken, warum sie überhaupt weggelaufen ist«, sagte er düster. »Sie ist schon hundertmal mit mir hiergewesen. Die Priester sind alle nett zu ihr, und die Laienbrüder in der Küche vergöttern sie.« Ein leeres Lächeln huschte über sein Gesicht. »Erst neulich hat Bruder John mit mir darüber gewitzelt, daß sie langsam zu alt wird, um in einem Kloster zu verkehren. Natürlich wächst sie. Nächstes Jahr kommt sie in die Schule.«

Er sprach diese Worte mit verzweifelter Hoffnung. Chrissie war noch keine vierundzwanzig Stunden vermißt. Man hatte noch Grund zu hoffen, wenn man nicht an den See dachte.

»Bruder Matthew hatte sie besonders gern«, fuhr er fort. »Er ist jung, ein netter Bursche. Er fütterte mit Chrissie zusammen immer die Kaninchen hinten im Küchengarten. Zur Zeit liegt er im Krankenhaus, und es könnte sein, daß Chrissie vielleicht allein zu den Kaninchen gegangen ist. Der Wald fängt direkt hinterm Küchengarten an. Vielleicht hat sie ein Reh oder einen Hasen gesehen und ist ihm nachgerannt. Dann hat sie nicht mehr zurückgefunden. Der Wald ist hier sehr dicht.«

»Jedenfalls werden wir sie finden, es sind einfach zu viele Leute unterwegs, als daß man sie übersehen könnte.«

Steve trank seinen Kaffee aus und nahm Ted die Tasse ab.

»Ich fahr Sie nach Hause, Ted. Wir könnten beide ein paar Stunden Schlaf gebrauchen.« Ted runzelte die Stirn.

»Ich kann hier nicht weg. Angenommen, man findet sie? Sie wird mich brauchen ...«

»Es ist genausogut möglich, daß man sie an eine der anderen Stellen bringt. Wenn Sie zu Hause sind, kann man Sie rasch erreichen.«

»Aber sie wird erwarten, daß ich hier bin.«

»Sie wird erwarten, daß Sie auf Ihren Beinen stehen und fähig sind, sie anzulächeln.« Steve legte ihm die Hand auf den Arm. »Ted, es ist auch möglich, daß man sie heute noch nicht findet. Selma braucht Sie zu Hause. Jeannie hat eben angerufen, daß sie bei ihrer Mutter ist. Sie möchte, daß Sie so bald wie möglich kommen.«

»Jeannie weiß genau, daß ich hiersein muß, wenn sie Chrissie bringen«, beharrte Ted.

»Ihre Familie braucht Sie auch, Ted!«

Ted schüttelte den Kopf. »Ich bleibe lieber hier und warte.« Er sprach nun langsamer. »Ich glaube, ich möchte nicht nach Hause. Ich kann Selma nicht gegenübertreten und ihr sagen, daß man Chrissie noch nicht gefunden hat.«

Es war Sally, die auf die Idee kam, daß man die Veranden und Gärten der verlassenen Sommerhäuser am Hang über dem Burnham-See absuchen mußte. Der Gedanke kam ihr, als sie eine der zahllosen Tassen Kaffee trank, die sie aufgebrüht hatte, seit Tom früh am Morgen gegangen war. Er war bei der ersten Gruppe gewesen, die bei Tagesanbruch vom Laboratorium aus aufbrach. Sie erwartete ihn nicht vor Abend zurück – oder bis Chrissie gefunden wurde. Als er weg war, erledigte sie ihre Hausarbeit, langsam und schwerfällig, weil sie nun bald niederkommen würde. Und dann saß sie in der Küche und trank Kaffee und rauchte ununterbrochen.

Sie mußte ständig an Chrissie denken. Sie hatte das Kind nie gesehen, doch sie konnte es sich lebhaft vorstellen – ein blondes, fünfjähriges Mädchen, hieß es, in einem braunen Rock und einem gelben Pullover. Sally spürte, wie ihr eigenes Kind sich regte und leidenschaftlich sein Leben begehrte, und sie umfaßte ihren Leib, als wollte sie das ungeborene Kind vor den Gefahren der Welt beschützen. Unwillkürlich betete sie. »... der Herr ist mit dir, du seist gesegnet ... und die Frucht deines Leibes ...« Sie stützte das Gesicht in die Hände und beugte sich über den Küchentisch. »Heilige Mutter Gottes, gib, daß sie gefunden wird. Bitte gib, daß sie bald gefunden wird.«

Irgendwie schien ihr, als sei das Schicksal des unbekannten Mädchens mit der Sicherheit und dem Wohlergehen ihres eigenen Kindes verbunden. Sie betete für beide.

Als sie an die leeren Sommerhäuser am Hügel dachte, ging sie sofort zum Telefon und rief das Labor an. Sie fragte, ob man dort bereits gesucht habe. Der Gedanke, daß Chrissie sich so weit von

Downside entfernt hatte, war ausgefallen, aber im Labor war man der Ansicht, daß es nichts schaden könnte, wenn man es versuchte.

Sally verbrachte die nächsten zehn Minuten am Telefon, und bald darauf verließ eine kleine Kolonne von vier Wagen den Amtec-Park, in denen Sallys nächste Nachbarinnen und die Kinder saßen, die man nicht zu Hause lassen konnte. Sally spürte, wie ihr Herz in einer absurden, unbegründeten Hoffnung hämmerte, als sie zur Ferienkolonie hinüberfuhren.

Die kleinen Gärten der kastenförmigen Holzhäuser lagen unter einer Decke toten Laubes. Vom Wind hergeweht, hatte es sich in trockenen Haufen auf Stufen und Gehwegen angesammelt, es haftete an den Rosenbüschen und am Flieder. Wenn der Wind es berührte, hob es sich und bewegte sich weiter, und es klang, als flüsterten leise Stimmen in den leeren Gärten. Die Ahornbäume und Eichen, mit denen der Hügel gesprenkelt war, leuchteten in allen Schattierungen von Gold und Purpurrot.

Sie fanden Chrissie nicht.

Sie war auf keiner der Veranden, lag nicht im Schutz einer der Garagen und kleinen Werkzeugschuppen. Als Sally schwerfällig die Verandatreppen des letzten Hauses hinabstieg, konnte sie es nicht ganz glauben. Ihre Ahnung war so stark gewesen, daß sie geglaubt hatte, sie müsse sich bestätigen. Sally mußte wieder an den Moment des starken Glaubens denken, als sie in der Küche gebetet hatte, aber es war nur das hoffnungsvolle, vertrauensvolle Gebet einer Mutter gewesen, die wollte, daß ihr Kind lebte. Es hatte nicht Chrissie allein gegolten. Als sie zurückfuhren, war Sally untröstlich und noch mehr beunruhigt als zuvor.

Sie setzte Marcia Webster vor ihrem Haus ab und fuhr weiter zum Laboratorium. Sie wußte sehr gut, daß man dort bereits genügend Hilfskräfte hatte und daß eine hochschwangere Frau, die den ganzen Tag in der Nähe war, nur um gelegentlich Kaffee auszuschenken, etwas lächerlich wirkte. Aber sie hatte das Bedürfnis, etwas zu tun.

Sie ging in die Kantine. Von dort aus konnte man das ganze Tal überblicken. Frauen saßen an den Tischen, rauchten und strickten. Das Gespräch schien nur bruchstückhaft, als hätte sich ihre Konversation schon lange erschöpft. Draußen auf dem Parkplatz hatte sie einen der Ambulanzwagen gesehen, aber der Fahrer döste hinter dem Steuer. Sie stellte sich vor, daß sich die eigentliche Aktivität oben in Ed Peters' Büro abspielte und in der Telefonvermittlung neben dem Eingangsfoyer. Hier in der Kantine wartete man nur.

Barbara Taylor stand auf und kam auf sie zu. Da Tom Alan Taylors Angebot angenommen hatte und sein Chefassistent geworden war und da Sally den größten Teil der Schreibarbeit für Barbaras Krebsbekämpfungskomitee verrichtete, hatte es die Ältere nicht an Wohlwollen fehlen lassen. Die Verstimmung wegen der Lunchparty gehörte der Vergangenheit an.

»Aber, meine Liebe«, rief Barbara. »Was tun Sie denn hier? Sie hätten doch wirklich nicht zu kommen brauchen.«

Sally lächelte bescheiden. »Ich wußte, daß hier mehr Helfer sind, als man braucht, aber ich konnte einfach nicht mehr zu Hause sitzen.«

Barbara legte Sally den Arm um die Schulter. »Aber, aber ... Sie armes KInd! Natürlich müssen Sie sich zu Hause verlassen vorgekommen sein.« Sie hatte ihre Stimme erhoben, und einige Frauen sahen herüber. »Kommen Sie und setzen Sie sich doch – Sie sollen jetzt nicht zu viel auf den Beinen sein.«

Jemand schob Sally einen Stuhl hin, und dann saß sie an Barbara Taylors Tisch. Barbara beugte sich vertraulich zu den anderen zwei Frauen herunter. »Mary, Nancy ... kennt Ihr schon Sally Redmond? Ihr Mann ist Alans Assistent – Mary Sommers und Nancy Harvey.«

Mrs. Harvey lächelte. »Sind Sie die Sally, von der Jane Humphries immer so schwärmt und die so viel für die republikanische Ortsgruppe tut?«

Sally lächelte noch bescheidener. »Oh, ich tue nichts Wichtiges. Ich adressiere nur ab und zu ein paar Briefumschläge.«

»Sally ist sehr tüchtig«, sagte Barbara Taylor laut. »Ich weiß gar nicht, was ich ohne sie anfangen würde. Unsere neuesten Zahlen im Krebsbekämpfungsfeldzug gehen …«

Barbara Taylor sprach über ihr Lieblingsthema. Sally lehnte sich zurück und bereitete sich auf langes Zuhören vor. Sie wußte, daß etwas Bedeutsames geschehen war. Sie saß an einem Tisch mit den Frauen der wichtigsten Köpfe in der Hierarchie des Labors. Sie wurde von ihnen zwar mit leichter Herablassung behandelt, aber trotzdem war sie eindeutig eine von ihnen. Sie erkannten an, daß sie dazugehörte, und wenn nur aufgrund der Tatsache, daß sie dazugehören wollte und bereit war, dafür zu arbeiten. Obwohl sie es nicht zugegeben hätte, wußte Sally doch, daß der Weg zum Erfolg genau hier begann.

Etwas abseits von der Gruppe, aber dennoch dazugehörig, saß Laura Peters. Sie hatte ihren Stuhl halb zum Fenster gedreht, so daß sie das Tal überblickte. Es war aufregend für Sally, Laura zu sehen. Es konnte sein, daß man sie ihr vorstellen würde. In den achtzehn Monaten, seit sie im Amtec-Park wohnte, hatte sie die Frau des Direktors nie aus solcher Nähe gesehen. Sally fand, daß sie tatsächlich so schön war wie im Fernsehen, aber irgendwie war dieses Gesicht verändert. Es war ernster, ein wenig magerer geworden. Dann erinnerte sie sich daran, daß es einige Jahre her war, seit Laura Peters zum letzten Mal im Fernsehen aufgetreten war. Sally schien das Gesicht menschlicher, wissender geworden zu sein. Es war auf seltsame Art zum Leben erwacht, obwohl es nicht mehr so jung wirkte wie früher. Ihre Figur – sie trug Pullover und Rock – war tadellos. Sie war schlank und geschmeidig. Ihre Hände waren schmal und natürlich ausgezeichnet manikürt. Sally betrachtete ehrfürchtig die Perfektion der Aufmachung. Zum ersten Mal ging ihr auf, daß es eine Frau völlig ausfüllen mußte, schön zu sein.

Laura las die neueste Ausgabe der ›New York Herald Tribune‹. Deshalb konnte Sally sie ungestört studieren. Laura schien völlig in der Lektüre aufzugehen, als existierten der Raum und das leise Gespräch, das sie umgab, nicht. Sally fand, daß sie für die Frau des Direktors merkwürdig einzelgängerisch wirkte. Sie achtete nicht im mindesten auf Barbara Taylors Ausführungen über die

Krebsbekämpfung, und niemand schien es von ihr zu erwarten. Das war das seltsamste, dachte Sally. Die Frauen, die am häufigsten mit ihr zusammen waren, erwarteten nicht mehr von ihr als ihre leibliche Gegenwart. Und da wurde Sally klar, daß es gänzlich gleichgültig war, ob man sie Laura Peters vorstellte oder nicht, denn Laura würde sie sofort wieder vergessen. Als sie zu dem Schluß gekommen war, widmete sie ihre volle Aufmerksamkeit wieder Barbara Taylor.

Ungefähr eine Minute später stand Laura Peters unvermittelt auf. Ihr Stuhl scharrte laut, und die zusammengefaltete Zeitung fiel klatschend zu Boden. Sofort drehten sich alle in der Nähe Sitzenden um. Lauras Gesicht war verzerrt und kreidebleich, so daß das sorgfältige Make-up zum erstenmal auffiel. Wortlos ging sie an den Frauen vorbei und verließ den Raum.

Mary Sommers fragte leise: »Was hat sie denn?« Sie blickte zu der Schwingtür hinüber, durch die Laura verschwand. Dann wandte sie sich wieder Barbara Taylor und Nancy Harvey zu. Ihr Blick streifte kurz Sally, als wäre sie nicht ganz sicher, ob es richtig war, vor ihr so zu sprechen.

»Glaubt ihr, sie fühlt sich nicht wohl? Sie hat elend ausgesehen. Sollte ihr nicht eine von uns nachgehen und schauen, ob ...«

Mrs. Harvey unterbrach sie:

»Ich will euch sagen, weshalb sie elend aussieht.« Sie deutete auf die Feuilleton-Seite der ›Tribune‹. »Hört euch das an: *Phil Conrad ist mit der reizenden Kathryn Francis aus London zurückgekehrt, die er dem amerikanischen Fernsehpublikum in ›Das andere Gesicht‹ vorstellen wird.*«

Draußen auf dem Parkplatz reckte der Fahrer des Ambulanzwagens interessiert den Hals, als die Blondine das Gebäude verließ. Sie lief rasch auf den weißen Thunderbird zu.

Er erwartete, daß andere Frauen ihr folgten, denn es sah aus, als müsse es eine Neuigkeit geben. Aber nichts geschah. Der Thunderbird heulte auf und fuhr mit rücksichtsloser Geschwindigkeit davon. Die Reifen kreischten, als er vom Parkplatz in die Straße einbog.

Der Fahrer schüttelte bedächtig den Kopf. »So kommst du bestimmt nicht weit.«

Laura sah Phil Conrad nicht einmal mehr. Es kam nur noch ein Telefongespräch zustande.

Sie hatte keinen bestimmten Plan, als sie nach New York fuhr. Sie wollte nur Phil sehen und von ihm selbst hören, daß die Meldung in der ›Tribune‹ falsch war. Der Gedanke, daß er es gar nicht leugnen würde, trieb sie zu rasender Geschwindigkeit und einer waghalsigen Fahrweise. Aber trotz all seiner Rücksichtslosigkeit und Gefühlsarmut konnte sie nicht glauben, daß Phil auf solche Weise mit ihr brechen würde und ihr dadurch die letzte Chance nahm, wieder in die Welt zurückzufinden, die sie kannte und nach der sie sich sehnte. Sie konnte nicht glauben, daß er ihre Liebe so brutal zurückwies.

Sie fuhr zum ›Plaza‹. Der Empfangschef war überrascht, daß sie kein Gepäck dabeihatte. »Mein Mann bringt es«, log sie. »Er kommt später.«

»Oh … ich hatte nicht gedacht, Mr. Peters heute zu sehen, wo er doch soviel zu tun hat.« Er zog unter dem Pult eine Zeitung hervor und zeigte ihr eine kleine Notiz am Fuß der vierten Seite. Es war ein kurzer Bericht über Chrissies Verschwinden, und es wurde erwähnt, daß die Firma Amtec die Staats- und Gemeindepolizei tatkräftig unterstützte. Edward Peters, Direktor der Forschungsabteilung, organisierte und leitete die Operationen persönlich.

»Man wird das Kind noch vor heute abend finden«, erwiderte Laura rasch, »daran besteht kein Zweifel.«

»Das glaube ich wohl.« Der Mann nickte. »Man läßt ja praktisch die ganze Stadt nach dem Mädchen suchen.«

Er gab ihr den Schlüssel; sie lief fast zum Aufzug. Es hatte keinen Sinn, sich jetzt auszumalen, wie Ed auf ihre Abwesenheit reagieren würde. Niemand konnte so tun, als ob sie, Laura, die Suche irgendwie beeinflußte. Sie war nutzlos, und die meisten wußten es. Chrissie würde keinen Schaden dadurch leiden, lediglich Eds Prestige. Sobald sie in ihrem Zimmer war, begann sie zu telefonieren.

Phil war aber nicht in seinem Hotel, doch dort bestätigte man, daß er gestern aus London zurückgekehrt war. Sie rief sein Büro an. Dort meldete sich niemand. Danach konnte sie nur noch versuchen, ihn in einem der Restaurants aufzutreiben, in denen er verkehrte. Sie probierte der Reihe nach alle durch.

Danach gab es nichts mehr zu tun, als zu warten und alle fünfzehn Minuten sein Hotel anzurufen, denn nun vertraute sie nicht mehr darauf, daß er auf die Nachricht, die sie dort für ihn hinterlassen hatte, reagieren und sie anrufen wurde.

Der Nachmittag war endlos. Es kam auch kein Anruf von Ed. Sie erwartete nicht, daß er sie vor dem späten Abend anrufen würde. Wenn er sie im Labor vermißte, würde er annehmen, sie sei in Downside oder im Club. Es konnte lange dauern, bis er merkte, daß sie überhaupt nicht in Burnham Falls war.

Um fünf ließ sie sich Gin, Wermut und Eis kommen. Sorgfältig mixte sie den Martini und ließ das Glas gut kalt werden. Damit war sie für eine Zeit beschäftigt und abgelenkt. Doch schließlich mußte sie den Martini trinken, und dann konnte sie nichts anderes tun, als einen zweiten mixen. Um sieben Uhr bestellte sie Essen. Auch das war eher eine Ablenkung als ein Bedürfnis, denn als es kam, rührte sie es kaum an. Sie ließ sich die Abendzeitungen heraufbringen, aber es war eine enorme Anstrengung, sich zu konzentrieren. Die einzigen Nerven, die intakt schienen, waren die, die zum Telefon hinstrebten, die beteten, daß die unerträgliche Stille von seinem Läuten unterbrochen werden möge.

Um elf Uhr begann sie mit sich zu kämpfen, ob sie in Phils Hotel gehen und dort auf ihn warten solle. Aber sie fürchtete sich davor, sie fürchtete seinen Zorn, denn er würde das als Aufdringlichkeit ansehen. Zwischen ihr und Phil kam der Liebe kein Vorrecht zu.

Es war fast ein Uhr, als sie ihn erreichte.

»Phil? Hier ist Laura.« Ihre eigene Stimme überraschte sie. Sie war leise und farblos. Phil sprach gutgelaunt und gelöst.

»Baby, nett daß du anrufst. Bin eben gekommen – man hat mir deine Nachricht gegeben.«

»Ich habe den ganzen Tag angerufen. Phil, es ist doch nicht wahr, oder?«

»Was ist nicht wahr? Wovon sprichst du?«

»Du hast doch nicht Katryn Francis die Rolle gegeben?«

Es entstand eine kurze Pause. »Ach so! Schau, Baby – wir haben doch über all das schon gesprochen. Ich sagte, ich möchte gern, daß du wegen der Rolle vorsprichst. Sonst nichts. Und selbst dabei bin ich an sich schon zu weit gegangen. Du weißt genau, daß du für die Rolle eigentlich nicht paßt. Kathryn Francis paßt perfekt. Ich wäre ein Narr, wenn ich sie nicht nehmen würde.«

»Bitte, überleg dir's noch mal, Phil. Bitte, mir zuliebe.«

»Laura, du weißt doch, daß ich bei der Arbeit niemals Kompromisse schließe. Keinem zuliebe. Katryn ist für die Rolle wie geschaffen, und sie wird sie spielen.«

Sie zögerte einen Augenblick und versuchte, die brutale Wahrheit seiner Worte zu fassen. Sie sagte sich, daß dies nicht das Ende sein konnte. Die Rolle war nur ein Teil ihrer Bindung an ihn, und solange Phil da war, konnte sie versuchen, das zu überbrücken. Sie würde andere Rollen finden, vielleicht sogar ohne seine Hilfe. Wenn nur Phil da war. Er war jetzt notwendiger denn je, damit sie einen Grund zum Weitermachen hatte.

»Schön«, sagte sie schließlich. »Wir wollen nicht mehr darüber sprechen. Kann ich zu dir herüberkommen. Jetzt?«

»Jetzt? ... Laura, es ist spät!«

»Spielt das eine Rolle?«

»Nun, ich meine ... ich bin immer noch übermüdet ... von der Reise. Wir hatten Verspätung ...«

»Bitte, laß mich kommen, Phil. Ich verspreche dir, daß ich kein Wort über die Rolle sagen werde. Ich möchte nur mit dir reden. Es ist sehr wichtig.«

»Hat das nicht Zeit?«

Sie sagte leise: »Phil – ich liebe dich. Du bist der einzige, den ich in meinem ganzen Leben geliebt habe. Du hast mich irgendwie ... zum Leben erweckt. Bitte nimm es mir jetzt nicht weg. Bitte!«

Er lachte kurz.

»Du machst dich, Laura. Das sind starke Töne ...«

»Es sind keine Töne. Ich sage nur, wie es ist. Du bist der einzige, den ich je geliebt habe, und ich glaube, es ist mein Unglück, daß du es bist. Es wäre, für mich viel besser gewesen, wenn ich Larry hätte lieben können, der es verdient. Aber du bist es nun einmal, kein anderer. Ich muß alle Bedingungen annehmen, die du stellst, weil ich dich brauche.«

»Süße, mach uns doch nichts vor! Du liebst mich nicht. Du liebst niemanden. Du liebst nur jemanden, von dem du glaubst, er könne dich wieder auf die Bühne bringen oder vor die Kamera ...«

»Phil, das ist nicht wahr! Wenn du mir nur glauben wolltest ... O Gott – häng nicht ein, Phil.«

Sie blickte sich ängstlich im Hotelzimmer um, das so tot und nüchtern war. Verzweifelt suchte sie in sich nach einem Funken Wahrheit, mit dem sie nun Phil für sich retten konnte. Aber hinter ihr lag nur die lange Kette der Kompromisse – der Kompromiß ihrer beiden Ehen ohne Liebe, der Kompromiß der mittelmäßigen Rollen, der Werbesendungen für Küchengeräte, all die Kompromisse der Sicherheit zuliebe. In ihr war keine Wahrheit, auf die sie sich stützen konnte, nichts, womit sie Phil überzeugen konnte.

»Was soll ich sagen, damit du mir glaubst? Wie kann ich dich überzeugen, daß mir das mit der Rolle nichts ausmacht, aber daß ich dich liebe, Phil? Ich muß dich davon überzeugen. Laß mich kommen und mit dir sprechen, Phil. Ich ...«

Er unterbrach sie: »Tut mir leid, Laura, das geht nicht. Ich bin nicht allein. Du weißt, heute ist nicht Dienstag.« Er hängte ein.

Die Suche nach Chrissie Talbot fand weiten Widerhall. Zunächst brachte einer der Fernsehsender in den Nachrichten um sieben Uhr abends ein kurzes Interview mit Ed Peters. Die Lokalstationen berichteten ausführlicher darüber. Die Sonntagszeitungen, die nach Macht hungerten, ließen sich noch eingehender darüber aus. Man berichtete über sämtliche Spezialgeräte, die Amtec bei der Suche einsetzte.

»Wir gehören zu dieser Gemeinde«, äußerte Ed vor den Reportern. »Und was immer hier auch geschieht, geht uns an. Wir sind nicht nur eine Firma. Wir sind Menschen.«

E. J. Harrison freute sich, als er in New York die Berichte las.

Er betrachtete ein paar Sekunden nachdenklich die Zeitung, dann sah er zu seiner Frau hinüber.

»Ed macht es großartig.«

Sie blickte kaum von der Modebeilage auf. »So ...?«

»Ich glaube, wir fahren rasch mal nach Burnham Falls. Sag doch bitte Garson, er soll in einer halben Stunde mit dem Wagen dasein.«

Nun wurde sie aufmerksam. »Das geht nicht! Wir sind mit Waters zum Essen verabredet.«

»Dann ruf sie an und entschuldige uns.« Er stand brüsk auf. »Das ist Reklame!« Unter der Tür drehte er sich noch einmal um. »Und zieh nichts Ausgefallenes an, ja?« Es war eine Feststellung, keine Bitte. »Schlichtheit ist hier die richtige Note – Schlichtheit.«

Als E. J. Harrison in Burnham Falls eintraf, war er sehr enttäuscht, als er erfuhr, daß Laura nicht zur Verfügung stand, um sich mit ihm zusammen für die Fotografen in Positur zu stellen, und daß sie überhaupt nicht einmal in Burnham Falls war, sondern in New York. Er fand, daß Eds gemurmelte Entschuldigungen unangemessen waren.

Man fand Chrissie am frühen Sonntag nachmittag. Es war ein strahlender Tag, und im Herbstwald strotzten die Farben. Zuerst hielten die beiden Männer, die sie sahen, das goldene Haar und den gelben Pullover für nichts weiter als gefärbtes Laub. Doch dann hallte der Ruf durch den Wald.

»Da ist sie! Wir haben sie!«

Zwanzig Meter weiter hörte Tom Redmond den Ruf. Der Wald hallte wider von Rufen und hastenden Schritten, als aus allen Richtungen Männer herbeieilten. Der Bauarbeiter mit dem roten Jackett kniete neben dem Kind nieder. Chrissies Lider zitterten einen Moment. Sie sah die Männer, die sie umringten, und begann zu weinen.

»Sie sieht eigentlich nicht schlecht aus«, sagte jemand neben Tom.

Sie war an Händen und Gesicht zerkratzt, aber ihr Weinen

klang eher nach Furcht als nach Schmerz. Der Bauarbeiter zog sein Jackett aus und hüllte sie darin ein. Dann nahm er sie behutsam auf den Arm.

»Vorsicht!« rief jemand, »vielleicht ist sie verletzt. Warte lieber, bis die Tragbahre da ist.«

Der Mann warf dem Sprecher einen wütenden Blick zu. »Ich kann das Kind nicht noch eine Ewigkeit hier auf dem Boden liegen lassen, Kumpel.« Er sah das Kind in seinen Armen an. »Jetzt passiert dir nichts mehr. Wir bringen dich sofort zu deiner Mami.«

Tom ging voraus. Er suchte den leichtesten Weg durch das Unterholz und bog die niederen Zweige zurück. Chrissie hatte den Kopf an die Schulter des Mannes gelegt und schluchzte.

Jemand hatte sich bereits über das Funksprechgerät, mit dem Labor in Verbindung gesetzt. Der Arzt war schon mit dem Ambulanzwagen unterwegs. Schweigend gingen die Männer zurück. Der Bauarbeiter beugte sich zärtlich über seine Last, murmelte Chrissie hin und wieder etwas zu und versuchte, ihr etwas von seiner eigenen Stärke zu geben.

Sally sah es Tom sofort an, als er in die Küche trat.

»Wir haben sie! Es geht ihr gut. Der Arzt sagt, in ein paar Tagen hat sie es überstanden.«

Tränen traten in Sallys Augen. Sie umarmte Tom.

Tom sagte leise: »Ich glaube, das war einer der schönsten Augenblicke meines Lebens.«

Sally kam in dieser Nacht nieder, zwei Wochen zu früh, aber die Geburt war leicht. Sie gebar ihr Kind freudig und unter geringen Schmerzen, wie sie es sich immer gewünscht hatte.

17. KAPITEL

Laura blieb den ganzen Sonntag im Hotel. Sie hatte Rock und Pullover ausgezogen, lag im Bett und fror selbst in dem geheizten Zimmer. Sie hatte wach gelegen, bis der Tag anbrach. Nun war der Tag verstrichen, und es kam wieder die Dämmerung. Sie wollte sich weder bewegen noch denken, nur einfach daliegen und dadurch, daß sie alle Gedanken abschaltete, Schmerz und Entsetzen über ihre Einsamkeit gar nicht erst aufkommen lassen.

Während des Tages hatte das Telefon zweimal geläutet. Sie hatte gewußt, daß es Ed war, und den Hörer nicht abgenommen. Sie hatte nicht einmal gehofft, es könnte Phil sein. In dieser Richtung bestand keine Hoffnung mehr. Sie hatte das Mädchen weggeschickt, das gekommen war, um das Zimmer zu machen. Seit dem vergangenen Abend hatte sie nichts mehr gegessen, und auch das schien keine Rolle zu spielen. Einmal war sie nur aufgestanden und hatte das Geld in ihrer Handtasche gezählt.

Es waren acht Dollar und siebenundzwanzig Cent. Dann ging sie wieder ins Bett und wartete darauf, daß etwas geschah.

Es geschah kurz nach sechs. Das Telefon läutete, und eine Minute später klopfte es an die Tür. Sie erkannte Eds rasches, herrisches Klopfen. Das Warten war vorüber. Sie stand müde auf und ging barfuß zur Tür. Sie hatte sich nicht die Mühe gemacht, das Licht anzuschalten, und als sie die Tür öffnete, blendete sie die Helligkeit, die vom Korridor hereinfiel.

Ein paar Sekunden stand Ed einfach da und musterte sie. In diesem Blick sah sie sich selbst – ihre nackten Füße, das zerdrückte Kleid, das ungekämmte Haar und die Reste des gestrigen Make-up. Sie wandte sich nicht ab.

Er trat an ihr vorbei, schloß die Tür hinter sich und schaltete das Licht an. Sie sah ihn wie aus einer großen Entfernung. Sein Zorn war nicht leidenschaftlich, nicht ungestüm. Ed war wie immer beherrscht. Er war frisch rasiert und trug einen makellosen Anzug. Er wußte, was er wollte.

»Nun«, begann er zynisch, »vielleicht interessiert es dich zu hören, daß wir das Kind gefunden haben. Es ist noch am Leben.«

»Das – das freut mich«, murmelte sie. »Ich habe mich schon gefragt ...«

»So, du hast dich gefragt! Tatsächlich! Das war aber großherzig von dir! Du hast dich so sehr gefragt, daß du nicht einmal zum Telefonhörer greifen konntest, um deine Neugier zu befriedigen. Jedenfalls hat dein Interesse sehr viel genutzt. Es hat die Dinge in Burnham Falls wesentlich beeinflußt.«

Sie holte tief Atem, aber sie versuchte nicht, ihm zu antworten.

»Vor allem, als E. J. Harrison heute früh auftauchte. Vor allem, als ich ihm sagen konnte, daß du dich sehr sorgst, aber wiederum nicht so sehr, daß du zur Stelle bist und hilfst.«

»Harrison? Ich wußte nicht ... das tut mir leid, Ed. Aber es spielte doch gar keine Rolle, ob ich da war oder nicht. Ich konnte nichts tun, ich war nur im Wege.«

»Ich weiß sehr gut, daß du keine Hilfe bist. Aber deine einzige Aufgabe wäre es gewesen, dazusein. Das sollte deine Fähigkeiten eigentlich nicht übersteigen, wie?«

»Ed ... bitte verzeih, daß ich nicht geblieben bin. Aber ich mußte hierher. Ich konnte nichts dafür. Ich möchte nicht mehr darüber sprechen.«

»Aha, du möchtest nicht mehr darüber sprechen! Ich glaube nicht, daß ich mich einen Dreck darum schere, was du möchtest!«

Er trat ans Fenster, das nach Süden lag und von dem aus man die erleuchteten Hochhäuser von Manhattan vor dem schwarzen Nachthimmel sah.

Sein Gesicht nahm den kalten Ausdruck an, den sie maßlos haßte.

»Du bist hierhergekommen, um Phil Conrad zu bitten, daß er

dir doch die Rolle gibt, nicht wahr? Du mußtest in Burnham Falls vor allen Leuten ein Schauspiel aufführen, weil du nicht genug Selbstbeherrschung und Disziplin hast. Du hast dich zum Gespött gemacht, Laura.«

»Ich mußte es versuchen.«

»Und es hat nicht geklappt. Conrad hat dir nicht nur die Rolle weggenommen, sondern auch sich selbst. So ist es doch, oder nicht? Und seither liegst du hier im Bett wie eine kranke Katze.«

Sie antwortete nicht.

»Nun?« fragte er. »Hast du dazu etwas zu sagen? Ich hatte gehofft, daß du nicht ganz so töricht wärest, dir einzubilden, daß deine kleine Liebschaft mit Conrad etwas Dauerhaftes sein könnte. Das ist ein Mann, der nichts umsonst gibt, und schon gar nicht sich selbst. Wenn du nur die Rolle hättest haben wollen – schön. Vielleicht wäre es dir gelungen. Aber den Mann selbst zu verlangen, das war töricht. Nun schön, diese Episode ist vorbei. Es ist Zeit, daß du begreifst, was die Stunde geschlagen hat.«

»Ed, bitte ...«

Er unterbrach sie: »Für den Fall, daß du versucht sein solltest, dich wieder einmal zum Gespött zu machen, will ich dir ein paar Dinge klarmachen. Von jetzt an bin ich derjenige, der die Entscheidungen trifft. Ich möchte nichts mehr von diesem Unfug über den Schauspielunterricht bei Goodman hören. Du bist keine Schauspielerin, Laura, du wirst nie eine sein. Vergiß es.«

»Ich kann es nicht vergessen ...«

»Du wirst es vergessen müssen, denn ich habe nicht vor, deine Hirngespinste weiterhin zu unterstützen. Du kommst mit mir nach Burnham Falls und widmest dich dem Job, der dir von Anfang an zugedacht war. Die Frau des Direktors zu sein ist kein schlechter Job, und ich erwarte, daß du ihm wenigstens so viel Energie widmest wie deinen vergeblichen Versuchen, Schauspielerin zu werden. Nur wirkliches Talent hat das Recht, von anderen Opfer zu verlangen. Du kannst froh sein, daß du mich hast – und Amtec und Burnham Falls. Wenn du schon nicht genügend Verstand hast, um mehr zu sein als dekorativ und charmant, dann sei in Gottes Namen dekorativ und charmant, verdammt noch mal. Schließlich kann ich eine Gegenleistung für mein Geld erwarten.« Gelähmt sah sie zu, wie er sich eine Zigarette anzündete. Das Feuerzeug beleuchtete kurz die Falten auf seiner Stirn.

»Das ist ungefähr alles, glaube ich. Nein, noch was. Eine Scheidung kommt nicht in Frage. Ich habe nicht vor, mich ein zweites Mal scheiden zu lassen, mach dir das bitte jetzt schon klar.«

Er setzte sich in den Sessel, streckte die Beine aus und lehnte sich müde zurück. Er schloß die Augen.

»Ich warte jetzt, bis du angezogen bist. Wir fahren sofort nach Burnham Falls zurück.«

Jeannie verließ Burnham Falls mit dem ersten Zug am Montag früh.

»Ich kann nicht verstehen, weshalb du jetzt schon fährst«, klagte Selma, als sie sich am Bahnhof zum Abschied küßten. »Sie würden dir unter diesen Umständen bestimmt einen Tag freigeben. Du hast seit Freitag kaum geschlafen.«

Jeannie löste sich aus den Armen ihrer Mutter und stellte sich auf die Zehenspitzen, um ihren Vater auf die Wange zu küssen. »Natürlich würden sie mir freigeben, aber ich kann mir das nicht leisten. Jeder Tag, den ich fort bin, gibt einer anderen einen kleinen Vorsprung.«

»Ich wollte, du hättest es nicht immer so eilig«, sagte Selma müde.

Der erleuchtete Wagen war leer bis auf Jeannie und den Schaffner. Jeannie drückte das Gesicht an die Fensterscheibe, um ihren Eltern noch ein letztesmal zuzuwinken.

Jeannie versuchte während der langen Fahrt vergeblich zu schlafen. Der Zug hielt an jeder Station, und Pendler auf dem Weg zur Arbeit nach New York stiegen ein. Sie sahen verschlafen, blaß und mürrisch aus.

Sie starrte in die Dunkelheit hinaus und sah nichts als die Spiegelbilder der anderen Reisenden im Abteil. Ihre kurze Rückkehr nach Burnham Falls hatte viel zu ihrer Ernüchterung beigetragen und die Perspektive verschärft. Sie hatte ihren Vater gesehen, verbittert, weil er die Hilfe von Amtec hatte annehmen müssen. Sie hatte die Großartigkeit von Amtecs Eingreifen erlebt und erkannt, daß es nur der Publicity wegen geschah. Sie wußte, daß die Dinge schon immer so gewesen waren, nur daß sie dies bis zu der Episode mit Patrino und Reitch nicht erkannt hatte. Sie wußte jetzt auch, daß ihr Heimweh nach Burnham Falls mit der unwahrscheinlichen Hoffnung verbunden gewesen war, Jerry würde zu ihr zurückkommen, daß jede Begegnung mit der Stadt eine Begegnung mit ihm wäre. Aber nun wußte sie, daß diese Hoffnung trügerisch gewesen war. Was sie gesucht hatte, war die verlorene Unschuld, der Überschwang der Jugendjahre, die Jahre der Träume, die den Jahren der Wirklichkeit und Verantwortung vorausgingen. Sie wollte Jerry nicht mehr. Sie war in dem Moment über ihn hinausgewachsen, in dem sie das Träumen aufgegeben hatte. Und sie brauchte auch Burnham Falls nicht mehr.

Deshalb konnte sie Selma und Ted und Chrissie hinter sich lassen. Sie mochten das Leben weiterführen, das sie immer geführt hatten. Wenn Chrissie Glück hatte, würde sie nie das Bedürfnis haben, Burnham Falls zu verlassen.

Jeannie empfand ihr eigenes Weggehen nun nicht mehr als schmerzlich. Der Friede, die Sicherheit und die Liebe, die sie hier gekannt hatte, würden immer in ihr sein. Sie spürte, daß es nicht mehr nötig war, mit den Quellen verbunden zu bleiben. Sie war nicht mehr abhängig von ihnen.

Schließlich schlief sie ein und erwachte erst wieder, als der Zug in den Grand-Central-Bahnhof einfuhr.

Das erste Licht fiel in die tiefen Häuserschluchten. Sie fuhr mit dem Taxi zu ihrer Wohnung in der Second Avenue. Die Stadt hatte bereits etwas Vertrautes für sie und schien sie willkommen zu heißen. Jeannie war nun keine Fremde mehr und nicht mehr allein.

Sie las den Namen auf dem Führerschein des Chauffeurs, der im Handschuhfach lag – Abraham Cohan. Sie hatte kein Wort mit ihm gewechselt bis auf die Adresse, die sie ihm nannte, und würde ihn wahrscheinlich nie wiedersehen. Aber plötzlich war er und die ganze Stadt ihr Freund.

In ihrer Wohnung duschte sie sich und legte sich dann aufs Bett. Sie konnte noch eine Stunde schlafen, ehe sie aufstehen,

Frühstück machen und die Bluse bügeln mußte, die sie heute im Geschäft tragen würde. Sie schlief fast sofort ein.

Das Telefon weckte sie. Noch ehe sie den Hörer abnahm, wußte sie, wer es war. Seine Stimme klang warm. Er rief von Long Island an.

»Guten Morgen, Charles«, sagte sie. »Es ist alles in bester Ordnung.« Und so war es auch.

18. KAPITEL

In Burnham Falls goß es den ganzen Montag ununterbrochen. Mit monotonem Klang fiel der Regen auf den Laubteppich. Laura blieb lange im Bett und horchte hinaus. Sie haßte das Geräusch. Als sie schließlich kurz vor Mittag aufstand, trat sie für ein paar Minuten ans Fenster und sah hinaus.

Es war ein häßlicher, trübseliger Tag. In der Nacht hatte es strengen Frost gegeben, und nun waren die Blätter braun. Alles sah trostlos aus. Was sie sah, schien ein Abbild ihres Lebens zu sein – die Monotonie der Tage, die den braunen Blättern glichen, die sich auf den Blumenbeeten häuften.

Jane Humphries rief an und erinnerte sie an die Sitzung des Elternrats am nächsten Tag. Laura versprach kurz, daß sie kommen wurde, und hängte abrupt ein. Sie wollte sich nicht Jane Humphries Fragen aussetzen. Sie konnten alle über ihre Abwesenheit übers Wochenende denken, was sie wollten. Sie hatte nicht vor, Erklärungen zu geben.

Laura ging durchs Haus, griff hier nach einer Zeitschrift, dort nach einem Buch und legte beides wieder hin, ohne hineingesehen zu haben. Morgen war eine Sitzung des Elternrates – und morgen war Dienstag. Es würde keine Fahrten nach New York mehr geben. Von jetzt an brauchte sie nicht mehr die Tage zu zählen, bis wieder Dienstag war. Von jetzt an waren die Wochen ohne Ende. Phil hatte die Tür zugeschlagen und ihr seine Welt genommen. Wenn sie wieder in diese Welt wollte, mußte sie allein darum kämpfen.

Als sie daran dachte, ging sie rasch in ihr Ankleidezimmer und öffnete den Schrank. Hier hingen die beiden Nerzmäntel, eine Nerzjacke, die Chinchillastola. In einem kleinen Wandsafe lagen die Juwelen, die Larry und Ed ihr geschenkt hatten. Sie berührte einen der Mäntel. Wenn sie alles verkaufte, konnte sie lange davon leben. Sie konnte wieder nach New York ziehen, ernstlich bei Goodman weiterstudieren und noch einmal die Runden durch die Büros der Produzenten machen. Es würde bedeuten, daß sie sich ein schäbiges Zimmer mieten mußte, wahrscheinlich in Greenwich Village oder irgendwo im Westen. Es würde bedeuten, daß sie mit ihrem Geld haushalten mußte, daß sie in der Untergrundbahn statt im Taxi fuhr, daß sie im Supermarkt auf die Preise sehen mußte. Es würde bedeuten, daß alles das wiederkam, was sie nicht mehr gewöhnt war, seit Larry ihr Leben in die Hand genommen und einen neuen Menschen aus ihr gemacht hatte. Es war möglich, daß es ihr nicht gelang, noch einmal jene alte Laura zu werden. Sie war nicht mehr gewöhnt, für sich selbst zu sorgen. Sie wußte nicht, ob sie den Mut hatte, wieder die Büros der Produzenten zu betreten und demütig wartend dazusitzen.

Das schlimmste von allem aber war, daß sie nicht wußte, ob sie tatsächlich spielen konnte, wenn man ihr eine Rolle anbot.

Und sie wußte auch nicht, ob sie sich ohne Larry, der sie gestützt hatte, und ohne Eds Geld allein mit der brutalen Wirklichkeit auseinandersetzen konnte, die ein Teil der schillernden Welt war. Larry hatte eine fragile, gläserne Schönheit geschaffen, aber ohne Talent zählte das nicht. Sie ließ den Ärmel des Nerzmantels fallen.

Um Mittag kamen Clare und Elizabeth von der Schule nach Hause. Es schien für Laura eine unerträgliche Bürde zu sein, daß sie teilweise dafür verantwortlich war, wie die Kinder aufwuchsen. Sie wurde sich bewußt, daß sie nicht die leiseste Ahnung hatte, was sie dachten, wie sie fühlten. Auch sie gehörten zu der Welt von Burnham Falls, von der sie sich immer ausgeschlossen hatte und nicht zugeben konnte, daß sie für sie eine Realität war, oder daß man von ihr erwartete, daß sie Anteil daran nahm. Nun wußte sie, daß Ed dies nicht nur erwarten, sondern auch verlangen konnte.

Zögernd ging sie zu Elizabeths Zimmer hinüber in der schwachen Hoffnung, daß sie vielleicht durch den Kontakt mit dem Kind einen Anfang finden könnte. Schon Elizabeths flegelhafte Regungen konnten ein Anfang sein. Aber das laute Geplärr der unvermeidlichen Rock-'n'-Roll-Platten schlug ihr entgegen. Sie blieb einen Augenblick vor der Tür stehen, drehte sich dann um und ging wieder in ihr Zimmer.

Es war vier Uhr vorbei, und es regnete immer noch. Ed hatte sie an diesem Morgen daran erinnert, daß Handley Parker und seine Frau mit ihnen im Country-Club zu Abend essen würden. Sonst hatte er nichts mit ihr gesprochen. Handley Parker war in der Budget-Abteilung der Zentrale von Amtec. Er und seine dicke Frau verbrachten ihr Leben in einer fast ununterbrochenen Reise zu allen Amtec-Zweigstellen, und Laura hatte einmal gefunden, daß er wie ein langer Papierstreifen aus einer Registrierkasse aussah. Lustlos begann sie mit den Vorbereitungen für den Abend.

Auch das war bloße Routine. Mühelos würde sie die schönste Frau im Speisesaal des Clubs sein, wahrscheinlich die einzige. Sie brauchte keinen Herausforderungen zu begegnen. Mechanisch entfernte sie das alte Make-up, duschte sich, dann kam das Öl auf Fersen, Knie und Ellbogen. Sie zog ein Unterkleid an, Strümpfe und Samtpantoffeln mit hohen Absätzen. Dann legte sie sich einen samtenen Hausmantel um und rief Gracie über das Haustelefon an, sie möge Eis, Gin und Wermut bringen.

»Soll ich es mixen, Mrs. Peters?«

»Nein, bringen Sie alles zu mir. Ich mache es selbst.«

Während sie vor dem Toilettentisch saß und in den Spiegel starrte, trank sie zwei Martinis. Sie sah wieder das Gesicht von gestern abend. Von den Nasenflügeln zogen sich kleine Fältchen herab. Winzige Linien zeichneten sich unter den Augen ab. Das hätte nichts gemacht, wenn sich Kraft und Vitalität darin ausgedrückt hätten. Doch es lag nicht das geringste Leben darin. Es war das Gesicht, mit dem sie heute abend zum Dinner gehen mußte, mit dem sie morgen bei der Sitzung des Elternrats erscheinen mußte. Es war das gelangweilte Gesicht der Hausfrau aus der Kleinstadt, die sie niemals sein würde.

Sie trank das zweite Glas aus und ging zum Telefon. Es war ihr eingefallen, daß Harriet Dexter diejenige war, die ihr vielleicht helfen konnte, diese Leere zu überbrücken. Wenigstens konnte sie mit Harriet sprechen. Harriet war eine Frau, mit der sich angenehm plaudern ließ. Sie war eine gute Zuhörerin. Larry hatte gesagt, daß es eine sehr seltene Gabe sei, wenn man gut zuhören konnte. Er hatte gemeint, eine Schauspielerin besäße diese Gabe fast nie.

Nell Talbot war am Apparat.

»Tut mir sehr leid, Mrs. Peters, aber Mrs. Dexter kommt erst etwa um sieben herum nach Hause. Soll ich etwas ausrichten?«

»Nein, danke.«

Als sie den Hörer in die Gabel legte, liefen ihr die Tränen die Wangen herab.

»Ich werde allein nicht damit fertig«, flüsterte sie. »Irgend jemand muß mir helfen.«

Sie ging wieder in den Ankleideraum und mixte noch einen Martini. Sie trank ihn zu rasch und ohne Genuß. Ein wenig unsicher ging sie zum Schrank, um ein Kleid auszuwählen. Sie streichelte die Abendkleider. Die Berührung der Seide und des Chiffons war immer noch real. Dann fiel ihr Blick auf das olivgrüne Jerseykleid.

Sie hatte es an jenem Abend im ›Plaza‹ getragen, als sie mit Phil gegessen hatte. Im Geiste nannte sie es den ersten Abend, weil sie zum erstenmal Phils Interesse an ihr gespürt und bemerkt hatte, daß er sich zu ihr hingezogen fühlte. Als sie das Kleid berührte, spürte sie wieder das triumphierende Gefühl der Macht und der Erregung durch ein Erlebnis, das gerade begann. Dann starb das Gefühl ab. Dies war kein Beginn gewesen, sagte sie sich.

Geistesabwesend mixte sie sich den nächsten Martini. Irgend etwas hatte sie falsch gemacht. Sie hatte etwas getan, das ihr die Macht nahm, die sie besessen hatte. Wenn sie ein wenig länger gewartet hätte, wenn sie Phil hätte halten können, ohne zu zeigen, wie verwundbar sie war … Ihr Fehler lag ganz am Anfang, an jenem Abend, an dem sie mit Phil in der Carpenter-Hütte gewesen war. In ihrer Einsamkeit und Unsicherheit war sie gestrauchelt. Danach hatte sie nichts mehr besessen, mit dem sie

Phil erregen oder herausfordern konnte. Larry hatte ihr eingeschärft, daß sie nie die gläserne Maske abnehmen durfte. Doch das hatte sie bei Phil getan. War es möglich, noch einmal dort anzufangen, noch einmal das zu sein, was sie vorher gewesen war? Da lag vielleicht sogar eine Hoffnung.

Mit zitternden Fingern stellte sie das leere Glas aufs Tablett.

Dann hüllte sie sich fester in den Hausmantel ein. An der Tür verfing sich der Absatz ihres Samtpantoffels im Teppich, und sie wäre fast gefallen.

Der Thunderbird stand in der Garage, wie Ed es gesagt hatte, und der Zündschlüssel steckte. Als sie auf den Anlasser drückte, dachte sie einen Augenblick an Ed, der immer wußte, daß seine Befehle getreu ausgeführt wurden, der nie einen Fehler beging – abgesehen vielleicht von dem größten, daß er sie geheiratet hatte. Der Motor heulte auf. Sie löste die Handbremse und fuhr in den Regen hinaus.

Niemand konnte sich erklären, was sie überhaupt auf der Straße nach Downside gewollt hatte, zumal um diese Tageszeit, und weshalb sie den Hausmantel trug und Pantoffeln und ihr Gesicht nicht einmal eine Spur Make-up zeigte. Der Thunderbird hatte das Schutzgeländer über dem See durchbrochen. Laura war durch den Aufprall gestorben, als der Wagen auf die Felsen schlug, nicht durch Ertrinken.

Laura hatte keinen der Priester in Downside persönlich gekannt, und es war schwer zu glauben, daß sie dorthin wollte, um Rat oder Beistand zu suchen. Manche Menschen erinnerten sich daran, daß diese Straße auch zur Carpenter-Hütte führte, aber die Hütte war verlassen, Strom und Wasser waren abgestellt. Es schien keinen Grund zu geben, weshalb Laura Peters an einem kalten, regnerischen Oktobernachmittag dorthin wollte.

19. KAPITEL

Die Nachricht, daß Steve Dexter zum Direktor des Amtec-Laboratoriums ernannt worden war, rief wenig Überraschung hervor, weder in der Fachwelt noch in der Firma noch in Burnham Falls. In der Firma war es schon angedeutet und geflüstert worden, seit er die Stellung in Vertretung übernahm, als Ed nach dem Tod seiner Frau in Urlaub ging. In der Fachwelt erinnerte man sich an seine Forschungsarbeit auf dem Gebiet der festen Treibstoffe. Man vermutete, daß Amtec vielleicht einen Fehler korrigieren wollte, den es früher gemacht hatte, indem es nun einem Wissenschaftler statt einem reinen Verwaltungsfachmann die Leitung des Werkes übertrug. Die Ära der russischen Sputniks und Raketen hatte den Wissenschaftler plötzlich zu einer Schlüsselfigur gemacht. In Burnham Falls hielt man es für eine selbstverständliche Ernennung, die für Joe Carpenters Schwiegersohn längst fällig gewesen war.

Clif Burrell dachte darüber nach, als er am Samstag abend nach der Ernennung in der Bar des Country-Clubs saß.

Er war zu dem Dinner eingeladen worden, das die Abteilungsleiter der einzelnen Labors Steve gegeben hatten – eine relativ zwanglose Veranstaltung, bei der auch die Frauen dabei waren und alle, die Steve und Harriet hatten einladen wollen. Als man zu tanzen begann, hatte sich Clif an die Bar zurückgezogen. Er saß über seinem Whisky und fand, daß sich alles völlig gelassen abspielte. Nichts erinnerte an Lauras Tod oder Eds plötzlichen Abschied.

Ed ging als Sonderassistent E. J. Harrisons in die Zentrale

zurück, und alle wußten, daß ihm von da aus alle Türen offenstanden. Von da an geht es entweder nach oben oder hinaus, dachte Clif, und er schwenkte langsam den Whisky im Glas.

Clif wußte auch, daß Steve nur dann bleiben würde, wenn er Geschick, Einfallsreichtum und diplomatische Fähigkeiten bewies. Man hatte ihm mit der Direktorenstelle keinen Sitz im Aufsichtsrat gegeben. Sie versuchten es mit einem Mann der Wissenschaft anstelle eines Juristen oder eines Kaufmanns. Wenn er mit Hilfe seiner Forscher Resultate erzielte, würde man ihm Juristen und Kaufleute an die Seite stellen. Wenn es ihm nicht gelang, blieb ihm nichts. Oberflächlich betrachtet schien es kein gewagteres Spiel zu sein als das, auf das sich viele Männer einließen, nur war hier der Einsatz etwas höher. Es war ein Spiel um das Letzte.

Aber wie konnte sich ein Mann ihm entziehen? Wie konnte er umkehren?

Dann fiel Clifs Blick plötzlich auf das Gesicht einer jungen Frau weiter vorn an der Bar. Er kannte dieses freundliche, fragende Gesicht. Sie sah ihn, hob ein wenig die Augenbrauen und überlegte, wer er sei. Er durchforschte sein Gedächtnis und fand schließlich ihren Namen. Es war Sally Redmond, und sie hatten ungefähr vor zwei Jahren hier zum ersten Mal miteinander gesprochen. Als sie sah, daß er sie wiedererkannt hatte, kam sie zu ihm herüber.

Er ergriff ihm Hand. »Meine Liebe, es ist nett, Sie wiederzusehen.«

»Ganz meinerseits«, sagte sie und lächelte. Es war das gleiche warme Lächeln, an das er sich erinnerte.

»Was macht der Roman?« fragte er. »Ist er schon fertig?«

»Der Roman? Hab' ich Ihnen denn davon erzählt? Ich muß damals aufgeregter gewesen sein, als ich dachte. Ich war immer der Meinung, Tom sei der einzige ...«

»Ich versichere Ihnen, daß ich es als Geheimnis behandelt habe. Ich habe es als Ehre betrachtet, daß Sie mir Ihr Geheimnis anvertraut haben. Ist er fertig?

Sie schüttelte den Kopf.

»Er wird nie fertig werden.«

»Oh!«

»Vielleicht war es die Mühe nicht wert. Er war den anderen Dingen im Weg, die ich tun mußte, um meinem Mann zu helfen. Sie wissen doch, was eine Frau für ihre Familie tun kann, Mr. Burrell.«

Er nickte.

»Kann es mir vorstellen.«

»Wissen Sie, man darf nichts halb tun, sonst schafft man es nie. Wenn ich meinem Mann irgendwie helfen konnte, dann habe ich das getan. Mit aller Kraft.«

Sie schob ihm ihr Glas hin. »Würden Sie mir einen Drink bestellen?«

Clif sah im Geiste die Kräfte, die am Werk waren. Das Gefüge des Lebens unter den Fittichen der Firma lag offen zutage für den, der es sehen wollte. Er dachte an Laura, die unfreiwillig in dieses Leben eingetreten war und es verlassen hatte; Harriet, der es aufgedrängt worden war und die es so führen würde, daß man nicht glaubte, sie hätte je etwas anderes gewollt. Und dann war da Sally. Sie erkannte und akzeptierte die Anforderungen der Firma, sie beherrschte die Spielregeln und befolgte sie mit Intelligenz und Geschick. Wenn es auf Sally ankam, würde sie eines Tages in Harriets Stellung sein – aber nicht unwillig oder mit halbem Herzen. Vielleicht nicht in dieser Stadt und bei dieser Firma, aber irgendwo, irgendwann.

Ein brillanter Gesellschaftsroman im Stil von Jane Austen

Er trägt einen klangvollen Titel, seine Manieren sind vorbildlich, und er schreckt an den Spieltischen der eleganten Salons auch vor hohen Einsätzen nicht zurück. Mit seinem Charme erobert Graf Fabricati mühelos die Londoner Gesellschaft.
Nur Constance Travingham mißtraut dem Mann, den ihr Bruder in ihre Familie eingeführt hat und der ungeniert von seinen Spielgewinnen lebt. Warum versucht er Zugang zu diplomatischen Kreisen zu gewinnen? Was steht in den mysteriösen Briefen, die er aus Frankreich erhält? Und warum umwirbt er so hartnäckig die allseits begehrte Lady Anne, die nicht nur außergewöhnlich schön, sondern auch eine reiche Erbin ist?

ISBN 3-404-12924-5

BASTEI LÜBBE

Um mit ihrem neuen Roman besser voranzukommen, flüchtet die junge, schöne und erfolgreiche Autorin Sarah in die Bretagne. Sie mietet ein Haus in einem kleinen Ort. Dort geschehen mysteriöse Dinge, bis sie Luc entdeckt, der sich in ihrem Haus vor der Polizei versteckt hält. Der bekannte Pariser Kunstmaler ist überzeugt, den Liebhaber seiner Frau getötet zu haben, und versucht mit Hilfe von Fremden, Sarah zu vertreiben. Aber das mißlingt, weil Sarah sich Hals über Kopf in ihn verliebt hat und beschlossen hat, ihm zu helfen. Sie reist nach Paris zurück und arbeitet unter falschem Namen als Lucs Kindermädchen. Bald verdächtigt sie Lucs Schwiegervater, der in geheime Waffengeschäfte verwickelt ist. Doch sie muß sich beeilen, denn die Polizei verfolgt bereits die Spur in die Bretagne ...

ISBN 3-404-12940-7

BASTEI LÜBBE

Ein monumentaler Roman über vier Generationen amerikanischer Siedler

Amerika im 18. Jahrhundert. Zusammen mit seiner Familie begibt sich Josiah Fleming auf den Treck ins fruchtbare Mississippibecken, um dort eigenes Land zu bewirtschaften. Doch noch bevor er Louisiana erreicht, raffen Krankheiten und ein Bootsunglück seine Frau und Kinder dahin.

Erst Jahre später gelingt es der verwitweten Nachbarin Jane, Josiah aus seiner selbst gewählten Einsamkeit zu reißen. Zusammen wagen sie einen Neuanfang und werden zu Begründern einer imposanten Plantagen-dynastie, die tapfere Männer und starke, eigenwillige Frauen hervorbringt. Doch dann beendet der Ausbruch des Bürgerkrieges die sorglose Romantik des alten Süden, und plötzlich beherrschen Angst und Schrecken den Tagesablauf ...

ISBN 3-404-12912-1

BASTEI LÜBBE

Historischer Roman

Europa im 16. Jahrhundert. Der Glaubenskampf tobt, doch nicht selten verbergen sich hinter den konfessionellen Auseinandersetzungen wirtschaftliche und politische Inter-essen. So auch bei Arndt van Geldern, einem der reichsten Kaufherrn der katholischen Freien Reichsstadt Köln. Als der Witwer infolge der europaweit schwelenden Kämpfe in finanzielle Schwierigkeiten gerät, versucht er seine reiche Schwägerin Rebecca, die ehemalige Seidenweberin, zur Ehe zu überreden. Doch um ihre Unabhängigkeit zu bewahren, hat diese sich zur Gründung eines Beginenordens entschlossen. Wütend versucht van Geldern hierauf, Rebecca als Ketzerin zu verklagen und auf diese Weise in den Besitz ihres Vermögens zu gelangen. Aber er hat nicht mit seinen beiden Töchtern gerechnet, die ihre eigenen Ziele verfolgen und die Pläne ihres Vaters unbedingt durchkreuzen wollen …

ISBN 3-404-12922-9

BASTEI
LÜBBE

Eine bittersüße Geschichte über Liebe, Verlust und die Kunst des Kompromißschließens

Sonia, Lady Duntan, liebt den Familienlandsitz weit mehr als ihren Ehemann Archie. Doch der pocht unerbittlich darauf, daß der Schein gewahrt bleibt und der gemeinsame Haushalt weitergeführt wird.
Als Archie sich jedoch auf eine Affäre mit der lungenkranken Rosie Bartlett einläßt, ist Sonia fest entschlossen, seine Pläne zu durchkreuzen. Die Verschwörung zieht immer weitere Kreise, weil ihre schöne, aber unzuverlässige Schwiegermutter einen falschen, unheimlichen Mönch und den weltmännischen Simon Hadleight mit hineinzieht, wodurch der Lauf der Dinge außer Kontrolle zu geraten droht...

ISBN 3-404-12789-7

BASTEI
LÜBBE